世紀末のキリスト

Le Christ fin de siècle

江島泰子

国書刊行会

世紀末のキリスト＊目次

第三部 〝改宗〟と芸術の彼方

はじめに

――ロマン主義から世紀末へ

ロマン主義の文学者たちは、「キリストとは何か」、「キリストをどうとらえるか」という問いに解答を与えようとして、多岐にわたるアプローチを試みた。しかし、その結果として現出するキリスト像は、思想家、作家の関心と個性を越えて、ある統一性と包括性を有していた。それは、正義の探求（ミシュレ）、内的生と純化された〝霊と真理〟による宗教（ルナン）、精神の進歩と悪の解消（ユゴー）等の思索に、統一ある神話を提供した。キリスト像がロマン主義に、一種の象徴的な一体性を提供しえたのは、「自発性」と「進歩」のイデオロギーであるロマン主義思想そのものが、包括的傾向をもっていたからだ。ロマン主義は、人間の歴史を大きな全体として把握することを夢見た。この総括の希求は、ミシュレやルナンの大著にも、バルザックの『人間喜劇』やユゴーの『諸世紀の伝説』といった書物の中にも読みとれる。

それに対し、世紀末のキリストは、何か基準となる価値や中心軸のまわりに構成されることはなく、ばらばらで、多様で、曖昧である。そこでは、ある種の感受性が、宗教的感動のかたちとなって出現する。宗教は、ある意味で知覚過敏の場、研ぎ澄まされた感覚の芸術となる。ここでは、すべては多面的である。イメージとその強烈さが、「意味」を圧倒する。この新たな感受性を、歴史的コンテクストによってのみ説明するのは、不可能であろう。しかしながら、一八七〇年の対プロシャ戦争の敗北とそれに続くパリ・コミューンの衝撃が、世紀前半の哲学的オプティミスムに、深い損傷を与えたことは確かだ。宗教への傾倒、個の存在の唯一性の意識、個の内的・芸術的感動、典礼における美的感動、等々が、あちらこちらで、個々ばらばらなかたちでクローズアップされる。ロマン主義に一貫して見られた、歴史への信頼と希望が消え失せ、それに代わって〝自我〟の強烈さや、個々人が個別に感取する親密さといったものに、価値が置かれるようになる。

心に語りかけ、感覚に語りかけるキリスト像、苦しみの姿、奇怪さの美学と結びついたキリスト像をめぐって、作家たちの把握は、重なりあい、錯綜する。この新たな〝受肉〟により、キリストは不安な予兆にさいなまれる者の神、芸術家の神となる。

世紀末キリスト像の姿と意味をつかむために、本書はロマン主義から世紀末へといたる、その変容をたどる。十九世紀後半のキリスト像を考えるとき、一八六三年に出版されたルナンの『イエスの生涯』への言及は不可欠である。(1) エルネスト・エローやレオン・ブロワにおいては、この著書への激しい反論を通じて、彼らのキリスト観が形成されたといえるだろう。ルナンのイエスは、キリスト教史家の学識から生まれたものであるが、人と歴史に関するロマン主義のイデオロギーとも関連している。エローやブロワの『イエスの生涯』への反発は、超越としての神を「人」によって代替する世俗化により、人間的な救済論を希求したロマン主義思想へ向けられたとも解釈できる。

奇跡に関するルナンの考えを確認することで、エローの奇跡へのこだわりの意味を、よりよく理解することができよう。ブロワはユゴーの小説『レ・ミゼラブル』を称賛したが、そのクライマックス、ジャン・ヴァルジャンの死を、『貧しい女』の結末と比べるなら、いかにブロワの小説が宗教的本質を保持しているかが納得されよう。さらに、近代における絶対悪の消滅を宣言するため、ルナンが引き合いに出したアリ・シュフェールの絵『キリストの誘惑』と、ユイスマンスに衝撃を与えたマチアス・グリューネヴァルトの『キリスト磔刑図』は、あざやかなコントラストをなす。

だが、ロマン主義のキリストと世紀末のキリストは、常に対立の図式によって説明されるわけではない。ルナンは、ネロ時代の殉教と、そこから派生したキリスト教の審美観を論じた『反キリスト者』のページにおいて、ボードレールやユイスマンスと同等な感受性を示している。また、『人類の聖書』で、ミシュレはイエスに関して、女性によって創造された精神風土を描写するが、そこには世紀末的雰囲気が濃厚に漂っている。

―― 世紀末、そしてデカダンス

世紀末とデカダンスは、完全に一致してはいないが、少なくとも重なりあっている。一八二八年に生まれ、一八八五年に没したエローの場合、彼の精神性をデカダンスの射程に収めるのは多少の無理があるかもしれない。しかし、進歩の観念と、ロマン主義哲学が定義した歴史の拒否、キリストの肉体的現存の希求、絶えざる終末の予感によって、エローは世紀末の精神性に属している。彼はまた、ブロワに与えた甚大な影響によっても、デカダンスの地平に入ってくる。

〝デカダンス〟の年代的な輪郭をつかむのは困難である。しかしながら、新たな精神を標榜する著作の出版が、〝公の〟台頭の目安となろう。この新たな精神は、突然に出現したのではない。〝現代性〟(『一八四六年のサロン』で表明され、以来有名となった定義によれば、それは「親密さ、精神性、色彩、無限への希求」である）の要求によって、ボードレールがロマン主義芸術にもたらした内的革命に、それは端を発している。この新しい感受性は、精神と感覚の鋭敏へと結びつき、夢想を未知の領域にいざなうこととなる。「新たなものを見つけに、無限の深奥へ」（「旅」、『悪の華』）。

一八六五年に雑誌『芸術』に発表された論文の中で、ヴェルレーヌはボードレールの独創性を、衝動、情熱とそしてこの情熱に関する批判的省察との融合にあるとする。「それはまさしく、十九世紀のパリ人の愛だ。熱っぽいと同時に分析的でもある。純粋な情熱に内省が混じっている[2]」。自己認識と残酷なまでの分析の複雑性、知性のあらゆる巧緻が、感覚と神経の鋭敏さに融合し、「感じやすい個性」を作り上げる。この「感じやすい個性」は単に感情の衝動に対応するのみではなく、〝心〟と〝肉体〟との分かちがたい関係を意識する。「鋭敏化され、高ぶった感覚」によって、時として幻覚や苦痛にまで洗練され、肥大化させられた印象が、個を支配するにいたる。そのとき肉体は、感じやすく苦痛にみちて現存し、倒錯的なまでに巧緻な自己分析に直結する。このような心と肉体の切り離しがたいあり方が、〝デカダンス〟の精神の特徴のひとつである。

デカダンスという語は、一八八三年五月二十六日に雑誌『シャ・ノワール』に掲載された、ヴェルレーヌのソネの一節に登場する。「私は、デカダンス末期の帝国」（『かつてと昨今』所収）。もしデカダンスの〝理論〟と呼べるものがあるとすれば、ポール・ブールジェが『現代心理論集』（一八八三）の中で述べていることが、それにあたるだろう。ブールジェの定義は、文体に関係しており、ゴンクールやユイスマンスといった作家たちの言語探求が、取り上げられている。「デカダンスの文体の一つとして、書物全体の統一性が崩壊して各ページの独立性に場を譲り、ページ全体が崩壊して各センテンスの独立性に場を譲り、センテンス全体が崩壊して各語の独立性に場を譲る[3]」。

ブールジェはシンタックスと語彙上の細分、分散に興味を示す。しかしセンテンスを崩壊させる分割の企ては、イメージに関しても観察される。例えばユイスマンスのヴィジョンにおいて、キリストはもはやロマン主義のキリストのごとく包括的な理念の姿をもたない。それは、ばらばらになった苦しみのイメージであり、引き裂かれた肉体の四肢において苦しむ、多様な苦悩の像となる。かくして肢体がばらばらとなったキリストのヴィジョンは、さまざまの拷問のヴィジョンを活性化する。それは苦悩の肉体の多様な現存に内在するものとなる。この苦悩の肉体は、それを満たし凌駕する超越性においてさえ、肉体であることをやめない。

デカダンスの感受性は、磔刑のイエスやその殉教者たちの苦しみとの、半ば肉体的な親密さを探し求める。この激烈な傾向は、ユイスマンスにおけるように時としてサディスム的でさえあるが、芸術のヴィジョンにおいて明確に示される。まなざしに強烈なインパクトを与える苦しみを、あますところなく描き出す色彩と劇的表現に、キリスト像は分かちがたく結びつく。改宗という微妙な問題は、この曖昧な芸術的感興の中で生起する。激烈さを求めてやまないデカダンスの感受性が、キリスト像のまわりに結晶するとき、芸術はその本質的要素の一つである。改宗の問題も芸術家のまなざしをとおして表現されるのである。

第一部　永遠の福音書の夢想——ロマン主義のキリスト

第一章　イデアリスト・イエス――エルネスト・ルナン

I 『イエスの生涯』
――実証主義とロマンティスムのはざまで[1]

(1) 奇跡の否定と科学

『イエスの生涯』は、エルネスト・ルナン(一八二三―九二)の『キリスト教起源史』の第一巻にあたり、一八六三年に出版された。

『イエスの生涯』は奇跡の否定をその根本的な前提の一つとする。序文においてすでに、奇跡は「人々が奇跡を信じている」ような土地と時代の産物として、あらかじめ退けられている。それは「信じやすい人々」の錯覚と見なされる。こうした表現には、奇跡を切り捨て、自らの著書をキリスト教起源に関する科学的研究として提示しようとするルナンの意図がはっきりと見て取れる。

彼は自らの前提を明確にするため、ある解剖実験室の有様を読者の目の前に描いてみせる。そこでは一人の魔術師が死体を前にしている。だまされやすい見物人たちではなく、厳格な観察を使命とする科学者たちがその回りを取り囲んでいる。彼らの面前で魔術師が死者を蘇らせ、さらに同じことを繰り返してみせることができないなら、死者が復活しうるという主張は当然あやしくなるが、「このような環境では、誰が考えても奇跡は起こりようがない」のだ。奇跡という事象を、近代科学を象徴する実験室という場におき、科学実験、明証性、反復可能性という与件にさらし、その非科学性を白日のもとにさらそうとしているのである。

ルナンは奇跡的出来事の不可能性を、経験科学の名において宣言する。この解剖実験室の例が示しているのは、自らが企てる科学的探求からあらかじめ、あらゆる既成観念を取り除こうとする彼の姿勢である。

しかし、この断固とした実証主義的な調子を、彼は『イエスの生涯』全編にわたって維持しているのだろうか。キリスト教の創始者が生きた時代と環境に関する考察が展開されるにつれ、このような実証主義的立場では割り切れない問題点が認識され、ルナンの見解はあるニュアンスを帯びたものになってくる。

イエスは彼を取り巻く人々と同じことを信じていたが、それは自然法則についての知識が欠如しているせいとされる。同時代人たちと同様、イエスには自然についての明瞭な概念がなかったのであり、したがって超自然という考えも持ち合わせてはいなかった、というのだ。「イエスにとっては、超自然は存在しなかった。なぜなら自然も存在しなかったからだ」。イエスの起こした奇跡の多くは、病気の癒しである。

病人たち自身が、病は罪によって引き起こされたものと確信していた時代である。それは魂によって、肉体を治癒するということであった。近代科学が普及する以前においては、人はごく自然に治癒を精神的事象としてとらえていたことに、ルナンは時代・環境研究を通じて気づく。そう考えると、精神療法技術者という言葉が生まれる以前に奇跡家たちが行なっていた療法は、ある意味で理にかなっているともいえる。当時の人々の頭の中では、病気は密接に罪と結びついていたのであるから、ある場合には、イエスが罪の許しを与え、病者の内面に訴えかけることによって治癒に成功したというのは、全く考えられないことではない。

しかし一方で、イエスが当時の人々の精神の堕落を嘆いている福音書の一節(「邪で神に背いた時代の者たちはしるしを欲しがる……」〈マタイ12-39、16-4、ルカ9-29〉)から、悪魔祓い師・奇跡家という評判は彼の取り巻きによってイエスに押しつけられたものであるともルナンは考える。本質的に霊的な人であったイエス自身は、人々が彼に「しるし」のみを要求することに苛立っていたとも解されるのである。

イエスが奇跡を行なうようになったのは、後年になってからで、しかも自らの意志に反してであることを、多くの状況記述が示しているように思われる。しばしば彼は請われてやっと、奇跡を起こした。しかも一種不機嫌な様子で依頼者たちの不純な心をとがめながら。(『イエスの生涯』)

ルナンからみれば奇跡はやっかいなもの、一種の汚点であり、自分の主人公をなんとしても、それにかかわらせたくなかったのだ。ルナンは奇跡を要求する人々へのイエスの苛立ちを繰り返し述べ、自分の業が多くの知るところとならないよう望む彼の配慮について力説する。かくして『イエスの生涯』の第十三版の前書きが提出する奇跡の三つの条件[2]のひとつ、行なう者の同意が、イエスのケースでは欠けることになる。それは時代精神が彼に向かって要請したものであって、イエスはその実行をその場限りの必要事としてしか認めていなかった。奇跡は彼が夢見た変革にとって邪魔なものなのだ。ある意味で、ルナンは近代人の視点をイエスに共有させたがっているかのようである。キリスト教の創始者における奇跡家的性質は批判的考証の時代の到来とともに、その価値を失ったのである。科学と実証の時代にあってイエスの価値を知るには、奇跡はむしろ障害になり、奇跡以外のところに真価を求めなくてはならない。「したがって〔イエスの中の〕悪魔祓い師、奇跡家は失墜したが、それに対し宗教変革者は永遠に生き続けるだろう」(第十三版前書き[3])。奇跡は科学の諸発見に立脚した、ますます正確な宇宙の概念によって否定され、もはや信仰にとって価値を失っている。『イエスの生涯』の著者は、奇跡を必要とした信仰の形態から、イエスを切り離したがっているのだ。彼の考えでは、人類はまず奇跡によってイエスとキリスト教に引き寄せられたが、今後は、奇跡があるにもかかわらず、純化された精神性のゆえに、再びそこへ戻ってくるのである。

だが嫌々ながらであれ、イエスが奇跡の実行に同意したのは確かだ。彼は自らの使命と信じた任務を達成するために避けがたい妥協を強いられ、その犠牲となったと、ルナンは考える。この宿命的な側面が最も深刻化するのは、ベタニアでのラザロの復活という出来事においてである。死者の復活はその他の驚異的事象、とりわけ悪魔つきの人や病者の癒しとは、本質的に異なっている。「精神面のこととしての治癒」とか「自然の概念の不在」といった類の正当化は、ここでは通用しない。そこでルナンはラザロの姉妹による「巧妙なごまかし」があったと想像する。[4] しかし十八世紀によく見られた即物的な説明には拠らず、このいんちきはそれを行なった女たちの深い信念と関係していると解釈する。彼女らは驚異的出来事を信じていたし、イエスによってなされた多くの奇跡について絶対的確信を抱いていた。こうした状況の中、彼女らにとって師であり救い主でもあるイエスへの愛がすべてにまさったのだ。ルナンはこのように視点をずらすことによって、「ラザロは蘇った」という彼女らの宣言に、新しい方向性を与える。

ところで驚異的事象の問題を取り扱う際、神の概念の問題を回避することはできない。『イエスの生涯』の第十三版では、奇跡をさして「特殊な超自然」と呼んでいるが、奇跡は、通常の自然現象・自然法則のなかに、突如として介入してくる超自然的現象であり、それが実現するのは神の意図にほかならない。このような形での神の介入は、ルナンにとって容認しがたいことであった。ルナンの立場は二十世紀の神学者ルドルフ・ブルトマンの見方を先取りしているともとれる。ブルトマンは、世界の科学的ヴィジョンを前提としたうえで、奇跡について考察している。神は自然法則を破って世界に介入するような存在ではなく、隠れたるやり方でのみ働きかけるのである。[5] ルナンにとって、奇跡という形をとっての神の介入は、単に自然科学に反するというだけで否定すべきものなのではなく、のちにブルトマンにはっきりと見られる、隠れたるものとしての神のあり方に反するがゆえに、許容できないものだった。

さらに奇跡の問題は、四つの福音書の性質に関する議論の基底にも存在する。『宗教史研究』に収められた「イエスの考証研究者たち」(一八四九)という論文では、もう一つの『イエスの生涯』(一八三五—三六)の著者D・F・シュトラウスの立場への反論が展開されている。多くの異論の余地のある箇所のせいで、福音書で語られていることがらの現実性は疑わしく、したがってあらゆる記述を文字どおり受けとる解釈は失敗を余儀なくされると、シュトラウスは考える。[6] それゆえ〝神話的解釈〟が体系的に福音書解釈にあてはめられ、イエスという個人の歴史性には重きが置かれなくなる。この、もう一人の『イエスの生涯』の作者とは異なり、ルナンは次のように言う。「奇跡は人間精神の単なるでっちあげであるより、現実にあった出来事をとっぴょうしもない解釈でとらえている場合の方が多い(7)」と。確かに福音書には処女懐胎に始まり〝奇跡物語〟がいたるところに散在している。それゆえに福音書はルナンにとって、歴史を含んでいながらも〝伝説〟である。シュトラウスのような神話的解釈はとらず、ルナンは〝伝説〟という語を福音書の語りに関して用いる。彼にとって伝説は常に真実をその核としている。百の超自然的物語のうち、八十は彼によれば民衆の想像力の所産である。しかし、それらの伝説的話のゆえに、ルナンは福音書が提示するイエスの歴史的役割を否定したりはしない。

「科学のみが純粋である」、「科学のみが純粋な真実を探求している」(第十三版前書き)。こうした表現は科学の実証的な側面の強調と同時に、ルナンが試みた科学のもう一つ別の把握のあり方を示している。科学は、かつての民衆の迷信にみちた考えから生まれた奇跡を否定する役割を担うが、それゆえにのみ重要なのではない。そうした事象から物質的な側面を取り除いて、ある観念を抽出することのほうがむしろ肝心である。科学は、世界とその過去をそのあるがままの姿で把握する新しい方法として定義される。この科学的なアプローチは、既成の誤った種々の見方を免れて、世界の真の美を発見させるのであり、したがって「真摯な崇拝の第一条件(8)」なのである。

ポール・ヴィアラネクスによれば、科学はルナンさらにミシュレにおいては、彼らの知への情熱を通じて一種のイニシエーションとして提示される(9)。彼らのものの考え方は、根本的に宗教的な性質を有しているというのだ。それは未来はある救いをもたらすだろうという彼らの確信に根ざしている。その救いにとって学識は欠くことができない。ルナンが抱く学者のイメージは、世俗とは隔絶した場に生き、学問にのみ沈潜する人である。この学者像は宗教者そのものである。

休息も家族も主義も、ある観念の勝利のために犠牲となすことのできる者、彼こそがまさに宗教者ではないのか、ただひとりまだ何かを崇拝している人ではないのか(10)。

したがって、知る行為はあらゆる生の営みの中で「最も世俗的でない」ものである。学者は、幼年期や原始人の無知から解き放たれて、人間精神に固有な知への情熱により、事物の秘密を突きとめるにいたる。さらに最終的かつ必然的に、彼方に存在するものの秘密にまでたどりつく。学者のこの強烈な知識欲は、もはや物理的探求だけで満足することはない。「知るとは、神への手ほどきである(11)」。このようにとらえられた科学は、経験科学より一段上の次元に属し、ルナンが「〝飛躍〟、ますます生きようとする傾向、存在を保存し、さらに意識の創造から発展へと、ある理念的な目的に向かう自発的な傾向(12)」として定義する「神性」との関連において、その価値が見いだされるのである。

ルナンが神学校時代に著した『イエス・キリストに関する

心理学的試論』にはすでに、近代科学が取り扱う諸問題の中でも、イエス研究は最も卓越したテーマの一つであるとの観点が見いだされる。もちろんそれは彼の神格をカッコにくくることが条件であるが。年若い神学生ルナンは、諸宗教、とりわけキリスト教の新たな研究のあり方の確立を志し、それに「心理学」(psychologie) の名を付す。「すなわちそうした研究を、宗教心理学の名の下に真の哲学の最も重要な一分野として、科学の枠組みに立ち返らせる時が来ている」[13]。もちろん、ルナンの用いた「心理学」なる語は、現在一般に使用されているこの語の意味とは異なる。それは「合理心理学」と呼称されるもので、精神の本性の探求をめざす学問である。

ところで、この未来の一分野について、二つの特徴が注目される。ひとつはそのアプローチの仕方が物理学的な探求とは異なっている点である。『科学の未来』においてルナンが意図していること、すなわち「省察の時代」[14]の外にまで研究領域を広げようとする彼の意志からすれば、これは正当な要請である。かつての宗教運動にあっては、物理学的に考えれば誤りである事実が、生の跳躍を与えたように見えることが多々あり、心理学の視点のみが、物理学者や化学者の手法をあまり厳格に採用しないことで、この類の現象の両義性を分析できるのである。

第二に、ルナンは人間イエスの研究を企てているにもかかわらず、彼の興味は個人レベルの心理学に向かっていないことである。むしろ人類すべての展望の中で、イエスを把握することが重要とされる。『科学の未来』は、これまでの心理学が個人にしか当てはまらないことを問題視しており、人類レベルの心理学の必要性を強調する。

十八世紀末から十九世紀にかけての歴史学の偉大な進展がもたらした成果は、個人の生があるように、人類としての生が存在するという認識である。(『科学の未来』)

眠り、狂気、錯乱、夢遊症、幻覚といったものは、常の状態より人間の内的な隠された力を知らせてくれるという点で、個人レベルの心理学にとって興味深い。この同じ論理が人類レベルの心理学にも当てはまる。「同様に、人類心理学はとりわけ、人類の狂気、夢、幻覚……の研究によって打ち立てられねばならない」。『科学の未来』には、この心理学的見地から考察されたキリスト教起源史へ向かうことになる若き哲学者の姿がうかがわれる。そして『イエスの生涯』は、「科学的で決定的なやり方で示されれば思想を革新するであろう、このみごとな歴史」の第一巻となる。

(2) 歴史哲学

ルナンが自らの宗教研究の中心に人類という視点をすえたことは、先に述べた通りである。「人類という観念によって、新旧の哲学の境界が定められる」。ルナンにおける人類という観念には、個人としての人間の観念との同型性が認められる。ただし、人類とは、過去、現在、未来にわたって存在する人間の雑多な総和ではなく、それは真に「有機的な存在」、すなわち独自の恒常的な生を営む「生ける者」なのである。

この継続する生を享受する人類を特徴づけるのは、その自己同一性もさることながら、それが自己完成への自然的傾向を内包している点である。人類は完璧な状態へ向かって絶えず進化するよう定められているのだ。秩序を欠いた偶発的様相が時として観察者の目を偽ることがあっても、全体的見地からながめるならば、その営みにはいかなる偶然も介入しえない。なぜなら人類を支配する諸法則というものが存在するからだ。

歴史とは、人類の歩みが記される場である。ルナンは歴史を目的論の見地から把握する。「歴史は個々に無関係な出来事の無意味な連続ではなく、ある理念的な目的へと向かう自発的傾向である」(『科学の未来』)。このように解された歴史の場からは、事象の偶然的連続という見方だけでなく、人類を従属せしめるような超越的な力の観念も排除される。人類史は自らに固有の諸法則に従い、十全の自律性を有しているのである。ルナンにとって、真の歴史哲学はこれらの諸法則を明らかにするものとなる。ヘーゲルにおけるように、ルナンにおいても「生成」(devenir)という用語は歴史哲学の根本をなす。近代的思考はこの語のおかげで重要な発展の一歩を画することができたのだと、彼は確信する。「近代的思考の偉大な進歩は、〝存在〟(être)の範疇を〝生成〟の範疇で置き換えることによってなされた。(……)今やすべては作られつつあるものとしてとらえられる」(『科学の未来』)。絶えざる生成状態にある人類は、「その存在の絶頂」に向かって進む。歴史が意味を失うことは決してない、というのが『イエスの生涯』の著者の信念であり、彼によれば、それは十九世紀に固有のものだ。「人類の歩みというのが、十九世紀を象徴する第一の語である」(『科学の未来』)。実際、『ロマン主義のキリスト』の著者F=P・ボーマンが指摘するように、歴史哲学の重要性はロマン主義を特徴づけるものである。宗教思想も社会思想も等しく、歴史の意味というこの問題に最大の関心をよせた(15)。

しかし看過できないのは、ロマン主義の考え方の中でこの歴史観が文字どおり宗教的な性質を帯びていた点だ。エリアーデなどの二十世紀の宗教研究者たちは、あらゆる宗教の重要な役割のひとつとして、不可逆的な時間が引き起こす恐怖の克服を指摘する。時間に関するすべての神話はこれを目的としている(16)。起源神話や永遠回帰の神話以上に、時間に関するキリスト教的認識は、時間的な宿命を祓おうとする。ルナンによれば、キリスト教は「その未来に関する偉大な本能(17)」で、主の再臨を時の終わりに想定することによって、人類史に救済の観念を導入したのである。

ところで、人類進歩の観念は、時間の不可逆性をその目的論によって受け入れ可能にした後、過去の宗教を補償するものとして機能してはいないだろうか。つまり時間の宗教的・神話的認識はキリスト教的時間観ともども、歴史の科学的・哲学的把握によって消滅したかに見えたが、その一方で、目的論的歴史はある意味で歴史の再神話化とも解釈できる。キリストの再臨を、人類がその時間的経過の最後において到達するであろう「ある理念的な目的」に置き換えることで、ルナンは歴史への宗教的意味の再導入を行なう。しかし、この代替物はどのようにして救いの機能を内包し続けられるのだろうか。絶頂を極めるであろう未来という展望は、すべての人間に自らの生がむなしく失われることはなかろうとの確信を与えるが、それは彼らがその一部をなす全体の進歩のために寄与したという理由による。ルナンはこの希望の代償として、すなわち人類が最終的頂点にいたる代償として、個々の人間にその幸福を犠牲にすることをためらいなく要求する。「生の目的は、できるかぎり楽に生きることだろうか。それは小商人の理屈だ。なにがなんでも人類を先へ進ませることだ[18]」。『ヨブ記』のフランス語訳に添えた文章の中で、ルナンはヨブによって提示された問い、人間精神を普遍的に苦しめ続ける「なぜ神は義の人がこの世で苦しむことを容認するのか」という困難な問いに答えようとする。彼はその解答を神からの報いへの期待を一切拒否することに求める。彼の答えのキーワードは〝義務〟である。つまり、世界の究極因という観念によってしか十全に正当化されえない自己放棄の上に成り立つ、至高の義務である。

　したがって人間は、彼を越えるある実体の進歩に貢献することで、肉体の消滅による死を免れることができる。それによって人間存在は、人類という実体の中で自らの生を永続させうる。人は個人としての自分にのみ還元されることはありえないというルナンの思想は、本質的に宗教性を帯びている。「文字どおりたった一杯の水も、たった一言さえ失われることはないだろう」（『科学の未来』）。この言葉は、苦しむ者に与えられた一杯の水を救いの要因とする福音書の一節（マタイ25-31～46、マルコ9-41）を想起させる。それは知らないうちに、人に永遠の王国を保証するものである。

　『科学の未来』において、ルナンは〝神性〟(le divin) という価値を、歴史のプロセスとその到達点とに導入する。「そして人類が存在しなくなった時にも、神が存在するだろう。そして人類は神を創造するのに貢献したのであり、神の巨大なふところにすべての生が再び存在することになろう……」。「ある目的をもち、すべてをこの目的へと収斂させる」宇宙という全体は、意識をもつ人格神、カトリック神学の神を無意味なものとするが、その一方でルナンは、別の形で神の概念を人類史の中に再導入する。彼は「魂が個人的な〝生成〟であるように、神は普遍的〝生成〟である」と述べる。個人の魂が人類史と同様、生成するものであり、その生成が人間の魂を特徴づけるものであるように、神においても生成がその根本的特徴となっている。こうして生成という観念により、神と人間の魂を関連づけることで、ルナンは神と人間の間にある、本性上の対立を廃している。人間においても神においても、〝神性〟に基づく生成が本質をなす。〝神性〟という点からすると、人間と神は包括的に一体のもととしてとらえることができる。理念である神は、人間を通じて〝神性〟の完成へと向かい、こうして包括的〝神性〟も完成へと向かうのである。さらに『ヨブ記』に関連して、彼は次のように記す。

蜘蛛が巣を作るように、人類は神性を紡ぎだしていく。世界の歩みは闇に覆われているが、それは神へと向かっている。

『イエスの生涯』において、イエスの人間観は、〝神と人〟という関係を〝人の中の、人による神〟に変換する。「神は人のうちに住み、人によって生きる」。このとき著者は自らの信条をイエスに反映させてはいないだろうか。いずれにせよ、ルナンは〝イエスという問題〟を人間意識の恒常的法則に照らして分析しようと試みる。「歴史哲学のもっと広い視点に立てば、イエスの真の存在動機は人類の外に求められるべきではなく、精神世界のうちに見いだされることが理解されるだろう」(「イエスの考証研究者たち」)。イエスを語るにあたり、ルナンは超越(transcendance)の観念をあらかじめ排除している。神学的な意味におけるイエスと神の同一実体性を信じる人々にルナンが賛同しないのは、この教義の土台となっている絶対的超越性を容認できないからである。「世界が追求する神なる目的」の意識は、イエス伝の著者の中でたえず強力に働いている。人間のゆくえという視点から、彼はイエスをながめる。「神の国」という語は、人間の進歩に関する「最も高次で、最も詩的な表現」と解釈される。

『イエスの生涯』の著者はまさしく世界の合目的性のゆえに、宗教的価値の消滅に断固反対する。「宗教を消滅させるようなことがあれば、理性は呪われるがいい! 私の信じるところでは、地球はある深い業をなしとげようと働いているのだ」。

これは十八世紀啓蒙思想とは根本的に異なった立場である。ルナンによれば、人にとって礼拝する必要性がなくなることはない。既存のかたちの宗教は将来において価値を失うと予測されるがゆえにいっそう、心による礼拝は必須のものとなる。「心による礼拝」を行なうとき、「最も単純な人間」は「すべてを偶然と有限によって説明できると信じる物質主義者」に優る。人の心の懇願に答えるのが宗教の最大の役割であり、ある宗教は別の宗教によってしか代替可能ではない。宗教以外のものが宗教の代替となることはできない(19)。未来における宗教はどのようなものになるのかという思索が、『イエスの生涯』をつらぬくテーマの一つである。儀式、聖堂、司祭を廃した純粋な宗教、言い換えれば、「霊と真理による礼拝」(ヨハネ4-23)へと人間精神はますます向かっていくのである。それが宗教の最終的な姿である[20]。

さらに、世界の目的論的ヴィジョンは善と悪の絶対的対立を内部から切り崩してしまう。この二つの対立物は、視点を変えることで、互いに必要で相互補完的な関係にあると解釈される。「善と悪……それらはある神秘的な結末が遂げられるために、ふさわしい場所に生起するのだ」(『イエスの生涯』第十三版前書き)。「アリ・シュフェール氏による『キリストの誘惑』」という『宗教史研究』所収論文で、ルナンの倫理的オプティミスムは最高度に達する[21]。この絵〈図版Ⅰ〉はイエスが荒野において悪魔に試みられるという、福音伝道者となるための一種のイニシエーションがテーマとなっている(マルコ1-12〜13、マタイ4-1〜11、ルカ4-1〜13)。ルナンの解釈によれば、このときキリストは世界の救済のために暴力的手段に訴えることを一瞬考える。善と悪が彼の内でぶつかりあう決定的瞬間だが、アリ・シュフェールの描くキリストは彼の内面の戦いに完全に勝利している。「イエスは〝誘惑されている〟とはいいがたい。私はアリ・シュフェール氏がその点で、伝統的な与件を修正したことを評価する。誘惑されるというのは、半ば打ち負かされたことだから」。

この絵のキリストは美しく、洗練されている。「天上起源の美」とルナンが喩える精神の美が輝いている。それは真、善、美の一体を体現するロマン主義のキリストである。しかしキリストにもまして、彼はアリ・シュフェールの描く悪魔に感心する。画家は近代性を担う新しいタイプの悪魔像を作り上げたと、彼は確信する。角もするどい爪もないこのサタンは、その翼によってのみ神話的存在であることがわかるが、キリスト像によって表現された人間美をよりきわだたせるように描かれている。確かにこの絵では、翼さえなければサタンは人間とかわらず、その黒々とした姿が闇の存在であることを暗示するのみである。中世に描かれたサタン像と比べるなら、このほとんど人間的な姿は絶対的な悪の否定というルナンの考えにまさに適合する。「あらゆる高貴な存在のように美しく、悪意に満ちているというより不幸であるシュフェール氏のサタンは、二元論と決別し、悪が善と同様、人の心の同じ源に由来する事実を示そうとする芸術の至高の努力を表している」。『キリストの誘惑』は、近代における悪の変質の最良の証拠をルナンに提供したのである。一八五五年に書かれたこの論文が表明する信念に、以後の歴史は手痛い打撃を加えることになるだろう。それは彼がなんとしても保持しようとした幻想であったといえよう。

十九世紀後半における進歩思想の破綻にともなって、絵画におけるキリスト像はだんだん醜くなっていく。確かにアリ・シュフェールの描くキリストの美は、一八四八年の二月革命を経てなお残存したロマン主義特有の精神性と無縁ではない。ヴェルハーレンやユイスマンスなどのデカダンス期の人々を深く魅了することになるマチアス・グリューネヴァルトのキリストと、それはあまりに異なっている。

1　アリ・シュフェール『キリストの誘惑』

II ルナンのイエス像

(1) 創造的〝自発性〟(spontanéité) の「偉人」たち

〝自発〟(le spontané) は、ヴィクトル・クーザンの哲学の特徴となる観念の一つである(註14参照)。若き日のルナンは宗教研究に着手するにあたって、この観念に依拠しようと考えた。彼はこの観念をクーザンの『一八一八年の講義』から借用したが、考証の分野を宗教にまで広げようとの意図は彼独自のものである。クーザンにとって、哲学が諸真理を真性の形で保持しているのに対し、宗教はそれらの大衆的で、詩的な表現である。この折衷主義の解釈とは逆に、ルナンの目には哲学がむしろ個人の作品であるのに対し、宗教は人類の作品として映じていた。さらに、宗教はその〝自発性〟を通じて、人間意識の秘密を明らかにする。人間精神の産物である宗教はルナンにとって、本質的で不可欠の与件である。なぜなら、存在の問題に関するまったく異なったアプローチのしかたを、近代科学に示してくれるからである。

先に見たとおり、ルナンの宗教研究の中心には人類という概念がある。この本質的な方針に忠実であろうとして、『科学の未来』の著者は個人の側に傾かぬよう自分を戒めている。「一般的によい考証は、個人を警戒し、個人を重視しすぎぬよう注意しなければならない」。なぜなら、自発性のレベルにおいては、集団こそが個人に優って人間本性の倫理的直観を有しているからだ。偉人とは人類の反映であり、イエスのケースもこの原則に反していない。「イエスというこの崇高な名には永遠の美が宿り続けるだろう。人類が自らの本質を思い起こし、自らのイメージに酔うために選びとったすべての名におけると同様に」(「イエスの考証研究家たち」)。

若き日のルナンにとって、イエスは民衆の偉大な直観的力の表現であった。しかし、ミシュレの英雄の概念[22]とは異なり、ルナンにおける偉人と民衆の関係には両義性がつきまとう。民衆は「偉大な魂」の生を永遠化する伝説の作者である(この点までは、ルナンはロマン主義の考え方から離れていない)。しかしイエスも、ルナンがイエスに次いで重要視したアッシジのフランチェスコも、民衆の忠実な鏡ではないし、その真性の投影でもない。彼らの人格が人々に与えた強烈な印象が宗教運動の大きなうねりを生んだのであって、彼らの「完璧なオリジナリティ」(「アッシジのフランチェスコ」)は、民衆の世界とはある意味で異質である。『思い出』(一八八三)の中でルナンは、人が神々に比すべき偉人たちの生を描くのは、彼らの中にある神性を愛させるためだと述べている。

この神性を永遠に保持するのが人類だとしても、歴史家ルナンにとってそれは彼が〝神々〟と呼ぶ象徴的人物たちの中に凝縮されているのだ。キリスト教起源史を書くことは、何にもましてイエスの歴史を、彼の〝人格〟の歴史を書くことだった。

民衆は崇高な個人の存在を前にして、熱狂しひざまずく。一般大衆をこの傾向から引き戻そうとしたミシュレとは逆に、ルナンはイエスの力の源泉として、人々の崇拝を容認する。イエスは彼に対する民衆の愛によって強められ、死をも克服するに至ったのだ。ルナンによれば、イエスを〝復活〟させたのは、弟子たちの彼への愛である。イエスと彼を取りまく人々との絶えざる愛の交流が、イエスの人格に意味を与える。ただし、まず人々の心に愛を生み出したのは、彼の〝人格〟である。

このようなルナンの考え方には、イエスの人格の重要視に由来する不明瞭さがつきまとっている。教義や真理は諸宗教の表面的相異を越えて普遍的であるという、普遍的啓示(révélation universelle)の考えは、ロマン主義に特有のものだが、原則としてルナンもこれに賛同している。仏陀とイエスの名の並列は、その証拠と考えられよう。だが、この考えはイエスの歴史性を弱めるものでもある。『ロマン主義のキリスト』の著者F＝P・ボーマンによれば、歴史上の実在のイエスは普遍的啓示により損なわれる傾向にあり、歴史過程としてのキリストに座を譲らざるをえない。だが、ルナンは神学上のキリストを拒否したものの、歴史上のイエスを弱めたわけではなかった。したがってその唯一性のゆえに「神の子」の名をほしいままにしてきたイエスは、その教義上の重要性を失い、「神のひとり子」という観念は無意味になるが、ルナンがイエスに与える再定義、「神性に向かって最も偉大な一歩を人類に歩ませた個人」は、普遍的啓示の考えと対立する。イエスは「彼がいなければ、歴史全体が不可解なものとなる」卓越した存在である。伝統的な意味での「ひとり子」の称号をはぎとられても、イエスの存在の唯一性は、その他に例を見ない人類への貢献によって回復されるのである。山上の垂訓によって打ち立てられたこの純な感情の宗教は人間すべてを対象とするが、真にイエスの個人的作品なのである。

二十世紀の卓越した神学者の一人であるルドルフ・ブルトマンは、イエスの個性にはまったく関心をもたない。それは彼の人生について我々の知りうる情報が、あまりに不十分で不正確であるという理由による。イエスの業を理解する努力はしたがって、「彼が真に欲したこと」を突きとめることであるべきだというのだ[23]。ブルトマンにとっては、イエスによって追求された目的を把握することで、どのように私たち自身の生存を理解しうるかを知ることが肝要なのだ。彼の人生から彼の意志だけを抽出するなら、イエスは完全に抽象的な存在になってしまう。それに対し、ルナンにとってイエスの業とは、彼の歴史的個性の結晶を何よりも意味している。

（2）観念論者（idéaliste）イエス

一八六〇年、ルナンはナポレオン三世によりシリアの学術調査団の長に任命された。これにより、彼はキリスト教誕生の地を知る機会を得た。同年の四月と五月に、彼はエルサレムのみならず、イエスに関する重要な土地をほぼすべて訪れている。この道程でとったメモが『イエスの生涯』の土台をなしている。同年九月に妻コルネリーに宛てた手紙によって、彼がこの時期に草稿を完成しつつあったことがわかる。探査から戻って、パリで本格的に執筆がなされることになる[24]。

ルナンはこの旅のおかげで、実際の風土にイエスの足跡を据えてみることができた。ミシュレがその『フランス史』第一巻に「風土一覧表」（Tableau de la France）を加えた事実が示すとおり、歴史をそれが生起した場所の諸特徴と結びつけて記述する方法は、十八世紀に初めて採用され、十九世紀に発展した。ルナンもまた、イエスの生と教えを彼が生活した気候風土と関連させようと試みる。手帳に記されたメモからは、イエスの郷里への賛嘆の念がうかがわれる。「ガリラヤの花々は比類ない美しさだ。見事だ。四月のこの土地は、魅力と美にあふれている[25]」。逆に、受難の地であるエルサレムは彼の期待を裏切る。旅行者のこうした印象は作品に忠実に反映されることになる。「世界で最も寂しい土地はエルサレムに隣接する地方である。反対にガリラヤは緑豊かな木陰に満ちた美しい土地だ……」。さらにこの二つの地域のきわだった対比は、精神性の次元にも持ち込まれて、タルムードと福音書の間の対立に重なり合っている。つまりエルサレムは、ファリサイ派に特徴づけられタルムードに示される「強硬なユダヤ教」の発祥地である。イエスはこの都を好かず、死に就くためにのみここへやって来た。聖都とは対照的に、ガリラヤはキリスト教の真の発祥地として位置づけられている。花が咲き、鳥の歌う魅力ある風景は、ルナンの目にはイエスの教えにぴったりの背景であった。特に世界にもまれな調和のとれた山々は、至高の諸観念の着想の源であり、そこでイエスの最も重要な活動が繰り広げられた。ガリラヤ地方の田舎は、温暖な気候のせいで水が豊かで果実がたわわに実り、生活しやすい場所であった。住民たちは日々の糧にそう心を砕くこともなく、生活できた。この快適な環境が作用して、彼らのうちに「天と地を混同する」詩的な夢想を生み出した。ティベリアス湖のほとりでは、生活は漁師たちにとって絶えざる喜びに満ちていた。彼らは「単純素朴な人々」、「幸福な子どもたち」だった。イエスはというと、花を愛し、それを説教の種とした。「野の百合」のたとえ話はこうして生まれたのだ。鳥たち、山々、海といった自然の事物は、彼の生活の背景をなしていて何度も教えの中で引き合いに出されている。食べるのにやっきにならなくてすむガリラヤ地方はルナンにとって、イデアリスムと詩の郷里であった。

『イエスの生涯』は、その主人公を根源的に物質主義と対立する思想をもつ観念論者（idéaliste）として提示する。つまり物質は彼にとって観念の現れとしてしか価値がない。「見よ、私はすべてを新しくする」（ヨハネ黙示録21-5）と叫んだ者は、〝具体的成果〟をめざす（したがって唯心論者〈spiritualiste〉という称号は彼には当てはまらない）。しかし、彼が実現しようと欲したのは、現実的結果に対する観念の勝利であった。したがってそのイデアリスムのゆえに、イエスは、当時の扇動家たち、あるいはあらゆる時代の扇動家ともまったく異質である。現実的な力の行使による代わりに、イエスは苦しみと諦念により極限にまで達した心の純粋性に、全面的に頼もうとする。〝絶対的イデアリスム〟は「地を所有するためには、それを放棄せねばならぬこと」を人々に教える。これこそが、ルナンにとって山上の垂訓に十全に表れているイエスの真の精神である。

ルナンは肉体と魂のあり方を二つの実体の対立とは見ない。それはむしろ「人間の前に開かれた二つの生」としての、二つの存在形態の対立である。肉体の生は利益と享楽の次元にとどまる。それに対し、魂の生は絶対的無私と理念の追求によって定義される。この「上位の生」を優位におく意識は、彼のイエス像把握に直結している。「イエスにとっては観念がすべてであった。人と人を区別する肉体は意味をもっていなかった」。『イエスの生涯』第十五章のこの引用は、イエスの「超越的イデアリスム」がすべてのものとの絶えざる融合をその核心としていることを示している。イエスは彼と神の間、彼と人々の間におこる一種の相互浸透を直截的に意識していた[26]。イエスが感じていたすべてのものとの強い一体感は、天の父に対する絶対的信頼から生まれており、彼の力はそれに由来している。だからこそ、自らが弟子たちの間で分け与えられるパンであると宣言することができたのだ。イエスはその考え方において観念論者であると同時に、その表現において物質主義者であると、ルナンは言う。ルナンが考える聖餐（ユーカリスティ）の意味を、L・レタは次のように解釈する。「イエスのイデアリスムの目指すのはメタファーであり、すべての総体的な把握である。このメタファーは彼の内と外において生きられ、存在のあらゆる様態を結びつける。それは全員の一人の中への渾然一体の統一を完成する。聖餐はしたがって、独自の効用をもつ秘蹟としてではなく、超越的イデアリスムのメタファーとして、まさにイエスの遺産である[27]」。

『イエスの生涯』の著者が、主人公をその生きた環境と時代の中に据えようとする意図については、すでに触れた。確かにイエスの姿とその郷里ガリラヤの間には照応関係がある。だが、このような前提が矛盾した一面を含んでいることも看過できない。第一にイエスがその出生により、またそのイデアリスムによってガリラヤの出であるとしても、彼の弟子たちは同じ地方に生まれながら、自分たちの師を完全に理解するに至らない。つまりイエスとその他のガリラヤ人たちの間には、越えることのできない溝がある。次に、ルナンのイエスは、イスラエル民族の精神的系譜によって説明がつかない。確かにイエスは彼の貧しさに関する教義の土台となる二つの考えを、先祖たちの思想から得ている。一つは富を無価値と見なし貧者たちを賛美すること、もう一つは、この世には国家、血縁、法にまさるものが存在するとの考えである。だがそれはユダヤ教の中では宗教的狂信に帰着する。つまり「自分の民族のほとんどすべての欠点を免れた」イエスは、彼の祖先の宗教の破壊者として登場する。自然環境、精神風土による説明は、かくしてその論理に破綻をきたし、イエスをその先祖たちの歴史から引き離す。普遍的イデアリスムの担い手であるイエスは、この称号のゆえに民族的・地理的枠組みを逸脱してしまうのである[28]。

(3) 貧しさと友愛

イエスが説いた貧しさについては、意見が分かれる。R・ブルトマンによれば、人が望んで貧困の生活を送っても、それ自体は神の前で特別の価値をもたない。イエスが人々に要求したのは、むしろ犠牲である[29]。だが、ルナンにとってはイエスが告げた「よき知らせ」は、誰よりもまず貧しい者たちに向けられていた。

純粋なエビオニスム[30]、すなわち貧しい者たち《エビオニーム》だけが救われ、貧しい者たちの治世が訪れるだろうとの教義は、したがってイエスの教義であった。(『イエスの生涯』)

貧しさをめぐる山上の説教に関し、マタイ福音書とルカ福音書では明らかな相違がある。マタイでは「心の貧しい人々は、幸いである」(5-3)のに対し、ルカでは単に「貧しい人々は、幸いである」(6-20)となっている。ルカがまず物質的貧しさを念頭に置いていることは明らかである。ルナンの思想の中でも、貧しい人はマタイの言うような〃心の〃貧しい人を意味していない。それはあくまで物質的無所有の意味であり、フランチェスコ派の活動において福音書的貧しさはその頂点を極めた、とルナンは考える。

〃貧しさ〃はイエスの真の系統が、決してそこから逸脱することのない理想として残った。何一つ所有しないのは、真に福音書的状態である。(『イエスの生涯』)

ところで貧しさは、まず地上での生への無関心として価値をもつ。地上的わずらいの空しさを吹き飛ばすことで、貧しさは人間を解放する。さもなければ人間は物質的関心事にかまけて、不安と苦悩の生を送ることとなろう。だからこそ、イエスは弟子に何一つ所有せず、施しともてなしでのみ生きるよう命じたのだ。彼自身生涯を通じて貧者であり続けた。ミシュレは物乞いによる生活を糾弾する(彼にとっては物乞いは労働の否定である)。もちろんルナンも、物乞いに生きる貧者の生を理想とすることの現実的不可能性と社会的危険を十分認識しているが、宗教的にはそれは〝聖なる〟状態である。結局、貧しさは、生きるための必要性や利害の向こうに、新たな価値を創造する。それまで社会的弱者と見なされてきた貧窮者は、所有欲の放棄によってある根本的な価値の逆転を獲得する。何も保持していないからこそ、この世の心配事から自らを解き放つことができる。現代社会は人を本質的に経済の視点によってのみとらえようとする。ある人の存在の価値評価は、その物質的豊かさとそれを獲得する能力とに還元されてしまう。貧者イエスの姿をとおしてルナンが宣言するのは、こうした貨幣に基づくあり方に対する、精神の次元の勝利である。それは高次の存在理由を人の生に与えることで、富を無意味なものとするような価値である。

> 貧しさを愛すべきもの欲すべきものとし、乞食を祭壇にまつりあげ貧者の衣を聖別したのは、まさに巧みの業である。それに経済学は大して感心はしないだろうが、真のモラリストは無関心ではいられない。重荷を負い続ける人類は、給与をもらえばそれですっかり報酬を受けていると思っては生きられない。人はパンのみにて生きるにあらずということを繰り返し述べるのは、人類への偉大な寄与である。
> (『イエスの生涯』)

さらに貧しさは人々の間に深い絆を生み出す。原始キリスト教団は、ルナンによれば貧しい者たちの集合体であった[31]。同じ理念を共有する共同体はそのメンバーを真の兄弟姉妹とする。彼らの組織は、〝国家〟と呼ばれる組織に優っている。なぜなら「神の国」すなわち「魂の王国」は、人々が自分の内奥に抱き続ける際限なき夢だからだ。このノスタルジックでありながら、常に未来のものであり続ける壮大な国に比して、国家とは何か。それは愛をエゴイスムに変貌させる仕掛けである。「国家は一つのことができるにすぎない。エゴイスムを組織化することだ」(『使徒たち』)。エビオニーム(貧者たち)の統一体はまた、血縁によるつながりにも勝利する。家族は国家という集団の基礎をなす形態にすぎない。イエスにとって、唯一理念によるつながりのみが、人を所有、家族、国家から切り離して、真の友愛を築くことができる。この世のものでない王国は、この世においてすでに、貧しさを通じて前兆的に出現しうる。

> イエスはなお先へ行かねばならなかった。すべての人間的なもの、血縁、家族愛、祖国を足下に蹂躙し、善と真の絶対相と思われた理念のためにのみ、魂と心を尽くすイエスを我々は見るであろう。(『イエスの生涯』)

イエス伝の著者ルナンの価値体系は、後に見るように、家族と祖国を何にもまして重要視するミシュレの思想とは鋭く対立している。

（4）革命家イエス

『イエスの生涯』の第一章は「世界史におけるイエスの位置」と題されており、『イザヤ書』に現れる「苦悩の人」のイメージに言及している（イザヤ52-13、53）。ユダヤ思想の特質がはっきり表れているこの旧約聖書の一節は、ルナンによれば「世界が初めて耳にした苦しみの賛歌」である。

この「苦悩の人」には美しさも優雅さもない。人々から軽蔑され、見捨てられても声もたてず、あるゆる苦痛を堪え忍ぶ。実は彼は人々の苦悩を負い、彼らの罪をあがなうために苦しむことを受け入れたのだ。その生と死は彼らに救いをもたらす行為そのものとなる。外見はいかに惨めに見えようとも、彼は救い主であり、救いの力は彼が堪え忍ぶ苦しみのうちに宿っている。周知の通り、「苦悩の人」はイスラエルの救世主の理想的原型の一つである。

ルナンのイエスは明らかに「苦悩の人」とは異なっている。第一に、ルナンの哲学からは原罪の観念が排除されているからだ。その結果、罪の贖いという考えは、ユダヤ・キリスト教の伝統の中できわめて重要であるにもかかわらず、ルナンにおいては廃棄されている。しかし、苦しみの宗教的役割が失われても、苦しみそのものの価値が消滅したわけではない。意味のずらしにより、それは新たに『ヨブ記』の主人公ヨブの姿を通して価値を付与される。ヨブは神が彼に与える、あらゆる精神的・肉体的責め苦を体験する。深い悲嘆のさなかにあって、彼はその偉大さに打ちひしがれながらも、神に抗議し続ける。ルナンはこのテクストを次のように解釈する。

『ヨブ記』は、地上での繁栄の約束のみに基づく長老社会の古い理論が不十分となった時代に、人間意識をとらえた癒しがたい動揺の表現である。（「『ヨブ記』研究」）

このドラマの結末では、主人公ヨブはその忠誠心が証明されて、主によって報いを得て、死ぬまで裕福に幸せに生きることになる。だが、ルナンにとって、肝心なのはこの終わりではない。悲痛な叫びとともにヨブが訴えたのは、かつての彼の幸福や財産を元通りに回復してもらうことではなかった。主なる神が彼の無実と正義を認めてくれることこそが、彼の望みだった。ヨブは何ひとつ悪をなしていないのに、苦しむ。それは一種暴力的な全能の力、「宿命」によって迫害され押しつぶされる義の人のイメージである。彼は決して降参しない。ヨブは自分の極限的な苦悩によってしか、最高存在に対峙できない。彼の正義の要求はそのエネルギーを、自分が堪え忍ぶ比類なき苦痛から引き出している。苦しみは人の中で精神的エネルギーを凝縮させる。この思想はロマン主義に特有のものである。ミシュレやユゴーといった作家たちも、作品の重要なページにおいてヨブの姿に言及している[32]。ルナンにとって、ヨブ像は精神の優位を象徴し、人類の展望に新たな方向性を与える。地上における報いの期待の彼方に、今すでにまったく新たな別の希望が生まれでる。

報いなど何だろう。人のなす業があまりにも美しいときには、そのうちに無限の約束が含まれているのだから。（『ヨブ記』研究」）

このように解釈されたヨブの苦しみは、「名もないガリラヤ人」イエスの苦しみの前兆をなしている。このアナロジーにより、ルナンのイエスは、ヨブと同様、消極的性格に特徴づけられている『イザヤ書』の「苦悩の人」から遠ざかる。「苦悩の人」の運命は神によって定められたものであるが、スケープゴートの無力な状態にある。ルナンによれば、倫理的な事柄に関しては強力な言葉によって他者を導き、自ら物事を成し遂げるような力強い存在が必要である。

道徳においては、真理は自覚の状態に至らなければ何らかの価値をもたないし、世界で具体的に実現されなければ不十分なままにとどまる。（『イエスの生涯』）

イエスは説教者としての初期、簡潔で生き生きとした表現で教えを説くことに優れた、繊細なモラリストであった。しかし山上の垂訓の師は、その中に存在する理想のゆえに変容せざるをえなくなる。「よき知らせ」を告げる者として、イエスは自分自身がまさにそれを実現する者でなければならないことを不可避的に感じる。その必然のゆえに「超越的な革命家」へと変貌する。イエスはユダヤの伝統にずっと以前から存在していた「神の国」という言葉に、「倫理的意味」と「社会的射程」を与えた。彼は「自然にまで及ぶ根元的革命」を夢見る。この根元性ゆえに、政治的蜂起は完全に度外視される。この類の手段では、人間のあり方に抜本的な修正を加えることはできないからだ。人間が熱望してやまない自由は、現実世界では実現不可能である。なぜならある人々の自由は、その他の多くの人々の自由の妨げとなるからである。真の自由は魂の領域でしか存在しない。「魂の自由の教義」こそ、イエスが創出したものであり、それこそが「神の国」の概念に彼が刻印しようとした倫理的意味である。その実現のために、父なる神に懇願する代わりに、彼は人々に働きかけ人々の力に頼もうとした。それがルナンの言わんとする「社会的射程」の意味である。「神の国」実現のプロセスにおいて、イエスは力の意味を変換し、苦しみと一致させる。ルナンにとってイエスが夢見た革命は、この力の意味の全面的な反転にある。この価値転倒により、彼は正真正銘の革命家となる。ヨブの姿を通してかいま見られた苦しみの卓越性は、イエスによってはっきり宣言され、これによりイエスは旧約的な「苦悩の人」のイメージと完全に断絶するのである。

もう一方で、「超越的革命家」は神の子としての人間の可能性も、宣言する。

イエスは最高位の革命家である。人間の本質が神の子そのものであることを根本とする礼拝へ、彼は人々をいざなう。
(『イエスの生涯』)

『イエスの生涯』で一度ならず、ルナンは一七八九年のフランス大革命とキリスト教の教祖の試みに、同時に言及している。この対比は、二つの間の共通の側面をルナンが見ていることによるといえよう。第一に、一七八九年の革命は、イエスのケースと同様、人類が内蔵している隠された力に負っている。大きな変動の時代には、日頃深く埋もれている潜在力が発現する。イエスは安息日の規則を破るのをためらわなかったし、ファリサイ派の人々の愚昧に対して、勇敢に立ち向かった。危機の時代には熟考は無効である。熟考を放棄することで、彼の言動は一種の狂気に近づく。彼は時として熱狂的になる。それはルナンによれば、イエスが〝自発性〟を体現する瞬間である。ルナンは大革命とキリスト教の誕生という歴史の二大事件を〝自発〟の至高の表現と解釈する。(33)「人間の心の奥深くに隠れている神の示顕は、実にさまざまであるが、広大であり〝自発的〟であればあるだけより神聖なものであって、それらはみな同じ次元のものだ」(『イエスの生涯』序文)。

第二に、キリスト教の原初の運動が「神の国」という理念によって構築されたように、一七八九年も理念によって生み出された。歴史家にとって蜂起は、ある理想的な思想の作用に起因するのでなければ、価値をもたない。一七八九年は、その根本において哲学的革命であるとルナンの目には映じていた。十八世紀の思想家たちによってもたらされた新しい理論が起爆力となり、政治・社会的実現を図るための行動がそれに付随した。大革命にせよ、イエスの試みにせよ、「人類の偉大な出来事」と呼ばれる栄誉を得たのは、理念の勝利がそこにあるからだ。

ミシュレの『フランス大革命史』を読むと、民衆のふところで生まれ、ヴォルテールやルソーなどによって表現された革命精神は、歴史のさまざまな登場人物たちによって順繰りに体現されていくという印象を受ける。ルナンによる宗教劇では最初に、たった一人の役者がおり、彼のみが理念の担い手であり行動する人である。「神の国」という理念により、イエスは「超越的革命家」となったが、しかしこの理念は彼の意識の中で常に明確化されていたわけではなかった。最終的にイエスはこれを「魂の王国」と解するようになる。彼が人々にもたらそうとした解放は、精神の領域に属するものだった。だが、彼の「神の国」に対する考え方は二面的で、「黙示録的なヴィジョンの文字どおりの実現」という考えを完全に打ち捨てたわけではなかった。彼自身、当時の民衆の心を強くとらえていた幻想から自由ではありえなかった。ルナンによれば、この世の終わりという夢想こそが、精神の王国を希求するイエスを、死に対して強くしたのだ。イエスの企ては、その考えの二元性のゆえに実り豊かでありえた。終末論的思想は必然的に人々の目を未来に向けさせる。終末論の幻影により、イエスは世の終わりを大変近い将来のこととしてとらえたが、この展望は彼の「偉大な未来に関する直観」から生まれたもので、これにより人類の進歩と世界の有目的性という十九世紀の観点を、イエスは先取りしているのだ。

すべての偉大な変革者に共通の幻想によって、イエスは目ざすものがずっと早く実現すると思い込んだ。彼は人類の歩みの遅さを考慮していなかったのだ。十八世紀を経てもいまだなお完了すべくもないことを、一日にして実現できると想像したのだ。（『イエスの生涯』）

千年王国論は、超自然的な世界の終末に関する信仰としては、現実離れした空想にすぎないが、キリスト教に革命的出発点を与えた。つまり「魂の自由の王国」を目指したイエスの教えが単なる倫理的教訓とならなかったのは、終末のヴィジョンのゆえにそれが「さし迫った未来の偉大な出来事」として把握されるというダイナミズムをもちえたからだ。したがってイエスの教えの躍動を伝える福音書を、単に道徳訓・人生訓の書として読むことは不可能である。

（5）魅する人イエス

ジェラール・ド・ネルヴァルの『幻想詩篇』でのキリスト像は、形而上学的な苦悩と自らの使命に対する疑念とを表現している。

神の目を探しながら、私は眼孔しか見なかった。
巨大で、黒く、底のない……（「オリーヴ園でのキリスト」）

ルナンのイエスもゲッセマネの園において、同様の苦悶を味わう。ここでのイエスは、〝人の普遍的な疑念の象徴であるキリスト〟というロマン主義のテーマに近づく。またルナンの描くイエスはネルヴァル的解釈に別の面でも似通っている。それはアドニス、アティスといった異教の神々とのアナロジーによってである。『イエスの生涯』においては、この近似は暗々裡にしか示されていないが、〝若くして死んだ美しい神〟のテーマは確かに根底に認められる。[34]

何回も繰り返しルナンは主人公の〝魅力〟に触れる。「これほど多くの人々を信じさせたのには、確かに彼の人格と言葉の測り知れない魅力にも一因があった」。そしてルナンは「この美しい青年」という表現を使ったりもするが、それはイエスが外見的にも美しかったことを示している。第十三版の前書きでは、登場人物を「魅惑的な青年」とすることが、著者にとって論理的必然であったと述べられている。「私は主人公を美しく、魅力的にする必要があった（というのはまちがいなく彼はそうであったから）」。

イエスの魅力は、人間のうちにひそむ神性をあかしする内的な力である（『思い出』の中に、先にも触れた次の一節がある。「どうして人は偉人たちの生を描くのだろうか。それが彼らのうちにある神性を愛させるためでないなら。そしてこの神性がなお人類の心の中に生き、また永遠に生き続けることを示すためでないなら」）。人々は自分たちのうちに潜在状態でとどまっている神性を、イエスのうちにあがめるのであり、それゆえに賛美と帰依の深い感情がわき上がる。したがってまさしくイエスの〝魅力〟がキリスト教の運動全体を始動させたのである。しかし、ここでの「魅力」を情緒的に甘ったるく解釈しては、事を誤ることになるだろう。ここではむしろ、ルドルフ・オットーが『聖なるもの』で述べている、いやおうなく人を魅するもの、「ヌーメン的な性質と力」を想起したほうが、ある意味でルナンの言わんとすることに近いであろう(35)。

『イエスの生涯』の作者は、肉体消滅後の霊魂の永続を認めない。だが、彼にとってイエスの完全な死という考えは不合理そのものである。イエスは別の形で不死であるべきなのだ。ルナンはイエスに別の生存形態を与える。彼にとって人間の真の生とは、肉体の滅びとともに止むものではなく、むしろ死が愛する人々の心に目覚めさせる生のことである。

イエスは他者の愛の中で永遠化し、彼が愛されるところで生き続ける。それのみがルナンにとっては真の行動であり、通常活動家と呼ばれる人々の生はそれに及びもつかない。そしてこの「影響による生」は十字架上で確立される。「十字架の上で彼は神的な生を生き始め、無限の世紀にわたって人類の心の中で生き続けるだろう」。

ここから、歴史家ルナンの思想の重要な側面が読みとれる。つまり、人の心には、天才の死に対する拒否の感情が本能的に存在するということ。人々は天才がいつまでも生きることを願うものだ。『キリスト教起源史』の第二巻にあたる『使徒たち』には、この点に関して興味深い記述がある。イエスはまずマグダラのマリアの心の中で復活したというのだ。ルナンは測り知れない射程をもつ愛の影響力を強調してやまない。信仰を与え、死を打ち負かすのは愛である。ルナンはイエスを「自分を愛させることができた人」と定義している。ルナンの解釈では、すべてはここから始まる。キリスト教の信仰は愛と同一のものである。愛も信仰も、断言する力を人間に与える。確信の叫びとともに自らの理想を確立することができるのは、たぐいまれな幸福である。「断言することをやめる日には、人類は存在することをやめるだろう」（「近代社会の宗教的未来」）。この影響力はマグダラのマリアにおいては、とりわけ大いなるものだった。なぜなら彼女は「わたしは主を見ました」（ヨハネ20-18）という断定により、崇拝する師を死から引き離したのであるから。それゆえルナンの目には、キリスト教の確立にあたってイエスの次に重要な役割を果たしたのはマグダラのマリアであり、その意味で彼女は「イデアリストたちの女王、保護者」であると映る（『使徒たち』）。

こうしてマグダラのマリアは、『キリスト教起源史』中でほとんど存在が黙殺されているもう一人のマリア、すなわちイエスの母マリアと対照をなす。母マリアが十字架の下にいたことさえ、ルナンは認めない。息子の死後もキリスト教の動向の中で、母マリアの役割はほとんど問題となっていない。血縁によるつながりは、愛とイデアリスムによる一体の前ですっかり否定されている。

（6）永遠の福音書

真に宗教的人間であれば、かつて自分がそこに理想を見た伝統的な教えを完全に嫌悪するようになったり、自分の思想が進歩することで得た新しい信仰とそうした旧い信仰との間に、たとえ不可能であろうと何らかの折り合いをつけようと骨折らないことなどあろうか。（『反キリスト者』）

ルナンのこの言葉は、個人的な告白とも解釈できる。司祭としての召命を投げうった後も、生涯をユダヤ・キリスト教研究に捧げた彼自身の心情の吐露とも受け取れる。同時にまた、十九世紀の批評的精神の内的必然性の示唆と解されなくもない。一八六〇年の「近代社会の宗教的未来」と題された講演には、『イエスの生涯』を先取りする形で、ルナンのキリスト教に関する思索がもられているが、そこでは、過去のシステムから解放された自由でまったく教条主義的でないキリスト教が、今後発展することだろうとの表明がみえる。このようなキリスト教観はルナンにのみに特有のものではなかった。『中世史』第一版（一八三三）の頃のミシュレもまた、キリスト教が新たな再生を果たし、生き残ることを願っていた。ジョルジュ・サンドやヴィクトル・ユゴーについては、宗教・社会的刷新に関する彼らの夢が、福音書的シンボルに多くを負っていることは、後述するとおりである。

ところで、中世に存在したある宗教運動が、人類の未来に強い関心を寄せていたこうした思想家・作家たちの注意を引くことになる。それは十二世紀後半の神秘主義者フィオーレのヨアキムの預言に端を発する「永遠の福音書」の運動である。L・レタは、「ヨアキムの思想はその延長上において、直接の働きかけとしてではなくとも、遅ればせの参照として、〝神性〟に関するロマン主義の多くの曖昧性と関わっているのではなかろうか」と指摘している[36]。

ヨアキムは時を三つの時代に分け、第一を旧約聖書と関わる父の時代とする。第二は新約聖書と関わるキリストの時代、第三は聖霊の時代である。千年王国論的預言に関しては歴史がすでにその誤りを証明したが、この理論は少なくとも一種の進歩の思想を含んでいた。それゆえにロマン主義の時代に大きな評価を受けることとなった。ルナンによれば、フィオーレのヨアキムは『黙示録』の中に「人類の未来の秘密」を発見しようとした最初の人である。もちろん、世界の大変革を正確に予見しようとする千年王国的な側面については、ルナンは科学の名において否定する。だが、ヨアキムの教義はある種の歴史哲学に基づいており、中世末期に俗世の事柄にかかわりすぎ、世俗の権力としのぎをけずった教会に対する根源的な反逆を内含していた（「フィオーレのヨアキムと永遠の福音書」）。

ルナンによれば、フィオーレのヨアキムの教義は一二一〇年にアッシジのフランチェスコが創設した教団と密接に結びついた。フランチェスコ会の中に、ヨアキムの思想に共鳴する聖霊派と呼ばれた者たちが現れ、彼らのおかげで「永遠の福音書」の教義は広く行き渡り、急進化した。さらにルナンは教団の内部に、世界の全面的変革への希求が存在したと指摘する。さらに、フランチェスコ派のヨアキム賛同者たちが千年王国論に基づき大変重きをおいていたある並列関係が存在することに、過去のさまざまの資料をつきあわせることでルナンは気づく。それは洗礼のヨハネ―イエス（新約聖書により確立されている系譜）の第一の系と、フィオーレのヨアキム―アッシジのフランチェスコ（フランチェスコに至るヨアキムの教義に「永遠の福音書」の名が与えられた）の第二の系である。この図式は、新教義の共鳴者であるフランチェスコ会士たちによって作り上げられたものであり、イエスとフランチェスコを同一平面に置いている。

ルナンはこれをイエスに関する彼の解釈を根拠づけるものとして利用する。イエスの生は、伝説的要素にあふれている。伝説が現実のある出来事を核にしているとしても、イエスの生は救世主の生と死の語りとして強力に方向づけられており、奇跡物語に彩られた福音書の中で史的イエスを抽出するには困難がともなう。現にシュトラウスの神話解釈方式では、史的イエスはもはや問題とならない。フランチェスコの生もイエスの場合同様、伝説につきまとわれている。しかし中世のこの人物の実在を疑う者はいない。それどころか、彼にまつわる伝説は、フランチェスコの人となりが民衆に与えたインパクトの大きさを生き生きと伝えている。「永遠の福音書」の図式によって連想されたイエス―フランチェスコの並列関係をヒントに、ルナンはフランチェスコの存在をとおして、イエスをながめる。そのとき、アッシジの僧の存在が、彼の目にはイエス像の真実を保証すると映ったのである。アッシジのフランチェスコは一生涯誰よりも忠実に主を模倣しようと試みた。いわばコピーの信憑性がオリジナルのそれを保証しているのである。

ルナンによれば、「聖人中の聖人」と言われたフランチェスコは、イエスの美意識を反映している。別の言葉でいえば「ものの感じ方」であり、これはイエスにあって最も独創的な部分である。自然の中で、人々に囲まれ、イエスが感じる一体感には独特のものがあった。ルナンの目には、フランチエスコはこのイエスの感性の後継者として映っている。『被造物たちの賛歌（太陽賛歌）』は「福音書以来、最も美しい宗教詩の一篇である」（「アッシジのフランチェスコ」）。芸術はブルジョアが介入する余地のない貧者あるいは王侯たちの領分であるというルナン流の考えによれば、フランチェスコはすべてのものと一体化する偉大な芸術家である。

外見的には修行にのみ重きを置いているようでありながら、フランチェスコ派の運動は山上の垂訓に表現された福音書の精神の実践による、世界の全面的変革を目指していた。それは地上の富を完全に放棄し、絶対的貧しさを実践することによってなしとげられる変革である。ダンテの『神曲』にあるアッシジの貧者への賛歌が示すとおり、フランチェスコにおいて「貧困という婦人は、やっとその伴侶を見いだした[37]」。彼の精神の忠実な継承者たちは、彼を第二のキリストととらえた。貧しさにおいては第一のキリストに優るとさえ考えた。その出現によって世界は新しい時代に入ったと信じたのである。歴史家ルナンはこうしたひそかな熱望を、過去の記録に発見し、民衆意識から生まれたフランチェスコ派の運動を、宗教改革の先駆的な動向の一つとさえ解する。

『使徒たち』の序文の中で、彼は「もし数個の生を有していたなら」、フランス大革命史かフランチェスコ教団の歴史のいずれかを書きたいという願いを表明している。F＝P・ボーマンによれば、七月革命と二月革命という二つの革命にはさまれた一八三〇年から一八四〇年代にかけて多くの人々は、一七八九年の革命は福音書の完成であったと確信していた。一八四八年の二月革命では、キリストの受難と革命の暴力の間のアナロジーが叫ばれる。ルナンもまた福音書に潜在する革命的力を認識していた。「福音書はかつて存在した最も革命的で最も危険な書であったから、カトリック教会は慎重にこれを遠ざけた。しかしその結実を完全には妨げられなかった[38]」。福音書の革命的可能性は西洋に伝達され、大革命よりずっと以前にフランチェスコ教団の動きの中で具体化する。

ところで、イエスとフランチェスコの類似に、〝人種〟の問題があるニュアンスをもたらす。確かにこの二者の存在の二元性を、ルナンはフランチェスコ会のヨアキム主義者たちに見いだしたのであるが、ヨアキム―フランチェスコという西洋の系譜が、洗礼のヨハネ―イエスの系譜に対して優越しているという意識がそこには潜在していた。もちろん中世の彼らにとってこの二重の図式はあくまで継承関係であって、一方が他方の系譜を疎外するわけではなかった。しかし、子から聖霊の時代への交替というヨアキムの教義にしたがって、西洋の系譜に必然的により大きな価値が付された。

十九世紀にあっては、ロマン主義の歴史家たちは人類の体系を打ち立てようとする意図のもと、人類を分類する傾向をもった。ルナンも時代の動向を免れえなかった。先に見たように、『イエスの生涯』においてイエスはユダヤ精神の系列から断絶されている。さらに、ゲッセマネの園の〝疑念〟と、自らの作品を笑うことのできる達観を備える「アイロニーの師」としての性格によって、イエスはほとんど西洋化されている。だが八十年代以降、ルナンはイエスをユダヤの預言者たちの系統に組み入れ、ついに彼のユダヤ性を認めることになるだろう。つまり、イエスに代わって「第二のキリスト」とされた、「キリストの完全な鏡」である聖フランチェスコが、西洋キリスト教の卓越した代表として評価されることになる。

III　ルナンのプレデカダン的側面

『イエスの生涯』の第十三版の前書きでは、神学者と歴史家が対比されている。前者が教義に専念するのに対し、後者が扱うのは芸術と真理である。「歴史家には唯一の関心事があるだけだ、芸術と真理である（この二つは分かちがたい。芸術は真理の最も内的な法則の秘密を保持しているからだ）」。この一節から、ルナンが真理の探求に際して美意識を高揚していることがわかる。一八四八年に書かれた『科学の未来』はすでに、人間が善に向かって進むに際し、全面的に依拠できるような普遍的教訓を打ち立てることの不可能性を指摘して、それゆえに美という基準の価値を説いている（「同様に未来に関しても、道徳という語は不適切になり、他の語によって置き換えられると思われる。個人的使用に際しては、私は好んで美意識（esthétique）をそれに換えたい」）。道徳的基準の多様性は世界的視野に立てば明らかで、善とは何かを知るための努力を著しく困難にしている。さらにルナンは外から強要された一般的規則の必要性を認めない。なぜなら、内なる〝自発性〟、言い換えれば、美的直感は人が自己の行為を真の道徳性へと導くのに、それだけで十分だからだ。

精神的美はしたがって「宇宙の絶対意識」が到来するまでは、善の正当にして唯一可能な「代替物」であるだろう。イエスは彼の教説の詩的美しさによって、大衆を魅了した。教条主義には、「高次の詩」が欠けているのに対し、山上の垂訓はその詩的な美しさによって他を寄せつけない。山上の垂訓が創造した幸福（「心の清い人は幸いである……」）は、実践や有用性と結びついた道徳に対するアンチテーゼである。美的判断と分かちがたい理想的な価値が、ルナンのイエス像を特徴づけているといえよう。

ルナンの諸研究は、芸術は「最も高次の批評」であるという考えに依拠している。このことから宗教についても、美的要素を看取することが肝要となる。ところで、キリスト教の祭壇であがめられているのは、ギリシャ的美の理想とは全く別物である。ルナンによれば、キリスト教は「奇妙な、矛盾した」美を発見したが、それは健康な肉体の自然な美しさと対照をなす。キリスト教徒があがめるのは、「死せる神の遺骸」か「青白く、ヴェールをかぶった《苦悩の乙女》」である。この基準の反転（「偏向」）は、ルナンの信じるところでは、人間精神に根ざしており、理想的世界、無限の希求と結びついている。[39]

ところでルナンは、この新しい美の基準が、ことに皇帝ネロの時代に行なわれた迫害と多くの信者たちの殉教から生まれたと考察する。

彼によれば、原始キリスト教の殉教者たちは逡巡なく死を受け入れ、むしろそれを望みさえした。「信仰のために苦しむことは、人間にとってあまりに甘美であったので、この誘惑だけで信仰心をおこさせるのに十分だった[40]」。この新しい美のあり方は、マグダラのマリアにおける、イエスの復活の断言に淵源している。奇跡としては容認しがたいイエスの復活は、宗教心理学の視点からは、本質的な出来事である。マグダラのマリアは、イエスの復活の第一発見者であった。墓に着くなり、彼女は入り口を塞いでいた石がとりのけられており、イエスの体がそこにもうないことに気づく。彼女が確信をもって「彼は復活した！」と宣言するのに、それで十分だったのだ。ルナンはこの断言が復活信仰の出発点になったと考える。

意味深いのは、この宣言が、激情に駆られた女性心理の幻想の産物と解釈されていることだ。「しかしながら、マグダラのマリアの強烈な想像力がこの状況下で決定的な役割を演じた。愛の崇高な権能！　幻覚にとらえられた一人の女の熱情が、復活した神を世界にもたらした瞬間！」。ルナンは青年時代からすでに、愛と宗教という、ともに人間精神の産物であるふたつのものの間に密接な関係が存在することを認識していた。「アビラの聖テレジアを読んでみるがいい。彼女は愛で熱狂している。かつて最も激しく燃え上がるような恋情もこのような調子を生み出したことはなかった。それは彼女の夫、最愛の人なのだ。しかし、彼女がそんなふうに呼んでいるのは、十五世紀も前に死んだ人のことである。それを笑う者は不幸だ。そのような者は人間精神の何たるかを、その誇るにたる独自性を理解していないのだ」(『イエス・キリストに関する心理学的試論』)。キリスト教信仰の黎明期からすでに、人々、特に女性たちを魅了したのはイエスの業ではなく、彼の人格であったという事実をルナンは強調する。「宗教と愛の根源的一致」の考えは、ルナンのキリスト教分析の中で維持され続け、マグダラのマリアとその役割の評価へとつながる。「復活信仰の醸成に関してマグダラのマリアの演じた役割は、愛の絶頂であり、真に愛の奇跡である[41]」。

だが、先に見たように『使徒たち』の一節では彼女は「幻覚にとらえられた女」と呼ばれている。後年、ルナンは『新・宗教史研究』(一八八四)の前書きで「宗教史に登場する女性たちは奇妙であり、宗教史の主人公たちは大抵病人である」と述べる。こうした見方は、十九世紀後半に流行した、宗教的体験の精神病理学的解釈と軌を一にしてはいないだろうか。確かに聖フランチェスコの聖痕についての彼の仮説は、たとえば、一八五四年にアルフレッド・モリーが「キリスト教神秘主義の諸幻覚について」と題された論文で提示している仮説と根本的に異なっている。この論文は、フランチェスコの聖痕を肉体の苦行と断食によって過度に高揚した想像力に起因するものとし、このいつわりの奇跡のゆえにフランチェスコは第二のキリストと考えられるようになったという[42]。

ルナンはといえば、この類の医学的分析をフランチェスコに当てはめようとは断じてせず、それを会の最高責任者であったコルトナのエリアが行なった不正行為に帰着させる。だが、十三世紀の修道女クリスティヌ・ド・シュトメルンを分析するにあたっては別で、精神病理学的解釈に傾いている。フランチェスコについてはアルフレッド・モリーに強く異を唱えたルナンであるが、この福者の聖痕に関しては意見を同じくする。クリスティヌを長いこと苦しめた奇妙ですさまじい幻覚が、女性特有の心理的障害と、ある青年修道士に対する彼女の抑圧された愛に起因することをはっきりと述べている。間違いなく純潔であった彼らの関係においては、熱狂的宗教感情に性的本能がない交ぜとなって混入している。「二度にわたってクリスティヌは服の下に手をもっていき、肉片のついた血塗られた釘を取り出した。彼女はその一本を修道士に手渡したが、それは彼女の胸の暖かみをなお宿していた。修道士ピエールはそれを聖遺物のようにながめ、以来そこから目をそむけることも、心をそむけることもできなくなった[43]」。ルナンはクリスティヌの幻覚からの回復を、四十三歳という彼女の年齢と、最愛の人ピエールの死によって説明しようとする。性的欲望は肉体の衰えと愛の対象の消失によって鎮まり、それとともに宗教的幻覚も止んだのだ。

とはいうものの、ルナンは宗教的事象を絶えずこのような視点で分析しているわけではない。ネロによる迫害の時代のあるキリスト教殉教者のエピソードに関して、彼は『反キリスト者』の中で次のように言う。「伝説によれば、これら聖なる女性たちの一人は、受難に向かって歩みつつ、ある青年に出会った。青年はその美しさに打たれて、彼女に哀れみにみちたまなざしを向けた。形見を残そうと、彼女は自分の胸を被っていたハンカチをとって、彼に与えた。この愛のあかしに陶酔して、青年はすぐさま自らも殉教者となった」。

この一節を先ほど見たクリスティヌとピエールの関係と比較すると、二つの引用には類似点もあるが、根本的な相違がある。『反キリスト者』の中では、死への言及、殉教への言及が、信仰と官能的な愛の間で揺れる両義的な熱狂を一種宗教的に浄化するものとなっている。この種の宗教事象はフロベールの『聖アントワーヌの誘惑』にも描かれる。ローマのパトリキの女性が、殉教した恋人の血を吸った海綿に口づけするシーンである[44]。死によって強烈なものとされた宗教感情と官能の融合をフロベールも取り上げているのだ。のちに、世紀末精神は、芸術創造において、この種の宗教心性を高揚することになるだろう。

女性の強烈な信心を、その心理と生理によって説明している点で、ルナンは『ジェルヴェゼ夫人』を著したゴンクール兄弟とも接近する。ゴンクール兄弟にとって、女性の宗教感情は年齢と神経作用とに密接に結びついている。「信仰への最初の接近がもたらした無気力化によって、彼女はこうした霊的な感覚の誘惑に身を委せるようになった。その作用は人生の折り返し点に立った女性の肉体に強く働きかけた[45]」。病的で神経質なたちであるジェルヴェゼ夫人は結核の影響により、従来からあった宗教的なものへの傾向を強めていく。ゴンクール兄弟の記述の中では、魂と肉体は不可分なものとして融合されている。「魂のあらゆる感覚」、「精神と化したこの肉体の熱望」、「これら霊的感覚」といった表現は示唆的である。彼らは、主人公のケースにおいて、「魂の諸事」を神経の作用とし、彼女の宗教への傾倒を女性生理に還元しようとする。

ゴンクール兄弟は、ヒロインの「イエス・キリストとの出会い」を語るに際し、ルナンのイエス像を、彼らなりに要約して提示している。それまで自らの知性によって抑制してきた「女性特有の感傷癖」は、宗教との接触によって表面化し、ジェルヴェゼ夫人をほとんどマゾヒスト的といえる精神性へと導いていく。「その本性、人生でほとんど消費されることのなかったひそかな愛の熱情によって、極端な感情を備えたこの女性は宗教の中に、峻厳な犠牲、詳細な殉教の様、自分自身を痛めつける英雄的行為の絶好の機会を見つけだした」。それは「聖なる狂気と宗教的愛の、幻覚に満ちた歓喜」だった。こういった表現はゴンクール兄弟が世紀末の精神性に属することを示しているが、ここでは宗教と精神病理学の間の密接なつながりを強調するものとなっている。エロスとタナトスは、宗教感情の強烈さによってカムフラージュされ、ジェルヴェゼ夫人の人格に絶対的支配を及ぼす。肉体はここでは、M・ヒュマロリの言うように「魂の恐るべき医学的真実」そのものなのだ[46]。

小説の冒頭で、カンポ・ヴァチーノを訪れたジェルヴェゼ夫人は、キリスト者たちの迫害に思いを馳せる。ゴンクール兄弟はヒロインの思いに自分たちの考えを重ねて次のように述べる。「人間の心の両極端である、死を眺める熱狂と、死への狂気とが出会ったこの大いなる舞台を、彼女は生き生きと再現してみた」。

死刑執行人と犠牲者のテーマは、『反キリスト者』の中でも分析されている。だが、ルナンの語りは、迫害者と迫害される者の行為の双方に意味を付与する歴史家のまなざしに導かれていることに留意すべきであろう。「……多分永遠の生においては、迫害された者たちは、苦しみによる完成の烙印を押してくれたことで、迫害者たちに感謝するだろう……」。

『黙示録』に現れる〝獣〟は、ルナンによれば、キリスト教徒たちが反キリスト者と考えたネロを指している。この皇帝の死後も、彼らはこの恐るべき迫害者が地上に舞い戻って来て、その復活したネロこそ真の反キリスト者となると信じていた。「現代の詩人たちの読書によって常識が退廃してしまったようなブルジョア」に比較される、ルナンのネロは、彼の「ゆがんだ美的遊蕩」を通して、〝獣〟の役割を演じることになる。彼は確かに怪物であるが、繊細な感情をもちあわせているがゆえに、「野卑な怪物」ではない。ルナンによれば、キリスト教感性に特有の美学の発見者はネロである。殉教の女性たちの純潔な裸体は、ネロの犯罪によって人目にさらされたが、「羞恥心が一種の官能であり、それだけで一種の美であるという原理」を教えた。この悲壮なドラマの発明者であるネロは、実はその唯一の観客であった。彼はこのひそかな秘密を見破るまなざしそのものとなる。見ることの享楽、のぞき見の享楽、ルナンがネロに見いだしたのはこれである。「シモドーセ〔シャトーブリアン『殉教者』のヒロイン〕の先祖のイメージは、古代のカメオの女性像のように、ネロのエメラルドのレンズの奥で屈折した」。

ルナンは『反キリスト者』の序文で、次のように告白する。「歴史への嗜好、人類のスペクタクルが展開されるのを見る時に感じる比類なき享楽の思いが、この巻においては私をとりわけ駆り立てたことを、隠すまい」と。ここで彼は歴史がスペクタクルであり、歴史家はそれをながめるまなざしであることを、はっきりと述べている。かくして彼自身の歴史家としてのまなざしは、ネロのまなざしと一致する。L・レタの言うように、ルナンは「シャトーブリアンとユイスマンスの間で時としてプレデカダン的な想像の色合いを帯びて揺れ動く」[47]。『殉教者』のヒロイン、シモドーセへの言及が示すとおり、キリスト教徒迫害に関して、ルナンは当然シャトーブリアンを念頭に置いている。ところで『殉教者』の結末に次のような一節がある。「殉教者ユドールはマントを脱ぎ、それでシモドーセを被った。彼女が闘技場で虎によって引き回されるとき、できるだけこのホメロスの娘の魅力的な肢体を見物人たちのまなざしから守るためであった。ユドールはこれほど純潔な死が、たとえ誰か他の人々のものであっても不純な考えに汚されるのを恐れたのだ[48]」。シャトーブリアンは、視線を通じて円形劇場で繰り広げられる純潔と汚れ、清らかさと不純のドラマを意識していた。

ルナンのネロのまなざしは、それ自体強姦である。強姦され、汚されたイメージは、この汚れのゆえに新たな美的・宗教的感受性を創造する。この美のコンセプトの奇妙な変容は、ながめられたイメージを官能的享楽の対象に変えるが、それはネロのうちなる芸術家の視線を通して行なわれる。ユイスマンスではたとえば、『薬味箱』の「赤の単彩画」において、のぞき見趣味、視線のフェティシスムが魅惑的な女性像を描き出す。ここではながめられる女性は芸術作品のように、芸術家の観賞の対象として提示されている。彼女は芸術によって高められ、野卑な現実を逃れる。

ルナンは女性の殉教者像を通して、キリスト教的美学の誕生に立ち会うためにネロの視線をとらえるが、同時に彼はこの宗教劇の倫理的側面も看取している。「懐疑主義者はだれでも羨望の目で殉教者たちをながめ、何かを宣言するという至高の幸福をねたましく思うだろう」。殉教者たちのうちに精神的エネルギーのイメージを認めることによって、ルナンはゴンクール兄弟の医学的な分析から距離を置く。そして芸術家の凝視によって、世紀末の感受性を先取りし、ユイスマンスに接近するのである。

第二章

正義の原理としての「永遠のキリスト」、そして〝女性の世界〟の表現であるイエス——ジュール・ミシュレ

I　ミシュレにおける歴史哲学

ジュール・ミシュレ（一七九八―一八七四）は十八世紀初頭のイタリアの哲学者ジャンバティスタ・ヴィーコを唯一の師としていた。彼にとってヴィーコは「歴史の形而上学の創始者」[1]である。自分は精神的にヴィーコから生まれたとミシュレは述べている。ある意味で彼は形成途上にあった自らの独自の信念を『新しい学』の著者の中に発見したともいえるのである。[2]彼はヴィーコのシステムに強く共感し、その宗教的側面にも心惹かれた。「人類は自分自身の作品である」という『新しい学』の根本原理は、人類に全面的自律性を認めながらも、だからといって神の観念を無に帰しはしないものと、ミシュレには思われた。「神は人類に働きかけるが、それは人類を通してである」[3]。ヴィーコの考えは人類の神的性格を結論づけるが、神の排除を目指してはいない。

ミシュレにとっては、民衆が人類を代表しており、大衆レベルの行動が歴史全体を構築する。祖国、家族、所有はミシュレの民衆という概念にとっては最重要であり、この点で前章で見た『イエスの生涯』の著者の思想とは対照をなしている。『民衆』の著者にとって生存することは、何よりも「時空間において、自分に属する部分を切り取ること」[4]である。人間のこの物質的必要性から、国の必要性は生じる。前章で見たように、家族という血縁によって形成される単位は、ルナンのイエスにとってはほとんど価値がなかった。『民衆』では、家族は国家の根本的な下部構造をなしており、「真の神の都」である。だがミシュレの家族の概念においては、血のつながりは必ずしも最重要の位置を占めているわけではない。『魔女』によれば、中世のある時期まで人々は「寝起きを共にする」人や家畜の雑多な集まりという生活形態にとどまっていた。その中で女性はこのような住居のありとあらゆる不便と惨めさを被ってきた。夫、妻、子を単位とした小規模の家屋が出現してはじめて真の家族と呼べるものが生まれたが、そのおかげで女性は人間の尊厳を得ることができた。[5]このような理由で、家族は、人間を真にこの名にふさわしいものとする重要な要素のひとつとなるのである。

キリスト教史家ルナンによれば、人間の魂にとって所有行為は、無所有という精神的美を台無しにしかねない。それに対しミシュレは土地を自分たちのものとして所有することで、民衆は社会的災禍から身を守ることができると考えた（領主の権力に屈従させられていた中世の農奴の悲惨は、彼の手になる歴史にはっきりと刻み込まれている）。それは彼が人と大地のつながりを強調する理由の一つである（「フランスでは、人と大地は連帯し、互いに離れることがない」『民衆』）。

大地は農民に自由を保障する。大地なしには、いかなる徳ももちえない。したがって、所有、すなわち大地の一部を自らのものとすることは、徳性を有するための不可欠の条件のひとつとなる。実際、個人の所有する土地は、ミシュレが「民衆の思想の物質的表現」と定義する祖国の一部をなしているのである。

労働についての考えをめぐっても、ミシュレとルナンという二人の歴史家の見解は対立する。『民衆』でミシュレは、「働く人」こそ「近代人の真の名である」と宣言し、この価値基準を過去の歴史にも適用している。〝行動〟の延長としてとらえられた〝労働〟は、民衆本来の生きる力のあかしであり、労働とは行動を起こすこと、人の生がその始まりから立ち向かわねばならない物質的な不如意と積極的に向き合うことである。労働は人間にふさわしい崇高な努力であり、これと対局にある瞑想と物乞いはともに糾弾される。観想と祈りに捧げられた生、修道院の生は、運命に対して戦わないことであり、諦念という否定的意味になる。したがって、施しで生きることは、アッシジのフランチェスコ流の美しい詩的生活であるどころか、労働の拒絶しか意味しない。

『民衆』は、フランス国民のなまの現実に根ざそうとする作者の意図をはっきり示している。ミシュレはこの本の執筆にあたって、国中をまわって調査を実施した。しかし、一方で彼の民衆の観念は、理想的な側面に偏っているのも事実である。「彼らは自らのうちに見知らぬ力の神秘、隠された豊かさを宿しており、生き生きとした源泉を本性の奥深くに持っている」。彼らは直観に富む「単純素朴な人々」である。〝自発性〟(spontanéité)[6] の貯蔵庫である民衆は、「心の素朴さ」と「倫理的に最も崇高な詩」によって刻印されている。ミシュレは庶民のこうした特質を「子ども時代の神的天分」、ほとんど「一種の聖性」ととらえる。

直観は、省察に先行するが、省察は最終的には直観へと戻っていく。

直観的生は……思考の暁であり黄昏である。思考より確かに漠然としてはいるが、それはなんと壮大であることか。
(『民衆』)

ミシュレは真の科学と民衆意識の間に、何ら矛盾を認めない。真の科学と結びつき、神の意図とも世界の意志とも調和するものである「聖なるシステム」としての民衆の直観は、歴史の根本的原動力となる。[7]

ロマン主義者たちは、種々の異教は不完全な形態にせよ、キリスト教と少なからず一致する平行関係を有していると考えた。この普遍的啓示の観念は、道徳的掟の普遍性という観念に対応している。道徳的掟は人間本性に依拠するものとして把握され、常識は宗教的諸真理の源とみなされる。ヴィーコは神の叡知と人間精神の間の調和を、自らの歴史哲学の土台としていた。法は社会を律するために人々が相互に課す妥協の結果ではなく、正義と善への生来の傾向に由来するものであると、彼は考える。神性は人間性の一部をなしているという信念によって、ヴィーコはロマン主義の先駆者の一人であると、G・モノーは言う[8]。ミシュレは、ヴィーコの中に民衆の直観から生まれた常識の正当化を発見し[9]、〃民衆の声〃の真実を確信する。

普通の人たちは自然の事象に関しては確かに無知である（彼らはガリレオに物理を教えたり、ニュートンに計算を教えたりはできない）が、人間に関する事柄については正しい判事である。彼らが判断すると、それで万事片がつく。歴史家、哲学者、批評家、詭弁家たちよ、それがどうしてか探求するのはあなた方の役目だ。彼らはいつも正しい。正しくないところがあるというなら、それは巧緻にすぎ弱々しいあなた方の精神のほうが、まちがっているのだ[10]。

この引用は、個々にながめられた民衆あるいは、民衆の中の特定の個人に関するものではない。集団としての民衆の自発的、直観的判断について述べたものだ。ジャンヌ・ダルクを扱ったとき、ミシュレは彼女の「良識と良心の独特な力」に注目した。だが、一人の個人でありながら、自らを空しくしえたことで彼女はこの力を発揮でき、民衆と全面的に同一化できた。彼はこの点を強調するのを忘れていない。イエスの、さらにアッシジのフランチェスコの〃人格〃に着目したルナンと異なり、ミシュレは常に〃個人〃の存在を警戒し続けた歴史家であった。

　ルナンにおいてと同様、ミシュレは世界の恒常的進展を確信するがゆえに、善と悪の絶対的対立による二元論を否定する。神とサタンは、ルネサンス史の著者にとって歴史の生成の中で時を同じくして発展する二つの様相である。「サタンは実は神の一つの側面であるかもしれない」。『魔女』のこの結句は絶対的悪の消滅を宣言し、未来への新たな信仰を告げるロマン主義の本質的テーマを表現している。したがって、ミシュレにとって悪はキリスト教神学の伝統的意味を喪失している。やがて彼が繰り広げるカトリック教会、さらにキリスト教批判は、この信念を土台として激しいものとなった。

　民衆＝子ども＝野蛮人＝天才という方程式は、『民衆』の根幹をなすテーゼである。これらの要素を連結するのは、無邪気で漠然としてはいるが、神の豊穣さと通底している壮大な直観力である。ところで、カトリック教会の立場はこの考えにまっこうから対立した。「教会はあらかじめゆがめられたもの、退廃したものとして自然的直観を罰した。そして知や形而上学や非常に抽象的な公式を、救いの条件としたのだ」。子どもや野蛮人（人類の幼年期にある人々）の無垢は、恩寵というキリスト教的体験と相いれない。原罪の教義はミシュレの目には子供時代の聖性を台無しにし変質させるものとして映った。彼は原罪の教義を「悪の不正な伝達」ととらえる。その物質的側面は、彼には容認しがたいものである。

「この教義はきわめて物質的で、父から息子へと不正が血によって伝達される」。善にせよ悪にせよ、血のつながりによって伝達され保存されていくという宿命論的考えに、ミシュレは何よりも反発を感じているようだ。この批判は社会全般にも拡張される。「貴族階級によって恒常的になされた富の不正な継承。原罪、あるいは罪人の子孫たちへの世俗的辱めによる、悪の不正な継承」(『フランス大革命史』)。ジャンヌ・ダルクの生を語るとき、怪力のジャック―ジャンヌへとつながるフランス民衆の精神的系譜が、血縁を凌駕して、歴史の原動力となるのである[11]。

世界とともに世の終わりにしか終結しないであろう戦争が始まった。人間の自然に対する、精神の物質に対する、自由の宿命に対する戦争である。歴史はこの終わることのない戦いの語りに他ならない[12]。

若き日のミシュレは『世界史入門』(一八三一)の冒頭でこのように歴史を定義している。後年彼の中に目覚める博物学愛好家は、人と自然の二律背反については否定したかもしれない。だが、歴史があらゆる宿命にたいする「自由の絶えざる抗議」であるという考えは、一貫して彼の歴史哲学の根幹をなす。

II　永遠のキリスト

「人類は神的であるが、神的な人間はいない」。ヴィーコの示したこの原則は、歴史家としてのミシュレの金科玉条であった。『新しい学』の中で彼に最も強烈な印象を与えたのは、ヴィーコの英雄時代の理論である。それによれば、この時代の英雄たちは個人ではない。ホメロスの例が最も注目に値する。彼の叙事詩はある個人のたぐいまれな才能の産物ではなく、ギリシャの英雄時代の精髄を表している。したがってホメロスは一人の人間ではなく、「国の歌として、自らの物語を語る、ギリシャの民衆の理想あるいは英雄的性格」そのものである。ホメロスの個性はギリシャ民衆の中に埋没する。実は彼ら自身がホメロスであったのだ(ミシュレ『歴史哲学の諸原理』)。

歴史の創造的な力は無名の大衆の中に存するという信念を、ミシュレはヴィーコから受け継いだ。一般に、ミシュレの語りは、個々の人物を群衆に比して重要視しない。個人と人類は、ほとんど対立するものとして描かれる場合もある。彼の考えによれば、個人は集団よりもはるかに過ちを犯しやすい。

この理由から、彼は個人の影響力を警戒し、それが大衆の考えを支配するに至って、有害で破壊的な力を発揮することを懸念する。純粋理念の尊重は、生身の偶像崇拝が始まるときに消滅するのである。

一八四五年の講義には、偉人たちの貢献に関するミシュレの疑念がはっきり見て取れる。「偉人には利点と不都合が同居している。人々は彼をあてにし、神により頼む、こうして創意は失われる[13]」。これは『フランス大革命史』に一貫した彼の主張である。かといって、この歴史書において、ミシュレは個人の行動を軽んじているわけではない。むしろ数多くのページを、革命の立役者的な人物たちの言動の記述に割いている。その度合いは、政治・経済状況に多くの紙面を割く今日の歴史関係書よりはるかに多い。しかし、これらの登場人物たちは、革命精神によって順繰りに鼓舞される、歴史のいわば操り人形として、ミシュレによって把握されているようだ。彼はミラボー、ダントン、ロベスピエールといった中心的人物たちに革命を集約させようとする傾向を極度に嫌った。初期の革命の栄光は、こうした立役者を必要としなかったこと、「英雄も、まやかしの神もなしに」独りでに進行したことにあると、彼は考える。

> 何百万の人々が望んだ。そして二万の人間たちが計画に移した。個人はほとんど何もしなかった。

一八三〇年の七月革命は〝永遠の七月〟と呼ばれて、ミシュレに強い感銘を与えた。この感動から生まれたとされる『世界史入門』に、彼は次のように記している。

> 七月革命の特殊なところは、英雄のいない、固有名詞の出てこない革命の最初のモデルを示したことである。勝利の後、立役者が誰だったか探したが、人々はそこに民衆全体を見いだした。

一七八九年の革命はといえば、恐怖政治とロベスピエールの独裁によって無惨な終焉を迎える。一人の子供とその両親の会話で終わる最後のシーンは、まさに〝洪水の後〟といった惨憺たる印象を与える。「革命を見るがいい、見本も、個々の人間も、英雄もなしにすませていたのに、英雄が登場するやいなや、革命は滅びてしまった[14]」。また「老女たちの救世主」と呼ばれていたロベスピエール以上に、ミシュレが容認しがたいのは、民衆を彼の前に平身低頭させたナポレオンであった[15]。

個人に対する彼の不信はますます増大していき、ほとんど憎しみにさえ至っている。「偶像化された人間を警戒せよ、生身の神々、血も涙もない神々を避けなさい」。ミシュレが繰り返し続けるこの警告は、彼の全作品の基調をなしている。唯一であり、代替不可能とみなされることで、偉人はたとえ功績を残すにせよ、人類からその永遠の分け前を奪い取ってしまう。ミシュレ的歴史力学の中では、個人崇拝はいやおうなく純粋理念の尊重をさまたげ、〝人類〟の概念と対立する。

個人崇拝の顕著な現れは、政治、宗教両面にわたって絶えず繰り返されてきた。ところが近代はもはや生身の神を必要としない。次々と救世主としてあがめられる個人の支配下では、大衆は弱者で無知であり、彼らよりすぐれた支配者に常に統治される必要があるという宿命論が恒常化する。第一、一人の人間が全権を把握するということは、たとえそれが他の人々の賛同により受け入れられたにせよ、隷属関係を生み出さずにはおかない。ミシュレはいかなる場合にも、個人に救世主としての期待をかけることを拒否し、この種のメシアニスムと戦い続ける。

個と全体の対立は、プライベートな生と歴史家の任務の対立とも、オーバーラップしている。歴史を書くことは、ミシュレのうちでは普遍の生を生きること、「人類としての私」の生を生きることである。この視点からすれば、歴史も歴史記述も普遍による個の絶えざる超克を意味する。

この思想は必然的にキリスト教の受肉の教義と対立せざるをえない。一八四五年にミシュレは「キリスト教の巧みさは、理念を一人の人間に集約させたことにある」[16]と記している。このシステムで危険なのは、神の子イエスの存在のみが唯一にして完全と見なされることにある。つまり、イエスしか模倣のモデルはなく、人間の自由な創造性は封印されてしまう。ミシュレは若くして自ら進んで洗礼を受けたものの、イエスの唯一性を心から信じていたとは思われない。確かにフランス中世史の一八三三年の初版では、ある一節でミシュレはキリストを〝神〟と呼んでいる[17]。しかしながらその時点においてさえ、ミシュレが〝キリスト〟と呼んだのは、二千年前に生き、キリスト教神学によって神であり人であるとされるイエスそのひとのことであるかどうかは疑わしい。

ミシュレは中世をキリストの受難（Passion）の絶えざる繰り返しの時代と定義する。

> この時代は全面的にキリスト教の中に、そしてキリスト教は受難に、集約される。文学も芸術も、人間の精神のさまざまの発展にいたるまで、三世紀から十五世紀にかけて、すべてはこの神秘に依拠している。（『フランス史』）

ミシュレは中世の人物たちの中に次々と受難のイメージを見いだす。「お人好しのルイ」と呼ばれたルイ一世やトマス・ベケットなどのうちに、受難の再現を見るのだが、彼らの生涯は、ミシュレが「この神秘」と呼ぶ受難との照応関係が生じる瞬間までは、イエスとの何らかの共通点を特に想起させるわけではない。「お人好しのルイ」は、実の息子に強要され、公の場で自らの非を認める改悛の行為を受け入れる。この残酷な儀式の日、自らを卑しめ涙するその姿は、民衆のまなざしを通じて変容する。「……この苦しみと忍耐の見事な実例の中に、ののじられ侮辱されながら、なおあらゆる辱めを粛々と受け入れるこの人に、人々はヨブの忍耐を、いやむしろ主のイメージを見たと思った。〔キリストの受難を想起させるのに〕何一つ欠けたものはなかった。酸いぶどう酒もニガヨモギもあった」。

トマス・ベケットの例では、この人物はその死によってキリストと似たものとなる。カンタベリー教会において惨殺されるまで、彼は政治闘争の渦中にあった。敵と味方の間で、その偉大さにもかかわらず、彼はすべての人間につきものの、一方の陣営への加担をまぬがれえなかった。しかし死が彼をこの偏りから浄化し、変容させる。「鉄の刀が彼に触れた瞬間、彼は一気にカンタベリーから天まで届くほど大いなる者となった」。福音書の百卒長の言葉が、その死後に繰り返され、キリストの死との類似が強調される。

ルイ一世についてもトマス・ベケットについても、彼らのキリストへの変貌は、民衆の意識の中で行なわれる。ロラン・バルトはミシュレの作品の本質をなすものとして、「縫い目のない世界」のテーマを挙げるが[18]、民衆の共感を通じて行なわれるキリストと歴史上の人物たちの一致にも、このテーマがひそんでいるように思われる。権力者のしるしであり高貴な身分のしるしである壮麗な衣装を脱がされ、腰帯もなく剣もなく、ルイ一世はそのまさに裸同然の姿のゆえに、民衆のまなざしに〝聖人として、人間として〟映じた。彼らにとって理想の王とは力ある英雄ではなく、むしろ弱い人物である。王の弱さは王と大衆の垣根を取り払い、大衆が王に自己投影することを可能にする。生活の様々のみじめさを十二分に知る民衆は、苦しみに満ちた悲壮な姿に限りない共感を覚える。「自分自身不幸である民衆は、彼らの年老いた王のために涙を流した」。カンタベリーの枢機卿の壮絶な死は、民衆にとって主の死に似たものである。民衆は世界がこの人物たちに正義を帰し、もはや取り返しのつかない彼らの運命が償われることを心情的に切望する。彼らとキリストの同一視は、この正義の要求の投影である。

聖ルイと呼ばれるルイ九世は、その懐疑によってキリストの苦悩と結びつく。ミシュレは王の迷いとオリーヴ山でのキリストの苦悩を重ね合わせる。宗教改革とルネサンスの先触れ、精神の自由の時代の先触れである聖ルイの信仰上の疑念は、彼の時代の表面には現れなかった普遍的な意識を代表していた。この未来の先駆けとしての肯定的な性質にもかかわらず、懐疑の不安は、信仰のみを請い求めるルイの魂のうちであまりに強烈であった。その悲壮なイメージにより、ルイ九世は苦しむ義の人としてヨブに類似し、さらに主キリストに似る。「ヨブがその前兆であったキリスト自身もこの迷いの懊悩を、地平にはただ一つの星さえも見あたらぬ魂の暗闇を味わった」。

受難の射程はますます拡大していく。中世史の初版では、聖ルイ王の迷いの一節の後、受難は人類の本質にまで普遍化されている。「永遠の神秘は、カルワリオの丘にその理想をもつにしても、その後もなお続いていく。そうだ、キリストはなお十字架上におり、そこから降りて来はしないだろう。受難は継続しており、なお継続し続けるだろう。世界も人類もその長い歴史の間に、人間の心もその束の間の生の間に、それぞれ自らの受難をもっている。それぞれが自分の十字架を、自分の聖痕を有している」。この普遍的受難は、あらゆる生命においてその誕生の時に始まる。これは〝二重の人〟としての人間にとって根源的である。人間精神はその〝受肉〟以来、肉体の縛りを受けざるをえない。この「私の私に対する戦い」、この本質的闘争は、国々あるいは民族間の争いであるが、人間の生も同様である。歴史は精神の物質に対する戦い以上に激烈なものである。「生きるとは、すでに受難の一段階である」(この一節が一八六一年の版で削除された事実は意味深長である。ミシュレは、過ぎ去ったかつての時代のものとしてキリストの受難を封印することを、最終的に望んだのであり、受難の普遍化を自ら否定したといえよう)。

一方、ミシュレにおいては受難の実存的側面が、その宗教的意味を最初から凌駕していた。そうはいっても受難は単に実存的次元にのみとどまるものではない。人が多くのケースにおいて自らの二元性の重みに打ちひしがれるとしても、あらゆる闘争の超克によって刻印される生や瞬間がないわけではない。この全面的な勝利の瞬間は、「(人の)対立する力が互いに行なう犠牲」によって確立される。ミシュレはこの犠牲を「神秘」という語によって形容するのをためらわない。ロマン主義のキーワードの一つである〝犠牲〟は、ミシュレによる受難の意味の定義に欠かせない。進んで受け入れられた自己犠牲によって、人はその存在のより高次の形態へ向かう。キリスト教の救いの教義とは異なり、十字架はメシアがその死により人々にもたらした救済の象徴ではない。むしろ「神から捨てられ、世界の衝撃に対して自らと自らの力、義務の観念により頼むしかない人間」の偉大さの象徴である。

中世史の初版において、ミシュレはこうした姿をした人間として、まずイエスを見たのである。しかし、このイメージは、人類の歩みの途上で際限なく繰り返される可能性をもつものである。その定義の普遍性のゆえに、ある特定の個人を指すことはできなくなり、キリストは理想的な生の原理のごときものとなる。中世において庶民は、主のイメージを犠牲者的な人物像の中に、彼らの「永遠のキリストという神秘的直観」によって見いだす。ここでの〝神秘的〟というのは、明確に認識することなく、彼らは自分たちの意識の根底において、人類の中に存在する恒常的な神性を感じとっていることをいう。中世期は聖処女ジャンヌ・ダルクの出現によって終わりを告げるが、彼女において永遠のキリストはついに、「苦悩の匠」である民衆の一人として顕現する。かくて「一時的で、過ぎ去った」キリストとしてのイエスは、その理念的な代替物(永遠のキリスト)の出現に寄与した後、これに取って代わられる。

ミシュレは受難のイメージの最後の顕現をジャンヌ・ダル

クの中に見る。「聖処女におけるイエス・キリストのまねび、再現された受難……」。ジャンヌ・ダルクの生は、福音書を構成する様々の要素によって織りなされている。ことに、イギリス軍による捕縛から始まる彼女の死までの行程では、キリストの受難とのアナロジーはほぼ完璧である。だが、もし彼女の生のあり方がイエスというオリジナルの生に重なり合うにしても、それは民衆の想像力の中で作り出された一致であり、ジャンヌの側からの模倣の努力、すなわち自らの生にキリストの体験を忠実に再現しようとする意識的な試みを意味してはいない。ジャンヌは彼女自身であり続けながら、そして自らの意志によって戦いながら、なおキリストに似る。ジャンヌ・ダルク像は永遠のキリストのイメージに大きな修正をもたらした。彼女以前の中世の英雄たちは、彼らの苦悩の姿にイエスの悲壮な偉大さを反映してはいたものの、彼女のような次元に到達することはなかった。ジャンヌ・ダルクは神に対する信頼に満ちた最後の呼びかけによって[19]、疑念に対する精神の勝利を確立する。矛盾しているように見えるが、ミシュレにとっては、この民衆出の娘の信心がキリスト教中世にピリオドを打ったのである。聖ルイの例においてあれほど深くキリストのゲッセマネの苦悩と結びついていた懐疑はこれによって克服され、この事実が人類の新たな時代の黎明を予告する。

ミシュレの中世史を特徴づけた〝歴史のキリスト教学〟とも呼びうるこの見方は、そう簡単には消滅しない。一八四二年のノートに彼は次のように書く。「歴史はキリストにまで深まっていく、そしてすべての人はキリストである[20]」と。ここで〝キリスト〟は人類の理念的目的とその潜在的神性を意味している。それは有目的的な生成の原理を象徴する。

ところで、『フランス大革命史』の序文で述べられている、十八世紀の哲学者ヴォルテールとキリストとのアナロジーは意外の感を与える。ヴォルテールの辛辣で軽蔑に満ちた宗教批判を思い浮かべればなおさらである。「ヴォルテールは苦悩の人である、人々のありとあらゆる苦しみを自らに引き受けた人だ。あらゆる不正を感じとり、追求する人だ。狂信主義や暴政がかつて世界に向かって行なった悪は、すべてヴォルテールに向けて行なわれたのだ」。ミシュレはまるで信仰の言葉がイエスについて語るように、二人の明らかな相異にもかかわらずヴォルテールについて語る。

政治的、宗教的諸悪に対立して、大衆の側に立ち、彼らと共に苦しみを分かつ者としてのヴォルテールは、キリストの一人としてとらえられているのだ。精神のヒロイズムと人道的行為により、未来の理想的な世界の要となるすべての人のもつ可能性を、彼が体現しているからである。

中世史を書き終えたミシュレは、ルネサンスと宗教改革を含む『十六世紀史』を後回しにして、大革命史に取り組む。中世史と大革命史の執筆時期の連続性は、この二つの書の精神の連続性を裏付ける。大革命は中世の決定的な乗り越えとして定義されるにもかかわらず、一方でミシュレが中世の理念を語る拠り所とした〝永遠のキリスト〟論（R・バルトのいう「歴史＝方程式」）の深層構造は、あるやり方で革命解釈に内在する。

大革命はキリスト教的であろうか。反キリスト教的であろうか。

『大革命史』序文の冒頭のこの問いは、一七八九年の革命を政治・社会的出来事としてのみとらえる視点からは、奇異に見える。序文の議論はすべてこの問いかけに集約される。ミシュレはキリスト教が近代的な形に生まれ変わるという前提のもとに、この教えを人類の永遠の宗教であると、一八四二年までは信じていた。先にも引用した「中世における芸術の原理としての受難」の章は、初版では次のように終わっている。

> 主よ、キリスト教は信じ、愛し、理解しました。キリスト教において神と人は出会ったのです。この教えはたとえ衣を変えることはあっても、決して滅びはしないでしょう。なお存続するために変容するでしょう。ある朝、その墓守をしていると信じていた人々の面前に現れて、三日目の復活を果たすでしょう。
>
> 〔なお、この一節は一八六一年の版で削除されている箇所のひとつである。〕

歴史の壮大な展開の中で、キリスト教の存続を肯定するのか否定するのか、それはミシュレにとって避けて通れない問題であった。「どんな方向にこの変容はなされるのだろうか、そこになおどんな希望を保持すべきなのか、大革命史の執筆者として、この探求なしには私は一歩も前に進めない」。中世史執筆の途上で、ミシュレはキリスト教の真の原理が恩寵の考えに存し、人の救いは全面的に恩寵に依拠していると考えるようになる。キリスト教のシステムの中では、恩寵はその恣意的な性格のゆえに「万古不易の宿命」にほかならない。ミシュレは恩寵をただ単に否定するのではなく、「正義（意志による行為）対 恩寵（無償の贈与）」という対立の図式に行き着く。さらに二つの方程式が対峙させられる。「正義＝革命」対「恩寵＝キリスト教」。これらは「新旧の二つの原理、二つの精神」である。哲学としてではなく宗教としてとどまるために、キリスト教は、歴史家の目にはあまりに恣意的であるこの救いの教義を放棄することができない。この教義によって深く毒され、キリスト教は「神の気晴らし」の宗教になり果てる。恩寵がこのように定義されている以上、人のなす業はいかなる意味ももたない。前章で見たように、ルナンにあっては人類の生成は巣を紡いでゆく蜘蛛に喩えられていた。その進展がいかに遅くとも、それは自らの手になる業である。人類は「神の方向へ」向かう。ミシュレが愛した「人は自らのプロメテウスである」というヴィーコの言葉は、人が自らの解放者、救済者であることを意味する。この命題は外からもたらされるありとあるゆる救いを拒絶する。正義は「それだけで事足りる現実的で、絶対的観念」である。かくしてミシュレは、神の観念そのものは打ち捨てることなく、神による救いという宗教的概念を、拒絶するにいたる。実際、正義は「神の目」であって、そのもとで「血縁による罪の連帯」をまぬがれた人間は、自らの運命の所有者となる。

大革命は、寵愛の政治と恩寵の宗教に対する、「正義」の遅ればせの反発に他ならない。

ところで革命はその普遍的理念にもかかわらず、フランス国家と切り離せない。『民衆』の序文として使われている「エドガー・キネ氏へ」で、ミシュレは次のように宣言する。

ヨーロッパに対して、フランスはたった一つの不滅の名しか持つことはないだろう。その永遠の名とは、「大革命」である！

しかしこのフランス＝大革命という方程式は、実は国家の概念そのものを、ずらしてしまってはいないだろうか。中世史家としてのミシュレは、宗教・世俗両権力に隷属させられてきたフランス民衆の苦しみを歴史資料によって熟知していた。不幸に打ちひしがれ、あきらめきって、彼らは永遠に続くと思われた「絶望の時代」を生きていた。この苦悩の時に、ついに解放の瞬間が訪れる。「〝ある日〟正義が戻って来るだろう。審判の〝その日〟は大革命と呼ばれるだろう」。歴史における神の顕現であるこの瞬間に、フランスは単なる国家にとどまらず、「ある聖なる観念」、「ある原理」となる。大革命はキリスト教徒の信仰よりも、より無私でより高次の信条を打ち立てる。

議会は宗教的感情なしには「人権宣言」を検討できなかったと、ミシュレは書く。実際、最高存在を人間の道徳の保証として宣言する「人権宣言」に、革命の〝信仰〟が表明されている。それは「権利」の宗教ではなく、「犠牲と献身」の宗教である。「献身の能力、犠牲の力、それこそが私が人間をはかる尺度である」と、『民衆』では述べられている。彼は犠牲という徳を讃えてやまない。犠牲は精神のエネルギーのあかしであり、人の尊厳の根本をなす。

ミシュレにとって、一八三〇年の七月革命はフランスの真の一体をかいま見せてくれた。そこには「ある理念のために死ぬこと」を受け入れた人々がいた。ミシュレにとって祖国は、献身と犠牲を信条とせずには存在しえない。なぜなら祖国それ自体が「みんながみんなのために、自らを犠牲とする大いなる結社」であるからだ。互いに愛し合うためには、自分をみんなのために捧げる意志がまず大切である。この条件を満たしてのみ、人間の完成に必要な献身が完遂される。ミシュレは人間の最も崇高なしるしである犠牲の精神が、民衆以外のところに存するとは考えない。民衆は祖国と分かちがたく結びついており、友愛のイニシエーションの役割は、祖国フランスが担っている。このイニシエーションはやがて来るべき「普遍的な祖国」のために不可欠である。

ルナンにおいてと同様、ミシュレの場合も有目的論の歴史、生成（devenir）の思想は、人類と呼ばれる全体のためになされる個人の犠牲に意味を付与する。[21] この生の意味をすくいとる可能性をもった理論が、一種神秘主義的な色彩を帯びるのは当然であろう。しかしミシュレの革命神秘主義は、正義と対立関係に置かれた恩寵を拒否することで、完全にキリスト教神秘主義と対峙する。

それにしても、キリスト教のイメージが『フランス大革命史』のそこかしこに現れるという事実は、看過できない。一七八九年の球技場での国民議会は、救世主のゆりかご、ベツレヘムの馬小屋にたとえられる。ただしここでは、飼い葉桶に寝かされた嬰児の名はフランスであって、イエスの正当な代替として現れる。連盟祭は初代教会の宗教的会食である愛餐（アガペー）と聖体拝領として描かれる。「民衆全体が晩に神をたたえながら、この愛餐にあずかった」。処刑前数日間のダントンと彼と運命を共にする人々を描いた、「ダントンの大いなる夢」と題された章には、最後の晩餐のイメージが見いだされる。大きなテーブルが想起され、そこでは「友愛のパン」が割かれる。このミサ祭式をとりしきるのは、「和合したフランス」である。隣国からフランスに連携するためにやってきた民衆たちに対し、フランスは何ひとつ拒否しない。「これらの法律、この血、この涙を、フランスはすべての人に与えた。〝これが私の血だ、飲みなさい〟と言いながら」。

ヴァンデ戦争の頃のこととして挿入されている逸話がある。ある共和主義者の市長が、正気を失った暴徒を前に、「私は石をパンに変えることはできないが、もし私の血があなた方の糧になるなら、最後の一滴まであなた方のものだ」と叫んだ。この強烈な言葉を耳にして、暴徒たちは皆跪き服従したというのだ。この市長はミラボーやダントンといった大立者たちと比べれば、ほんの脇役である。しかし、こうした付随的な人物のうちにも、ミシュレは「福音書の彼岸の何か」を見ている。フランスは人々が与えた血によって身を養い、この捧げられた血によって世界は生き延びたのだ。

キリスト教の象徴体系はこのように革命劇の核心にまで浸透している。旧い宗教の「継承者」でもあり「敵対者」でもある新しい宗教は、やや奇妙な意味の反転によって旧い教えの本質を自らのものとして、吸収してしまう。

今日、自らに立ち返り、かつてないほど心燃えて、私はあなたに謝ろう、神のうるわしい「正義」よ。

あなたこそ、本当の愛なのだ。あなたこそ恩寵と等しいものなのだ。[22]

これはキリスト教に対する大革命の勝利の最終宣言である。キリスト教の諸要素を自らのうちに吸収し、それらを変容させ、大革命は自らをキリスト教の後継者であると称する。この摂取‐変容のシステムを正当化するものこそ、中世の神秘主義者フィオーレのヨアキムに端を発する〝永遠の福音書〟の理論であり、ミシュレはその熱烈な信奉者であった。

前章でも見たように、三位一体の教義の歴史的転換であるヨアキムの理論によれば、歴史は、父の時代、子の時代、聖霊の時代という三つの時代に分かれる。そして、聖霊の時代に対応するのが、この福音書なのである。この永遠の福音書なる言葉は、フランチェスコ会の総長パルマのヨハネス著とされた『永遠の福音書入門』に由来し、ヨアキムの著作を指すとされているのであるが、この名を冠した書があるわけではない。この本はヨアキムの三大著作のいわばダイジェスト版であり、この中でヨアキムの諸著作がヨハネ黙示録に出てくる「永遠の福音書」として紹介されているのだ[23]。次章のジョルジュ・サンドの節からも明らかであるが、この「永遠の福音書」の内容をめぐる夢想は、十九世紀ロマン主義の未来に関する思索と結びついた。ミシュレにおいては第三の時代の到来という考えは根元的である。歴史家として、彼は〝永遠の福音書〟の教義に関心を持ち続けるが、その出現は彼によれば中世の終わりを予告するものであった。ルネサンス史の序文で、彼は永遠の福音書の名を一度ならず想起するが、それは宗教改革に象徴される宗教的自由の先駆的なしるしとして把握されている。フィオーレのヨアキムの理論の中で、最も強く彼の心をとらえたのは、イエスの時代の後に来るとされる聖霊の時代の到来である。ミシュレはそれを新たな信仰の到来の希望に変換し、キリスト教になり代って、真の神の息吹が自らの世紀にもたらされることを夢見た。

〝聖霊〟は神の子とされるイエスよりもその実体が不明瞭であり、教会外において様々な解釈を生んだ。聖霊は樫の木々の奥からジャンヌ・ダルクに語りかける。『魔女』の中では樫の木々のささやきは、カトリック教会が嫌悪した自然のささやきそのものだった。ジャンヌの中では、聖霊の語りかけは彼女自身の内面の声とも、彼女が聴いたと信じた天使や聖女たちの声とも一体化する。一見あいまいな〝霊〟(Esprit) という語によって、ミシュレは歴史を通じて人類の中に輝かしく顕現する「神的な何か」の遍在性を語っている。大革命史の歴史家はいたるところに、死によって清められた個人のほの暗い意識の中にさえ、その存在を認める。霊——この神的な何か——は循環的で、超個人的である。一七八九年の出来事は、ミシュレにとっては疑いなく新たな時代の出現なのである。

中世は一致を約束しながら、戦争しか引き起こさなかった。この神が第二の時期を迎え、八九年の受肉によって地上に現れる必要があったのだ。

この引用が、中世＝神の子イエスの時代、大革命＝聖霊の時代という対立の図式を提示していることは明らかである。しかし聖霊の時代である大革命を語るにあたって、ミシュレの記述はイエスの生に関わる福音書の内容から多くのイメージを導入しているのは、先に見たとおりである。中世史にすでにあらわれた〝永遠のキリスト〟は、福音書に語られた一回性の史的イエスの生から抽出されたものであった。聖霊のイメージは、ミシュレにあってはこの〝永遠のキリスト〟の進化発展、もしくは変容として現れる。

さらに、ミシュレによる永遠の福音書の精神的系譜をさぐってみよう。前章で見たように、ルナンはヨアキムの教義の最も実り豊かな発展を、フランチェスコ会の聖霊派と呼ばれる会士たちの動向に認めていた。ルナンによれば、福音書の精神に由来する彼らの過激主義は、宗教改革の精神のはるかな先取りという側面をもっていた。フランチェスコ派内の聖霊派の人たちにとって、教団の創設者は第二のキリストであり、その貧しさによって、第一のキリストをしのぐ者でさえあった。ミシュレも、ヨアキムの教義の普及に関してフランチェスコ教団の果たした歴史的役割の重要性を、知らないわけではなかった。フランチェスコ会の総長パルマのヨハネスが「ヨアキムの教義はキリストの教義にまさる」と果敢に述べていることも知っていた[24]。

しかしミシュレは、パルマのヨハネスが擁護した聖霊派たちに関しては、口を閉ざす。彼らはフランチェスコの精神に忠実であろうとした。フランチェスコに対する崇敬の念のあまり、彼らは聖霊の時代が彼と共に始まった、あるいは彼こそその先触れ的存在であると信じた。それに対し、ミシュレはルネサンス史序文において、十六世紀が受け継ぐことになる、中世期末の宗教的刷新の新たな系譜を示そうとする。アベラール[25]の教義とフィオーレのヨアキムの神秘主義の間の明らかな差異を認めながらも、彼はあえて二人の試みを結びつけようとする。彼らの目指したのは新たな宗教的時代（聖霊の時代）を到来させることであり、それは既存の教会によって代表されると同時にゆがめられている現行の時代（子の時代）にとって代わりうるものであった。確かに『フランス史』の初版では、ミシュレのアベラール評価にはある逡巡が見て取れる。「アベラールの時代にあれほど大きな影響を与えた、無味乾燥な論理は……」（傍線は引用者）。彼は〝無味乾燥な〟という形容詞を一八五二年の版から削除する。この変更は、原罪とキリストによる救済の必要性をともに否定したアベラールに対する、全面的賛同の念を示すためであったろう。修道院を聖霊に捧げたアベラールは、ミシュレには、聖霊の時代、「知と愛の霊」の時代の強力な信奉者の一人と映った。ルネサンスの先触れである自由の霊（精神）の崇拝は、かくしてルネサンス史の序文によれば、アベラールの批判、異端とされたヴァルドー派[26]の原理とヨアキムの啓示とともに、十二世紀以来始まったのである。

ところで、ミシュレにおいては、永遠の福音書の思想は二層をなすコンセプトである。歴史的ではあるが、同時に「歴史における、歴史を通じての正義の原動力」として汎歴史的原理でもある。(27)ヨアキムに先立つアベラールの存在が重要になるのは、この原理的側面に照らしてである。それに対しアベラールと対照的な存在であるフランチェスコは、ヨアキムの思想の歴史的展開に関して無視できない存在であるにもかかわらず、ミシュレの永遠の福音書の系譜からははじき出されている。

『被造物たちの賛歌』の作者フランチェスコは、中世キリスト教がまぬがれえなかった自然に対するユダヤ的偏見をもっていなかった。フランチェスコにとって人間のみならず、すべての生物・無生物の存在は、全面的に神に依存している。彼の賛歌は、超越者のふところの中ですべてのものと一体化する喜びにあふれている。古代ローマの詩人ヴェルギリウスの賛美者であるミシュレは、こうしたフランチェスコの精神的射程を見過ごしてはいない。

彼はこのように、すべての被造物に、神に感謝するよう教えた。彼はそれらを愛し、親しみをもった。できるときには狩人に追われる兎を助けた。肉屋から子羊を買い戻すためにマントを売ったりもした。無生物でさえ、彼の巨大な慈悲に包まれた。収穫された穀物、ブドウの木々、樹木や石とも彼は親密となり、すべてのものを神の愛へといざなった。(『フランス史』)

『民衆』の著者は、キリスト教の救済から除外された動物たちの復権を願う。「かくして、動物にとってはまったく神は存在しないのであろう。人間にとって優しい父は、人間以外のものには残酷な暴君ということだ。感覚をもった玩具を、苦しむことを知る機械を、痛みを耐える能力によってのみ、人という優越した存在に似ているようなでくの坊を作るとは！」。P・ヴィアラネクスが指摘するとおり、家畜の熱烈な擁護者であるミシュレは、フランチェスコの普遍的救済論者としての側面にまったく無関心であるわけはないが、『民衆』の中ではヴェルギリウスの名は現れるものの、(28)彼への言及は皆無である。

この事実は、ミシュレがむしろ嫌悪していた、アッシジのフランチェスコのもう一つの側面と関係しているように思われる。ミシュレにとって、フランチェスコにおける愛は、恩寵の思想と不可分である。恩寵は先に見たように、『フランス大革命史』序文で、正義の名の下にかくも激しく否定されている。

恩寵の体系によれば人は神の玩具でしかなく、かくてフランチェスコはあらゆる個人的な尊厳を免除される。彼にとって自己卑下、自己否定、自己の本性の恥ずべき部分を示すことは愛の行為である。（……）人は恍惚として、誇りをも恥じらいをも愛の対象のために犠牲にするのだ。（『フランス史』）

この糾弾の調子は、フランチェスコによるイエスのまねびを描く箇所で、頂点に達する。〃キリストのまねび〃がキリスト教の根本をなすことを、もちろん中世史家ミシュレは熟知している。『キリストにならいて』の読書によって、十一歳のミシュレは、自らのうちに「魂の諸事への趣向」を発見した(29)。これに関する『民衆』の有名なページは、彼のキリスト教理解が、主として『キリストにならいて』の読書から出発していることを物語る。ミシュレによれば、『キリストにならいて』、少なくもこの本のフランス語版は、戦争や疫病、飢餓に苦しむ十五世紀の大衆に向けて語られた、「崇高な憂愁と深い孤独の言葉」としての威光を備えていた。この書は諦念を教えることで彼らの心に触れ、まさにこのきわめて精神的な勧告によって、彼らのうちに倫理的な意識を目覚めさせた。この倫理的意識は、フランス民衆を蘇らせ、その復活は、ミシュレにとって何人よりも重要な存在であるジャンヌ・ダルクによって象徴される。

イエス・キリストのまねび、聖処女の中に再現されたその受難、それこそがフランスの救済であった。（『フランス史』）

〃キリストのまねび〃はミシュレ的意味では、受難の再現となる人の意識的な努力を前提としていない。パスカルの「第二の無知」という語を、ミシュレはジャンヌに関して使うが、それは〃自発性〃の同義語であるようだ。聖処女は、それとは知ることなくごく自然に十字架の道行きをたどる。実際、彼女がこのようなやりかたで〃まねる〃キリストは、人間の生の永遠の原理とでも呼びうるものである。それに対し、本来の意味、キリスト教的意味でのあらゆる模倣においては、ことにフランチェスコの場合では、人間イエスという見本にしたがうことが問題となる。キリストの人間性に重きが置かれ、貧者キリストをまねることとは、彼が地上の生で体験したあらゆる惨めさを自らの生に再現することを意味する。ミシュレはキリスト教的生を〃消極性〃によって規定しようとする。この前提は、フランチェスコによって示される〃修道院的福音書〃を、ジャンヌが象徴する〃英雄的福音書〃と対峙させる彼の図式にとって、不可欠なものだ。

アッシジのフランチェスコ流の模倣は、ミシュレにはあまりに物質主義的でありかつ神秘主義的であると映った。それは「一時的で過ぎ去ったキリスト」の体験の繰り返しにすぎないゆえに、否定的なものでしかない。それは普遍的循環的な体験として現れ、大文字で記される「受難」(Passion)ではなく、個人的な「熱情」(passion)にしかすぎなくなる。つまり主の生を自らの生に再生しようとする強迫観念的な熱望となる。それは創造するのではなく、再現するにすぎない。

フランチェスコをイエスの完全な模倣へと駆り立てた、彼の劇的な全能の才は、イエスの誕生と生を演じるだけでは満足しなかった。彼には受難も必要だった。晩年には、彼は荷車に乗せられて、通りをそこかしこと運ばれて行った。脇腹から血を流し、自らの聖痕によって主の聖痕をまねながら。(『フランス史』)

ルナンと異なり、ミシュレはアッシジのフランチェスコの聖痕の由来をカッコにくくって、触れようとしない。一方で彼は、フランチェスコの貧者キリストに関する神秘主義的直観を、まったく信用していない。修道士が単に物質的にのみでなく、学問においても知性においても貧しくなろうとしたことを、彼は容認できないのだ。フランチェスコが望んだ自由は、所有の絶対的な意味での放棄によってのみ、実現される。すると宇宙全体は無所有の者にとって、神の恩寵に満たされる。中世の二人の偉人、アッシジのフランチェスコとジャンヌ・ダルクの対立の背景に、ミシュレは二種類の異なるまねびを見ている。フランチェスコにほとんど敵意さえいだく彼は、ヴォルテールの解釈をそのまま採用しているようなところもある。十八世紀の啓蒙思想家にとって、中世の僧は極端で荒唐無稽な人物である。(30) ミシュレにとって、フランチェスコは『被造物たちの賛歌』の作者であるよりもむしろ、『雅歌』にふさわしい人物である。つまり、「神の愛の恍惚」を歌った人であり、「神の愛の真の巫女」であり、その信心は節度を越えて、官能にまで達している。

なぜミシュレはこれほどまでフランチェスコを攻撃するのであろうか。第一に、民衆から崇められ第二のキリストとさえされた彼は、ほとんどイエスと同じくらいに、神的なものの特権を独占してしまうからである。〝個人への警戒と憎しみ〟によって、ミシュレはフランチェスコを容認できなかったのであろう。第二に彼の敵意は、社会を脅かしかねないフランチェスコ派のユートピアに対する警戒感と関係している。フランチェスコ主義は、絶対的貧しさを理想として所有を認めず、修道会的友愛のゆえに結婚を認めない。ミシュレは市民社会にふさわしい規範の視点から、フランチェスコ派の理想を弾劾する。宗教者たちの独身は夫婦愛と家庭の否定と見なされ、托鉢は仕事の拒否と見なされる。フランチェスコ会の托鉢に関する彼の立場は、それを単に怠惰のあかしと決めつけたヴォルテールの見解と似ている。二人の思想家は、物乞いと労働を全く近代的な視点からのみとらえて、一方を怠惰、他方を誠実さとしたのだ。ここには確かに、自由のテーマをめぐって、ロマン主義がある種の精神性に対してもつ限界が見て取れる。(31) 中世の修道士フランチェスコにとっては、物乞いも労働も、貧しさの二つの側面であったはずだ。

ミシュレにとっては、すべてはまねびの問題へと戻ってくる。教会の莫大な富の所有に抗議するために貧しい生活を選択した、当時のその他の修道会と異なり、フランチェスコの貧しさは、主の例に習い主のように苦しもうとする望みによっている。民衆から敬愛されたフランチェスコのイエスに対する崇拝は、歴史家ミシュレの警戒感をかき立てた。中世をうたう〝ミシュレ受難曲〟を完成させるのは、自らの苦しみを通して、苦しむ者に自己投影する大衆の同化のまなざしである。しかも〝永遠のキリスト〟は人間の歴史の中で、循環し移りゆくものだ。広義の受難は人間の普遍的苦しみを指す。すべての人は潜在的にではあるがキリストであるとすると、その生と死が人類に「最上のモデル」を与えたイエスは、どのように歴史の中に位置づけられるのであろう。ことに、歴史がその有目的的な性格によって、あらかじめ十字架の苦しみによる救済の意味を消滅されてしまっている場合には。

次の節では、ミシュレが人類の宗教史の中で、イエスにどのような役割を与えたかを考察したい。

III　母性の夢想の産物であるイエス

一八六三年の日記は、『イエスの生涯』の著者に対するミシュレの苛立ちを明瞭に示している。「動物など自然全体を含む東洋の救済を、ほんのわずか、ほんのわずかしか救わないキリスト教の部分的な救済に対峙させよう！」[32]。このくだりは彼の憤りの理由を十分にあかしてくれる。彼の目にルナンの書は、すでに歴史的役割を終えていると見えたキリスト教の生き残りに寄与するものと映った。それに対し、ミシュレは新たな普遍的視点から東洋の宗教史を記す計画を持っており、それは六四年に出版された『人類の聖書』の中で結実することになる。

ルナンがキリスト教創始者の人格に重きをおいていることを、ミシュレは何よりも許しがたく思う。『人類の聖書』にはそのことが、はっきりと示されている。『イエスの生涯』の一節を引用しつつ、彼はまずルナンのイエス解釈がキリスト教の本質に対応しており、それをあらためて認識させるのに役立っていることを強調する。

ひとりの人間そのものを、象徴とし信仰の対象とすること。生きた信仰対象。それは聖パウロの全ての書がまさに意味しているることであり、「イエスは彼自身教えの内容そのものだった」という言葉に見事に要約されている。[33]

二人の歴史家の争点は、第一に、イエスという個人の問題に関している。先にも見たように、ミシュレは、人々がある特定の個人を崇拝することを認めない。一八六三年の日記の冒頭で、彼は『人類の聖書』の執筆を念頭に置いて、「個人、英雄の復権」の意図を記している。だが彼がここで例として挙げているのは、ヘラクレス、プロメテウスといった名である。これらはむしろ英雄というより、典型と称するほうがふさわしい。典型的存在の崇拝は、個人としての人の崇拝とは本質的に異なっている。ルナンの〝個人主義〟に反対しつつ、ミシュレは史的イエスに触れるのを避け、彼を典型の一つととらえて、神話的な存在であるヘラクレスやプロメテウスとの対比の中で把握しようとする。

第二に、彼は『人類の聖書』の中で、キリスト教倫理を決定的に糾弾する。いくつかの例外を別にして、十九世紀の思想家たちは、伝統的な信仰を喪失している場合でも福音書に由来する倫理を攻撃するのは差し控えた。それに対し、自らの糾弾の射程を十分に意識しつつ、ミシュレはあえてキリスト教倫理批判を行なった。[34]『フランス大革命史』においてすでに、彼は福音書を「諦念、隷属、諸権力への服従の書」と定義している。彼の立場は革命家ブリソ・ド・ワルウィルのそれに近い。この人物は福音書の平和主義は圧制者たちに都合がよく、民衆に運命と闘う意志を喪失させてしまうと考えていたし、恩寵の教義にも異を唱えた。[35]だが、後年のミシュレのキリスト教攻撃はそこにとどまらない。彼はベツレヘムのゆりかごの物語、つまり新生児によってもたらされた救いの物語の裏に、ユダヤ・キリスト教の体系そのものを発見したと考える。それによれば「神は最も矮小な者、最もふさわしくない者の中から《救い主》、解放者、民衆のための復讐者を選ぶことをよしとする」(『人類の聖書』)。最も弱い者たちにのみ恵みをたれる神は、宿命に立ち向かおうとする人間の努力をかえりみない。つまりこの神の支配は、人間の尽力の最高の成果である正義を無に帰す。それはまさにミシュレにとって、「東洋的宿命論の精神化された形」である恩寵の意味と重なり合う。すでに見たように、恩寵と正義の対立は、ミシュレの中で以前から存在するテーマであった。

『人類の聖書』の本質的なねらいは、イスラエル民族の歴史にまでさかのぼって、キリスト教倫理の根元をそこに見いだすこと、さらにユダヤ・キリスト教の精神性を〝光の民たち〟であるインド・ヨーロッパ民族のそれと対比させることであった。歴史における民衆の重要性という確信に従い、またシュトラウスを中心とする同時代人の聖書研究の成果を踏まえて、ミシュレはイエスとその教えを民衆の考えの反映としてとらえる。彼のユダヤ民族分析は、十九世紀に発展し、彼自身その発展に一役買った〝風土の理論〟にのっとっている。砂漠の民の書である旧約聖書の全面的な無味乾燥に、彼は強い印象を受ける。「乳の海」に浸された幼年期のイメージ(36)が彼の精神構造において非常な重要性をもつことを考えると、ミシュレがユダヤ人の聖書に乖離と反発の気持ちをもつのもうなずける。さらに彼のイスラエル民族批判は、人類を分類し、体系化しようとするロマン主義の歴史家たちの一般的傾向とも関係している。そこでは、神の正義を受け継ぐものとして称揚される〝インド・ヨーロッパ民族〟の系譜と対照的に、ユダヤ・キリスト教の系譜は不当な侵入として、西洋史から排除される。西洋思想のすべての肯定的な側面は、ヴェーダとラーマーヤナのインドに発する。インド、ペルシャ、ギリシャの深遠な同一性が宣言される。ローマは東洋的遊蕩によって引き起こされたデカダンスのせいで、この三対の統一体に比してやや影が薄いものの、その法律学とストア哲学によってそれらの後継者であることにかわりはない。この系譜の称揚は、ユダヤ教とその系列としてとらえられたキリスト教の弾劾と、ネガとポジのように補完関係にある。

インドから八九年〔一七八九年の大革命〕まで光の奔流、「法」と「理性」の大河が流れ下る。古代はあなた〔インド〕にまでさかのぼる。そしてあなたの血をひくのが八九年だ。中世はよそ者である。(『人類の聖書』)

十九世紀に発見されたインド・ヨーロッパ語族の精神的継続を強調する一方で、ミシュレはユダヤ人の国民的性格をその対局に置く。労働を讃えたローマ人たちとは逆に、ユダヤ人は額に汗してパンを得る者や、武器を手に戦う者に価値を認めない。真のユダヤ人は「投機上手の羊飼い」である。ユダヤ人は自分の群の家畜数をふやすために、分析したり計算したりするのがうまい。旧約聖書の代表的人物の一人であるヤコブは、平和の人であり、大変女性的で、巧妙で狡猾な駆け引きによって長子権を得る。ヤコブの気に入りの息子ヨセフは、その夢判断のおかげで「宰相になった奴隷」である。ミシュレの考えでは、これらのエピソードは意味深長である。ヨセフの例のように、イスラエル民族の偉大さはその悲惨の中に見いだされる。「さまざまの不幸を通じて得たユダヤ人たちの大いにして真なる栄光は、諸民族の中で唯一、奴隷の溜息に声を、深い感動を与える永遠の声を与えたことである」。

ユダヤの南に位置するエドムの人で、神に向かって自らの正義を主張し続けたヨブと異なり、ユダヤ人は彼の懇願を聴き入れぬ神を前にして、自分を責めることしかしない。「奴隷の最も大きな不幸は、奴隷状態がもたらす様々の悪徳を自らのうちに見いだすこと、それに自らの意志を屈服させることである」。悲惨な境遇のゆえにユダヤ人は、昼を恐れ夜を好むようになる。夜の民である彼らは、解放者、復讐者を呼び求める。「復讐と抹殺の神の観念は、奴隷の根源的な要求である」。ミシュレにとってユダヤ人の自由とは、「強い民族の神々を憎み、呪う自由」である。歴史の流れの中で、彼らは奴隷の戦略にしたがって王たちに服従するが、それは隷属という手段によって支配するためである。ユダヤ民族について語りながらこの分析が射程にいれているのは、ユダヤ・キリスト教思想であり、その攻撃的側面は明らかである。

弱者の悪徳とほとんど同義語である、ヤコブにおける〝女性的性格〟は、ユダヤ教に本質的な恩寵の教義と関係づけられている。この「熱情と、女性的気まぐれ、女たちの思いつきの」教義によれば、神は好んで「強者より弱者を、大きい者より小さい者を、兄より弟」を選ぶ。ミシュレはここでユダヤの選択の教義を問題視しているが、ユダヤ教弾劾が本質的にキリスト教にもそっくりあてはまる。

さらにミシュレとニーチェの類似が指摘できよう[37]。『人類の聖書』のミシュレの主張は、確かにニーチェのキリスト教倫理批判に通じるものがある。以下は『道徳の系譜』の一節である。

恐るべき論理にしたがい、諸価値の高貴な方程式（善い＝高貴な＝力ある＝美しい＝幸せな＝神に愛された）をあえて転倒させたのは、ユダヤ人である。彼らはこの転倒を際限のない憎悪（無力の憎悪）の執拗さをもって維持し続けた。「惨めな人々だけが善人である。苦しむ者、困窮する者、病む者、醜い者こそ唯一信心深い人たち、神に祝福された人々である……」。私が言いたいのは、道徳における奴隷の反逆はユダヤ人によって開始されたということだ[38]。

この道徳的価値の「転倒」は、キリスト教によって引き継がれる。「キリスト教はその根本に病者たちの本能的怨恨を、健常者に対する、健康に対する彼らの本能を宿している」とニーチェは言う。ニーチェの目にはイエスは、ユダヤ人によって企てられた価値転倒の最も危険なシンボルと見えた。「イスラエルはこの《救世主》という、すなわちイスラエルを四散させることを望んだかにみえるこの表面上の敵対者という遠回しな手段によって、その崇高な怨恨の最終目的を達成したのではなかったか[39]」。

ミシュレとニーチェのキリスト教批判には、他にも類似点がある。「罪の観念による人の退廃と、自己卑下」、さらに、来世の期待のゆえの現世の否定（『反キリスト者』）。こうしたニーチェの糾弾に、ミシュレは全面的に賛同したであろう。確かに両者の見解は、カトリック教会という既成権力によって強要された道徳の支配に対する抗議の側面を有している。

『人類の聖書』に再び目を向けよう。一八六三年にルナンの著作をめぐって起こった論戦を想起しつつ、ミシュレは二つの反論を提示する。一つは個人としてのイエスの問題である。「しかし教義がすべてだ。教義に価値があってこそ、教えを説く者の価値もある」。二つ目は正典外福音書の問題である。ルナンは正典外福音書を、類型表現と無理矢理の引き延ばし（天使の出現、賛歌、旧約聖書の贋作）によってのみ、枯渇した霊感を補っている人工的な創作物として退ける（「イエスの考証研究家たち」、『宗教史研究』）。それに対し、ミシュレにとってこれらの福音書は、過ぎ去った時代の精神の実際的状態を伝えている。ことに『ヤコブによる原始福音書』に、ミシュレは関心を寄せる。それはマリアの誕生とその青春期、イエスの幼年時代について書かれた最も古い記述である。(40)

実は彼らの聖書外典に関する見解の相違は、もっと根本的な不一致に関係している。つまり、キリスト教における聖母の役割の問題をめぐって、二人の立場はまっこうから対立する。前章で見たように、『イエスの生涯』では、母マリアは脇役でしかなかった。ルナンは十字架の下に彼女がいたことさえ、認めようとしない。キリスト教の誕生に関して、女性の役割の重要性が強調されているが、それを代表しているのは、もう一人のマリア、マグダラのマリアである。彼女は血縁にまさる愛による連帯の勝利のしるしである。それに対し、『人類の聖書』の著者にとっては、キリスト教全体が、聖母から発している。彼女を抜かしては、キリスト教の土台そのものが揺らいでしまう。

もし友人のルナン氏のように、イエスが生き苦しんだと主張し、そう望むなら、すなわち彼を現実の中に据え、シュトラウスが雲散霧消させてしまったものを具現しようとするなら、肝心なのは、イエスを母の中に再び戻すこと、彼に熱い血、なま温かい乳を再び与えることである。ユダヤの夢想する女の胸に彼をすがらせることである。機知に富んだ蘇生者が、その繊細で優しい手で子供を蘇らせながら、彼に母親を与えないのは驚くべきだ。しかしマリアなしには、イエスは存在しない。

この指摘が、全面的にミシュレの考えの基盤となっている。マリアの生涯に関して、彼は次のようなことを『ヤコブによる原始福音書』から知る。寺院（そこへ彼女は三歳の時に渡された）からヨセフに預けられたマリアは、熱暑のなかで機織りをして日を過ごしている。彼女は家にたった一人でいる。機織りは、不動の姿勢と集中が必要な仕事である。さらに彼女は暑さのせいで半ば絶食状態にある。

このうら若い機織りの女性は、『魔女』の中に描かれた、中世の農奴の若妻に似ていないだろうか。個別の家庭が生まれた後、中世の女性は昼の間一人で、糸紡ぎという（機織りに似た）単調な仕事をして時を過ごす。彼女もまた栄養状態が悪い。「神経しか持たないこれら青白い薔薇の花」。恒常的な飢えのせいで、中世の糸紡ぎの女性は夢想状態に陥る。生活の厳しい物理的条件のもと、やがて彼女は病的状態にいたる。「夜は夢遊病、昼間は幻影や夢想、涙の発作」を体験するようになる。この若妻はなお純粋で無垢であって、中世期の千年におよぶ女性の苦しみを要約しているミシュレ的魔女の初期段階である。その後人間社会から迫害され追放されて、彼女は狂気と正気の境をさまよう精神錯乱を体験する。そしてついにある奇妙な能力を身につけるにいたる。「自分のあらゆる嘘を本当だと信じてしまう」能力である。そしてこの能力から、女性の本質と切り離せない、あるもう一つ別の能力が派生する。想像力に全面的に支配される女性精神の産物である、「一人で妊娠する崇高な能力[41]」。ミシュレが記しているように、単為生殖は十九世紀の生理学者たちによって、事実として容認されていた。ミシュレが単為生殖にこだわったのは、それが神話への道を開き、女性性の遍在を示すからだ。彼はそこに、実際に自然界で観察されたとされる発生形態のひとつを発見したのみならず、最初にあっては〝全てである〟女性の権能のあかしを見た。人間の発生に関してはありえない単為生殖は、しかしながら女性心理にはあてはまると、ミシュレは考える。母性本能によって、女性はあらゆる困難にもかかわらず母になろうとする。彼女は自らをふやし、分身を作り出す内的欲求に駆られる。「一人で、彼女は妊娠し子を産んだ。それは誰か。彼女に見まがうほどに似ているもう一人の彼女自身だ」。魔女から、夢想の産物である不可思議な存在、悪魔が生まれる。そして悪魔は民衆の考えの中では、まさに現実性を帯びたものになる。これは、キリスト教中世にのみ特有の例外的な事象ではない。ミシュレは諸宗教の起源を女性の想像力に求める。

> このように宗教にとって、「女性」は生みの母であり、やさしい子守、忠実な乳母である。神々も人と同じだ。彼らは「女性」の胸で生まれ死ぬのだ。（『魔女』）

このような見地からすれば、原始キリスト教とイエスの超自然的誕生の間には深い関係がある。『人類の聖書』では史的イエスは問題ではない。ヘラクレスやプロメテウスと並列される存在として把握されて、神話のレベルに移し換えられているのだ。母マリアについても同様である。魔女が女性のある典型を示しているように、マリアのうちには、シリアの地で何世代にもわたって女性たちが抱いていた夢想が結実している。ミシュレはマリアをフランドル地方のベギン会修道女にたとえたり、また、周囲の熱狂の雰囲気によってあおられて動揺する姿を記す。ミシュレの聖母は、やや弱体化した女性像といえよう。しかし、彼のイエスの母の分析は、〝永遠の女性性〟の観念によって支配されており、たとえ「神なる子」が「無気力の土地」の産物であるとしても、そのことに変わりはない。

> 孤独な女性は、自分の純潔な胎から彼女の守護神、彼女の天使、彼女の若々しい魂の伴侶が生まれ出るのを見た。語りかける魂の伴侶は生まれるや教え始めるが、それは母である彼女が自身すべて知っていたことである。彼は彼女の優しい影であり、よりいっそう愛されるためにしか彼女か

ら区別されない。（『人類の聖書』）

このようにして生み出されたイエスは、母の「優しい影」でしかなく、人影がそっくり人体の輪郭をなぞるように、マリアと生き写しである。彼のアイデンティティは弱く、母と同一化してしまう。彼女から離れては、彼は存在しえない。彼の教えは女性の夢想を忠実に反映している。つまり彼は幻影的な存在でしかない。受難のダイナミズム、つまり救済のダイナミズムはそれによって決定的に損なわれる。「それによって幸いにも、心優しい人たちは、イエスは苦しまなかったし、受難もまた幻影であったと信じ込んだ」。

外見的にもイエスは母の特徴を引き継いでいる。

そうだ、ほら彼は背が高く、美しく、高貴な青年となる。母親似の長い髪をし、悲しく重々しいまなざしをして。（『人類の聖書』）

さらにミシュレは、ある東洋の神々の系譜にイエスを据える。ミシュレより前に、ネルヴァルはすでにイエスをアドニスやアティスと同一化したが、これらの神々自身も、ある種の神話的伝統によれば混同されている。『幻想詩篇』の詩人にとって、イエスはこれらの神々同様、若くして死んだ麗しい神である。この並列化はネルヴァルの諸教混淆思想の中心的テーマのひとつをなす。ミシュレのキリスト教の神に対する見解は、確かにネルヴァル的ヴィジョンと似通っているが、明らかに強調点が違う(42)。後にギリシャ神話に組み入れられるとはいえ、『人類の聖書』では、シリア起源のアドニスとフリギア起源のアティスはともに、東洋起源の神として提示される。ビブロス（古代フェニキアの港市）の王とその娘ミラの息子とされるアドニスは、近親相姦と死のテーマに彩られた神となる。やがてアドニス神話は、ギリシャ人の世界に導入され、神々や人間の母とされる愛と豊饒の女神アフロディテと関連づけられた。アティスは、母神ミリタ（ギリシャ神話での女神シベール）に従属している。アドニスもアティスも彼らを熱愛する母なる女神の影響下で死し、蘇る神である。ミシュレにおいては、イエス神話はまずこの意味で、これらの神々の神話と結びつく。「魚なる女」を理想とするシリアから、その地の女性の単為生殖の夢想からアドニスは生まれたと、ミシュレは書く。シリア女性の夢想の産物という点からも、アドニスはイエスの先行類型である（ミシュレによれば、アティス神話はアドニス神話の模倣である）。さらに保護者的母性によって強要される運命にしたがい、男性性を剝奪されて、イエスはアドニスやアティスのように女性化する。宗教儀式に関しても、これらの神々は女性の庇護下にある。アドニーと呼ばれる葬儀の形態をとって、シリアの神アドニスの死を記念するのは、女性たちの役割であった。それは女性化した神なる子である。「アドニスの国では、子供や青年は女性よりももっと女性的だ」。同じように、狂って自分を引き裂くアティスは、生命の弱体化によって「少女であり少年である」中性的存在である。生殖不能のこれらの神の崇拝は「男性的力の消滅」をもたらす。女性によってもたらされ保持されたこの崇拝は、労働、自由、正義、一言でいえば人間の力の男性原理を象徴する、ギリシャ・ローマのヘラクレス・プロメテウス神話と対照をなす。キリスト教の黎明期において、信仰を恒久化させたのは女性たちの情熱である。「最初の四世紀の間（三六九年まで）は、女性がキリスト教の真の司祭であった。女性から生まれた信仰を守るのは、女性の役割だった」。（『人類の聖書』）

　女性たちによって支持された信仰は、生きることを勧告するストア派哲学者の声に抗して、死ぬことの甘美さを世界の耳元でささやく。イエスはミシュレにとってアドニスやアティス同様喪の神であるから、それは必然の結果である。彼の誕生以前、こうした神々の崇拝の背景である無気力と無力の風潮が広まって、〝子供にして救い主〟の到来への期待を準備した。

　そこからイエスは登場したのだ。過去、現在、未来にわたる人類を象徴するプロメテウスに対し、イエスは個人としての神にすぎず、その礼拝は人間精神の退廃に必然的に対応している。救世主の到来をもたらした精神的風潮を、ミシュレは次のように描く。

> 夕暮れに、眠りたいのに眠れない女や子供に向かってささやかれる、これらのおぼろげな言葉の甘美さにまさるものはない。聞こえてくる声は、外からのものか内からのものかはっきりとわからない。語るのは私の外にいる私なのか、愛する人の魂か、それとも自分自身なのか。しかし魅惑はあまりにも大きく、それをつきとめる気をなくしてしまう。

　この『人類の聖書』のくだりは、すでに世紀末の雰囲気をただよわせてはいないだろうか。単なる表面的類似にせよ、ユイスマンスの『さかしま』のなかで「ひそひそ声で、黄昏時に［なされた］おぼろげでうっとりさせる打ち明け話」と表現されたヴェルレーヌの詩の雰囲気に、どこか似通ってはいないだろうか。第三部において詳しく分析する『言葉なき恋歌』の第一のアリエッタの内包する問題と通底していないだろうか[43]。ミシュレはメシア待望の古代を描写しながら、そこに革命理念の崩壊によって刻印された第二帝政時代の精神的風潮を移し換えてはいないだろうか。歴史家ミシュレは、ふさわしい教育の欠如のゆえに法をどのように扱ったらよいかわからなかった女性たちによって、大革命が弱体化したという意識をもっていた。古代におけるように、キリスト教の神の礼拝に再び熱中したのも女性たちであった[44]。

　実は、ミシュレのイエスは、黄昏の神、退廃期《デカダンス》の神であり、彼のうちに十九世紀末の動揺を包含していると考えることができよう。

第三章　キリスト像の世俗化——サンドとユゴー

1　革命の神的エネルギーとしてのキリスト
——ジョルジュ・サンド

『科学の未来』で、ルナンは近代科学擁護の基底にある、未来に対する信仰を強調するため、「希望は今世紀の信仰である」というジョルジュ・サンド（一八〇四―七六）の言葉を引用した。さらに、普遍的進歩の最終段階のヴィジョンを読者に示すために、サンドの小説『スピリディオン[1]』を参照してもいる。

ルナンは彼女に対して深い称賛の思いを常に抱いていたが、それは『スピリディオン』の読書に端を発している。この小説に示された宗教思想が、彼に強烈な印象を与えたからである。一八六三年に『イエスの生涯』が発刊された際の彼女の評を、ルナンはジェローム・ナポレオン公を通じて間接的に知る。彼はサンドに謝辞を呈するため書簡をしたためたが、それは途中で放棄された。『スピリディオン』が彼に与えた影響について、そこには明確に記されてあった。「あなたの『スピリディオン』をサン・シュルピス神学校時代に読みましたが、それは私の宗教的理想の本質的なイメージとなりました[2]」。後年、ジョルジュ・サンドの死に際して、ルナンは彼女の作品の重要性を次のように語っている。「彼女の諸作品はまさに我々の世紀のこだまである。（……）彼女の書は永久に読み継がれるだろう、なぜならそれらは我々が望み、考え、感じ、苦しんだことのあかしでずっとあり続けるだろうから[3]」。

だが、サンドが一八六三年九月にナポレオン公に宛てた二通の手紙には、ルナンの書に対する警戒感の混じった不満の思いがかなりはっきりと表われている。五、六十年代にかけてのサンドは、一八四八年の二月革命に先立つ時期とは大きく異なっていた。『イエスの生涯』が出版された年、彼女はもはや『スピリディオン』の作者ではなくなっていたのである。六三年に書かれたある手紙で、サンドは、フランスの政治・社会的進歩のために国民にとって「ある社会的・宗教的哲学」が必要であると記す一方、「キリスト教はある種の道徳であって、今日ではもはや哲学ではない[4]」と断言する。確かに彼女は青年期からすでに、制度化されたキリスト教に反対であったが、一方、聖職者の権力に無関係な領域では、福音書に心惹かれ続けていた。だが、革命待望の熱狂の年月に彼女が称揚したイエスの教義も、一八六三年頃には来るべき社会の核となる可能性を喪失していた。

何よりも社会革命の意味が彼女の中ですっかり変容していたのである。今やサンドは、「倫理感、あるいは社会科学、あるいは恩恵に満ちた産業の進歩」によって支えられたゆっくりした忍耐強い改良のほうが、暴力をともなう危機よりも人類の進歩にとって好ましいと考えるようになっていた。社会の即時的な変容に代わって、彼女が容認するにいたった〝時の概念〟は、『スピリディオン』に現れるイエスのイメージを崩壊させてしまったといえよう。

サンドが『イエスの生涯』を評価しない理由は他にもある。ルナンの学識への敬意から彼のイエス解釈を全面的に受け入れたうえで、彼女は次のようにこのイエス像を要約する。「この人物はもはや、当時の諸哲学と諸知識の最上の部分を自らのうちに要約している哲学者、学者、賢人、天才ではなく、夢想家、情熱家、詩人、霊感を受けた人、熱狂者、単純な人にすぎない」(『書簡』)。哲学者としての価値を喪失したイエスは、サンドにとって魅力のない存在である。しかし『スピリディオン』執筆の時期のサンドであれば、『イエスの生涯』読後に、果たしてまったく同様の感想をもらしたであろうか。

さらに、イエスの死後の生に関して、ルナンの〝影響による不死〟という主張は彼女を納得させるにほど遠かった。ある真実に殉じた者の不死という『スピリディオン』で表明された考えから、ルナンがインスピレーションを与えられているにもかかわらずである。彼女自身は未来の生と魂の永遠を強く信じていて、『イエスの生涯』の著者とは大きく異なる死生観を持っていた。さらに、彼女はイエスの神性に関するルナンの定義の両義性にも気づいていた。「ルナン氏の言語の巧みな表現には言いたいことが山ほどあると思います。こんなに見事な美しい文体を批判するには勇気がいりますが。しかしイエスに付すべき神性の度合い、あり方にヴェールをかぶせようとするとき、それはあまりに魅力的すぎる一方、十分に明瞭ではありません」(『書簡』)。

『レリア』(一八三三)、『スピリディオン』(『両世界評論』掲載一八三八―三九、単行本出版一八四二)、『ラ・カンティニィ嬢』(一八六三)は、サンドの宗教思想に関して、三つの時期を代表している。[5] 一八三九年、『スピリディオン』執筆直後に、『レリア』に加筆訂正が施され多くのページが追加されるが、そこからは、わずか六年の隔たりながら、この間に彼女の考えに相当な変化があったことがうかがえる。『スピリディオン』、さらに同時期に書かれた『竪琴の七弦』、『フランス巡歴の職人』などには、『一信者の言葉』の著者フェリシテ・ド・ラムネやピエール・ルルー[6]の影響により形成された彼女の当時の思想が表明されている。

この時期の彼女の社会・宗教的信条にとって、イエスは本質的な価値をもっていた。三十年から四十年代にわたってのサンドのイエス理解に焦点をあて、ルナン、ミシュレと異なるイエス像を見ていきたい。

I　新たな宗教への待望

一八三九年にサンドは、『レリア』再刊に際して、その加筆修正にとりかかる。新『レリア』の結末は、枢機卿アニバルという新たな登場人物が導入されたことで、大きな変更が施された。この人物はほとんど異端的ともいえる考えをもっていて、イエス自身が望んだものである教会の完成可能性を信じており、主人公レリアにもそのことを隠さなかった。しかし、アニバルがなおカトリシスムに執着し、聖職者による組織の必要性を疑っていないのに対し、レリアにとっては制度化された教会はすでに過去のものであった。やがて枢機卿は毒殺され、レリアは異端裁判にかけられるが、二人にふりかかった運命そのものが彼女の目には教会の断末魔のしるしと映った。

未来の展望を失い、彼女は懊悩のうちに死ぬが、その懊悩は教会の内にも外にも救いの可能性を見いだせないことに根ざしていた。真実を求める彼女の問いは結局答えを得ないままに終わる。過渡期の絶望の象徴であるレリアは、ルルーの代弁人ともいえるトランモールという人物の信念、すなわちキリスト教から生まれキリスト教を否定する新たな宗教の到来への確信を、共有できぬまま果てる(7)。

当時のサンドのキリスト教批判は、とりわけその制度に向けられた。たとえば奇跡の問題などは、彼女を悩ますことはなく、むしろ水の上を歩くイエスのイメージには詩興さえ抱いていた。「あなた〔イエス〕はコンパスの計量による私たちのあらゆる確信や、細縄でまっすぐにされた私たちのあらゆる理屈よりも、もっと偉大で、もっと詩的だ！」と『スピリディオン』の中で、登場人物アレクシは叫ぶ。この学僧は次のようにも言う。「奇跡という語は私の理解にとって意味をなさない。なぜならそれは毎朝の日の出にも、死者の出現にもあてはまるからだ。だから私はこれらの難問に光をあてようと試みなかった」。

サンドにとって、美は人が神性を把握することを可能とするひとつの指標であった。事物の絶対的認識が人間の能力の射程外であるとしても、神から与えられた「美の感覚」がそれを補う。空しい形而上学的思索に疲れたアレクシは、「詩と芸術により、私は永生の直観を再発見した」と述べる。

福音書の詩情に惹かれて、サンドはキリスト教の諦念を、精神的な美の表現ととらえる。抑圧された人々の中で、それは力強く作用する徳である。『フランス巡歴の職人』の主人公ピエール・ユグナンは指物師であるが、ミシュレが『民衆』のあるエピソードの中で讃えてやまなかった人物のように、社会階層をのぼっていくことを望まず、職人の身分にとどまろうとする。サンドは「詩的でなかばキリスト教的な、地上の喜びの放棄」という表現でピエールの生き方を説明する。そしてヴィルプルー伯爵の孫イズーに、「あなたのまなざしの中に私が探していたのは、あなたの魂だけです。精神の美しさだけが、わたしの心を魅する唯一のものだから」という言葉でピエールへの愛を打ち明けさせる。(8) サンドにとっては、美的直感が絶対的な判断基準であった。

『スピリディオン』で、アレクシは彼の弟子アンジェルに次のように語る。「我々は侮蔑に頬を向け、縄に手を差し出し、キリストの十字架を霊と真理によって担うことができる……」。サンドが「あなたの頬を打つ者には、もう一方の頬も向けなさい」という聖書の教えを、勇敢で英雄的な行為の意味に解釈していることがわかる。ある人々にとって十字架が「恐るべき断末魔にさらされた人の劇的なドラマ」としか映らないにしても、理念を追求してやまない人々にとってそれは別の意味をもっている。「唯心論者の夢、信じる者の未来、ソクラテスの理想、マリアの息子の約束！　あなたがたは詩人の運命の麗しい領域である。（……）だからこそ、詩人は迫害されるとき、つねにあなたがたを心に留めねばならないのだ」。(9) 彼らの死は、精神的な美をあかしするとともに、永遠の目で見るとき人間に救いをもたらす苦しみの意味を担っているのである。

さらに、新『レリア』は、この時期のその他の作品同様、サンド流の社会主義の意識をはっきり示している。新たにつけ加えられた一章「ピュルシェリの歌」は、姉レリアとは正反対の奔放な生を送る妹ピュルシェリの長い独白で構成されているが、そこには、同時代の社会を前にしての、作者の心情が反映されている。ピュルシェリの独白は、自分が属している退廃した上流階級に対する批判と、下層階級に対する呼びかけである。「隷属者、犠牲者、ぼろ着を着た者、奴隷、労働者よ……、私たち二人を見てごらん。ほらおまえが仕え、恐れ、うやまっている主人たちを……さあ仕事の道具を、永遠の徒刑場の足枷を拾い上げて、打つがいい！　おまえのパンを横取りし、太陽の当たる場所さえおまえから奪っているこれら寄生する人々を！」。

『竪琴の七弦』においても、サンドの社会的関心は、主人公エレーヌの声を通じて語られる。

貧者の涙、労働者の汗、兵士の血が、これらの食卓を流れ、これらの金庫に納まっている！……これら硬貨の一枚一枚に、民衆の肖像が刻印されねばならないでしょう、なぜならこの金属の一枚たりとも、一人の民衆の健康、名誉、あるいは命の代価でないものはないのですから！(10)

カトリック教会は、社会的弱者を貧困から解放しようと努めず、富者と貧者の共存をむしろ容認していた。「おまえはいかなる愚かな弱さのゆえに、唯一の希望、唯一の慰めとしておまえの貧窮を容認し、おまえの隷属を恒常化する宗教の儀式を受け入れるのでしょう」とピュルシュリは貧者に向けて問いかける。制度化された教会を批判することにおいて、この時期のサンドはミシュレよりもさらに過激であった。彼女はピエール・ルルーと共に、社会革命により生み出されるであろう民主主義と連携した新たなキリスト教の成立を夢見ていた。

『スピリディオン』はピエール・ルルーに献げられているが、この思想家がジョルジュ・サンドに与えた影響についてはよく知られている。彼女はルルーとその友人ジャン・レイノーが編集した『新百科全書』を〝福音書〟と呼び、息子モーリスの教育に必携の書であるとルルーに書き送っている。ルルーへの尊敬の念は、彼を「新たなプラトン」、「新たなキリスト」とまで呼ぶほどであった。思想面での彼への依存を自覚して、サンドは自らを「ピエール・ルルーの青白い影にすぎない」と言ったりもする。そして一八三九年の『レリア』の再考に際しては、哲学上の諸問題に関してルルーに原稿訂正の依頼まででした。

恵まれない社会階層の人々に関する配慮という点で、この社会思想は、『一信者の言葉』(一八三四)に示されたフェリシテ・ド・ラムネの思想にも接近する。彼女の社会宗教的思想が確立するうえでラムネが与えた影響は、ルルーの場合ほど明瞭ではない。しかし、『スピリディオン』の主要人物である神父アレクシは、ラムネのイメージに酷似している。「カトリック信者がカトリック教会への盲目的崇敬を失ってしまったとき、一体彼はどこへ身を寄せればよいのか」。アレクシ神父が自らに投げかけるこの苦悩に満ちた問いは、一度ならず教皇回勅によって弾劾されたラムネの心情を想起させる。

一八三〇年代はじめのパリやリヨンでの蜂起は、政府によって武力弾圧され、ロシア皇帝に対するポーランド国民の蜂起も、何千人ものカトリック信者の惨殺によって終結する。一八三二年教皇回勅により『未来』誌が弾劾された後、ラムネは沈黙を守っていたが、ついに『一信者の言葉』を刊行する。当時の教皇グレゴワール十六世がロシア皇帝ニコラスに与えた承認に激しいショックを受けてのことである。だが、大きな社会的反響を呼んだ『一信者の言葉』もまた、発行の年に新たな教皇回勅による糾弾の憂き目に会う。

『ある旅人の手紙』の中で、サンドはラムネのこの書に言及し、彼を「偉大な宗教詩人」と呼んでいる。この時期の彼女が〝詩人〟という語に付している特別な意味(「真に詩人であるためには、芸術家であり、哲学者でなければなりません」)からして、『一信者の言葉』への彼女の賛嘆の念は本物であろう。ラムネの書は、民衆、キリスト、革命の一種の融合を詩的に語って、来るべき時代を見据えた預言書的な趣きを確かに有していた。

II　ギリシャの賢人たちの後継者イエス？

ロマン主義文学においてイエスとソクラテスの名の並列は常套的で、それはジャン＝ジャック・ルソーの『エミール』第四部にある「サヴォワ人司祭の信仰告白」に由来する[11]。しかしサンドはこの並列関係をピエール・ルルーから学んだようである。ルルーによれば、ソクラテスはイエス同様、人はすべて神の子であり、互いに愛し合うようにと教えた。哲学と宗教の同一性を信じるルルーは、キリスト教をプラトン哲学とストア哲学の融合したものととらえ、したがってこれらの哲学同様ひとつの哲学であるとする[12]。

ルルーは、神が「永遠で継続的な《啓示》」によって、人類に語りかけると信じる。

> したがって、宗教の主たる根底は、神のように不変で永遠であるにもかかわらず、形態は人のように変化する。つまり宗教は決して完全ではない。ある宗教はあるいくつかの真理を宣教するゆえに何世紀かの間真実であるが、後には誤ったものとなる。なぜなら、その宗教が知りえなかった新たな真理が発見されるからである。
>
> しかし私の生はそれ自体、完成可能性を、つまり、客観的に新たで継続的な啓示を受ける可能性をもっているのではないか。（『新百科全書』、項目「キリスト教」）

継続する神の顕現の概念こそが、『スピリディオン』におけるサンドの思索を牽引するものである。イエスは哲学者たちと並列されることで、神の一人子としての唯一性を失うが、その代わり哲学者としての称号を得る。

さらにイエスに続く者たちがいる。アレクシ神父は、スピリディオンの地下埋葬室に下りながら、幻影の中で一人の男を見る。彼は生きたまま棺に入れられ、そこで司祭たちから残酷な拷問を受けている。この犠牲者の苦悩の姿は、イエスからアベラールへ、ヤン・フスからルターへ、さらにスピリディオンへと変わる。最後にその姿はアレクシの亡き師フュルジャンスとなる。亡き師は、これらの人々が退廃した教会の聖職者たちによって責めさいなまれる「キリストたち」、「新しい真実の殉教者たち」、「未来の聖人たち」であることを、アレクシに告げる。このように、進化する真実という思想は、キリスト教の創始者イエスのみが別格であるとは見なさない。なぜならキリスト教そのものが、「完成である神」に向かっていく人類の行程の道半ばに位置するものでしかないからだ。

イエスの教義は、教会内では完全に損なわれているとしても、人類の歴史において完全にその価値を失っているわけではない。サンドは一八四八年の革命の動乱のさなかに、「イエス以来すべて美しいもの、善なるもの、善いものは、まさに彼の思想の発展であった」と述べ、イエスを自由、平等、友愛の三重の思想を説いた哲学者と定義する。

聖職者の手に握られ精神的エネルギーを喪失したキリスト教は、人類の地平に出現するであろう新たな宗教に場を譲ることになろう。ピタゴラス、ソクラテス、プラトンの思想を引き継ぎ、「永遠で唯一の人類の宗教の変容、浄化、新たな形態」であったキリスト教から、未来の宗教が生まれ、それは福音書の申し子であるだろう、というのがサンドの当時の信条であった。『竪琴の七弦』の主要人物である哲学者アルベルトウスは、彼が仕える神がピタゴラスやプラトンの神であると同様、イエスの神でもあると断言する。彼らは「知性の高次の能力」と「心の穏和な直観」によって神を把握しえた人々であり、人類の完成である神への道を示した。『スピリディオン』でイエスが「人類の友」、「理念の預言者」と呼ばれているのは、こうした意味においてである。

だが、この小説の結末では、ギリシャの賢人たちの思想を継承、発展させた哲学者としてのイエス像とはまったく異質のキリスト理解があらわれる。

III　サンドによる「永遠の福音書」

「六カ月前から『スピリディオン』に欠けている最後の五、六ページを終わらせるために、私は文字どおり二十回も筆を執りました。自分の宗教的信念に結論を与えるのは、至難の業です。」とサンドは、一八三八年十一月十四日に『両世界評論』の編集長ビュローズの妻に書き送っている。ところで、『スピリディオン』の結末に関して、一八三九年一月十五日に『両世界評論』に掲載された稿と現在目にする決定稿の間には大きな相違がある。自らの宗教観の表明であるとした結末部分に見られる相異は、たいへん興味深い。

雑誌の稿では、アンジェルがスピリディオンの墓から取り出した書き物には、オリーヴ山で苦しむキリストのヴィジョンが記されている。福音書のテクストは再解釈されており、モーセの霊がイエスに顕現する。キリストはユダヤの預言者の系譜の中でとらえられ、彼の先駆者であるモーセは、「真実は無知と虚偽につきまとわれてしか前進することができない」という考えを強調する。すべての預言者は、ゆえにみな殉教者であり、モーセはイエスに次のように語る。

しかし、おまえの教えが私の教えと同じ運命をこうむる日が来るだろう。おまえの名が私の名同様、けがされる日が来るだろう。高位聖職者や王たちはおまえの言葉と権威を利用して、おまえの教義を継続し完成させるためにやってくる新たな預言者たちを迫害し、死刑宣告し、恐るべき拷問にさらすだろう。(『スピリディオン』、『両世界評論』掲載)

預言者たちは、人のうちの完成可能性、精神的ダイナミズムをあかしする人々である。イエスはスピリディオンに、自己完成を求めて苦しむとき、人はすべてキリストであるというメッセージを残す。この初出『スピリディオン』の結末は、真実の殉教者たちの摂理的な使命を強調している。

それに対し、決定稿においては、アンジェルは「真実はここにあり」と書かれたスピリディオンの墓石の下から、彼の書き物のみならず、フィオーレのヨアキムが書き写したヨハネ福音書とパルマのヨハネスの『永遠の福音書入門』を発見する。[13] この変更の意味は何であったのか。この点についてルナンは「フィオーレのヨアキムと永遠の福音書」と題された論文の中で、次のように述べている。「ヨアキムの姿が全体の構想の中で、見事な巧みさをもって予見され導入されている『スピリディオン』という美しい小説を看過できようか。サンド夫人はこれらの示唆をピエール・ルルー氏から受けていた」。

ルナンはサンドの小説に強く触発され、一二四七年から一二五七年までパルマのヨハネスが総長をつとめたフランチェスコ会のほとんど異端じみた潜在的革命性を看取した。ところがサンド自身は自由思想の発展と相反する修道会制度の消滅を目指して、わざとフランチェスコ会の挿話を削ってしまったのである。

『スピリディオン』の物語は、その「規律」で有名な聖ベネディクトゥス(四八〇—五四七)が創設したベネディクト派修道会の一修道院が舞台である。フィオーレのヨアキムは、この会の創設を、キリスト教の第三期である聖霊の時代の最初の出現と位置づけた。[14] しかし小説中で描かれる僧侶たちは福音書の精神から完全に逸脱し、堕落のきわみにある。アレクシは、ボシュエ[15]の精神的後継者であるスピリディオンが、最後の修道僧だったと思う。進展する真理を引き継ぐ者はもはや修道者としてとどまりえない。〝永遠〟という形容にふさわしい福音書は、修道会以外のところに啓示されるはずだというのである。

サンドにとって大革命こそが、福音書の精神を引き継ぐものだった。この考えをサンドはルルーから借用しているようである。ルルーの主著であり一八四〇年に出版された『人類について』を見ると、福音書と大革命をつなぐ系譜が明確に宣言されている。

わたしは近代思想をその古代の萌芽のうちに、大革命を福音書のうちに、福音書を創世記のうちに示そう。自由、平等、友愛の近代的教義のテーマを伝統の深みのうちに再発見すること、それはこの教義にいっそうの権威を与える。

『スピリディオン』がナポレオンの兵士たちによる修道院の略奪のシーンで終わるのは、意味深長である。イタリアのこの修道院は、「屈辱をうけた自由の恐るべき復讐者たち」の襲来にあう。略奪の最中に彼らは祭壇にあったキリスト像を「サンキュロット・イエス」という言葉を口にしながら、踏みつぶす。彼らの残虐行為の犠牲者となったアレクシは、息を引き取るまぎわに、アンジェルにこう言い残す。

> これは摂理の業だ。我々の虐殺者たちの使命は聖なるものだ。彼らはまだそれを自覚していないが！　だが彼らは言った。おまえも聞いたろう。彼らが教会の聖堂をけがすのは、サンキュロット・イエスの名においてだ。これこそ我々の祖先たちによって預言された、永遠の福音書の時代の始まりなのだ。

かくて兵士たちは、犯罪行為と殺人、「無知と虚偽」を代表していながらも、世界への神性の顕現である大革命とつながっているのである。ところで〝サンキュロット・イエス〟という表現は、一七八九年当時はもっぱら反教権主義の旗頭として使用されていた。しかし一方で、大革命当時からすでにこのような表現は、のちに神秘社会主義のいう〝革命家イエス〟という文脈でも用いられていたのである。ミシュレの『フランス大革命史』の中でも、カミーユ・デムーランは彼をギロチンへと送ることになる尋問の場で、「三十三歳、サンキュロット・イエスと同じ歳だ」と答える。さらに同じくギロチン上で果てた〝赤い司祭〟の一人であるクロード・フォーシェにとって、イエスは真の革命家を体現していた。下層階級の人々の救済を第一とする政府を彼は夢見たが、福音書はその根底となるものであった。こうしたイエスのイメージは、一八四八年頃には広く流布していた。「貧者と労働者の聖なる友」は、真に革命の象徴となっていたのである(16)。

　すでに一八三〇年の七月革命後、フェリシテ・ド・ラムネの筆になるイエスは、革命の象徴であった。労働者の貧困と、抑圧される民衆の悲惨を知って、彼は『一信者の言葉』の中で、「神にしか従わず、自らの意識に基づいて神をあがめ仕える自由」を宣言する。この宗教的原理から、社会におけるすべての人の平等と自由、そして他者を支配するすべての者たちに対する糾弾が派生してくる。「自由は誰が誰に代わって支配するかということには基づかない。誰一人支配する者がいないということに基づいている」。世界のいたるところでさまたげを受けている自由とは、「民衆が額に汗して稼がねばならぬパン」なのである。

　それぞれの人間は神の子であり、それゆえにキリストの兄弟である。連帯した人々のうちには、ある神的な力が宿る。

民衆は善であり、それに対し支配者、主人、君主、権力の保持者は「悪しき人」とされる。ラムネによれば、革命は「世界において我々の目に見える現存する神」である。革命が人類をますます高める神の顕現であれば、キリスト教の誕生もそのひとつであり、人類がかつて知った最も根源的な革命である。この意味で、一七八九年以降継続する革命は、現実に民衆がこうむったあらゆる抑圧や災禍にもかかわらず、キリスト教の継承発展にほかならないと、『一信者の言葉』の著者の目には映じていた。

『一信者の言葉』は、人類の息の長い進歩を展望しようとする思想家の書ではない。ラムネは間近にせまったある大事件を予告する預言者のごとく語る。

> 興奮する民衆たちの混然としたつぶやきとひそかな動向は、動揺する国々にやがて吹き荒れるだろう嵐の予兆である。
> 備えをしなさい。なぜならその時が近づいているから[17]。

大工の息子として労働者や貧者の側に立つイエスは、殉教する民の原型である。すべての人の自由のために死することを受け入れる兄弟たちの、彼は解放者となるだろう。なぜなら彼の教えは、愛し合う者たちの間の自由と平等の思想に基づいているからだ。したがって、彼と民衆は一体であり、この〝キリストなる民衆〟はあらゆる暴政、あらゆる抑圧に打ち勝つだろう。「なぜならまことに私はあなた方に言う。民衆はキリストのように墓に降りるだろう。キリストのようにそこから三日後に出てくるだろう。死をうち負かし、この世の王、王の臣下たちをうち負かして」(『一信者の言葉』)。

サンドはといえば、『スピリディオン』の頃には、真理のあらゆる進歩は社会的な激変、動乱によると信じていた。アレクシ神父は革命を摂理的な行為であり、「神の考えの大いなる意図」が明かされる場とする。そこへ人々は自らの直観と心に導かれて参与する。進展する真理の一段階を期するものである、社会の大きな出来事に暴力が介入するのを、サンドはやむなしとする。一七九二年に始まる国民公会は、ルイ十六世の死刑執行をはじめ流血の政治へと最終的に突き進んでいったが、他方数多くの人道的法律も可決した。国民公会の中心的人物であったロベスピエールは、彼女にとって「最も偉大な近代人」、「唯一の民衆、唯一の真理の友、唯一の暴政の真摯な敵」である。さらに聖マタイは、一七八九年の精神を体現する革命家ロベスピエールの先祖であるともされる[18]。

一八四〇年に書かれた『フランス巡歴の職人』でも、国民公会について同様の考えが表明される。主人公ピエール・ユグナンは、王政復古後一八一四年にルイ十八世によって公布された憲章による政治を嫌い、国民公会の精神を支持する。

> 私が血気盛んな人間でないことは、神がご存じです。しかし覆された権力に向かって「我々と平和にやりなさい、さもなくば死あるのみ」と宣言する野蛮な厳格さのほうが、

平等を約束しておきながら、実行しない曖昧な体制よりも私には得心がいきます。

読書、とりわけジャン＝ジャック・ルソーの本を読むことで、ピエール・ユグナンは当時の職人たちの大部分がそうであった無学の状態を脱していた。「哲学者である労働者」と作者が呼ぶ主人公は、もともと理想的な存在である。ピエールがキリストの後継者の一人と見なされるのは、彼が自らのうちに労働者階級の解放の可能性を宿しているからである。『フランス巡歴の職人』は、徒弟制の職人組合にまつわる出来事から話が展開する。ピエールのモデルは『職人組合の書』の著者で、自らも職人であるアグリコル・ペルディギエという人物である。サンドは彼の本により、小説に必要な職人組合に関する歴史的・社会的背景を知ることができただけでなく、社会関係に友愛の意識を導入するという、当時の彼女自身の希求と相通じる考えをそこに見いだした[19]。敵対する職人組合のひとりと道で出くわしたピエールの言葉は、サンドの信念を反映している。「職人組合のあらゆるイニシエーションや秘儀よりももっと崇高な義務がある、それはすべての人間の人間の友愛の義務だ」。

この小説で特に興味深いのは、サンドが〝福音書的な〟(évangélique) という形容詞を多用していることである。前書きにおいて、サンドはまず、アグリコル・ペルディギエの使命を福音書的であると宣言する。なぜなら聖ヨハネの「互いに愛し合おう」という言葉を実行しようとしているからだ。さらに彼の『職人組合の書』の核心には、福音書的な理念があるとされる。富者と貧者の間の不平等と労働者階級の困窮に異を唱えるピエールの「福音書的情熱」は、老いたヴィルプルー伯爵を説得することはできないが、孫娘イズーの魂を深くゆさぶる。貞淑で実直な女性サヴィニエンヌを説明するときも、サンドはこの形容詞を使う。「福音書的な力の意識」、「福音書的考え」がこの女性をつき動かす。サンドがこの語で表現しようとしているのは、精神的美にほかならない。

最良の共和国に関するピエールの熟考は、聖職者の手から解放された福音書の精神にのっとった「イエス・キリストの共和国」へといたる。ここでの彼は、いかなる政治体制も神の観念なしには成立しえないと考えていたサンドの代弁者である。一八四八年に彼女は、宗教としては、自由、平等、友愛をスローガンとする「共和国」を、教義としては「福音書」を、司祭としては「我々全員」を、聖人としては「イエスと彼に先行あるいは後続し、世のはじめから今日まで、真理のために苦しみ亡くなったすべての人々」を、提案する[20]。「共和国という名の友愛の教会で、キリスト教徒たろう」というのが、彼女が民衆に投げかけたメッセージである。民衆は個人としては貧困と無知の状態になおあるにしても、「集団としては偉大で美しい」。この考えを、サンドはミシュレや当時のその他の多くの思想家たちと共有している。これが人類を信仰の対象とする彼女の「共和国的キリスト教」の夢想を支えていた[21]。

「弱者、貧者、奴隷を守るために献身した犠牲者」としてのイエスの精神は、そこで卓越した役割を演じる。サンドによってイエスは民衆の側にとらえられ、彼の復活は民衆の復活と一体のものとなる。キリストの十字架上の死をサンドは、失敗と絶望の意味に解釈する（特に『スピリディオン』の第一稿はそのことを明瞭に示している）。つまり彼の真の復活の唯一の機会は、彼を歴史の人間的・神的回路に再び投げ込む革命にのみあるのだ[22]。

『スピリディオン』決定稿の結末で、フィオーレのヨアキムによって書き写されたヨハネ福音書が発見される。共観福音書（マタイ、マルコ、ルカ）を差し置いてのヨハネ福音書の重視は、ピエール・ルルーに起因すると思われる。バルザックやユゴーといったロマン主義者たちも第四福音書（ヨハネ福音書）に重きを置いていた。これは、ルナンがヨハネ福音書におけるイエス像が「より堅く、格式張っていて、自分だけの意志で振舞うアイオーンやペルソナのようである」として、ヨハネ福音書のキリスト像を避け、共観福音書にもっぱら依拠して『イエスの生涯』を書いたのと異なる。

ヨアキムが書き写したヨハネ福音書には、ところどころ彩色や、太字あるいは装飾文字での強調箇所がある。強調された最後の三箇所は、〝霊と真理による礼拝〟、〝真の神の認識による永遠の生〟、〝すべての人に与えられた神の子の称号〟のテーマに関わっている。ところでルルーは、第四福音書の著者とされる聖ヨハネを「心的あるいは霊的な復活」、「精神的再生」を何よりも重要視する「プラトン主義のユダヤ人」と考える。それに対しマタイは「改宗し考えを改めたサドカイ人」で、イエスを最も偉大な革命家、平等と友愛の使徒として提示しており、地上的・政治的な出来事に重きを置いている。

ルルーは神と人の関係を次のように定義する。「神は我々一人一人のうちに内在しており、したがって我々はみなその本性にあずかるがゆえに、神々（dieux）である。この内在のゆえに我々はみな神の子である」。そしてルルーは、イエスが神（Dieu）であることを認める。「他の人間よりもイエスは神に近づいた。彼は自分のうちの人間性を絶対的に犠牲にし、その他の被造物同様彼が内包している神の萌芽をはぐくんだ。（……）彼の犠牲が完遂されたとき、私にはもう人間的ないかなるものも見あたらず、そこには神（Dieu）があるのみだ」（『人類について』）。ルルーによれば、神のロゴスに関する聖ヨハネの教義は、全面的にプラトンの教義に依拠している。福音書家ヨハネはイエスを神の〝光〟であるロゴスの顕現と考える。すべてのものがロゴスの顕現であり、神に参与し、神によって生きている。神のロゴスが新たに人類を支配し始めたのは、この教義を初めて自らに当てはめたイエスにおいてであり、この意味でのみ、イエスは「人類に働きかける神の行為」を代表している。イエスはしたがって聖ヨハネにとって、「一人の人に顕現した、創造されずに存在した《光》」、「一人の人によって示された永遠の《啓示》」である。

『人類について』の著者によれば、弟子のヨハネによって受け継がれたイエスの教えは、「人類の中で人々をつなぐ神的で永遠な絆という考え」に要約される。したがって、この教義を死によって確立したイエスは人類と一体のものである。中世における〝永遠の福音書〟の運動は、聖ヨハネの系譜に属するものであり、キリスト教の真の変容はこの開かれた突破口から始まるとルルーは信じる。

このルルーの思想が『スピリディオン』に影響を与えているのは、確実である。結末において、アレクシ神父は革命の息吹の接近を予感して、動揺する僧侶たちを前に叫ぶ。「永遠の福音書の時代がやって来る。真のキリストの旗が広げられた」。サンドにとって、〝永遠の福音書〟は、フィオーレのヨアキムに端を発する歴史的出来事の枠を越えて、キリスト教の刷新の希求を内包するものだった。それゆえに、ヨアキムの前後に起こった大きな宗教運動(パストゥロー、ヴァルドー派[23]、プロテスタント、カルヴァン主義者たちの大蜂起)はすべて、永遠の福音書の運動と連動しているのだ。永遠の真理はこうした数々の動向を通して顕現し続けるが、その担い手である彼らの後継者たちは、現代にも現れるはずである。

『スピリディオン』の著者は、「人類の摂理的な歩み」は多くの過ちや恥ずべき行為のただ中で着実に進展するものであり、その参与者たちの個人的な不幸を超越していると考える。そこでのイエス像は無名の反徒の原型ではなく、彼らを行動に駆り立てる神的な直観を表している。「プラトンやキリストは、数百万の魂を通して考え、感じ、数百万の体によって語り、活動する」。したがって、イエスは小説の最後のページで、革命家というより、あらゆる個人を越えた、神的なある過程としての革命を表している[24]。

『フランス巡歴の職人』の中で、キリストは、ピエール・ユグナンの友であり弟子であるアモリーのヴィジョンとして現れる。それは、彼らの職人組合の会合の最中に、ピエールが彼の仲間たちに偏狭なセクト主義を捨てるよう説得するシーンである。アモリーは、ピエールの声に耳を傾けながら、「大工の息子であり、貧しく、名もなく、地上を放浪し、惨めな労働者たちに語りかけるキリスト」を想像する。そして喧々囂々たるこの寄り合いに彼がやって来たなら、何をするだろうかと自問自答する。やがて彼の思いは真のヴィジョンとなって、美しい目をし、優しくほほえむキリストが現れ、「私と一緒に来なさい、網を捨ててついて来なさい。人間をとる漁師にしよう」(マタイ4-19)と言いながら、ピエールに近づく。すると大きな光がイエスの額からわき出て、ピエールを包む。若く、血気盛んで、その才能にもかかわらず単純な人間であるアモリーに現れたキリストのイメージは、『スピリディオン』の結末に出現するものとは大きく異なるが、それにしても「あらゆる魂の上に実際に漂う主の霊」の一種の体現であり、真理の発見のために尽力する人々に息を吹き込む。キリストはここで、友情と愛の教義を引き継ぐ者たちを照らす光である。このキリストは、アレクシの臨終の言葉に続く『スピリディオン』の最後の二行のイメージにあい通ずる。

アレクシはいまわの際の声で言った。「おお、スピリディオン、あなたの墓は清められた！　おお、アンジェル、この血の痕跡が豊かなものとなるようにしてほしい！　おお、神よ、あなたを愛します、人々があなたを知るようにしてください！……」そして彼は息を引き取った。すると光輝く姿が彼のそばに現れ、私〔アンジェル〕は気を失った。

ジョルジュ・サンドは、人々をある理想に向かって駆り立てる神の発現として、キリストをとらえる。大革命はこの神的なエネルギーの別名である。それは循環し、絶えることがない。

2 サタンとキリストの類似
――ヴィクトル・ユゴー

I 「宗教書」としての『レ・ミゼラブル』[1]

ヴィクトル・ユゴー（一八〇二―八五）の作品中には多くのキリスト像が現れる。しかし、それがトータルな姿で示されているのは、一八六二年出版の小説『レ・ミゼラブル』においてである。そこでのイエスへの言及は、ユゴーの人間と歴史に関する本質的な問いと密接に結びついているからだ。

一八六二年五月六日のユゴー宛ての手紙の中で、サンドは『レ・ミゼラブル』がキリスト教への言及を多く含みすぎていると指摘している。これは「教義を利用する虚偽の人々を断固として阻止しなければならない時節柄」のゆえに時宜を得ないというのが、彼女の意見である。しかし、教会の目には、ユゴーの小説は翌年出版されたルナンの『イエスの生涯』同様、禁書処分にふさわしいものと映った[2]。

一八六〇年から一八六五年にユゴーが記した文章が、『哲学的散文』というタイトルでまとめられている。そのうち「哲学」と題された章は、『レ・ミゼラブル』の前書きとして小説に添えられるはずであった。この「哲学」の章からは、制度化された教会に対する厳然とした拒否の姿勢がうかがえる。ユゴーにとって宗教的事柄は、決して何らかの組織に還元されるものではなかった。死を前にしたジャン・ヴァルジャンは臨終の秘蹟を拒むが、この主人公の態度は、ユゴー自身の意見の反映である。「臨終は神秘と隣り合わせだ。永遠をかいま見ることは、偽りの教義や偽りの司祭を耐え難いものにする」（『哲学的散文』）。

キリスト教は、いずれも不完全な諸宗教の一つにすぎない。直観、さらに知から生まれる「無限の意識」が、それらには欠けている。過ぎ去った時代の遺物である諸宗教は、近代人の魂の要請に十分に答えられない。「諸宗教に欠けているのは、宗教の本質である無限の意識である。諸宗教に欠けているのは、真の宗教である」（『哲学的散文』）。秘蹟は人間の取り決めにすぎない。真の宗教とは「仲介者なしの、神とのコミュニケーション」にほかならない。

罪の赦しがすなわち救いであるという考えは、『レ・ミゼラブル』にはない。イエスの犠牲は贖罪の手段とは解釈されていない[3]。すべての人の罪を自らの死によって贖う〝新しいアダム〟としてキリストをとらえる聖パウロの思想は、ユゴーの考えとは異質である。一般的に、ロマン主義の思想は人間の決定的な堕落という考えを容認しない[4]。キリスト救済論は、ユゴーのケースのように、意味を喪失する。それに代わって、ユゴーは存在するものの間の愛の連帯、全く人間的な奉献の神秘を提示する。ファンティヌやジャン・ヴァルジャンにおいて、犠牲のもつ意味は完全に変容を果たす。

制度化された教会に対する激烈な反対にもかかわらず、サンドが認めたように、『レ・ミゼラブル』には、キリスト教への言及が多数存在する。十字架への言及を小説中に探すだけで、サンドの懸念がもっともであると納得される。ジャン・ヴァルジャンはミリエル司教の部屋で殺人へと踏み切れず、「奇妙な逡巡の状態」に陥る。「月の光がぼんやりと暖炉の上の十字架を照らしていたが、それは一方には祝福、他方には赦しを与えつつ、二人に向かって腕を広げているように見えた」。マドレーヌ市長の診療所に入ったファンティヌは、市長が壁に掛かった十字架に語りかけているのを見る。「マドレーヌはそれ以来、ファンティヌの目には別人となった」。アラスの重罪裁判所において、ジャン・ヴァルジャンの目前を、かつて自身が処罰された法廷の場面が、幻影のようによぎる。「ただ、裁判長の頭の上には、十字架があった。彼の判決の時の裁判所には欠けていたものだ。彼が裁かれた時、神は不在だったのである」。モンフェルメーユにコゼットを迎えに行かれずに、アラスから戻ったマドレーヌは、子供がすぐそばにいると信じるファンティヌの前で、十字架に目を向ける。成長したコゼットが結婚した後、彼女に会うという唯一の喜びさえ奪われたジャンは、銅の小さな十字架を買い、ベッドの正面につるす。「この処刑台は、いつ見てもよいものだ」。しかし、これら十字架への言及が示しているのは、〝心に訴えかける〟キリストであって、神学の原理としてのキリストでないのは明白である。

『レ・ミゼラブル』の中で、キリスト教の諸イメージはユゴーの思想の表現として、巧みに利用されている。たとえば「変容」(transfiguration) という言葉を例に取ってみよう。ユゴーにおいてこの語は、神的なものの顕現を意味しており、その限りでは福音書の語り(マタイ17-2、マルコ9-2)と密接に結びついている[5]。さらにユゴーにとってこの語は、聖パウロの改宗の物語とも無関係ではない。『レ・ミゼラブル』と深く関わりあう著作とされる『ウィリアム・シェークスピア』では、キリスト教徒たちの迫害者であったパウロに起こった出来事が、次のようにコメントされている。「真実の中に落ち込み、正しい人としてそこから起きあがること、変容である転落、それは崇高だ。それが聖パウロの物語である。聖パウロ以来、それは人類の物語となるだろう[6]」。

ミリエル司教との出会いとプチ・ジェルヴェへの意図しない犯罪を契機に、ジャンの内心に起こった変化を、語り手は次のように表現する。「司教が彼に対してなそうとしたことを、ジャン・ヴァルジャン自身がなし遂げた。それは変化以上のもの、変容であった」。ジャンを執拗に追い続けたジャベールも、元徒刑囚同様〝ダマスコへの道〟を体験することになる。「我々の内面の奇跡の中でも最も美しい、このすばらしい現象」を理解することができず、警視ジャベールはセーヌ川に身を投げて果てる。彼は「変容した者というより、むしろこの奇跡の犠牲者」にとどまるが、それにしてもこの突然の光は、語り手によれば、「常に人に内在する」神の顕現である。読者は、ジャベールがもはや元徒刑囚をやっきになって追っていた人物とは別人であると感じることになる。聖書に由来する「変容」という言葉は、ユゴーの小説を通じてすべての人間に潜在する神的なもののあかしとして、現れる。地上的な価値とそれを超越するものとの間で引き裂かれる人間の内的な闘いは、人であり神であるキリストのイメージと重ねあわされ、この二つの対立し相克するあり方の止揚として、変容は定義される。

小説の冒頭で、主人公ジャン・ヴァルジャンに先だって登場するミリエル司教に、キリストのイメージが現れていることに、読者は容易に気づかされる。それは司教という高い身分が当時一般に想起させるのとは、大いに異なった人物であった。ビアンヴニュ（ようこそ）というあだ名をもつミリエル司教は、福音書によってのみ考え、それに全面的に従って生きようとする人として描かれる。「彼はてっとり早い道をとった、福音書である。（……）この素朴な魂は愛した。ただそれだけである」。社会派小説としての『レ・ミゼラブル』は、まずミリエル司教の口を借りて、十九世紀の最も重要な諸問題について発言する。「無償教育を施さないのは、社会の罪である。社会は自分で生み出した闇に責任がある。責められるべきは、社会で罪を犯す人間ではなく、そこに闇を広げる人間である」。さらに語り手はつけ加える。「私が思うには、ミリエル司教はそのことを福音書の中で学んだらしい」。この人物の信仰は、ヨハネ福音書でことに強調されているイエスの遺言ともいうべき言葉「互いに愛し合いなさい」に全面的に依拠している。「彼〔ミリエル司教〕はそれを完璧だと言っていたし、それ以上の何も望まなかった。それが彼の教義のすべてだった」。

ユゴーは小説の劈頭から、一人の理想的な聖職者像を提示し、それによってキリスト教神学を排除する。イエスの教えの本質そのものが凝縮されている福音書の素朴さが、あらゆる教義論をあらかじめ打ち負かしてしまうのである。

ユゴーによる司教像は、福音書の語りを借用していることによって、さらに語りの視点からもイエスに似たものとなる。したがって、福音書のイエスを見習おうとする登場人物の意図と、語りのスタイルの両方において、司教はキリストのまねびとして描かれる(7)。

元徒刑囚へのミリエル司教の最後の言葉、「私の兄弟であるジャン・ヴァルジャンよ、もう悪に就かず、善に就きなさい。私はあなたの魂を買います……」は、聖職者とはいえ単に善行を施した人物からの言葉としては、確かに専断的な感じをまぬがれない。見方によっては、他者に対する強制であり、他者を「返済不能な未来のつけの債務者」にしてしまうものという見解もなりたつ[8]。実際には、司教と元徒刑囚は、キリストとある罪人の関係として描かれている。しかし、「(罪を) あがなう」(racheter) の代わりに使用された「買う」(acheter) という動詞が暗示するように、贖罪の意味はずらされる。銀の燭台によって象徴されるある理念の継承が前面に出る。司教によって「彼〔ジャン〕の内に、彼の上に灯された抗しがたい光」は、作品の導きの糸となる[9]。

司教の次には、ジャン・ヴァルジャン自身が一度ならず、キリストに比較される。自分と間違われて逮捕されたシャンマチュウを救いに行くべきか、コゼットを引き取りに行くべきかと懊悩するジャンを描いた「頭の中の嵐」と題された章で、まず両者の並列が見られる。

> かくして、この不幸な魂は、苦悩に喘いだ。この不運な男に先立つこと千八百年、人類のあらゆる聖性、あらゆる苦しみを自らのうちに集約する神秘的な人もまた、無限の冷厳な風にオリーヴの木々が揺れている間、星がいっぱいにまたたく夜の深みの中で、影が吹き出し、闇があふれでるように見えた恐るべき杯を手にするのを長いことためらっていたのだった。

さらに「彼自身も十字架を担う」と題された章では、負傷したマリウスを背負ってパリの地下下水道の中をさまようジャン・ヴァルジャンが描かれる。テナルディエの恐喝のおかげで、自分の命の恩人がジャンであることをようやく悟ったマリウスにとって、かつての徒刑囚はキリストへと変容を遂げる。

かくして、ジャン・ヴァルジャンという登場人物の向こうに、「偉大なる殉教者」と呼ばれるキリスト像が透かし見えるのである。

一八六二年の『レ・ミゼラブル』出版当時、「真理に殉じたイエス」、「革命家イエス」というロマン主義的テーマの昂揚の時代は過ぎ去っていた。四八年当時のジョルジュ・サンドに見られたような、友愛と平等の書としての福音書に対する傾倒は、終わっていた。だが、ユゴーは依然として、彼の社会・宗教に関する考察において、キリスト像にこだわり続ける。制度化した教会から決定的に彼の心が離れたことと、このこだわりは軌を一にしているのである。

II 『レ・ミゼラブル』――社会派ドラマか精神のドラマか

『レ・ミゼラブル』に五年先立って、フロベール『ボヴァリー夫人』(一八五七)が出版され、五年後にはゾラの『テレーズ・ラカン』(一八六七)が世に出る。これらの小説に比しての『レ・ミゼラブル』の特異性について、ボードレールは、「作者が『レ・ミゼラブル』の中で、生きた抽象、理念的人物を創作しようとしたことは明白で、それぞれの登場人物は作者の主張の展開に必要な主要となるタイプを代表しており、叙事詩の高みにまでいたっている」と述べている[10]。ユゴー自身、自らの小説が「現実」とどうかかわっているかを、次のように語っている。

現実は理念に照らしてしか、有効に描きえない。堆肥の山は堆肥の山でしかない。その上にヨブを置いてみるがいい、そこに神が降りてくる。(『哲学的散文』)

ヨブへの言及は重要である。この旧約聖書の人物は、サタンの奸計の犠牲者であり、苦しむ義の人である。ユゴーは《ジャン・ヴァルジャン―ヨブ》という並行関係を創出し、恵まれない人々を様々の悲惨へと追いやる社会の諸悪を告発する。社会の不公正は、貧窮者、未婚の母、孤児たち……を、地上の呪われた人々とする。ユゴーの宗教観では、神はもはや人々を呪う存在ではなく、呪いは人間が人間に課すものである。

彼は、社会の諸悪を一つ一つ描き出すことで、それを告発する。まず第一に、大衆の中に無知をはびこらせておくことで、社会は糾弾される。無知を排除しさえすれば、「もはや闇も、悲惨も」存在しなくなるはずなのだ。『レ・ミゼラブル』では、公教育の必要性が繰り返し説かれる。本来善性をもつ人間にとって、自らの真の本性に目覚める機会さえあればよいのだ。社会は教育の普及を行なわないことで、この機会を人々から奪っているのである。「悪い草も、悪い人間もない、悪い栽培者がいるだけである」というミリエル司教の言葉は、ユゴーの主張を代弁する。ジャン・ヴァルジャンはというと、彼は独学によって、徐々に自ら無知の状態を克服するのである。

また、ユゴーはジャン・ヴァルジャンがこうむった刑の過度の重さによって、司法制度を攻撃する。これは彼がすでに、『クロード・グー』(一八三四)の中で主張したことである。『死刑囚最後の日』(一八二九)によって、死刑反対を主張したユゴーは、死刑囚に最後まで付き添ったミリエル司教の体験を通して、再び同じ主張を繰り返す。ところで、この件に関するユゴーの議論を読むと、彼の社会問題への関心は、その宗教感情と切っても切り離せないことがわかる。人が他者の死を決すること自体が、ユゴーには受け入れがたい。それは死というものが、神に属しており、人間はそれを自由にする権利はないと考えるからである。さらに、ロマン主義の人間観によれば、人殺しは神殺しに等しい。「ギロチンの歯の落下によって、人の頭の中で悔い改めと後悔という、摂理的な救済の業が断ち切られるのである。それは、人の中で、神が中断されることである」(『哲学的散文』)。

確かに、ジャン・ヴァルジャンは、社会の犠牲者である最下層の人々(ミゼラブル)の一人であり、貧窮のゆえに犯罪を犯したという社会的宿命が、生涯にわたってついてまわる。しかし、一方でプチ・ジェルヴェからの意図しない盗み、マドレーヌ市長がかつての徒刑囚ジャンであることを警視ジャベールに気づかせるきっかけとなったフォーシュルヴァンの事故、ジャンをしてアラスの重罪裁判所への出頭を余儀なくさせたシャンマチュウの存在、マリウスの出現……といった物語の重要な転回点をなす出来事が盛りこまれ、これらが社会的宿命とからみあって、ジャンの人生を決定していく。ユゴーの定義によれば、貧困は《社会的》である。つまり人間によって生み出され、押しつけられる。それに対し、避けがたい諸々の出来事が生み出す苦しみは《摂理的》である。実はジャン・ヴァルジャンは社会のくびきにうちひしがれる哀れな人(ミゼラブル)である以上に、作家ユゴーが「どん底に見いだされる偉大さ」と定義するヨブに等しい、苦しむ義の人として描かれている。

神とのつながりにおいて真の仲介者の役割を果たすのは、人間の良心である。良心によって行なわれる神の把握において、「(人間を越える)誰か」、「神的なもの」が存在するという直観は、ユゴー流の信仰の基礎そのものである。「高みの自我」である神と「底部の自我」である魂の間には、切り離しがたいつながりがある。良心は「未知の羅針盤」であって、それによって人は、自らを超越するものと結びつくことができる。『レ・ミゼラブル』の物語は、「人の外《そと》にある何か」の意識によって、紡がれていく。コゼットの手をひいてゴルボー屋敷を逃れたジャンの心理を、ユゴーは次のように描写する。「彼は神に身を委ねていた……ある者が、目に見えぬながら、彼を導いていくのが感じられるように思われた」。人は単に物質的な現実そのものに還元されえないという考えが、語りの全体を貫いている。「この本では第一の登場人物は無限であり、人は脇役である」と作者が述べるのは、このことによる。

ユゴーにとって「人の外《そと》にある何か」の意識は、人間に内在する神という考えと矛盾するものではない。「天よりも大きな光景(スペクタクル)」が魂の内部で繰り広げられるが、それは良心が「神であるがゆえに、計り知れない」からである。

この神と人間の良心との関係は、しばしば小説の中に現れる。ミリエル司教との出会いによって、ジャン・ヴァルジャンは良心に、そして神に目覚めるが、以来人生の節目のたびに彼は内面の葛藤の中で、考え、苦しみ、自己を克服する。ヴァンデ戦争を主題にした『九十三年』の中にも、自らの良心への問いかけを主題とした章がある。ヴァンデ反乱軍の討伐隊指揮官であるゴーヴァンは、反乱軍の急先鋒でありながら、子供たちを救うために命を賭したラントナック侯爵を死に追いやるか、革命軍の決定にさからってでも解放するかで思い悩む。「論理は理性でしかない。感情はしばしば良心である。一方は人に由来するが、もう一方はより高いところから来る」[11]。

ユゴーの理想主義的思想は、人間の良心と世界とに内在する神のまなざしを絶えず予感させる。ここにはロマン主義のオプティミスムがあますところなく表現されている。『レ・ミゼラブル』において、物語の導きの糸である理念は、銀の燭台によって象徴されているが、この燭台は、元徒刑囚が司教の頭蓋骨を打ち割ろうと手にした、掘削作業用の鉱夫の燭台と対照をなしている。一方は悪意というほの暗く否定的な力の、他方は変容の原動力であるエネルギーの物象化である。ここでの理念は人間の行為を規定する抽象的な概念ではなく、人間のうちに神を、言い換えれば、「自己超克の能力」を生み出す一種のエネルギーなのである。

ところで、ヨブの姿はユゴーにとってもう一つの意味で重要である。社会の諸問題が解決され、種々の悲惨が克服されたとしても、苦悩はそれに応じて減少するわけではない。「知識を得、愛したとしても、それでも人は苦しむだろう。日は涙の中で生まれる。光輝く者たちも泣く、たとえそれが闇の人々のための同悲の涙であろうとも」。良心の目覚めを通して、人は果たすべき義務の意識へと駆られる。良心が成功や生活の安楽にがんじがらめになると、そこからは、「単なる機械にすぎない人間」(『哲学的散文』)が生み出される。コゼットとの結婚を果したマリウスについて、語り手はこう叫ぶ。

幸せであるのは恐ろしいことだ！　なんとそれに満足しきってしまうことだろう！　それだけで事足れりと思ってしまうのだ！　幸福という、人生の誤った目的を満たしてしまうと、義務という、真の目的は忘れ去られてしまう！

物質的豊かさや家庭的幸福は人にとって確かに重要であるが、人類の義務という意識からすると、それは人生の最終目標足りえない。あくまで幸福は自己完成と一致しなければならない。「このドラマは、一人の社会的に呪われた者を中心として展開するが、その真のタイトルは、《進歩》である」。これは作者が『レ・ミゼラブル』に与えた定義の一つである。その他の多くのロマン主義者たちにおけるのと同様、進歩の概念はユゴーの中で人の「完成可能性への確信」と「輝く過去へのノスタルジー」によって特徴づけられている[12]。そして、途切れることない有目的的な進歩という観念は、歴史の生成過程と結末に神を措定することになる。

『レ・ミゼラブル』と深く関係する叙事詩『サタンの終わり』の中で、ナザレ人イエスは、古代の巫女に次のように述べる「しかし人々を救わねばならない（……）。光に向かって登って行くのが神の掟だ」[13]。現状に拘泥することなく、人々は個人としても集団としても向上するよう定められている。この人間の生の冒険を導くのが、他者への献身の思いである。「誰でも献身する者は、永遠を証明する」（『哲学的散文』）。『レ・ミゼラブル』の作者にとって、献身と犠牲は同一である。「高まること、それは自己犠牲を果たすことである」[14]。『九十三年』の中で、ラントナック侯爵は炎の中から三人の子供たちを救い出すが、この行為のゆえに敵方の手に落ちる。「ラントナックは犠牲の行ないによって、彼がかつて行なったすべての残虐行為の贖罪を自ら成しとげた」と革命軍大隊長ゴーヴァンは考える。人は自由意志によって受け入れた苦しみにより、神の前で自ら過去の清算を果たすことのできる存在である。「苦しみによる贖罪の詩人」と呼びうる熟年期のユゴーにとって、進歩と苦しみは切り離しがたく結びついている[15]。

明らかに、ユゴーはキリスト教の贖罪の観念から、遠いところにいる。ところが、生成の観念を通して人の真の目的とされた義務は人に自己犠牲を課すゆえに、十字架がその象徴として利用されることになる。ユゴーは天才、すなわち人に抜きんでたすぐれた人物について述べたくだりで次のように言う。

> 巨大な善意。過剰を望まねばならない以上、必要なら犠牲における少しの狂気。これこそが天才の掟だ。この代価を払ってしか、人は大天使たりえない。
> 十字架の狂気。（『哲学的散文』）

『レ・ミゼラブル』にはユゴーの人道的社会主義が十全に表明されているが、この精神的次元は社会的なものを凌駕している。

ユゴー流の社会主義は、階級問題として下層の人々とブルジョワジーを対立させることはない。ユゴーのブルジョワジー攻撃は両義的である。というより、ここでも精神的射程が前面に出ている。

> まちがって人はブルジョワジーを階級だとした。しかしブルジョワジーは、庶民の富裕な部分にすぎない。ブルジョワとは、すわって一服する時間のある人のことである。椅子は階級ではない。しかし早すぎる時期にすわろうとすると、人類の歩みを止めてしまうおそれがある。それがしばしばブルジョワジーの犯した過ちであった。エゴイスムは、社会階層の基準ではない。（『レ・ミゼラブル』）

当時ブルジョワという呼称が思い描かせる外見は、労働者たちとは明確に区別された。ブルジョワはミシュレが心底嘆いたところによれば、庶民の出身でありながら、富とエゴイスムのゆえに、そのルーツから離れてしまった人々である。ユゴーの描くブルジョワは、自分自身の利益のために盲目となり理念を喪失して、蜂起と暴動の区別がつかなくなっている人々としても定義される。『レ・ミゼラブル』では、一八三二年のパリでの蜂起のさなか、リュクサンブール公園を子供連れで散歩する一人のブルジョワが描かれる。これはブルジョワの退廃を示す見本ともいうべき人物で、ユゴーが献身の象徴としたアンジョルラスたちのたてこもるシャンヴルリー通りのバリケードと対比されている(16)。また空腹で公園内をさまよう幼いマニョン兄弟も、この親子と対照的に描かれる。腹がくちくなって、食べかけのブリオッシュを池に投げ入れるブルジョワの子。ガヴロッシュの昨日の行ないをまねて、拾い上げたブリオッシュの大きい方の一片を弟に渡す兄。ユゴーはここでも惨めな者たちが内に秘める精神のエネルギーを、称揚している。

主人公ジャン・ヴァルジャンは、モントルイユ・シュル・メールでマドレーヌ市長に変身して以来、プチ・ピクピュス修道院の庭番の時期はともかく、一貫してブルジョワと見なされる生活をしている。それは彼自身が望んだこととされる。「この人物は理想として、内側は天使であろうとし、外見はブルジョワであろうとした」。それは不幸な子供時代を送ったコゼットに安楽な暮らしをさせようとの配慮であり、また警察の目を逃れる手だてとも考えられる。美しく装飾された部屋に住まうコゼットの傍らで、彼は質素に暮らそうとし、進んで貧しさを求める。コゼットを伴わず外出する時のジャンは、労働者の身なりをし、ハンチングを深々とかぶる。しかし、彼はモントルイユ・シュル・メールで得た莫大な富のおかげで、貧窮状態からは完全に抜け出ている。ジャンはつまり、富者の外見をした貧者キリストの姿ということになる。

ガヴロッシュは初めてジャンに会ったとき、彼を「ブルジョワさん」と呼ぶが、ジャンが帽子を被っていなかったことで安心感を得る。精神の動揺が彼に帽子を被ることを忘れさせていた。こだわり続けたブルジョワ的外見を突き破って、人間ジャンがたち現れる。臨終の枕べにかけつけたコゼットに向かってジャンは次のように語る。「おまえの家の通りの角まで行ったものだ。私はまるで気が狂ったようだったから、私が通るのを見た人たちに奇怪な印象を与えたに違いない。一度は帽子も被らずに出かけたことさえあった」。

リュクサンブール公園の〝悪しきブルジョワ〟の例にもかかわらず、ユゴーにとってブルジョワであることと聖人であることは両立しうる。ブルジョワはレオン・ブロワにおけるように悪の体現ではかならずしもない。人間の内面は、元徒刑囚、市長、修道院の庭番、年金暮らしのブルジョワ、反徒といったあらゆる社会的身分の変化を通じて、それらを凌駕するものとして、描かれる。実はユゴーにとって、「あらゆる不幸の中に、キリストの受難がある」（『哲学的散文』）としても、精神的次元の苦しみはその偉大さにおいて物質的貧窮にまさるのである。

街の浮浪児であるガヴロッシュは、民衆の体現である。彼は蜂起の意味もはっきり知らずバリケードに嬉々としてやってくる。この「奇妙な妖精である浮浪児」は、民衆の自発的創造性を表している。いずれにせよユゴーが作り出した架空のバリケードでは、そのモデルとなったサン・メリーのバリケードと異なって、労働者たちの姿がまったく強調されていない。階級間の社会的闘争という図式はユゴーには存在せず、ブルジョワと貧者の対立は、エゴイスムと献身の対立として精神的次元にもちこまれている。

III　キリスト像をとおして示された倫理的オプティミスム

ユゴーがピエール・バランシュ[17]の影響を受けていることはすでに指摘されている。ユゴーの諸作品における、他者への愛というキリスト教の根源的な教義の重要性は、バランシュに起因するというのである[18]。キリストが自らの死によって宣言した自己犠牲にまでいたる隣人愛は、ユゴーの生成の歴史観の根底をなしている。この哲学的信条に結びついたキリスト像は、彼の著書の随所に見いだされる。

イエスとソクラテスの類比はロマン主義思想の恒常的テーマであり、ジョルジュ・サンドにおけるのと同様、ユゴーにも存在する。両者はともに迫害された義の人と解釈され、その死は後世に犠牲のたぐいまれな見本を残したとされる。「イエスのように苦しもう、ソクラテスのように苦しもう」とユゴーは謳う（「ポーリーヌ・ロラン」、『懲罰詩集』）。また彼らは人類に恩恵を与えたにもかかわらず、人類によって殺された人として示される。

……古い時が戻ってきて、我らのかかとにかみつき、

我らに叫ぶ、「止まれ！」と。だがソクラテスは言う、「行
　こう！」と。
イエス・キリストは言う「もっと遠くへ！」と。そして賢
　者と使徒は
天へと去っていく。ドクニンジンが、ニガヨモギがどんな
　味がしたか、
互いに尋ねあうのだ。（「夜の旅」、『観想詩集』）

カインの末裔である人類の犠牲となった彼らは、やがてその同じ人類からあがめられるにいたる。

後世、人類は聡明さを取り戻し、
憤りによってなぎ倒した者たちに、栄光を与えようとする。
一人は毒を飲み、もう一人は処刑台にさらされた！（『サ
　タンの終わり』）

またソクラテスとイエスは、ユゴーが想像する、石から精霊へといたる存在の階梯において、卓越した人、天才として、普通人の上に位置づけられる。

『クロムウエル・序文』では、ギリシャの哲学者たちに比してイエスが称揚されているが、それは〝新たな時代の礎としてのキリスト教〟という彼の理論を主張するためである。「ピタゴラス、エピクロス、ソクラテス、プラトンは松明である。キリストは日の光だ(19)」。しかし、イエスの優越性がこれらの賢者たちと比べていかに卓越していても、それは実体の相異ではなく、程度の差として把握される。『観想詩集』にそのことを示す一節がある。

彼らはそこにいる、はるかな高みに
キリストを頭に、ホメロスを真ん中に、
思想のあらゆる闘士たち、
神のあらゆる剣士たち。

「思想の闘士たち」の名が並ぶリストは長大で、「時」の終わりまでその記載は続いていく。まず旧約聖書の預言者たちやギリシャの哲学者たちの名が見られる。それに続いて、たとえば印刷術の発明者として『ノートルダム・ド・パリ』にもその名が刻印されたグーテンベルクの次はジャンヌ・ダルク、ガリレオ・ガリレイの次はフランソワ・ラブレー、ヴォルテールの次はベートーヴェン……というように。「……驚異的な星座、一刻一刻明るさを増し、天上のダイヤモンドの輝きのようにまばゆい。それは地平の明るみに輝きいでて、登っていく。イエス・キリストというこの巨大な暁に混じりあって」（『ウィリアム・シェークスピア』）。キリストは、この「真の星々の神聖な一団」に属しているが、その例外的な偉大さによってそこから抜きん出てもいるのである。

『レ・ミゼラブル』において、二度にわたってイエスとナポレオンの比較が記される。まずこの類比は、父ポンメルシ

ー大佐の生涯の真相を知ってナポレオン崇拝にいたったマリウスの視点から語られる。彼にとって皇帝は「フランスの体現そのもの」となる。「ナポレオンは彼にとって、人＝民衆となった。イエスが人＝神であるように」。実はマリウスの礼賛は、F＝P・ボーマンが指摘するように、ワーテルローとゴルゴタの丘を同一視する〝ナポレオン＝メシア〟という、きわめてロマン主義的なテーマを語ったものと思われる。

　しかし、ナポレオン＝イエスという類比は、蜂起に加わった学生の一人コンブフェールの言葉によって葬り去られる。後者の圧倒的優位のせいだ。「結局のところ、大砲というこの独裁者は望み通り何でもできるってわけじゃない。力は大いなる弱さだ。大砲の弾は一時間に六百里しか行かないが、光は一秒で七万里進む。このようにイエス・キリストはナポレオンにまさる」。同様に歴史におけるワーテルローの意味も崩壊する。『レ・ミゼラブル』の中でこのナポレオン最後の戦いにあてられたページが、そのことをはっきりと示している。

この巨大な人物が失脚する時が来ていた。
この男の並外れた重さは人類の運命の均衡を脅かしていた。
（……）
ナポレオンは無限の中で告発され、その失墜は決定的だった。
彼は神を邪魔していた。

『ウィリアム・シェークスピア』の中で、ニムロド[20]、アレクサンドロス大王、カエサルなどとともに、軍人（「これらすべての獰猛な巨人たち」）として分類されたナポレオンは、彼ら同様、生成する歴史の中で重要度を失っていく運命にある。

　『諸世紀の伝説』では、ベタニアでイエスが死せるラザロを蘇らせるシーンが描かれ、「キリストの墓との初めての出会い」と題されている。ここで、イエスは単に友の死に直面するのみならず、自らの死をもかいま見ることになる。なぜなら、この復活の奇跡を目の当たりにして、その超人的力に恐れをなすと同時に嫉妬にかられた祭司たちが、彼を殺すことを決心したからだ。イエスの行為はしたがって、代価なしにはすまされず、ラザロを救うことで、彼は自らを犠牲にしたと見なされる。

石の間を流れる急流のかたわらに、
墳墓があった。
そしてイエスは泣いた。[21]

『懲罰詩集』においてイエスがヴォルテールと並列されるのは、このイメージのゆえのようだ。ラザロの死に涙するイエスの姿が、どうしてユゴーにとって重要なのか。それは、綿々と続く諸世紀の中で、〝ラザロの友である〟イエスは、〝カラスの友[22]〟であるヴォルテールへと継承されるからだ。

二人ともそれぞれのやり方で、ともに人類の擁護者であり、その献身を通して、友愛に生きたのだ。ともに人類の進歩に寄与したという点で、十八世紀の哲学者の人道的行為は、福音書の業と同一視されるのである。

革命家マラ（一七四三―九三）さえも、イエスに比較される。その無私の感情のゆえだ。「マラはイエスのように自分を忘れる。彼らは自分をさておき、自分を抜きにし、自らのことはまったく考えない」（『レ・ミゼラブル』）。ユゴーの作品の中で、イエスはあらゆる人々が比較される標識といえよう。さらに、『懲罰詩集』のある詩において、民衆をラザロに喩えたユゴーは、墓から出てくるよう彼に命じるイエスの姿に、自らを重ねてはいないだろうか（「民衆にあてて」）。

ユゴーは、商人たちをエルサレム神殿から追い出す憤るイエス（ヨハネ2-15）に、精神のエネルギーを象徴するイメージを認め、心惹かれたようだ。「神殿の物売りたちの敵である私は、十字架上で腕を広げたイエス同様、笞を手にしたイエスにも感銘する。ほとんど法律違反といえるこうした行動を否認し、批判するどころか、私は強く共感する」。『哲学的散文』のこの一節では、キリストの笞は、拝金主義の輩と同一視される司祭たちに向かって、振り上げられたのだ。自由な宗教観の持ち主であるユゴーは、イエスをして彼の反教権主義のシンボルにしてしまったのである。

イエスはさまざまの宗教の神々とも結びつけられる。彼は神話的存在となり、神、すなわち詩人ユゴーが〝X〟と呼ぶ存在の表現となる。

　このXは、世界を抱擁するために四つの腕をもつ。
　そして、死した者あるいは絶望した者たちに見えるものと
　　なるよう立ち上がり、
　地上では彼は十字架となり、イエスと呼ばれる。（『神』[23]）

この「笞打たれた浮浪者」は、〝神〟となる。なぜなら、彼の苦しむ姿は、人間の歴史の中で絶えず繰り返され、いわば超個人的なものとなるからだ。

　巨大な十字架が我らの深い夜に横たわっている。
　世界の四隅で血を流す
　イエス・キリストの四つの釘が見える。（「苦しみ」、『観想詩集』）

それでは、フランス大革命とキリスト像の関連はどうであろうか。一八六〇年に未完のまま中断した『サタンの終わり』で、ユゴーはフランス大革命に救済の役割を付与しようとした。「バスティーユ陥落」はユゴー神話において、キリスト教での受難（Passion）に対応する、と考える研究者もいる。[24]『レ・ミゼラブル』でも、大革命への言及に多くのページがさかれている。元国民公会議員Gの話は、六二年に加筆されたようだ。この挿話は、革命のすべての問題点を包含

しているがゆえに、小説の「アルケオロジー（考古学）」の一部をなしているという[25]。また、『レ・ミゼラブル』の作者にとって、革命は「近代史の起源神話」であって、小説にとっては過去でしかなく、その未来ではありえないという考えもある。すると『レ・ミゼラブル』における大革命は、『サタンの終わり』の想定される結末とは相反するものになってしまう。そうすると、叙事詩中で大革命が有していた救済的な意味合いは、小説では薄まるか、あるいは消滅してしまったことになる。

ここでは、ミシュレ流の歴史解釈と異なり、民衆神話と革命神話は、前者が後者をしのいでしまい、両者は一致しなくなっているようだ。「人の科学的、具体的、社会的、宗教的様態」として定義された「民衆」は、確かに『レ・ミゼラブル』の中心的テーマである。民衆の存在は、ここでは「潜在的で、無限で無形、非理性的で押さえがたく、神のあらゆる属性を有し、神を体現する[26]」とさえいえよう。

そうはいうものの、大革命はユゴーの進歩史観の土台そのものであるから、その重要性が完全に損なわれることはない。大革命は神話的コンテクストに組み込まれ、「神の行為」として称揚される。それは民衆の声を通して表現される神の声の実現であり、「野蛮人の雄叫びと神の言葉によって構成される恐ろしく神聖な声」である。この神話化により、ユゴーの理念的テーゼは大革命時、ことに国民公会以降の血塗られた暴力を許容しうるものとなる。ユゴーが『レ・ミゼラブル』で大革命を語るにあたって、一七八九年（バスティーユ攻撃＝革命の開始）にではなく、一八九三年（恐怖政治の時代）に言及するのには理由がある。国民公会は、一万以上もの人道的法案を可決し、それらの中にはユゴー自身の社会的関心事に一致したものが多く含まれていたからだ。だが国民公会には、もちろん光と影の両面がある。年老いた元国民公会議員Gをとおして見ることで、国民公会にも光の面があることが浮かびあがる。その対局にあるのがサン＝ジュストであろう。一八三二年蜂起の若き反徒アンジョルラスは、一度ならずサン＝ジュストに比較される。議員Gがルイ十六世の処刑に反対したのに対し、アンジョルラスは実現すべき理想のためには、殺人も辞さない。一方は国民公会の肯定的な面を、他方はその負の面を体現している。しかし、ユゴーは「天使のように美しく」純潔なこの青年の姿を通して、革命の理想的解釈を試みる。バリケードの秩序を乱した一人の男を射殺した後、アンジョルラスは次のような言葉を述べる。

この男を殺すことで、ぼくは必然に従った。しかし必然は古い世界の怪物だ。必然は「宿命」と呼ばれる。だが進歩の掟によれば、天使の前に怪物は消え去り、「宿命」は友愛の前で消滅する。今は愛という言葉を発するにはふさわしくないが、ぼくはあえてこの言葉を発し、讃えよう。愛よ、未来はおまえのものだ。

銃殺されたアンジョルラスはかくて自らの供犠を果たし、暗にキリストに比較される。「アンジョルラスは八発の銃弾に貫かれ、まるで弾に釘付けにされたかのように、壁にもたれて動かなかった。ただ頭を垂れただけだった」。ある意味でアンジョルラスは『サタンの終わり』にある、神とサタンから生まれた「自由の天使」のイメージであり[27]、『レ・ミゼラブル』の神話的人物の一人といえよう。九十三年の現実の問題全体に対し、そこで一種の解決が提示されている。自由は「生きた理念である神にしか属さない」ゆえに、「文字どおり神であった」フランス国王は、自由の名のもとに断罪されるのである。この見地から、国民公会の決定が容認されることになるのである。すべての人の自由は、神授権の廃止なしには実現不可能であるという考えが、『諸世紀の伝説』の次の詩句にもはっきりと示されている。

フランス大革命
それは恐怖の混じった救いだ。
ルイ十六世の落ちた首からは、
ああ、光が流れ出た。

『九十三年』でユゴーは、国王処刑の是非を決する投票の際の国民公会議員たちのコメントをいくつか書き記している。ある一人は「人の血を流すことには嫌悪するが、王の血は、人の血ではない」と述べる。戦争と処刑台は「諸刃の剣」であり、悪の二つの体現と考えるにいたった熟年期のユゴーは、この意見に共感したであろう。

ミリエル司教に向かって自らの信条を語る元国民公会議員Gは、キリストを大革命の精神と関連づける。「ああ、司祭さん、あなたはむきだしの真実をお好きでないようだ。キリストはそれを好んでいました。彼は笞をとって神殿を清めました。彼の笞は閃光に満ち、真実の厳しい語り手でした。〝子供たちが来るのを止めてはならない〟と叫んだ時、キリストは彼らの間で区別をつけませんでした。罪人バラバの跡取りとヘロデ王の跡取りを一緒にすることに、彼は少しのためらいも感じなかったでしょう」。笞を手にしたキリストは、先に見たように反教権主義のイメージとしても登場したが、ここでは王権への抗議を示すものとして現れている。元国民公会議員Gの死はその詳細において、ソクラテスの死を想起させる[28]と同時に、キリストの死にもあいつうじる。ミリエル司教は彼の前に跪き、その祝福を請う。聖職者であるミリエル司教が祝福を求めたと記すことで、ユゴーは元国民公会議員Gとキリストのアナロジーを暗示している。司教は革命思想の闘士であるこの老人にうちに、偉大なる殉教者キリストの投影を見るのである。

フィリップ・レニエによれば、元国民公会議員Gの挿話は、大革命がキリスト教を継承し、その遺産を受け取ったというユゴーの解釈を暗示している[29]。「九十三年というタイタン」の姿をとって、大革命はキリスト教から受け継いだものを守り発展させるため、暴力を容認する。だが、それによって、いわば必然的に自らを汚すこととなる。

我らの大義を勝ち取ってくれた巨人、おまえのおかげで、
自由の子である我らは、別のことを知りえた。
以来フランスが永遠に望むのは、
静かな頂に光を発する愛、
キリストの聖なる掟、純粋な友愛。（「夜」、『懲罰詩集』）

叙事詩『サタンの終わり』では、イエスの十字架の後に残された悪を大革命が引き受けることになる。自ら「宿命」と名乗るイジス・リティトは、イエスの死と地上でのサタンの支配を宣言する。それに対し前進する「人」、すなわち「民衆＝フランス」は、この悪の勝利に対峙して立ち上がる。

このフランスは、愛、怒り狂う喜び。
それは吠えたてる善、苛立つ理念。

しかしサタンの娘イジス・リティトはこの敵対者の頭上に、かつてカインがアベルを殺害するのに用いた石を置く。この兄弟殺しの道具は、サタンの息で大きくなり、バスティーユ監獄へと変貌する。そして歴史における「宿命」の支配の新たな象徴となるのだ。

大革命は確かに、単にフランスのみならず「世界の監獄」であるバスティーユ攻撃によって「善の扉」を開いたが、善はヒュドラ（怪物）の姿をとってたち現れた。『ウィリアム・シェークスピア』によれば、もし「光あれ」という神の声を九十三年が聞いたとしても、それは世界の始源のときと異なり、人間によって発せられた言葉であった。そこでは人類が巨大なステップを画するために、善と悪が交錯し、ぶつかりあった。これについてピエール・アルブイは、ユゴーは善と悪を「進歩」の分かちがたい二つの側面としてとらえているとする。[30] 人類の生成という観念は、善と悪との補完性を想定させる。「真理のために人がなすこと、真理に反して人がなすことは、いずれも真理に貢献する」（『哲学的散文』）。

『サタンの終わり』で、イエスは彼の死後に起こることをあらかじめ弟子たちに告げる。「多くの者たちが間違うだろう。私のゆえに過ちが生じるだろう。影は、たとえ白鳥の影でさえ常に黒々としている」。だが、「悪と呼ばれる善のさなぎ」（『神』）という表現が示すように、悪が善から生じると同様、善も悪から派生する。善悪の補完性をこのように把握することからは、絶対的な悪の否定が予想される。天から失墜するサタンは、自分の中で天使が死んでいくのを感じる。しかし神を憎みながらも、天なるものへのノスタルジーと神への愛を完全には絶ちえない彼は、一種の「亡霊」である。「もし愛していなければ、苦しみはないのに」。悪はこの陰鬱な愛の生み出したものであり、愛されることなく愛するという意味で、地獄は「永遠の不在」である。

ユゴーにとってサタンの運命は、人類の運命に呼応している。レオン・セリエによれば、サタンの贖罪はジャン・ヴァルジャンの贖罪と同じやりかたで果たされる[31]。つまり、愛と自由によってである。徒刑場で『レ・ミゼラブル』の主人公は「一種の愚かな変容」をこうむり、猛獣の状態へと墜ちていく。つまり彼は、のちにミリエル司教と出会ってから果たす「苦しみによる贖罪」とは逆の内的作用を、ここでは受け続ける。「苦しみに苦しんで、彼は少しずつ人生は戦いであるという確信にたどりついた。この戦いで、彼は敗者であった。彼は憎しみ以外の武器をもたなかった」。サヴォワの煙突掃除の少年から金を取り上げた後、ミリエル司教の戸口に戻ったジャン・ヴァルジャンは、自分をサタンに喩えるが、この時の謙虚さは物事を明確にとらえる力を示している。自分の中にあるサタンを自覚するというこの意識化こそ、光への上昇のきっかけであるというのが、ユゴーのテーゼであろう。後にジャンは自分に言い聞かせるようにファンティヌに向かって言う。「ごらんなさい、あなたが抜け出た地獄は、天の最初の形だったのです。そこから始めねばならなかったのです」。

良心の目覚めとともに、善と悪の戦いがジャンの内面で繰り広げられる。それは、無知によって考える力をもたなかったかつての彼の自我が経験したことのない戦いであった。この新たな魂の状態を、ユゴーはキリスト教と不可分のものと考える。『クロムウエル・序文』によれば、文明を三つの時期に分けると、「近代」はキリスト教に結びつく。キリスト教はかつて存在しなかった新たな人間感情を生み出し、それによって新たな詩が誕生した。福音書によって生み出されたメランコリーの精神は、人間の心に「感覚を通して魂を、生の向こうに永遠」を示した。こうして、キリスト教は哲学的考察の助けを借りて、「先行する二つの時代」には知られていなかった詩を生み出す。それはその創造において「影を光に、グロテスクを至高なるものに、言い換えれば肉体を魂に、獣を精霊に」融合した。

キリスト教によって提示された人間の二重の現実から、新たな詩のコンセプト、つまりドラマが生まれる。その中では、「キリスト教倫理によって純化された魂を表わす」崇高なるものに、グロテスクが融合する。崇高なものとグロテスクは二つのタイプに分かれ、互いに対照をなす場合と、同一の登場人物の中に共存する場合がある。「すぐれた人物、天才は、彼らがどれほど偉大でも、その知性をあざ笑う獣を自らのうちにもつものだ。それによって彼らは人類に似るのであり、ドラマティックであるのだ」。

その「変容」にもかかわらず、ジャンはかつての犯罪者としての過去を完全に脱ぎ捨てることはない。他者への愛が常に勝利するにしろ、エゴイスムと獰猛な憎しみは、常に彼の中に存在し続ける。彼の中にはサタンとキリストが同居し続ける。彼の超人的な体力は他者の救済に向けられる。しかしそれは、徒刑場でのあだ名「万力のジャン」を常に思い起こさせ、むしろ魔的な印象を与える。彼は人を救うサタンであるともいえよう。

『観想詩集』の中の「無限の岸辺で」では、ベリアル（サタン）は、イエスの兄弟として現れる。

そしてイエスは、泣くベリアルの方に身をかがめて、彼に言うだろう「ああ、おまえか！」と。

そして手をとり、神のもとへのこの兄弟を導くだろう！

光に近づくにつれ、かつて堕落したこの存在は、兄弟イエスにみまがうほどに美しく変容する。彼らの父である神が二人を区別できないほどに。対立しあった二人の兄弟の融和によって、詩人は悪の崩壊を宣言する。

イエスの役割を地上に限定している『サタンの終わり』では、地上を越えた場での神とサタンの近親関係を示すのは、サタンの翼から落ちた一枚の羽根に神のまなざしが注がれたときに誕生した自由の天使である。堕天使サタンの贖罪は、この近親性によって成し遂げられ、神自身がそれを宣言する。

……自由の天使はおまえの娘、そして我が娘だ。

この近親性が私たちを結びつける。

『サタンの終わり』と『レ・ミゼラブル』は、同様のオプティミスムによって貫かれている。

ミリエル司教のジャンへの最後の言葉を、再び想起してみよう「私はあなたの魂を買います」。さらに、アンジョルラスはバリケード上で「友たちよ、私たちが生き、私が話しているこの時は、暗い時に違いない。しかし、このすさまじいやり方で私たちは未来を買い取るのだ」と演説する。この二つの発言では、ともに「買う」(acheter) という行為に言及される。「贖う」(racheter) という動詞は、罪人としての過去に関係する。それに対し「買う」対象は、煌々たる前途である。たとえこの「買う」という行為に犠牲が不可欠だとしても、未来を志向していることにかわりはない。一八三二年の反徒たちは、自らを犠牲にすることで「宗教的行為」を成し遂げる。シャンヴルリー通りの架空のバリケードによって象徴される革命は、社会・歴史的大事件としてではなく、むしろ各登場人物の「変容」の物語として語られる。

ユゴーは、その倫理的オプティミスムのゆえに、人は無駄に苦しむことがないと確信する。苦しむ人類の理念的な姿であるヨブに、歴史を通じ神は自らを示すであろう。そして、彼の苦悩そのものが救いをもたらすものであることを啓示するだろう。「ヨブの寝藁は変容し、イエスのカルワリオの丘となるだろう」(『ウィリアム・シェークスピア』)。

第二部　貧者キリスト——世紀末神秘主義のキリスト

ロマン主義のキリスト像に対して、世紀末のキリスト像は完全に対立しているといえるだろうか。対立のみに注目しては、おそらく皮相な見方をまぬがれないだろう。ただし、明確な転換が起こったことは否めない。ロマン主義特有のオプティミスムが描き出したキリストは、人間の完成可能性のアレゴリーであった。そこでは悪はあらゆる形態の光を前にして、やがては消滅していくものとされた。それに対し、デカダンスのキリスト像は世界における、排除不可能な実体としての悪を提示する。人間の悲惨な生存形態と本質的に切り離しえない、たとえようもない力としての悪が復活してきて、人間主義（ユマニスム）も人道主義（ユマニタリスム）も、もはやその前で力を失う。悪についての省察の中で、J＝K・ユイスマンスがショーペンハウアーと『キリストにならいて』の著者を結びつけたのは、一見突飛なようであっても、単なる思いつきではないだろう。「地上での生は、まことに悲惨だ！」（『さかしま』）という叫びがその接点となる。

ロマン主義のキリストと世紀末のキリスト。この二つは対立しつつなお、ある意味では互いに強い関連性のもとにある。ロマン主義のキリスト像は多様でありながらも、進歩の価値と歴史の意味をめぐる一貫性のうえに築き上げられたものであった。この整合性を有する像との対比により、世紀末のキリストのバラバラに粉砕されたイメージがより鮮明に浮かび上がる。世紀末のメンタリティは、存在そのものとしてのキリストを見すえる。もはや思想的アレゴリーや、哲学的あるいは社会的見解の顕現は問題ではなくなる。それは、「貧者」であり、「苦悩する者」であり、謎であると同時に近しい存在である。

キリストはレオン・ブロワにおけるように、人間社会の悲惨の極限状態と、常に関係づけられてきた。社会的な意味をさぐるだけでは、社会の悲惨な状態を真に理解することは決してできない。第一、「貧者」や「キリスト」を知ろうとしない富裕な特権階級は、社会の様々の悲惨を恥辱としてしかとらえない。それに対し、ブロワにとっては、「貧者」と「キリスト」の間の絶対的な可換性によってのみ、社会の悲惨は意味をもつ。たとえばヴィクトル・ユゴーの「乞食」とブロワの定義する乞食を比べるだけで、明快にわかることがある。ユゴーにとって貧困は聖なるものであり、貧者は「祈りに満ちた」存在である。その襤褸着は星の輝く空へと変容する（「乞食」、『観想詩集』）。そこにはイメージとアレゴリーによって、ユゴーが荘重に描いてみせる社会思想の一端がある。彼は貧困を聖化し、同時に聖性を世俗化する。ユゴーにとって、貧者に向かうことは、神に向かうことである。それは諸宗教の信仰を経ることなく直接、人間性の宗教、すなわち人間を中心にすえ、人間の潜在的可能性と進歩の向こうに神をうかがう宗教、唯一真実で、唯一種々の悲惨に解決を与えうる宗教へと向かうことを意味する。それに対しブロワに見られるのは、ロマン主義的世俗化の対局といえる。貧者、乞食は彼らのみじめさそのままでキリストの真の姿である。

なぜならキリストを知ろうとせず愚弄する人間のあり方の刻印と断罪を、彼らはその生涯と身に負っているからだ。

人間主義によって解消されえない悪の存在を根底から確信する世紀末のメンタリティは、苦しみと結びついた強烈なものの価値を讃えることになる。苦しむキリストの姿に投影されるのは、もはや哲学的あるいは社会的な思想ではなく、苦しみつつキリストへと向かうすべての人間の内面である。主観的で、激烈で、苦しみとその具体的な（時として、誇張された）顕現と切り離しがたく結びついた、新たなキリストのヴィジョンがそこから生まれてくる。

十九世紀末のキリスト教をめぐる思索は、それが真摯なものであればあるほど、「永遠の慣習」に添おうとしながらも、時代のうねりを受け続けた。信仰が個人の心の問題となり、信者と教会の距離に多様性が生まれた現代とは異なり、この時代においては、カトリック教会のあり方を受け入れるにせよ糾弾するにせよ、そこからまったく超然として信仰を保持することはできなかったのだ。エローとブロワという二人の作家について考える前に、彼らの世紀の教会の動向をたどってみたい。

十九世紀教会史に関するいくつかの考察

「エローは、絶対であるという意味で信仰を、その最もうつろいやすいという意味で盲信を代表している」。こんな嘲笑的な調子で、レミ・ド・グールモンは『仮面の書』のエルネスト・エローの章を始めている[1]。信者としても作家としてもエローは生涯、カトリック教会の考えに忠実に従うことを至上の義務として、自らに課していた。それは彼の主要著書『神の言葉』のタイトルの直後に付された宣言からも読みとれる。「私はここで常のごとく、この書においても私のすべての書においてと同様、教会、教皇のもとなる聖なるローマ・カトリック教会が定めたこと、これから定めるだろうことに全面的に、絶対的に従うことを宣言する」。このいかなる躊躇もない服従の態度に、あきれもし同情もするブロワは、エローが従順の気持ちから自分の書いたものを、ことごとく教会の神学者やその他関係者たちの検閲に付していたことを指摘する。

私が知ったところでは、エローは簡単に信仰に動揺をきたすようなわずかの人々を思いやって、彼らにとってちょっとした躓きの種ないし曖昧さが懸念される場合、彼の著書の重要な箇所をあっさりと削除してしまうということが、何回もあったようだ。真の芸術家がその芸術創造によせる飽くなき心遣いと、自らの考えをこのような形で犠牲にしたときの耐え難い懊悩を知る者は、この一見気違いじみた人物の中にあるカトリック的心情の奥深さを、この一点からだけでも察することができるだろう。(「破門者たちの三幅対」、『猛獣使いと豚飼い』)

聖職者階級の決定によって定められた枠内で思考し、行動しようとする忠誠心のせいで、エローは矛盾を生きなければならなかった。当然のことであるが、書く行為そのものが、社会の変化に応じてゆれ動く教会の見解に振り回されることを意味し、「永遠の慣習」に添うこととはほど遠いからだ。一例を挙げれば、ピオ九世(在位一八四六―七八)とレオン十三世(在位一八七八―一九〇三)という二人の教皇の間で、極端なまでの方向転換が見られる。ところで、『絶望者』の作者ブロワはというと、聖職者の権威にまっこうから対立した。なんと彼の作品は当時のカトリック教徒たちに対する譴責の念に満ちていることか。この点で、ブロワはエローと根本的に違っていた。しかし、両者ともそれぞれに彼らの時代の教会の動向と一線を画して著作活動をすることはできなかった。

二人の作家について述べる前に、十九世紀後半におけるカトリック教会の動きについて、重要な諸相を簡単におさえておくことが必要であろう。

大革命によって迫害を受けた教会は、その後、キリスト教を継続維持することに心血を注いだ。聖職者や貴族を筆頭に、大革命によって虐げられ、さらに亡命を余儀なくされた人々にとって、政治における対立の構図は明確だった。王政はカトリシスムと切り離しがたく、大革命はすなわち迫害を意味していた。革命の日々の動乱から生まれたこのような考え方は、次世代にも根本的な影響を与えずにはおかなかった。物語が一八四〇年代に想定されている、フロベールの『ブヴァールとペキュシェ』を見てみよう。登場人物の一人ファヴェルジュ伯爵(彼はジョゼフ・ド・メストルの熱心な愛読者である)は、教会と大革命の対立をさかんに強調する。「……今は大革命か教皇か、サタンかイエス・キリストか、いずれが勝利するかを知ることにかかっている[2]」。この対立関係は大部分の保守的なカトリック信者たちの強迫観念であったらしい。

彼らにとって、一七八九年に端を発する革命精神は、十九世紀後半になっても、その影響力を失わず、脅威として存在し続けた。この事実をよく示している一例が、ゴーム枢機卿(一八〇二―七九)なる人物であろう。彼は伝統的カトリシスムを代表する人物の一人であり、『現代社会をむしばむもの』(一八五一)によって、ことに知られている。彼の『継続公教要理』は信者たちの間で広く読まれていたようだ。モンス監獄付き司祭が、この著をポール・ヴェルレーヌに勧めたことは、周知のとおりである。世相を揶揄するページが数多い『ブヴァールとペキュシェ』は七十年代に執筆されたが、『継続公教要理』への言及がある。エルネスト・エローも一度ならず、この聖職者について書いている。一八六〇年出版の『情勢――現代におけるカトリック信者の苦悩、危険、義務と慰め』で、大革命についてゴームは次のように指摘する。「大革命は一つの原理、一つの思想、一つの思想体系である。（……）カトリシスムだけが大革命の十全な否定である[3]」。彼にとって、大革命はまさにサタンの復活であり、「カトリシスムの不倶戴天の敵」であるかつての異教の復活にほかならない。大革命は政治・社会的次元を越えてキリスト教と対峙する信仰としての価値を有する、と彼は主張する。この見解と革命家たちの視点とは、同じイメージのポジとネガの関係にあるといえるかもしれない。一七八九年を生きた人々にとって、大革命は、彼岸にしかよりよい世界を約束できないキリスト教に対して、現世の幸福を人間にもたらす新たな宗教の始まりとしてとらえられた[4]。

新しい時代に対してとった防衛姿勢のゆえに、教会の態度はすっかり消極的になった。歴史・経済的現実に背を向け、社会改革による貧困の解消の必要性を認めることもなかった。貧窮者の救済のためには、施しで十分であるという考えが支配していた。金持ちにとって慈善を行ない、天国での報いを得るための機会として、貧困をとらえる伝統的な考え方が存在したことも確かだ。「貧者と金持ちについては、貧困を撃退することではなく、その正当化が問題であった。なぜなら貧困は〝善行とそれに対する感謝、恒常的な交流〟を可能にするものだからである[5]」。さらにフェリシテ・ド・ラムネが一八三四年に出版した『一信者の言葉』が引き起こした騒動のせいで、教会がキリスト者の自由を、精神世界にのみ限定しようとしたことも、その姿勢に影響を与えた。

ゴームは『一八四八年のヨーロッパあるいは労働の組織化、共産主義とキリスト教』と題された本を書いているが、二月革命の年に出版されたこの著書では、〝自由と隣人愛〟による社会階層の和合が説かれている[6]。この書を読むと、ゴームにとっての「隣人愛」とは、一七八九年以前に修道会が貧者に対してなした慈善を、まず意味していることがわかる。自由の侵害がさかんに嘆かれているが、彼の語彙の中で「自由」は、教会の真理を宣言し不幸な者たちを救う自由、あるいは一家の父が宗教的に子供を教育する自由といったものを意味している。民衆の自由、貧者や労働者の自由についてはまったく明確にされていない。ゴームにとっては、金持ちと貧者という対立する一対があらかじめ存在していて、隣人愛は施しという形で実践されるが、それは不遇な人々の救済のためというより、彼らの蜂起を防止するのが目的のようだ。さらに、愛徳の行為は、与える者の自由意志によらねばならない。「義務化された施しは金持ちの同情心を、貧者の感謝の思いを消し去る恐れがある」。司祭ゴームの論理によれば、恵まれない人々のために組織化され体系的にとられる救済措置も、一種の施しである。貧者は宗教による縛りがなければ、怠惰と放蕩に常に陥りかねない輩と彼の目には映る。この本の読者層は富裕な信者たちであったろう。この類のものの見方は司祭ゴームのみのものではなく、大部分が貴族かブルジョワの出である教会の上層部は、下層階級を相変わらず偏見に満ちた目で見ていた。十五年後の一八六四年にピオ九世によって出された教皇勅書『クァンタ・クーラ』は、「市民と教会から〝施しを公に与える〟可能性を奪うこと」を意図したある種の社会思想（当時の社会主義思想を念頭に置いているのであろう）を糾弾している。[7] 教皇回勅の非妥協的な調子に憤慨した、いわゆる〝自由主義〟のカトリック信者たちにとってさえ、自由の概念はブルジョワ階級の安全の保持と不可分のものであった。教会は新しい時代に即応した方向に舵取りをすべきだと考える聖職者もいるにはいたが、その数はきわめて少なかった。

当時普遍的に採用されていた護教論からも、教会の実態がよくわかる。例としてゴーム枢機卿の『継続公教要理』をひもといてみよう。あるページでは、信仰と理性の関係が論じられており、まず信仰が理性に適うものであるかどうかが検討されている。「不信仰な人々は、何人かの歴史家の話やなんらかの碑文や建造物の存在を根拠に、最古代の出来事を躊躇なく実際にあったことと思っている」と客観的な歴史学を否定したうえで、キリスト者が「神ご自身の証言、さらにすべてのキリスト教著述家によって証明され、数知れない殉教者たちの血や多くの病者の奇跡的治癒……によって確証された出来事と真実に基づいて信じること」は、まったく理に適っているという結論が導きだされる。[8] たとえ宗教の分野の話であるにしても、科学的学識の飛躍的に発展した世紀において、この類推と帰結は、時代錯誤的といえよう。フロベールはこの『継続公教要理』を読破していて、ある書簡のなかで「そのばかばかしさは前代未聞」と評している。[9] この読書は、『ブヴァールとペキュシェ』の宗教に関するページで活用されているようだ。ペキュシェとジュフロワ神父が、にわか雨でぐっしょりになりながら議論を続ける〝傘のシーン〟がそれにあたる。キリスト教の殉教史のいくつかの事例に疑問を呈する相手に対し、神父は「だが、それらは信用に足る作家たちの本に書いてあるんだから」と反駁する。さらに信者以外の殉教はありえないと主張して、カトリック教会によって拷問され殺された、異端や異教の殉教者を擁護するペキュシェの言葉を、断ち切ってしまう。フロベールの小説は、浅薄な神学論議しかできない司祭たちの無知を揶揄している。確かに、懐疑主義者を前にして、彼らはなんら説得的な論法をもっていなかった。王政復古期に叙階された司祭たちの中には、宗教関連予算の増大に惹かれて聖職を選んだ人々も相当いたようで、彼らは優良な知的教育を受けていなかった。時代の要請にまったく耳を貸そうとしないカトリシスムの態度と、神父たちの知的レベルの低さとは、相呼応していたといえるだろう。

世界を支配する科学の発展に対抗して十九世紀の教会がとった、一つの特徴的な戦略がある。それは奇跡と超自然の強調で、ピオ九世の時代に特に顕著であった。一八七九年、ピオ九世の死の一年後に書かれた手紙の中で、フロベールはこの第二五三代教皇の長きにわたる在位にふれ、次のように言っている。

ピオ九世はカトリシスムにとって致命的であったろう。彼が推進した信仰の数々はおぞましい！　聖心、聖ヨセフ、マリアの御胎内、サレットなど、それらはパガニスムの終末期のイシスや、ベロナ信仰に似通っている。

フロベールが言及しているラ・サレットはフランス南東部にある村（イゼール県、現在はラ・サレット・ファラボー村）で、一八四六年のマリア出現によって巡礼地となった。フロベールが別の書簡で触れているルルドは現在も有名であるが、聖母マリアが羊飼いの少女に初めて現れたとされるのは一八五八年のことである。この二つの出現は、ピオ九世を長とするローマ教会によって公認され、十九世紀の後半、ラ・サレットとルルドは、多くの巡礼者の訪れるところとなる。一八五四年に、教皇は回勅によって、マリアの無原罪の御宿りの教義を改めて定義した。これがきっかけとなり、信者の間にマリア信仰熱が広まることになる。フロベールは、信仰維持のために時代の風潮を利用する教会の作戦をそこに見る。

「無原罪の御宿りの教義は教会側の政治的奸計のたまものだ。母、妻、恋人を神格化しない作家はいない。苦悩する世代は女性たちの膝のうえで、病気の子供のように涙にくれるのだ」（『書簡』）。

二十年続いた第二帝政の後、一八七〇年から七一年にかけての対プロシャ戦争の敗退と、パリ・コミューンによる混乱は、深刻な不安感情をフランス国民に引き起こした。知識階層とて例外ではなく、ポール・ブールジェは『現代心理論集』の前書きで、次のように述べている。「我々は戦争とパリ・コミューンの恐るべき年に成人となったが、この恐るべき年は、単に国の地図を分断し、首都の記念建造物を焼き払っただけではすまなかった。何か、最初の中毒作用のようなものが我々全員の中に残存し、成長期に我々を取りまいていた知的病いに対して、抵抗しようにも手段をもたない無力な状態に、いっそう陥らせてしまった」。

この宿命的な年を、フランスが重大な過ちを犯したがゆえの神の罰とする考えが、大衆の間に広まった。これは大革命以来、十九世紀をつうじて存在し続けた、贖罪に関するテーマや思索の延長戦上にある。この国民感情に呼応して、一八七六年にイエスの聖心（サクレ・クール）に捧げられた寺院の建設が、パリのモンマルトルで始まる。十七世紀の聖母訪問会修道女マルグリット＝マリー・アラコックに端を発するこの信心は、出現したキリストとの交流という神秘体験に当初から特徴づけられていた。そして、アラコックがキリストから受け取ったメッセージの中には、「フランスの贖罪」というテーマが普遍的な形で含まれていたとされる。この信心はカトリック教徒の間に急速に広まっていった[10]。神秘主義的信仰へと傾倒する世紀末の宗教的雰囲気が、ここにも見て取れる。一八七一年以降、さらに数々の奇跡信仰が流行する。鉄道の普及とあいまって、多くの人々がモンマルトルのサクレ＝クール寺院やその他の巡礼地を、団体旅行のかたちで訪れるようになる。科学の発達がもたらした信仰離れと戦うために、教会自体が超自然現象を神の介入の最上のあかしとしてさかんに喧伝した結果でもあった。

一八七〇年にピオ九世は、教皇不謬性の教義を宣言した。この公言は、当然のことながら物議をかもさずにはおかなかった。フロベールの目には、教皇の世俗的権力が失墜する一方の、あらがいがたい時代の流れの中で、このような挙にでることの空しさのみが映っている。歴史の審判も考慮せず、原理原則へとのみ立ち返ろうとする教会の姿勢が、当時の知識人たちには時代錯誤的と見えたのも当然といえよう[11]。

ピオ九世の死後、レオン十三世が後を継ぎ、先任者とはまったく反対の政策をとることになる。新しい教皇のもとで、教会は、どのような政治体制の国であろうと各政府と和解につとめ、フランスに関しては、信者たちに既存の共和国を容認するよう促した。一八九一年に出された教皇回勅『レールム・ノヴァールム』は、社会の諸問題に向き合おうとする教会の新たな姿勢を打ち出し、カトリシスムをキリスト教民主主義の方向へと導こうとするものだった。レオン十三世は〝労働者の教皇〟と呼ばれたが、それは『レールム・ノヴァールム』が彼らの生活環境を考慮の対象に加えていたからである。教会が経済問題に関心を払うということ自体、社会問題への配慮は宗教の埒外と思ってきた信者たちにとって、予期しない大変革であった。

伝統的に、教会は貧者に対して自らの経済・社会的実状を受け入れるように教え、富者には施しにより貧者の面倒をみることを勧めてきた。継続的手段により社会的不遇者の生活を向上させることを、教会は必要とは考えてこなかったのだ。乞食、病者、労働者、孤児……など、自ら必要最低限の日々の糧を得ることのできない人々は、十把一絡げで〝貧者〟のカテゴリーに入れられ、金持ちの慈善の対象とされてきた。十九世紀後半にいたって、産業の発展にともない、ますます加速する社会構造の変化によっても、こうしたカトリック的メンタリティーはなかなか修正されなかった。時代の現状に目を向けようとしている信者たちでさえ、慈善による緩和をともなう自由経済を理想としていた。それに対し、レオン十三世の回勅は、十九世紀の大きな争点である労働者の問題を視野に入れていて、カトリック社会に大きな反響を巻き起こした。レオン・ブロワはこの人物を「政治家」、「自由主義者」、「共和主義者」などと呼んで酷評したが、ここには二十世紀に教会がとる方向性が先取りされている。

この新たな方針は、教会の言語における〝貧者〟という語の重要性を損なわせることとなった。代わりに〝労働者〟という語が台頭してきたのだ。以来カトリシスムの関心は、教会の軒下で物乞いする乞食から、働く者たちの集団的運命へと移行していくことになる。現実路線からすればこれはやむをえず、むしろ評価すべき変革であろう。しかし労働の価値の強調は、キリスト教の根幹に位置づけられる〝貧者の神話〟にかげりをもたらした。レオン・ブロワが『貧しい女』の結末で、物乞いの生を福音書的貧困の理想として高らかにうたいあげたのは、回勅『レールム・ノヴァールム』公布の三年後、一八九四年であったという事実は、この小説を読むうえで参考となるだろう。

第一章　貧者から「貧者」へ——エルネスト・エロー

I　時代の弾劾者エロー

一八五九年に、『ルナン氏、ドイツ、十九世紀無神論』と題された、エルネスト・エロー（一八二八―八五）の処女作が発表された。一七五ページのこの小著の中で三十一歳のカトリック作家は、エルネスト・ルナンの思想とヘーゲルに代表される十九世紀ドイツ哲学とを激烈な調子で論破しようと試みている。エローはヘーゲル哲学そのものを問題にするのではなく（それはときとしてこの哲学の信奉者にさえ難解であるから）、それを通俗化した思想をやり玉にあげる。ヘーゲル哲学は、読んだこともないのに風聞によって知っている気になっている人々の間で広まって、十九世紀を支配しているとエローは主張する。ルナンは、フランスにおけるドイツ哲学の普及者の代表格とみなされる[1]。

しかし『ルナン氏、ドイツ、十九世紀無神論』は、ルナンの論理を粉砕するにはほど遠いと言っていいだろう。エローの議論はたえず狭い枠組みを出ず、立証に必要な展開を欠いている。この弱点はエローに限ったことではなく、一致結束してルナンに論駁しようとやっきになった、カトリック陣営のその他の批評家たちにも共通するものだった。だが、彼らとは一線を画し、エローはその論争において誹謗中傷をさけ、礼儀正しくあろうとする。保守的カトリシスムの急先鋒ルイ・ヴイオは『ユニヴェール』紙において「慈悲心によろうが習慣によろうが、過ちを前にこれほどの卑下は許されない」とエローのこの態度を厳しく批判している[2]。いずれにせよ、この処女作からは、ルナンの思想の真の射程を推し量れず、その巧妙さに（憤慨しながらも）翻弄されているエローの姿が浮かび上がってくる[3]。『イエスの生涯』批判においても、彼のキリスト教護教論はつっこんだ分析を欠き、皮相な反駁に終わっているように思われる。

だが、彼がかつての神学生ルナンに向かって呈したいくつかの反論からは、十九世紀をつうじての宗教思想の大きな変貌が透けて見える。一つには、当時フランスを席巻していた生成の思想が、伝統的なカトリシスムの目から見るといかに容認しがたく危険なものに映っていたかである。世紀末の精神性、とくにエローの場合は、当時の哲学・宗教諸思想の潮流に対する戦いに深く刻印されているといえよう。そしてその流れを先導する首謀者こそ、キリスト教史家ルナンだということになる。エローは〝折衷主義〟という語をルナンにあてはめるが、それは彼の語彙によれば、あらゆる仮説に耳を傾けるゆえに総論を打ち立てることができず、問題解決が不可能であるような論理のあり方を意味している。彼のカトリック者としての熱情にとって一番いらだたしいのは、真理の把握におけるルナン的態度であるようだ。「真実全体がニュアンスの中に存する」という、ルナンの有名な表現[4]を引用して、彼は次のように感想を述べる。「だが、何一つ明言しないのだから、これらのニュアンスとは何だろう、無のニュアンスにすぎないのではないか。おお神よ、我々はどこにいるのか。この深淵の底ではめまいがする……」。政治・社会的コンテクストの中では、「折衷主義」は、ブルジョワの特徴であるどっちつかずの態度を表している。エローの代表作である『人間』の中に「凡庸な人」と題された章がある。そこで取り上げられているのは、通俗化されたルナンの理論を勝手に解釈して、それで我が意を得たりとしているような人物である[5]。

エローについて述べるにあたって、まず彼のルナンに対する反論を検証してみたい。そこにエローのカトリック思想家としての出発点があるからだ。彼のカトリシスムは、十九世紀ロマン主義が存在の最も崇高な表現として称えた人類(l'humanité)の概念に、まずまっこうから対立した。たとえば、ルナンとエローにおける蜘蛛のイメージを比較してみると、彼らの思想の根源的相違がかいま見える。第一部で見たように、ルナンの『ヨブ記』解釈において、人類は巣をはる蜘蛛によって象徴される[6]。蜘蛛は自らの意志にしたがって巣をはるが、その巣自体が神の業なのである。『無から神へ』の著者エローにとって、蜘蛛は神の秩序からはみだした存在であり、原罪による堕落状態の人間を表している。ここでは、神の象徴である太陽のみが、それ自体としては美しいものではない巣(つまりそれ自体としては空しい人間の営為)を光り輝かせることができる[7]。

さらに、人類の概念から直接導きだされる神観念も、エローにとって容認しがたいものである。『ルナン氏、ドイツ、十九世紀無神論』の第一ページ目から、神という語に関して、ルナンの『宗教史研究』中の論文「フォイエルバッハ氏と新ヘーゲル学派」の長い引用が見られる。神という語の内容は、「哲学がますます精緻な意味に解釈するようになる」につれて、どんどん変わっていくだろうと、ルナンが述べているくだりである。それに対し、エローにとって、神はアプリオリに不変的「存在」であるから、「神は今あるごとく、永遠にある[8]」ということになる。生成の思想は神解釈に当てはめられるときと同様、大衆向けに改竄されると有害度を増す。『人間』の中には、『両世界評論』の愛読者のカリカチュアがあって、キリスト者であると同時に未来の宗教の信奉者であると宣言する人物が登場する。彼は哲学的理論はちんぷんかんぷんであるから、いつも「そういうわけでもない」と繰り返し言って明言を避けている。エローによればこうした人物こそ、『両世界評論』の執筆者の一人であるイエス伝作家によってフランスにもたらされた、ヘーゲル哲学の通俗化の体現である。

ここかしこで、激烈な怒りが、エローの分析を損なっているのは否めない。しかし、おぼろげでこそあれルナンの人間主義（ユマニスム）にひそむ知的エリート主義を、エローはかぎつけている。「人類は、学者によって代表される場合にしか価値をもたない」（『人間』）。エローの作家活動の時期はロマン主義の最盛期が過ぎ去った後に始まったのであり、その意味で、彼はボードレールと同時代人である。まったく違う視点からであるが、ボードレールも生成の思想に対する苦り切った思いを綴っている。「《進歩》よりばかばかしいものがあろうか。人間は日々の事柄が証明するように、いつも人間でしかなく、それ以上ではない。つまりいつも未開状態にある」[9]。世紀がその終わりに近づくにつれ、エローの後期の作品では、進歩する人類という観念の衰退がはっきりと確認されている。「いまだかつて人類がこんなにも称賛され、その権能に栄光が帰されたことはなかった。いまだかつてその無力がこんなにも華々しく露呈したこともなかった[10]」。

エローはたえず善と悪の問題にこだわる。歴史哲学は必然的に善と悪を同一視し、結果として「存在」と無を混同するにいたるというのが、彼の見解である。『ルナン氏、ドイツ、十九世紀無神論』には、ルナンが一八五五年に発表した「アリ・シュフェール氏による『キリストの誘惑』」（『宗教史研究』）の長い引用があって、善悪のテーマに関する二つの主張が問題視されている。一つは近代における悪の変容、もう一つは悪に存する美の可能性についてである。第一部で見たように、ルナンは、この世の出来事において、二つの対立物は分割不可能なほどに入り交じっているという認識をもっている。さらに善と悪の根本的な融合を通してのサタンの変容という考えが、彼の倫理的オプティミスムの根幹にある。それに対し、エローは両者の絶対的対立を説く。「もし悪が（善の）奇妙な展開にすぎないなら、原因である善も悪同様に惨めなものということになる」（『天秤皿』）。悪の存在の有害性を認識し、恐れることが不可欠ということだ。ところが、近代人は悪を警戒するどころか、忘れるか称賛するか、あるいはその存在を否定するかである。

相矛盾する二つの実体の混同は、芸術の分野においてはいっそう危険であると、エローは主張する。それは「悪の美」という考えを生み出すからである。彼の排撃の対象となっているのは、写実主義や自然主義より、むしろロマン主義で、同時代の文学者のうちでは、ヴィクトル・ユゴーの名がしばしば引かれる。幻想的で不幸を好むロマン主義芸術は、想像力を堕落させ、美と善の観念を一体として感じる習慣を損ねてしまったというのだ。ひとたび善から切り離されると、美は必然的に悪と同化し、この新たな結合は悪に威光を与える結果となる（『人間』）。『クロムウェル・序文』や『ウィリアム・シェークスピア』で表明されている審美的信条は、エローの思想とはまったく相いれない。

悪は現代社会において倦怠に対する打開策であり、小説がその好例であると、エローは述べる。不幸への熱中を主眼とするこの文学ジャンルは、神なき世紀の慰め手として流行するようになる。「理想は抽象的なものに、現実は型にはまった筋に、神は「運命」に、人は主人公に、自然は玄関〔vestibule〕にとって代わられた。これこそが現代の悲劇的なシステムのもたらした結果だ」（『天秤皿』）。十九世紀は十八世紀とは別のかたちで不信仰であり（「十九世紀の倦怠は表面的なものではない。それは底知れぬ倦怠で、深淵のようだ」『人間』）、小説は不毛な感動を呼び起こしつつその場しのぎの逃れ道を提供する、いわば不信仰の担い手である。エローは当時の文学状況も知らず、バルザックの作品さえ読んだことはなく、新聞の連載小説によって小説を判断していると、この点に関してはレオン・ブロワはエローに批判的である(11)。少なくともエローは『レ・ミゼラブル』には目をとおしたようで、ガヴロッシュのちょっとしたエピソードについて触れている。彼によれば、ユゴーの小説世界は社会的不幸と風変わりな宿命で構成されていて、怪物じみた人物たち、例外的な人々しか存在しない。イエスはそこには不在である。確かに『レ・ミゼラブル』の作者はキリスト像から、完璧に教義的意味を取り除いているから、エローの目にはこの一掃がキリストをなきものにしたと映っているようだ。

　ルナンの芸術的感性に、エローはもっと深刻につまずくことになる。理想的な体型をしたギリシャの神々の像に比して、ルナンは磔刑のイエスの姿を「四つの釘に引っ張られた受刑者のやせこけた像」（「フォイエルバッハ氏と新ヘーゲル学派」、『宗教史研究』）と書いたが、エローはこの表現にすっかり困惑する。キリスト教美学の深遠で、斬新な側面をつかんだルナンの炯眼を、彼は理解できなかったようだ。美しい形態を好む古代の趣向に対し、キリスト美学は、まったく異質のもの、奇怪なもの、無限への憧憬を対立させる。エローはルナンのこの主張を理解せず、次のように攻撃する。

　「四つの釘で引っ張られた受刑者」は、ルナン氏にあらゆる憎しみを吹きこんだに相違なく、それで彼にふさわしからぬこんな数行を書くにいたったのだろう。芸術を物質的な美の模倣と見なし、均整のとれた肢体の写しをその目的と定めるところまで、彼はここでは身を落としている。このような考えは彼とは異質だ。ヴォルテールにはふさわしくとも、ルナン氏にはふさわしくない。十字架の様相に動転したのでなければ、これほど卓越した精神がこんな考えに満足するなどということは断じてありえない。（『ルナン氏、ドイツ、十九世紀無神論』）

美に関するルナンの考えを把握できず、エローはこの類の誤解をそこかしこで犯している。「四つの釘に引っ張られた受刑者のやせこけた像」という表現は、キリスト者エローにとっては神聖冒瀆であり、それだけですっかり動転したのはエローのほうだといえるかもしれない。

　ロマン主義の時代、イエスという問題が引き起こした社会・哲学的関心の大きさをエローは指摘する。さまざまの理論の発明者たちがイエス・キリストの後継者を自称するが、彼らのいうキリスト教は一種の人道主義哲学にすぎない（エローはサン・シモン主義者たちのことを念頭に置いているのだろう）。彼らに共通しているのは、イエスが説いた倫理（慈悲と友愛）をこぞって受け入れるものの、イエスの神性は断固認めないという点である。エローにとっては、人間イエスの賛美は人類賛美にほかならない。これはルナンの立場でもあると確信しつつ、彼は『イエスの生涯』の一節（「福音書のキリストの中で、その一部は死に絶えるだろう（……）、しかし一部は残る。それは倫理を説く偉大な師である。奇跡家と預言者は死に絶えるだろう……」）に反論する。ルナンが福音書の倫理を称揚するとき、その土台には価値判断の基準としての美の意識がある。エローはそのことを考慮しない。彼が意識しているのは、倫理の視点からのみ福音書解釈が行なわれるときの非常な危険性である。それによって人間のうちの聖なるものの意識、神が人間にとって絶対の他者であるという意識がカッコでくくられてしまう結果となるからである。[12]『聖人たちの表情』でエローが、レオン・ブロワと軌を一にして、聖人を称えるのは、現代人がますます無視しようとする宗教のある別の側面を、聖人たちの光輪が示しているからだ。近代性の視点から見れば、彼らは「奇妙な人種」「絶滅種」でしかないのだが、彼らが自らの生涯をとおして語る福音書は、人間の領域を越えた世界の否定しがたいあかしとして価値をもつ。つまり聖性はエローやブロワにとって、時代を支配する世俗化された宗教倫理に対するアンチテーゼとなる。

奇跡の問題に関し、ルナンは時としてヴォルテールの見解にきわめて近い。しかし信仰者たちは〝ペテン師や馬鹿〟であるというヴォルテールの解釈は、全体的には彼の考えと一致しない。ルナンにとって、人が信じるのは信じる必要があるからで、その信仰のあり方は本人の霊性の高まりと関係している。いずれにしろルナンにとって、奇跡はイエスによって創始された心の宗教には不必要なものだ。『イエスの生涯』では、イエスが「普遍的理想」として扱われていることを、エローは知っている。十八世紀の影響を強くこうむっているとはいえ、十九世紀はもはやヴォルテール風の反教権主義の延長線上にあるわけではないこともだ。彼のカトリシスムが対峙したのは、前世紀的不信仰ではなく、「ルナンが自分のために、自分用につくった宗教」（『天秤皿』）なのである。エローが非常に重要視した奇跡の問題に関して、この点は肝要であろう。合理主義への一種の挑発であると同時に、意識をもった人格神の擁護である奇跡の問題は、十九世紀後半の宗教論争の中核を占めるようになる。イエスにおける奇跡家の復権、信じる者の超自然的特権は、カトリック作家エローにとって「信じる者にはすべてが可能だ」（マルコ9-23）というイエスの宣言に基づいている。エローの信仰は聖書の言葉を文字どおり受け入れ、あらゆる聖典釈義の試みをアプリオリに無意味なものにしてしまう。それは学識や学問という行為を否定しさる。『神の言葉』でエローは、解釈しようとはしない。多くの場合において敷衍するだけである。しかも時としてそれを見事にやってのけている(13)。エローは旧約聖書のいたるところに聖母マリアの前兆を見て取るが、この仮説は釈義というよりは、一種の夢想であるとともに、前兆を重んじる聖典の伝統にしたがっている。聖書はあまりに単純なので、何も説明することがないというのが彼の意見だ。「聖典は深淵である。それがどのように深いか言うことはできないし、それがどのように単純か言うこともできない」(『神の言葉』)。彼の立場はいわば、総合的であろうとして神の領域にまで踏み込む知に対する挑戦であるといえるかもしれない。

　この対立はエローの側から見ると、単に思想上ばかりでなく、実存的なものだった。敵対者たちは一般大衆を惹きつけているのに対し、彼のほうはというと、同宗の人々からの支持さえも、欠いていた。ユゴーやルナンのことを念頭に置いて、エローは次のように書いている。

　悪の領域において優れた人物たちの大部分は、十分に自己表明し、彼らの友人たちから支持され、鼓舞され、力を与えられている。

　善の領域において優れた人物たちの大部分は、悲しみで瀕死となり、彼らの友人たちの無関心によって殺される(14)。

　エローは哲学的議論においてはぱっとしない論客であるが、時代の精神風土を写す心理洞察家としては一目置くに値するものとして同時代の一部の人々の目には映っていた。ユイスマンスやレオン・ブロワによれば、彼の最重要の書は『人間』である。ユイスマンスは彼を「今世紀の真の心理洞察家」としているし、ブロワも同様のことを述べている。

『人間』の数章は、たとえば「吝嗇」と「凡庸」に関してなど、心の分析と解剖に抜きんでている。冷静になることができたときには、神秘に夢中になっているこの頭脳がいかに驚くべき力を有するかが、そこに十分に示されている(15)。

『人間』に序文をつけたカトリック著述家アンリ・ラセールは、エローの著書の読者は知的なブルジョワジーであると述べているが、それは彼が長きにわたって投稿し続けた『カトリック世界評論』の購読者たちなどであろう。当時確かにエローの論文や著書は、一般大衆が読むようなものではなかったろう。エローがいう「凡庸な人」は、読み書きできる教育を受けているのみならず、ある程度のレベルで哲学的・宗教的議論についていけるような人々の中にいる。それは『両世界評論』や『デバ』紙の愛読者だったりする。さらに、「凡庸」や「無関心」について語るとき、エローは絶えず自らをこれら倫理的堕落のとばっちりをくらう犠牲者としてとらえている。レオン・ブロワは日常的生の中で生活者としても作家としても苦汁をなめたが、エローの場合は批評家・思想家としての活動において、辛酸を味わったといえるだろう。彼の言う「凡庸な人」はブルジョワジーの知的読者層の中にいる。

> 「凡庸な人」は自分を良識人であると確信して、彼にとってあらゆる異質のものを無害化しようと試みる。
>
> 凡庸な人はすぐれた事柄を畏怖するあまり、何よりも良識を重視する。だが、何が良識なのかわかっていない。彼はこの語をありとあらゆる偉大なものの否定と解しているのだ。(『人間』)

倫理・宗教問題について質問されると、彼は自分なりの意見を述べる。善と悪の問題はもう解決済みで、彼は大衆化され時代の流行となったヘーゲルの表現を採用して、返答する。

> 凡庸な人は、あらゆるものには善いところと悪いところがあるから、価値判断において絶対的であってはならない、などなどと言う。(『人間』)

宗教に関しては、「凡庸な人」は断固としてイエスを排除する。「イエス・キリストは慈愛を説くだけにし、奇跡を行なわないでおくべきだった」と彼は言う。ブルジョワ的良識は、キリスト教に徳を説く役割しか認めない。第一、慈愛(charité)という言葉自体、ブルジョワジーの間では慈善行為を意味しているのだ。十九世紀の争点の一つである奇跡の問題は「凡庸な人」にとっては解決済みである。彼はそれを過ぎ去った遠い過去に封じ込め、現代の奇跡を信じようとしない。彼に反論する人々の物言いを、彼は誇張と決めつける。「……もし彼に神の権能は昔も今も変わらないと指摘しようものなら、彼はあなたに誇張がすぎると言うだろう」。つまり彼にとって、一般通念を越えたあらゆる意見はみな大げさなのである。このように物事を常識の枠内に留め置こうとするのが、「凡庸な人」の最大の特徴である。ブロワも、当時のブルジョワジーのオピニオンリーダーの一人であるアルマン・ド・ポンマルタンのうちに、この傾向を認め攻撃する。「すなわちこの教訓的で思い上がった凡庸さの格好の例として、彼〔ド・ポンマルタン〕の名を挙げることができるだろう。この類の凡庸さによって社会の上層部の意見は、偉大さの逆方向にひっぱられているのだ。アルマン・ド・ポンマルタン氏は自身を特徴づける一語をよく口にするが、それは誇張という語だ。エルネスト・エロー氏は凡庸さに関して、誇張という語の日常的使用こそ凡庸な人を見分ける確実な指標であると言っている。それは『土曜日』の著者ド・ポンマルタン氏が読んだら、それこそ極端だと考えるにちがいない、示唆に富む生き生きとしたページだ[16]」。

エローやブロワが〝凡庸〟のレッテルを貼ってこき下ろす当時の批評界は、彼らにとっては脅威的存在であった。エローは『人間』の中で、批評家たちが判断材料として考慮するのは、作家の年齢、成功、社会的地位や財産であると言い切っている。批評家たちの評価は「すでにたくさん出版した作家」に向けられる。文学界で知名度のない者は、独創性を評価することのできない批評家たちによって闇に葬られる。彼らは「手袋をした冷たい手」で人を傷つける。エロー自身この手によって、傷を負わされたという生々しい意識があるのだろう。隠された軽蔑と敵意の印である手袋は、暖かさに極度に焦がれたこの作家の心を凍らす[17]。フロベールの『紋切り型表現辞典』における定義（「手袋……上品な感じを与える[18]」）が暗示するように、手袋はいわばブルジョワジーのエレガンスの象徴といってよい。手袋をはめた冷たい手は、当時のブルジョワ的知のあり方を確かに端的に表している。それは素手による直接の接触を避けて、皮相な判断に満足し、むき出しの真実を知ろうとしない。隠されたものはしたがって、彼らの目には隠されたままでとどまる。彼らには〝見抜く〟力が欠けている。「愛すること、それは見抜くことだ」、または逆に「見抜くこと、それは愛することだ」と、エローは飽くことなく繰り返す。レオン・ブロワも、エローから借用したとして、同じ様な表現を好んで用いている。「慈愛の栄光は、見抜くことにある」。

〝世間体〟(respect humain)もまた人間の魂にとって害をなすと、エローは書く。常に人々の評判を気にする姿勢は、聖職者たちの説教の中でよく取り上げられたテーマであり、フランス派の名で呼ばれたピエール・ド・ベリュル（一五七五―一六二九）、ジャン＝ジャック・オリエ（一六〇八―五七）、ジャン・ユード（一六〇一―八〇）などの聖職者たちのエローへの影響を示すものかもしれない[19]。エローはかつての聖職者たちの弾劾を繰り返す一方、世間体という言葉に、新たな十九世紀的意味を発見している。第一章で見たように、ロマン主義は人間を越えるものの意識を喪失したわけではないにしても、本来宗教的な諸価値を世俗化してしまった（ジョルジュ・サンドにおける〝福音書的〟という形容詞の意味の変容は、その好例であろう）。ポスト・ロマン主義の作家はいやおうなく、その影響をこうむることになり、たとえ旧来の宗教的テーマを扱っても、議論の矛先の変更を余儀なくされる。人間的な視点のみにこだわる〝世間体〟は、道徳のますます加速する世俗化と密接に結びついたテーマとして展開される。人々は自己の属する社会に生きる体験をもとに行動規範を生み出して、他者たちとかかわる。したがってこれが彼らの道徳の原理となり、キリスト教の愛の最上の代替物となる。エローが「存在すべてに対する説明しがたい普遍的軽蔑の念」と定義する世間体は、世俗化された倫理と結びつくとき、立ち帰るべき「絶対」を失って、それ自体絶対化する。聖パウロの忠実な弟子であるエローにとって、愛は超越的存在と切り離しがたいから、世間体とは超越的なものに対する人間的なものの恒常的勝利にほかならない。それはイエスの説いた愛を不要のものとする。

エローの〝過激主義〟は、人々に徹底的な神への崇拝を要求する。人々は俗事にますます気をとられていて、キリスト教徒だと自称する人々ですら、「神についての事柄」にはほとんど関心を払っていない。エローの用語の中で、〃無関心〃はこうした人々の傾向を語っている。その結果は空恐ろしいものとなる。

彼〔イエス・キリスト〕は生まれるための場所を求めた。人々はそれを拒否した。宿屋はいっぱいだった。厩の扉だけが開かれた……。

求めた者はいまも求め続けている。彼は生まれるための場所を求めている。宿屋を埋め尽くす人々は場所を譲ろうとせず、イエスが牛やろばのところで生まれるよう追いやった。この人々は諸々の退屈な些細事の、名状しがたい無意味さをものの見事に象徴している。にもかかわらず人間は、それらの些細事のために互いを犠牲にしあい、名状しがたい殺し合いを行なっている。(『人間』)

一般的に、無関心は責められるべき態度であろうが、一方、場合によっては、超脱や客観性とも受け取れることもある。いずれにせよ、無関心は罪悪とは解釈しがたいというのが、世俗的な見方だろう。それに対し、いや、人は無関心によって罪を犯すと、エローは反駁する。無関心は決して無害ではなく、それをこうむった者にとっては恐るべき結果を招来しかねない。それは、すべきことをしなかった怠慢の罪に等しい。

たぶんたった一つの罪しかない、怠慢の罪だ。それだけが最後の日に劫罰に処されるだろう。(『無から神へ』)

パリの町を主題にしたある記事に、エローは実業家を登場させる。実践の時代にあって、彼は「産業による救済」を夢見ている。忙しすぎて、他者たちに関心を向ける暇もなく、仕事を心をこめて行なうこともできない。「時間のない人」というのが、実業家の定義ということになる。「彼には時間がない! 恐ろしい言葉だ。その言葉がどれほどに深く残酷かを推し量るべきだ。彼には働く時間も、愛する時間もないのだ」(『世紀』)。

七つの大罪のひとつである吝嗇は、表面的にはそう害もなく、ある意味では推賞すべきに見える。「それは先見の明、節約、賢明さと見えたり、そう呼ばれたりする。おそらく、将来に備えて家族や子供のために切り詰めるという意味にもなる。慈愛という言葉さえ、ささやくことができる」(『人間』)。しかし、本当のところは現代的偶像崇拝にほかならない。エローはここで偶像崇拝という語を比喩的に使っているのではない。人は盗まれるのを恐れて、自分の金を確かな場所に隠す。だがやがて不安が妄想的となり、心が全面的にとらわれてしまう。何故か? それは金が彼の〃唯一なくてはならぬもの〃と化したからだ。この世に信仰の対象を求めた結果、人は、真の崇拝の愚弄としての金銭崇拝に行きつく。「吝嗇家の《隠し場所》は、《聖所》の忌むべきパロディだ。

ところで、崇拝の念は独占欲が強い。したがって《吝嗇家》はいつも彼の隠し場所がねらわれていると思っている」。

　次の章で見るように、レオン・ブロワにも金銭に関する同様のテーマが存在し、驚くべき深みにまで掘り下げられている。ブロワは彼独自のやり方で、先駆者エローが当時のブルジョワ社会に投げかけた糾弾を継承していくことになる。エローの考えが『紋切り型表現解釈』の著者ブロワにいわば接ぎ木され、そこに表明された神秘主義的世界観はこの接ぎ木の豊饒な結果とも解されよう。

II　千年王国論者エロー

　一見したところエルネスト・エローの信仰は、当時のカトリシスムの動向と軌を一にしている。当時流行した種々の奇跡信仰の推進者の一人と、彼をとらえることもできよう。しかしながら、超自然的出来事に関するエローの解釈は、同宗の人々とはかなり異なっている。ラ・サレット村に出現したとされる聖母マリアの戒告に、彼は終末の予告を読みとっていた。「もし我が民が服従しないなら、我が息子の腕のなすままとなるだろう。彼の腕はあまりに力強く、あまりに重く、私はもう止めることができない」という聖母の言葉は、彼に避けえぬ「日」の遠からぬことを確信させる。「この容赦のない〝もし〟(SI)が、恐るべき正確さで人間につきまとう。それは物体に寄り添う影だ[20]」。

　一八六〇年代、ボードレールはまったく異なった視点からではあるが、ブルジョワ的拝金主義によって堕落した人類の未来の、悲観的な展望を描いてみせる。「世界は終わろうとしている。世界が存続するかもしれない唯一の理由は、それが現存するということだけだ……。機械が私たちをすっかりアメリカ化してしまい、進歩が私たちの精神的な部分をすっかり萎縮させてしまった。ユートピア主義者たちの残虐で冒瀆的で、反自然的な夢想のどれひとつとして、この実害に比べればものの数ではない[21]」。ボードレール自身の言によればこの数行には、世界からの疎外を痛感する預言者めいた感慨がこめられている。ボードレールとはおおよそ異質の思いから、エローも「終末」を予感する。初代教会のキリスト者たちが、近い未来のこととして、イエス自身によって預言された再臨を待ち望んでいたのと似かよった精神のあり方で、彼は終末を切望していた。ロマン主義イデアリスム崩壊後の社会にあって、さまざまの地平から、さまざまの形をとって倦怠のまじった幻滅の思いが表現されているのに、私たちは気づく。エローはブルジョワ的諸価値によって堕落せしめられた人心を分析する洞察家であり、失意の千年王国論者でもあった。

（1）奇跡の世紀

一八七一年、エローは数年前に『ユニヴェール』紙に発表した自らの論文に言及する。「キリスト教は世界にとって、もはや単に精神面で不可欠なだけでなく、物質的にも不可欠なものとなった」。当時こそ予言めいていたこの言葉は、今となってはすべての人に納得できるものとなったと、エローは付け加える（『主の日』）。対プロシャ戦争の敗北とパリ・コミューンの衝撃に刻印された一八七一年は、十九世紀精神史の転換点である。一八七一年という年は、大革命以来行なわれてきた種々の非宗教化対策を信者たちに強く意識させ、彼らはそれをフランスが犯した罪、現在の混乱を神の罰ととらえて、強い贖罪の希求にかられた。すでに予兆にとらえられていたエローは、差し迫った「到来」にさらなる確信をいだくようになる。「〔一八六七年に『ユニヴェール』紙の記事を読んだ時〕嘲笑していた人々は、いまも健在だ。ある日彼らはあざけりの対象であった者〔イエス〕の《名》と《顔》を見ることになるだろう」。

世紀末の預言者にとって、聖心信仰の広がりもまた終末の「日」の予兆であった。

> 言葉の十全な意味において、普遍的な動向、カトリック的な動向がキリスト教世界をイエスの御心へと向かわせている。すべての大河がこの大海へと流れ込み、そこに沈潜する時が来ている。
> この全般的傾向は、聖ヨハネの時代が到来したことを意味している。（『神の言葉』前書き）

当時流行していた聖心信仰が、十七世紀の聖母訪問会修道女マルグリット＝マリー・アラコックに由来することを、もちろんエローは知っている。しかし彼にとっては、聖心の啓示はもっと以前の時代、聖ゲルトルーディス（一二五五―一三〇二）にまでさかのぼる。すなわち、『ヨハネ黙示録』の著者とされてきた弟子ヨハネが聖女に伝えた預言に由来する。「聖ヨハネが聖ゲルトルーディスにした約束については、しばしば言及される。愛の使徒は次のように語った。〝老いにうちひしがれた世界の中で慈愛が冷めきってしまったとき、私は聖心の秘密を明かすだろう〟と。その約束は果たされた。老いの時代がやってきたのだ」（『聖人たちの表情』）。

エローは世界の衰退を強烈に意識していた。彼のこの意識は、ペシミスムが蔓延した一八七一年以降の傾向と切り離しては考えられない。ジャン・ピエロの『デカダンスの想像力』でも指摘されているとおり、ペシミスムはさまざまの要因に依拠していた。ダーウィニスムからは、進化の頂点に行きついた人類の退化と、すでに老衰期に入ったヨーロッパ文明の没落という考えが生まれた。エミール・ゾラの自然主義小説の根底に横たわる、遺伝学に由来した決定論も、影を落としたようだ。ペシミスムに理論的根拠を与えたのは、もちろんショーペンハウアーの哲学であったし、周知のとおりハルトマンは、意志と知性をもった非人格的な力によって創られ、支配された世界の最終的な消滅を予言していた。天文学者カミーユ・フラマリオンが一般向けに書いた『大衆天文学』は、流星もしくは彗星の激突による地球の破滅の可能性を予測した[22]。

エルネスト・エローは世紀末のこうした雰囲気を先取りしてもいたし、実際に生きたといえよう。暗い予兆に満ちた周囲の様相は、たえず彼に世界の老朽化という考えを想起させた。「私たちの世界は疲れ切っている、四肢のいたるところから血を流している」。この世紀にあってはすべてが磨耗し、人類は肉体的にも虚弱化している。世界は「凍りついた老人」に喩えられる。

火の息吹がこの凍りついた老人の四肢を暖めんことを。黙示録の轟音が彼を嗜眠から目覚めさせんことを。（『神の言葉』）

聖母無原罪の御宿りの教義に関するピオ九世の勅書発布（一八五四）と聖心信仰の広がりは、エローの目には「聖霊が開いた二つの源泉」と映った。

世紀末の千年王国論の先駆者として、歴史の三位一体論で知られるブラン・ド・サンボネの名を挙げることができよう。ブロワはブラン・ド・サンボネの思想を、近い未来に訪れるであろう終末の予言の根拠としていた。ジャン・ランデールのペンネームをもつエローの妻にあてた手紙の中で、ブロワは社会悪の憂慮すべき諸原因として、産業化、商業優先主義、聖職者不足、普通選挙に象徴される惨めな民主主義などを列挙した後、次のように書く。「この治癒不可能な前代未聞の悪は、唯一ブラン・ド・サンボネによって非常に明確に看取され、予測されました。この悪に比べれば、歴史上のいかなるおぞましい災禍さえ、愛の祝福、愛の究極と見えることでしょう。西洋における文明のほぼ確実な終焉は、たぶん今まさに訪れようとしているのです[23]」。

エローの場合、彼の終末論的確信は当時起こった〝不可思議〟によって強化されていた。頻発する超自然現象は、十九世紀に特殊な刻印をほどこすものと、彼の目には映じたようだ。ルルドにおけるマリア出現とそれに続く多くの奇跡的治癒を、彼は「十九世紀を特徴づける巨大な戦いのエピソードの一つ」と解する。マリア信仰の究極ともいえるルルドの奇跡は、エローにとってルナン流の懐疑主義に強力な反証をなすものだった（アンリ・ラセールのルルドに関する本の出版の折に書いた論文の中で、彼は『イエスの生涯』序文の解剖室のくだりに触れている）。彼の予想によればますます激化していく「善と悪との戦い」、すなわち、神の顕現を明示する奇跡と、ルナンに代表される懐疑主義の二律背反は、終末的予感に彩られている。

エローにとってはあらゆる〝しるし〟が意味をもつ。デュポンという名の奇跡家が行なった治癒もアルスの司祭[24]のカリスマと同様、大衆を惹きつける力のゆえに価値あるものと見なされている。

「信じる者にはすべてが可能だ」（マルコ9-23）という聖書の一節が、彼に奇跡を確信させる。このイエスの言葉をして、彼は自らの世紀のシンボルとなす。「この言葉は今日の慣行となった」。彼の病気と治癒に関する考えは、イエスの時代の人々と大差ない。すなわち病気は「罪の余剰の産物」であり、治癒は「罪の消滅」である。確かにエローの超自然現象礼賛には、『ブヴァールとペキュシェ』の登場人物の一人であるジュフロワ神父の考えを連想させるようなところがある。この司祭のキリスト教擁護には、近代諸科学の発達をまったく無視した頑迷固陋な調子がある。ただエローはこうした頑なさとはどこかちがう。『神の言葉』で、信仰を奇跡の条件とする、先に引用したイエスの言葉が取り上げられるが、この一節からエローの精神態度を理解することができるだろう。息子の治癒を懇願する父の姿を通じて（マルコ9-14〜28）、信仰は確信や、まして精神の安逸としてではなく、がむしゃらのほとんど絶望的な探求として示される。「信じます。信仰のないわたしをお助けください」。エローの敷衍を見てみよう。

信じます！　最初の言葉だ。信じる者にはすべてが可能だ、とあなたはおっしゃる。そうか！　言葉どおりにとります。信じます。私をしりぞけないでください。

信じます、はとりわけこの文の中では、信じたい、という意味だ。

信じたい。しかしそれだけで事足りるのか？　私は何一つできないのに、あなたにはすべてが可能だ。それなら！　信じさせてください。私は立派な信仰をもっていないのです。息子を憑依から、私を不信仰から癒してください！

エローはフロベール流のカリカチュアとは異質だ。彼は教義をまくしたてるという不毛な必要性に駆られているのではなく、自分の生きた信仰を表明している。マルコ福音書の引用の分析を通じて、彼は信仰を単なる道理から切り離す。あるいはむしろ、ここではまったく別の道理、絶望と希望を同時に合わせもつ「信仰の跳躍」(saltus fidei) の道理が問題となっている。

一方、エローは人々の回心をうながすことに心をくだき、そのために奇跡の問題にこだわり続けた。一見、伝統重視としかとれない論理の裏に、精神と物質に関する彼の考察がほの見えることに注目したい。現代においては、精神は知性 (intellect) の要求に屈し、延々と議論に明け暮れていると、彼は感じる。そこで取り上げられるさまざまの与件は、決して真理の啓示にいたることはなく、精神はいわば「サタンの実験室」と化してしまった。「精神の実践はあまりに煩瑣になってしまい、結局何一つ証明することができなくなった」(『無から神へ』)。つまりその複雑さのゆえに、精神は人を善に導くことができなくなった、とエローは考える。

(2) 物質がさし示す神

「十九世紀は、聖トマスの指と関係がある」とエローは言う。復活のキリストを見たと語る他の弟子たちに対し、トマスは「この指を釘穴に入れてみなければわたしは決して信じない」と宣言する。やがてトマスの前に現れたイエスは、トマスに向かって指を傷口に入れるよう命じるという一節がヨハネ福音書にある (20-24〜29)。エローは、この世紀が、見えるもの、触れられるものを必要としていると、著作の中で繰り返し述べる。「感じられる、触れられる、物質的で、明白な事物が、人が決して理解しえない精神の煩瑣にとって代わるべきだ」(『無から神へ』)。精神によって飛翔しようとして、サタンが軽蔑した物質は、現在においては人のために唯一あかしをしてくれる。物質こそ、「言葉をしゃべり、人に教えをさずけるバラムのロバ[25]」なのだ (『神の言葉』)。トマス・アクイナス神学の信奉者であるエローは、人の生を、形相の物質に及ぼす作用として考えている (「物質は、ヴァイオリンの弦を支えている木である」)。形相なしには、したがって生も存在しないし、物質ももはや意味をもたなくなる。形相である魂なしには、人は存在しないであろう。しかし、人は魂と肉体でできていて、一つの実体のみを有しているから、実体的には一つのものだ。魂と肉体の二元論を越えて、世紀末の思想家エローは、人間の肉体の復権を唱えるかに見える。

『イエスの生涯』の著者D＝F・シュトラウスによって主張された「キリストは、救世主を待望する精神の産物である」というテーゼに対し、エローはイエス・キリストの肉体の実在を強調する。人間精神はその本質からして、神との間に接点をもつことができない。この欠陥が人間のうちに、聖トマスの指のように、肉体的接触による崇拝の必要性を生み出す。エローの考えでは、キリストの受肉そのものが、この基本的必要性、人が知性によっては理解できないものに触れるという必要性に応えるために、起こったことなのだ。人は、見えぬものにまで高まることはできない。だからこそ、神は人となり、肉となったのだ。


〔キリストに〕人格が欠如しているというのは、人間の想像を絶している。しかし肉体は現存する。そして聖トマスの指は、そのことをあかしするためにある。

　五感によるあかしの有効で、なんとすぐれていることか！　主よ、私の声を通じて、ついに物質が語り、賛美を唱えますように！　（『神の言葉』）

大海と同じ本性をもつマリアの胎内において、イエスは人としての受肉を果たした。「神の御言」の肉体、この服従した物質は仲介の役割を担い、堕落状態にある人間が神に立ち返るための橋渡しとなる。

「物質との奇妙なまれあい」という表現を、スタニスラス・ヒュメは『エルネスト・エロー、光のドラマ』の中で使い、エローの思想に一種の疑念を呈している。[26] しかしながら、目に見える世界が、目に見えぬ世界を私たちに開示してくれるというのは、エローの信念だった。ジョゼフ・ド・メストルの『聖ペテルスブルグ夜話』にも「……我々は確かに、目に見えるよう示された不可視の事象の体系の真ん中で生きている」との一節があり、二つの世界の関連性に触れている。[27] エローには一度ならずド・メストルへの言及があるが、彼のヴィジョンは、直接パウロ神学に基づいているといってよかろう。「信仰によって、私たちは、この世界が神の言葉によって創造され、したがって目に見えるものは、目に見えないものからでてきたことがわかるのです」（ヘブライ人への手紙11-3）。使徒パウロの言葉は、エローに世界を支配する神の体系を教える。「コリントの信徒への第一の手紙」の次の一節も重要だ。「ユダヤ人はしるしを求め、ギリシャ人は知恵を探しますが、私たちは、十字架につけられたキリストを宣べ伝えています」（1-23）。しるしを求めるユダヤ人たち（彼らは可視なる事象のうちに、神の神秘の鍵を発見しようとする）と、知恵すなわち不可視なるものを発見しようとするギリシャ人たちの間で、双方の努力は一見対立するようだが、イエス・キリストにおいて深い統一を見いだす。「……キリストは神の力、神の知恵」（1-24）という聖パウロの言葉に、エローは『哲学と無神論』で詳細なコメントをつけているが、彼の奇跡に関する理論の拠り所もここにある。目に見える世界は目に見えない世界の表現であり、唯一可視のものだけが、人に神をさし示すことができる。しかし、あるがままの宇宙は、自然の万古不易の法則に支配され、沈黙したままである。彼は不可視なるもの、この隠れたる神が現れること、人の熱烈な望みによって現実の光のもとに顕になることを希う。それこそが、信仰の輝かしい勝利である。「神は目に見えない、〔私たちの信仰に〕打ち負かされて姿を現される」。

驚くべきは、科学の諸発見に関するエローの考えである。奇跡的事象同様、それらは彼にとって、可視と不可視の二つの世界の関連性を確証させるものなのである。[28] この主題に関し、エローは奇妙な論文を残している(『世紀』)。才気煥発な人々の集った十八世紀のサロンに、一人の預言者が登場する。謎めいた人物は、そこで鉄道の出現を予言する。突拍子もない発言に、人々はさんざんに彼を揶揄する。このくだりは、蒸気機関車に対する、エローの驚嘆の念を暗に示しているといえよう。非常に軽く、つかみどころのない物質である蒸気が、車両を牽引するという事実が、彼を仰天させる。いたるところ、蒸気は道を開き、地下道によって、山をさえ貫いていく。山々にさえ、いわば道を譲らせて進んでいく蒸気機関車のイメージに、奇妙なことだが、エローは「信じる者は山をも動かす」(マルコ11-23)というイエスの言葉の実現を見る。作家は、鉄道敷設のための難事業、人の手になる努力を知らないわけではないが、鉄道の壮大な様が、彼に次のような一節を書かせる。「人は山々に向かって言った〝ほら蒸気が通る。下がりなさい、立ち往生させてはならない〟」。「不可能の現実となった姿」があまりに見事だったので、やや面食らわせるようなこの夢想となったのだろうか。実はエローにとって、科学の諸発見は、奇跡を擁護し、神を明らかにするものであったのだ。

鉄道は、人々を隔てる距離に打ち勝つ。エローによれば、世界的な融合へと人々を向かわせる可能性をもったこの進歩は、いつの日かバベルの塔から生まれた分裂を、消滅させるかもしれないのだ。

さらに預言者は、電報を予告する。電報と雷電のあいだの類似性から、エローはこの発明を利用する現代人に、大気現象に命令を発する聖人のイメージを重ね合わせている。素晴らしい速さで膨大な距離をカバーし、メッセージを伝える、目に見えない電流の存在は、誰にも否定しえない。エローは不可視の世界も同様なあり方で、存在するのではないかと、自問する。したがって、彼にとって電流は、別の世界の現存をアナロジーによって示しているのだ。電気の全体的特徴は、〝功徳の可換性〟(la réversibilité des mérites)の法則によって支配されている精神の宇宙を予感させるもの、ということになる。「電気の様々の現象、蓄電、放電、ショック、反動、こうしたすべては掌握されているというより、むしろ想定されているものだが、我々を恐怖の混じった神秘的な賛嘆の念ですでに満たしている。これらは、まったく別の流れ、世界を満たしている完全に非物質的な流れを再現しているのではなかろうか」(『ルナン氏、ドイツ、十九世紀無神論』)。

不可能の領域に侵入していくことで、諸進歩は神秘に対する信仰を蘇らせる。エローはそのことに驚きの念を禁じえない。『未来のイヴ』の作者ヴィリエ・ド・リラダンも、科学の諸発明に少なからず魅了されていたようだ。エジソンの実験室のくだりで描かれた幻想的なオブジェの数々は、エローが受けた衝撃とある意味で同種の感情をヴィリエが抱いていたことを、暗示してはいないだろうか。そして、この科学による予見の世界では、〝魂〟がすべての決め手となる。

科学とキリスト教の関連には、エロー以前にもジョゼフ・ド・メストルが言及している。『聖ペテルスブルグ夜話』の著者は、「宗教と科学の類似性」を解明する使命を帯びた天才の出現を待望する。エローは、〝象徴体系〟という考えが、問題解決の本質をなすと思っているようだ。諸発明は、彼にとってことごとく、象徴である。

芸術と生は、非現実の高みから、高みのない現実へと行き惑っている。十九世紀においては、生と芸術が不器用に探し求めている真実を象徴する役目を担っているのは、科学だとはいえないだろうか。(『人間』)

最後に、預言者が予告した最も輝かしい発明は、写真である。エローによれば、写真、すなわちこの光による肖像画は、「普遍的な放射」の存在を明らかにした。確かに写真は、それぞれの事物が光源そのものではないにせよ、光線を発していることを証明したといえる。そこから、すべてのものが互いに交換しあう光線を思い描くことは、容易であろう。このイメージは、あまりに魅惑的だったので、彼のうちにほとんど幻覚的なヴィジョンをひき起こす。「もし太陽が蟻の目に作用を及ぼすとすれば、蟻の目も太陽に作用を及ぼさずにはおかない」(『無から神へ』)。

『さかしま』の主人公デ・ゼッサントは、『人間』の中に、「写真の現像過程と思い出の作用との間の興味深い比較」があることを指摘する。エローは「思い出す鏡」と定義する写真板と、思い出を関連づけている。放射された光をとらえ、写真板はその光を保持する。それは、その上にかつて映し出されたイメージ、人が永久に損なわれてしまったと信じているイメージを、保持する魔法の鏡である。記憶の働きは、写真板に刻印されていても、目には見えていなかった肖像を浮かび上がらせる、暗室中の酸の作用に比較される。この物理的再生と同様、かつて魂が受け取り、内奥に埋もれていたさまざまの印象も、想起の過程を経て蘇る。現在のまなざしに映るものは、ばらばらの断片の寄せ集めでしかないが、戻ってきた過去は、物事のあいだのつながりを発見させてくれる。思い出は「この感じとれないほどの小さな結び目」をとらえる。思い出は、つながりの場であり、涙によって聖別されるが、この感じとられた「つながり」の表明の「言葉」である涙は、神秘的な清めの役割を果たす。「人となったイエスの涙は、思い出に似ている」。

しかしながら、エローに最も強烈なインパクトを与えたのは、思い出と写真の間の類似性ではない。写真から彼が得た普遍的放射のヴィジョンは、アナロジーにより、もう一つ別のヴィジョンを暗示する。それは、それぞれの存在が発する非物質的な光の相互干渉のイメージである。第一のヴィジョンは、第二のヴィジョンを象徴しているということになる。電気の作用以上に、写真はエローの神秘神学の根幹をなす功徳の可換の教義に、明瞭な証拠を与えるものなのである。

> 私たち自身の、私たちの魂、肉体、行為、言葉の普遍的な放射について、考えたことがあるだろうか。宇宙は巨大な写真板で、すべてはすべての上に、不可思議な影響を及ぼしているのだ。(『哲学と無神論』)

写真板の保存能力は記憶のそれと似ていて、精神の光線の神秘の貯蔵庫を想起させるのである。

ロラン・バルトは『明るい部屋』で、写真は「過去が問題になっているにもかかわらず、帰納されたものではなく、いわば経験的な新しい次元の証拠、復活の—キリストに—触れることを—望む—聖トマスによる—あかし」として出現すると、述べている。エローにおいては精神的側面が重視されているとはいえ、エローにとってもバルトにとっても、写真は、実在性の緊迫した問題とかかわっている。まったく異なった視点からとはいえ、見ることの必要性を満足させてくれる写真を前に、彼はバルトの「驚き」を共有しているのではなかろうか。

> いつも、「写真」は私を驚かす。測り知れないほどに長く続き、新たに繰り返される驚きで。(……)「写真」は何か復活と関係している。ビザンティンの人々が、トリノ聖骸布に映し出されたキリスト像について言ったことが、写真についてもいえるのではなかろうか。[29]つまり、これは人の手になるものではない(*acheiropoiêtos?*)。

シュトラウスやルナンに異議を唱えられ、近代主義の先頭に立ったアルフレッド・ロワジ[30]の時代を生きる信者の信仰が、この〃キリストの写真〃からいかに大きな満足を得たかが、ポール・クローデルの著作にも記されている[31]。一八九八年に発見されたこの「写真」について、エローは生前、知ることがなかったが、聖ヴェロニカの布と写真の法則を関連づけている。聖布は、受肉のキリストという至高のモデルを追い求めるよう定められた、人類の秘密を世に啓示する(ヴェロニカは、真の姿 vera icon の意味である)。写真は現代における最大の奇跡の一つで、ヴェロニカにも匹敵するものだ。なぜなら、実存を確認する手だてとしての写真は、数しれぬ鏡(写真板)に飾られた部屋としての世界を想像するとき、「主」の姿を無限に再生していくイメージを、提供してくれるからだ。「それぞれの鏡は、その数にかかわらず、像全体を映し出す。それぞれの写真板同様に」(『無から神へ』)。

(3) アイデンティティの夢想

先に見たように、エローの省察は、しばしば聖パウロの言葉を出発点としている。「今やわたしは……キリストの苦しみの欠けたところを、身をもって満たしています」(コロサイ人への手紙1-24)という使徒の言葉に、彼は当惑する。受難に欠けたところがあるということ、この事実にエローは愕然とするが、この驚愕は、聖パウロの言葉のかなたに、精神と物質を総合する神秘的宇宙のヴィジョンへと、彼を導く。つまり「キリストの体の根源的統一性」のヴィジョンである。エロー以前に、ジョゼフ・ド・メストルは、地上における功徳の《可換性》について、さまざまの異教における犠牲の実践を拠り所に思索している。ド・メストルによれば、「罪人たちのための、無実の人の苦しみの可換性」の教義のみが、迫害される無数の罪なき人々を目の当たりにしての動揺を、唯一鎮めることができる。エローは先駆者のこの考えに全面的に同意するが、彼にとって、存在する者たちの連帯はまったく異なったニュアンスを帯びている。神秘の宇宙では、時間と空間を通して、魂たちが互いに与え合う「光の施し」が、反響する。

あなたは溺れかけているこの男を救おうとした。あなたは飛び込んで、泳ぐが、しかし遅すぎた。彼を救えなかった。あなたは自分が何もしなかったと思いますか。

……あなたは自分の魂を変化させ、美しいものにし、神の国に喜びを与え、魂の領域において、巨大な作用と反作用を引き起こしたのです。この作用と反作用は、千年後にあなたがその存在すら知りようもない中国人を、助けることになるかもしれないものです。(『無から神へ』)

さらに、このヴィジョンは、アイデンティティに関する一種の神秘的直観を彼に与える。「私がかつて自分の帽子を与えたあの乞食は、今日私に向かって、物乞いのため帽子を差し出す。彼が差し出しているのは、私の帽子だ。たぶん彼は、私の名で、私に請うているのだ」(傍線は引用者)。「名前」はエローにとって何を意味するのだろうか。名前は精神としての存在にとって、光がその照らし出す物体に対するのと同じ関係にある。それは魂を表現するものだ。エローの世界にあっては、慈善は、余剰のものを恵み与えることを意味していない。それは自らの一部を与える行為である。乞食が施しを集めるために利用する帽子は、与える者と与えられる者の一種の同化という幻想を、エローのうちに呼び起こす。人間は知ると知らずにかかわらず、人と人とを絶つことのできない絆で結びつける、錯綜した網の目に満ちた不可思議のコスモスの住人である。「最後の日の啓示はおそらくこうだ。君がその側を通った人は、君自身だった、ということ」。

写真板によって引き起こされた夢想は、何一つとして、ただ一杯の水でさえ損なわれることはないという確信にまで行き着く。写真板が想起させる神秘の貯蔵庫には、悪の循環という負の意味での因果応報のニュアンスがほとんど込められていないことにも、注目すべきであろう。エローの個性がそこに反映されていると考えられよう。『クロワゼ（十字軍参加者）』という名の雑誌の共同発刊者だった、ジョルジュ・セニョールに宛てた一通の手紙からも、そのことがうかがえる。セニョールの背反により、この定期刊行物は廃刊に追い込まれる。この雑誌は、エローにとって恒常的に書く唯一の機会であり、彼にとっては書く行為そのものが神の栄光を喚起する意味をもっていたから、彼のショックのほどは想像できる。次に引用するのは、死を前にしてエローに許しを請う友への返事である。

私たちが散歩の際にいつも落ち合った約束の樫の木を覚えていますか。ジョルジュ・セニョール、私たちの交わした言葉、共についたため息のことを覚えていますか。共に唱えた祈りの言葉を？

もし体がつらくてもそれができるなら、あの光の時の心にたちもどってほしい。これ以降、私が思い出そうとするのは、私たちの生のあの時間だけだと、知ってください。[32]

思い出が関係性の場であるとすれば、エローの思い描く神秘の写真板は、いわば自動的にすべてを記録する単純な装置なのだろうかという疑問が起こる。おそらくそれは、生きられたすべての生を、灰燼の無から救い出そうとし、時間と空間の呪縛からの解放を、ひそかに願う一つのトポスであるのかもしれない。

（4）実存としての「終末」

エローの作家活動は、『クロワゼ』の創刊（一八五九）によってその手段を得た。雑誌記事執筆者としてのエローは、時代のさまざまな問題を、哲学的・宗教的視点から論じようとした。『クロワゼ』の廃刊後、彼の記事はカトリック系の新聞・雑誌に発表されるが、それは彼自身、信者にのみ語りかけようとしたためである。レオン・ブロワによれば、エローの生涯の悲劇は、この一点に由来している。当時のブルジョワ階級に属したカトリック信者たちは、きわめて保守的であり、彼らの範疇に収まらない作家を、敬遠した。彼らに語りかけようとしたエローの努力は、常軌を逸した人間というレッテルを生み出す結果となった。

「破門者たちの三幅対」で、ブロワはエローの悲劇についてこう語っている。

理想でいっぱいの、壮麗さに飢えたこの高貴な精神は、現代キリスト教の不毛の砂利地、信心家たちの心のやせた畝を、自らの情熱によって実りあるものにしようと、頑固にも報いのない苦役に精をだした。それは哀れをもよおすほどだった。(……) 彼は休みなく、気がふれたように、精をだした。あれほど孤独な説教師は、かつて天が下に存したためしがない!

エローがカトリックの正統主義に、絶対的に準拠しようとしたことは、前述の通りである。だが、彼はしだいに沈黙を余儀なくされる。一八七〇年、ピオ九世は「教皇の無謬性」を宣言するが、エローはこの教義発表が惹き起こした喧々囂々の議論に、加わろうとはしなかった。ひとたび宣言された教義は、彼にとっては議論の余地のないものだった。これは示唆的な一件で、このあまりに平和主義的な従順の態度ゆえに、彼がそれまで正規のメンバーとして投稿してきた諸雑誌の門戸が閉じられる結果となる。エローの代表的な論文を掲載してきた『カトリック世界評論』は、七十年代になると政治関連問題重視という方針変更により、彼の書くものに興味を示さなくなる。彼の論文を拒否はしないものの、掲載間隔がますます開いていくのである。「私は『カトリック世界評論』の創刊に携わった一人だ。それなのに最新の論文を掲載してもらうまでに一年を要した」。一八八〇年に友人に宛てた手紙の中で、エローはこう書いている[33]。確かにエローが厳密にカトリック的な雑誌以外に投稿していたら、彼をめぐる状況は変わっていたかもしれない。いずれにせよ、苦悩に満ちた動揺の叫びは、ブロワが「ここで人々は偉大な者たちを暗殺する」(『猛獣使いと豚飼い』)に引用したバルベイ・ドールヴィイ宛ての手紙をも貫いている。

そして私は、『十九世紀無神論』〔これに続いて彼の主要な著作が列挙されている〕などを書いた後、その後に一つの論文を載せるための、たった一つの新聞さえ見つからない。奥まった田舎に生きるのを余儀なくされ、その上にドールヴィイにさえ見捨てられるのだろうか!

いや、そんなことはない、そんなことはありえない。こんな想像は私には耐え難い。夜もこの考えが頭を離れません。神の御名において、貴方の永劫の救いにかけて、どうぞ貴方の論文を送ってください。

この手紙は貴方だけに宛てたものです。書きながら、手がふるえました。

こうした作家としての行き詰まり状態に、健康問題が加わって、彼の心理は深刻な影響をこうむった。一八七七年にブロワに宛てた手紙で、エローは自分の弱さを告白するが、彼はその他の手紙でも折々、同じようなことを書いている。「私は肉体的苦痛を、精神的に感じてしまいます。それは私のうちで、他の人々では壊れないような特別な何かを壊してしまうのです」。この肉体的・精神的虚弱は、エローの聖霊の地上支配への待望をより強固にした感がある。彼はしるしを乞い求め、パラクレートス(慰め主としての聖霊)に向かって叫ぶ。「私を私から解放し、私にとって代わり、全面的に、精神も、魂も、肉体もあなたによって新たにされ、導かれ、生かされ、栄光を与えられますように！」（『無から神へ』）。聖霊の到来を、エローの存在全体が希求する。魂と肉体の変容への欲求は、彼の終末論を特徴づける。一八八〇年にブロワに宛てた手紙の一節からも、そのことが読みとれる。

私は肉体的に苦しんでいます。私は弱く、何かを得たいという必要性で、死ぬほどです。思想だけでは、私には不十分です。私には、現実が必要なのです。明らかな、手に触れられ、感じられ、物質的で生き生きとした現実が。

スタニスラス・ヒュメは、苦しみと分かちがたく結びついたキリストの十字架の死の意味を理解しようとする努力が、エローには欠けていると述べる。つまり彼は、キリストが最終的な栄光の姿をとって再来するまでの、過渡的な世界を生きるのに不適合な信者ということになる。苦悩のキリストのまねびを拒否することで（「私は苦しみの中であなたに仕えるには、あまりに弱いのです」）、エローは例外的なキリスト者となってしまうというのだ[34]。しかし、この虚弱な孤独者は、自分の使命についての意識、神に呼ばれた者としての意識を、強烈に持っていた。アルスの司祭ジャン＝マリー・ヴィアネの宣言（「……神は彼〔エロー〕と共にいる。エロー氏は、世界中に向けて語らねばならない[35]」）と共に、雑誌執筆者としての道を歩み始めたエローは、「言葉」が一つの行為であること、その伝播は十九世紀においてはまさに慈善の行為であることを、確信していた。現代社会を特徴づけるものである新聞を、彼は一種の戦いの手段と考えた。エローは『哲学と無神論』で、作家を絶対的孤立の象徴である十字架に、その著書をすべての存在を和解へと導く磔刑のキリストに、喩えている。孤独から生まれた自らの作品が、「神の国」の準備のために人々を呼び集める力をもつよう、彼は願う。自分の使命に十全の自覚をもつ作家として、エローは自分が払う犠牲を、意識していたようだ。

一方、彼の終末論は、宗教関係の著作をものする同業者たちの、嘲笑の的であった。エローは、キリストの再臨を今すぐにも実現するかもしれない現実の事実としていたが、たとえばR・ブルトマンの解釈によれば、キリスト者は終末的出来事を、「ここ、今」に起こっているものとして、対処せねばならない。キリストの到来を、現在の時間、現在の場において生きることにより、キリスト者は空しい期待から解き放たれるというのだ[36]。しかしブルトマン流解釈における「終り」の切迫は、歴史意識とは無縁のものであり、歴史意識に刻印された十九世紀の感覚とはそぐわない。ミシュレやサンドにおける歴史の三位一体論的夢想がついえた後にも、ある終末に向かって継続する時間という観念は、エローやブロワのキリスト教神秘主義の核となった感がある。さらに、「触れることの必要性」が彼らの意識に常にまとわりついていた。

エローが熱烈に待望した「終り」は、いわば彼の実存にとって切迫した必然であったと考えられないだろうか。ブロワは次のように書く。

彼は、神の地上における勝利と、その目に見える支配をいまだなお待ち望んでいる、非常に希少な人々の一人だった。それを目にすることなく死ぬのは、彼には考えるだに不当なことと思われた。なにせ祈りの深淵において、この出来事の債権者であるという保証を受け取っていたのだから。
(「破門者たちの三幅対」)

エローにとっては、すべてが「終り」の直観と結びついていたことを、私たちは理解する必要があろう。ある時期、彼はレオン・ブロワとともに黙示録的な「出来事」を刻々待っていた。人々がノストラダムスの予言を信じたように、『絶望者』のモデルとなったアンヌ＝マリー・ルーレの言葉を信じてのことである。確かに「日付」を知っていると信じることで、彼は誤りを犯した。しかし、この途方もない希望は、エローにあっては真に迫ったところがある。〝存在する者〟は、彼の定義によれば〝約束をたがわない者〟である。「存在」そのものである神は、必然的に「約束」を守るはずだ。人間の側から見れば、与えられた「言葉」、約束された「正義」の実現を心底から欲することこそ、信仰が要求する義務である。この欲望は、キリストの去った地上において、唯一可能な精神の態度である。これは、人間のうちにあって最も崇高なもの（「神の意志の地上でのこだま」）であるから、この欲望を失うことは、信仰を危うくすることにほかならない。『無から神へ』によれば、この欲望こそが神の「業」に対して触媒の役割を果たす。「神の栄光は極秘の秘密である……しかし、その秘密とは、《御顔》であり、私はそれを地上で見ることになるだろう、なぜならそれを欲したのだから」。宗教が、信者たちにとってさえ形骸化し、人間集団維持のための倫理的教訓になり果てたかに見えたブルジョワ社会にあって、彼の終末論はいかに奇想天外に見えようと、それなりに信仰のあかしであったといえよう。そして、そこにあるたそがれの意識は、時代の精神性に対応していた。

すばやく静かな足どりで歩みつつ、旅人は思い出す。なぜなら日が沈むから。彼の思い出は優しい。なぜなら遙かなものだから。彼の思い出は峻厳だ。なぜなら媚びる理由が何もないから。彼のまわりに長く物憂げな影を投げかけるたそがれ時、その思慮深い穏やかさの中で、たそがれ時は思い出のように優しく、峻厳だ。夏の美しい夕べ、過ぎ去ろうとする一日は、収支決算をつけようとしているかのようだ。だが判断を下す者は、寛容であろう。
私は人類が、夕べに至り、写真を発明したことを、なんら不思議とは思わない。(『人間』)

III　貧者キリスト

下から上へと「貧者」に向けられた彼のまなざしは、確かに崇高なものだった。

「破門者たちの三幅対」のエローの章で、ブロワはこう述べる。貧しさのテーマは、神秘主義的色彩を帯びたエルネスト・エローの精神性の本質をなしている。イエス・キリストの中に、彼はまず貧者を見る。三位一体の第二のペルソナは神性と人性の融合によって、他の二つのペルソナと根本的に異なる。物質的な困窮を意味する貧しさという語は、地上における神の状態を表わしている。その定義からして何も必要としない絶対的な「豊饒」である神が、「貧窮者」となった。エローはこの事実に受肉の奥深い意味を見る。

この主題に関して重要なテクストは、やはり『神の言葉』であろう。最後の審判についてのイエスの言葉が取り上げられている。「……お前たちは、わたしが飢えていたときに食べさせ、のどが渇いていたときに飲ませてくれたからだ……」（マタイ25-35～36）と、イエスは、天の国を受け継ぐよう選ばれた者たちに向かってその決定の理由を説明する。神の国の王イエスの言に思い当たる節のまったくない人々は、不思議に思い質問する。すると「わたしの兄弟であるこの最も小さい者の一人にしたのは、わたしにしてくれたことなのである」という答えが返っている。エローは「この最も小さい者」のうちに〝異邦人〟を見いだす。つまり〝異邦人〟と〝貧者〟が同一視されている。この一致は、貧しさに関するエローの思想全体を支配する。そもそも〝異邦人〟とは何か。我々の共同体に属していない見知らぬ誰かであり、彼は別の世界からやって来る。見知らぬ人の来訪は、ごくまれなことであるから非日常的出来事として人々に強い印象を与え、一種聖なるものの意識を生み出す。民俗学によって明らかなように、古代においてはさまざまな宗教で、異国の来訪者は不可思議な彼方から来た、人の姿をした一種の神と考えられた。粗末な身なりで旅人はなんらかの施しを請うが、一方では福をもたらす者とされる。この普遍的なイメージに、エローが引用するホメロスの一節も適合している。ホメロスによれば、あらゆる異邦人やあらゆる貧者は神のもとから来るのだ。

古代ギリシャの国民詩人の言葉を、エローは独自の貧者論のために援用する。貧者同様、旅の途上で異邦人も困窮している。その点で二者は共通項をもつ。しかし現代において、貧窮者たちは金持ち同様日常的生の情景の構成要素であり、必然的に社会の一員である。したがって、異邦人と貧者の同一視は、その点では当を得ていないように見えるかもしれない。だが実は、根元的に異邦人である「貧者」、これこそがエローにとって真の貧者であり、その点で、彼の貧者論は、後述するレオン・ブロワのそれとはかなり異なっている。

　貧しさのテーマに関し、アッシジのフランチェスコをエローがどのようにとらえているかは興味深い。ことにルナンのフランチェスコ礼賛を思い起こすならなおさらである。中世の聖人はその自由で自発的な生き方のゆえに、エローの心を惹いたようだが、『聖人たちの表情』では彼のために一章を割くまでにはいたっていない。それでもアッシジのフランチェスコの名は何回か現れる。その中に次のような一節がある。遠くから彼を尋ねてやってきた熱狂的群衆に囲まれた聖人を見て、ある修道士がその理由を質問する。「聖フランチェスコは答えた。〝神は世界を眺め、どの惨めな者を通して、ご自分の力をお示しになれるかと探しておられた。神の聖なる目は地上にそそがれるや、私ほど卑しく、低く、小さく、恥ずべき者を見つけることができなかった。それが主の選択の理由です〟と」。この『小さき花』（伝説的聖フランチェスコ伝）からの引用に続くエローのコメントはこうだ。

　フランチェスコは、その精神においてごく自然に崇高で、その心情においてごく自然に英雄的なところがあった。
（『聖人たちの表情』）

エローは、この中世の人物像の身に備わった単純さをうらやんでいたかに思われるが、それは彼自身はこういった単純さからほど遠いという意識があったからのようだ[37]。別の箇所では、フランチェスコの〝創設する〟力を大いに称えているが、それは宗教現象の精神病理学的分析を論駁するためである。「聖人たちの狂気の特徴は、実り豊かであることだ。アッシジのフランチェスコを見るがいい。現代の学識者たちにとっては多分最も常軌を逸した人物だ。だが、いかなる皇帝とて、彼ほど多くを創設した者がいようか」（『世紀』）。

　しかしながら、『聖人たちの表情』を読むと、エローはある種の聖人たちに、フランチェスコに対するよりずっと強い愛着を抱いていたことがわかる。たとえばクペルティノのヨゼフ（一六〇三－六三）には一章を割いて詳しく述べている。それは知性にも器用さにも恵まれず、失敗ばかり繰り返す何の役にもたたない人物である。「彼はほとんど無用な奴隷、ほとんど用をなさない駄獣のような様子をしていた」。長年にわたる苦悩の生の後、天の使者が彼の人生を変容させ、以来彼の周りには多くの奇跡が満ちあふれる。このような聖人に比べるとき、自ら愚者と名乗ったアッシジのフランチェスコであっても、はたして〝神の木偶〟の称号をほしいままにできるだろうか。

　フランチェスコと際だった対比をなすもう一人の聖人、ブノワ＝ジョゼフ・ラーブル（一七四八－八三）がいる。この人物は修道士になろうとして果たせず、贖罪の巡礼者としてヨーロッパ中を放浪した。このヴォルテールとルソーの世紀の人物は、一八八一年に列聖されるが、その生涯において特記すべきことは何もなしていない。アッシジの修道士と異なり、主の祈りや天使祝詞（アヴェマリア）を唱えつつ物乞いする巡礼者は、何一つ創設したわけではない。しかしエローにとっては彼こそ「貧しさをその途方もない極限まで押し進めた人」（『世紀』）なのである。

ヴェルレーヌもこの人物の列聖に際して、次のようにうたっている。

この憎しみと傲慢、吝嗇とあらゆる罪の世紀にあって、
教会はなんと善なるかな。
人に知られぬ最も目立たぬ者、
最も柔和な者を、今日称揚するとは。
それは「信仰」に導かれた平和なき苦行者、
贖罪に血を流し、恍惚に蒼白となり、
……
それは福音書の優しさと恐怖を実践する、
おぞましくも天使的な「貧者」であった[38]。

ラーブルの列聖には、ブルジョワ社会の実利主義的価値観に対抗しての、宗教性の復権という教会の意図が看取できる。エローにとって前世紀の乞食巡礼者の姿は、あらゆる意味で有用の正反対である。ラーブルはその無価値さのゆえに褒め称えられるといえよう。「あなたは、ブノワ＝ジョゼフ・ラーブルが生涯で何か素晴らしいことをしたのかと、多分おたずねになるでしょう。それはまさしく私が問題にしようと思っていたことなのです！　カトリック的視点からは、彼は祈りを捧げました。しかし、カトリック的視点をはずれると、彼は何一つしていません、まさに何も、絶対的に何も！」。アッシジのフランチェスコにおいてあれほど卓越していた、人々を呼び寄せる力は、彼には無縁である。しかしこの徹底的な欠如のゆえにこそ、彼は十九世紀末にあって聖人の後光にふさわしい者と見なされるにいたる。エローによって、ブノワ・ラーブルの姿は、（世界に属する者はキリストに属する者に完全に対立するという）聖パウロ的な意味に解釈された「世界」の、絶対的アンチテーゼとなる。十八世紀の聖人は、近代の慈善が受け入れる貧者のカテゴリーに属していない。日々の労働にもかかわらず不幸が重なって、他者からの物質的恵みなしには生きていけない貧者に、彼は分類されない。彼が選択した生活様式は、労働を拒むことで、社会の秩序の維持にとって害をなすマージナルを生み出す。この生の選択の基となった精神性は、近代的意識にはもはや不可解なものとなり果てている。

確かに、アッシジのフランチェスコはたぐいまれな貧者である。エローもそのことを認めないではないが、しかし彼は別の時代の人である。物質的に生がより不安定であり、より

多くのマージナルが存在した中世では、彼らはある意味で市民権を有しており、また福音書的貧しさの意味も、人々の意識の中で近代におけるように損なわれてはいなかった。その身体的、精神的苦悩にもかかわらず、ダンテに〝「貧しさ」という婦人の夫〟と呼ばれたフランチェスコの姿には、詩的なかぐわしさがある。啓蒙の世紀の聖人とは、まったく異なる。世の嘲笑の的であるぼろぼろの衣をまとい、のみしらみのたかった異臭を放つ乞食巡礼者の姿は、金銭崇拝に明け暮れる社会に投げかけられた一種の挑発である。その意味でブノワ＝ジョゼフ・ラーブルこそ、近代の貧者の典型なのだ。

> この人はぞっとさせるほど貧しかった。彼はあまりに貧しかったので、「貧者」自身に似ていた。そしてこの「貧者」の名は、彼に当てはめられるときには、大文字で書かれるであろう。（『世紀』）

この貧しさの極限的例によって、エローにおける貧者と異邦人の融合が説明される。つまり、エローにとって、本当の貧者とは、日常的枠の中で何らかの施しによって助けを受けている隣のだれかではない。それは同化できない要素として、人間の共同体からはじき出された孤立者である。

　先の引用で、ブノワ＝ジョゼフ・ラーブルの呼称として、大文字の使用（le Pauvre）が提案されていることに注目しよう。エローは困窮の極限状態ゆえに、ラーブルの中に貧者キリストをオーバーラップして見ているのだろうか。エローの貧者論の出発点となっているマタイ福音書のくだり（25－31～46）では、「私の兄弟であるこの最も小さい者の一人にしたのは、私にしてくれたことなのである」という「王」の答えにより、「王」と困窮者の一致が提示されている。この一致を、エローは単なる表象の問題とは考えていない。貧者はある神秘的なつながりによって、神と分かちがたく結びついている。これは聖書とも一致して、古代の伝承が暗示してくれるところだ。

> この二つの語、神と貧者は、ある見知らぬ言語においては、韻を踏んでいる。その四散しつつも我々の手元に残った超人的なごりは、忘れられた巨大な詩の印象を与える。（『主の日』）

現実世界は、もてなしを拒否する家々で地上を満たす。世界と神の対立の構図において、人間社会から拒絶された惨めな人は、必然的に神の領域に属する者となる。疎外された者の苦しみの数々は、磔刑のキリストの苦しみと重なり、貧者とキリストは単なるアナロジーを越えて、一致する。共に世界から拒否された者としての、貧者とキリストの苦しみによる合一こそ、エローの神秘主義の根幹をなすものである。

　貧者とは〝何かを必要としている〟者であると、エローは言う。これは前述のマタイ福音書の一節から導き出される。

そして、人間は、神との関係において、自らの無、その哀れむべき状態を自覚する。神のみが満たすことができる欲求とともに、人は生まれてくる。『神の言葉』の中には、ラテン語の〝私〟(Ego)に関する奇妙な語源学的考察がある。


Egoという語は、どんな意味だろう？

Egoは、ギリシャ語の法則に従って縮約されたラテン語の単語だ。

Ego, Egeo
Egoは動詞egereの現在不定法だ。

あるものを必要とする、ということ。

…………

Egoはegoを意味する、私は必要としている。

〝私〟と言うとき、人は意図せず、〝私は必要としている〟と言っているのだ。(『神の言葉』)

つまり、「すべて命あるものは飢えており、すべて命あるものは乞い求めている」ということになる。人はその本質において、ものを乞う存在なのだ。エローの象徴論において、飢えは有限の領域における欲求に、渇きは無限の欲求に対応している。人は一つの深淵であり、神はもう一方の深淵である。無である人から有である神への計り知れない距離を駆け抜けるのは、人の欲望、その癒しがたい渇望である。エローにあって、まず物質的欠乏の意味に解された貧しさの観念は、すべての人間が免れえない実存的な位相へと接続している。

エローはもちろんのこと、自分を貧者の一人と考えている。物質的に窮乏する人々を、かえって彼はうらやんでさえいる。「公の貧者たち、公に貧者であると認められ、貧者として救済される人々のためには、多くの努力がなされる。この世で、貧者の立場を有している人たちは、忘れ去られることがない」(『天秤皿』)。それなのに「知識人の貧者の嘆き」には誰も注意を払わない。もちろんエローはこの貧者のカテゴリーに入るだろう。人はそれぞれの飢えに苦しんでおり、どんなパンでもよいわけではない。人のパンは、その生きる必要に対応するものだ。作家としての自らの飢えと渇きは、「偉大なる貧者」の飢えと渇きの一つであると、彼は確信している。自らの声によって、真理の言葉を広めようと希求するこの預言者的人物にとって、自分の書が忘れ去られることが、どのように大きな不幸かは、容易に想像される。彼の思いは、たえず自分の不運へと帰っていく。「不幸と天才は、物乞いしながら、世界を駆けめぐる」。天才はその定義からして、いずこでも同情を得られない貧者である。ここでエローが自分のことを考えているのは明らかであろう。

彼の作家としての名を葬りさる人々の無関心は同時に、「貧者」の存在をも忘却の彼方に押しやる。この考えが彼の頭にこびりついていた。彼が貧者キリストに自己投影するとき、十九世紀という時代において、彼はイエスと共通の運命を生きているという意識が念頭にある。

エローの『ヨブ記』考察（『神の言葉』）によれば、この旧約聖書の人物はキリストを表象しており、根源的にキリスト者である。なぜならヨブの叫びは、彼が味わった苦しみがやがて勝利にいたることを、予見しているからだ。ヨブの姿は、拷問を受けるキリストを参照とする以外には、理解しようがない。「聖典の賛歌の中で最も印象深い特徴の一つが、ここに現れている。（……）いつも、いつも打倒されるのは権力者だ。高められるのは貧者だ。救われるのは敗れた者だ。敗れるのは救われた者だ」。寝藁の上のヨブの主張とともに、エローの声は神の正義、すなわち、キリスト教的メンタリティにとってはまったく正当であるこの「逆転」(R・バルトの言葉で言えば「キリスト教的な逆転の弁証法[39]」)の確立を要求する。

私は「正義」に飢え渇いていた。私はそれを作り出そうとした。（『天秤皿』）

いつまでたっても神の「約束」は果たされない。エローは、自分の唯一の必要に応えてもらえない貧者であり続ける。

エローのキリストをなおよく見てみよう。イエス・キリストは有限と無限を合わせもち、この二重の本性によって、二つの深淵にかかる橋である。エローの象徴論では、キリストは人を輝く別の岸へといたらせる渡し守というより、無と神という二つの岸に橋脚を置く橋のイメージである。かくしてキリストは、矛盾する二つの実体の間での超越の至高のモデルとして、人間に提示され、エローにとってはこの意味において「仲介者」となる。キリストは、神における人間の未来の変容の像である。

しかしながら、栄光に包まれた「解放者」として現れる時までは、キリストは別の姿で人間に示される。ラザロの死に涙し、オリーヴ山で恐れを抱くキリストに、エローは驚愕の念をいだく。ユゴーの章で見たように、『諸世紀の伝説』では、死せるラザロを前にして、イエスは友への憐憫の思いから涙を流し、彼を死から蘇らせたことで、自らの死の危機に初めて直面する。そこに示されたのは、まさに一人の人間としてのイエスの感情であった[40]。エローにおいては、イエスは人間的であると同時に、また、人間とはまったく別のあり方で、死を体験する。「どのようなまなざしで、彼が死をながめたか、どのような深さで彼がそれを感じたか、いったい誰に知りえよう！」。イエスがこの体験をし、涙を流したという事実は、『神の言葉』の作者に、人性をかすめるある聖なるものの予感を与える。イエスの涙は、その計り知れない矛盾によって、神の現存、復活の間近さを証明する。「だがイエスの涙が流れたのだ！　復活は遠くない。アーメン」。

ゲッセマネの園における磔刑の予兆は、イエスのうちに、血の汗に象徴される言いがたい恐怖を引き起こす。恐怖全般がすでに、『神の言葉』の著者にとっては、なにか絶対的なものだ。十全の悲惨を内包する恐怖は、栄光の対局であり、悪よりも、人間の魂を壊してしまう。「恐怖は、悪よりももっと内的な欠落だ」。それは、固定観念となった無である。ゲッセマネのイエスの恐怖は、人が観念化できるような恐怖とは、絶対的に比較不可能である。そのとき彼は完全な悲惨の状態にあり、他に例のない唯一の体験をしている。彼は自分の地上での未来と、人類の未来、その罪と苦悩を生きたのだ。それに、神の怒りの恐るべき重みが加わった。「彼は神の本質的憤りを担っていた」。

私たちはすでに、エローがいかにイエスの〝人格〟を押しやって、その肉体の重要性を強調したかを検証した。「受刑者」が十字架上で「我々の悲惨の模範」を示したときに、「肉体」はその極限のあり方に達した。人間の深淵の底に落ちて、その無を体験し、その無力と罪を知った。すべてが罪を滅ぼすための神の意図によるとしても、オリーヴ山にはじまる受難の間、彼は自らの人性の本質を通じて、ありとあらゆる弱さを知った。ルナンのイエスと異なり、エローのイエスは人間と共通するような「人格」を持たない。それゆえに、イエスは苦しみを逃れるための人間的手段をいっさい持っていなかった。ここにこそ、彼の体験の唯一性があるのだと、エローは考える。

肉の身のキリストは、されるがままに苦しみを受容するが、磔刑の終わりに、彼の最後の言葉「私は渇く」によって、事態は急変する。エローの象徴論によれば、渇きはある驚くべき意味をもっている。その最初の意味（飲みたいという感覚）を保持しつつ、〝渇き〟は水（パンよりも物質の原理に近い）と関係して、事物の本質と切り離しがたい欲望を表わす。飢えが物質とかかわるのに対し、渇きは精神へと向かう。キリストが地上の生の最後、自らの人性を神に返そうとする瞬間に味わった渇きは、すでに神の世界に属している。「渇きは最高の、思いがけない苦しみであり、どんなに巨大であろうとも有限である贖罪の苦しみをあがない、無限へと結びつけた」（『無から神へ』）。渇きは神の「彼方」と、エローにとってはそのひっくり返った影である此方を結びつけるものだ。無限を探す欲望は、人のうちにあって崇高である。二つの対局のあいだにあって、十字架上で果たされた超越は、苦しみによる有限からの解放を示唆している。

エローが「神に対する人の勝利」という表現を使うとき、彼はいつもヨブの存在を頭に置いている。少なくとも心情的には伝統的カトリック信者であるエローは、『ヨブへの答え』の著者C＝G・ユングには同意しないだろうが、彼の確信は十字架の体験の重要性に関して、ユングの説と相通じるところがある。『ヨブへの答え』の一節はこうだ。「ここにおいて、すなわち神が死すべき人間を体験し、彼の忠実な僕ヨブに堪え忍ばせたことを体験する瞬間に、彼の人間的な存在は神性を獲得するのである」[41]。エローにとって、キリストは十字架上の断末魔と死を通して、自らの「貧しさ」を完成させる。ただ生まれたという事実だけによっても、彼は貧者であるが、受難によって真の貧者となる。「所有しない喜悦」に満たされ、彼が弟子たちと分かち合った共同のつつましい生活は、エローの〝貧者キリスト〟の本質をなしていない。十字架の苦難は、神性のみではけっして行なうことのできなかった、見事なアウフヘーベンを実現した。

渇きは、流された血の宗教だった。それは滴りながら叫んだ。深淵の底からもう一方の深淵に向かい、恐怖の底からもう一方の恐怖に向かい叫んだ。そして三位一体に言った。「あなたとわたしの間に、どんなかかわりがあるだろう？」

渇きは受難の自らに対する勝利、その休息、その安息日だ。渇きは呪いに対する呪いであり、ホルマ〔民数記21-3にある語で、「絶滅」を意味する〕から生まれたホルマである。

渇きは、有限に投げかけられた橋だった。それは——もし人間の言語をここで語ることが許されるなら——「無限」の二つの岸を結びつけるためだった。（『無から神へ』）

エローは、キリストの眠りに震撼する。無限であると同時に無とされた存在である「仲介者」のイメージを前に、彼の〝驚き〟は限りない。眠った神は、これによって、その感覚的本性の明らかなしるしを示している。眠り、泣く神は、いまなお生まれるための場所を要求する。それは人間がいくらでも踏みにじれる「あわれな小さな種」である。イエス・キリストにおける生は、「典型」として人間に与えられたが、それは拒否されるなら、永遠に実を結ぶことがないだろう。自らの世紀にあって、エローはイエスの断末魔が再び繰り返されるのに立ち会い、その苦しみに自分の作家としての運命が否応なく結びつけられていると信じていた。

第二章　ブルジョアに対峙する「貧者」——レオン・ブロワ

Ⅰ　生きられた黙示録
――信仰と神への罵詈とのあいだで

(1)　エローとブロワ

　エローとブロワのあいだには、一種の双子関係があると見る人もいる。[1]両者の宗教性の核心にはいくつか共通した考えが認められ、それによりレオン・ブロワ（一八四六―一九一七）は、エルネスト・エローと強く結びついているといえよう。両者の類似と相違を明らかにするために、彼らの共通項を四点に分類して検証してみよう。

　第一に、両者はキリストのうちにまず「貧者」を見る点で、共通している。貧者キリストのテーマは、ブロワにとっても最重要である。ただし、彼がエローと一線を画するのは、その「苦しみ」の神秘神学によってであり、それは『貧しい女』の作者の生の観念の根幹をなしている。

　第二に、『人間』の作者が行なった同時代人批判は、ブロワの著作の中でも継承されている。エローが攻撃したのは、金銭崇拝と宗教感情の変質に根ざしたブルジョワの精神態度であった。ブロワには、富そのものを悪と同一視して糾弾する姿勢が見受けられる。この場合は、ブルジョワたちのこれこれしかじかの欠点が問題なのではなく、彼らの存在そのものがやり玉に上げられる。

　第三に、両者は黙示録的なヴィジョンによって、深いつながりをもつ。『絶望者』のヒロイン、ヴェロニックのモデルである、かつての売春婦アンヌ＝マリー・ルーレと暮らしていた期間、ブロワは彼女の驚くべき予言の内容をエローにだけ伝えていた。〝女預言者〟アンヌ＝マリーの声を通じて告げられた、差し迫った〝終末〟の緊迫感を彼らは共有したが、これこそ彼らの内なる望みに適ったものだったといえるだろう。最終的には粉砕されてしまったものの、この前代未聞の希望によって、彼らの生の一時期は、つき動かされた。期待はずれの連続だったこのドラマは、アンヌ＝マリーが精神を病み、収容されるにいたって完全についえてしまった。この惨憺たる結末に、ブロワはエローへの手紙の中で、神への罵詈雑言を並べ立てる。

　ぼくは信仰と希望と愛において、傷ついています。今日、月曜日、長らくなかったことながら、聖体拝領もせず、祈りも唱えませんでした。かくも厳しくかくも忘れっぽい神に対し、最も苦々しく、最も凶暴な恨みしか自分のうちに見いだせません。(……)ぼくだったら恥ずかしくて、疥癬病みの犬を扱うのにさえ、神がぼくを扱うみたいにはで

きないでしょう(2)

だが、ブロワの愛人の神託が実現を見ずに終わった後も、両者とも自らの終末論的信仰を放棄したわけではなかった。終末の待望は、彼らの思想の核心をなしており、世紀末キリスト教神秘主義を特徴づける重要なファクターである。

第四に、諸聖人の通功（la Communion des saints）の教義（功徳の可換性の教義に同じ）は、エローとブロワの双方にとって、大変重要であった。アルベール・ベガンによれば、この教義には、時間の可逆性、功徳と過ちの収支、アイデンティティの神秘の三つの側面がある(3)。時間の可逆性に関するブロワの思索の好例として、『一九一六年のある孤独者の瞑想』の一節を挙げることができよう。

神にとって時間は存在しないから、マルヌの説明不可能な勝利は、二世紀後にしか生まれて来ないだろう少女の、非常につつましい祈りによって決定的となったかもしれないのだ(4)。

この神秘的世界観によれば、現在の出来事が、いまだ地上にいない未来の人間の行為や感情によって決定されることがありうる、ということになる。エローは『神の言葉』で、思い出は過去ばかりでなく、未来にも関係すると述べている。「……ヨブはおそらく彼自身、自らのうちにたぎる未来の賛美の思い出にびっくりして、後になって唱えることとなる言葉のいくつかを、ぶつぶつと言っているのだ」。つまり、ある意味で未来はすでに存在していて、過去、現在、未来の相互干渉により、直線的で不可逆的な時間の不安な硬直を免れさせてくれる。この時間概念は、非常に大切だ。時間はここで神のまなざしの下に集約され、永遠のまなざしの下に収斂する。時間が何よりもまず人間の時間であり、進歩によって人が自らを構築していく生成にほかならなかったロマン主義の時間概念を、ブロワは断固として拒否する。彼にとっては、進歩という歴史を牽引する観念と同時に、進化の直線性も消滅している。彼は人を、永遠のまなざしの下に、時間と功徳の可換性の中にすえる。もはやそれはロマン主義の思考にとっての、歴史哲学の合理化された時間ではない。神秘と恩寵による時間といえよう。

つまり、エローの章で見たように、神秘の貯蔵庫にすべてが保存されるのである。時間と空間を越えて、ある見知らぬ他者の善意の恩恵を受ける人は幸いなるかな、ということになる。功徳の可換性は、エローを救済の非時間性の夢想へといざなった。それに対し、『恩知らずの乞食』（一八九二―一九〇五年にわたる日記として刊行）の著者は、この不可思議の収支決算を、その日常生活で実感していた節がある。他者の不幸を自らに引き受けたという意識をブロワが時としてもっていたことは、『恩知らずの乞食』やそれに続く日記からうかがえるが、それは自分で神に祈り求めたことであった。ブロワの中で、この均衡の観念は、「ブルジョワ」と「貧者」の間の対立関係において絶頂を極めることになる。

アイデンティティの神秘性については、最も惨めな者たちの中にひそむ貧者キリストのイメージが、その根元にある。つまりそれは、今私たちの目の前にいる人が誰であるのか、確信をもって言うことをためらわせる。そこから、自らのアイデンティティの曖昧性に行き着くには、道筋はさほど遠くない。すでに前章で見たように、「最後の日の啓示はおそらくこうだ。〝君がその側を通った人は、君自身だった〟ということ」とエローは述べている(5)。ブロワもこの観念を採用しているわけだが、彼独自の発展が見られる。『薄気味わるい話』収録のいくつかの作品では、それが奇妙なともいえるやり方で、敷衍されている。そこでは諸聖人の通功は、教義の枠を逸脱して、文学のテーマとして展開されている(6)。

ブロワのテクストは、エローの思想との共通性を含むばかりでなく、この先達への愛着をも垣間見せている。彼は、同時代人たちの嘲笑混じりの無理解に苦しむエローを弁護した。一八八〇年五月二日のポール・フェヴァル宛の手紙には次の一節がある。「ぼくの友情を失いたくないなら、エローを馬鹿にするのはやめてくれたまえ。むしろ彼の本を読んでみてほしい。あなたにはそれらを評価する資格はないにしても。あなたはそこにある種の叡知を発見するだろうが、それは多分あなた自身の叡知を驚愕させるはずだ(7)。」自らの運命とオーパーラップさせて神の栄光を切望し続けた「いきり立った至福千年論者」は、当時のカトリック世界の意見にあくまで歩調を合わせようとしつつも、奇妙に常識を逸脱した人物として扱われていた。彼は孤立し、ますます同時代人たちから過小評価され、忘れ去られようとしていた。ブロワはその擁護者の役を買って出ずにはいられなかったのだ。激烈な調子で敵対者たちを次々と嘲弄した「解体請負人」は、もちろんエローの作家としての弱点を承知してはいた。彼の筆は、自分の世紀に向かって空しく抗議するエローを、憐憫と、時には皮肉の混じった調子で（だが愛情をこめて）描いている。例えば、フェルディナン・ブリュンティエールが小冊子『科学と宗教』でエローの名を挙げなかったことに反発し、ブロワは次のように書く。

> この善良な人物〔エロー〕は、自分の古い傘をちゃんと具合良く差しているのに苦労した。雨風がないときでさえこの有様だった。並外れた、苦しみに満ちた魂を支えるのに、四苦八苦したが、なんとかかんとかやってのけた。そして慰めに満ちた神学は、イエス・キリストの右側には、四十以上の席があることを教えてくれる(8)。

四十は、アカデミー・フランセーズの会員定数を意味しており、ブリュンティエールは一八九三年以来そのメンバーである。教皇レオン十三世は、社会派カトリシスムを擁護したが、ブリュンティエールはその中心的人物であった。カトリック世界の中で、栄誉は断然『科学と宗教』の著者の側にあった。滑稽をまじえて描写されたエローの悲壮な様は、ブロワがこの無視された先達に対してもっていた連帯の感情を示していよう。

ポール・ブールジェやエミール・ゾラといった世間に受け入れられ、読まれていた作家たちを、ブロワはことさら嫌悪していたが、その一方で、もてはやされることはないものの、彼が真の芸術家として高く評価していた人々がいた。バルベイ・ドールヴィイやヴィリエ・ド・リラダンである。親交があった彼らに賛辞を惜しまなかったが、エローの名も常に二人の名と併記されて出てくる。ただ両者に対しては、作家としての卓越した才能を認めるのにやぶさかではないのに、エローに関してはやや違っていた。もちろんエローを、現代における最も偉大な作家の一人と数え上げてはいるのだが。エローの文体のむらを、審美家ブロワの目は看過しなかった。エローに対する称賛は、文芸評論家としてより、同じ目的をもった共闘者としての意識に根ざしているようだ。不公正に敏感な『猛獣使いと豚飼い』の著者は、まったく好意的でないカトリック社会に対して、エローの真実を主張する。心情的であると同時に思想的であるこのつながりの意識は、ブロワの作品理解における導きの糸のひとつといえよう。

ところで、日記の第一巻『恩知らずの乞食』で、奇妙なことに、亡きエローは、『辱めを受けるキリスト』の画家アンリ・ド・グルー（一八六六―一九三〇）と同一視されている。ブロワがこの若き友人にあてた最初の手紙の書き出しは次の通りだ「親愛な――エルネスト・エロー、ド・グルーへ」。三年後に書かれた手紙でも、この同一視はあいかわらずだ。「そのことを分かってもらえるだろうか、死ぬことはありえない、親愛なるエローよ」。エローとド・グルーは外見的によく似ていたらしく、ブロワはまずその事実に驚いたようだ。ある意味で、彼は若い友人のうちに、亡き人の〝復活〟を見ているのだ。

エルネスト・エローとアンリ・ド・グルーの身体的類似ほど衝撃的な事実は、多分他にまったく例がないだろう。

（……）

現世空間で見ると、エルネスト・エローは御主の言葉によって癒された、ベトザタの池の麻痺者を思い起こさせた。彼はいつも寝台を背負っているような様子をしていた。

この病床は、さらに偉大な奇跡によって、彼の双子の兄弟によって相続され、解体されて巨大な画架となったのだ。

（……）

人はすべて、土から掘り出された者たちだ。そしてエローの墓――彼の真の墓――は空っぽにちがいない。[9]（『恩知らずの乞食』）

この近親性の現象は、ほとんど幻覚に近いかたちで把握されている。これは第一部で見たジョルジュ・サンドの『スピリディオン』を想起させる。『スピリディオン』では、時代と宗教思想を異にするさまざまの人物たちが、次々と他者の中に蘇り、個人のはかない生を越えての、精神の融合を提示していた。しかしサンドにおいては、この超個我性は諸教義の変容、画期的な諸時代を通じての人類の完成を表現している。それは永遠の福音書、宗教改革、大革命……を通じての、精神性の区切り目と影響関係を述べたものである。したがって、語りの幻想的な側面にもかかわらず、合理性が小説を支配しているといえよう。それに対し、ブロワにおけるエロー＝ド・グルーの近親性は、直截的で説明不可能である。それは神秘に属しており、実体の永続性を証明する。個人をいわば、復活と〝空っぽの墓〟の光の中に置くのである。つまり表面的なアナロジーにもかかわらず、私たちは『スピリディオン』の精神空間とは遠いところにいるといわねばならないだろう。

アイデンティティの幻影は、ブロワの中で高位の真実として把握され、ベルギー人画家ド・グルーとの友情をことさらに強烈なものとする。「我々はあまりに強く結びついているので、よいことも悪いことも二人いっぺんにふりかかってくる。我々の運命は一緒に結び合わされている。ぼくはそう信じる」[10]。それはまるで、彼の亡き友がもう一人の中に生き残ることで、互いに分け合った至福千年説の望みの永続性が保証されたかのようである。

（2）現実の悲惨

しかし、ある一点に関してブロワは自分がエローとかけ離れていると感じていた。「エローは〔作家として自己を空しく与え続けるという〕この悲しみのゆえに逝ったが、少なくとも住む家と食べ物は十分に保証されていた。――それがあるだけで、ぼくには天国の先取りのように思われる」[11]。実際、自ら〝乞食〟と名乗るブロワの貧しさは、相当なものだった。出版された日記が読者に語ってくれるのは、一八九二年以降からの彼の生活であり、それ以前については書簡がたよりとなる。一八七四年、『ユニヴェール』紙に原稿が掲載される可能性がたち切られた後、バルベイ・ドールヴィイに向かって、間断ない飢えの状態を告白している。「ぼくがほとんど切れ間なく飢えに苦しんでいることはご存じですね。数え上げてみると、一年でせいぜい四カ月しか食べていないのは確実です」。パリでの生活はきつく、日常的に欠乏が続いていた。同じ頃に書かれた手紙に、十年前の体験を回想した箇所があるが、彼は飢えと絶望から、セーヌ川のヴォルテール岸において実際死にかけたというのだ。一八七四年夏から一八七八年六月までの数年間は、国有地・印紙管理局、さらに北部鉄道会社に職があったので、何とか落ちつきをみせていたらしい。この時期の終わりになると、アンヌ＝マリー・ルーレの面倒をみて、その安定も終わってしまったようだが。

一八七八年六月、ブロワは突然パリを離れ、ノルマンディのオルヌ県にあるトラピスト修道会本院にこもってしまう。この首都脱出はちょっとした借金が積み重なったあげく、ついに、にっちもさっちもいかなくなってのことであり、これによって北部鉄道会社をも辞めざるをえなくなる。以後、彼は決して定職を持つことなく、生を送ることとなる[12]。

確かに当時の状況からいえば、遺産に恵まれるか、職業上成功を収めた数少ない人々を除けば、多くの芸術家は自分たちの気にそまぬ職を得て生活するよりなかった。例えばJ＝K・ユイスマンスは、三十年近く役所勤めをして食べていた。定職の拒否により、ブロワは財政的に常に不安定な生活を余儀なくされたのだ。論文や原稿を売って得られた金額は、彼の生活費としてまったく足りなかったし、結婚後の家族が生きていくためにはなおさらだった。彼のように売れない作家に関しては、これはたやすく想像がつく。論文を書いたとしても『シャ・ノワール』誌などでは、原稿料がなかった。よって、彼は恒常的にほとんどすべての知り合いに、金の無心をすることとなる。ブロワの手紙は、しょっちゅうこの類の懇願を含んでいる。日記を読むと、知り合いや見ず知らずの読者が持ってきたり、送ってきてくれた金で、彼と家族がやっと数日間食にありつけたということも、しばしばあったことがわかる。

公然と掲げる〝乞食〟という肩書きにもかかわらず、もちろんのこと彼は〝街角の乞食〟ではない。若い頃、ヴォルテール岸で老婦人の施しにより、一命を取りとめたというエピソードがあるにしても、それは例外的な思い出でしかない。彼が交際する人々は、文学界も含めて、大部分が中産階級に属している。ゴンクール兄弟やゾラのように、遺産、あるいは作家としての成功のおかげで、持ち家があったのとは異なり、ずっと借家人としての辛酸をなめてはいたものの、ことに結婚後は、つつましい庶民の生活よりは一段上の生活レベルにあったように思える。結局、ブロワはブルジョワ階級に属しており、そこで、マージナルな〝脱落者〟のドラマを体現しているということになる[13]。

この点を認めるとしても、彼が味わった困窮は、だからといって架空のものでは全然ない。家賃の滞納により、借家から追い出される懸念に彼は常につきまとわれていた。財政的悲惨は結婚後も解消したわけではなく、ブロワ一家は次々と転居を繰返さざるをえなかった。手紙を出そうにも、切手代もないという日もあった。金の工面に走り回らねばならず、この経済的難儀のゆえに、作家ブロワは筆を持てない日が続いた。『貧しい女』の執筆にかかっていた時期も、同様だった。このうんざりするような煩いゆえに、成功間違いなしと信じる小説がいっこうに進まないことを嘆いている。

ぼくがパンのかけらを求めて、パリ中を彷徨するとき、飢えがやってきて家に居すわるのではないかと恐れ、屈辱的な目にあうのを覚悟で、足は痛み体は弱り切っていて、だがとりわけ、ああ! とりわけ作品を仕上げることのできない恐るべき苦渋の思いに満ちて——こうしたことすべてが、だいたい十日のうち六日は起こっている——、ぼくが何をするかわかるだろうか。道で祈るのだ、一瞬も中断せずに。(ド・グルー宛の一八九六年の手紙)

この物質的に不安定な生活は、二人の息子の幼い死と無関係ではない。劣悪な生活環境の中、長男のアンドレは一歳で世を去り、次男のピエールは、母親の入院のため、養護施設の仲立ちで預けられた乳母のところで、生後まもなく亡くなっている。こうした一連の悲劇的な出来事の語りによって、日記第一巻『恩知らずの乞食』は終わっている。

現在、ブロワの『未刊行日記』が継続出版中である。これは実際にブロワが日々つけていた通りの内容であり、著者の生存中に刊行された一連の日記のもととなっている。『未刊行日記I』(『恩知らずの乞食』の時期にあたる)に付した序文の中で、ピエール・グロードは、刊行された日記が、出版にさいして、原日記を再構成したものであると指摘する。つまりそこには一種の演出が施されていて、ブロワの人生の一つ一つの出来事に特別な意味が与えられ、全体として「《絶対》の巡礼者」(日記第六巻のタイトル)のイメージを浮かび上がらせるよう仕組まれているというのだ。

日常的に書いていた日記から、文学作品を作り出そうという思いつきは、極度の困窮状態から生まれたものだ。作家の仕事に欠かせない安定が得られないまま、ブロワはこの計画に期待する。これならある意味で、本はすでに出来上がっているも同じだからだ。労少なくしてパンを得る一手段というわけだった。さらにこれは彼にとって、格好の復讐の機会でもあった。ことにタイヤード事件[14]のせいで『ジル・ブラース』紙から締め出しをくったのは、最近のことだった。自らを正当化し、世界の邪悪さに立ち向かう苦悩の英雄として自己描写することの必要性が、確かに存在しただろう。グロードの指摘のとおり、この再構成のせいである種の諸事実が隠蔽されているのも否めない。刊行と未刊行の二種類の日記を比べれば、そのことは明白である。彼は日常的にカフェに出入りし、ビリヤードやチェスに興じ、酒を飲みタバコを吸っていた。もちろんそのことに後悔の念を持っていないわけではなかったが。「不幸にも、またビリヤードの魅力にはまってしまい、この巣窟を出た時は、十時にもなっていた……貴重な時間を無駄にし、わずかの持ち金を使ってしまった」。「リオン(一八九二年、モン・ルージュ地区に引っ越して以来、ブロワのよく行っていたカフェ)の主人から五フラン借りた。この金の無駄遣い。アブサン二杯とビリヤードを二時間。四本タバコを吸う。今朝トロンベールから一本もらった。まったき放蕩と悲嘆にくれる魂の逃避」。未刊行日記では、この類の記述が日常的に繰り返されている。彼の〝公の〟日記に目を移し、たとえば一八九五年六月二日の部分を見ると、つぎの数行がある。

聖霊降臨祭。小斎と大斎の一日。
しかしながら、一日が終わる。サラダもだ。一日中、サラダだけで暮らしたのに。それらすべては〝外的な〟暗闇の中でのことだ。なぜなら、最も奇妙な状況になって、この聖霊降臨祭の晩、私たちは光なしなのだ。

公刊された『恩知らずの乞食』が語っていないのは、その同じ日、ブロワは友人の一人に誘われてカフェに行き、いつものようにアブサンを飲み、タバコを吸ったことだ。それは〝公の〟日記の読者のみならず、妻ジャンヌにも隠していた事実のようだ。

五日後には次のような記載が見られる。「リオンでのビリヤードとチェス。そこまでは、とても穏やかな一日。魂の完璧な均衡と幸福の予感」。こうした娯楽は、ブロワの意識の中では一種の逃れ口であって、休戦の印象とやすらぎの感覚をもたらしたらしい。それには抗しがたかったということだろうが、いずれにせよ読者には黙っていたことである。

平安な心で、しばしリオンにとどまる。
無駄な出費、確かに！　だが、幸福を想像しつつ、一瞬悲しみを忘れることの何たる逸楽、このありきたりのカフェのテラスで！　神はこれを大目にみてくださるに違いない。

公の日記のもつ悲壮さは、未刊行日記によって確かに痛手をこうむるように思われる。一八九四年十月二十七日、著者は次のように綴る。

墓場の門にいる乞食であらねばならぬ。火の衣をまとった乞食！

未刊行日記は、この叫びがどのような状況から生まれたかを、理解させてくれる。生活の足しにするために、ブロワ夫人は家族の思い出の品であるブローチを売り払おうとする。妻のこの犠牲に感動したブロワが綴ったのが、この一行だった。ジャンヌのいさぎよい決断を思っても、この内情はややありふれていて、ブロワの叫びの美しさを損じるようにも思われる。

しかし、この叫びによって、公の日記の著者は、黙示録的な視点に身を置く。〝墓場の門で〟ただ一人生者である〝乞食〟は、エゴイスムと傲慢のうちに死した人々を呼び起こそうとする。黙示録のように時の終わりを告げるのではない。生きたまま死んだも同然のブルジョワの姿に、ブロワはすでに終末が到来しているのを見る。乞食が身にまとう浄化の炎は、まったく新しい時代、霊的なものによる深い刷新の予告である。しかし、ブロワのイメージの中で、〝すべてのものを新しくする〟神の光によって乞食が変容を遂げたにしても、地上的な視点はまだ残っていて、破局にいたる脅迫と罰への待望がそこにはひそんでいる。ブロワの内的世界には、一種のサディスム的側面があり、霊による刷新の予告にまでそれが透けて見える。絶対への希求とまったく地上的な要求、黙示録と日常が、ブロワの世界ではないまぜになっている。

未刊行日記の内容に戻ると、六百五十フランの値のついたジャンヌのブローチは、彼女がスカンジナビアのブルジョワジーの出であることを示している。[15] ブロワ自身もペリグー(フランス南西部アキテーヌ地方ドルドーニュ県の県庁所在地)のブルジョワの家庭の出だ。彼ははたして自らの階級の意識から、完全に解放されていたのだろうか。たとえば、死を前にしたヴィリエ・ド・リラダンと、彼の一人息子を産んだ下層階級出身の女性との結婚に、ブロワは断固として反対した。ヴィリエは十五世紀から続く由緒ある貴族の家系の出であり、ブロワはこのことに深い敬意を感じていたから、彼自身のケースとは別かもしれない。ただ彼の場合もまた、下層の出である、最初の子モーリスの母との結婚を望まなかった。当時の状況を考えれば、この拒否は〝カトリシスムに改宗したコミュナール(パリ・コミューン参加者)〟というブロワ自身が標榜するイメージと、さほど矛盾するものではなかったのかもしれない。いずれにせよ、彼の意識は知らず知らずのうちに、自らの階級の価値観にからめとられていたといえないだろうか。

先にも触れたように、少なくとも出身においてブルジョワ世界に属し、日常的にそのなかで生活しているのに、財産も成功の可能性もない、というのがブロワの状態であり、悲劇である。そこでは日々の欠乏は、特別な意味をもってくる。なぜなら〝食べること〟はただ単に、生きるために空腹を解消するという以外の意味をもつからだ。十九世紀のパリに増え続けたレストランは、社会的に上昇するブルジョワ階級の食欲を鼓舞した。レストランでも家庭でも、ボリュームのある栄養満点の料理が摂られるようになる。ゾラの『ごった煮』の立食パーティのシーンでは、ブルジョワたちはすさまじい勢いで押し合いへし合い料理の皿に突進する。そこには彼らの飽くなき旺盛な食欲が見事に示されている。[16]

食事は彼らにとって、ほとんど強迫観念となっていたといえよう。いやというほど食べようとする食欲、下品もいとわず追求されるこの享楽は、世紀末にあってブルジョワジーの物質主義と深く関わっている。空腹でも食べ物がないという嘆かわしい状態をしばしば体験するブロワが、このブルジョワジーのあり方に、強い挑戦の意識をもったのは当然であろう。

一八八五年にブロワが刊行し、四号までしか出なかった雑誌『ル・パル』に「汚物溜のキリスト」という小論が載っている。その冒頭に、反教権主義者たちが主催する、舞踏会とセットの「謝肉パーティ」(buffet gras) への言及がある。[17] この豪華な立食パーティは、七月革命前夜の宴会 (banquet) にことよせた政治集会とは本質的に異なり、ブロワによれば、ブルジョワジーの激変の証拠のひとつである。彼は自分がいかなるブルジョワを相手にしているのか、了解している[18]。

ゴンクール兄弟の『日記』をひもとくと、さらに明らかになることがある[19]。文学者たちが定期的に集い、様々な主題について議論したレストラン「マニー」での夕べは、一八六九年以降「ブレバン」に場所を移して継続される。エドモン・ド・ゴンクールのテクストで特徴的なのは、生の世俗化が、精神的な話題と食の快楽の並行関係によって、その頂点を極めていることだ。ある夕べ（一八六三年三月二十八日、ルナンが初めてこの会に参加した日である）、『日記』の記すところによれば、テーブルの話題は魂の永遠と神のことになったが、それはいつも通り、ちょうどデザートの時間であったというのだ。一八六四年の五月二十七日、「もろもろの考えは食後にわき出るものだ、思想は消化作用から生まれる」との著者の主張が見られる。一八七七年、若き自然主義者たちはフロベール、エドモン・ド・ゴンクール、ゾラを囲む晩餐会を企画する。この機会に三人の師匠たちの本と関連づけられた料理の名が、新聞紙上であらかじめ発表された（日記での言及は、四月十六日である）。ところで、この晩餐会に集った人々の多くは、ブロワの激烈な攻撃の対象である。彼の批判が時として矛盾するかに見えるのは、その評価と否定が、ただ単に文学上あるいは思想上のものではなく、満ち足りた者と飢える者の間の実存的対立に根ざしていることに理由がある。ある日ブロワは、エドモン・ド・ゴンクールに五十フランの借金を申し込む手紙を持参し、その返事を戸口で待っていた。

時として、ごみの中から拾ったパンくずで食事としたこともありました。（……）

……飢えていて、こと切れないかという、危険な状態にあって、突然、貴方のところへ行こうとの考えが浮かびました。まさしく私は常に貴方の敵であったからです。召使いに命じて屈辱的に私を追い返すこと以外、何一つ貴方は私に借りがないからこそです。（J・ボレリによる引用）

現実は予想したとおりの結果となった。『日記』の著者は、亡き弟に対し敵意のこもった記事を書いた人物を許そうとか、まして金を恵む気などさらさら起きなかったようだ（一八八五年三月十七日）。ゾラも、面会と借金を申し込みにメダンまでやって来た自称〝乞食〟に、同様の扱いをした。

『恩知らずの乞食』を読むと、気づくことがある。それは、ブロワや彼の家族に対する援助は、常に貨幣によるものであって、物による恵みはほとんどない、ということである。ゾラの『ジェルミナル』に描かれた裕福なブルジョワ一家は、子だくさんの炭鉱労働者の家族の物乞いに対し、金銭の施しを拒否する。ちょっとでも金があれば、彼らはそれを飲み代にしてしまうと信じてのことだ[20]。ブロワ一家への〝恵み〟は、下層階級に対する施しとは、まったく性質が違うのだ。そしてブロワは、すべてが、善意さえも、金銭によって表現されるという事実を認めざるをえない。「金をくれるかどうかが、友を見分けるしるしだ」と、赤貧洗うがごとき状態を告白する手紙の中で書いている。極度の貧しさのせいで、彼は貨幣の力に敏感にならざるをえない。『貧しい女』には、次の一節がある。

神秘的で、忌まわしく、神聖な「金」が、彼女〔クロチルド〕の人生と魂を、瞬く間に変容させたのだった。(21)

〝忌まわしく、神聖な〟「金」(Argent)は、深い、半ば聖化された両義性を表現している。この語は、兌換貨幣としての金と同時に、正貨である銀貨を意味している。ところで、銀貨は、ある古来からのアナロジーに従えば、キリストのメタファーともなる。したがってブロワにとっては、まさに真のドラマ、真の受難が、この象徴をめぐって演じられるのだ。これは、貨幣に〝まったく経済だけ〟の価値しか認めない立場の逆であり、すなわちゾラの小説『金銭』の対局である。クロチルドの「人生と魂」を通して我々が理解するように、ブロワにとって「金」は、嘲弄的でありながらも、死と救いのドラマを演じてみせるのである。

一方、通常の意味における金銭の欠乏が、著者の日常につきまとい、彼の絶対的隷属の状態、不安定さをいやというほど実感させている。精神的な事柄が、金銭のみが保証できる物質的安心にいかにかかっているか。彼はこの嘆かわしい真実を、十分すぎるほど認識している。ジャック・プチは、ブロワのうちに財政的困窮から生まれた金銭の強迫観念を指摘する。(22) この固定観念から解放されるための唯一の方途は、すべてが貨幣価値に還元される邪悪なシステムから逃れることだけである。ブロワもそれはよくわかっている。しかしこれは、あらゆる人間にとって実現不可能なことであろう。たとえ、乞食にとってさえ、施しで生きている以上、それは無理だ。近代では乞食状態までも、金銭を得て生活するという意味で、一種の職業にならざるをえないのだ(『紋切り型表現解釈』の「まだ売り上げ勘定していない」のエピソードでも、そのことが示されている。もちろんブロワはブルジョワを弾劾し、乞食を擁護しているが)。だからこそ、『貧しい女』の主人公は、最後に〝乞食〟となっても、施しによっては生きないのだ。

彼女は施しを乞わない。とても穏やかに微笑んで、差し出されたものを受け取るだけだ。それもひそかに不幸な人々に与えてしまうのだ。

だが、乞食をするとは、すなわち施しを乞うことではないのか。第一、これではどうやって、クロチルドが生存を維持できるのか、疑問である。実際、これはあらかじめ不可能な生であり、だからこそ理想的な生でもあるのではなかろうか。

こうして完全に自由な存在として描かれた彼女の姿とは異なり、ブロワは貨幣の支配にがんじがらめにされ、あがき続ける。おそらくブロワの不安定さは「絶対」と表裏一体をなしているのだが（彼は絶対的「貧者」である）、一方でこの絶対は、たえず偶発事に脅かされてもいる。

ゴンクールの『日記』は、一八八七年から一八九六年にかけて九巻本として初めて発表された。それは、物質的安寧と文学的成功に恵まれた人物の日記であるといえよう。街での、あるいは友人宅や皇女マチルド邸での会食の様が、そこかしこで描写され、そこからは美食の喜びに通じた裕福な独身ブルジョワの姿が浮かび上がってくる。それに対し、『恩知らずの乞食』は、〝真実を言う者は苦しむ〟という不条理そのものの現実を生きる、飢えた者の日記として提示されている。世界によって余儀なくされたと信じる悲惨を生きることで、彼の終末論者としての確信はますます研ぎすまされ、強烈になっていく。

いずれにせよ、これは戦いの文学である。未刊行日記が白日のものとした、作品構成における誇張と隠蔽は、この性格を強化し、極限にまで押し進めるためのものだったといえよう。

II　ブロワにおける貧者キリスト

（1）ロマン主義キリスト像のアンチテーゼとしての「貧者」

ルナンのイエス像（第一部で見たように、アリ・シュフェールの筆になる『キリストの誘惑』は、ルナンのイエスに対応する一つのイメージを提供してくれる）は、「破門者たちの三幅対」の著者ブロワにとって、彼が「カルワリオの丘も、断末魔の汗もない、社交界の胸が悪くなりそうなアドニス」と称するものの典型である。確かに、人間イエスに視点をおいたルナンの伝記は、救いの意味の完全な置き換えによって、受難を重要視しない傾向をもつ。ロマン主義は、悪を人間の進歩に必要な一要素ととらえ、また未来においていずれ消滅するものと考えることで、悪の問題を解決したと信じた。それに対し、歴史の生成への確信が崩壊した世紀末にあっては、サタンの力が再びぶり返してくるのである。ブロワの『地球の啓示者』によれば、サタンの支配領域は限りがなく、人間はほとんど絶望するしかない。

それはまさにサタンの際限のない帝国である。（……）それは、我々一人一人に向かってくる一軍である。各瞬間、行動の時も、休息の時も、喜びの時も、悲しみの時も、眠りや夢の時も、祈りや最も聖なる真情があふれでる時にさえも。だがとりわけ死という決定的な、動揺の時に、我々の魂に覆い被さってくる巨大な侵攻軍なのだ[23]。

このように絶えず悪につけねらわれる人間意識にとって、神性と人間性の照応という、ロマン主義の夢想から生まれでた美しいキリスト像はかき消え、ゴルゴタの丘の神に場を譲らざるをえない。

受難の根源的重要性を強調することで、ブロワのキリスト理解は、その神性をゴルゴタの丘上でしか、十全に認めないようになる。もちろんこの立場は、十字架につけられたキリスト以外を知ることを望まない聖パウロの考え（コリント人への第一の手紙2-2）と、ある意味では一致している。「主は永遠のあいだ十字架を待っていた。数え切れないほどの世紀の間、それに焦がれていた。まるで、主の本質の尊い無苦痛性のゆえに、その愛の無限の能力が満たされなかったかのように。まるで、磔刑に処されるまでは、自らを十分に神であると感じていなかったかのようにだ[24]」。つまりブロワにとっては、受難以前のキリストと十字架上のキリストは明確に区別されていることになる。『貧者の血』では、「貧しさ」(Pauvreté) と「悲惨」(Misère) を並列し、ゴルゴタの丘で実現された理念が語られている。この一節では、「貧しさ」は「余分なものをもたない」（必要最低限のものだけで生きる）を意味し、「必要最低限のものさえもてない」状態に対応する「悲惨」と対比される。

「貧しさ」は人々を結束させ、「悲惨」は人々を引き離す。なぜなら貧しさはイエスのもので、悲惨は聖霊のものであるから。

「貧しさ」は「相対」だ。余分なものの欠如だから。「悲惨」は「絶対」だ。不可欠なものの欠如だから。

「貧しさ」は磔刑に処されているが、「悲惨」は十字架そのものだ。十字架を担ったイエス、それは「悲惨」を担った「貧しさ」である。十字架のイエスは、「悲惨」の上で血を流す「貧しさ」なのだ[25]。

確かにこの一節は、三位一体の二つの神格、子と聖霊の対立の意味にとらえうる、問題の箇所のひとつである。ただここでは、両者の統合によって完成された弁証法の構図は、十字架のキリストの姿における対立の超越を示していると考えられる。受難の至高の瞬間において、神の子は真に貧者キリストとなるのである。

自ら望んでの貧しさ、その代表格は、フランチェスコ派が唱え、実践した貧しさであろう。それは、厳密に必要なもの以上は所有せず、余分なものを他者に与えて生きることに基づいている。ブロワはこの貧しさを、福音書的理念として、まったく認めていない。精神的美として、理想にまで高められたロマン主義的貧しさの観念に、ブロワはかなり強い反発をもっていたのではないだろうか。さらに、彼はアッシジのフランチェスコに相当な違和感を抱いていて、貧者の称号さえ認めていない。「アッシジの聖フランチェスコは愛に生きる人であって、貧者ではなかった。神を所有し、恍惚として感覚世界の外に生きていたのだから、まったく困窮してはいなかった。彼は、光輝く襤褸衣の黄金に身を包まれていた」[26]。アッシジの聖人は、カトリック教会の最大修道院の一つを創設した聖人として、その名は通っていたが、彼がキリスト教世界外にまで、聖性の理想像として広く知られるようになるのは、十九世紀後半のことである。それはただ単にこの中世の人物の再発見というより、再生であったという。新たにとらえ直されたフランチェスコ像に関する主要著書は、ポール・サバティエ『アッシジの聖フランチェスコの生涯』（一八九四）であり、この本にはルナンの多大な影響が見られる[27]。ルナンにとって、貧者は地上の束縛を断ち切った存在であっても、喜びまで放棄したわけではない。貧しさは特権的な状態であり、それによって、人は神の手になる美を享受することができる。ルナン的思索を通して、聖フランチェスコは、いわば〝貧しさの美学〟の達人となる。それに対しブロワは、喜びのひとつの形である貧しさという観念を断じて容認しない。『絶望者』の主人公に、「貧しさという居酒屋の女将」に惚れた男と、自己定義させているが、これは明らかに、ダンテの『神曲』にもみえる「〝貧しさ〟という婦人」を意識しての表現であろう。ブロワは晩年になって（『一九一六年のある孤独者の瞑想』において）やっと、『小さき花』に表われる魂の静謐に感嘆するにいたり、フランチェスコを「逸楽の園」にまさる「苦しみの園」の創設者としてとらえなおしている。だが、それ以前には、動物たちに対するフランチェスコの神秘的なカリスマに感心する以外、他の聖人に比して彼をとりわけ称揚してはいない。十字架のキリストのまねびにもかかわらず、フランチェスコは肉体をもたないほとんどセラフィム的存在でもあるかのごとくに、みられている。このように解釈されたフランチェスコ像は、ブロワの「貧者」からはるかに遠い。この過小評価について、中世のメンタリティに起因する、わざとおおげさな表現に満ちた宗教書のせいと述べられているが、果たしてそれだけであろうか。ルナンによって、山上の垂訓の穏やかな師と比肩され、さらにそれにまさる第二のキリストとして提示されたフランチェスコは、ロマン主義的オプティミスムを体現するものであり、ブロワはこれに対して相当な反発をもっていたようだ。

彼にとって、すべては「苦しみの人」のうちに凝縮する。アンリ・ド・グルーの『辱めを受けるキリスト』〈図版2〉への言及が『貧しい女』の中にあるが、この絵は『ビザンティウムの下層民に引き渡されたアンドロニコス』という別名

2　アンリ・ド・グルー『辱めを受けるキリスト』

で呼ばれている。つまりブロワは、イエスの代わりに、その生涯に多くの殺人を行なったビザンティン帝国の皇帝、アンドロニコス一世コムネノス（一一二三―八五）を登場させる。タイトル変更によって、この冷酷な人物とキリストがいわば同一視されている。argent の語が、不浄な金銭と、純粋な金属の二つの意味の並列によってとらえられているように、ここでもブロワの精神宇宙を特徴づける両義性、いやむしろ深い可換性が示されているといえるだろう。

父殺しで瀆聖者で、人々の目をつぶしていとわなかったこの男の悲惨はあまりに深く、その孤独はあまりに完璧であったので、彼を八つ裂きにしようとする群衆の残虐行為を受け入れるかのごとき姿は、まるで贖い主のようだ。この怪物はあまりにひとりぼっちであったので、死にゆく神に似ている。血塗れの顔に、皆の侮辱が向けられ、彼は世界の苦しみを、マントのようにひきずっている。（『貧しい女』）

キリストとの類似という点からは、ミシュレがルイ一世のケースで讃えた、意図しないキリストのまねびが、想起される。「お人好しのルイ」の場合は、哀れな王に対して、黙りこくりながらも深い同情を感じる民衆の共感を通して、王はキリストと似た者となる。それに対し、アンドロニコス一世は、残虐の限りを尽くした悪の体現者のごとき皇帝であり、ルイ王とはまったく異なる。問題の絵の中で、皇帝は彼を虐殺しようと襲いかかる狂暴化した「愚衆」のただなかにおり、周りにはたがのはずれた憎しみが渦巻いている。群衆は猛獣と化し、彼らに囲まれた男は、神からも人からも見捨てられた恐るべき孤独の状態にある。ここにはもはや、人類の名の下に称揚された一体性など、みじんもない。だが、まさにこの孤立のゆえに、アンドロニコスは、キリストに似るのである。あらゆる孤独は、神なる「人」のものだからだ「見よ、この人を」（Ecce homo）が示しているように。

（2）ブロワ的解釈による苦しみの意味

ルカ福音書には、〝ラザロと悪しき金持ち〟という有名な譬話がある。

さて、ある金持ちの人がいたが、彼は紫の衣や亜麻布を着て、日々贅沢三昧に耽っていた。他方ラザロという名の、ある乞食は、できものだらけの姿でその金持ちの門前に寝そべっていて、金持ちの食卓からこぼれ落ちるもので腹を満たしたいと願っていた。（ルカ16-19〜31）

だが死後、二人の立場は逆転することになる。ラザロはアブラハムの懐、つまり神のもとに迎えられ、金持ちは地獄に落ちた。金持ちの死後の運命は、彼が貧者に対して思いやりの気持ちを持たなかった結果である、というように一般的には解釈されてきた。もし彼がラザロに慈善を施していれば、彼も同様に、御使いたちによってアブラハムのもとへ連れて行かれたであろうとの、考えである。

この福音書のメッセージのブロワ的解読は、まったく別物である。金持ちが地獄に落ちたのは、彼が愛に欠け、慈善を行なわなかったからではまったくない。

> 人々は、福音書は悪しき金持ちについて語っていると、何が何でも思いたがっている。あたかも良き金持ちが存在するかのように。しかし本文はまったく疑いの余地がない。homo dives（金持ち）とあって、他の形容詞はついていない。〔悪しき金持ちという〕この同義反復は、貧乏人たちを食い物にする人々に有利に、福音書の教えをまさに歪曲しているのであるから、失墜してしかるべき時が来ている。（『貧者の血』）

金持ちは例外なくすべて、〝貧乏人たちを食い物にしている〟人々であり、金持ちであるというだけで、永遠の劫罰に値する。同様に、ラザロが永遠の救済にあずかったのは、信仰や徳によるのではなく、彼の窮乏のゆえなのだ、というのがブロワの見解である。貧しさが、彼を聖化するのだ。これは、福音書の譬話にひそんでいる基本前提である（福音書は、何よりもまず、〝貧しい人々に告げられた良き知らせ〟である）。そして、この基本前提は、カトリック教会の伝統的思考全体の土台となっている。ボシュエの説教においても、「教会における貧者の卓越した尊厳」[28]が強調されていることを、我々は知っている。だが、やがてこの解釈は、《貧しい者》を象徴的にとらえる意識によって、支配され、さらに隠蔽されるにいたる。以来、貧しい者は、神を、信仰の光を失った者と解されるようになり、これによって、貧しさの直接的、社会的側面は、常に多かれ少なかれ避けて通られることとなった。ブロワは、福音書のメッセージの根源的意味を、断固として蘇らせようとする。

この思想は、革命的と呼びうるであろうか。『貧者の血』の著者は、自分の体験した貧窮から、貧乏人たちの搾取の上に成り立つ社会の忌むべき構造を糾弾する。世紀が進むごとに、権力者や富者の利益のために必要な、貧乏人の数は増え続けていく。彼はこれを〝「汗」のシステム〟と呼ぶ。「数人が快楽を得るために、働き、苦しみ、死んでいく飢えた人々のすさまじい数。（……）それは何世代にも、何世紀にもわたって続いているのだ！」（『貧者の血』）。この「パリ・コミューン以前からのコミュナール（コミューン参加者）」は、工場労働者や、ヨーロッパの植民地支配によって虐待されるアジア・アフリカの原住民に、また功利主義社会のくびきに苦しむすべての人に、深い同情を抱いている。

確かにブロワの思想はまったく別のアプローチながら、社会の分析を通して、マルクス的社会主義と軌を一にする部分もあるのだが、他方、その深みにおいて、決定的に遠ざかる。ブルジョワ社会のシステムは、主人と奴隷、搾取者と被搾取者、支配者と被支配者の図式を引き継いでいく。だがブロワは、この社会問題にスポットをあてたうえで、精神性の軸に拠って、再考する。実のところ、彼にとって本質的なのは、貧しい者が、少しは貧しくなくなることではない（もちろん現実の生においては、それが重要であることを、彼はよく知っているものの）。何ものにも優先するのは、すべての人々が苦しみによる救済の完成にあずかることである。この見地に立つと、貧者を助ける金持ちは、精神的には貧者の助けを受けていることになる。それによって、金持ちは、貧しさの照り返しのごときものを受け、間接的ながら、まさに貧者によって、唯一にして真の精神空間に導き入れられるのであるから、貧者に感謝しなければならない。したがって、この〝現世的な〟価値の転倒によって、貧者は金持ちに施す者となる。貧者は、彼に施しをしてくれる金持ちに対し恩に着る必要はない。なぜなら、〝与えている〟のは貧者であって、「貧しさ」という唯一真実の価値に、金持ちを参与させてやっているからだ。貧者は金持ちに感謝する必要は、さらさらないのだ。彼は恩知らずである権利がある。日記第一巻のタイトル「恩知らずの乞食」には、こうした意味が込められている。モリエールの『ドン・ジュアン』にもあるように、人々は「神への愛」あるいは「人類への愛」のためにと称して、貧者に施しを投げ与えてきた[29]。ブロワはまるで、この尊大で冒瀆的な憐憫を、何世紀にもわたってこうむり続けてきた貧者の名誉挽回をはかっているかのごとくである。哀れな人々の典型であるラザロは、ブロワにとってはキリストそのものである。

彼の宗教思想全体を強力に導くこの確信は、かなり早くに萌芽が見られる。一八七三年、改宗した頃、次のようにバルベイ・ドールヴィイに書き送っている。「苦しみについて折にふれて考え続けてきました。そして、この世には、苦しみ以外に超自然的なものはないという確信にいたったのです。それ以外は、人間に属しています」。ブロワはこの時期、『苦悩』の著者ブラン・ド・サンボネと、ほとんど師弟関係にあったが、この人物の影響もあったのであろうか。この思想家は、二月革命後まもなく書かれた著作の中で、独特の「資本論」を展開し、キリスト教倫理への回帰による社会改革を説いている。ブラン・ド・サンボネの社会思想は、ブロワ流の貧しさの理解と完全に重なってはいない。だが、功徳の可換性の教義に基づいて、「一つの心が担う苦悩の重荷は、世界全体の重みに均衡をもたらす」と彼が主張するとき、人が無限へとつながる唯一の方途としての苦悩を中枢にすえたその神秘思想は、おそらくブロワへとつながっていく[30]。

『貧しい女』の中で、苦悩は、精神的な美の根元そのものとして解釈されている。「〝苦悩〟はとても聖なるものであるから、最も惨めな者をさえ理想化し、あるいは偉大にする」。ブラン・ド・サンボネの思想に、シャトーブリアンの『キリスト教精髄』の影響を見逃せないように、苦悩に関するロマン主義的解釈の残滓が、ブロワにも見受けられる[31]。人は苦悩を通じて、その唯一の原型である、キリストと似た者となるよう定められている。

人のうちには、ある神秘的な類似、ある見事な嗜好があって、それにより神の「美」と永遠に接近する。それによって、地上に存在することをやめた後も長いこと、他の人々を魅了し続けるたぐいまれな特権を持つのだ。この類似は「苦悩」と呼ばれる。苦悩はあまりに深く、あまりに真実で、存在意識のうちに、あまりに強烈に刻印され、はめこまれているので、人が想像するときも思索するときも、精神生活のあらゆる経線と、さらに自由の基軸さえもが拠って来る、一種の極である。（「芸術によせる情熱」、『ある解体請負人の言葉』）

エローと異なり、ブロワはロマン主義文学のあるものには、賛嘆を惜しまなかった。彼は『レ・ミゼラブル』を、『貧しい女』の先駆けをなす、芸術家にも一般読者にも受け入れられる唯一の小説と考えていた。『絶望者』のヒロイン、ヴェロニックとファンティヌとの類似性は、誰の目にも明らかであろう。彼女たちの犠牲を象徴する抜歯のエピソードにも、共通点が見られる。社会の汚辱にまみれて生きることを余儀なくされた二人の女性は、共に犠牲の行為を通じて、ある意味で聖化されている。生活に苦労する作家が、文学的成功を収めたいと願う野心により、驚異的に売れたユゴーの小説に興味を示すのは自然であったろう。また一方、ユゴーの小説に登場する人々は、貧窮者、呪われた者、盗人、娼婦、孤児、虜囚など、ブロワが〝「貧者」の友たち〟と呼ぶ範疇に属する人々である。彼がユゴーを意識しつつ、『貧しい女』において、苦しみによる救済の別の理想像を提示しようともくろんだことは、間違いない。さらに、キリストの姿を女性像の中に投影させること自体、ロマン主義の精神性に対応しているといえるであろう。

『レ・ミゼラブル』では、「苦悩の人」の姿は、主人公を通じて誇張されて、描かれている。第一、彼の名は黙示録的な響きをもつ（valjean は V'la Jean すなわち〝ジャンが来る〟の意味であり、もちろんジャン〔ヨハネ〕は、『黙示録』の著者とされた使徒の名である）。「レヴィアタンの腹の中」と形容されたパリの地下下水道内の彷徨は、十字架の道行きをアナロジー的にまねていて、ジャンはついにカルワリオの丘に達する。コゼットを失った彼は、孤独の中で人間存在の悲惨の深淵を体験する。経済的視点から見ると、一切れのパンを盗んだ貧乏人は、マドレーヌ市長以来姿を消して、今のジャンは、モントルイユ・シュル・メールで得た財産のゆえに、愛娘に莫大な持参金をもたせることのできた裕福な年金生活者である。ユゴーの小説のクライマックスでは、人間存在に普遍的な苦しみは、精神的懊悩によって表現され、絶対的犠牲によって崇高なものとされる。ジャン・ヴァルジャンのこの最後の雄姿に、ブロワは夫レオポルドの焼死後のクロチルドを対比させる。実は、この決定的な出来事以前と以後でクロチルドは変容する。それ以前すでに、彼女は望んで貧しさを受け入れて生活している。フランチェスコ会の在俗修道会に属していることがそれを象徴的に示している。魂の「崇高な平和」にひたり、彼女は主と一体になろうと望む。この〝以前のクロチルド〟は〝以後のクロチルド〟によって否定されることになるが、この二つのイメージは、キリスト理解のふたつのあり方に対応している。

レオポルドの遺体は、見分けもつかない恐るべき屍骸の山の中で、ついに見つからなかった。彼の死後、クロチルドは、福音書の教えのひとつに忠実に生きることに強くこだわったが、それは厳格に守るならば、火による責め苦にまして辛いと考えられた。彼女は持ち物をすべて売り払い、得た金を貧しい者たちに施し、まもなく乞食となった。

無一物というヒロインの物質的貧しさが強調される。その行為は貧者キリストのまねびの意志から生まれたものだ[32]。財政的欠乏に悩まされ続けた作家は、貧しい者が、精神的思索に専念することがどれほど難しいか、いやというほど知っている。不公平な社会が弱者に強いる悲惨は、社会的強者の弾劾と重なり合うかたちで、小説の中心主題である。ブロワは、ブールジェに代表されるブルジョワ擁護を断じて許さない。金持ちの代弁者たるブールジェ流の偏見は、上層階級の人間は、その精神の繊細ゆえに、貧乏人たちよりもより強烈に苦しみを味わうと主張するのだ。『貧しい女』では、この理屈を一種の背理法により、徹底的に嘲弄している。ブールジェの詭弁を、その究極の結論にまで至らせることで、粉砕しているのである。

妻をいましがた亡くした、一文なしの男の野卑な魂は、一時間の猶予もなく葬式のための金策に走り回らねばならぬ必要性によって、十二分に力づけられ、はっきり言おう、神の摂理によって救われているのは明らかだ。同様に、繊細さに欠ける母親は、死んだわが子に屍衣を着せられないのが分かり切っているから、申し分なく慰めを得ている。高額の治療を受けさせられれば、くい止められただろう病がどんどん悪くなっていくのを、ひもじさに絶えながら、見守り続けるというなんとも有効な励ましのあとでは、なおさらだ。

こうした例は、無限に数え上げることができよう。繊細な銀行家夫人や、洗練を極めた大商人の奥方は、ポール・ブールジェの分析を味読しながら、子羊の腿肉をたらふく口にし、高級ワインをたっぷり飲んでいて、不幸なことにも、貧乏人たちが受けるこの類の刺激を得られないのだ。

この一節に著者の体験が反映しているのは明らかだ。彼の心底からの反駁は、ポール・ブールジェに対する個人的恨みを越えている。それは、霊性の軽蔑に対する反逆の叫びである。ブールジェは彼にとって、霊に対する罪を体現している。

小説の結末は、ヒロインであるクロチルドの死に触れていない。最終行により、読者は彼女の死の間近いことを予感するが、それはテクストの語るところではない。この小説の構造により、贖罪は死のときにではなく、生のさなかに置かれている（「天国に入るのは、明日でも、明後日でも、十年後でもありません。今日入るのです。貧しく、十字架にかけられているときに」）。ヒロインの物乞い生活は、一切の放棄によって、余剰と必需の区別を越えている。それはブロワによって、「救ったからとていかなる見返りも期待できず、引き替えに何一つ与えてくれない、困難で、目に余る、無茶な貧しさ」と定義された貧しさの理念によってのみ、十全の意味を獲得する。あらゆる交換の観念（まず経済的な意味での、さらに霊的報酬にまでおよぶ）を拒否するこの貧しさを生きる女乞食は、あらゆる苦しみを追い求め、全身で受けとめ、自らに〝吸収する〟。孤独そのものでありながら、あらゆる哀れな人々と神秘の連帯によって結びつくこのクロチルドのイメージ、いわば〝吸収による〟生は、ブロワが〝むさぼり食う「人」〟あるいは、〝神なる餓鬼〟と呼ぶキリストの姿に重なる。救いは、この類似によってしか、可能ではないのだ。

クロチルドの最後の言葉「ひとつだけ悲しいのは、聖人でないこと」は、自らの不完全性を嘆く言葉であろう。だが同時に、受難のキリストのまねびを自らの肉体によって生きるという貧しい女の、ひそかな矜持を含んではいないだろうか。聖フランチェスコのように、主との合一によっていわば感覚世界の外に生きること（これはブロワ的フランチェスコ解釈であるが）を拒否することによって、つまり〝以前のクロチルド〟が理想とした生のあり方を乗り越えることによって、ブロワは、彼独自のキリスト解釈を表明している、と考えられる。

（3）パラクレートスとイエス

先に見たように、ブロワにとって、キリストは第一に「貧者」であるが、その達成はゴルゴタの丘の十字架上でなされる。「地上のあらゆる犯罪を担ったこの処刑台」に釘づけにされ、完璧に無辜の人はこの拷問道具と一体となる。この意味でイエスは、「神聖な嘘によって、罪そのものとされた」（『《出現》の象徴主義』）とブロワは言う。彼はアベルであると同時にカインである。無辜そのものであると同時に罪そのものなのだ。捨象不可能な悪の意識が、キリスト像に両価性を付与している。この宗教心理においては、「苦悩の人」の拷問される肉体は、あらゆる人間の罪の醜悪さの象徴となるが同時に、人間の罪はキリストをいわば呼びもとめ、キリストはそれに〝飢えた者〟、それを〝むさぼり食う者〟となる。

より痛めつけられ、引き裂かれ、損なわれるほど、イエスの姿はこの必要性に対応する。ほとんど強迫観念となった「悪」に射すくめられた意識にとって、人間のあらゆる罪を担うとされたイエスは、唯一の「スケープゴート」としての、この苦痛の印を宿していなければならない。傷口でしかないこのイエス、そのすさまじい様が「罪」の様相に等しいイエスこそ、ただ一人「救世主」の名に値するのである。

したがってブロワにとって、イエスにもっとも似た前兆《フィギュール》はヨブである。この聖書の人物が義の人であったか、不服従者であったかは彼にとってほとんど問題ではない。強調されているのは、ヨブが受けた耐え難い苦痛だけである。ルナンの解釈とは逆で、ヨブは『イザヤ書』の「苦悩の人」と切り離されてはいない。根本をなすのは、自らの苦しみに対峙する人間の精神態度ではなく、その人を特別なものとする苦しみそのものである。苦しむ者だけが、「神の言葉のアウトライン」である『ヨブ記』を理解できると、ブロワは主張する。『ヨブ記』の七章十五節でそれがわかる。〝私の魂は絞殺されることを望む〟、これはまさにイエスが語っているのだ」（『未刊行日記』）。

「苦悩の人」は、人々の罪によって生まれたあらゆる病を身に引き受け、贖罪を成し遂げる。ブロワは、十字架によって実現された救いを先取りするこの行為に、驚嘆するのではない。この「癩者」そのもの、この醜悪さの化身に魅了されているのだ。ブロワはボシュエによって体現された伝統（「聖金曜日のための説教」では、キリストは「神聖な癩者」と呼ばれる）に回帰しつつ、肉体の存在をよりいっそう強調する。傷、病は、救いの誇張されたトポスとなる。霊を語るためのこの肉体の存在は、根本で〝デカダンス〟の思想と通底している。救いによる肉体の理想化はなく、救いは肉体との絶えざる交流、可換性をもつ。

イエスはすべての病を癒した。どのようにして？　神秘的に、目には見えぬかたちで、それらを「彼」のうちに負うことによって。イザヤによって予告された癩者、絶対的な病者となることとで。彼ニオイテ、スベテハ存在スル。（『恩知らずの乞食』）

「ノミ、シラミのたかった最低のヨブたちよりも、測り知れないほど劣った」この怪物は、最小の者、弱者の中で最も弱い者であり、彼の上に人々の罵りがふりかかる。

キリストは、彼が兄弟と呼んだ者たちに、偉大さを与えることがもはやできず、彼自身に完膚無きまで侮辱を加えるという恐るべき尊厳を、彼らに許すのみである。彼はそこまで自己放棄し、汚物溜に引かれていくままになる。（『絶望者』）

この「汚物溜」という言葉は、意味深長である。ブロワは

〝責め苦〟とか、〝カルワリオの丘〟といった、死を美化する言葉を使わず、汚い言葉を用いることで救世主をけがれと切り離しがたいものとする。受難の極みで時が止まったかのように、汚辱にまみれたキリストのみが常に存在する。墓から復活した栄光のキリストは、ブロワの思想の中には不在である。確かにこのキリスト像は、ブロワが『絶望者』で引用している、「キリストは世の終わりまで苦しみ続けるであろう。その間我々は眠ってはならない」というパスカルの有名な言葉と一脈通じている。パスカルの思索における、キリストの苦しみから目を背けることの不可能性を、ブロワは共有しているといえるだろう。しかし、ある本質的な点で彼は、十七世紀の思想家と決別する。ルカ福音書の乞食ラザロと同一視されるキリストは、「紫の衣と亜麻布を着た王たち」に喩えられる人間に向かって、「おずおずと、こびへつらうような一種の怖気」をもってしか、もはや対しない。人間精神には不可解なある理由のゆえに、目下のところ、神は救いの権能を放棄してしまった。人間にとって無力な「自らすすんで宦官となった主なる神」（『絶望者』）。神の弱さの観念は、その愕然とさせる矛盾のゆえに、『絶望者』の主人公マルシュノワールを動揺させ、彼はキリストに向かい激しい罵詈を投げかける。「他の者たちの眠りをとがめるのに、ご自身何という眠りを眠っておられるのですか。十九世紀もの間どなり続けても、人々はあなたを目覚ますことができないのですから……[33]」。困窮の中で絶望的にあがく作家の目には、この説明不能の消極性にとどまり続ける神は、教えに従わぬ背信の人々の保護者のようにさえ映る。彼を侮辱する人々のために、イエスが受難の間に唱えた祈り「父よ、彼らを赦してください。彼らは自分が何をしているか、わかっていないからです」（ルカ23-34）は、不幸に動転した彼の意識の中で、脅迫的な懊悩をもって蘇る。「主イエスよ、あなたはご自分を十字架にかけた者たちのために祈り、あなたを愛する者たちを十字架にかけるのですか！」。

皆既食のようにキリストの姿が消え失せるとき、至福千年説によってその後に来るとされる聖霊とその時代への期待が増大する。「我々を敬虔なふりをして見捨てる者へ。君は、イエスによってしか生きない。すなわち結果として《金》を持った人々に合流するため我々を離れたのだ。我々は聖霊と《悲惨》と共にとどまろう」（ブロワはロマン主義の思想家たちとはまったく異なった視点から、彼なりに〝永遠の福音書〟に言及している）。この『恩知らずの乞食』の一節を未刊行日記と対比すると、これが夫人ジャンヌの言葉をほとんどそっくり書き写したものであることがわかる（「悲惨」〈Misère〉の代わりに「貧しさ」〈Pauvreté〉が使われてる違いを除いて）。夫妻が共に生きていくうえでの物質的、精神的苦労のなかで、存在の窮地からの逃れ道として、三位一体の第三のペルソナ（聖霊）への信仰を二人は共有していたようだ。日記では、二つのペルソナの対比が何度も出てくる。その結果、ときにブロワは、イエスよりも聖霊を支持する。

十九世紀の教会が富裕層に有利に解釈したキリスト像、すべてを赦す柔和な救世主のイメージは、ときとしてブロワの「貧者」崇拝を攪乱していたのではないだろうか。ここには、日常的なミサ礼拝にもかかわらず、教会から疎外されているという意識が露見している。同時に、ロマン主義者たちが高揚したイエスに対する反発の名残もあるのではないだろうか。

苦しみすぎて、まるで目の前に黒いヴェールがかかっているようだ……イエスは彼と共に苦しむ者たちのために、何一つできない。彼の「栄光」が訪れるまでは、イエスは――それは恐怖をもよおす聖なる皮肉である――助けを必要としない人々、つまり富める者たちしか救えないのだ。この理由から、ある恐るべき、深く隠された意味において、彼はブルジョワたちの友であり、彼らは聖霊を恐れている。
（『恩知らずの乞食』）

『ユダヤ人による救い』では、ヨハネ福音書（16‐7）の「だが、私は真理を言う。私が去ることは、あなたがたにとって有益である。私が去らないなら、弁護者があなたがたのところへ来ることはない」のイエスの言葉を根拠に、聖霊が来るためにイエスは人々から離れていかねばならぬこと、さらには、「《血》の福音書」は「火の《慰め主》」を予告する役目を負っていたことまでが、明言されている。到来がかくも待望される「慰め主《パラクレートス》」は、その「先駆者」イエスよりなお苦しむだろう。しかしある意味で「《闇の王》（悪魔）」と同化されている慰め主は[34]、イエスと完全な対局をなす。それは、その力のイメージ、力と弱さの間のシーソー運動において、イエスの弱さを補完するイメージによる。

ブロワがアンリ・ド・グルーのデッサンを添えて出版しようと意図した小冊子『ブドウの収穫』の最初の歌「放棄されたブドウ畑」は、至福千年説にブロワ流解釈をほどこした神話であり、イエスを解放するためにやって来るだろう「慰め主」がテーマである。「異邦人」、「見知らぬ者」、「誰か」と呼ばれるこの「神秘的な解放者」は「死にゆく主の哀れなブドウ畑」を自らのものとするために現れるだろう。世紀の断末魔の意識が、この「到来」の一刻も猶予できない必要性を作者に実感させる。しかしながら、ブロワ流の神話では、聖霊の時代は、キリストの時代の廃止を前提としているにしても、「慰め主」は、苦しむイエスを十字架から解き放つことを使命としてやって来るのである。これは理論や預言のたぐいではなく、ある極限的な復讐のヴィジョンと結びついた、独自の宗教感情の吐露と考えるべきであろう。

一八九五年八月二十日、聖ベルナルドゥス（一〇九〇―一一五三）の祝日に日記に挿入された小さなメモには、この中世の聖人への非難が書き込んである。聖ベルナルドゥスの十字軍参加拒否（十字軍を彼自身唱道していたにもかかわらず）を問題視し、ブロワは彼を「イエスの聖人」と呼び、「《愛》の聖人」と完璧に区別する。

「愛」の聖人なら、イエスに向かってこう叫んだはずだ。

――……静かに、心地よくあなたの十字架の下で泣くのを、私は好みません。(……)私は、あなたの名において、あなたの愛のために、勝利したいのです。悪魔どもがあなたを嫌悪して、勝利しようと望んだように。私はあなたの嘆きに抗し、言いようもない尊い呼びかけに応えるのを拒否します。あなたの「栄光」について、何一つ聞きたくも知りたくもありません。火山の火で焼きつくされようとも、時の来る前にあなたを十字架から降ろしたいのです。(『恩知らずの乞食』)

A・ベガンによれば、ブロワの終末への待望は、神を慰めるという願いそのものであるという。確かにブロワにとって、イエスは人々がなんとしても慰めねばならぬ神である。「慰めなきこの神の悲惨は、あまりにも恐ろしい……」(『《出現》の象徴主義』)。この「無一物で、無力で、四肢すべて不随で、悪臭を放つ」《貧者》に、人々は施しをしなければならない。彼は、哀れんであげなければならぬメシアなのだ。自らの苦しみとイエスの苦しみを二重写しにして、ブロワは同情の叫びを綴る。「哀れな救世主はいまも十字架上に、(……)深淵の底にいる。彼を哀れねばならぬ」。

一八九二年十月十五日の日記に、ブロワは次のように記す。「『ユダヤ人による救い』に関するベルナール・ラザールの立派な記事。このラザールなる人物は、ただ一人、ぼくの考えの核心が、〝《貧者》礼賛〟であることを見抜いたようだ」。さらに、この作家に宛てて、ブロワは感謝の気持を表わすため、一通の手紙を書く。

貴方は私の思想の核心が「貧者」、私の孤独な塔の崇拝の的なる虜囚、であることを、見抜かれました。

ブロワとベルナール・ラザールは、思想的には互いに対立しているのだが、両者とも、「貧者」像に神秘主義的な意味を託している。ブロワにとって、「貧者」はイエス像を完成するものであるし、ラザールにとっては、ユダヤ民族の姿に関わる。この二つの立場は、ラザールの『ヨブの寝藁』の次の一節でぶつかりあう。「キリストよ、あなたは、あなたの民族に振り上げられた鎚であった。あなたの名によって、ユダヤ民族は幾度となく磔刑に処された。あなたがドレフュスにおいて磔刑に処されたように。あなたはイスラエルの貧者を愛したのに、あなたの名においてむち打たれるのは、イスラエルの貧者なのだ。あなたの茨の冠を被らされるのは、彼なのだ。ユダヤ民族は、教会同様こう言うことができるだろう。〝永遠であるから、堪え忍ぶ〟と」[35]。

ブロワからラザールへ、視点の逆転があるのがよくわかる。自らのユダヤ人としての出自に心からこだわるラザールにとって、キリスト教はイスラエルの教えを、いわば横取りしたのである。「キリスト教はユダヤ教寺院を取り壊し、その上に教会を建てたのだ。さらに土台を提供した人々を、憎むようになった」。この意味で、「貧者」であるイエスは、意に反して自ら暴力の立場に身を置くことになる（「あなたの民族に振り上げられた鎚」）。悲劇的な連鎖、一種の循環する宿命が生み出され、迫害が繰り返される。しかしラザールにとっては、これらのドラマを通じて、その彼方に、すべてにまさる、不変の実体が構築される。絶対的な苦しみがそれである。「貧者」の極限の姿であるイスラエルは、あらゆる限界を越えて、忍耐を担う。なぜなら、自らが永遠を有していると感じるからだ。「永遠であるから、堪え忍ぶ」。カトリックの伝統によってキリストとその教会に、そしてラザールによってイスラエルにあてはめられたこの表現は、苦しみをすべてにまさる価値、絶対の証言として、提示する。

ブロワにとって、「貧者」はキリストと聖霊の双方に当てはまるのだろうか。「イエスの聖人」と「《愛》の聖人」の対立によれば、イエスは内的生活の側に属し、聖霊は英雄的行動を聖性にまで高める全面的なエネルギーを表わしている。とすれば、聖霊は神自身を慰めようとする、そして神をその受難から、その屈服から奪取しようとする絶対的な意志と考えられよう。聖霊は、十字架の神、この偉大な「貧者」の苦しみを甘受できない意識を担っていると思われる。

『絶望者』の第十六章では、神への愛と人への愛の関係が語られている。自らのキリスト教信仰への回帰を、主人公マルシュノワールは、官能の愛と分かちがたい関連性を持つものとして描く。この自伝的要素の強い小説の中で、改宗は「人間の愛情への驚くべき渇望」の契機となり、「大いなる情念の苦悩」として体験される女たちとの交わりへと主人公を駆り立て、やがて娼婦ヴェロニックとの出会いへとつながっていく。この名は、意味深長である。語源的には、ヴェロニックは〝真のイコン〟、〝真の像〟を意味している。それはカルワリオの丘へ向かう道で、キリストの顔をぬぐったとされる女の名である（周知のように、伝統によれば、キリストの顔はこの布の上に、刻印された）。神への愛と性愛、ともに「飢餓」と形容される二つの愛の間には、類似性があり、一方は他方によって、不可避的にもたらされる。「……キリスト教は、もう一つの飢餓に加えるに、愛の悶々たる飢餓で──こんなにも遅ればせに！──彼をみたし、彼の生活を狂わせた」。改宗そのものが、まるで一種の愛の体験として語られる。そこには官能的なコノテーションが皆無とはいえない。

だが宗教感情は、愛の情熱である……
神が姿を現わすやいなや、本能のもつ原初の自発性によって、彼は獲物に向かうように、神に襲いかかった。

『絶望者』のこの章を、神との神秘主義的合一の語りにおいてしばしば認められる、恋愛の言説への依拠（この場合は言語化不可能な内容を語る際の、避けがたい必要性と考えられるが）として解釈しては、本質を見誤ることになる[36]。信仰が一種の愛の体験として生きられたこと、これはブロワの宗教思想を理解する上で、重要である。「ぼくは生活全体を愛の中に置いた。神への愛と人への愛、ぼくはこれを時として奇妙にも混同したが」という手紙の一節は、ブロワが実際にかくのごとく感じた、二つの愛の近似性を暗示している。

『絶望者』に関するエミール・ヴェルハーレンの記事に謝辞を述べるため、ブロワは一八八七年二月十八日に次のように書く。

> 私は最も途方もない悲嘆の道を通って、生ける神、主イエスを探しました。必死の探索によって、彼を捜したのです。私は名状しがたく測りがたい断末魔の苦痛の夫となり、この苦痛に私の文体を合わせようとしました。おそらく常軌を逸した希望でしょうが、サバクタニ（「神よ、なぜ私をお見捨てになるのか」）の真の苦痛を反響させたいと願って。
>
> 　カルワリオの丘の見習いである私は、愛ゆえに冒瀆者となったのです[37]。

愛の対象であるイエスは、時として苦々しい非難の的ともなる。この「神への愛に憑かれる者」にとって、主の昇天祭日は、悲しみの種である。「どうしてイエスの出発を喜ぶことができよう。その時、ぼくはいつも無限の喪を感じてきた」。時として、ブロワの神への愛は、ほとんど人間に対する愛の熱烈さを感じさせる。

　同時に、この激しい愛は、その対象が誇張されたやり方で苦しむのを見る必要性にかられる。この《世紀末》的心理においては、神は苦しみと拷問の中にしか存在しないのである。

III　ブルジョワ――苦悩の「顔」を映す暗い鏡

（1）聖なる紋切り型表現とブルジョワ流紋切り型表現

ブロワにとって、神の言葉はその不変性のゆえに、人々が「紋切り型表現」と呼び慣わすものによって、構成されている。「人間をはるかに越えた権威をもって、聖ヒエロニムス〔三四二―四二〇〕は次のように教えている。〝神は常にご自分のことだけを話しておいでになる（……）、常に同じことを多様なかたちでおっしゃっている〟と[38]」。つまりそれぞれの表現に差異があるにしても、聖書は常に同じ内容を反復しているのであるから、本質的に繰り返しを特徴とする言葉からなっているというのだ。ブロワが企てる聖典解釈は、ここから出発する。さらに、タルディフ・ド・モワドレイ司祭[39]の弟子である彼は、聖書解釈の試みを人間精神が行なうべき崇高な努力ととらえる。

ところで興味深いのは、ブロワがいわゆる本来の意味での紋切り型表現を、同じレベルで重要視していることだ。それらは、世俗のことわざや格言、それらに準じる常套句からなっている。ブロワによれば、頻繁に使われる紋切り型表現（つまり、彼がもっともしばしば耳にするもの）は、階級を問わず、社会のあらゆる構成員に普遍的な共通の考えを表わしているわけではない。自らの価値観をその他の階級に押しつけることが可能なある階級、つまりブルジョワジーの考えがそこには盛り込まれているというのだ。十九世紀後半において、ブルジョワと呼びうる人々の数は増大し、彼らの表現が時代を投影するほど、支配的たりえたといえる。さらに彼らは画一的に同じ価値観を共有していて、社会的行動や精神態度において互いに似通っている。自ら考えることをしない彼らは、話すとき、彼ら固有の価値観を表現する決まり文句に頼らざるをえない。言語の中で最も月並みな表現を使用して、彼らはある共通の言葉を話すのだが、実際のところそれは誰の言葉でもない。ほとんど機械的に発せられたこの言葉は、無名性によって刻印されている。このようにブルジョワたちは、多様性を喪失しているので、彼らを単数で「ブルジョワ」と呼んで差し支えない（『紋切り型表現解釈』では彼らは、もちろん単数扱いである）。彼らの無名性は、やがて――まやかしによって――絶対的なものと一体となる。

『紋切り型表現解釈』第一部の十五番目の例「万人が金持ちであることはできない」を、それに先行する「すべてを手にするのは不可能だ」と合わせて読むなら、そこにはっきりとブルジョワの欲望が見えてくる。彼はいたるところに限界を設けようとするが、この本能的欲望は、最小限になっている彼の知性の働きに一致している。このように、数の限られた彼の常套句をそれぞれ比較すると、それらの強迫観念的な性質が明らかになる。

……いよいよ次のことを公言してよいであろう。「紋切り型表現」の言語、この最も驚異的な言語は、「預言者たち」の言語のように、いつも同じことを語っているという超自然的特性を有していると。

要するに、ブロワはブルジョワ語がいかなる言い替えも可能ではないほどに、完全であることに驚嘆しているのだ。ブルジョワ語はこの点で神の言語に似ているが、しかしまた、この「ように」(「預言者の言語のように」)は、アナロジーにおける絶対的差異を表現している。ブルジョワはかくて預言者を模した贋作的存在となる。彼は預言者のまねをし、逆転させ、否定してしまうのだ。

　この比較は、いかにも突拍子もないように見えるが、単なる外的な類似にとどまらない。聖なる決まり文句は神の「現実」の表現であり、ブルジョワの決まり文句は、この階級の日常的現実の表現である。この二つの現実は、一方は不可視であり、他方は目にすることができるが、いかなる相互的干渉もなしに、別々に存在しているのではないと、ブロワは考える。預言者におけるように、神の現実が信仰の人に啓示され、彼の祈りに投影されるという前提は、容易に理解できる。しかし、拝金主義に染まり、キリスト教徒と称してはいても真の信仰をもたないブルジョワの存在と、神の「現実」の間にどんな関係があるというのだろうか。

　ジャック・プチによれば、ブロワは、神の不可視の「現実」はあらゆる人の日常に遍在していると考えている[40]。測りがたいこの「現実」は、世界に投げかけられたその投影によって、認識される。ここでは、鏡のイメージが重要な観念を構成する。

聖なる「言葉」によれば、我々は〝眠る者たち〟である。そして外界は〝鏡の中の謎〟のように、我々の夢のうちにある。(『貧しい女』)

この考えをブロワは聖パウロの思想から得ている。キリスト教の信仰にとって根幹をなす箇所であり、愛の優越性が説かれている有名なくだり(コリント人への第一の手紙13)の続きである。大人に比べて、幼児が必然的に不完全であるように、「実際私たちは、今は鏡において謎を見ている」。確かに、原物を直接眺めるのと異なり、鏡の像は不完全でしかありえない(聖パウロの時代にさかのぼれば、今よりも一層そうであったろう)。ブロワによって想像された鏡は対象をまったく逆に映し出す。我々がまず注目すべきなのは、原物とその像に喩えられた、二つの現実の関連性である。神の「現実」を原物とすれば、鏡に映ったその像がブルジョワの現実に対応する。像を写す鏡が歪曲している以上、鏡の上の像は啞然とするようなゆがみを呈さずにはおかない。だが、神の言葉が、神の「現実」の直接的で表現であるとき、ブルジョワの言葉も同様、神の現実を表わしてはいるのだ。ただし、完全に異なった、歪曲したやり方においてである（「世界は目に見えるように示された、不可視の事物の体系である」から、ブルジョワの言葉がその他のことを言うことは、実際ありえない）。それゆえに、ブロワは一方から他方の言葉の解釈へと移行するのだ。『ある解体請負人の言葉』の序文となっている、雑誌『シャ・ノワール』の創刊者ルドルフ・サリスへの献辞で、ブロワは次のように書いている。「絶対が常に必要であり、ぼくの霊的飢餓は、カナーンから、スフィンクスと鰐の国であるエジプトへと旅し続けた」。このテクストで、カナーンは彼の改宗を暗示している。それに対し、謎と恥辱の場とされるエジプトは、拝金主義社会の嫌悪すべき状態を象徴していて、「カトリックに改宗したパリ・コミューン参加者」の呪詛の対象である。ラ・サレットに出現した聖母の言葉を解説した『《出現》の象徴主義』に端を発するブロワの作家としての道程が、『紋切り型表現解釈』に行き着くのは、ある意味で必然的といえよう。

『紋切り型表現解釈』の著者の意図は、ある手紙ではこう述べられている。

他の人たちは風紀の裏側を示すか、または示そうと望んだ。それはいわば、地表すれすれのところだ。それに対し、ぼくは言語の裏側を示したいのだ。それは恐ろしい深みでしか、遭遇することができない……(41)。

この引用からすると、ブロワは、ブルジョワの言葉解釈を、聖書のテクスト分析に親しんだ者にのみ可能な試みと考えているようだ。そしてこの作業は、聖書に向かうときと同様の態度を、解釈者に要求する。福音書とブルジョワの考えは、その内容において相反するのみならず、二つの間に、それ自体ねじれをもたらす関係、恒常的に作用する言語の変質があると、ブロワは考えている。だからこそ、彼は「解釈者」たらんと欲するのだ。つまりブロワの紋切り型表現の解釈は、「真理」の一種のヴァリアントの説明である。それが絶えず改ざんされるヴァリアント、「真理」を改ざんし続けるヴァリアントであるとしてもだ。確かにある種の嘲弄をこめてではあるが、ブロワは次のように言う、「紋切り型表現は、それを謙虚に、純粋に心を澄まして研究する者にしか解き明かされない」と。ただし、ブルジョワの言葉は矛盾し、一貫性がないので、この解明努力は困難をきわめる。ブロワ流の解釈学が時として、論理破綻をきたすことがあるのは、否定できない。いやむしろ、ここでは別の論理、逆転とアナロジーによるパラドクサルな論理が構築されていると言うべきかもしれない。

いずれにせよ、この解釈学は二つのことを白日のもとにさらそうとする。まず、紋切り型表現の使用者の啞然とさせるような精神構造と、神とブルジョワの二つの現実の間の関係である。ブロワがどのような表現を取り上げ、どのようにコメントしているか見てみよう。

(2) ブルジョワによる「宇宙化[42]」

「商売は商売」(1-XII) は、「紋切り型表現のへそ」、「今世紀の頂点を極める言葉」と定義されている。この決まり文句は、あらゆることに優先する商売の絶対的優越性を証するものと、ブロワの目には映る。少なくも考証の出発点において、彼はエローの時代批判の系列に身を置いている。経済活動の場以外では、不幸な人々を前にして同情の思いに駆られるかもしれない商人も、いざ利益がからむと、拝金主義者と化す。ブルジョワのものの見方からすると、商売に個人的感情を入り込ませるのは、断じて許されるべきことではない。なぜなら、それは生活の糧を得る何がしかの手段ではなく、全身全霊で打ち込まねばならぬ一種の宗教修行だからだ。

「商売」をやっているということ、それは「絶対」に身を置いているという意味だ。まったくの商売人とは、自分の柱から絶対に降りてこない柱上行者だ。彼の場合、思考も、感情も、目も、耳も、鼻も、味覚も、触覚も、胃袋もすべて「商売」のためなのだ。

宗教に教義があるように、商売にも黄金律がある。そのうちで最重要なのは「実利的であること」(1-XXVI)。これはブルジョワの「倫理的美徳の全体」を総括する決まり文句である。ブルジョワにとって商売は「唯一の《現実》」である。その「原則にやかましい」(1-XXVII) ことで、彼は殺人者にだって変身する。かくてブルジョワの世界は、神のごとく自らのみで充足する空間となる。

「鳥は少しずつ巣を作る」(1-CIX) や「小さな川が大河となる」(1-CX) は、地道で辛抱強い努力を奨励する叡知の言葉のように一見思われるが、実は強欲な商人に、貧しい人々を搾取して金をかき集めるよう勧めている。良識の言語と見えるものは、実は「信仰」の言語と根源的に対立していて、そこには資本主義体制のもと、恒常化されたブルジョワの残酷さが現れている。

したがって「貧乏は悪徳ではない」(1-V) は、反語でしかありえない。富を人間の義務とするブルジョワにとっては、貧乏こそ「唯一の悪徳」、「唯一の罪」である。貧乏人たちは、彼にとって必要不可欠な犠牲者であると同時に、その世界からは完全に追放されている。「長靴に秣をため込んでいる」(2-XXIX) では、秣は金を、長靴は金庫を暗示している (この表現は「裕福である」の意味だから、確かにこのブロワの指摘は納得がいく)。「裸足で歩く者」(va-nu-pieds) と呼ばれる貧乏人は、長靴などもてないから、言語のレベルでもこのように除外されているのだ。貧乏人は「光輝く生きた聖体」であり、彼らの涙は「神の畑のぶどう酒」になるとブロワが言うとき、聖餐への言及は、彼のブルジョワ糾弾を強化するための単なる比喩ではない。ブルジョワのあり方が、いわば逆さ写しの宗教儀式であることを、彼はおそらく言いたいのだ。

ブルジョワはその本質において、ひどくゆがんだあり方で宗教的人間である、というのがブロワの考えの根本である。宗教的人間は、超越者を中心として、宇宙を整序化する。カオスからコスモスへの転換がここでは行なわれるのである。奇妙なことに、ブルジョワが無自覚に行なっていることも、ある意味では宇宙のカオスからコスモスへの転換である。彼ら固有の倫理と価値体系を世界に押しつけながら、彼らは自分たちのコスモスを作りおおせてしまう。

だが、ブルジョワのコスモスから見れば、その外部はカオスにほかならない。ブロワが言うには、ショーペンハウアーを読むインテリたちは、「神の創造の恐るべき無秩序」を悲憤慷慨している。ブルジョワのオピニオンリーダーである、これらインテリたちのショーペンハウアー理解によれば、カオスとは我々の〝表象〟によってしか展開しない世界のことであり、この立場からするなら、キリスト教の世界ヴィジョンも〝表象〟でしかなく、そこには結局カオスしか認められない。こうした〝カオス〟の中、ブルジョワたちは自らの完結した宇宙を作り出す。

ブルジョワの宇宙化は、その言葉に刻印されている。福音書のイメージの害のない俗化と見える表現からも、そのことが看取される。「聖ヨハネのように、砂漠で説教する」（1-XXIII）は、イエスの先駆者をまるで、砂漠に象徴される無意味、無用の人物のごとく解釈していて、福音書とまったく反対の内容になっている。「私は、聖トマスのようにする」（1-XXI）では、このキリストの弟子は「実証主義者たちの先祖」のように扱われている。ところが、聖ベルナルドゥスによれば、（キリストの傷口に指を入れるという）聖トマスの願望は、不信仰のあかしなどではない。キリストを教義の主体としてではなく、真に肉体存在として、生きる一人の人としてとらえる意識そのものなのだ。かくして、ブルジョワの言語は表面的には他愛ないようで、深層では聖なる象徴を絶えず変質させようとしている。

「大いに楽しむ」（2-XXXI）や「気兼ねしていては、楽しくない」（1-LV）などの表現が示すように、ブルジョワの生の目的の一つは、快楽の追求である。したがって、彼は当然のことながら、キリストの十字架が象徴する「犠牲による救済」の宿敵である。最大限稼ぎ、極限まで楽しむための健康維持への配慮（「何よりも健康」1-CXXXV）は、さらに「医業は聖職」（1-XIX）という紋切り型表現を生み出す。

これらのお決まり表現の裏には、「コスモス」（ブルジョワ宇宙）と「カオス」（神の空間）の対立構図が透けて見える。

ブルジョワは、人生を道に喩える。「自分の道を踏破する」(2-XVII)(「出世する」の意)ことを望む彼にとって、「そこで出会う病者や貧者を、力まかせに突き飛ばし」、「競争者の首を絞めた後、追い越していく」のは、まことに重要で、推賞すべき行為だ。ところで、ブルジョワの道は、もう一つの道、「神に焦がれる者と拷問を受ける者たちしかいない、カルワリオの丘を通って天国に至る道」を、不可避的に想起させる。「大変なのは最初の一歩だけ」(2-IX)は、「千歩行かせようとする者とは、二千歩行け」(マタイ5-41)と矛盾していて、紋切り型表現の特徴を示す好例の一つである。ベルナール・サラザンが言うとおり、ブロワが集めた決まり文句は、ブルジョワの聖なる書であり、本物の福音書とまっこうから対立する、一種の福音書を形成している[43]。

「いない者は、いつも悪者」(1-CXLVI)は、ブルジョワの見事に隔絶された領域を想起させる。そこからは彼と信仰を同じくしない者は、はじきとばされる。それゆえに、ブロワはこの決まり文句解釈の最後に、読者に尋ねる。「誰がこの忌まわしい世界で、最も不在であろうか」と。「磔刑者」がまずそこから除外され、悪者とされる。そこでブルジョワは、自ら神の座に座る。

誰も必要としない

つまり、私は神だ。注目すべきは、これこそブルジョワのほとんどすべての言葉の必然的帰結だ。(1-LXVIII)

ブルジョワの自己神格化は、真の神の消滅によって実現する。ピエール・グロードによれば、『紋切り型表現解釈』のみならず、その他の作品においても、ブロワは常に同じ物語、すなわち人による神殺しの物語を語っている。そこから「自らの意志に反して、ブロワは神の死を定立せざるをえない」という結論さえ生まれてくる[44]。確かにブロワの嘲弄は、ほとんど冒瀆の域にまで達することがある。商売人根性をあざ笑うためだとしても、客を神と、商品を聖霊と、金を救済者キリストと同一視するにいたっては、読者もやや啞然とするだろう。たとえば、「立派にしている」(1-XXV)という決まり文句解釈では、揶揄と聖性の意識が、曖昧な仕方で混ざり合っている。ここで「立派であること」とは、とりもなおさず「みんなと同じようにしている」ことである。

したがって今問題にしている紋切り型表現(「立派にしている」)は、奇妙な力強さをもって、絶対的な「一体性」、「私タチノヨウニ、彼ラモ一ツニナル」(ヨハネ27-22)という福音書的命令を表現している。本質的な「言葉」は常にあらゆる意味で真実であるから、ブルジョワが自分なりのやり方で、わかってもいない神の意志を行なっていることは、確かだ。彼は、畜生なみの人間たちが、巨大で画一的な愚か者たちの群であるよう切望するのだ。――それは(……)贖罪としての殺戮(ある日やってくるかもしれない……）の準備だ[45]。

ブロワは次のことを強調してやまない。ブルジョワがカオスの真ん中に切り取ったコスモスは、彼は意識していないものの、絶えず血塗られた「磔刑者」を絶対の主とする世界の脅威をこうむっている。この脅威は、ブルジョワ自身の言語の中に表現されている。実は彼は、自由自在に使いこなしていると思っているこの言語の罠にはまっている。それは実際には、彼の知らないうちに彼自身の断罪、彼自身の劫罰のトポス、ほとんどその道具となっているのだ。かくて、ブロワが時として「磔刑者」より好み、場合によっては「磔刑者」と一体化させる復讐の神は、――ブルジョワの知らないうちに――彼の紋切り型表現を通して変質されると同時に、啓示されるのだ。

（3）貨幣と人――神の犠牲

ブロワが集めた紋切り型表現目録には、貨幣に関するものがたくさんある。

金なしでは、生きられぬ。（1-X）
金を働かせる。（1-IX）
金で幸せにはなれぬ、だが……。（1-XLV）
時は金なり。（1-CXVII）
金が最高だ。（2-CVI）
金は神なり。（2-CX）
窓から金を投げ捨てる。（2-CXIV）[46]

これら紋切り型表現は全体として、ブルジョワ社会における貨幣の重要性を示している。ブロワによれば、「金なしでは、生きられぬ」は、「金銭」がブルジョワの神であることを想像させる。「金なしで生きることは、この正義の人〔経済的論理から正しく分別する金貸し〕にとって、テーベの隠者が神なしで生きることと同じくらい、思いもよらぬことだ」。ブロワ自身が実際耳にしたことになっているあるブルジョワ女性の言葉「百スー硬貨が、神ってものよ！」は、ブロワの主張の格好の証言となる。ほぼ普遍的に行き渡った意識の正確な表現なので、これを聞いても、多くの人々は眉をひそめることもない。「金で幸福にはなれぬ」も、拝金主義者たちの原則を否定するものでは全然ない。「だが、それ〔幸福〕に貢献する」とつけ加えれば、はっきりする。

一見すると貨幣と関係ないような決まり文句の中にも、解釈学者の炯眼は、金の絶対的支配力の証左を発見する。「思いやりがある」（1-CXL）という言い回しの解釈では、ブロワはヴィリエ・ド・リラダンの「ビアンフィラトル嬢」（『残酷物語』）を参照することを読者に勧める。ヴィリエの苦々しい皮肉に満ちたこの物語の結末では、死にかけた娘のもとにその愛人が金貨をもってやってくる。それを見た娘は、罪の赦しの幻覚を味わう。両親を養うため売春をしていた娘は「思いやりがあった」のだが、愛人をもつことで、罪人となったのだ。「〝愛人だって！　快楽のために！　何一つ稼がないなんて！〟。それこそが罪であった」。ブルジョワにとって、労働は金を稼ぐほかに、宗教的な価値をもっている。「働くことは、祈ること」。この決まり文句は、プロテスタント精神にとっては、むしろ好ましいかもしれないが、ブロワには受け入れがたい。彼の考えでは、経済活動と宗教的実践を同等に扱うことは、やがて前者のゆえに後者が無に帰される結果をもたらすからだ。

だが、貨幣はブルジョワの神だというだけでは、モラリスト的な嘆きとの相違点ははっきりしない。ブロワが独自なのは、「金」がある意味でキリストの血肉の象徴であると考えている点である。これは、『ユダヤ人による救い』の根幹をなすが、『紋切り型解釈表現』でも重要になってくる。「金を食う」（浪費する）などは、この考えによらないと真の意味が明らかにならない。「人にむさぼり食われることを望み、唯一人を生かす神」に等しい「金」は、ブルジョワの言語では聖餐の食べ物と等価である。まったく害のないことを言っているようで、その隠れた意味において深く宗教的な掟を、ブルジョワは述べているのだ。「彼がこの恐るべき言葉を発するとき、はたして真の預言者に似ていないか、無限の力をこめて神を宣言していないかと、言ってやりたくなる」。「金で幸福にはなれぬ、だがそれに貢献する」では、〝金〟の代わりに〝救済者〟を入れて見ると、そのときまで潜在的だった意味が明瞭になる。「《救済者》は幸せにできぬ」と言うのは、すべてのキリスト教徒にとって、不敬虔といってよろしい思い切った発言だ。そしてまさにこれは、キリスト教起源の紋切り型表現である。神を馬鹿者たちの歓喜のための貢献者となす、このかくも見事な文体の緩和（「だが、それに貢献する」）こそ、その証拠である。

「金を働かせる」（運用する）では、〝働く〟は、ラテン語の laborare に依拠して、〝苦しむ〟の意味とされる。したがって、再び「金」の代わりに「救済者」を入れてみると、この成句は資本主義者のブルジョワがキリストを苦しめるという意味になる。貧乏人たちは、神秘の連帯によってキリストと分かちがたく結びついているから、キリストを拷問することで、ブルジョワは「死の労働の断末魔の中で、貧乏人たちの血の汗を、キリストに流させる」ことになる。広く知られている諺「時は金なり」でも、「金」とキリストの肉体の神秘の方程式が成り立つ。「全宇宙の主が銀貨三十枚で売られるままになったとき、彼は実に《時》の中心に立っており、最も極端な、最もすさまじく、最も想像を超えたやり方で、時を自らのうちに集約していた……」。

神なるイエスの引き渡しさえ、金銭によって成立した。つまりユダの裏切りは、金銭のもつ不可思議な権能を証していると、ブロワは考える。さらにイエスの犠牲そのものが、交換の観念と切り離しがたい。『使徒行伝』の一節「神が御子の血によって、ご自分のものとして獲得された神の教会」(20-28)では、キリストの血は獲得の手段と見なされており、その意味で貨幣に匹敵するといえよう。

貨幣に関する近代の考察(特に、G・ジンメルなどの考えでは、貨幣の問題は経済の枠をはるかに越えている)によれば、人間社会は二つの基本的な形態にのっとって成立しており、さらにこの二つの形態の役割は同一である。ひとつは、倫理道徳全般であり、もうひとつは交換手段としての貨幣である。貨幣の発明は社会的人間の必要に対応し、それは社会の中で、体系化された仲介の役割を果たす。貨幣は倫理道徳同様、人間の本性のカオス的な力から社会を守るためにあるとされる。社会的人間の根本原理であり、また古代の犠牲にとって代わるものである貨幣は、その存在理由からして、人間の統御されえない諸欲望の世界を暗示している。それは絶えず血塗られた犠牲を要求するのだが、貨幣形態と倫理上の法とに守られた社会は、その存在を意識せずにいる[47]。

貨幣と犠牲の関係についてのこの前提を、ブロワの分析に重ね合わせてみるのは興味深い。ブロワによれば、ブルジョワ社会は、巨大な「裏側」を有しているが、その裏の世界は通常は意図的に忘れ去られている。ブルジョワ道徳は根源的に二重性をもっているが、それはいわば「まっとうな人間」であると同時に、「大悪党」である人物にふさわしく、悪の意識を完全に排除する傾向にある。さらに、ブルジョワが築き上げようと努める価値体系は、人間性の不可知で暗い部分を、いっさい省みようとしない。たとえば苦しみや死がそれにあたり、「彼は死ぬのを感じなかった」(1-LXII)、「(死んでいるのに)彼はまるで眠っているようだ」(1-LXIII)といった表現を、ブロワは例証として挙げている。ブルジョワ世界から取りのけられたこうしたすべては、この排除によって非現実化するわけではなく、もう一つの現実において存在し続ける。ブルジョワの紋切り型表現は、ある名状しがたい転換によって、「その真の姿において」そこで現実化される。そのことを知りもせず、ブルジョワが発し続ける決まり文句は、根本的に不条理に満ちている。ブロワの解釈学は、血塗られたキリストを中心とする別の世界の認識を、ブルジョワ社会に迫る、一種《テロリスト》的行為であるといえよう。ブロワは、すべての意味を苦しみと神秘のうちに、定着させようとする。

「最も愚かで、最も愚鈍化を加速する可能性のある」紋切り型表現こそ、解釈者にとっては最上のものである。なぜならそれらは、逆の意味で真であるから。まったく意識せず、ブルジョワは自己存在の恐るべき真実を、絶えず告白している。「神にも悪魔にも借りがある」(2-XLVIII)は、表面的には「至る所に借金がある」の意味だが、実は商売のためなら神とも悪魔とも交渉をもつという、ブルジョワの隠れた手腕を、暴露している。彼の言葉はまったく世俗的なことを述べている風で、実は話し手の真の現実に対応する、宗教的な意味がこめられている。その意味で、ブロワによれば「預言的な何か」を内包しているのだ。

　神のロゴスの絶対的な力は、あらゆる人間の言葉と神秘的な相関関係をなしている、というのがブロワの考えの根本である。

> しかし、汚い商売に疲れた恐るべきブルジョワが、自らの〝幻滅〟を嘆きつつ、たとえば「夜は眠るためにある」などと表明するとき、彼は測りがたい深みにおいて、神秘主義者だ。
> 　なぜなら人生は分割不可能なアトム〔原子〕の解体業者たちが考えるほど、愚かしくはないからであり、どんな凡庸な言葉でさえ、永遠の天をとどろかせることなく、口にすることは不可能だからだ(48)。

したがって、ブルジョワは決まり文句のひとつを発するたびごとに、計り知れない影響をもつ行為を行なっているというわけだ。ジャック・プチが言うように、これこそ『紋切り型表現解釈』の主要テーマであり、ブロワ自身そのことを明確にテクストの中で述べている(49)。

　非常に不名誉なかたちで、ブルジョワはキリストの受難に参画する。彼の好む英雄は、ピラトだ（「ピラトのように、手を洗う」1-XXII）。この人物は、何よりも出世とキャリアを気遣う役人であり、皇帝カエサルの不興を買うかもしれぬと思うだけで、恐れおののく。「手を洗う」という彼の行為は、逆説的にも、これ以上ない不浄の印となる。ピラトの有名な表現は、近代世界の英雄であるブルジョワの真の口癖となる。「〝私は手を洗う〟は何に関しても使われて、ただ単に〈私の知ったことじゃない〉の意味だ。〝ピラトのように〟という付加は、言葉の古くからの習慣にすぎない。だがこれは、深淵の中に落ち込んでいく重い物体がたてる、一種鈍い音に似ている」。ブロワは「最善は善の敵」を援用して、「最善を尽くす」はピラトに代表される「まっとうな人間」にとって、「他人になんとかやらせておいて、自分はこっそり逃げ出す」ことを意味している、と主張する。つまりブルジョワは、結局のところ臆病者の権化でしかないローマ提督の、共謀者となる。この決まり文句は実は、カインが兄弟殺しを隠そうとして言った神への返答「わたしは弟の番人でしょうか」に比べられ、これを口にするとき、ブルジョワは自らの断罪を宣言している。彼は意識しないまま、自分自身の運命の予言者、自分自身の精神的死の伝達者となる。つまり、言語はその独特の効力、それを話す者からの独立性を明らかにする。言葉は（それを使いこなしていると信じている）ブルジョワを突き抜け、この哀れな話し手の思いもかけぬうちに、真理へとついには回帰する。ブルジョワの無、神の勝利へと。

　ピラトへの言及は、他にも現れる。「すべての真実は、言ってよいとは限らない」や「真実を言われるほどつらいことはない」では、「真実」（vérité）の語は、イエスの言葉「私は真理である」（Ego sum Veritas）を、ほとんど自動的に想起させる。ブロワにとって他の意味はありえない。ブルジョワは、イエスに対したピラトの罪深い無関心の態度を、まねる。ブルジョワの語る行為は、その深みにおいて神殺しそのものであり、その凡庸な決まり文句を通じて、絶えず拷問を受け続ける、苦悩のイエスを顕現させずにはおかない。これこそが『紋切り型表現解釈』が、第一例（「神はそんなに多くを要求しない」）からただちに明らかにしようとした、決まり文句の根本構造である。

この言葉が一日に数百万回も、つばを吐きかけられた神の顔に向かって言われると思うと、あらためて啞然とするしかない。しかもこの神は、とりわけ食べられることのみを〝要求〟しているというのに！

苦悩の御顔に投げつけられるのは、この最初の言葉ばかりではもちろんない。紋切り型表現すべてが、同様の視点から解釈されている。「狼といっしょに吠えるべきだ（最強者に味方すべきだ）」（I-XXXVII）を援用して、ブロワはブルジョワ司祭たちを攻撃する。狼をまねて、守るべき羊たちをむさぼり食ってしまう羊飼いの犬に似て、彼らは教区の貧しい信者たちを搾取する。このようなひどいやりかたで、彼らは神を虐待する。「私はこの世の者ではない」と語ったイエスが教えた義務は、「この世の義務」（I-LIII）、すなわちブルジョワの義務とまっこうから対立する。本当のところ、彼の義務とは「毎日、言いも言われぬ《鞭打ち》のあとで、救世主の御顔に唾し、十字架にかけること」である。

「金には唾しない（金には目がない）」の解釈では、次のように述べられている。

どこかで読んだのだが、十八世紀のある大貴族が城内に有していた応接間は、いたるところ贅の限りが尽くされていて、城主の顔面以外どこにも唾を吐く場所がなかった。それこそが、受肉の御言葉に起こったことだ。彼は宇宙をあまりにも美しく作ったので、彼の苦悩の御顔以外どこにも、唾を吐きかけられるところはないのだ。

キリストの血塗られた御顔に満たされている「ある神の現実」は、金の絶対的価値に土台を置く現実と、完璧な対立関係にある。第二の現実は第一の現実の鏡のイメージであり、その暗く惨憺たる歪曲である。「この同じ神の逆さになった御顔がいっぱいに映った暗い鏡」。別の視点から見るなら、物質的豊かさと科学の進歩に彩られた現実には、〝文明〟の名が与えられ、一方、人なる神の至高の犠牲をその原理とする現実は、〝野蛮〟と形容される。

紋切り型表現解釈者にとって、キリストは二つの現実のちょうつがいの位置に存在する。二つの現実をつなぐ、いわばジョイントポイントである。ブルジョワの言葉は「神の言葉が低い場所で鳴り渡るとき、それを反響する愚かな、しかし忠実なこだま」である。一方、ブルジョワの言葉ももう一つの世界に反響せずにはいない。神秘の鏡、この「ひっくり返った鏡」において、「世界の最低の支配者の顔が、神の恐るべき御顔に反映されている」。これら紋切り型表現のひとつだに、その発話行為が、苦悩のキリストをさらに苦しめることなく行なわれることは、ありえない。

イエスはすべての中心であり、すべてを引き受け、すべてを負い、すべてを苦悶する。彼を打つことなく人を打つこと、彼を卑しめることなく誰かを卑しめること、彼自身を呪ったり殺したりすることなく、誰であろうと呪ったり殺したりすることは、できないのだ。(『恩知らずの乞食』)

ブロワの「解釈学」は、ブルジョワの言葉の中にさえ(にこそ)、キリストが現存することを、反対推論によって証明しようとする試みなのである。

第三部　〝改宗〟と芸術の彼方

第一章　「神の屍骸」――J＝K・ユイスマンス

I　画家のまなざし

　エロー、ブロワを通じて、これまで我々は世紀末における苦しみのキリスト像を分析した。さらにこの第三部においても、イザヤ預言書の苦しみの僕《しもべ》のヴァリアントを認めることになるだろう。しかし、キリストのイメージは、ここではある種、間接的な方法で把握されている。ジョリス＝カルル・ユイスマンス（一八四八—一九〇七）が宗教的表象へと導かれたのは、極度に鋭敏な感性のトポスとしての、芸術を通じてである。ユイスマンスはまず、審美主義者として、キリストや殉教者たちの苦しみに敏感となった。そのあと、精神世界でそれに向き合うようになるには、長い時間を要した。信仰者ユイスマンスの作品である『スヒーダムの聖女リュドヴィナ』（ここで彼は聖女の苦しみの生を再現しようとする）の描写においてさえ、芸術家としての彼の目は、主人公の肉体の形状の変化、その色彩的変容を執拗に追求し続ける。

　一八七四年、ユイスマンスは自費出版のかたちで、最初の作品『薬味箱』を世に出した。レミ・ド・グールモンは『仮面の書』で「ユイスマンスは目だ」と言ったが、その特異性はこの第一作に顕著に示されている。さらに六年後の一八八〇年に出た『パリ・スケッチ』は、エミール・ゾラの弟子であるこの作家の絵画的視点を再確認させるものだった。「リトルネッロ」や「薫製ニシン」の再録、また処女作中の「左岸」同様にパリ郊外の憂愁に満ちた光景を描いている「諸風景」などからして、この最初の二冊が同じ感興に拠っていることがわかる。もっとも『パリ・スケッチ』の大部分の作品は、現代がテーマで、その点では『薬味箱』と異なっているが。

　『薬味箱』の「冒頭のソネ」は、この書のすべての散文詩が、古めかしいオブジェ、〝安値の〟美術品であると述べる。「がらくたの一品、古いメダイオン、七宝、色落ちしたパステル画、腐食銅版画、赤褐色の版画……」(1)。作者が言葉によって、絵や工芸品を創造しようともくろんでいることを、この一節は明らかにしてくれる。

　一方、このように定義された文学作品の支えとなったのは、現実に存在する絵画であった。ユイスマンスはある事物、ある風景に接するとき、過去に見た絵画を脳裏に思い浮かべる。別の言い方をすれば、絵画を想起させないような事物、風景は彼を魅惑することがないかのようだ。ユイスマンスにおいては、現実は、ある芸術の印象と融合されない限り、存在しないのであり、したがって、現実は芸術によってしか真に存在しないといえるかもしれない。『薬味箱』所収の作品を見てみよう。ある日、ピカルディ地方を旅行中に遭遇した村祭り、「漁師とその妻たちのダンスパーティー」は、踊る女たちの「巨大な肉体」、「バラ色の厚ぼったい頬」のゆえに、ルーベンスやヨルダンス（一五九三―一六七八）を想起させる。ダンスパーティーの会場の片隅に陣取って、テーブルに肘をつき、パイプをくわえてカードに興じる老水夫たちは、ダヴィッド・テニールス（一六一〇―九〇）の絵にそっくりだと述べられている。ユイスマンスの父親はオランダの出であるが、生まれた町ブレダはフランドル絵画の領域に属していた。そのせいで彼は父の出身国オランダの絵画に対するのと同様、フランドル絵画にも強い思い入れがあった。ピカルディのダンスパーティは、「ルーベンスの村祭り《ケルメス》」と名付けられ、明らかにパリの場末のダンスホールの様とコントラストをなしている。パリ郊外の情景描写では、下層民のうごめきのただ中に、「奇妙に美しい」一人の女が現れる。その唇は「牛乳の中に落ちた血の塊」に比べられる。彼女はティツィアーノ（一四九〇頃―一五七六）の筆になる肖像画そっくりである（「王妃マルゴ」）。

「クロディーヌ」に出てくる、肉屋の店先に釣り下がった巨大な牛の肉塊は、その精密な描写で読者を驚かすが、それはレンブラントの『皮をはがれた牛』の言語化である(2)。語によって作られた静物画ともいうべき「薫製ニシン」でも、ユイスマンスはその色彩をいわば、このオランダ画家の作品から借り受けている。

> おお、光沢のある、くすんだ薫製よ、おまえの長帷子を眺めるとき、私はレンブラントの絵に思いをいたす（……）。夜の中の投射光、闇の中の金粉の帯、黒いアーチの下の太陽の出現を思い出す。

確かに『パリ・スケッチ』では、画家たちや彼らの作品へのレフェランスは、『薬味箱』におけるほど重要ではない。しかし、「練粉職人」では、ものすごい勢いで粉を練る労働者たちが渇きを癒すためにごくごくと水を飲む様が、ワットーの道化のイメージにすり替えられている「ああ、見つけた、おまえの描いた泥棒と酔っぱらいの類を、ワットー！」(3)。

絵画によって養われたユイスマンスの世界認識のあり方は、非常に画家的である。酔っぱらいの老人の顔を眺めつつ、『薬味箱』の作者は思わず叫ばずにはいられない。「何という豊かな色調、なんと見事な色艶！」（「左岸」）。さらに『パリ・スケッチ』の散歩者が、パリ郊外の平原で遠く城壁の上から眺めた乞食の姿も、同じことを語ってくれる。

> （……）乞食はねぐらへ戻る。汗を流し、くたくたで、疲れはてて。長いことからっぽのパイプを吸いつつ、ようやくに斜面を登って。犬がついてくる。異種混合の繰り返しとわかる奇異な犬たち。主人同様、あらゆる飢えとあらゆるノミに慣れっこの悲しい犬たち。

そしてこの引用には、ただちに次の一節が続く。

とりわけその時、郊外の悲しげな魅力が現れる。とりわけその時、自然の力強い美が輝く。なぜなら光景は、そこに住む多くの家族の深い悲嘆と完全に一致しているからだ。

これは、民衆の生活を描こうとして、人物と周りの自然の調和に配慮する画家の視点ではないだろうか。これに関連して、ユイスマンス一八八三年の著『現代芸術』に興味深い箇所がある。一八七九年の官展に出品されたバスティアン・ルパージュの絵をめぐるくだりであり、ユイスマンスが酷評する問題の絵はミレー風の農民たちを主題としていた。「総括すれば、ルパージュ氏の描く純真さや無邪気さは、あまりにも見せかけのように思われる。彼は自分が描く哀れな人々を前にして、本当に真摯な感動を抱いているのか、疑ってしまう」。この画家とは対照的に、ユイスマンス自身は「貧乏人たちの哀れな無気力」、「病者たちのうめくような微笑み」に非常に敏感である。だが、批評家ユイスマンスがここで問題としているのは、感傷とか、同情、哀れみといった感情ではなく、現実を前にしての芸術家の感興であるようだ。

画家のまなざしは、ユイスマンスの書のここかしこに垣間見られる。絵画に範をとった描写のみならず、彼の現実把握自体が画家的なのである。言語によって絵を制作しようとするこの芸術家の特徴を、さらに分析してみよう。

（1）赤の魅惑、肉体の魅惑

まず注目されるのは、『薬味箱』でも『パリ・スケッチ』でも共に、ある〝赤い部屋〟が描かれていることである。第一の部屋、「赤の単彩画」（『薬味箱』）の部屋は、バラ色と赤で埋め尽くされている。（以下傍線は引用者）「深紅の葉むら模様が浮き出た、バラ色のブロケート織りサテン」が壁にはられたこの部屋は、ガーネット色のビロードのカーテンがかかり、長椅子や肘掛け椅子、その他の椅子はすべて「壁と同じ布で覆われ、鮮紅色の房飾がついている」。暖炉の上に置かれた花瓶には、数々の赤い花が生けられている。「洋紅色のアザレア、サルビア、ジギタリスやケイトウの巨大な花束」（ジギタリスも赤紫色の品種であろう）。暖炉の上方にある裏箔のない鏡は、「夕日で赤紫に染まった秋空と、ワインの澱の色をした葉々の森々」を映し出している。

この閨房には、長椅子のクッションに埋まって「赤褐色の三つ編み髪をサクランボ色のサテンの上になびかせ、バラ色のスカートを広げた」一人の女がいる。その蠱惑的で危険な美しさは、「全能の女神」という表現で暗示されている。女は立ち上がり、小さなグラスに「光沢のある金褐色のポートワインの一筋」を注ぐ（『さかしま』の主人公デ・ゼッサントも、このワインの色に非常に敏感である。「ポートワインの赤紫」)。

この閨房の描写は、ブーシェ(一七〇三―七〇)の赤チョーク画とルネサンス期の銅の皿という、壁を飾る美術品への言及によって理想化されている。さらに夕日がこの場の理想化を完成させると言ってよいであろう。夕日により、すべてが赤一色に染まり、女性像も変容する。

この瞬間、太陽はその赤い閃光で閨房を包んだ。きらきらする火花でグラスの螺旋模様にくい入り、燃え上がるトパーズのようにかぐわしいワインをきらめかせた。さらにその光線は銅の皿にぶつかり砕け、激しく燃え上がった。その真っ赤に輝く炎の散乱を背景に、グラスを口にした女の姿が浮かびあがった。彼女は、頭を黄金の後輪が取りまくチマブーエやアンジェリコの聖母のようだ。

夕日の閃光がバラ色を赤く染めあげると同時に、官能的な女性は、夕日の光線によって変容し、まばゆいばかりの純潔さに包まれた聖母となる。言い換えれば、女性像は物化され、美術品と化すが、その瞬間に芸術のもつ宗教との照応関係によって、彼女は理想化をこうむる。

この「魔法の輝き」の語りの直後、今まで完全に情景の外にあった「私」が登場する。この「私」はどこにいたのか?「私」は語り手と一致しているから、どこからか、閨房の様子をながめていたという設定である。以来この〝観察者〟は、「赤のノスタルジー」につきまとわれることとなる。(4)

第二の赤い部屋は、「ダミアン」(『パリ・スケッチ』)のそれである。赤い壁紙が貼られた部屋には、丸い鏡と大理石の洗面台がある。この部屋の様相は、デ・ゼッサントがオーギュスト・ラングロワという行きずりの少年を堕落させようと企んで連れ込んだ、ロール夫人の店(そこには「丸い鏡で飾られ、長椅子と洗面台のある一続きの赤い部屋」がある)を想起させる。さらに、「一八八〇年の独立派展覧会」(『現代芸術』)で紹介されたジャン゠ルイ・フォランの一枚の絵とも共通している。この絵に描かれているのは、赤紫の壁紙を貼られた部屋の真ん中で、売春婦たちの品定めをしている一人の男である。「女たちは彼の前に立って、部屋着の前を開いて腹を見せ、選ばれようとしている」。フォリー・ベルジェールでは、女たちのパレードは「鏡の並んだ鈍い赤の背景」の前を進んでいく。現代の産物であるこの歓楽の場に圧倒された作家は、彼の〝パリ・スケッチ〟のひとつ「一八七九年のフォリー・ベルジェール」を次のように締めくくる。「艶のあせた赤と垢じみた金色のホールが、まがいものの庭の真新しい豪奢とそぐわないこの劇場は、金で買う愛撫の偽装と、うんざりする退廃の熱狂が、いかにも魅力的ににおうパリで唯一の場所だ」。つまり赤は十九世紀末にあっては、夜の歓楽の色、ことに売春宿と金で買われる愛の色なのである。性行為の色である赤は、まがいものの光である人口の光、すなわちガス灯やランプの光と切り離しがたい(「赤だけが、夕べに浮き立ってくる」と『さかしま』の主人公は言う)。

「ダミアン」の中で、唯一の登場人物は、一人称で語る。彼は最初から、「赤の単彩画」の「私」のように、光の反射による幻覚にさらされる。「壁に少し斜めにかかった鏡には、いっぱいに家具が映っていた。その中で、暖炉の方向から金色の一点が飛び出して来てきらきらし、その渇いた輝きで私の疲れ切った瞳を突き刺した」。そしてこの輝きは、さらにもう一つの耐え難い鏡の幻影へと彼をいざなう。

やっとのことで、私はそこから目をそらした。そしてエネルギーを呼び覚まし精力を回復しようとして必死に、頭上へ、天井の方へと目を向けた。
すると、私は恐ろしい光景を見た。
硬直した足はむき出しになり、腕はがちがちに身体に貼り付いた一人の男が不動の姿勢でベッドに横たわっていた。ワイシャツは膝の上に寄せられていた。

(……)

そしていまだあえいでいるこの死体の皮膚には、線をひくような震えがいくすじも走っていた。

登場人物はこの男が、『ダミアン』と題された「古い素朴な版画」の中に描かれていたことと思い出す。それはポケットナイフでルイ十五世のチョッキをかするに終わった王殺しの企てのゆえに、馬に引かれて四つ裂きの刑に処された罪人ダミアンである。[5] いまや赤い部屋はこの恐ろしい拷問のヴィジョンでいっぱいに満たされる。「私」は情景から姿を消したかのようだ。だが実は、彼の身体がベッドの天蓋にはめ込まれた鏡に映っているのだった。彼の身体は、死に処せられる肉体に同一視される。一方で赤は「五感の詐欺的大罪」に対応しているが、他方それは血の赤、拷問され、四肢をもぎとられた肉体を表わす赤である。

周知のごとく、ボードレールの『火箭』の一節は、性行為と拷問を関連づける。「愛の行為には、拷問あるいは外科手術と大いに似たところがある」。『悪の華』の詩人も、ダミアンのこうむった刑に関心をいだいていた。[6] ユイスマンスは明らかにボードレールから「恐ろしいものへの趣向」を受け継いでいる。それは「愛に関するなぐさめに満ちた格言」の中でボードレールにより次のように定義される。

より好奇心に満ち、より冷め切った精神にとっては、醜いものの引き起こす喜びは、未知のものへの憧憬、恐ろしいものへの趣向という、もっと神秘的な感情に由来する。各人が自らのうちにその萌芽を多少なりと宿しているこの感情にそそられて、ある詩人たちは解剖教室や病院へと向かい、女たちは公開処刑の場へと急ぐのだ。

さらにボードレールは、見る者の強烈な意識は単なる野次馬根性を越えて、見る主体と見られる客体の同一視まで進みうることを知っていた。「シテール島への旅」において、詩人は絞首刑死体の恐ろしい様子を描きつつ、次のように呼びかける。

愚かしい絞首刑者よ、お前の苦しみは私のものだ！
おまえの風にゆれる四肢を見て、私は感じた。
吐き気のように、歯のあたりにこみ上げてくる
古い苦しみの、胆汁の長々とした流れを。

そんなにも大切な思い出をもつ、哀れな男よ、おまえを前
　にして、
つきまとう鳥の嘴がついばみ、黒々とした豹が牙をたてた
すべての痕跡を、私は感じた。
私の肉はかつて彼らにどれほど痛めつけられたことか。

詩人は猛禽類に襲われた、腐乱する死体のイメージに、肉体の欲望にさいなまれる自らの懊悩を重ね合わせる。ネルヴァルの描写にインスピレーションを得たこの詩で語られているのは実際の見聞ではないし、絞首刑死体はアレゴリーにただちに変容し、自我は「象徴的処刑台」に吊りさげられる。それに対し「ダミアン」では、「私」の身体は幻想の極限で、もう一つの身体と融合してしまう。

「赤の単彩画」の部屋とちがって、この部屋は金銭ずくの愛の場であり、いかにも低俗である（「私」を恐るべき視覚の戯れへといざなった、丸い鏡の中の金色の点は、二十フラン金貨にすぎず、「支払われた金に対する悔悛のごとき無念さ」を呼び覚ます）。しかし、ダミアンの身体はある版画の想起を通して描かれており、血の色である赤の新しい意味が付け加わる。それは夕日に染められたもう一つの部屋では、暗示されたにとどまっていた。もちろんユイスマンスにとって断末魔の太陽と血の間のイメージ連合は明白であって、「左岸」の中には「太陽は沈もうとしていた。周りを囲んだ雲は、血の細かな滴を浴びているかのようだった」という一節がみえる。

さらにこの二つの部屋は、『さかしま』に描かれる赤い閨房を想起させる。これは用途が完全にずれている奇妙な部屋だ。なぜなら、フォントネ・オ・ローズの隠遁者であるデ・ゼッサントは、〝閨房〟という呼び名にもかかわらず、またこの部屋が玄関の広間のわきにあるのに、そこへ誰かを招き入れる気はいっさいないからだ。この閨房は二重の意味で興味深く思われる。第一には、これがデ・ゼッサントがラ・シェーズ通りにもっていた邸宅の、バラ色の閨房にとって代わったこと。第二には、その壁を飾るのが、唯一拷問のシーンであり、痛めつけられた肉体の様が並んでいることである。

確かに、この閨房はパリの閨房の対極をなしているが、それはバラ色／赤の対照によって、まず示される。かつての部屋は、彼がそこへ迎え入れた女たちに評判がよかったが、それは「見渡す限り、四方の壁いっぱいにバラ色の寝台を幾重

にも映しだし、反射させた」鏡の戯れのせいであった。バラ色はここでは女たちの好みの色、「あらかじめ注文され、時間通りに供される愛」の色である。そしてこのバラ色の観念は、「軽薄さの中に恍惚の観念を想起させるバラ色」（「現代生活の画家」）というボードレールの定義とも一致している。ところで、鏡が女たちの裸体を反射し無限に増幅するこの閨房の天井に、デ・ゼッサントはこおろぎを入れた籠をつりさげたが、それは彼が子供時代を過ごした城を想起させた。彼自身語るように、この籠は、自らの過去に対する憎しみと軽蔑の念に関係している。

……何回となく耳にしたこの叫びを聞くとき、母の部屋での強いられた沈黙の夕べの様が、苦しく抑圧された青年期の孤独が、ひしめくように蘇るのだった。

D・グロジノフスキによれば、デ・ゼッサントが幼年時代を過ごしたルールの城館は、シャトーブリアン『墓の彼方の回想』のコンブールの城を想起させるという(7)。デ・ゼッサントにおける「最も激しく、最も刺激的な官能の狂気」によって、子供時代の思い出を汚そうとする意志は、同時にシャトーブリアンの文学的思い出に投げかけられた一種の挑戦をも暗示していることになる。とすれば、バラ色は冒瀆の観念を表わす色にもなる。そしてそれは、家族の伝統と文学の伝統の両方に対する冒瀆を意味している。

フォントネ・オ・ローズの住人は、「孤独の思想にそぐわないであろう女性的なバラ色」を自らの館から排除する。そして新たな閨房の壁には鮮やかな赤を採用し、宗教上の狂気を描いたヤン・ロイケン（一六四九—一七一二）の銅版画で飾る〈図版3〉。『宗教的迫害』の連作版画は、拷問された肉体のありとあらゆる様子を詳細に描いている。

炭火の上で焼かれた肉体、剣で皮を剝がれ、釘で穴をあけられ、鋸で切り刻まれた頭蓋骨、腹から取り出され糸巻きに巻かれた内蔵やら（……）丹念に折られバラバラになった四肢、刃で長々と削られむき出しになった骨やら（……）

これらの銅版画は知識の宝庫であった。飽きることなく何時間でも、眺め続けることができた。瞑想をいざなう深い示唆に富んでいて、読書をする気になれない日に、デ・ゼッサントはこれらの銅版画を眺めて時を過ごした。

この部屋は、修道僧の独居房に範をとった寝室に隣り合っている。このような数々の版画と密接な関係にある赤は、バラ色とはまた別の意味で、冒瀆の象徴的色彩といえるであろう。

バラ色は女性的な色とされる。それに対し、主人公が自らの〝隠者生活〟のために選んだ赤は、ある意味で男性性の観念と結合する。バラ色と女性の裸体は、赤とヤン・ロイケンの銅版画によって代替されるが、これはユイスマンスにおけるエロス的身体と拷問される身体という、二つの肉体のあり

3　ヤン・ロイケン『宗教的迫害』

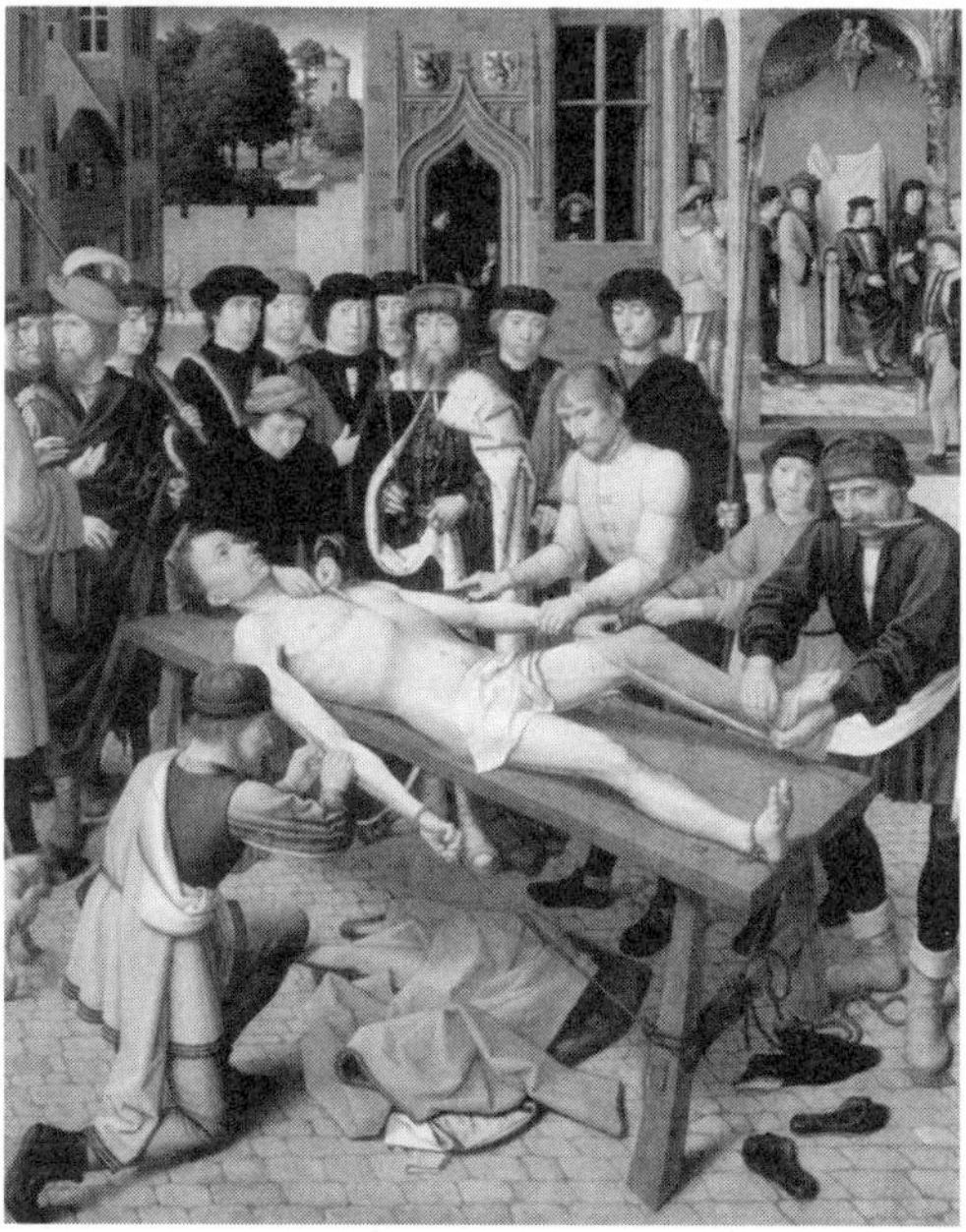

4　ヘラルト・ダフィット
『シザムネスの皮剝ぎ』

方に関係している。「ダミアン」では、この二つの身体は融合しているが、サディスムの心理からしてもそれは不思議ではない。P・ジュールド・ルーゴルは、ユイスマンスによるヤン・ロイケン銅版画描写には、死刑執行人や犠牲者についての言及がなく、ただ肉体のばらばらにされた部分だけが詳述されていることに注目し、次のように述べる。「それこそまさに、サディスム的アプローチの極みである。つまり、苦しむ肉体の一部に、存在全体を還元してしまい、意識をそこに押し込めることである[8]」と。確かに、死刑執行人も刑を待つ犠牲者や見物人も描き込まれているヤン・ロイケンの作品と比べると、ユイスマンスのテクストの偏りが納得できる。ユイスマンスの描写は、ある種のまなざしの進展、肉体の把握における一種の深まりを暗示してはいないだろうか。もちろんこのまなざしは、客観冷徹なものではなく、対照から幻惑をこうむりつつ、深化する芸術家のそれである。女性のバラ色の肌とともに、まなざしはいわば表面にとどまっていたが、いまや肉体を開き、うがち、切り刻むことで、その究極まで達しようとつとめる。〝男性性〟の概念は、ユイスマンスにおけるこの芸術家の企てに、当てはまるのであろう。赤は肉体の〝男性的〟表現への熱狂、言い換えれば、拷問への審美的趣向を象徴している[9]。

この趣向は、ユイスマンスのテクストに恒常的に現れ、彼の美術批評にも、強く作用している。拷問のシーンの描写に対する彼の好奇心は、『さかしま』にのみ認められるのではない。たとえば、『ある人々』の中に、ルーヴル美術館所蔵のフランチェスコ・ビアンキの作とされていた『子供を抱いた聖母』の絵への言及がある。ユイスマンスは聖母、幼子イエス、聖ベネディクトゥスと聖カンタンが描かれたこの絵の分析の中で、モデルとなったであろう家族の近親相姦の暗示を読みとった後、三世紀の人とされる聖カンタンの拷問の様を詳細に記述している。確かに聖カンタンはこの絵の登場人物の一人であるが、彼の殉教は絵のテーマと直接の関係はない。また『修練者』でも、聖ベニニュスの殉教の様に言及があり、拷問の肉体描写は執拗に繰り返される[10]。さらに、一八九七年にブリュージュを訪れた際に目にしたヘラルト・ダフイット（一四六〇頃―一五二三）の『シザムネスの皮剝ぎ』〈図版4〉は、題のとおり、不正により裁かれた罪人が皮を剝がれるシーンを扱っている。この恐るべき刑のゆえに、ユイスマンスの目はこの絵に釘づけにされる（『すべてについて』）。

血の色である赤にほとんど憑かれるようにして、人のものであれ、動物のものであれ、異常な、痛めつけられ、腐乱した体に彼は興味をそそられ続ける。『薬味箱』の作家は巨牛の開かれた内蔵を、メタファーにより「異様な宝石箱」、「みごとな植生」と表現する。

大きく切り開かれた胃はむごたらしくたるんで、その広い穴から赤い内蔵が、ぶらりと垂れ下がっていた。この死体には、熱い温室の中でのように、みごとな植生が広がっていた。筋が蔓のようにあらゆる方向からもりあがって、絡まる枝々は胴にそって伸び、腸は咲き乱れて紫がかった花冠を広げ、脂肪のまるまるした花束は、かすかに痙攣する肉の赤い塊の上で、真っ白に輝いていた。（「クロディーヌ」）

殺された家畜の、畜殺場の色としての赤は、『スヒーダムの聖女リュドヴィナ』にも、グリューネヴァルトの『磔刑図』描写にも現れる共通テーマである。ここでは、屍骸となった肉体の諸器官は、生の機能や結合からずれて、ただ単に独創的な色合いのたぐいまれな衝撃を提供するためだけに存在する。この意味で、本来の意味の拷問と同様、肉体を〝痛めつけ、変形させる〟病気も、すさまじい異常や奇形の創造媒介として、ユイスマンス的審美主義において重要である。とはいっても、生を破壊するものとしての病気は、まず強烈な「至高の恐怖」の対象として把握される。「萎黄病のバラード」（『薬味箱』）の女神は肺結核のアレゴリーであり、病気への恐怖という強迫観念を体現している。その意味で、エドガー・ポーの『赤い死の仮面』の奇妙な人物と親近関係にあるといえよう。「至高の恐怖」は、顕微鏡の使用によって発見された「無限小」の生物たちによっても引き起こされる。人間や動物の体を侵しつつ、そこに住まうこれら細菌の存在を前に、ユイスマンスは病気への恐怖に襲われると同時に、そこに現代特有の怪物のコンセプトを見い出しもする。芸術家の目は、そこに「恐怖の美」を発見する。それは過去において、さまざまな形で表わされたの怪物たちの代替物である[11]。デ・ゼッサントがフォントネの屋敷に運ばせた「人口の花をまねた本物の花々」は、この執拗なまなざしを証言する。もちろん前面に出ているのは、ボードレール的人工愛好であり、「恐ろしいものへの趣向」である。これらの花々の描写は、病気や肉体の器官に関連した語をつなぎ合わせてできている。「肋骨の線の入った赤紫の生肉の色」、「萎黄病の発作」、「梅毒と癩病」、「バラ疹の斑点があり、疥癬で模様のついた青白い肉」、「瘡蓋の褐色の肌合い」、「焼灼器」、「喉や口の炎症」などといった表現が、花々の病的な形状を描き出す。

一方で、この花々に関する一節は、健康な身体を最上のものとするブルジョワ的思考への挑発に満ちている（ブロワが激しく反発している紋切り型表現「何よりも健康」が示すように）。他方、モーリス・ロリナの『神経症』（一八八三）に見られるような、世紀末特有の腐敗と寄生虫への病的な趣向がここにも見られる。

マックス・ミルネールはその論文「ユイスマンスと怪物性」の中で、『さかしま』における花々の描写について、「〝怪物は自然の変異ではなく、その本質そのもの〟であり、〝生はその起源において怪物的である〟と読者に納得させる質のものだ」と述べている[12]。だが、『さかしま』の著者は、生の本質的恐怖の強調を主眼としてはいないようだ。むしろ、それを越える審美的なまなざしとデカダンス精神に特有の倒錯指向が、これらのページにも示されているといえるであろう。

（2）〝レアリスム〟への配慮、その概念の曖昧性

七〇年代末、ユイスマンスは美術批評の分野に進出する機会を得たが、それはエミール・ゾラに負うところが大であった。この新たな仕事の皮切りとなったのは、『ヴォルテール』誌に掲載された「一八七九年のサロン」である。[13] ユイスマンスは自然主義を評して「すべての古い慣習、すべての古い定式を打ち倒そうと企てた」革命的運動としているが、彼の美術批評はこの自然主義信奉の立場からなされている。彼の美術批評を集めた『現代芸術』は一八八三年に出版される。そこでは、文学の変革は自然主義派の三大巨匠とされたフロベール、ゴンクール兄弟、ゾラによってなされ、絵画の変革は印象主義者たちの手になると宣言されている。

「（感覚的）印象に基づく」(impressionniste) という形容詞は、モネの作品『印象・日の出』を見た美術批評家ルイ・ルロワが皮肉をこめて使った造語である。それは一八七四年の、それ以降印象派と呼ばれるようになる人々の初めての展覧会でのことであった。『ルーゴン・マッカール叢書』に打ち込む以前の一時期、美術批評に手を染めていたゾラは、印象主義を、自然主義運動の流れに属する、絵画分野での分派としてとらえていた。[14]『現代芸術』でユイスマンスは、独立派と印象主義者という二つの語が存在していることを述べた後、反画一主義の立場の表明として、両者の間にはほぼ互換性が成り立つとする。彼らとの連帯の意識が鮮明である『現代芸術』は、一種の闘争宣言の書である。「何らかの芸術を説明するというような野心などもち合わせず、私がやりたかったのは、呪いと憎しみの思いのたけを吐露し、逆に称賛をも目いっぱい叫ぶことです」と、自分の著書に関して、ユイスマンスはポール・ブールジェに書き送っている。[15] 彼は各芸術家の「おのおのの気質によって決定される特別な個性」を探り当てることに、自信をのぞかせる。この視点から、ルナンの章で触れた『キリストの誘惑』の画家アリ・シュフェールの作品『ミニョン』や『ファウスト』などは、没個性の作として厳しく弾劾されている。

ユイスマンスによれば、真の印象主義者（才能ある印象主義者）は人物描写において、外見をとらえ表現するのみならず、「人物が自分の属している地方の香りを発するようにする」ことができる。「人物たちに対する非常に奇妙な観察と、彼らの気質の非常に独特で、非常に深い分析」と「色彩の驚くほど正確な理解」によって、彼らはアカデミスムの画家たちと根本的に異なる（このくだりは、ことにマネの絵に関連している）。

彼らの注意はさらに光、特に屋外の光の効果に向けられる。彼らの革命的な点は、真っ昼間の光は色調を褪せたものにするという科学的真実を発見したことにあると、ユイスマンス

は言う。第一、彼自身、光の作用に大変敏感であった。かつて貧乏人たちの唯一のあかりであった質の悪いローソクは、レンブラントなどの大画家たちの作品における明かりとして、特別な価値を与えられている。

王女よ、他の人々が輝く月のあかりや、ランプの赤い炎や、ガス灯の黄色の光を謳おうと、私が愛するのはおまえだけ、私が称えたいのはお前だけ、偉大な巨匠たちの絵の理想の照明よ、おお、安ローソクよ、じりじり燃えるローソクよ！（「安ローソクの散文バラード」、『パリ・スケッチ』）

この作品によって、ユイスマンスが絵画の中のあかりに大変敏感であることがわかる。さらに彼にとって光は、レンブラントのキアロスクーロ（明暗描法）におけるように、その芸術性においてのみ本質的価値を得るといえるだろう。『さかしま』の主人公はその芸術的感性により、昼と夜の転倒という新たな生活形態に合わせて「ランプの人工の光にくっきりと浮き上がる色彩」を選んでいる。もちろん、ここには著者の光に関する鋭い感覚とともに、人工を好むボードレール的雰囲気もにじみ出ている。

フォリー・ベルジェールにおける空中アクロバットのシーンを描きつつ、ユイスマンスは照明の光の流れに注意を集中する。

フォリー・ベルジェールの奥から、〔曲芸の女の〕背に投げかけられた電気の光の照射は、彼女を包み、その腰のカーブで砕けて、首筋から足先まで飛び散り、いわば銀の輪郭のグアッシュ画法で彼女を描き出し、そこからシャンデリアを縫うように分かれて、流れはほとんど目に見えないうちに、ブランコの男の上で再び一つになって輝きを放つ。青みがかった光の束となり、半ズボンの縁飾りのきららを、砂糖の粒のようにきらめかす。

これほど鋭敏な光に対する把握をもってすれば、ユイスマンスがマネの『フォリー・ベルジェールのバー』を一八八二年の独立派展覧会で見たとき、あえて一言言いたくなったのも、もっともであろう。「……だがこの照明はどういう意味だろう。これが、ガス灯あるいは電気の光だろうか。いったいこれは、曇った屋外、弱い昼間の光ではないか。これでは、すべてが崩れさる――フォリー・ベルジェールは、晩にしか存在できず、晩にしか存在しないのだから」。

これら印象主義絵画をめぐる言説の背後には、もちろん彼の価値判断の土台となる根本的基準がある。それは現実の深い観察に基づいて、正確に制作されているかどうか、ということである。『現代芸術』の著者が、印象主義者たちのある種の絵を厳しく否定評価し、かたや彼らの別の絵には熱狂的な賛辞を呈する理由の一つがここにあるようだ。ユイスマンスは彼らのうちに、「印象という口実のもとに」現実に対する忠実さを欠く制作態度を時として認め、これを糾弾する。彼によれば、これは好ましくない逸脱であり、結果として「デッサンの不十分さ、色彩の不備」がもたらされる。『キャベツ畑の小径』などのピサロの風景画には、すっかり魅了されていながらも、この点に関しては彼は容赦ない。ピサロの絵画は将来性にあふれているとしながら、ユイスマンスは印象に流れすぎる欠点を指摘せずにはいられない。さらに、やがて点描画法へと行きつく色斑画法に、ユイスマンスは肯定的ではなく、モネの例においてこの画法を批判する。モネの色彩の〝奇妙さ〟(「青の奇癖とライラック色への偏執」)と「曖昧な省略」がやり玉にあげられる。

モネ氏が実践していたような印象主義は、ただちに行き詰まってしまった。それはレアリスムの不完全孵化の状態に絶えずとどまっている卵であり、現実を主題としたものの、常に中途半端で放棄される作品である。確かにモネ氏は、〝印象主義〟という言葉が、不明瞭な初期状態、漠然とした下絵状態にとどまっている絵画をもっぱら指していると、大衆に思いこませるのに最も貢献した。(『現代芸術』)

モネは一八八二年の独立派展覧会の際に名誉回復し、ピサロと共に熱烈な賛辞をユイスマンスから引き出している。「ピサロ氏とモネ氏はついに恐るべき戦いから、勝者として抜け出した。絵画におけるあまりにも難しい光の問題が、彼らの絵の上で解決されたといえよう[16]」。だが、「印象という様式」をめぐっての彼の言説は、現実への忠実さ、レアリスムにあくまでこだわる意識を、時として鮮明に了解させてくれる。

美術批評に関してユイスマンスの師匠となるのは、ゾラではなく、ボードレールであろう。「現代生活の画家」でボードレールは、現代性とは「束の間のもの、うつろいやすい、偶然的であるもの」であり、芸術の精髄であると定義している。

かつての画家たちそれぞれについて、現代性が存在した。我々に残された過去の時代の美しい肖像画の大部分は、当時の衣装を身につけている。それらの肖像画は完璧に調和している。なぜなら、衣装、髪型、さらに身ぶり、まなざし、微笑み(それぞれの時代に特徴的な物腰、まなざし、微笑みがあった)が、完全に生気にあふれた全体を作り上げている。あっと言う間に変容をとげるこの束の間の、うつろいやすい要素を、軽蔑したり、これなしですましたりはできない。これを取り去ってしまえば、まるで原罪前の唯一の女性のように、抽象的で定義できない美の空虚へと落ち込まざるをえないからだ[17]。

もちろん、このコンセプトは女性像にのみではなく、「ある世紀の外的生活を構成するすべて」に当てはまる。ボードレールに倣って、ユイスマンスは、現代生活は全面的にまだ研究の余地ありと主張し、画家たちにいくつかの画題を提案している。「すべて手つかずだ。公式の大祝祭、サロン、舞踏会、家庭生活、職人やブルジョワの生活の一情景、店、市場、レストラン、カフェ、バー。結局どの階級に属そうと、どんな職業を営んでいようとすべての人間ということだ。家庭、養護施設、場末の酒場、劇場、小公園、貧民街の道、あるいはそのアメリカ的風情が我々の時代に不可欠の背景となっている、これらの大通りなどでのあらゆる人間を描くべきなのだ」。

右の引用からまず理解されるのは、現代性を扱う画家たちにとって、パリの街はいかに魅力ある題材にあふれているかということだ。首都の測りがたい魅力について最初に述べたのも、ボードレールである。「パリでの生活は詩的で驚きいっぱいの主題に富んでいる。驚異が空気のように我々を満たしている」。ユイスマンスが画家たちにあてた提言では、パリのすべての場所、すべての人間に関心をもつよう勧めている。一八八二年の独立派の展覧会では、彼の好みの画家たちが出展していないこともあって、ある種の主題が欠けていることを残念がっている。「今日の生という観点からすれば、この展覧会は残念ながら、最低水準である。ダンスホールも劇場もなく、私生活も室内での情景もなく、フォリー・ベルジェールの周辺も、売春婦たちもおらず、乞食や貧しい人々もいない」。

さらに、先駆者ボードレールにとってと同様、彼にとっても今ある生の中に「風土により、世紀によって」無限に多様化する「同じ美の理想のさまざまの顕現」を見いだすことが問題となる。この意味で、女性の肉体は彼らにとって特別な重要性をもっている。ボードレールは現代性の主題としての裸体画の永続性を強調する。「裸体、この、芸術家にとってかくも貴重なものは（……）かつての生におけると同様頻繁に取り上げられもし、必要でもある——ベッドでの、湯浴みの中の、死体解剖室での裸体[18]」。ユイスマンスが裸体画の永続を確認するのは、最新のモードに身を包み通りを歩く女たちの様を見るときである。「腕や太股にはりつき、骨盤を際だたせ、胸を前につきだすこれらのぴったりした布の下に、裸体が存在する。それは過去の諸世紀の裸体と異なり、疲れ、繊細で、洗練され、ふるえる裸体であり、文明化された裸体だ。その磨きをかけられた優雅さにはひとたまりもない！」。

あらゆる点からして、現代生活を描く画家の中で彼が一番評価しているのは、ドガであろう[19]。ユイスマンスによれば、ドガは現代生活のあらゆる主題を扱う才能を有しており、さらに友人でもあった美術批評家ルイ＝エドモン・デュランティの肖像画からもわかるように、すぐれた肖像画家でもある。しかし彼にとってドガは何よりもまず、女体の画家であり、彼女らの「文明化された肌の色」、ありのままの動作や態度の表現における第一人者である。ドガのバレリーナたちは、特に彼の注意を惹きつける。彼女たちは正確な観察と、見事な洞察力による分析に裏付けされて描かれている。生理学者なら人体組織の研究ができそうなほど、彼女たちの外観は現実そのままの正確さである。

ここには、イタリアチーズと安ワインの貧しい食事のせいで、肌の色が褪せ、やせた男のような女がいる。かたや中二階で横たわっている少女たちは、幼いうちから年不相応の運動で疲弊し、猛練習にへとへとになっているが、生来貧血で痛ましいリンパ質であるのがわかる。さらに神経質でやせぎすの少女たちの筋肉は、タイツを通して浮いてみえる。彼女たちは、跳躍するための体つきをした真の子ヤギだ。鋼のばねと鉄の関節をもった真の踊り子だ。

一八八一年にドガは今度は彫刻の分野で新境地を開くが、テーマはやはり踊り子だった。『十四才の小さな踊り子』をユイスマンスは絶賛し、造形分野における「唯一の現代的試み」とまで言い切っている。

一八八九年に出版された彼の美術批評『ある人々』では、「湯浴みし、体を洗い、髪を乾かし、髪を梳く女たちの裸体画連作」と題され、一八八六年に出品されたドガの一連のパステル画が取り上げられている。女性の魅力を強調する意図のない画家はあくまで現実に忠実であろうとし、ことにその裸体画において、「人には見せない体の手入れの恥ずかしいしぐさ」を描出することをためらわない。ユイスマンスは画家の女性たちへの「注意深い残酷さ、忍耐強い憎しみ」を指摘するのだが、にもかかわらず彼女らの現実の、生き生きした肢体が至上の美の表現となっていることに変わりはない。

まったく新しい表現方法と、正確なデッサン、繊細な色彩、さらに光の効果の研究によって、ドガは「最も束の間の感覚、最もうつろいやすい繊細さやニュアンス」を画布に定着させることができる画家である。したがって同時代の画家たちの中で彼の右に出る者はなく、彼の芸術は文学の分野におけるゴンクール兄弟に比肩しうるのみと、ユイスマンスは言う。この人物は「あまりに敏感な神経質さ」を持ち合わせており、ユイスマンスによればその真の師匠はドラクロワである。さらに、彼はオランダ・フランドルのプリミティフ派の画家たちにさえ比較される。ユイスマンス自身における、「現実と私的生活の必要性」に対応するプリミティフ派絵画の重要性を鑑みるなら、ドガへの称賛がいかに大きなものであったか、理解できよう。プリミティフ派芸術同様、ドガの絵は現実のこちら側にまったく位置していながらも、絵画に特有のやり方でそれを超脱しているのである。

『現代芸術』の著者を魅了してやまないもう一人の画家として、ジャン゠フランソワ・ラファエリがいる。ラファエリは、パリ郊外の憂愁に満ちた情景を好んで描いた風景画家である。この主題はユイスマンス自身が好んだものの一つでもある。一八七九年のサロンにおいて、三人の屑屋が犬を引き連れて住処へと戻るラファエリの絵を前に、彼は強い感動を味わう。

サロンにおいて、これほど苦しく、これほど魅力的に私を圧倒した作品は他にほとんどない。ラファエリ氏は、城壁を出たところで、空へと消える終わりのない道ぞいの崩れかけた小屋や、立ち並んだやせたポプラの木々の悲しげな魅力を、私のうちに想起させた。この見事で恐るべき風景の中、疲れはてて道を行くこれら不幸な人々を前にし、古くからある郊外の悲惨が面前に髣髴とした。

ラファエリの描いた屑屋は『パリ・スケッチ』の「諸風景」に登場した乞食そっくりではないだろうか。この乞食も犬を連れ、家路をたどっている。ところで『パリ・スケッチ』の挿し絵には、ラファエリのエッチングが用いられていた。ユイスマンスはこの画家とは友人で、その絵を所有してもいた。また彼らはともに、郊外の荒涼とした魅力を理解する芸術家たちの会合「郊外の夕餉」の参加者だった[20]。つまり、ラファエリとユイスマンスは似通った趣向と感性をもっていたということであり、ユイスマンスはラファエリの絵からインスピレーションを受けているといえよう。翌年の独立派展覧会に出された作品中の一点『ジェヌヴィリエの眺め』に関し、「郊外の風景の、憂鬱と嘆きに満ちた魅力の胸にしみる調子」を表現しえた画家の才能が、再び高く評価されている。さらに、ラファエリの観察は正確で、光の効果への注意も怠らない。「貧しい人々と郊外の空」の画家であるラファエリはル・ナン兄弟[21]の後継者であり、その作品は彼らの絵画を補完するとさえ、ユイスマンスは言い切っている。

前衛的なモダニストであるユイスマンスは、北駅、パリ中央市場、ラ・ヴィレット家畜市場、ロンシャン競馬場の鉄筋建築に、新しい芸術の息吹を感じ、それを称える（エッフェル塔は例外とされた。それはユイスマンスの考えではあまりに金儲けの情熱に、「黄色いミサ」に結びついている）。だが、オスマン計画から生まれた新しいパリは、彼の嫌悪の的である。それは「退屈なシンメトリー」のパリ、ボードレールが嫌った無名のパリであり、ブルジョワ的価値観に結びついた衛生観念の産物である。いくつかの例外を除いて、首都の新しい建造物は彼の気にいらず、火災によって消失されることさえ夢想する（皇帝ネロと異なり、一応住民の安全への言及はあるが……）。「このおぞましいパリを美化するために、（……）そこかしこに廃墟をすえられないだろうか。証券取引所、マドレーヌ寺院、戦争省、聖ザビエル教会、オペラ座やオデオン座など、醜悪な芸術の代表物をいっぺんに燃やしてしまえないだろうか！」。

この憎悪が、死に絶えようとする古いパリへの、郷愁にみちた愛の裏返しであるのは、言うまでもなかろう。それはゴブラン織物工房の地区を通り、最終的に下水道へと流れ込むビエーヴル川に象徴される、悲しく末期的なものへの愛である。「自然は虚弱で、悲嘆に満ちていなければ興味を引かない。(……)実は、ある風景の美は、憂愁によってなりたっているのだ」と、ユイスマンスは『パリ・スケッチ』の「ビエーヴル川」で記している。ところどころ「不随」で、「癲病」に犯されたかのような姿のこの川は、「動く堆肥」にすぎない。パリの産業化によるこの汚れのイメージによって、ビエーヴル川は大都市に搾取されその犠牲となった女たちと、金儲けの誘惑によって堕落し品性を落とした旧家とを同時に象徴する。それは「哀れみと後悔からなる、零落の魅力」に満ちている。ビエーヴル川は、十九世紀末そこかしこの地区にまだ面影をとどめていた古いパリと切り離しがたい存在であった。ゴブラン地区の小路に見られる貧窮を、ユイスマンスは「かつての時代の版画」を想起することで、美化する。この場所にひどく粗末な服が並んで干されているを見ながら、彼は「レンブラントが描いた襤褸着」を連想する。ポ・オ・レ通りあたりのビエーヴル川は「丈の高いポプラの木々が両端に並び、奇妙に悲しい様子に包まれて」、シューベルトの曲を連想させると、ユイスマンスは書く。シューベルトのリートがデ・ゼッサントの耳につきまとい、その神経を高ぶらせたのは、周知のとおりである。

ラファエリを〃売り込む〃美術批評家ユイスマンスは、この画家を称揚しつつ、自らを語っているのではなかろうか。このパリ情景から、彼の〃レアリスム〃の曖昧性が明らかになる。彼の好むパリには、自らの郷愁と愛着が息づいている。レアリスムの名のもとに語りながら、ユイスマンスは彼自身の幻視の風景を語っているのではないだろうか。少なくとも、これら現実の風景は、芸術の暗示によって、まったく逆なものへと転換してしまう。

オスマンの時代のパリの激変に衝撃を受けたボードレールは、変容の幻視をいだく。詩人は、かつてのパリが新たな建造物の下から浮き上がってくるのを見る。

……すべては私にとってアレゴリーとなる。
そして私の愛しい思い出は、岩よりもさらに重い。
(「白鳥」、『悪の華』)

不動産投資の熱狂に蹂躙された、第二帝政後間もないパリ市中に、ゾラは十八世紀芸術の名残を見いだす(『ごった煮』、一八七九年刊)。解体業者たちの鶴嘴にもかかわらず、登場人物の医師は、心の中で一瞬の閃光のようにかつてのパリを〃再構築〃する。開発業者が解体作業を遂行する中、医師は洗練されたリベルタンたちの快楽の殿堂であった、ルイ十五世時代の〃小宅〃のなごりを懐かしむ。仕事に追われる実業家たちは、その名も存在も知らないのだが。ゾラが、すべてが商品となる世界、愛や女性さえ商品化される「ごった煮」の世界に対比させたのは、芸術品と洗練の世界、(おそらく倒錯的ではあるが)生そのものが芸術の核心であろうとする世界である。つまりゾラもまた、彼の〃アレゴリー〃を作り上げているのだ。それは彼の端役的登場人物が、芸術品として、あるいはほとんど聖遺物のごとくに持ち帰る、一種の過去の物神（フェティッシュ）である。「立ち去る前に、医師は暖炉の上に登り、注意深く鶴嘴を振り下ろして、彩色されたアムール神の小さな顔を切り離した。そしてそれをフロックコートのポケットに収めた」。それは審美家、収集家、芸術愛好家の行為であって、第二帝政末期のパリをゆがめた儲け主義の破壊のまっただ中で、一種の不意打ちあるいは密かな反抗として、作品の中に刻印されている。私たちはここで、デ・ゼッサントからあまり遠くないところにいるといえよう。

芸術のアナロジー、さらに言えば芸術感性の内的な揺らぎが、ユイスマンスにおいては（改宗前、ほとんどそれと関係なく）宗教的印象をいかにして引き起こすかを、さらに詳しく検証する必要がある。彼において宗教的アナロジーを生み出すのは、何よりもまず、研ぎ澄まされた感受性、〝神経症〟である。芸術感性と宗教感性は、〝改宗〟という枠からはずれて、極限的次元において、相互に生成しあうのである。

II 〝改宗〟への道

(1) フォントネ・オ・ローズ――ある芸術家の家

芸術家とは何か？　これは、十九世紀末の美的感性を把握する上で、根本的な問いである。

『薬味箱』の「アドリアン・ブローエル」が示しているような、天才は社会の規範道徳に対立するという考えを、ユイスマンスは気に入っていたようだ。この十七世紀の画家は、人間としては単なる陽気な道楽者にすぎないが、その作品は芸術の力を証してやまない。フランソワ・ヴィヨンについても同様である。「見事な宝石箱」に比較される彼の作品と、その創作者との間の乖離。この中世の詩人は、本質的に二律背反の人として登場する。

おまえはひとりだ、たったひとりだ！　さあ死ぬがいい、盗賊め。土牢でくたばるがいい、売春婦のひもめ。それでも、おまえの永遠性が損なわれたりはしないだろう。みごとに汚辱にまみれた詩人よ、追随を許さぬ詩句の彫金師よ。バラードの比類ない宝飾師よ！（「フランソワ・ヴィヨン師へ」、『薬味箱』）

ユイスマンスにとって真の芸術家のイメージは、孤独と、社会的常識からの断絶とによって特徴づけられている。ここに〝呪われた芸術家〟のイメージによって頂点に達した、天才の孤独というロマン主義的なトポスしか見ないことも可能であろう。しかしながら、世紀末的メンタリティを通して、このイメージは〝神経症〟の多様な激化によってニュアンスを付与されることになる。すでにボードレールにおけるように、感受性は、（多かれ少なかれ肉体から区別され、〝魂〟のあかしと見なされた）感情や情緒の状態との関係によるのみならず、肉体や感覚との関係によって定義されるものとなった。このことにいち早く注目したのはおそらくヴェルレーヌであろう。彼は一八六五年『芸術』誌に掲載されたボードレールに関する論文の中で、非常な明敏さをもって述べている。

シャルル・ボードレールの深い独創性は、私の思うところによれば、現代人をその本質において強烈なかたちで表現していることにある。現代人というこの言葉によって、私は倫理的、政治的、社会的な面における人間のことを言おうとしているのではない（……）。極端な文明の洗練によって作り上げられた、現代における生理的人間の意味だ。現代人は研ぎ澄まされた鋭敏な感覚と、苦しいほどに巧緻な精神をもち、頭脳にはタバコが蔓延して、血はアルコールで煮えたぎっている（……）。この、いわば神経過敏の個人を、シャルル・ボードレールは、典型として、あるいは英雄像として表現しているというのが、私の重ねての主張だ。

確かにボードレールは、世紀末の作家たちにとって、最も完璧な芸術家の原型であったといえるだろう。「現代人の魂を最も強烈にかき乱し誘惑したのは、おそらく彼だろう」とブールジェは『悪の華』の詩人について語り、「デカダンスの理論家」として位置づけている。

ユイスマンスもまた、ボードレールを世紀最大の詩人としてとらえており、例にもれず強く影響をこうむっている。『薬味箱』の「エナメル細工の女」は、人工を好む彼のボードレール的趣向の表出である。画家ホセは、壁穴からながめるだけの中国女性に恋こがれるが、エナメル細工師による化粧をほどこされていない、実はフランス人である本人を前にするとすっかり熱が冷めてしまう。さらに「それは侮蔑的で甘美な趣向だ」、「不完全で、本当に美しいもの」、「醜いし、すばらしい」といった表現は、「争い、対立、緊迫と分裂」といったボードレールに固有の審美観に通じる。[22] また、『パリ・スケッチ』では照応の理論が展開され、色と香り（「類似」）、色と音（「タンホイザー初演」）の照応が描かれている。

一方、ボードレールはヒステリーやその他の神経病の諸症状に関心をよせ、そこに小説創造の興味深いテーマを見ていた。「ヒステリー！　この生理学的神秘が文学作品の根底、本質をなさないことが、どうしてあろうか。この医学アカデミーがまだ解決しえない神秘は、女においてはこみあげてくる息をつまらせるような玉の感覚（主症状にすぎないが）によって表現される。神経質な男においては、あらゆる不能とあらゆる極端さへの性向として現れる[23]」。この一節に関して、プレイヤード版の編者クロード・ピショワは、これはまさにボードレール自身が自らの特徴を語っているのだと述べている。もちろんボードレールにとって、文学創造を精神病理学に帰し、詩人をJ＝M・シャルコ[24]に従属させることなど問題外である。しかし、ヒステリーは人生の――そして都市の――〝神秘〟である。都市化された生活は、たとえば『パリの憂鬱』の「マドモワゼル・ビストゥリ」に見られるように、「無垢な怪物たちに満ちている」。

ポール・ブールジェは『現代心理論集』において、スタンダールとゴンクール兄弟を並列して引用しつつ、十九世紀における文学の明確な変容を示唆している。彼によれば、後者の文体は「病気と抵触するほどの感覚の洗練」を特徴とする。デカダンス期の先駆的存在である彼らの例が示すとおり、世紀末芸術は、均衡や健康の観念とまっこうから対立する。ゾラもまた彼の時代の文学の特異性を、自らのうちに認めていたようで、ゴンクール兄弟の『ジェルミニー・ラセルトゥ』に触れて、次のように述べている。「私の趣向は、いわば倒錯している。刺激のひどく強い文学、一種の病的感受性が古典時代の肉付きのいい健康体にとって代わっているデカダンスの作品が好ましい。私も時の子なのだ[25]」。実際、写実主義は多くのメタファーを病理学の領域から借り受けているが、それはゴンクール兄弟やゾラの例におけるように、病む芸術家は、自らの病気を通して（少なくも〝研ぎ澄まされ、感じやすい〟神経の多様な鋭敏さを通して）世界をながめ判断するからだ。

自分の世紀に対する憎しみに満ちたダンディであり、遺伝と性愛の過度によってほとんど神経症患者であるデ・ゼッサントは、一人の芸術家、ボードレールの息子として想定されている。彼が何一つ創造しないのは、彼の存在そのものが芸術品だからである[26]。孤独な住まいに定住する以前のデ・ゼッサントは、子供時代からリンパ液過剰の腺病体質で、悪性貧血も加わっての虚弱体質であった。そのうえ「異常な愛、常軌を逸した快楽」を実践したため、すっかり健康を害してしまった。「そして、それが最後だった。すべてをやり尽くし満足したかのように、疲労困憊したかのように、彼の官能は麻痺状態に陥り、不能は間近であった」。以降、世界から隠退し、凡俗な大衆とも女たちとも交わらない、理想の生が夢見られる。「現実の夢を現実そのものに置き換えること」。ゾラはデ・ゼッサントの隠退を評して、〝ひび割れ〟という語を用いた。ゾラの用語を使うならば、この〝ひび割れ〟は、小説の始まりであると同時に、その余白でもある部分（本文と密接に関係しながらも、しかしそれとはずれた形で提示された「略述」の中）で言及されている。確かに〝血と神経の過度の興奮〟という説明がデ・ゼッサントの症状には当てはまるであろうが、しかし彼の場合を、ひとつの〝症例〟、ひとつの〝気質〟に単純化することは無理であろう。生理学はここでは、『ルーゴン・マッカール叢書』におけるのと同じ役割を果たしてはいない。病気は審美家の生、〝芸術作品〟である生の、素材とも刺激物ともなっている。病気はいわば審美的カテゴリーとなり、あらゆる新奇さにおいて、あらゆる強烈さにおいて美を感じるための条件なのだ。

書斎の暖炉の上に「見事な教会用の読誦額」に入れて飾られたボードレールの三つの詩が示すように、この新たな生は、審美主義によって修道僧の孤独を変形させたものであり、ボードレールの精神によって支配されている。三つの詩の中央に位置する「どこでもよい、この世の外へ――Any where out of the world」は、周知のように、現実の外へ逃避しようと願いつつ閉じこもる生のマニフェストである。「自然は廃れてしまった」という確信をもって、デ・ゼッサントは「人間の天才の標識」である人工によって、さまざまの悦楽を創造しようとする。人工により芸術的洗練を追求する彼の様々の試みは、すべて極限まで押し進められる。想像上の彼方へのあこがれは、船室に見立てられた食堂によって実現されるが、これは逃避願望を満足させるための策略である。これはボードレールの「計画」（『パリの憂鬱』）の有名な一節（「私の魂はかくも軽やかに旅するのに、どうして身体をわざわざ移動させる必要があるのか。計画する喜びで十分なのに、計画を実行して何になろう」）のややユーモラスな移し替えといえるであろう。さらに、見せかけの船室での旅には、機械仕掛けの魚をながめられるよう水槽が据えつけられ、人工の海は思い通りに変化する季節や天気にしたがって、色が変わっていく。この食堂のながめがもたらす喜びは、精神的というより感覚的である。実際のところ、デ・ゼッサントはそれこそ芸術の夢想である、無限を有限の中に閉じこめるという不可能な挑戦を試みている。

甲羅を宝石で飾られた亀は、生き物を自在に用いてそれを美の極致まで高めるというたぐいまれな喜びを彼にもたらす。しかし気の毒な動物は、芸術家の要求が押しつけた「まばゆい贅沢」に絶えかねて、結局死んでしまい、デ・ゼッサントの審美的ファンタジーは失敗に終わる。ピエール・ランベールが指摘しているように[27]、口中オルガンはユイスマンスの発明ではないようだが、主人公はこの奇妙な共感覚を徹底的に試し続け、「舌の上で沈黙のメロディや壮大に繰り広げられる無言の葬送行進曲を楽しみ、口の中で、ミント酒の独唱や、ヴェスペトロやラム酒の二重唱を聴く」に至る。しかし、彼は致命的な過ちを犯してしまう。本場アイルランド産ウィスキーの単一音符を〝奏でる〟ことで、この液体の香りによって、抜歯の際の悪夢のような思い出が喚起されたのだ。かくして一度ならず、デ・ゼッサントは自分の感覚を統御できない事態に逢着し、すると喜びは拷問に変わってしまう。だが彼は諸感覚、諸芸術の照応の愉悦に続いて、喜びが苦しみに、審美主義が凡俗に反転する際の一種の皮肉な幸福をも享受するのである。

香水の調合の試みをもって、彼のマニアックな探求も行き着くところまで行ってしまった観がある。香りの体験を押し進めることで、においの競合によって引き起こされた嗅覚の強迫的状態が、神経を揺るがしたからだ。十九世紀初頭すでに、医師たちは香りが神経症の患者にとって有害な作用を及ぼすと考えていたようだ。アラン・コルバンによれば、ロスタン医師なる人物は、一八二六年にすでに「香水の乱用は、あらゆる種類の神経症を誘発する。ヒステリー、心気症、憂鬱症は、その最も一般的な症状である」と述べている。さらにもう一人の医師は、嗅覚の錯乱、つまり不快臭幻覚に悩む萎黄病の女性たちについて、「焼けた角のにおい、あるいはその他の多かれ少なかれ胸を悪くするにおいは、単に堪え忍ばれるのみならず、むしろ必死に探し求められたりする」と報告している(28)。デ・ゼッサントは自分の嗅覚上の探求の危険など無視し、一切健康上の気配りをしていない。「最終的な心の平安」を得る希望をもって移った新居において、美的探求のせいで彼の神経は攪乱され通しである。

書斎の壁の色としてのオレンジの選択も、同じ反衛生的な傾向によるものではなかろうか。「……官能的欲望が薫製や塩漬けによる味の濃厚な料理を求める、衰弱した神経質な人々や、過度に興奮し脆弱な人々の目は、ほぼ例外なく虚構の華麗さと、刺激的な熱を帯びたこのいらだたしい病的な色、すなわちオレンジを好むのだ」。デ・ゼッサントは自分の異常嗜好に合った色彩を配するのであり、病気からの回復に好ましい選択という考えは毛頭ない。

人工的探求のあらゆる手段は、――ダンディにとって芸術品である――肉体の問題へと収斂していく。そしてユイスマンスにおいて、肉体は、神経質な一種の素材といえるだろう。ほとんど常軌を逸した感覚過敏状態にあるこの肉体にとって、神経を研ぎ澄ますものすべては重要である。デ・ゼッサントにおいては、肉体を刺激するものと精神を洗練させるものは、ほとんどアマルガムの状態をなしている。作者が「造詣深いヒステリー」という表現で呼ぶところのものが、それである。フォントネの家で、彼は放蕩によってではなく、倒錯的な探求によって肉体を疲労困憊させるのであるが、それは神経の鋭敏によって、同時に精神が洗練の極地に達するのを感じとるためである。肉体はいわば、一種の楽器であって、振動のせいで最後には弦が切れてしまう。

パリでさんざん苦しんだ激痛をともなう神経痛が再発して、形を変えながら身体中を駆けめぐるようになる。この状態はあらゆる行き過ぎの結果であり、肉体を快適さ、健康の場とする代わりに、完璧な不均衡による快楽の場とした当然の結果であった。人工嗜好の行き着いた果ての最後の〝快楽〟は、医者によって強いられたペプトンの栄養浣腸である。「これ以上先へは行けないであろう。このように摂取された栄養は、確かに人が試みうる最後の逸脱であった」。これが主人公の想像力によって開始された、反転のシステムの究極であった。さかしまの洗練は凡庸へと行き着き、同じ運動は精神と肉体を横切っている。「複雑な狂気と結核の併発」を脅し文句に、医者は、フォントネの住処を捨てパリに戻るように勧告する。デ・ゼッサントは自らのテバイド（隠遁地）から投げ出されて、もう何の感興ももよおさない快楽しか存在しない、人間の世界にまた戻ることになる。このカタストロフが彼に、曖昧な一種の神への祈りをつぶやかせる。

（2）デ・ゼッサントの宗教感性と、その時代背景

フォントネの家の壁を飾る絵画は、さまざまの人工探求の試みと同じように主人公のあり方と不可分の関係にある。語り手はそれを次のように説明する。

> 精神の愉悦と目の喜びのために、彼はいくつかの示唆的な作品を欲した。彼を見知らぬ世界に投げ入れ、新しい命題の跡を白日のものとするような、造詣深いヒステリーによって、複雑な悪夢によって、物憂げで残忍なヴィジョンによって、彼の神経組織を動揺させるようなものをだ。

ギュスターヴ・モローの名がまず現れる。現代性の対極にあるといってよい「歴史画」と呼ばれるジャンルに打ち込んだこの画家は、『現代芸術』の著者を惹きつけた。この著書で、モローは「パリのど真ん中の神秘主義者」、「ヴィジョネール」、「阿片吸飲者」などと形容されているが、これらの表現はユイスマンスが彼の絵にいかに魅了されたかを、はっきり物語っている。デ・ゼッサントは『サロメ』〈図版5〉と『出現』〈図版6〉という二つの絵を所有している。最初の絵はヘロデ王の命で踊るサロメを描いており、ドガの踊り子たちを引継ぐ存在としてとらえられていたことが、『さかしま』の草稿からわかっている。[29]

『サロメ』を説明するために、ユイスマンスは二度にわたり（まず『現代芸術』で、さらに『さかしま』において）「超人的な」と「異様な」という二つの形容詞を用いている。彼の考えでは、モローの作品は絵画においては比肩する対象がなく、唯一文学に求めうるのみであり、「パリの夢想」（『悪の華』）のごときボードレールのいくつかの詩に類似している。

> そしてこれらの驚異的現象の上に
> 漂っていたのは（恐るべき新奇さ！
> すべてはまなざしのために、何一つ耳のためではなく！）
> 永遠の沈黙だった。

5　ギュスターヴ・モロー
『サロメ』

6　ギュスターヴ・モロー
『出現』

この沈黙は、詩人自身によれば夢のヴィジョンに固有のものである。明らかにサロメは踊っており、その動きが描かれているにもかかわらず、すべてが不動のような印象を与える絵を前にして、ユイスマンスが把握したのはまさに、この沈黙ではなかったろうか。いずれにせよ、この踊り子はルーベンスのサロメのように生身の女ではなく、寓意的な存在に変容している。「不滅の淫欲の象徴的神性」、「不死のヒステリーの女神」。「肉体をこわばらせ筋肉を硬くするカタレプシーによって」選ばれた、この呪われた「美」は、強烈な官能性に彩られている。

　モローの第二の絵『出現』は、空中に浮かんだ聖ヨハネの首の恐るべきまなざしに射られて、単なる遊女へと変容したサロメの「まばゆいエロティシスム」と「人間的恐怖」を示すものと、ユイスマンスはとらえる。諸芸術間の移し替えに特別の関心をいだく作者は、この絵画的催眠術の瞬間を、華麗に増殖する言語によって綴っている。

> 洗礼のヨハネの頭から発する火のような光線のもとで、宝石類のあらゆるカット面が燃え上がった。宝石は輝き、女の体を灼熱の線で描いてみせた。石炭が燃えるように深紅に、ガスの噴射のように紫に、アルコールの炎のように青く、天体の光のように白く、女の首、足、腕を、火の斑点で突き刺した。（『さかしま』）

ユイスマンスは、モローのサロメの宝石類だけを身に纏った姿に心を奪われる。宝飾類は、きわめてデカダンス的な芸術品であり、美しい色合いをもったその硬さゆえに不変の輝きのイメージを与える。生きた宝石と化した女の肉体はモローの筆によって、さらにユイスマンスのエクリチュールを通して二重のプロセスで芸術品となる。さらに彼女は「まったく現代的な神経症の不安な過敏さ」に刻印されているという印象を『現代芸術』の著者に与え、彼の現代性の基準を揺るがしてしまったようだ。そして、神秘主義と宗教的なものへ道を開くことになる。モローの絵においてサロメは罪の意識と肉体の宿命を、洗礼のヨハネの首は光を放つ精神性を体現している。このように表現された神秘主義的内容は、聖と俗、禁忌と背反の関係を示しているゆえに、本質的に宗教性を帯びている[30]。それは「神性冒瀆の土壌に生え、不敬虔な環境で育った毒のある大輪の花」である。

　モローの絵が書斎にあるのに対し、オディロン・ルドンの作品は玄関の広間の壁を飾っている。後者はその「夢遊病者のような姿」の人物たちのゆえに、前者と関連づけられる。『現代芸術』の著者にとって、彼らの絵画は夢の領域に属するものである。ルドン作品の幻想的な側面を強調しつつ（「病気と錯乱の幻想」）、デ・ゼッサントはそこに絵画に移し替えられたエドガー・ポーの特徴を認める。諸芸術間の移し替えという点でいえば、ルドンは三回にわたってフロベールの『聖アントワーヌの誘惑』を主題に一連のリトグラフを制作している。彼の作品は、モローの場合のように、絵画と文学の境界線にあるものとして把握され、さらに現実と絵画の彼方に位置するものとされる。

『ゴヤへのオマージュ』のシリーズに含まれており、「沼の花、人間の悲しげな顔」〈図版7〉と題されたリトグラフを分析した『パリ・スケッチ』の一節に注目してみたい。

この暗い水の中から、どんよりとした空の下、風変わりな花の怪物じみた茎が突然伸びてきた。(……)

まったく個人的な巨大な苦しみがこの青白い花から発していた。その表情の描写からは、疲弊したピエロ、曲がった腰を嘆く年老いた道化師の深い悲しみが感じられ、さらに、憂愁にとらえられた過去の時代の貴族、巧妙な詐欺破産で罰せられた代訴人、手の込んだ陰謀によって囚人に身を落とした老判事の苦悶といったものが読みとれる。

この青ざめた顔はどんな極度の悪に苦しみ、どんな荘厳な贖いによって、水の上へと輝き出たのかと私は問うてみた。

「贖い」という語が暗示するように、汚れた水の表面から浮かび上がった花のイメージは、作家になかば宗教的な雰囲気を想像させたようだ。

きわめて曖昧な宗教感情が『さかしま』のそこかしこに見受けられる。それはユイスマンス＝デ・ゼッサントの精神的両義性の反映と考えられる。画家たちに関する彼の意見は、その指標となる。書斎でモロー絵画の連想作用の下、主人公の思索は宗教儀式へと及ぶ。そこで想起された高位聖職者たちの行列は、その壮麗さで彼の想像力を圧倒するが、それは何らかの明確な宗教感情とは無縁といえるだろう。芸術的感覚が、「カトリック教徒たちの巧みに計算された諸場面」、つまり典礼や神秘と聖性の儀式の感覚によって魅了されているのである。

『悪の華』の詩人が後世に遺した両義的な宗教感性は、世紀末芸術に明瞭な形で現れる。[31] ボードレールは、『ボヴァリー夫人』に関する論文の中で、主人公エマの宗教感性とその神経症的傾向を関連させている。「……少女〔エマ〕は細長い装飾窓のステンドグラスが、寄宿生用祈禱書に投げかけた東洋的色調にうっとりとしていた。晩課の荘厳な音楽にひたっていた。そして神経に起因するある種のパラドックスによって、心の中で、自分のファンタジーの神を真の神の代わりとしたのだ」。彼女の信心は、ボードレールによれば「ヒステリー症状の詩人」のものである。フロベールはエマのうちにある直截的な、本能的な状態の夢想を提示する。しかし、エマが夢と宗教心の本能的連合にとどまっているのと異なり、芸術家は、ボードレールの言によれば、夢想することを欲し、夢想するすべを知っている。[32] デ・ゼッサントが我が家を修道院の隠遁生活の〝移し替え――倒錯〟としたとき、彼は、エマのように自分の感覚と夢想の犠牲者ではなく、それを支配

7　オディロン・ルドン
『沼の花、人間の悲しげな顔』

8

9

オディロン・ルドン『聖アントワーヌの誘惑　第3集』　左：No. 8　右：No. 20

するすべを心得ている。

彼は修道院の雰囲気作りに熱中する。召使いの老女を、ベギン会の修道女に見立てて「白い頭巾とたっぷりしたフード」をかぶせ、彼女の影が黄昏時に修道生活の感覚と平和を醸し出すようにする。さらに彼は本物の宗教グッズを所有している。書斎の天井は「昔の聖職者用マントのために、ケルンの織物業者組合によってかつて刺繡された銀のケルビムたち」によって飾られている。その他、礼拝堂の古い書見台、二つの聖体顕示台、ボードレールの詩を収めた例の読誦額といった具合である。

修道院の独房をまね、「その無垢さをヒステリー化した」寝室には、苦行者のものに見立てたベッド、ナイトテーブル用の骨董品の祈禱台、儀式に用いられる本物のロウの蠟燭を立てた教会の燭台、さらにエル・グレコのキリスト像がある。それらはすべて「カルトゥジオ修道会士の本物の独房のようでありながら、もちろんそうではない」空間の創造に寄与する。かつてデ・ゼッサントがパリに所有していた「刺激的な寝室」と対極をなすこの部屋は、修道士の独房の外観を模倣しながら、そのコンセプトにおいては、僧院の精神にまっこうから対立している。かつての寝室の白いベッドは、老人の欲望を刺激するような、子供や少女の無垢さを装っていたが、ここでは儀式関係の道具は用途がずらされることで、宗教感情を完全に無に帰しかねず、その意味でひどく挑発的である。

しかし、この不明確な、まやかしの信心の雰囲気は、デ・ゼッサントのうちに一種の危機を招来せずにはおかない。彼はそれをイエズス会のコレージュで受けた教育のせいだと考える。この論理によれば、彼の突拍子もない数々の試みへの執着や、常軌を逸した行動への欲求さえも「ある理想への、見知らぬ世界への、聖典が我々に約束しているもののように望ましい、遙かな至福への衝動」の偏向した形ということになる。そのうえ、自らの世紀を唾棄する芸術家の目には、カトリック教会のみが真の芸術、「諸世紀の失われた形」の受け入れ手として映る。確かに、「別の生への希望という漠然とした処方箋」でしかないキリスト教の慰めよりも、「精神の富者」にしか理解しえないショーペンハウアーのペシミスムのほうがまさっている。しかし、デ・ゼッサントは「かくも詩的で、かくも胸を打つ」カトリシスムを放棄する気になれない。

注目すべきは、彼の宗教的危機が、神経の発作と不可分であることだ。

この信心の回帰、これら信仰の恐れは、とくに健康が悪化し始めて以来、彼を苦しめていた。それは新たに始まった神経の変調と一致していた。

この同時性はまったく偶然ではない。『さかしま』の出版後、ゾラに宛てて書かれた初めての手紙の中で、ユイスマンスは次のように宣言している。「僕は神経症に関するブーシュとアクセルフェルドの著書に忠実に依拠しました。病気の段階を入れ替えたり、症状を変えたりは、あえてしなかったのです」。問題の著作は、前者の『急性・慢性神経症と神経系疾患について』と後者の『神経症論』である。作者は登場人物の症状を綴るために、感覚障害生起の順番、耳慣れない専門用語、治療方法、病気による感覚異常の特徴などといった要素を、これらの本から借用したようである(33)。

神経症患者として提示されている主人公を、作者は病理学の一ケースとして扱っているのだろうか。彼の精神的あこがれは、病気の症状のひとつにすぎないのだろうかという問いが浮かんでくる。そうだとしても、彼の芸術家肌の感性はきわめて洗練された形をとっているので、病理学のみに還元しえないところがある。とくにデ・ゼッサントが第三章において教会ラテン語とキリスト教の古い聖歌、「教会の香辛料によって強烈にされた、ラテン語の古い屍骸」に酔いしれるときなどはそうである。

かつてイエズス会士たちのところで聴いた宗教曲は、のちに強烈な思い出となって蘇り、神経症も手伝って、過去の感覚を再体験させる。彼は何よりもグレゴリオ聖歌に惹かれる。

グレゴリオ聖歌の「キリストは造られたり」が教会の身廊に響きわたり、ゆらめく香炉の煙の中で柱が揺れるとき、あるいは自らの死すべき運命を嘆き、救い主の優しい慈悲を懇願する人類の絶望的な呼びかけのごとく胸を打つ「深き淵より」のフォー・ブルドンが、絶え間のないすすり泣きのように陰気にうめくとき、何度デ・ゼッサントはある逆らいがたい息吹にとらえられ、打ちひしがれたことだろう！

ところで、この修道的であると同時に、強烈に感覚的色合いをもった宗教の二重性は、ドン・ゲランジェ（一八〇五―七五）の典礼改革に続く時期の特徴である。フランス・ベネディクト派修道会の復興者であり、リギュジェの僧院の創設者であるこの人物は、修道生活を、神への讃美に基づく瞑想の原理と行を最重視するものとして定義した。精神の発現としての聖歌の重要性は、そこに由来する。「聖務執行において、声と精神の和合によって、生は瞑想となる」とドン・ゲランジェは述べている(34)。

しかしながら、中世の魂を表現するこの伝統的旋律を耳にして、デ・ゼッサントが体験する感動は、シューベルトの歌曲が引き起こす感覚とはたしてまったく異なるのかと、我々は問わずにはいられない。

「デ・ゼッサントはもはや極上の感覚と、カトリック的で官能的な激発しか容認しなかった」というのが、エドガー・ポーに関するくだりの書き出しである。ここでは、〝カトリック的〟という形容詞によって、宗教的なものが、芸術的感性と、さらに官能とに結びついていることがわかる。宗教的においが官能的愉悦を高め、審美的悦楽と禁欲の極地を混同することの彼方の夢想、カトリシスムのこのような偏向は、ユイスマンスの発明というわけではなく、ボードレールに由来する[35]。書斎の読誦額の左右にはめ込まれた詩を想起してみよう。「恋人たちの死」と「敵」はそれぞれ〝花〟（「奇怪な花」、「新たな花」）、〝墓〟、〝神秘主義的〟の語を共通して含む。最後の形容詞は、キリスト教的意味をはなれて、愛と死を融合しているといえるだろう。

この世紀末的風潮は、ボードレールにのみ端を発するものではない。フロベールの名も挙げておかなければならないだろう。彼は虚無の意識を強烈にもっていたものの、未知なものの必要性を内奥に秘め、それを『聖アントワーヌの誘惑』のような作品に表わした。腹話術のシーンで、デ・ゼッサントはミス・ウラニアにフロベールのテクストの一節、キマイラとスフィンクスの対話を朗誦させる。「私は新たな香り、もっと巨大な花々、味わったことのない喜びを求める」。『聖アントワーヌの誘惑』が告白する、忌むべき人間存在のあり方を逃れようとする願望は、フロベール自身のものであろう。

「そしてあらゆる恐るべき怪物たちが出現する」から始まる結末では、種々の異常な形態、植物・動物・鉱物の融合、諸存在のありとあらゆる変容が聖人を魅了し、ついには物質崇拝にまでいたらしめる。「私は……あらゆる形の中に身をひそめ、各原子に分け入り、物質の底まで降りていきたい――物質そのものとなりたい！」。シバの女王の描写のくだりでは、その姿は宝石類の列挙によって細密に描かれ、まるでオブジェの集合体でしかないような印象を与える。フロベールの書はキリスト教精神にまっこうから対立するが、宗教的あるいは異端的形態を通じて、人の心の中で、宗教感情を生み出す必然を把握しようとする試みを含んでいる。

このように、『聖アントワーヌの誘惑』において宗教は否定的ではあるが、第一義的な役割を演じる。アントワーヌがキリスト者迫害の犠牲となったローマの女たちをヴィジョンで見るシーンでは、ある貴族の女性が愛人の血を含んだ海綿に口づけを繰り返しながら、その殉教を悼んでいる。さらに「お前を真剣にするのは私だ。抱き合おうじゃないか」という「死」の叫びで頂点に達する、「死」と「淫欲」との対話は、デカダンス的コノテーションを含んでおり、いずれもオディロン・ルドンのリトグラフ連作の題材となっている〈図版8、9〉。

改宗後のユイスマンスは、フロベールの描くシバの女王に不満で、ギュスタヴ・モローのみが唯一、この聖書の女性を表現できるだろうと述べるにいたるが、いずれにせよ、『聖アントワーヌの誘惑』は、モローやルドンの作品と同じ資格で、現実を越えるものへと彼を導く「夢の芸術」に属している[36]。

確かに、宗教はそのカテドラル、荘厳な儀式や芸術品のゆえに、芸術家の鋭い感性を魅惑する。ゴンクール兄弟もまた、『ジェルヴェゼ夫人』で、宗教の持つある種の壮麗さに――それに強い嫌悪感をいだきつつも――無関心ではいられなかった。ヒロインがサンタアゴスティノ教会を訪れる場面の描写はその例証の一つとなる。ヤコポ・サンソヴィノによる『プラートの聖母』（一五二一）が、そこには安置されている。「ジェルヴェゼ夫人はやっとサンソヴィノの美しい聖母を見分けることができた。すらりとした指をもつ長い手が、けむって、おぼろげで、はっきりしない身体から伸びていた。幾重もの真珠の首飾り、金のドーム状の重い王冠、耳飾りのダイヤ、貴石で飾られた胸当て、手首の黄金のブレスレットといった宝石の飾りつけで、その身体はかすんでいた。ビザンティンの金銀細工の鎧を纏った皇后の異国風のまばゆさに、幼いイエスの輝きがさらに付け加わった（……）」。ゴンクール兄弟が、宗教的感受性に着目しているのは言うまでもない。この聖母描写を通じて、イタリアの大衆信仰の表現形態が洞察される。さらに悩む者と宗教との関係の視点では、ジェルヴェゼ夫人自身が、母性の深い懊悩のゆえに、この強い影響力をもった雰囲気に巻き込まれていく姿が描かれる。

このようにさまざまな形で、宗教的要素が文学の中に浸透してくる。「文学青年層は神秘主義的になってきているようだ」とユイスマンスはレミ・ド・グールモンの『神秘のラテン語』（一八九二）に寄せた序文に記している[37]。だが、その増殖はかなり曖昧な傾向をもっている。次のように指摘しているのも、ユイスマンスだ。「それは宗教的事物の氾濫だった。詩人たちはヴィーナスを捨てて聖母に走り、彼らは聖女たちをニンフのごとく扱った。高踏派によって崇められた異教の神々に、聖マドレーヌがとって代わった」。

『神秘のラテン語』の著者自身も、この新たなモードとまったく縁遠いといえるだろうか。ルーヴル美術館所蔵の中世イタリアのある浅浮き彫り作品に関する彼のコメントは、この点に関して示唆的である。幼子のイエスと母マリアが、幻視でカルワリオの丘のシーンを見るというのがこの彫刻の主題である。グールモンによれば、この作品が表現しているのは、不可視のもの、すなわち不安という人間感情である。「彼らは恐れている。互いを恐れ、彼らの目に映ったドラマを恐れ、彼らは永遠の恐れをいだく。そして慰めを得ない彼らは、慰められるはずがないことを、知っているのだ[38]」。そして不可視を可視へと移し替えることにおいて、この中世の芸術家は、同じ人物たちを描きながらも「若い牝馬とその子馬の動物的な喜びの印象」しか表現できなかったラファエロと異なっている。グールモンにとって、芸術、とりわけ宗教芸術は、不可視を表現することに基づいている。しかし、彼が〝不可視〟という語によって示唆する内容は、必ずしも聖なるものの意識と重なってはいない。聖なるものの意識は、不可視なものを強烈に表現するとしてもである。

エミール・ヴェルハーレンはというと、『修道士たち』（一八八五）と題された一連の詩を発表し、瞑想に生きる人々のイメージによって喚起された感興を謳った。

彼らのために内陣が開かれた寺院にたどり着き、

巨大な尖頭アーチの湾曲の下で、
彼らは敷石の冷たさの上に跪く。
そして神に、心のすべての血を投げかける。

血は祭壇を打ち、大地に注がれる。
そして、まばゆい壁の光輝を赤く染める。
十八世紀もの間、彼らが苦しみ続けたのに、
聖体は完璧に真っ白なままだ(39)。

修道士たちの血の赤と聖体の白の並列により、感動はいわば様式化されていて、彼らは一幅の絵の人物たちのように提示されている。同じ様な印象が、「宗教的夕べ」にも認められる。この詩では自然的要素と宗教的要素が密接に混じりあい、とらえどころのない宗教心から発したこの神秘主義をいっそう漠たるものにしている。

そして、「柔和なる修道士たち」が聖母から受ける祝福は、官能的ニュアンスを帯びる。

僧侶たちの精神は、ろうそくの灯影とかがやく。
彼らは聖なる御母の、無垢な恋人たちだ。
……
そして、ある愛の夕べ、彼らに報いるために、
彼女は最も聖なる者たちに、イエスへの口づけを許す。

ユイスマンスもまた、官能で興趣を添えられた宗教的なものの魅力を、免れてはいない。先に触れたルーヴル美術館蔵の聖母子、聖カンタン、聖ベネディクトゥスを描いたフランチェスコ・ビアンキの絵(現在はマルミタ作とされる)は、彼によれば「密かな聖性冒瀆、後ろめたい祈り」を内包している。聖カンタンの特異な容姿(「性別のはっきりしない青年、神秘的な美しさの雑種」)と人物たちの顔が似通っている事実から、ユイスマンスは近親相姦の暗示を読みとるのだが、それが強烈な印象を残すのは、キリスト教的心理、「彼らの罪の恐るべき逸楽」の贖罪願望と密接に結び付いているからにほかならない。

さらに性と融合して、宗教は肉欲とエロティシスムを刺激する一要素になり果ててしまう。レミ・ド・グールモンの「悪しき連禱」は、この傾向の例証となる。

新しいバラの香りと、古い大地の香りがする、
姦通のおまえの口は祝福されるがいい!

花と葦の怪しい汁を吸った
おまえの口が話すとき、葦の不実なゆらぎが聞こえる。

血にそまり、冷やかなこの残酷なルビーは、
十字架のイエスの最後の傷口(40)。

この詩はデカダンスの精神の一面を見事に代表していて、ジャン・ロランが『ムッシュ・ド・フォカ』で引用しているのも、納得がいく[41]。

（3）サディスムとサタニスム

サディスムのテーマは、世紀末の宗教感性を理解するうえで、避けて通れない。バルベイ・ドールヴィイに関するくだりで、デ・ゼッサントはサディスムを「カトリシスムの私生児」とし、神秘主義とともに宗教の両極端をなすものと定義する。「サディスムはなによりもまず、聖性冒瀆の実践、倫理的反逆、精神的放蕩、まったく理念的で、キリスト教的な錯乱である」。サディスムはそれ独自の流儀で、一種の〝さかしま〟であるというわけだ。

『悪魔のような女たち』は、ドールヴィイの著作中でも、最もサディスム的要素が強い作品である。特にそのうちの一編「無神論者たちの晩餐」は、デ・ゼッサントも指摘するように、サドの『閨房哲学』から、エピソードを一つ借用している。確かに、この物語はサディスムに関するユイスマンスの主張の格好の例証であるように見える。「緋色のカーテン」などその他の作品では、宗教的観念は、奥に引っ込んでいるか、ほとんど不在であるといってよい。この「無神論者たちの晩餐」においてさえ、主人公メニルグランが死んだ子供の心臓に対して抱く漠然とした畏怖の気持ち、定義しがたい敬意が問題になっているにすぎない。死者の心臓を教会に預けるという彼の行ないが語りの初めと終わりを飾ることで、キリスト教的色彩が施されているだけとも解釈できる。色欲の諸行為の果てに生まれた子供の遺骸の一部は、メニルグランの委託という、いわば贖罪の〝儀式〟によって、ほとんど聖遺物となる。この中編小説において宗教性は、サディスムと償いの間で、二重の矛盾にみちた形で、提示されるにとどまる。「人々がもてあます――死者の、あるいは生者の――肉体を受け入れるためだけに教会が作られたとしても、それならそれで、まあ結構なのではないかと、それらの無神論者たちはようやく納得しただろうか！[42]」。

神経症が作用して、信仰への回帰にあこがれるデ・ゼッサントは、ドールヴィイ流のサディスムに抗しがたく惹かれている。

性と宗教の視点から、ユイスマンスはさらにフェリシアン・ロップス（一八三三―九八）の絵を解釈し、この画家の分析に『ある人々』の一章を充てている。考察の対象となっているのは今度はサディスムではなく、絵画におけるサタニスム（悪魔主義）であり、それは「魂の奥底へのほの暗い下降」を可能にしてくれる。高じて「精神的ヒステリー」へと至る「淫欲の精神」、言い換えれば「脳の過敏」に比べれば、姦淫の行為そのものは、「淫欲」によって引き起こされたものにすぎず、興味をひかないと、『ある人々』の著者は言う。彼にとってロップスは、淫欲の行為そのものではなく、「精神的ヒステリー」を見事に描出しえた画家である。ところで、科学が「精神的ヒステリー」と呼ぶものは、教会が「思いの楽しみ」と称するものに対応している。「思いの楽しみ」(délectation morose)は、キリスト教神学の用語であり、性的な罪を想像して味わう快楽を意味する。つまり、「精神的ヒステリー」も「思いの楽しみ」も共に、同じ精神現象を指しているのであるから、ロップスの作品はその両方の表現ということになる。

　ユイスマンス流の観点によれば、絵画が行くべき方向は二通りしかない。神秘主義的であるか、悪魔主義的であるかどちらかであり、この二つは時として、一方から他方へと転換することがある。ロップスの絵は、「悪魔に呪われたせいで、近寄る男を毒する女」を主題にしており、ユイスマンスは彼の作品を宗教芸術の伝統的流れに位置づける。中世の画家たちと同様、ロップスは「死」の姿に惹かれ、そして「死」は彼の絵の中で「女」の姿と合体する。

> 現代人におけるカトリック芸術の最後の表現のように思われるボードレール的意識をもって、ロップスの作品は、「死」を慈しみ、逸脱させ、飾りたてるのだ。(『ある人々』)

アンドレ・ギュイヨによれば、ロップスはユイスマンスが述べるような深みをもった芸術家ではなく、彼の考えは一種の誤解に基づく見当違いであるという。結局ロップスが情熱を傾けて描いたのは、純粋な悪魔崇拝としてのサタニスムではなく、〝サタニスムのヒステリー〟、つまり悪魔の手先である女のヒステリーであるというわけだ。にもかかわらず、ユイスマンスのロップス研究は、彼のテクスト中でも、最もボードレール的色彩が濃いものの一つであることに変わりはない。「さかしまのプリミティフ派画家」(Primitif à rebours)という称号(「フェリシアン・ロップスは、さかしまのプリミティフ派画家の魂をもって、メムリンクと対極の作品を完成した」)は、確かに後世の目から見ると、やや唖然とさせる言説かもしれない。「〝逆方向〟(rebours)は、〝裏側〟(revers)と同様、補足的な対極、もう一方を否定しない反対を意味する。したがってこの副詞(à rebours)は、〝Primitif〟に含まれている概念を無傷のままにしつつ、不条理な比較と度を超した賛辞を受け入れさせてしまう(43)」。

　ロップスの作品のいくつかにユイスマンスが付した説明を見てみよう。『カルワリオの丘』〈図版10〉は、そのタイトルにもかかわらず、宗教性を内包しているとは、現代の我々には思われない。しかし、ユイスマンスは次のようにコメントする。

> このシーンの嘲弄的な虚構、快楽の道具と化したこの十字架の神性冒瀆、陰茎の硬くなったこのキリストの裸体を前にしての、この恍惚のマドレーヌの淫蕩、白いランセットのように闇の中で炎がそそりたつ大蠟燭の列に照らされた

この女の色情の受難は、真に悪魔的であり、真にかつてのサバトに由来する。それは現在、完全に現実のものとしては存在しないとしても、ある瞬間に我々の腐敗した魂の中で、さかんに執り行われているものだ。(『ある人々』)

このリトグラフは単に加虐的な性の表現にすぎず、宗教は単なる飾り、挑発的なデカダンスの精神にとっては〝貴重〟である飾り以上の何かにはたしてなっているだろうか。『スフィンクス』〈図版11〉は片目鏡をかけた紳士の姿をしたサタン、真に世紀末的サタンを描いている。ロップスのサタンは、いわば内からも外からも人間化されている。「彼は不完全で、疲弊し、年取っている。熟年期の並外れた風貌をもう有していないことに、彼は今や気づかざるをえない。彼は外部の声に耳を傾けざるをえず、内面の声を聞くことはもうない。おそらく、人の魂狩りにおいても人間の限られた能力しか用いない」。このサタンの人間化は、彼が人の魂の内奥深くにまで同化し、もはやそこから区別されないまでになったことを意味する。したがってキリスト教的な意味での悪は勢力を拡大し、破壊不可能で全能となったとさえいえよう。ただ、ユイスマンスがこの象徴的意味をくみ取った問題の版画が、その作者にとっても同様の意味あいを有していたかどうかは、疑問なしとはいかない。

ロップスの絵画の世俗的性格をユイスマンスが見落としていたとしても、そのコメントは彼自身の精神的方向転換を示唆している。[44]〝魂〟という語の意味の変化に関して、まずそのことがうかがえる。『さかしま』の作者は、〝魂〟をほとんど神経の作用と同一視していた。少なくとも、この語が非常に曖昧な意味しか持っていなかったのは、先に見たとおりだ。それに対し、「精神的ヒステリー」と「思いの楽しみ」を関係づける『ある人々』のユイスマンスは、魂の神経組織への従属、あるいは同一化を否定している。その点で、『ジェルヴェゼ夫人』の著者と袂を分かつといえるだろう。「……この現象〔「精神的ヒステリー」あるいは「思いの楽しみ」〕はカトリック教徒にとっては明白であるが、物質主義者たちにはまったく不可解なものだ。彼らは魂を単独で働く神経組織の一機能と同様に考えており、そのメカニズムを脳の中に発見することができないのだ」。

次に、『さかしま』の中でバルベイ・ドールヴィイの『悪魔のような女たち』を定義するのに使われていた〝サディスム〟の語が、ロップスに関するページでは消えて、〝サタニスム〟によって代替されていることに注目したい。それはおそらく、サド侯爵に関連する前者は、十八世紀が起源なのに対し、後者は、長い伝統を持つからであろう。現代にも生き続けるサタニスムは、ロップスの画布上で芸術に表現され、伝統の継続を保証し、その伝統は彼の絵に「倒錯の超自然性」、「悪の彼方」的性格を付与する。

グリューネヴァルトの『磔刑図』描写によって始まる『彼方』は、ロップスに割かれたページの延長線上にある。フィ

10　フェリシアン・ロップス『カルワリオの丘』

11　フェリシアン・ロップス『スフィンクス』

リップ・ロジェがその論文「ユイスマンス――サドとサディスムの間で――」で指摘しているように(45)、ここでもサディスムは影をひそめ、「真の神秘主義者」と称され、少なくとも年代記の偶然によってジャンヌ・ダルクと並列されるジル・ド・レに代表されるサタニスムが前面に出ている。ジャンヌとジルの二人の人物像は、中世の強烈な価値と、ある「探求」の絶頂を、対立しつつも共に体現している。「そして、もちろんのこと、サド侯爵はジル・ド・レに比べれば、臆病なブルジョワ、惨めな幻想家にすぎない！」。ジル・ド・レは「悪の最後の暗闇」に迷いこんだのであり、そこには医学も法も入り込む余地がない。

ジル・ド・レが生殖機能の欠陥者、拷問と殺人の名人であったと信じるとしても、その人間業とは思えぬ、あまりにも恐ろしい詳細のゆえに、彼は最もすさまじい犯罪者とも、最も常軌を逸したサディストとも区別されるといわねばなるまい。

つまり、ジル・ド・レ像は、単なる神経の作用に還元しえないものを象徴している。『さかしま』から『彼方』にいたるに及んで、ユイスマンスの宗教感受性にある種の修正が加えられたことが、確認できる。

ユイスマンスはこの歴史上の人物を「十五世紀のデ・ゼッサント」と定義し、彼の中に一人の芸術家を見る。彼の大罪はその過度に鋭敏となった感性が原動力となったのだ。「最も知的な残酷さ、最も繊細な犯罪へと転換する神秘主義に刺激され、ジルの中で芸術家と文人が増大し、溢出し、彼を駆り立てさえする」。

ジルの子殺しは、錬金術への情熱に端を発した。「ジル・ド・レは幼児たちを虐殺し、彼の魔術師たちはその内臓をえぐり、いたましい遺骸の中に錬金術の秘密、価値のない金属を黄金に変容する力を探した」。だが、この目的が失われても、彼はなお犯罪行為を止めようとはしない。彼の倒錯した人殺しの愉悦は、その極限まで押し進められることで、ユイスマンスの目には別の意味をもってくる。それは、好奇心のゆえにおぞましい探求へと駆り立てられた芸術家の愉悦である。ユイスマンスはジルの大罪を通して、肉体のすべての秘密を探索する審美的喜びを夢想している。

残虐の限りを尽くした後、ジルは子供を肉体的のみならず、精神的にも苦しめ始める。彼の行為は、「獲物の体を弄ぶ猛禽類」の残酷さを越えてしまう。肉体の快楽の動物性は、ついにたがのはずれた想像力によって、精神的なものへ到達し、そこではこの両極端が融合する。別の言い方をすれば、ジル・ド・レの怪物性は、その物質的現実を破壊するにいたり、一種の宗教的苦行の様相さえ帯びてくる(46)。

それはまさしく、悪のために悪をなす、意識的あるいは無意識的悪魔妄想家のようであった。彼らは独房で恍惚状態にひたる修道士や、善のために善をなす人以上に、異常なわけではない。彼らは、あらゆる医学と関係なく、魂の二つの対極に位置しているのだ。それだけのことだ！

宗教は「その親密で、うっとりさせる芸術、その伝説のすばらしさ、聖人たちの生の輝く無垢さ」で、『彼方』のデュルタルに作用する。彼にとって、芸術は祈りと共に唯一「魂の射精」である。この小説の成功の後、ユイスマンスは友人アレイ・プリンスに、サタニスムと逆の方向へ転換する決心を打ち明けている。彼はそれ以降「教会そのものの芸術」である神秘主義へと向かうであろう。

　ユイスマンスは、レミ・ド・グールモンの『神秘のラテン語』に代表される、世紀末的宗教感性のある側面から決別する。それは、この本に寄せた序文の中で、はっきりと宣言されている。一九一三年の版で、グールモンがこの序文を採用したがらなかった理由は明白である。

> 憧憬とか、理想主義《イデアリスム》や心霊主義あるいは理神論と呼ばれるもの、すなわち未知への、多少とも漠然とした彼方への、多少とも神秘的な潜在力への漠然としたあこがれを、「神秘主義」と混同してはならない。それは自らの望むこと、行くべき道を知っており、胸に抱こうとする神の何たるかを知りうえ、明確に語りうる。「神秘主義」は神自身がその内に広がるとき、神の中に沈潜することを望むのである。

III 「神の屍骸」——ユイスマンスのキリスト

痛み、傷つき、病んだ肉体の苦しみを通して、ユイスマンスはキリストの姿を把握する。教会の伝統自体もイザヤ書の〝苦しみの僕《しもべ》〟のイメージによって、キリストを理解してきた。

> 渇いた土から出る根のように、
> 彼には見るべき姿もなく、威厳もなく、
> （……）
> 悲しみの人で病を知っていた……。（イザヤ53-2〜）

ボシュエがこの人物像から「神なる癩者」のイメージを引き出したのは、周知の通りである。

　ユイスマンスがキリストと遭遇するのは、画家の目によって、絵画による衝撃を通じてであった。徐々に彼は、あるいは異なり、時にはまったく相反するさまざまのキリスト像をたどりながら、苦しみのキリストの至高の姿へといたることになる。

（1）絵画の中のアッシジの聖フランチェスコ

ユイスマンスはどのようにアッシジの聖フランチェスコをとらえているのだろうか。この問いが価値を持つのは、作家の理解がここでも絵画を通じて行なわれているからである。

最初、この中世の修道士は本質的に歓喜に満ちた聖人として、彼の目に映っていたようだ。「陽気だった聖フランチェスコの例にもかかわらず、もっともそのことが私にとっては、彼のイメージを損ねていたのだが……」（『彼方』）。ユイスマンスが、欠点として、少なくも否定的な側面として、創設者フランチェスコに由来する、この教団特有の快活さをとらえていたことは、注目に値する。

しかし『出発』の主人公デュールタルは、フランチェスコ会のキリスト観には好意的で、フランチェスコ会第三教団に属していたフォリーニョのアンジェル（一二四八—一三〇九）のキリストのヴィジョンを、カルメル会（十六世紀スペインで、アビラの聖テレジア、十字架の聖ヨハネを中心に発足した跣足カルメル会）のそれよりも好ましいとコメントする。「［フォリーニョのアンジェルの口述自伝に現れる］キリストは、被造物を穏和にするために、まず鞭打つことから始める荒々しいキリスト、スペイン的キリストではない。それは非常に慈悲深い福音書のキリストであり、聖フランチェスコの崇めた非常に優しいキリストである。私にはフランチェスコ会のキリストのほうが、カルメル会のものより好ましい[47]」。さらにデュールタルは、ウンブリア地方の聖人の中に、アビラの聖テレジアの持ち合わせていない一種の精神的女性性を見いだしている。「……宗教においてさえ、性別を間違えたような魂が存在する。アッシジの聖フランチェスコはまったく愛の人で、むしろ修道女のような魂を有していた。それに対し聖テレジアは、最も注意深い人間心理の洞察家で、修道士の男性的魂を持っていた」。

やがて、二人の画家、フランシスコ・デ・スルバラン（一五九八—一六六四）とシャルル゠マリー・デュラック（一八六五—九八）の作品を通して、聖人の再認識が行なわれる。『背嚢を負って』には、一人の僧侶を描いたスルバランの絵への言及がある。この中編小説の末尾で、パリに戻ってきた主人公は、本や置物に混じってブーシェの手になるニンフとこの絵の複製を見いだす。

長い恍惚状態に沈み込んで、スルバランの僧侶は指の間で骸骨をまさぐっている。そして私の放蕩のために祈りを捧げてくれているように思える……。

一八七八年版にあったこの言及は、一八八〇年の『メダンの夕べ』の出版の際には削除される。それはおそらく主人公の生の卑近さを強調するためであろう。この絵の修道士がフランチェスコ会会士、さらにフランチェスコ自身である可能性はきわめて高い（ロンドン、ナショナル・ギャラリー所蔵の『アッシジのフランチェスコ』と題されたスルバランの作品は、手に骸骨をもち、祈りを唱えている）。『大伽藍』において改めてユイスマンスは、同じ画家の手になるフランチェスコ像に触れるが、それは彼がかつて訪れたリヨン美術館所蔵のものである〈図版12〉。

顔は灰の中で型どられ、くぼみをつけられたようだ。口は青白く、ぽっかりと開かれている。白く落ちくぼんだ恍惚とした目。がりがりにやせた死体のような体が、どうやって立っていられるのか不思議だ。肉体を消耗させ、苦しみと法悦に満ちた顔の表情を作り上げた並外れた苦行、おそるべき禁欲を思うと、恐怖が湧いてきた。

ユイスマンスによれば、この絵は十六世紀跣足カルメル会の精神に由来する。したがってここでは、中世の聖人の姿は十字架の聖ヨハネの「激烈ですさまじい神秘主義」と融合されていることになる。さらにユイスマンスはこの合成のイメージを次のように分析する。

これは拷問の芸術であり、地上における神の陶酔の譫妄状態である。そうだ、しかし何という讃美の調子、何という懊悩にむせんだ愛の叫びが、この絵からは湧き出していることだろう！

それはスペイン人画家の「神秘の自然主義」を通して描かれた聖フランチェスコである。

フランス人で作家の同時代人であったもう一人の画家シャルル＝マリー・デュラックが、彼に再びフランチェスコとの出会いを用意する。デュールタルは『大伽藍』において、カトリックの深い信仰に満ちたこの風景画家の一連のリトグラフを紹介している。それらは聖人の『被造物たちの賛歌』をテーマとしたものだ。主人公はこれらの作品から放出される神秘主義的印象に強く心打たれる。

リギュジェのベネディクト派修道会で修練者としての生活を始める以前、ユイスマンスは宗教芸術の刷新を目指した芸術家たちの共同体創設の構想を抱いていた。そして誰よりもまず『被造物たちの賛歌』の画家のことを念頭においていたようだ。しかしこの計画はデュラックの死によって挫折し、その無念の思いが『修練者』に綴られることになる。『すべてについて』の中には、一八九九年に三十三歳の若さで世を去ったデュラックの回顧展に際しての一章がある。先に触れたように、デュラックの名が最初に現れるのは『大伽藍』であるが、『すべてについて』では、画家の作品を『被造物たちの賛歌』の「石版画という言語への翻訳」と定義する。亡くなったデュラックは、いっそう緊密に聖フランチェスコの精神と結びつけられている[48]。

12　フランシスコ・デ・スルバラン
『アッシジのフランチェスコ』

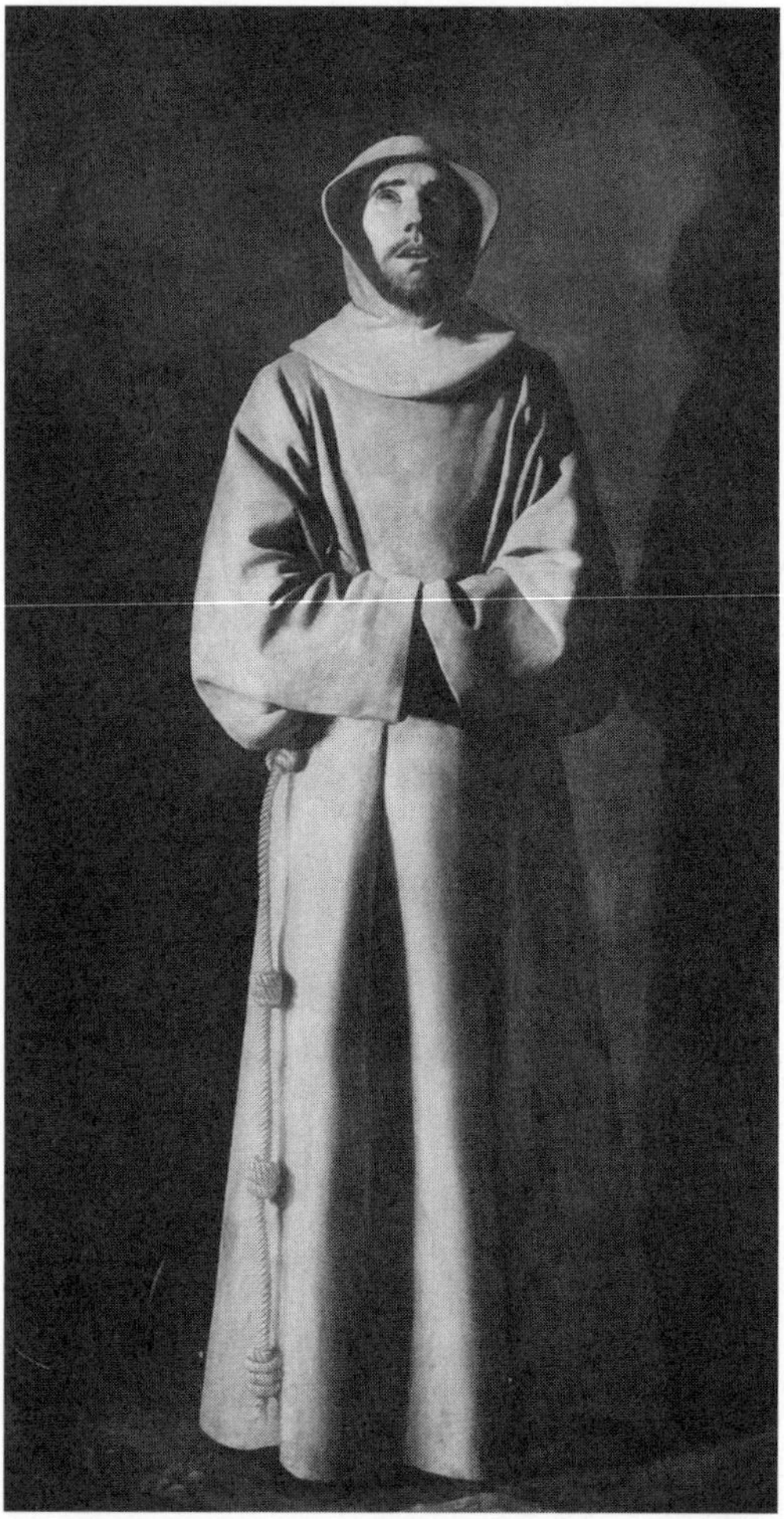

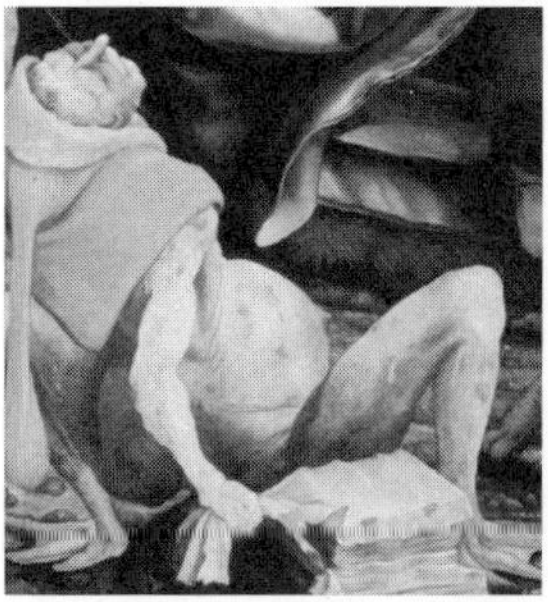

13　グリュ　ネヴァルト
『聖アントワーヌの誘惑』（部分）

デュラックはその生き方、考え方、個人的信仰、作品を通じて、骨の髄までフランチェスコ会士であった。彼の芸術の鍵はそこにある。彼の描いた祈禱の歓喜、彼の無邪気さ、彼の芸術神秘主義的風景画すなわち、我々の目に触れる地平線と景観をもって聖書の風景を描き出すという観念そのものが、フランチェスコ会的発想であり、直接的に聖フランチェスコに由来している。

ユイスマンスの賛嘆の思いは強く、デュラックの作品は「絵画のネウマ[49]」であり、言葉で表現しえない「内的喜びの極限」を表現したものと、言明される。

スルバランとデュラックの絵画との出会いを通じて、聖フランチェスコ像は深さと内面性を獲得したといえるであろう。『修練者』において、〝苦しみ〟に関する神秘的かつ審美的な思索が展開された重要なページで、聖人の名が再び喚起される。

婚姻の崇高な瞬間がやって来たとき、マリアやマドレーヌ、ヨハネが涙に濡れて十字架の足下に立ち尽くすなか、「苦しみ」は聖フランチェスコの語る「貧困」のように、十字架の婚礼の床に決然とのぼり、そしてこの地上で神に見放された者たちの結合から教会が生まれた。

神秘主義の婚姻がキリストを苦しみに結びつけ、フランチェスコを貧困と一体化する。この比較はフランチェスコ会の貧困の理念を、類推的に十字架の理念にまで高める。ユイスマンスのテクストの中で、聖人が最もキリストの姿に近づく瞬間である。民衆信仰のイメージにより緩和された、甘ったるい解釈を一切しりぞける芸術家ユイスマンスにとって、聖フランチェスコがキリストに近しい者となるのは、ただ苦しみによってのみである。さらに苦しみを通して、聖女リドヴィナはほとんど肉体の自然状態を喪失するまで、怪物じみるまでに、キリストに生き写しの者、その選ばれた者となる。

（2）リドヴィナの肉体

怪物じみたもの、悪夢じみた形への熱中は、この〈言葉による画家〉にとっては、天性といってよいだろう。改宗した後も、「雑種の、ありえないような、しかし現実の生き物たち」への嗜好を放棄してはいないようだ。デ・ゼッサントの花々はその面食らわせるような外見にもかかわらず、それらを生み出した源は、自然であった。ところが信仰への回帰後、ある水族館で見た海の奇怪な生き物たちは、譫妄状態が生み出す幻覚の怪物たち同様、すべて神の被造物として解釈される。すべての怪物は、神の作品というわけだ。ある意味で神は怪物じみたものの中に姿を映すのである。

聖女リドヴィナは『出発』の作者にとってジル・ド・レ元帥の対極であり、彼は芸術的・審美的探求の過程で、一方から他方へと導かれることになる。だがここでも、怪物じみたものが、聖女伝の核となる。ユイスマンスは古い文献にしたがって聖女の肉体を詳細に描出していくのであるが、その様はあまりにすさまじく、いくつかの部分では読むに耐え難い感じさえ読者に与える。リドヴィナは〝神秘の身代わり〟という思想にしたがい、苦しみを受け入れた他の聖女たちと共に、キリストの受難の生きた代替者である。ユイスマンスは彼女たちを「キリストに瓜二つの人々」と定義する。「彼女たちは血塗られた鏡の中で、その哀れな御顔を反映している」[50]。リドヴィナの苦しみを描くことは、十字架のイエスの受難をたどることでもある。ユイスマンスに強い衝撃を与えたマチアス・グリューネヴァルトが絵筆により行なったことを、彼はペンを手になすのである。

確かにリドヴィナは精神的懊悩にもさいなまれるが、神秘の身代わりの教義に基づいて彼女が味わうのは、本質的に肉体の苦しみである。ユイスマンスは読者を驚かすような詳細さで、その様子を描いていく。

しかし、これらのその場しのぎの手当も、ついには何の効果ももたらさなくなった。なぜなら、この不幸な女性の身体全体が開いた傷口となったからだ。取り去ることができず、むしろ日々栄養を奪っていく寄生虫がうようよしている潰瘍の箇所に加えて、腫瘍が肩の上にできて腐っていった。さらに中世において「聖なる火」あるいは「狐火病」と呼ばれた病が右腕を犯し、肉をむしばんで骨にまで達してしまった。筋はよじれ、ばらばらになり、一本だけで腕筋をつなぎとめて何とか胴体からとれずにすんでいた。以来リドヴィナにとって、この方向に向きを変えることは不可能になり、頭をもちあげるのに自由になるのは左腕だけとなった。その頭も腐っていった。ひどい神経痛が襲い、錐でこめかみに穴をあけ、木槌で打ちつけるように頭蓋骨が痛んだ。額は髪の生えぎわから鼻の真ん中まで裂けてしまった。あごは下唇のところからはがれ落ち、唇は腫れ上がった。右の目は光がうせ、もう一方の目もあまりに敏感になったために、血を流すことなくどんな弱い光にも耐えることができなくなった。彼女は何週間も続く歯痛を味わい、それはほとんど気も狂わんばかりのひどさだった。ついに窒息せんばかりの喉頭炎の後、聖女は口から、耳から、そして鼻から血を流し、その流失はあまりにすさまじくて、寝台が血まみれとなった。(『スヒーダムの聖女リドヴィナ』)

ユイスマンスはこの類の描写を、テクストの中でしつこいほど繰り返していく。

麦角病に犯され、リドヴィナの骨と皮ばかりの身体の上には、「水のたまった哀れな膨らみ」ができていた。グリューネヴァルトの『聖アントワーヌの誘惑』の左端には、彼女のように腹の膨れた奇妙な人物が見られる〈図版13〉。ユイスマンスはこの人物について、『三人のプリミティフ派画家たち』で触れている。「画家の誰一人として、かつて腐敗の描写をあれほどまでに押し進めたことはなかった。青色の斑点のついた白くねっとりとしたマルセイユ製石鹸の中で練られ、ふくれあがった肉体を想像してみたまえ！　その上に腫瘍がもりあがり、釘が刺さっている。それは壊疽のホザンナであり、骨疽の勝鬨である！」。この外見の醜くゆがんでしまった人物は、麦角病に冒された不幸な人々の一人であり、グリューネヴァルトが描くキリストの肉体が彼らの様をもとに描かれていることは、周知の通りである。つまりリドヴィナの肉体は、中世に非常に恐れられたこの病気を通じて、プリミティフ派の画家グリューネヴァルトのキリストの肉体とつながっている。ユイスマンスがこのことを知るのは、聖女伝出版後であったが。

ある日、ブルゴーニュ公配下のならず者たちに暴行を受け、聖女の膨れた腹がつぶれるという事件が起きる。それは性的な暗示を含む、瀆聖の行為である。人々は神が所有するこの肉体に手を出したのである。血に真っ赤に染まり、彼女のふしどは「畜殺場の堆肥にも似た」様となる。死が近づくと、彼女の最後の苦痛はあまりにすさまじく、その様子はあまりにみじめで、虐殺される動物を想起させる。肉体はもはや「肉のマグマ」、「体液の泥土」、「血のぬかるみ」でしかない。この描写において、殺された動物の血の赤、畜殺場の血の赤が、すべての色彩を凌駕してしまう。肉体は腐敗し、ただ苦しみの象徴である赤の色彩の横溢だけが残る。

自らの世紀のすべての罪を身に負い、人々の罪のために苦しむこと、これがリドヴィナが行なう神秘の身代わりの意味するところである。伝統的にはキリストに当てはめられるイザヤ書の一節（「まことに彼は私たちの苦しみを負い、私たちの悲しみを担った」）の教会解釈にしたがい、聖女は贖罪の行為を果たしている。しかしながら、ユイスマンスはこれらの責め苦を課すのは神であると、はっきりと述べている。

彼女の身体のどこにも病んでいない場所はなかった。だが神は痛みの少ないところを見つけて、そこを苦痛で満たした。

またユイスマンスは、この神秘の身代わりを、見るという行為、色彩の鮮やかさ、形の変容を通して、描いていく。苦しみと贖罪は、究極の変容となる。

聖女の肉体を傷つけ、えぐり、引き裂き、腐敗させ……一言で言えば、拷問する神の業を詳述しつつ、作家は神によって残されたこれらの刻印を「バラの花」、「冠を飾る宝石」に喩える。それぞれの傷口、それぞれの腐った肉の部位は、聖女が主に捧げる一つ一つの花であり、そこからはえもいわれぬ芳香がたちのぼる。「絶え間のない奇跡によって、神はこれらの傷一つ一つをよい香りの香炉となした。蛆がいっぱいにたかった絆創膏をとると、それはふくよかな香りを放った」。

神はこの「苦しみの壺」の所有者であるが、それはもはや各部位が身体組織の維持のために機能する人間の肉体ではない。我々は『さかしま』においてすでに、この特異な身体のあり方を確認した。聖女伝においては、肉体は精神性によって昇華されている。それは、一種のオブジェ、神の手になる芸術品なのだ。神が描き、彩色する一種のキャンバスとしてリドヴィナの肉体はある。神のパレットで他を圧倒するのは、地上での生の究極の色彩である血の色の赤である。「血のぬかるみ」となって、聖女の肉体は『彼方』の冒頭に登場したカールスルーエ美術館所蔵の『キリスト磔刑図』の土に類似する。[51] キリストの血の染み込んだ大地は、「畜殺場の泥土、血の沼」に似て、絵画における「神秘の自然主義」を象徴している。[52] ユイスマンスはリドヴィナを真に画家の目で眺めているといえよう。芸術家は新しい感性、新しい創造を試みる。それは別の言い方をすれば、怪物を作り出す試みであり、彼の聖女伝はこの審美的野心を神に付与している。いわば神の素材となり、奇怪な形、絶頂の色彩を表わすために聖女は存在する。ある時、神は思い通りに彼女に細工を施す芸術家であり、ある時、ほとんどサディスト的な愛情を傾けて彼女を愛する至高の来訪者である。神は思いのままに、彼女を作り上げたり、壊したりする。

『薬味箱』において、酔った老人の顔をながめ「何という豊かな色調、何と素晴らしい色艶!」と叫んだ者の目は、常にユイスマンスのうちに存在し続ける。聖地ルルドにおいてさえ、病者たちをこの芸術家の鑑賞眼を通さずに眺めることはできなかった。巡礼地ルルドをくまなく巡りながら、彼は病人たちの様を「怪物の陳列台」、「恐怖の美術館」と形容する。[53] ユイスマンスの目からすると、彼らの外観が呼び起こす戦慄の度合いは、中世の空想上の化け物たちを凌駕する。聖母の出現をもとに開かれた聖地ルルドを訪れるこの信者のうちには、すべてを好奇の目をもって観察せずにおられぬ芸術家が執拗に存在し続ける。

ここで生活していると、思うに人は通常の疾患には完全に無関心になり、癩病の人々、怪物の前でしか感動しなくなる。極端なものが引き起こすめまいだけが、心をとらえるようになる。中世の動物図のような病人たちの商品陳列が終わってしまった今、それを感じる。(『ルルドの群集』)

精神的な問題を語る際にも、ユイスマンスの中には避けがたく芸術家が強烈に頭をもたげてくる。しかも、その芸術家は通常の形態の組み合わせを変えることを常にもくろんでいる。人の形に攻撃を加えることで、彼は奇形学が専門の、一種の造物神となる。

(3) 絵画に示されたキリスト

デ・ゼッサントは寝室に、「奇抜な色調、誇張されたデッサン、度外れの色、たがのはずれたエネルギー」をもったエル・グレコのキリストを所有していて、眠りにつく前に眺めている。このキリストは、彼の装飾の好みに適合したオブジェである。「靴墨と死体のような緑の色調をもつこの陰鬱な絵は、デ・ゼッサントにとって調度品に関するある種の観念に適合していた」。

ユイスマンスは芸術品であるキリストとの出会いを繰り返すことで、精神世界へと導かれる。ブレダ出自の作家にとって、キリスト像の絶品は、「フランドルの出自で、オランダそのものを起源とする、プリミティフ派のキリスト」である。その像は、単なる人間の肉体をもったキリスト、つまり世紀末にジェームス・ティソ(一八三六—一九〇二)によって描かれ、福音書よりもルナンの『イエスの生涯』にふさわしいようなキリストと、コントラストをなしている。アカデミックな画風にとどまるティソ流のキリストは、女性化したカトリシスムの産物でしかない。彼が要求するのは「分かちがたい(impartible)肉体」をもった像、すなわち物質的であると同時に神秘的である現実としてキリストを表現しうる絵画である。ユイスマンスは自らを、「男性的カトリシスム」であるオランダ・カトリシスムの懐で生まれた者としてとらえる。この男性性は、信者たちにあらゆる恐るべきシーンを認めさせ、醜さを受け入れさせ、カルワリオの丘を福音書のその他のあらゆるエピソードにまさって好ませる。

フランドル・オランダのプリミティフ派絵画の愛好者であるユイスマンスは、「激烈な男性性」、「陰鬱なエネルギー」、「悲劇的な興奮」をこの派の絵画のうちに発見する。そしてこれらの要素が、彼のキリスト像鑑定の基準となるのだ。受刑者の恐ろしい、無惨な顔が描かれたツァイトブローム(一四五五頃—一五一八/二二)の『ヴェロニカの布』が彼の気に入るのは納得がいく。「……それは、ともかく大変エネルギッシュで、力強く、生々しく、まさに醜の真正さゆえに強い印象を与える!」。

『聖グレゴリウスのミサ』という題の、彼がドイツのゴータで見た絵には、空中に浮いた拷問道具に囲まれた、醜悪な様相の救世主が描かれている。「彼は青白い落ちくぼんだ顔をしていて、頭には緑の茨の冠をいだいている。身体は骨と皮ばかりで、釘つきの鞭によってできたノミに刺されたような跡が全身についている」。リドヴィナのヴィジョンにも、天使によって空中に並べられた拷問道具が現れる。それらはキリストの受難の際に用いられたものである。確かに「受難」は、犠牲者が神なる人であることを別とすれば、拷問のシーンそのものである。逆に、すべての拷問は、ある意味で「受難」なのであり、この視点からユイスマンスにおける数多い拷問のシーンを読み解くことが可能であろう。

カトリーヌ・エメリヒ(一七七四—一八二四)の『苦しみの御受難』では、まるで受難の場に居合わせたかのように、その詳細が驚くべき細かさで描かれる[54]。ユイスマンスは彼女の著を、グリューネヴァルトやツァイトブロームの作品と同系列に属するものとして論じる。語で描かれた彼女の絵画は、彼らの作品と「激烈なヴィジョン」、「情熱的な色彩」、「野性的な香り」を共有する。拷問される肉体の観察に向けられた彼女の事細かいレアリスムの一端が『出発』に引用されている。

そして右手が釘打たれたとき、体刑執行人たちは右手が打とうとしている釘の位置まで達していないことに気づいた。そこで腕に縄を巻き付け、力の限り引っ張った。肩がはずれ、鎚の音に混じって主のうめき声が聞こえた。その胸が盛り上がり、波打ち、ぶるぶると震える腹がそれにつれてさらに持ち上がるのが見えた。

しかし、物質的であると同時に神秘的でもある現実としてのこの「分かちがたい肉体」を表現することは、本当に芸術にとって可能なのだろうか。

『大伽藍』の著者は、ドイツ・プリミティフ派の絵画の研究に意欲を示すが、そのリストにはホルバインの名も登場する。しかしながら、ユイスマンスはこの画家の『墓の中のキリスト』〈図版14〉を見ることはなかったようだ。だが、この絵に触れているドストエフスキーの『白痴』は、一八八七年にフランス語訳がでており、読む機会があったのではなかろうか。いずれにせよ、『彼方』の著者は、ロシアの小説家の名を「精神の自然主義」のコンセプトに最も近い作家の一人として挙げている。

『白痴』の中では、二度にわたりこのホルバインの絵が問題になっている。最初は、ムイシュキン公爵がラゴージンとの会話の最中、この絵は信者に信仰を失わせる危険性があると述べるくだり。次はヒポリットがラゴージン宅で眺めたこの絵を前にして、「それは磔刑に先立って耐え忍んだ無数の苦しみの痕跡をとどめた人間の死体の描写だった。(……)その上に、顔は冷酷な真実そのものだ。そこではすべては自然だ。これはこのような拷問を被った後では、どんな人間もこんな顔つきになる」とコメントする箇所だ。ヒポリットはイエスを信じる人々の心に、かくのごとき〝屍骸〟が喚起するであろう印象について懸念する。確かにホルバインの絵の劇的感興は、墓におさめられたキリストに、その神性を示す印がことごとく欠落している事実に立脚している。題名によって、それがキリストとされているだけである。彼はここではもはや屍骸にすぎない[55]。

グリューネヴァルトの先例なくしては存在しなかったであろうこの絵は、グリューネヴァルトやクエンティン・マセイス(一四六五/六六―一五三〇)の作品同様、中世期末に特有の宗教心性を母胎として生み出されたとも考えられる。一五世紀初頭の『ロアン時禱書』〈図版15〉に描かれている人の死した男の外見は、十字架降下後の様を題材とした「哀悼」のシーンのイエスそっくりである。これは当時の人々がキリストにならい、復活の希望にあやかろうとする切なる願

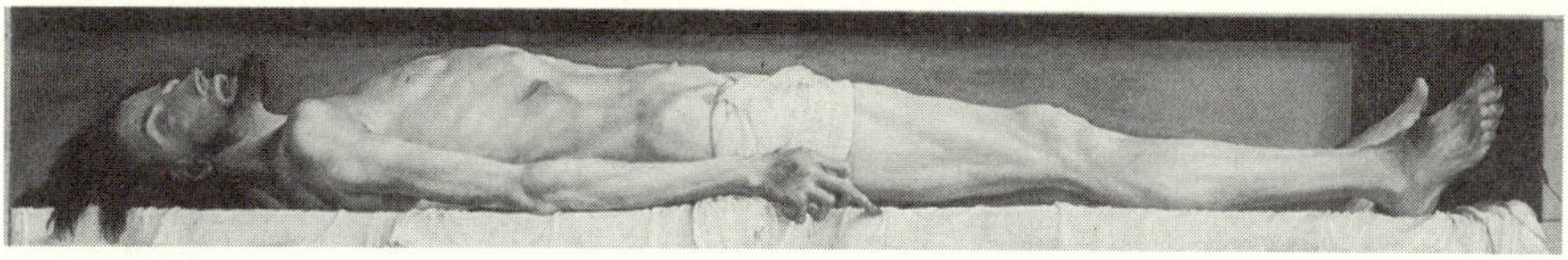

▲14　ホルバイン『墓の中のキリスト』
◀15　「ロアン時禱書」
▼16　クエンティン・マセイス『埋葬』

いの反映とされる[56]。したがって、これらの宗教画を見ながら、当時の人々が抱いた感情は、ドストエフスキーの登場人物たちが『墓の中のキリスト』を前にしての印象とは異質であったろう。

ユイスマンスは、クエンティン・マセイスの『埋葬』あるいは『十字架降下』〈図版16〉と呼ばれる作品に深く魅せられて、音楽においてはビトリアのテネブレ（聖木・金曜日の真夜中の礼拝。かつては厳格な規則にしたがい、ろうそくが次々と消され、礼拝は完全な暗闇のうちに終わった）の答唱に対応する、この「聖なる死体」の様を言語に移し換える。

> 身体は骸骨で、血の跳ね返りを浴びた青白い褐色の肌の下に、肋骨が樽のたがのように張っている。頬には椀のようなくぼみがあり、首には幾本ものロープのように筋が走り、胸は綱が張り巡らされているようだ。目の薄開きのポケットに、白目が見える。口は半ば開いて、唇は灰色にふくれあがり、固まって鍾乳石状をした血が縞のようについた髭の中に見える。（『すべてについて』）

この「疲れ、見る影もなく精根尽きた神」は美術館用の芸術品にとどまることはない。観賞するユイスマンスの目は、それを祈りの対象に変容させる。画家の同時代人たちにとってそうであったように、それは神秘の自然主義の巨匠の審美的理解をとおして、いわば再び信仰の領域へと回帰する。

絵画表現におけるキリストの中で、ユイスマンスがことのほか愛するのは、マチアス・グリューネヴァルトの『磔刑図』〈図版17〉で、『彼方』の冒頭の記述は彼の作家としての方向転換とあいまって、あまりに有名である。ユイスマンスは、ヴェルハーレンがこの画家に関して発表した一八八六年の論文を知っており、『彼方』において利用しているという。彼がカッセルの美術館に『磔刑図』があることを知ったのもヴェルハーレンのおかげらしい。ベルギーの作家は、『彼方』の出版よりも早い時期に、グリューネヴァルトの恐るべき芸術性にすでに着目していて、「度外れの調子」、「拷問と激高の……恐怖とおののき」、「荒々しい芸術」、「苦しみと病いに塗り込められた空」、「陰鬱な自然」、「歯がみし、うめく色彩」などという表現でそれを示している[57]。ヴェルハーレンはコントラストとアンチテーゼの芸術を、すでにそこに見いだしているのだ。

ユイスマンスは、たがのはずれた四肢の寄せ集めでしかない、この腐敗する肉体の物質性をエクリチュールの力により描ききる。

> 肩からはずれて、ほとんどもげそうになったキリストの両腕は、付け根から手首まで筋肉の何重にもからまった革帯に縛り上げられているように見えた。脇の下は割れていた。大きく開かれた手は、凶暴な指を振りかざして、祈りと叱責のあいまいな動作で祝福を与えていた。汗がバターのよ

17　グリューネヴァルト『磔刑図』（カールスルーエ美術館）

うにへばりついた胸筋は震えて、胴体は、檻のように肋骨が浮き出し、樽板のたがまがいに筋がついている。皮膚は腫れ上がり、粉を吹いて紫がかり、蚤の嚙み跡がチーズの青黴のように広がり、鞭の尖端がつくった針の刺し傷のような跡が点々とつき、皮膚に食い込んで、肉に差し込まれた脂身のように、そこかしこにとげを残していた。

血膿の時が来た。脇腹の傷は長く深く、流れ出たクワの実の濃い汁のような血が腰を染めていた。バラ色がかった漿液、乳清、灰色のモーゼルワインに似た液体が胸から染みだし、腹を浸し、そこにはリネン布が膨らんでひらめいていた。さらにむりやりに合わせられた両膝は互いに骨を打ちつけ、ねじれた脛は重ね合わされ、腐敗の真っただ中でぬっと生えだし、波打つ血の中で緑色になった足まで伸びていた。このスポンジ状で固まった足はすさまじかった。肉は芽吹き、釘の先端にまで盛り上がり、硬直した指は手の哀願する動作を否定し、呪いを叫び、チューリンゲンの赤土に似た鉄分を含んだ大地の赤褐色を、爪の青い先端でほとんどひっかいていた。

この噴出する死体にのっかって、頭は荒々しく巨大であった。茨の乱れた冠に囲まれ、頭は疲弊して垂れ下がり、わずかに輝きのない眼をあけていたが、そこにはなお苦痛と恐怖のまなざしが震えていた。顔は怪物じみて、額は砕け、頰はそげていた。啞然とした表情は泣いているのに、半ば開いた口は破傷風の無惨な痙攣が走る顎をひきつらせて、笑っていた。

文学に移し換えられたグリューネヴァルトの絵画が、言語の線状性に起因する回避しがたい細分化をこうむるのは必然的であるとしても、この肉体は語彙の選択によって一種の物化を受けている(クエンティン・マセイスの『埋葬』の描写にもこの物化が読みとれよう)。「革帯」、「樽板のたが」、「檻」などは無機物の印象を与える。J・ボリーが指摘するように、料理用語(「バターを塗られた」、「〔チーズに〕青黴の生えた」、「脂身をはさみこんだ」、「クワの実の汁」、「モーゼルワイン」)は注目に値する。[58] キリストの肉体は、何か食することのできるもの、血の滴る肉の塊のごとくに提示され、その物質性はいやがうえにも強調される。これは一種の挑発であろう。パンとぶどう酒の二重の象徴により、神秘の食物であるキリストはここで、料理と消化に関連する。それはあたかも聖体拝領の際の言葉、「これを取って食べなさい」の嘲笑的な移し換えである。イメージは人間的なものをはずれていく。腰に巻いた布の下で、まるで植物のように、足は「生えだし」、「緑色になり」、足の肉は「芽吹く」。それは生命をもたないがゆえに怪物じみて感じられる。顔の表情は、破傷風の痙攣の恐るべき痕跡をとどめている。それは実際、腐敗した物質でしかなくなってしまった、一人の病人の硬直した死体である。

だが、それは、ある象徴主義を担った身体でもある。指の表現に非常に敏感なユイスマンスの目には、〝祝福を与える〟掲げられた手で終わる上半身部分は、〝呪いを叫ぶ〟足指で終わる下半身とコントラストをなしている。

美術批評家ユイスマンスは、「貧者たちのキリスト」、「最も人間的なキリスト」を表わしたこの絵の前で、強く心揺さぶられる。（「神的なもの」と対比せられた）「人間的なもの」は、醜と卑俗とに結び合わされ、「惨めな弱い肉体の」キリストのうちに要約される。

先に触れたように、このプリミティフ派の画家の絵はクエンティン・マセイスのもの同様、彼らの同時代人たちにとってはコード化されていたようだが、この精神の暗号文の解読ができなくなってしまった我々の目には、まさに宗教画の傑作として映る。『彼方』の著者はさらに絵の分析を押し進める。彼は目には見えない光をそこに看取する。彼のうちには、冒瀆と讃美による接近とが分かちがたく混じり合っている。

> 潰瘍のようにどろどろとなったその頭からは光が漏れだしていた。超人間的な表現が、沸き立つ四肢と痙攣する容貌を照らし出していた。この両手を広げた屍骸は、神の屍骸であった……。

この光はグリューネヴァルトの筆が、激烈なレアリスムに基づいて可視化した、不可視の象徴そのものである。デュールタルによれば、芸術の面白味は、「感覚が役に立たなくなったところから始まる」。かくしてグリューネヴァルトの『磔刑図』は、「超自然的レアリスム」の観念を体現するものとなる。芸術的探求の対象であるキリストは、ユイスマンスのテクストにおいて言葉の、リズムの探求を通しても表現される。『彼方』の先に引用したキリストの肉体に関するくだりを読めば、名詞、形容詞、動詞の並列によるある種のリズムがテクストを支配し、極限までの強調がなされていることが確認される。「神の屍骸」という語の矛盾的融合が、この文彩《フィギュール》の美によってユイスマンスのキリストを要約している。

『三人のプリミティフ派画家たち』において、作家はカッセルで初めて目にし、後にカールスルーエの美術館に移された『磔刑図』を、（今日ではこちらのほうが有名な）コルマールのウンターリンデン美術館のものに比較する。全体的には第一のものとかなり異なっている第二の『磔刑図』〈図版18〉は、同様の価値を有するものの、より精神性を付与されているというのが彼の意見だ。「カッセルのもののほうがより美しいが、神学的にも、崇高さにおいても劣るというのが、最初の印象〔彼がウンターリンデン美術館を初めて訪れた時の〕だった」。キリスト像に関していえば、『彼方』に取り上げられた第一のほうが勝っているという。

> この「磔刑像」はもし顔の表現が別であれば、カールスルーエのものと瓜二つであったろう。確かにイエスはここではもはや破傷風の恐るべき強迫笑いをしていない。顎は

18　グリューネヴァルト『磔刑図』(ウンターリンデン美術館)

19　レンブラント
『エマオの旅人』

よじれておらず、だらりとたれさがり、唇は涎をたらすかのように開いている。
この像は恐ろしさが減じている代わりに、人間的にもっと低く、もっと死んでいる。カールスルーエのパネル画では、破傷風の開口障害、鋭い笑いが容貌の粗野さを救っていたが、ここではしまりのない口の弛緩によってそれが強調されている。コルマールの神なる人は絞首刑にされた厭わしい泥棒にすぎない。

信仰の道へと導かれたユイスマンスは復活、そしてその後の栄光のキリスト、つまり苦しみのキリストの超脱の姿にも解説を加える。ルーヴル美術館にあるレンブラントの『エマオの旅人』〈図版19〉への感想を見てみよう。この絵では「裸足で土色の唇をし、汚い肌の色で、バラ色がかった灰色の服を着た」イエスがパンを割いている。それは狭い部屋での貧しい者たちの食事で、全体はくすんだ灰色と褐色の色調で描かれている。ところが、「旅人」のまなざしが絵全体の様相を〝変容させ〟、〝輝かせる〟。

〔今まで書いた〕これらの詳細は正確であるが、何一つ本当ではない。なぜならすべてが変容するからだ。キリストはただ目を上げるだけで、燦然と光輝く。青白いまばゆさが部屋を満たしている。土から掘り起こされた者のような顔色をし、死者の唇をした、かくも醜いイエスは忘れがたい美しさをもった一つの仕草、ひとつのまなざしによって、神の拷問された子であることをはっきりと示す。(『大伽藍』)

レンブラントにおける「キリスト教美学の奇妙な概念」は、このまなざしに凝結する。(59) レンブラントの画布においてユイスマンスに神の子を認識させるのは、その信仰以上に、画家的な鑑識眼なのではなかろうか。
コルマールでユイスマンスはグリューネヴァルトの『復活』〈図版20〉の絵を目にする。

優雅で頑強で、褐色の目をした金髪のキリストは、我々がさきほど腐敗していくのをながめた、処刑台のいまだ青々した木に釘で留められたゴリアテとは、すっかり異なっている。上昇するこの身体からあふれだした光線は、その周りを包み、輪郭を消し始めている。すでに顔の立体はゆらめき、目鼻立ちはぼかされ、髪は溶解する黄金の暈光の中を舞って四方に広がっている。(……)
この離れ業をあえてした芸術家は、見事なやり方をした。彼は救世主に衣をまとわせ、キリストと共に上昇し気化していく布の色彩の変化を表現しようとした。燃える光源、つまり頭と首のあたりに近づくにつれ、深紅の寛衣は、鮮明な黄色に変わる。長く伸びた布はこの黄金の流出の中で、ほとんど透明になる。(『三人のプリミティフ派画家たち』)

20　グリューネヴァルト『復活』

このように絵画は、肉体そのものが光体であることを示している。ユイスマンスが観察するように、布の深紅の色は、頭のまわりから放射される光によって、鮮明な黄色に〝変わる〟。しかし、別の視点から見ると、受難の色である赤から、復活の黄金色があふれでるともいえよう。キリストの身体のそれぞれの傷口から、血の赤から、光輝く精神性の象徴である黄金色が発されているのである。グリューネヴァルトの激烈なレアリスムが『磔刑図』において描きえた不可視の要素は、ここでは色彩のたぐいまれな豊饒さによって表現されている。そしてこの栄光の身体は、ユイスマンスが提示する人間の肉体の問題全体に解答を与えるものだ。

この昇天の図がもつ勝利の調子はすばらしい。「絵画における瞑想の生」という語はまったく空虚に思われるのだが、ここでは唯一の例外として、意味を持つ。なぜなら我々はグリューネヴァルトとともに、高度な神秘主義の領域に踏み込むのであり、色彩と線との幻影によって表現され、ほとんど手に触れられそうな、肉体から発する神性の流出をかいま見るのだ。(『三人のプリミティフ派画家たち』)

この「色彩による熱烈な懇願」は、美術館という枠組みの中にあって典礼の祈禱の不在を補っていると、ユイスマンスはコメントする。

この絵に関してJ＝L・スタインメッツが述べるところによれば、ユイスマンスにおける審美主義と神秘主義は、融合されることで互いを損じ合っているという(60)。だが、はたしてそうであろうか。絵画におけるユイスマンスの神秘主義の概念は、各画家の「魂の色彩的投影」に本質的に立脚しているのであり、語による画家であり美術批評家である彼だからこそ理解できるものである。それは一種の内的啓示であって、個人的なものであり、それを言語に表わそうとする試みのうちにこそ、彼のキリスト像のオリジナリティが存するように思われる。

レミ・ド・グールモンの『神秘のラテン語』に寄せた前書きにおいて、ユイスマンスは、『さかしま』の中でのように、ラテン語の刷新にキリスト者たちが果たした役割を強調する。「キリスト者たちの手中で、ラテン語は、一皮剝け、新しい皮膚をもった。粗末なシンタックスを放棄し、語彙の分野を拡大し、新しい言い回し、かつてない構造を駆使することとなる。魂の内奥をうがち、キリストの到来が開花させた、讃美と純真無垢、痛悔と恐怖といった感情を、表現するにいたった」。つまりユイスマンスにとって、キリスト教は、新しい言語、新しいリズムをもつ、まったく斬新な感性の芸術を「開花させた」のである。グールモン自身は、聖ベルナルドゥス(一〇九〇—一一五三)のうちに、直観的感性によって、キリストをうたう詩人を見いだしている。

イエスの名によって、彼は超自然的なほほ笑みと涙へと、いざなわれる。ごく自然にリズムをもち、韻を踏む心情の吐露へといざなわれる。

そして、グールモンは聖ベルナルドゥスのものとされる、古い賛歌を引用する。それはイエスの名と、その現存の甘美さを称える長詩である。

おお、思い出すも優しきイエス、
あなたは心の本当の喜びをくださる。
蜜よりも、すべてにまして、
その現存は甘美だ。

さらに、聖ベルナルドゥスの別の詩では、十字架上のイエスの苦悩の四肢が、瞑想の対象となっている。

御手へ。おお、聖なる御手よ、あがめまつる。
ういういしい薔薇よ。残虐な釘にうがたれ、
かくも無惨に磔刑された御手よ。

御顔へ。栄えあれ、おお、茨にまかれ、打ち砕かれ、
鞭打たれ、葦でたたかれた血塗られた御顔よ。
栄えあれ、おお、唾ですっかり汚れた……聖なる御顔。

〔グールモンによる引用と訳〕

イエスの手が、イエスの頭が……次々と瞑想され、それぞれの四肢をうたう詩は、固有の韻、固有のリズムをもつ。それは「魂の射精」となって、表現される。キリストの肉体は、芸術と言語にしたがって、ばらばらにされ、また統一される。『彼方』における、グリューネヴァルトの『磔刑図』描写も、似通った息吹きによって作り上げられていないだろうか。この描写に力を与えているのは、神への愛ではない。だが、審美的感動につき動かされたこの〝詩〟において、キリストは絶対の探求の対象となる。このとき、芸術的探究と精神的探求は、もはや分かちがたいものとなり、彼方を志向する模索は「絶対」へと向かう。それは、分かちがたい芸術と精神性の絶対である。

第二章

キリスト‐恋人なる神――ポール・ヴェルレーヌ

『叡知』のキリストについて語る前に、改宗以前のヴェルレーヌ（一八四四—九六）のまったく別種の〝神秘主義〟、すなわち〝感覚の神秘主義〟に触れねばならないだろう。それは『言葉なき恋歌』の詩人のものであり、すでに『土星人の詩』にも現れている。さらに〝最も美しい堕天使〟アルチュール・ランボーとのつながりを思い起こすことなしに、ヴェルレーヌと彼のキリストとの関係を考えることはできない。ランボーの詩における半ば救済者的な存在「ジェニー（Génie）」（『イリュミナシオン』）は、多くの点でロマン主義のキリストを想起させる。それに対し、苦しむ者のために苦しむ肉体となり、罪人のために罪そのものとなる『叡知』のキリストは、あらゆるメシア待望と次元を異にし、むしろそれを否定する。

一八七四年夏、ヴェルレーヌはベルギーのモンス牢獄で改宗する。同年の九月八日、友人エドモン・ルペルティエは、十のソネで構成され「フィナル」と題された長詩を受け取る。モンスの独房でヴェルレーヌが不可思議な出来事を体験し、それが改宗のきっかけとなったことはよく知られているが、この詩はその後の彼の精神的変化から生まれたものだ。「わたし」とキリストとの対話形式をとっていることから、「フィナル」を構成する十の詩は、「キリストへのソネ」と通称されている。獄中で書きためられた詩をまとめた詩集『独房での日々』出版の計画段階で、この作品は末尾の位置を与えられていた。この位置とさらにタイトル「フィナル」に鑑みて、これらのソネは、ヴェルレーヌにとって、彼の精神的歩みの一種の頂点を画しているといえよう。この中でキリストは、たとえば次のように語る。

おまえの最後の苦悶をすすり泣いたのは、わたしではなかったか。
おまえの夜ごとの汗を、わたしが流したのではなかったか。
わたしはここにいるのに、なおわたしを探す哀れな友よ。

罪人がキリストを探し求める場に、キリストはすでに現存している。しかしながら、罪の意識にさいなまれ、見つけだすことができない。詩人が実際に体験した感情に基づき、人と神との邂逅の特権的な瞬間がうたわれていると、考えることができよう。ヴェルレーヌは、「汚物しか捧げるもののない汚物にすぎないと、自らを認識することによってのみ」キリストに赦しを乞うことができたと、レオン・ブロワは書いている[1]。ヴェルレーヌのキリストを特徴づける熱烈な調子は、キリスト教神秘主義の言語との、ある種の共通性を想起させる。

『独房での日々』で「キリストへのソネ」の少し前に、「苦しみの生」と題されたテクストが置かれている。それはヴェルレーヌの改宗の予兆的詩である。この詩は、『独房での日々』出版の計画が挫折した後、最終的に「フィナル」とともに『叡知』に収められることになる。結局日の目を見なかった『独房での日々』の順番では、「苦しみの生」と「フィナル」の間に五つの作品がはさまっていた。後に詩集『かつてと昨今』に収められる「愛の罪」、「恩寵」、「パイプをくわえたドン・ジュアン」、「告解なしの死」、「悪魔に恋する女」である。『叡知』出版の際、著者はこれらのテクストを、改宗をテーマとしたこの詩集にふさわしくないと判断したようだ。このことは、『独房での日々』で与えられていた位置(「苦しみの生」と「フィナル」の間)を考慮するなら、意外な気がしないでもない。ことにヴェルレーヌは、自分の詩集の構成には細心の注意を払う詩人であったから、これらの作品の配置にはそれなりの理由があったはずだ。時として「悪魔的な物語」と称されるこれらの詩は、ともにある青年を登場させており、その描写はアルチュール・ランボーを想起させずにはおかない。つまり、『独房での日々』の著者は、ランボーの存在を信仰への回帰を妨げる最後の、最も危険な誘惑と考えていた可能性がある。

『叡知』はしばしば酷評されてきた。ジャン＝ピエール・リシャールは「『叡知』以降、ヴェルレーヌという存在は、自分の個的特徴を脱ぎ捨てることによる自己超脱の試みを、やめてしまった(2)」と述べている。ジャック・ボレルも「『叡知』の大部分の詩は、かつての諸作品の詩法とまったく正反対の詩法でできている(3)」と指摘する。いずれにせよ、『叡知』は多くの研究者にとって、ヴェルレーヌの詩法の転換点に位置している。「キリストへのソネ」自体、この手厳しい見解を免れえていない。

デ・ゼッサントが絶賛した『雅なる宴』や『言葉なき恋歌』のヴェルレーヌ的精彩は、確かにこの改宗詩集以降失せてしまったといえるかもしれない。にもかかわらず、我々はここで一つの問いを提示することができる。「キリストへのソネ」の神秘主義的表現は、ヴェルレーヌの改宗という特殊な状況によってのみ説明されるものだろうか。はたしてこの神秘主義的調子は彼のかつての詩法とまったく異質のものといえるだろうか。『言葉なき恋歌』の詩人を『叡知』の詩人へと結びつけるような一貫性は、ないのだろうか。

この問いに答えるため、まず、〝最も美しい堕天使〟が、ヴェルレーヌの改宗にどのような影を投げかけているか考察していこう。

I　ヴェルレーヌと〝最も美しい堕天使〟

『言葉なき恋歌』執筆の時期、ヴェルレーヌがこの詩集をランボーに捧げることを意図していたことが、いくつかの手紙からわかっている。ルペルティエに彼が説明したところによれば、この献辞は彼らの関係をスキャンダラスであるとみる人々への「抗議として」もくろまれていたようだ。また、この詩集の創作過程にあって、彼の若い友人の協力が不可欠だったという理由もあった。一八七三年一月にロンドンで病に倒れた際、献身的看護をしてくれた友への感謝の気持ちも込めたかったようだ。

ヴェルレーヌはルペルティエ宛の別の手紙で次のように書いている。

ランボーと僕のケースはとても奇妙だ（……）。近々本を出して我々について分析する予定だ。

彼がここで言及している書は、人々の陰口に対抗して自己弁護と正当化を目的とした回想録のことであるが、この計画は結局日の目を見なかった。当時の彼らの関係については『言葉なき恋歌』のいくつかの詩が暗示的に語っているにすぎない。ブリュッセル事件の後、先に述べた、「悪魔的な物語」と題されモンス刑務所で書かれた一連の詩も貴重な証言となる。

『独房での日々』でこれらの詩群に先行する「苦しみの生」に関して、ケスラー本[4]では詩人自身による短い添え書きが各連に付されている。たとえば第一連には、「一八七一年、十二月のパリの印象」とある。ヴェルレーヌはこの詩で、一八七一年から一八七三年にかけての彼の生のさまざまのエピソードを、否定的なまなざしでながめているようだ。

「肉」と「血」は
「行為」を認識しない。
しかし僕はある契約をかわし
黒いあやまちに
がんじがらめとなり、
僕のしつこい悪魔に
身を捧げねばならない。
まったく信じたくない。
そんなにかなたまで
夢想する必要はないのだ！

ここでは「行為」は「神の行為」、すなわち人間に与えられる神の恩寵をさしていよう。[5] それに対し、肉体の本能(「肉と血」)は神の恩寵の享受を妨げるものとして提示される。この連から響いてくる叫びは、「まったく信じたくない」という拒否にもかかわらず、肉欲のかなたの道が意識されている点で、すでにキリスト教的なニュアンスを帯びている。詩は次のように終わる。

上を見よ……
あなたですか、イエスよ?

この疑問文が表わしているのは、キリストに答えを求めるところまで行き着いた詩人の心情ではなかろうか。しかし『独房での日々』の順番では、この問いかけに続くのは「悪魔的な物語」あるいは「ランボー関連詩群」と呼ばれる一連の詩である。

「ヴィヨンとヴェルレーヌ」の中で、ポール・ヴァレリーは二人の詩人の作品の多くが、彼らの生の出来事とつながっていると述べている。[6] 確かにここで問題としている詩群では、ランボーとの共同生活での出来事が作品の核をなしていると考えられ、『地獄の一季節』の「錯乱I」を想起させる詩句が存在する。次に引用するのは「悪魔に恋する女」の一節である。

しばしば四日中三日は不在で、
彼は酔って帰ってきた、彼女をたたくほど卑怯で激高し、
そして彼女のそばにいたいという気を起こしたときには
弄ぶように、彼女をひどく扱った、
不可能な教義を並べ立てて。

さらに、

かくして、彼の無味乾燥のアイロニーは
際限ないでたらめを言いながら、何一つ容赦しなかった。

この詩で、ヴェルレーヌは、悪魔的愛人に強く惹かれて彼のうちに男性性の残酷さをあがめるような女主人公として自己を描写する。先の引用のむしろ否定的なイメージは、次のような詩句との補完関係の中に置かれている。

男性的な喜びと地獄的な大胆さで
青ざめ……
神の罰を受けた偉大なる者は、その襤褸の下で堂々と、
光にあふれたまなざしを周囲に投げかける。(「パイプをくわえたドン・ジュアン」)

「錯乱I」において、ヴェルレーヌは「地獄の夫」に虐待される「狂った乙女」の役回りを与えられている。[7] ランボーはヴェルレーヌに滑稽なほどに〝女性的な〟性格を付与し、す

ぐに良心の呵責にさいなまれ、涙もろく、自己犠牲的ミメーシスを好む人物像を作り上げている。新約聖書に題材をとった「狂った乙女」のイメージを通し、ランボーは、ヴェルレーヌと福音書、双方の価値を損なわせようと試みる。一方ヴェルレーヌの「ランボー関連詩群」はまったく異なった見地から、しかし〝同じ物語〟を語っている。

ランボーがヴェルレーヌと初めて出会ったとき、ほとんど少年であった。〝若さ〟というファクターはさまざまな形で作用し、何よりもまず肉体的な魅力によって、ヴェルレーヌを惹きつけたようだ。「恩寵」は、キリスト教の主への忠誠と、悪魔の姿をとって地上に戻ってきた亡き夫への肉体的愛との間で引き裂かれる女性の内面を描いている。彼女は夫の切り落とされた頭に向かって次のように呼びかける。

アンリ伯爵、あなたの口は
赤く染まり、二十歳のうぶ毛に飾られた、
うちふるえる二つの弓形へと変容する。（「恩寵」）

ヴェルレーヌのとらえたランボーにおいて、「問題のある美しさ」をもった若い身体の誘惑は、精神的な権能と結びつき、たぐいまれな存在のイメージを生み出す。次の詩句は「パイプをくわえたドン・ジュアン」からの引用である。

しかし彼、ドン・ジュアンは死んでいなかった、そして
青年の心のように生き生きした心を感じ、
頭では若い考えが
力を生み出し、育て、蓄えた。

確かに、存在の全面的動揺（「あらゆる感覚の錯乱」）によって、存在と詩の新たな形（「真の生」）を創造しようとするランボーは、ある意味で、前世代のロマン主義的夢想の後継者的側面をもっている。それに対し詩的言語の救済的役割の概念は、ヴェルレーヌにとってはまったく異質のものであった。二人とも、刷新された詩を夢見ているのだが、ヴェルレーヌにとっての新しい芸術は、リズム、音楽、間接と暗示の巧、新たな感受性、世界との新たな関係によってもたらされるものであった。ランボーはもっと過激な要求をもち、生と芸術に、ある〝絶対〟を確立しようとした。「ジェニー」に示されているように、キリスト像に対抗するある理想的存在を夢見る見者‐詩人の探求は、単なる激烈な反教権主義の次元を越えて、別種の救いを夢見る。少なくともヴェルレーヌはそのような解釈をし、「パイプをくわえたドン・ジュアン」で、次のように語っている。

……神よりも優れた者と自分をみなし、
彼は、神にとって代わろうとした。

確かに、誇張されドラマ化された観がないわけではないが、

ヴェルレーヌの目に、友人が若い神／悪魔のごとき存在として立ち現れる瞬間があったのであろう。「愛の罪」の詩句はことに興味深い。

ところで、これらすべての堕天使のうちで最も美しい者は、
花の冠をかぶった十六歳だった。

そしてこの天使は叫ぶ。

おお、私は神を創る者となろう！

ある時期ヴェルレーヌはランボーに、半ば宗教がかったヴィジョンを投影していたのではなかろうか。『告白』の中で、彼は過去の二人の関係を次のように回想する。

「座った人々」の詩人と私という、あまりにも性質の異なった二人の間では、何らかの愛情とか、好意というものは問題でさえなかった。むしろフェヌロンが見事に言ってのけたように、「おそらく文学の上を行く」内容をわずか十六歳ですでに書いていたこの少年を前にしての極度の賛嘆、驚きといったものだったのだ。(8)

「悪魔的な物語」の時期には、改宗への展望によってランボーの姿は曖昧とならざるをえず、いわばキリストに対抗する若い神に変容させられている。「告解なしの死」は、肉欲の奴隷である罪の女が、彼女の前に現れたイエスの忠告にもかかわらず、不倫の愛に身を滅ぼす話だ。

彼女は人間の容姿をし、教会の絵にあるような衣を身につけた、イエス・キリストを見た。

このヴィジョンはすぐに忘却せられ、彼女はもはや愛人のことしか頭になくなる。作品は詩人の過去の日々への執着を暗示する。改宗をほとんど目前にした心理状態の中で、どうしてヴェルレーヌはランボーを一種の反キリスト者へ変容させたのだろうか。キリストとの出会いにおいて、この回り道は不可欠であったのだろうか。

II 『叡知』以前のヴェルレーヌ――〃外的生活〃の巨匠？

(1) 感覚のエクリチュール

一八六六年十月二十六日付けのマラルメ宛書簡で、ヴェルレーヌは「表現」、「感覚の描写」への努力に触れている。確かに、マルセル・レイモンの言うように[9]、『叡知』以前のヴェルレーヌの作品は「ある種の感覚の詩」として特徴づけられる。オクターヴ・ナダールのような批評家は、感覚を出発点とするヴェルレーヌの芸術を、絵画における印象主義と結びつける[10]。

M・レイモンによれば、ヴェルレーヌにおける感覚表現の探求は、「現実世界の増大する重み」を作品中に導入しようとする近代芸術の意図に合致している。一八七二年十月五日のエミール・ブレモン宛書簡で、ヴェルレーヌは次のように書く。「僕の小詩集は『言葉なき恋歌』という題だ。おぼろげで、悲しかったり、愉快だったりする一連の諸印象で、全体ができている」。この手紙の一節は、すべての印象のきっかけとなる外界に、いかに彼が比重を置いているかを我々に示してくれる。

だが一方、印象主義絵画のように、ヴェルレーヌにあっても事物は現実への正確な参照を失う傾向があるようだ。モネのような印象主義者たちにおける場合、事物の姿を様々に変容させる光の作用のゆえに、現実に厳格に依拠する必要性は薄れてしまう。

弱った明け方が
畑いっぱいに
夕陽の
憂鬱を投げかける
憂鬱は
優しい歌で
夕陽をあびて
我を忘れる私の心を揺する。

この「夕陽」(『土星人の歌』)で、日の出に先立つ時「明け方」は、夕陽の時と混同される[11]。薄明の時間の印象が詩全体を支配し、朝と夕べの二つの薄明時を分ける時間差の観念を攪乱する。ここで、主体は感覚に支配され(「我を忘れる私の心」)、自己統御できなくなっているように見える。こうした自我の状態の表現は、意図的に不明確にしくまれた言語の巧みな運用によってなされる。〃感覚〃そのものにとらえられた自我のめまい、自我の溶解は、単語の旋回するような反復、意味指向の曖昧さ、心地よいが単調な詩行のリズム、などの技法によって見事に表現されている。統御された言葉によって、作品のなかでは感覚が奔流する。「憂鬱」という言葉は、外界から五感を通して伝達された印象に、完全に侵略されている主体の心理状態にも関連している。感覚の中で一体化され、消滅させられる自我と事物の間での往復運動が、この詩では表現されている。

さらに、感覚は事物とある特殊な関係を結んでいる。ヴェルレーヌの特徴的なテクストにおいては、諸感覚はそのよってきたる事物に対して正確な参照をまったく有していないと、ジャン゠ピエール・リシャールも指摘している。この点にはまた主体のあり方が深く関わっている。リシャールがヴェルレーヌ的存在の「多孔性」(la porosité) と呼ぶところのものだ[12]。

ギイ・ミショーによれば、「ヴェルレーヌは魂を通して眺められた自然、諸風景、外界にますます重きを置くようになっていった」。この〝魂〟なるものは、ミショーの定義によれば、世紀末において「ニュアンス、感動、感覚といった何かつかみがたいもの。さらにいっそう漠とした、雰囲気、調子、はっきり言い表わしがたい色調」である[13]。これは、外界に侵入されるままとなるヴェルレーヌ的主体のとらえどころのない状態を、言い当てているといえるだろう。

『雅なる宴』のいくつかの詩は、この事物と主体の融合に関して、示唆的である。ワットーの絵にテーマとイメージを借り受けているこの詩集では、いかにもワットー的な雰囲気を表現することに、主眼が置かれている。

あなたの魂は選ばれた風景、
そこを魅惑的な仮面とベルガマスクが行く。
リュートを奏で踊りながら、そして
彼らの風変わりな仮装の下で半ば悲しげに。

だが、この「月の光」という詩はワットー風の祝祭の単なる描写ではない。ここでは主体は奇妙なあり方をしている。あるおぼろげな悲しみは、過ぎ去った世紀の祭りの雰囲気から発せられるのか、主体の感情を示しているのか、よくわからない。聴覚的・視覚的様相(リュートの音、ベルガマスク、仮面と仮装)はそれ自体としては、悲しみを生み出すわけではないだろう。ワットー風の世界に、主体が自らの悲しみを投影しているのかというと、それも疑問である。なぜなら、「半ば」という副詞により〝悲しみ〟は非常に曖昧なものにされていて、この悲しみは主体の感情を示すとも断定しがたいからだ。主体は伝説的風景から受け取る印象に浸透され、自我意識は衰微する。再構成が十分になされないまま、世界は詩空間に導入される。感覚によって引きずられつつ、自らを位置づけたり固定させようとしないこの主体の状態は大変独創的である。しかし、ヴェルレーヌにおける感覚は、単なる五感の作用に還元されえない。ユイスマンスは『さかしま』の中で、「うぶな人々」を引いて「ヴェルレーヌ的調子は、『雅なる宴』のこの見事な詩句に集約されている」と断言する。

夕暮れが訪れようとしていた、ある秋の曖昧な夕暮れ。
美女たちは夢見がちに、我々の腕に寄り掛かり、
低い声で、まことしやかな言葉をささやいたので、
我々の魂は、この時以来、うちふるえ驚いている。

デ・ゼッサントはこの詩句に「ある魂の打ちふるえる彼方」を発見する。コケティッシュな女性たちと愛の経験に乏しい青年たちの繰り広げる情景は、秋の黄昏時に展開するが、これは詩人の愛する季節であり、時刻である。テクスト全体が「曖昧な」、「夢見がちな」、「まことしやかな」といった形容詞が暗示するように、おぼろげな夢想の雰囲気を有している。最後の句の「魂」はすでに触れたように世紀末のキーワードであるが、ヴェルレーヌはそこにいわく言いがたいニュアンスを持ち込んでいる。ここで「魂」という語は、感動の深化だけではなく、あらゆる外的なものと感動との共振をも、同時に意味する。「美女たち」と彼女たちの「まことしやかな」言葉は、独特の美形式と恋愛のレトリックをもった十八世紀風情事のステレオタイプへと帰着する。しかし、このまったく外在的な世界は、それ自体深みを有している。なぜなら、それは「魂」を目覚めさせるからだ。だが、深みへといざなう「魂」という語は、ここでは一種のアイロニーをも伴っている。それはまさに外在的な世界の深みが有する曖昧性であり、内なるものを否定しないにしても保留するかに見えるコンテクストの中に、不意打ちのようにあらわれる「魂」の曖昧性でもある。

ユイスマンスは情事のシーンの彼方に、別のささやき、「うちふるえ、驚く」無名の魂のささやきを聴いている。この動揺とこの驚きは、感覚の赴くままに存在し、ついにはほとんど非個人的となった主体の状態を示していよう。個人的な感情や思い出をもたない無名の存在が、感覚のみが支配する詩的空間を構築する。そこでは存在そのものまでも揺らいでしまう(14)。

『言葉なき恋歌』は、『叡知』以前のヴェルレーヌの詩法の独自性を最も明確に示す詩集であろう。P・マチューが指摘するように、高踏派の衰退によってアレクサンドランがその特権的性格を失ってしまった時期にあって、ヴェルレーヌはこの詩集で、偶数・奇数を問わずあらゆる韻律を試している(15)。存在と事物はその溶解の様相においてとらえられるのであるから、その新たな関係を暗示するようなリズムは、既存の韻律では表わせない。束の間の、はっきりしない感覚を表現しようとしたとき、そのための独自の韻律が必要であることを、ヴェルレーヌは意識していたであろう。自らの詩集の作詩法上の「異端性」をはっきり認識していたことが、ルペルティ

エ宛の手紙からもわかる。『言葉なき恋歌』の時期、彼が感受性の新たな状態を作り上げるべく、自らの詩法の完成に努力したことは疑いない。

創作手法に関しても、書簡から興味深い箇所を拾い上げることができる。一八七二年、つまりヴェルレーヌが『言葉なき恋歌』のいくつかの詩を書き始めた年であるが、彼は次のように記している。「僕は待っています。そして待ちながら、メラ[16]のように〝印象を拾い集めています〟」。すでに引用した一八七二年十月五日のエミール・ブレモン宛書簡にも同じ様な内容が記されていた。彼の書簡が示すのは、一つには印象の重要性、もう一つは、印象によって浸蝕される創作者の態度であろう。

平原の際限のない
倦怠の中で、
不確かな雪が
砂のように光っている。

…………

あえぐ烏よ、
それから、やせこけた狼たちよ、
この鋭い北風の中、
いったい何がおまえたちに起こったのか。

「忘れられたアリエッタ」の第八番目の作品は、六連でできている。引用したのは第一連と第五連である(第六連は第一連の繰り返し)。先に見た「夕陽」と異なり、ここでは一人称の不在のゆえに、主体は明確な形では登場しない。しかし、読者は「倦怠」という通常は人の心理状態を示す語のゆえに、潜在的な主体を想定する。「倦怠」は感情を表わす語であるのに、「平原」に関連している。さらに、「際限のない」という形容詞は、シンタックス上は「倦怠」にかかるが、意味上は「平原」に結びつく。したがって、「倦怠」という語をめぐって詩を構成する語の連関は複雑なねじれを生じ、このような構造により、潜在的な主体の感情は、対象を通して暗示されることになる。

最初の連の第三行においても、「不確かな」(incertain)は主観的・客観的双方の意味を有している。つまり雪が incertain(形状や性質が明確ではないの意味)なのか、あるいはこの「不確かさ」は「雪」をながめつつの詩人の疑念なのか、はっきりしない。意図的に不適切な形容詞を使うことで、この類の〝ずれ〟が生じる。ヴェルレーヌにおいては頻繁に用いられるこのずらしは、主体と対象の錯綜を生み出す[17]。

主体の曖昧性のゆえにすべてが不明確になるが、この不明確さこそ、主体と世界の混淆の詩的瞬間の担い手である。「いったい何がおまえたちに起こったのか?」この質問は詩人が「感覚の不明確さの不安な神秘」を解き明かそうとしている印であると、ジャン＝ピエール・リシャールは述べる。

存在が感じるものは、すべて不確かで、おぼろげになり、存在は感覚の主体であることさえ放棄する。

煉瓦や屋根瓦、
おお、魅力的な
つつましい隠れ家、
恋人たちのための!

ホップとブドウ、
葉々と花々、
とっておきの幕舎、
正真正銘の酒飲みたちにとっての!

明るい酒場、
ビール、叫び、
いとしい女給たち、
あらゆる喫煙者にとっての!

近くの駅々、
陽気な街道、
何たる僥倖、
善良なさまよえるユダヤ人たち!(「ヴァルクール」)

この詩においては、一、二人称が用いられていない。したがって潜在的な「私」が「恋人たち」、「正真正銘の酒飲みたち」、「さまよえるユダヤ人たち」の中に入っているのかどうか、また、ここに表現された快活さは誰のものなのか、明確ではない。ヴェルレーヌの個人的伝記を手がかりにするのであれば、この詩は彼がランボーと連れだってベルギーを旅行した際に書かれているから、「恋人たち」や「さまよえるユダヤ人たち」を、彼ら二人と解することは可能であろう。しかし、テクストの内部構造のゆえに、主体のあり方には曖昧性がつきまとう。

『言葉なき恋歌』の冒頭の詩、最初のアリエッタをさらに例にとってみよう。

それはけだるい恍惚、
それは愛の疲れ、
それは森々のあらゆる戦慄《おのの》き、
そよ風の抱擁のあいだの、
それは、灰色の枝葉のあたりの
小さな声たちのコーラス。(「忘れられたアリエッタ」)

この連の出だしは、おそらく愛の行為の後での憔悴した肉体を暗示している。だが、(コンテクスト上何を指しているのかはっきりしないという意味で)分析不可能な「それは」(C'est)は、この「恍惚」と「倦怠」が誰のものかをぼかしてしまう。

第三行で繰り返されたC'estにより、第一、第二行での官能性は、まったく性質の異なる要素（「森々の戦慄き」）と一体化する。「戦慄き」が人体が感じる震えを、「抱擁」が性行為を想起するとしても、ここでは外界の事物（「森」、「そよ風」）に結びついている。詩の構造によって人間存在は外的世界に同化され、融合している。それとともに、ここでは一種の感覚の変換が実現されている。つまり最初の感覚（「けだるい恍惚」、「愛の疲れ」）は、外界の事物との過渡的な融合を経て、他の何か名状しがたいものへとずれる。
　次の引用は第二連である。

おお、か細くさわやかなささやき！
それはさえずり、さらさら音をたてる。
それはうごめく草の吐き出す、
優しい叫びに似ている……。
まるで、旋回する水の底での、
小石のかすかな揺らぎのよう。

この「か細くさわやかなささやき」はどこから来るのだろう。二句目の「それ」(cela) は第一句の「か細くさわやかなささやき」を受けるはずであるが、この提示詞の使用が不明瞭な感じを与えるのは否めない。何かあるいは誰かが軽い音をたてる、もしかするとそれは遠くの鳥の声（「それはさえずり」）かもしれないし、女性のつぶやき声かもしれない。それは同時に両方であるかもしれず、どちらでもない別のものかもしれない。このあやふやさを通して、この「ささやき」は、草がたてる物音や水に揺れる小石の振動の音と融合する。世界の事物はまざりあい、それらのささやきは、詩人の感覚的夢想の中で一つのものとなる。
　この詩的状態は、光の影響で外界の諸事物が溶解し区別が明確ではなくなる、ある種の印象主義絵画と一脈通じるように思われる。ユイスマンスはホイッスラーの風景画を、ヴェルレーヌの芸術に比較している。

極度に明晰で、現実から超感性的なもの(suprasensible)を引き出すすべを心得たホイッスラー氏の風景画は、ヴェルレーヌ氏のいくつかの詩を想起させる。それは、まるで告白を聞くような、かすかに触れたような、ささやきの心地よい優しさをもっている。（……）ヴェルレーヌ氏は詩が完全に消失し、音楽家の芸術が始まる詩の境界領域までへも突き進んだ。（『ある人々』）

つまりユイスマンスにとって、ヴェルレーヌの芸術は、ホイッスラーの芸術のように超感性的なものへと向かう。いわばそこでは、詩の領域、感覚世界の領域いずれもにおいて、その境界へと探求が行なわれているのである。

(2) ヴェルレーヌ詩における「外的生活」(la vie extérieure)

ポール・ヴァレリーは画家コローについて語りながら、ある種の絵画芸術における感覚の並外れた射程を強調する。

これらの驚くべきページを繰りながら感じるのは、この人〔コロー〕が、瞑想家が思索に生きるように、自然の事物のながめに生きたことだ。

私は一種の感覚の神秘主義、つまり苦行者や、スーフィ、神に精神を集中する人々の内的闇と密やかな照明とに等しいだけの強烈さと深さをもった「外的生活」が存在すると考える。(18)

ヴァレリーのいう「外的生活」は、本質的に感覚と結びついた創造性全体を指す。彼によれば、「外的生活」、言い換えれば「一種の感覚の神秘主義」は、「苦行者やスーフィ」といった神秘主義的瞑想に生きる人々の〝内的生活〟に比肩しうるほどの深みと強烈さをもつ。〝外的生活〟という概念は、ゲーテに関する演説(19)にも登場し、「苦行者とスーフィの内的闇と密やかな発見」というほぼ同内容の表現が用いられている。感覚に依拠する創作活動を定義するために、神秘主義という、人間悟性を越える概念をヴァレリーは一度ならず用いている。

芸術家の生と神を観想する人の生の間には、ある共通した、自然と世界に向かう態度が存在する。まるで啓示を受けたかのように画家は外界を照らす自然光を享受する。世界は、芸術家の認識を通して変容し、そして「照らされた事物は、その名を失う」。ヴァレリーは、生まれながら全盲の人が見た最初の光の衝撃は、瞑想者にとっての神の啓示と違わないとする。コローのような画家は、現実世界の彼方を探そうとはしないが、最終的には感覚を介して、現実世界そのもののうちに驚異を作り上げるにいたる。

印象主義についても、ヴァレリーは類似した意見を述べている。

印象主義は、視覚の思弁的生を導入する。印象主義者は、網膜によって瞑想する観想者である。彼は自らの目が創造するのを感じ、それによって感覚を啓示の高みにまで引き上げる。(20)

先に見たように、ヴェルレーヌの代表的作品においては、外界の諸要素が全面的に詩空間を支配し、主体は少なくとも表面的にはそこから放逐されていた。(21)それは感覚を通じて世界と自我が変容する瞬間を、詩の中に導入しようとする創造の冒険であった。こうした創造の時において、ヴェルレーヌの芸術は、ヴァレリーによって一種の啓示にまで高められた〝外的生活〟を生きているのではないだろうか。

すでに見たように第一のアリエッタでは、世界全体は不明瞭な漠然とした物音に変わり、詩人はこのささやきが外界から来るのか、自らの内部から発せられるのか、もはや識別できない。感性の宇宙にさまよって、彼は外のはるかなざわめきと、彼の魂の内奥から発せられるかそけきささやきを混同するにいたる。

眠るような嘆きに、
悲嘆にくれるこの魂。
それは私たちの魂ではなかろうか。
わたしのか、ねえ、おまえのものか。
そこからはつつましい祈りの文句が漏れてくる、
このなま暖かい宵に、ほんのかすかに。（「忘れられたアリエッタ」I、第三連）

この「悲嘆」、この「嘆き」は、感情の次元に属するのではない。主体がアイデンティティの原理としてではなく、融合と混同の場として認識されるような次元と関わっている。ヴェルレーヌにおいてニュアンスと不明瞭さに彩られた「悲嘆にくれる魂」は、存在全体の違和感、その定義されがたさを暗示する。存在はそこで深く危険にさらされる。この詩的瞬間に、外と内の融合を彼のうちに引き起こす不意の啓示のように、世界は感覚を通じて詩人に開示される。『叡知』以前のヴェルレーヌの詩は、こうした「外的生活」の曖昧性に要約されるであろう。

『言葉なき恋歌』から改宗詩へと、ヴェルレーヌの詩法は、深い改変をこうむる。しかし、「フィナル」（「キリストへのソネ」）の執筆が、『言葉なき恋歌』の時期と隣接している事実は一考に値する。ブリュッセルの事件とその惨憺たる結末、モンスの独房で聖心信仰の画像を前にして遭遇した衝撃だけでは、十分に彼の改宗を説明しえないように思われる。

『言葉なき恋歌』のささやきは、宗教的というより実存的ではあるものの、内奥からあふれでる真情の流露の萌芽を含んでいる。〝魂〟は〝感覚の詩〟を通して、逆説的に生み出されたのである。改宗詩とともに、この〝魂〟は表現と性質を変えることになるだろう。

III 「光を放ち、血を流す心臓」
——ヴェルレーヌのキリスト

（1）『継続公教要理』と聖心信仰

ヴェルレーヌの自伝的『我が牢獄』の改宗に関するくだりでは、詩人の精神的動揺の瞬間とそのきっかけをつくったゴーム枢機卿の『継続公教要理』について述べられている。妻マチルドとの諍いと裁判所により下された別居認定にすっかり打ちひしがれて、ヴェルレーヌはモンス監獄付き司祭に助けを求めるが、この時勧められたのがこの著作を読むことであった。『継続公教要理』は当時カトリック信徒の間で広く読まれていた。しかしながら、凡庸な文体と説得力のない証明の数々のゆえに、神の存在と魂の不滅に関するこの聖職者の論証は、最初ヴェルレーヌをまったく納得させなかったようだ。なぜならその頃まだヴェルレーヌはヴェルレーヌのままであったからだ。つまり、彼自身の言葉を借りて言えば、「文体のあらゆる料理」を味わい、「あらゆる陳腐な書き物への嫌悪」を抱く「物書き」であったからだ。

『我が牢獄』では、自らの内的転換の意外性を強調する。この回顧の書で、ヴェルレーヌは、『叡知』の「キリストへのソネ」でなされた対話を、もう一度たどり直す。詩集では心情の吐露であったものが、ここでは反省的に分析されている。回顧するヴェルレーヌの筆致もやはり、物書きヴェルレーヌのものである。

イエスよ、私をとらえるために、どのようになさったのですか。

Jésus, comme vous vous y prîtes-vous pour me prendre ?

この一行は、古風な言い回しと言葉遊びをともなって書かれている。意図的に不確かな表現がなされ、ほとんどどもるかのようである。

このような調子で、改宗の時が回顧されるのである。皮肉と信念がいわく言いがたく混じった調子で、彼は改宗を媒介したものをこう説明する。「文体のなげかわしい稚拙さと、息たえだえのシンタックスにもかかわらず、傲慢とシンタックスとパリ人的愚かさで腐りきっていた私にとって、ゴーム枢機卿はまさに使徒であった[22]」。

この凡庸な書が、なぜこれほどまでに強烈な印象をヴェルレーヌに与えたのだろうか。なぜなら彼が心を振り向けたのはゴーム枢機卿ではなく、キリストであるからだ。ジャック・ボレルが強調するように、キリストは彼の内的存在、彼の意志を崩壊させる不安の中で、一つの方向性、一つの行動方針を再発見する唯一の機会としてたち現れる。婚約時代のマチルドのように、キリストの姿は暫定的ながら、より確固とし、より安定した〝自我〟を彼に与えてくれる。だが、婚約時代の純粋な愛、改宗の時の神への愛はヴェルレーヌの内的存在に確固たるかたちを与えるが、その代償として一方で彼の芸術と詩的感受性の硬化をまねく。[23]『良き歌』は『雅なる宴』からすれば、後退しているし、(改宗に先立って書かれ、この詩集に入ったいくつかの詩を除いて)『叡知』は、『言葉なき恋歌』の中で我々が分析した、内と外をめぐる〝不確かさ〟の領域にはもはや属していない。

いずれにせよ、『我が牢獄』で彼自身述べているように、『継続公教要理』の聖体拝領についてのページが一八七四年の彼の改宗に大きな役割を果たしたことは確かである。ゴーム枢機卿は論証では説得力をもたなかったが、神秘の高揚においてヴェルレーヌをとらえたのだ。聖体拝領の章は、「真に、現実に、実体的に」キリストの体と血に変化したパンとぶどう酒の価値を強調する。実体変化の観念はこの章を通じて、繰り返し力説され、聖体拝領の食物におけるキリストの血肉のほとんど物質的な現存を、読者に納得させようとする。「ところで、それは私たちのために流されたイエス・キリストの血の見せかけではない。つまり聖体拝領においてイエス・キリストが私たちに与える肉と血は、私たちのために渡された体、流された血である……」。カナの婚礼における水のぶどう酒への変化が最上の例証として挙げられる。このパンはしたがってパンではない、「パンの味がするとしてもだ」。このぶどう酒はぶどう酒ではない、「味では、ぶどう酒と思えるとしてもだ」。味覚による証明ができないにしても、それはキリストの真の血、真の体である。確かにゴーム枢機卿の論理はカトリックの教義にのっとってはいるのだが、十九世紀の科学主義的懐疑主義に対抗し、説得的であろうとする彼の調子はおのずから独特のものとなる。近代の潮流に抗する戦いのなかで、聖体拝領の即物的説明が前面に出てくる。

神の一人子は、受肉によって、人間本性との身体的・精神的契約を結んだ。しかし、この神秘において彼は一人の肉体と魂にしか結びつかなかった。したがって彼は、聖体拝領の秘蹟をつくり、肉体と精神によって聖体をいただくすべての人々と結びつき、この二重の血縁により、人々が彼を完全に愛するよう仕向けたのだ。[24]

詩人をとらえたのはおそらく、人と神との強烈で、肉体的といってもよい結合の観念ではなかったか。『告白』での初聖体拝領に関する部分では、この「人と神の融合」が、ほとんど性行為について語るような調子で記されている。『告白』の出版年(一八九五年)を考えると、過去回想における誇張と、その誇張の裏にある一種さめた分析の調子がそこにあることは否定しがたい。しかし、モンス監獄での詩人自身の神体験の延長上に、この記述があることも確かである。

そして私の初聖体は〝うまくいった〟。その時、初めて聖体拝領をするすべての人々が体験するほとんど肉体的なあのこと、秘蹟に真摯に接した際の絶対的に現実のものである「現存」を感じた。我々は注入を受けた。神はここにいる。我々の肉の中、血の中に。

聖体拝領の実体性の強調とならんで、もう一つ、十九世紀の宗教性を示す重要な現象がある。聖心信仰である。『叡知』にある表現、「光を放ち、血を流す私の心臓」は、『我が牢獄』の次の一節からわかるように、この信心に関係している。

> 私の独房には、さきほど話題となった十字架に似た、銅の小さな十字架がある。数日前からその下に、かなりひどいがまあまあとも言えるリトグラフ印刷の聖なる御心の像が貼られていた。馬のように間延びしたキリストの顔、服の幅広いひだに包まれた痩せこけた大きな胴体、細い二本の腕は、やがて私が『叡知』の中に記すことになるように、
>
> 光を放ち、血を流す
>
> 心臓をかかげている。
>
> ある不可思議な何か、または「誰か」が、服を着る一時も与えず、突然私を持ち上げ、ベッドの外へ放り出した。私は涙し、啜り泣いて「十字架」と、もうひとつの像、カトリック教会の現代における最も奇妙な、しかし私の目には最も崇高な信心を示すその像の足元に、ひれ伏したのだ。

注目すべきは、聖心の像が醜いものとして提示され、ほとんど表現主義的な誇張した描写が見られる点である。彼のうちの内的な爆発は、「かなりひどい」像がもたらした衝撃によって引き起こされたのだ。醜さが人を惹きつけ、駆り立てる力は、ポスト・ボードレール的感受性の本質をなす。そこでは奇異なるものが圧倒する。

この「現代における最も奇妙で、最も崇高な」信心が、どのようなやり方で、ヴェルレーヌの精神性と対応しているのか、検証することが必要であろう。一八七〇年から七一年にかけての一連の出来事が、当時のフランス人の心理に及ぼした衝撃の大きさについては、先に触れた。モンマルトルの丘のサクレ゠クール寺院建立にイニシアティヴをとったカトリック教徒たちも、祖国の敗北を強烈に意識し、そこに神の裁きを読みとった。建立に際しての「国民誓願」の文章がそれを明確に表明している。

> 我々は神の御前にへりくだり、教会と祖国を我々の愛のうちにひとつとなして、我々の罪とそれに対してまさに下された神の裁きを認識する。[25]

パリ・コミューン直後、ヴェルレーヌは参加者たちに賛同していたが、しだいに、一般カトリック教徒のような考えへと変わっていった。それは『一フランス人によるフランス探訪』(一八八〇)で誇張して表現されている。

歴史において最重要の役割を演じるべき、ほとんど有機的な統一体としてのフランスの観念は、ジョゼフ・ド・メストルのような十九世紀の思想家たちによって唱えられた。この観念に基づいてカトリック信者たちは、彼らの祖国は歴史において過ちを犯し、現在の数々の災禍はその結果であると思い込むにいたった。過ちは大革命とそれに続く彼らの世紀に集中し、革命後打ち出されていった財産没収、司祭制度変革等の様々の教会弱体化政策は、彼らの目には、やがて祖国の破綻を引き起こす罪の行為であると映った。十九世紀末に普及した聖心信仰において、祖国の観念が中心的であることはまず我々の注意を引く。

祖国の罪の意識は、信者一人一人の贖罪の行為の必要性へたどり着く。この信心で特徴的なのは、罪人の改心と救世主への愛に力点が置かれていることであり、贖罪は「罪の対極にある愛の行為」と見なされている点である。「国民誓願」が神に請うフランスの救いは、キリストの愛次第であるから、信者に要求されるのは、かくかくしかじかの具体的贖罪行為よりも、悔悛とキリストの無限の愛に応える愛であった。来るべきフランスの救いは、キリストの業なのである。「……キリストの御心の愛のほとばしりは、背反された神の怒りが燃え上がる聖所にまでわき上がり、怒りを鎮め、消し去る」。

信者たちは、彼らの罪の赦しを請い、イエス・キリストの御心の無限の慈悲を得るために、聖堂建造に全力を注ぐ。御心に捧げられた聖堂建立の考えは、もちろん「国民誓願」の提唱者たちの偶然の思いつきではない。一七八九年の大革命当時、王党派を除けばほとんど普及していなかったこの信心は、革命期を通じて広がりをみせた。ヴァンデ戦争の際、反乱軍は聖心の像を記章として、また敵の弾よけのお守りとして持っていた。大革命と第一帝政の崩壊後、大部分が君主制擁護者であった信者たちは、カトリックの王の復帰とフランスの救いが、イエスの御心に彼らの国を奉献することによって果たされると信じるようになった。殉教の王と見なされるルイ十六世によってすでにこの誓願がなされたとの主張は、真実性に乏しいものの、聖心信仰と王家の歴史が結びつけられていた証左である。アドリアン・ダンセットによれば、一八四〇年頃、ロマン主義と教皇権至上主義の影響が、この種の考えの発展に寄与したという。一八七一年以前における最重要事は、一八六五年にマリー・アラコックが福者の列に加えられたことと、ルイ十四世にフランスの聖心への奉献を求めたアラコックの手紙の出版であったろう。そうした出来事はすべて、一八七〇―七一年以後に意味をもってくる。「フランスとフランス人キリスト者の使命」が再確認され、一八七三年に国民議会の投票によって決定された、モンマルトルの丘の寺院建立へとつながっていく。

十九世紀に広まったこの信心の起源は、十七世紀末に遡る。聖母訪問会修道女マルグリット＝マリー・アラコックにイエスが現れ、茨の冠をいだき、血塗られた心臓を示したのが最初とされる。『聖マルグリット＝マリー・アラコック自叙伝』は、自らの心臓を讃美するための特別な祭典の創設を修道女に求めるキリストの言葉を伝えている。聖心信仰が普及する一方、この修道女の神秘主義に対しては、カトリック教徒の中にも疑念を呈する人々がいた。エローは、アラコックが彼の同時代人たちの大多数から嘲笑の的とされていることを認めている。彼女によって伝達されたイエス・キリストのメッセージの正当性を疑いはしないものの、少なくともその表現と調子をゆがめているであろう彼女の「性質の卑俗さ」に、エロー自身当惑を禁じえない。アヴィラの聖テレジアに比較するなら、アラコックは「人間精神に対して投げかけられた挑戦」であると、エローは言い切っている。全く異なった視点からであるが、ミシュレは『フランス史』の中でこうコメントする。「教義や神秘主義的精神性が少しでもあったら、彼ら〔聖母訪問修道会の霊的指導者であったイエズス会士たち〕はもっと慎重であったろう。しかし、それは単なる事件、物質的で肉体的な現実でしかなかった……崇高な神秘主義などまったく用なしだったのだ」。

　確かに、彼女自身が語った記録とされる伝記には、エローの当惑やミシュレの弾劾を納得させるようなくだりがある。

……次の晩には、私の思い違いでなければ、彼〔キリスト〕は、その聖なる御心に唇を押しつけたままの私を、約二、三時間も抱かれていました。

……しかしイエスは、彼の愛により私がすべての執着を離れることを欲せられ、その御心以外の富を、私がもつことを望まれませんでしたから、御心の豊かさを私に贈与してくださるために、贈与証書を私の血で書かせたのです。さらに私はナイフで、私自身の心臓の上にそのサインを行ないました。ナイフで、イエスの聖なる御名を書き込んで。

アラコックは一度ならず、自分の嫌悪感を乗り越えるために、病人の吐瀉物を舌で掃除した体験を語るが、その描写はある種の陶酔さえ感じさせる。この苦しみの必要性は、極端な形で表明される「……私は苦しむ幸福について話すとき、とても深い喜びを感じるので、何冊本を書いたとしても満足するまでは語れないでしょう[26]」。

　マリー・アラコックの生涯の詳細は、大衆の知るところではなかったろうが、彼女特有の精神性が、十九世紀に流布した信心ににじみ出ていることは否めない。聖心信仰は国民としての感情とともに、個人の意識にも重点を置いた。神への愛が内的感情の発露として、神秘主義的色彩を帯びるにいたる例も、特に女性信者に見受けられた。ロワイエ夫人（一八四一―一九二四）は一度ならずキリスト出現を体験したと主張し、彼女の見た「胸にはっきりと心臓の浮き出した、手を広げたキリスト」の像は大量に作られて流布することになる。

モンマルトルの丘での祈りの目的は、聖体の中にキリストの現存を発見することであった。つまりイエスは、その「肉」と、その「血」、その「臓器としての心臓」をもって現存する人そのものであることを実感することであった。頭で理解してこの現存を宣言するのでは不十分である。これを〝感じること〟が、信者たちの行の目的であった。

つまり聖心は二つの補完的な意味あいをもっている。一方でそれはイエス・キリストの内的生活を表象し、一方で愛の象徴であるその肉体としての心臓を示す。ある人々の信心は臓器としての心臓に集中する。確かに彼らの崇拝の対象は聖なるものではあるが、ある意味では一種のフェティシスムにかわりはないとの批判も存在した。他方、内的感情の発露を重用視する信仰は、イエスの愛の人間的性格を強調し、信者一人一人の祈りに応える親しい存在としてイエスをとらえた。この神観念は、直接的に人間に語りかけてくる、恋人としての神の神秘主義的イメージを生み出す危険をはらんでいた。

一八五六年出版の『ボヴァリー夫人』で、フロベールが寄宿生時代のエマの宗教感情について記したくだりはこうだ。「ミサを聞く代わりに、彼女は本を見て空色で織られた装飾挿絵の宗教画をながめた。彼女は病気の子羊や鋭い矢で指し貫かれた聖心、あるいは十字架を背負って歩きつつ転ぶ哀れなイエスが好きだった」。さらに七十年代執筆の『ブヴァールとペキュシェ』には、聖心信仰の像の人気への言及があり、フロベールは大衆の宗教心理に作用する図像の影響力の大きさに触れている。実際この信心の特徴の一つは、国民レベルでの意識に関わるゆえに、普及活動に力が注がれていた点である。さまざまの信仰用品は、この目的に大変有効だった。集団でモンマルトルの丘にやってきた巡礼者たちが買い求め、また通信販売もされた。十八世紀に「スカプラリオ」の名で呼ばれた聖心のイメージは、後に「ソーヴガルド（お守り）」と、より適切な名称を与えられ、殊に「止まれ！　イエスの御心がここにある」との言葉を伴ったものが広く流布した〈図版21〉。ヴォワラン神父なる人物が一八八九年に草案したソーヴガルドでは、血管や血のしたたりが描かれたまるで解剖図のような心臓が中心に描かれていた〈図版22〉。激しい批判にさらされたせいであろうか、このソーヴガルドは数年後には姿を消すが、聖心がまず何よりも、人となったキリストの身体組織である心臓を指していることは、明らかであろう。

それ以外にも、一八七一年以降広く普及したイメージがある。フランスは、悔い改め主の慈悲を請うマグダラのマリアの姿で表象された〈図版23〉。あるいは「子供に囲まれたイエス」をテーマとしたイメージの裏には、子供たちがイエスのもとに集うように、フランスは信頼をこめて聖心へと向かわねばならないという戒めがある〈図版24〉。先ほど触れた「ロワイエ夫人の聖心」とよばれる像は、彼女の幻視に現れたキリストの姿の再現であり、その足元には受難の拷問道具が置かれている〈図版25〉。ロワイエ夫人の幻視に啓示を受け、芸術院会員の一人によって製作された彫像〈図版26〉は、信仰用具のモデルとなった。二十万個のメダルと百万個のカラーリトグラフがそれをもとに作られたという。

版画や像、メダル、ソーヴガルド、旗、絵はがきなどの信仰用品は売れ行きがよく、これを扱う商人たちの商売熱もそれに拍車をかけたとされる。

ユイスマンスは当時のカトリシスムのある側面に対しては辛辣であった。聖心信仰に対してもまったく否定的だった。

カトリック信者たちは、聖職者の後押しと、自分たちの愚かな文学、無能な報道機関を用いて、宗教をして、情にもろいカナカ族のフェティシスム、彫像や献金箱、蠟燭やカラーリトグラフの馬鹿げた礼拝にしてしまった。彼らは聖心へのまったく即物的な信心を発明することで、愛の理想を物質化してしまった。(『出発』)

拝金主義と虚栄に毒されたものと見えるこの大衆信仰の熱狂は、ユイスマンスの芸術家的感興とはいずれにせよ相いれぬものだった。彼のサクレ＝クール寺院批判は、大変手厳しい。

この教会の壁は、高慢のセメントで接合された虚栄の切り石でできている。まるで広告のようによく見える位置に有名な商人たちの名が刻んである壁をもった教会と、神はどのように折り合いをつけるのかと思ってしまう！こんなに豪奢で、こんなに醜い教会を建てず、かくのごとき罪の建造物の中に我らの主を住まわせないようすべきだったのに！(『大伽藍』)

ユイスマンスとは対極的に、モンスの独房の壁にかかった聖心のリトグラフの芸術的凡庸さにもかかわらず、ヴェルレーヌは躊躇なくこの崇拝を容認する。ここでは醜さそのものが作用している。収束し固定する一点を探し求める心は、醜さのゆえに、この奇怪な像のもとへと引き寄せられたのだ。父親が軍人であったヴェルレーヌは、ブルジョワジーの家庭の出であり、『告白』にも記されてあるとおり、子供時代から愛国主義的感情を抱いていた。聖心信仰を容易に彼が受け入れた理由のひとつが、そこにあるかもしれない。後に彼は『幸福』で次のようにうたう。

祖国への愛は神への愛に次ぐ
最初で最後の愛。

さらにジョゼフ・ド・メストルの著書の感化を受け、この新米の改宗者は、少なくとも『叡知』の時代、教皇権至上主義の思想に共鳴して、ガリカニスム(フランス教会独立強化主義)やジャンセニスムを糾弾し、イエズス会に味方する。

21〜26　聖心信仰にともなって流布した図像

21

22

23

VŒU NATIONAL

AU SACRÉ-CŒUR DE JÉSUS

Laissez venir à moi les petits enfants.

Cœur sacré de Jésus, je me consacre entièrement à vous. Protégez la sainte Église contre ses ennemis, ayez pitié de la France et faites que je vous aime chaque jour davantage.

SOUVENIR DE LA CONSÉCRATION

M ____________________ a été consacré

le ____________________ 188

Montmartre, le ____________________

24

25

26

「一七六四年に事実上勝利したジャンセニスムは、イエズス会たちが追放されるや、教育、説教、司教座、司祭職のすべてで、偽善と厚顔無恥なやり方でガリカニスムの名に隠れて猛威をふるった」。そしてこの堕落したキリスト教こそが、十九世紀の混乱の第一要因である一七八九年の革命を引き起こしたと、結論づける(27)。

大革命に投げかけられた糾弾と伝統回帰の願望は、『叡知』第一部XIIに表明されている。

かつてのフランス人に立ち戻れ、
先祖にふさわしい、教会の子に！
…………
未来は魅惑的な花とともにたなびいている
冒瀆と離教のくびきに、おまえたちが
フランスを幽閉したバスティーユのその上に。
…………

「教会の長女」と言われたキリスト教君主国フランスへの思慕が、共和主義と科学主義に代表される近代への反感と二重写しになる。これはまさに当時のカトリシスムの一般的な意識であった。この精神構造が、聖心信仰に結晶したといえるであろう。

レオン・ブロワに捧げられた詩「聖杯」(『愛の詩集』)では、フランスの救いと十字架上で流された血に象徴されるキリストの愛が、結びつけられている。

イエス・キリストの血がフランスの上に流れあふれる。
…………
愛と優しさの神の愛のほとばしり、
…………
殺人者さえも、姦淫者さえも、
心が蘇りを求めて来るわきたつ泉。
祖国の救済、おお、渇きを癒す血よ！

この詩の背景には、聖心信仰の土台をなす観念が横たわっている。イエスの心臓は、あくまでもその愛の象徴でありつつなお、人なる神の肉体の一部である。『愛の詩集』の別のテクスト「十字架像」は、アラスの聖ジェリー教会で彼が目にした像がテーマである。

「この人を見よ！」　頑丈でしかし繊細だ。
あれほど苦しんだのは、まさにこの肉体だ。
巨大な心臓が脈打つのは、まさにこの胸だ。
唇をもれた消え入るいぶきが言う、「寛容」と！
…………
信仰が教える愛と希望を
妨げる疑念を打ち消すために、

足が血を流し、手が血を流し、脇腹が血を流す。
慈愛にあふれ、彼は父なる神に身を差し出す。
狂おしく善意に満ちた、このまことのカトリック的キリスト。

現存する像の描写が出発点であるが、血に染まった犠牲の肉体のイメージが表象する、人への愛に狂わんばかりのキリストが、詩人を惹きつけていることが理解できよう。『内なる典礼』の中で、彼は次のように六月をうたっている。

聖体と聖心の月。
現実の血と真の肉体の輝かしい月。

淫蕩の罪を意識するヴェルレーヌにとって、赦されたと感じるためには、この「(我々の心を救おうとの)願いが荒れ狂う燃え上がる心」が必要だったのだ。彼が現存を懇望する「狂おしい善意に満ちた」この〝至上の恋人〟は、聖心信仰が高揚した神のイメージと通底している。

歴史的な状況を越えて、ヴェルレーヌのキリストは動揺する存在に中核を与える。それは親密に心に語りかけてくるキリストである。キリスト像はまず、大衆芸術(凡庸なリトグラフ)と醜さのもつ奇怪性を通して与えられる。この醜さの魅力を容認することで、芸術家は自己否定を余儀なくされるが、それゆえに自らを取り戻す。だが、とりわけヴェルレーヌを惹きつけたのは、キリストのある種のイメージに示された、肉体と血の現存であった。罪の赦しを受けたにせよ、肉としての存在は残り続ける。『叡知』の第二部に置かれた「わたし」とキリストの対話では、キリストを仰ぐ者の再生への渇望が表明されるが、そこには相変わらずかつてのヴェルレーヌのあり方が透かし見えている。少なくとも浄化を望む願望がそこにはうたわれている。それはもはやランボーの熱烈な友ではない。しかし過去の記憶が再生の願いを彩り、それを両義的なものとする。キリストの胸に頭をのせた弟子ヨハネのイメージがそれを表現する。

可能だろうか？　いつの日か、あなたの胸の上に、
我々のものであったあなたの心臓の上に、
聖ヨハネの頭が休らった場所を、再び見いだすことができるだろうか？

この連作のソネにおいて、愛は高揚し、キリストとの融合による心の浄化をうたう。

あなたを愛さねばならぬと、わたしはわかるし、感じる。

福音書の教え全体の土台である「愛する」(aimer)という動詞から、ヴェルレーヌはすぐに、名詞「恋人」(amant)へと移行する。改宗の精神性によって変容はしているものの、

だからといってかつての情事のありとあらゆる記憶や官能をひきずっていないわけではない恋人である。

……しかし、どうやって
わたしが、それに、なれるでしょう。おお、あなた、
神よ、あなたの恋人に。

ヴェルレーヌの自我と救済者キリストの距離は、キリストがいわば救うべき罪人に自らを近づけ、その罪を自らのうちに吸収することによってしか、縮まり、解消することはない。罪、「古い人」、ヴェルレーヌ的「ソドム」、これこそがキリストが飢えて求める糧であり、自らの受肉によって変容させるものなのだ。

わたしは古い人を食い尽くす新しいアダム、
おまえのローマ、おまえのパリ、おまえのスパルタ、おま
　えのソドム、
おぞましい料理に食らいつく哀れな餓鬼のように。

(2) 連作ソネの選択

『叡知』において「わたし」とキリストの間に交わされるのは、まさに愛の対話である。神秘主義的対話の表現が託されたのは、(もともと愛をうたうものであった) ソネ形式である。

一八八一年に刊行された『叡知』で占める位置からすると、「キリストへのソネ」は『独房での日々』の中で有していた特権的ともいえる価値を失ったかにみえる。この連作ソネの神秘主義的調子は、『叡知』のその他の作品には見られない。出獄後間もないイギリス滞在の時期(一八七五―七八)に書かれた詩群が示すように、その後は敬虔な信仰の表現に場を譲る。イエスはもはや中心的存在ではなく、代わりに聖母と魂の平安に結びついた穏やかな自然が登場する。例として、ボーンマスで一八七七年に書かれた第三部作品 XV を引用しよう。

海は大聖堂
より美しい。
忠実な乳母、
臨終のあえぎの慰め手、
その上で聖母マリアが
祈りを捧げる海!

回心の衝撃的な瞬間から遠ざかるにつれ、キリスト像と不可分である神秘主義の横溢は、影をひそめていく。母に捧げられた『叡知』は、聖母マリアに象徴される信仰の母性的側面へとヴェルレーヌの精神性が移行していったことを示している。この変化は、子供時代の宗教、母親の宗教への回帰願望

に対応するといえる(28)。

キリスト像に主軸の置かれた、この神秘主義をどのように位置づけるべきであろうか。「フィナル」において、キリストが精神的平安の原理として現れるとしても、この神秘主義的傾向は、安定的で広く認められた形式に一体化した、穏やかで安定した信仰への希求とは区別されねばなるまい。詩人が「フィナル」において十二音節ソネを採用したのは、詩的革新の試みを一切放棄して、伝統的形式に戻ったというだけではなさそうだ。我々は、なぜ十二音節ソネが使われ、どのような表現手段が用いられているかを探りつつ、形式の面から「キリストへのソネ」の特異性を検証してみたい。

『言葉なき恋歌』には、一編のソネもない。『独房での日々』の三十二作品のうちでも、伝統に沿ったものはほとんどない。「座りの悪いソネ」は、タイトルが示す通り、十三音節の無韻のテクストであるし、「収穫」は改宗前のヴェルレーヌの詩法の好例のひとつであるが、九音節のソネである。いずれも奇数音節を使用しており、伝統的ソネとはいいがたい。

『独房での日々』の時期、ヴェルレーヌは詩の「新たなシステム」創造の願望を完全には放棄していない。それに対し『叡知』に目立つ十二音節詩句（アレクサンドラン）使用は、明らかに伝統に準拠しようとの意図に基づいている。だが、「フィナル」における十二音節のソネ連作は、単なる伝統回帰願望とは、別の動機を有しているように思われる。ヴェルレーヌは詩のテーマに最適のものとして、多くの可能性の中からこの形式を選択したのだ。

マックス・ジャザンスキーは『フランス・ソネの歴史』において、ソネの歴史は実質的にはペトラルカとともに始まったとしている。イタリアの詩人が『カンツォニエーレ』のソネで表現した純粋で深い愛は、この詩形式にとって転換点となった(29)。エピグラムとしてのソネはかなり早期に成立していたが、真摯な愛の表現にあてられたソネは、ジャザンスキーによれば、まったく別のジャンルであった。フランスに導入されるにあたり、イタリア起源のこの形式は相変わらずエピグラムとしてとらえられていた。その証拠にクレマン・マロ（一四九六―一五四四）は、エピグラム中に、ソネ作品を混ぜて発表している。モーリス・セーヴ（一五〇〇？―六〇？）がペトラルカ風の詩情をもつ『デリー、至高の徳の対象』を書いたとき、ソネではなく、真剣な主題にふさわしいとされてきた十行詩を採用したのもこの理由によると、ジャザンスキーは言う。

だがペトラルキスムの最初の傑作となったデュ・ベレー（一五二二―六〇）の『オリーヴ』が、真剣な愛をうたう、長い連作ソネのジャンルを決定的なものとした。さらに、ロンサール（一五二四―八五）の『恋愛詩集』の後、ソネで編まれた愛の詩はこの詩人の創作を範とするようになった。

要するに、連作ソネは、フランスではデュ・ベレーやロンサールといった詩人たちと共に誕生し、真摯な愛をその主要テーマとした。ただし、一つ一つ独立したソネは、日常やりとりされる詩なども含めて、あらゆる主題に用いられたから、単一型ソネとは別種のものとして、連作ソネをとらえる必要がある。オリヴィエ・ド・マニー（一五二九―六一）が『溜息』によって、またデュ・ベレーが『哀惜詩集』によって人生の失意や懊悩をうたって、連作ソネ使用に新しい地平を開いた後も、それはペトラルキスムとさまざまの〝恋愛詩集〟に深く刻印され続けた。

しかし、〝恋愛詩集〟の最盛期は長くはなかった。十七世紀の初頭すでに、衰退期が訪れる。マレルブの改革と演劇の隆盛も影響して、連作ソネは十七世紀中頃には、複数の女性を対象としたソネの単なる集成になってしまった。その後すっかり忘れ去られ、ルイ十四世の時代にはソネ自体がすたれてしまう。

ソネが凋落する以前、フィリップ・デポルト（一五四六―一六〇六）の『霊的ソネ』に範を得て、連作ソネを用いた宗教詩が書かれたことが注目される。ヴェルレーヌの「フィナル」よりはるか前に、キリスト教をテーマとしたソネのシリーズが存在したのである。

啓蒙主義と理性の十八世紀、特に一七五〇年以降に詩は低調であったが、十九世紀にはその復権が果たされた。その際古典主義と古代への反発から、フランス詩は中世とプレイヤード派を尊重することになる。サント＝ブーヴがソネを長い忘却から引き出したとき、英国ソネの影響も強く受けていた彼が同時代人たちに紹介したのは、主としてデュ・ベレーやロンサールの作品であり、彼らの〝恋愛詩集〟であった。

ヴェルレーヌも、ソネはその起源においてペトラルキスムと〝恋愛詩集〟の形式であると考えていたようだ。ややパロディー風ではあるものの、「ロールとペトラルカを讃美して」と題された作品で、

イタリア起源でシェークスピアも通過し、
だがロンサールが見事にフランス化した、

とソネを定義している。アンドレ・ジャンドルによれば、このテクストは、ソネ形式に最もふさわしい主題は恋愛であるという認識を暗示している[30]。十九世紀が掘り起こしたのは、多様なエピグラムに用いられた単一型ソネでも、ソネ形式で書かれた宗教詩でもなかった。ヴェルレーヌの同時代人たちは、十六、十七世紀に書かれた宗教詩については、ほとんど知識がなかったようだ[31]。ジャザンスキーはこれらの連作ソネの価値をほとんど認めておらず、「キリストへのソネ」に関して「十六、十七世紀に惨憺たる失敗に終わったことを、十九世紀に一人の詩人が最初から成功させた。自然主義華やかなりし時代に、ヴェルレーヌは真に霊的ソネを作り上げた」と主張している。

サント＝ブーヴの『ジョゼフ・ドロルムの生涯、詩および思想』以来、ソネは連作形式を取らなくなった。様々な主題

をもつ単独型ソネが台頭し、サント＝ブーヴ自身があらゆる多様なテーマに対応できるソネの可能性を称揚した[32]。さらにソネは、百作品中四十四がソネである『悪の華』の出版（一八五七）とともに広まった。

すべてがソネにぴったり来る。おどけ、色恋、情熱、夢想、哲学的思索まで[33]。

と、ボードレール自身が述べている。

　ボードレールと高踏派の影響を受け、ヴェルレーヌも単独型ソネの刷新に関心をもった。しかし『土星人の歌』以降、彼は高踏派の詩法に反発し、その結果ソネを放棄する。『言葉なき恋歌』の時代、彼はソネばかりでなくアレクサンドランにも興味を抱かず、その態度は『独房での日々』にいたっても存続していた。したがってこの時期、心の均衡と平安を求める内的欲求のみによって、伝統ある詩形としてのソネの選択がなされたとは想像しにくい。ここまで見てきた歴史的背景から、「フィナル」における連作ソネの採用理由が推測できるだろう。このジャンルは彼にとって、フランスで最も偉大な詩人の一人と称えるロンサールを筆頭に〝恋愛詩集〟の詩篇を、まず想起させるものだったはずだ。

　ヴェルレーヌの選択を理解するために、十六世紀後半の詩人であるジャン・ド・ラ・セペッド（一五五〇—一六二二）の作品『観想』を取り上げてみたい。十九世紀にはほとんど知られていなかった（ジャザンスキーの『フランス・ソネの歴史』は一九〇三年出版であるが、わずかにタイトルだけが補遺に記されているにとどまる）この詩集の主題は、福音書の記述にしたがってのキリストの受難と復活である。この叙事詩的性格をもつテクストは全編、叙情詩の形態であるソネで綴られている。二十世紀まではこの詩集は敬虔な信者が書いた信仰心あふれた（芸術性は二の次の）作品に分類されていた。ところが、『観想』はアンリ・ブルモンの『フランス宗教感情の文学史』によって、忘却から引き出された。

　以前は、新約聖書に基づいた主題とソネ形式のミスマッチが指摘されていた。この評価とは逆に、『ラ・セペッドの読解』の著者イヴェット・クノーは、ソネの選択に深長な意味を読みとる。ヴァレリーによれば、ソネは「静止の詩」であるが、それゆえにこそソネが選ばれたというのだ。「ラ・セペッドは停止、硬直、麻痺の恐れにとりつかれていた。彼は出発し、キリストに従い、……停滞し、よどむものに生命、動き、躍動を与えたいと願った。……それゆえに、不動を動に変換するものに魅せられ、彼はその変換をエクリチュールの中で試みた[34]」。ジャン・ルーセによれば、『観想』は、プレイヤード派の世俗的カンツォニエーレを見事に宗教詩へと変換させた。「詩人は恋人のあらゆる激情、恍惚、苦しみをもって、恋する者であり続ける。彼の目は人であると同時に神である姿を絶えず見据えつつ、神聖化された女性に受難のキリストを置き換える[35]」。

つまり、ラ・セペッドにおいて、聖なるテクストをソネ形式に書き換えるという詩的行為は、彼がキリストに対して抱く感情と不可分なのだ。ある意味で、〝唯一の愛の対象に宛てられた一連のソネ〟の概念は、たった一人の「人」の生涯だけを見据える福音書の語りの書き換えに、見事に適合するともいえるかもしれない。著者を詩の対象へと結びつけるのは、確かに宗教的な愛であるが、それは世俗の恋愛感情とある種の類似性をもっている。第二部LXVIIの作品には、法廷でのキリストがあらわれる。

おお、悲劇的な王位！　不名誉な衣服！
突き刺す王冠！　過酷な笏！
麗しく愛しい頭！　我が魂の愛よ！
唯一人裏切らぬ我がキリスト！　至上の恋人よ！(36)

ジャン・ルーセが指摘するように、キリストと罪人である詩人の間の緊密な融合は、詩集の連続性の中、ソネ形式によって実現していく。この点にこそ、『観想』の独創性がある。

ヴェルレーヌもまた、『観想』の著者と同じく、何よりもまず愛の表現にふさわしいとされた叙情詩の一形式を採用することによって、キリストへの感情をうたおうとしたのではなかったろうか。研究者たちが指摘するように、「キリストへのソネ」には、ほとんど肉欲的とさえいえる情熱が感じられる。熱烈な感情は、キリストが主体へ執拗に呼びかけることによって表明される。詩人-罪人が救い主に向かって感じる熱情は、救い主自身の罪人に対する狂わんばかりの愛に転移されている。

対話形式をとることにより、主体の感情は、その愛の対象の感情へと転換可能となった。ヴェルレーヌのテクストの神秘主義はこの対話形式に負うところ大である。罪人のためらいが、対話の相手キリストの要請をよりいっそう強烈にするという図式が成立する。

宗教教育においてはしばしば対話形式が使われている。これは単なる論証とは別の効果を有する。『キリストにならいて』で信者の声とキリストの声が交互に現れるくだりにおいて典型的なように、心に語りかける声からは強烈な説得力が生み出される。ジャン＝ジャック・オリエ（一六〇八―五七）の霊的手引書『内的生活のための公教要理』（一八五六）をたよりに、この問題を掘り下げてみよう。この聖職者はサン・シュルピス神学校の創設者として知られている。管轄下のサン・シュルピス小教区の霊的刷新を目ざして、彼は公教要理教育、慈善活動などを奨励し、自身も率先してそれを行なった。『内的生活のための公教要理』は、当時の教養のある信者たちを対象として、彼が「内的生活」と呼ぶものに関しての教化を目的としている。

この手引書は、この時代に一般化した教育手法に従い、「問い」と「答え」の形式に則っている。オリエの書で注目すべきなのは、それぞれの「問い」が、あらかじめ作られた答えに合わせて考えられた、かりそめの質問ではなく、信者とその霊的指導者の間での真の対話となっている点である。後者の答えは、前者の心に新たな疑問を生み出す。信者は相手の言葉に驚いたり、心打たれたりしながら、対話が深まっていく。『内的生活のための公教要理』の一節を次に引用してみよう。

問い——祭壇の聖体に対する、神が私に与えてくださった尊重と崇敬の感情をどのように表現したらよいのでしょう。御父の神性に満ち、賢さと、聖なる知識のあらゆる宝に満たされた我らの主イエス・キリストを自らのうちに宿すとは、何と偉大なことでしょう！
答え——あなたの神への愛を増すために、もっと素晴らしい秘密をさらに教えましょう。神は一人子が私たちの内に住まうよう、与えてくださいましたが、それは単に御子の血と肉に私たちがあずかる時ばかりではなく、私たちの人生のあらゆる瞬間においてなのです。
問い——何ですって。我らの主は御聖体拝領によるのとは別に、私たちの中に住みたもうのですか。[37]

第一に、霊的手引書の枠組みとしての対話では、神への道を指向する者が、あたかも彼だけを対象とした答えを直接受け取る感じをもてる。彼の相手は、彼だけに語りかける。書かれたものでありながら、二人の間で交わされた言葉によって織りなされているような印象を与える。読者である信者は、自然に質問者の立場に身を置くであろうから、答えを与えてくれる人を目前にしているような気になるのではなかろうか。彼は答えを読むが、あたかも応答者の声を聞くような感触が生まれるだろう。

第二に、答えは発展的である。つまり、新たな質問を生み出すようにできている場合が多い。問う者は新たな疑問を抱き、より深まった不確実性の状態が出来する。このようにして、導かれる者は、「内的生活」の深みへと進んでいく。

「キリストへのソネ」は、十七世紀の聖職者の書とは、まったく質を異にするものの、ある意味で似通った発展（深化）を示している。第一のソネは「我が神はわたしに言った」と始まるキリストの言葉である。対話は主体‐罪人に語りかける主によってまず開始される。そのメッセージは、救いの担い手である主の声を通じて伝わる。話された言語が書き移されて、私たちの面前にある。イエスは出だしのソネから、至高の命令（「神を愛すること」）を発する。イエスの身体の部位を示す語（脇腹、心臓、足、腕、手）によって、その声は十字架にかけられた彼の肉体の全体からわき上がってくるような印象を与える。この苦しむ肉体の現存は五感全部に訴えかける。信者は磔刑者のイメージそのものに浸透され、その受難との視覚的、肉体的一体化が果たされる。このほとんど肉感による参与は、聖イグナティウス・デ・ロヨラ（一四九一—一五五六）の『霊操』の基本をなしているものである。信者はいわば、彼がながめるイメージそのものに同化する。つまりキリストと一つのものとなることで、そのイメージは実在となるのだ。

第二のソネは主体の言葉である。罪に汚れた存在であるという自覚と卑下のゆえに、対話者を愛しえない苦しみが告白される。キリストは主体の苦悩の言葉に耳を傾け、自らの命令に従うよう誘うため語りかける。主の声はこの主体にのみ特権的に与えられる。対話形式は、罪人とその神の融合が果たされるために不可欠な、深遠な構造としてここでは機能する。

（3）神秘主義の言語か、愛の言語か

罪人なる主体がキリストに抱く熱い思いが、キリストの彼への愛に移し換えられていることを我々はすでに見た。罪人を救いの探求へと促すのは、キリストの狂わんばかりの愛である。ヴェルレーヌは救い主とその愛の描写にどのような表現を使ったのか。語りえないものを言い表わすための本質的手法として、「キリストへのソネ」では比喩や暗喩が多用される。いくつか例を挙げてみよう。

（1）《あなたは、渇く者すべてが求める平和の源泉》（II-5）

（2）《……そうだ、我が愛はまっすぐに立ちのぼる
……
そして鷲が兎をかすめ取るように、連れ去っていくだろう》（III-5, 7）

（3）《おお、穏やかな泉であるあなたは、劫罰を受けた
恋人たちにのみ苦い。
おお、光そのものであるあなたよ》（II-12, 13）

（4）　《……愛の清らかな風の
巨大な薔薇であるあなたよ……》（IV-3, 4）

（5）《わが愛は常軌を逸したあらゆる肉体を
永遠に焼き尽くす火、それは香水のように
昇華する……》（V-5, 6, 7）

（6）《優柔不断で無知なおまえの心を
我が教会の開かれた腕にゆだねよ
スズメバチが満開の百合に飛び来るように》（VII-2, 3, 4）

これらの比喩や暗喩のいくつかには出典がある。C・キュエノによれば、キリストを指す「平和の源泉」、「穏やかな泉」、「光そのもの」は『キリストにならいて』の表現を想起させる。もちろん、「穏やかな泉」は『詩篇』（36-10）や福音書（ヨハネ4-14）とも関連する。「愛の清らかな風の巨大な薔薇」と「満開の百合に飛び来るスズメバチ」はダンテに出典をもつ[38]。またヴェルレーヌは十六世紀の神秘主義者十字架の聖ヨハネから、「常軌を逸したあらゆる肉体を焼き尽くす火」

という表現を借用している[39]。鷲への言及は、力強く威厳あるこの鳥を好む聖書の喩えに由来する（申命記28-49、箴言23-5）し、伝統的に鷲は〝最愛の弟子〟といわれる使徒ヨハネの象徴でもある。十字架の聖ヨハネは「神なる鷲」という表現を使っている。

「キリストへのソネ」はこのように、先行テクストに起源をもつと思われるいくつかのフィギュールを含む。投獄期間中、ヴェルレーヌは聖書、聖アウグスティヌスをはじめとする教父たち、十字架の聖ヨハネやアビラの聖テレジアといったスペイン神秘主義者、トマス・アクイナスの『神学大全』、ボシュエの『瞑想』など多くの宗教書を読んだ[40]。これらの読書が「キリストへのソネ」のバックグラウンドとなっていることは否定できないであろう。

しかし、借用でない表現こそが作品の調子を決定しているのはいうまでもない。本章の冒頭に引用した三行詩句にかえってみよう。

おまえの最後の苦悶をすすり泣いたのは、わたしではなかったか。
おまえの夜ごとの汗を、わたしが流したのではなかったか。
わたしはここにいるのに、なおわたしを探す哀れな友よ。
(I-12, 13, 14)

キリストの声は苦悩する主体の淫欲の過去に触れる。主体はまだその妄念を取り去れない。この三行詩句で、動詞「すすり泣く」(*sangloter*) は「泣く」(*pleurer*) と違い、急激に繰り返される呼吸運動を想起させる。さらに、自動詞として用いられ、の使用が普通であるが、ここでは他動詞として用いられ、主語「わたし」(ここではキリスト) を対象「おまえ」(主体-罪人) の最後の苦悶に直接結びつける。したがって第一句は述語の特殊用法により、対話者と同時に (ほとんどその身代わりに) その懊悩を体験するキリストのイメージを伝える。

第二行では、「おまえの夜ごと (夜々)」(*tes nuits*) は複数形の使用によって、主体-罪人が現実に生きた夜々を想像させる。「おまえの夜ごとの」をともなうことで、「汗」という語はその本来の具体的な意味で使われていると考えていいだろう。*suer la sueur*「汗をかく」という言い回しは、*suer* だけで「汗をかく」の意味をもつ自動詞として使われるが、ここでは他動詞として用いられており、「おまえの夜ごとの汗」の部分が強調されることになる。主体の放蕩の夜々を、まさにキリスト自身が生きたのであり、この汗はゲッセマネの園の懊悩の夜の汗と一体化する。

このキリストの激烈なイメージこそが、罪人である主体を回心へと導く。第二のソネの最後で、主体はキリストを「光そのもの」と呼んで、訴えかける。

……おお、光そのものであるあなたよ、
重い口づけで瞼を閉ざされた目には、見えないが！

現存の神の光から排除されていると感じ、罪人は彼と神の間にある、自らの過ちによってうがたれた、越えられぬ深い溝を思う。その彼に、対話者である神が答える。

わたしを愛しなさい！　わたしは普遍の「口づけ」、
おお、いとしい病む者よ、おまえがいう
わたしはまさに、その瞼、その唇、おまえをかき乱す
その熱は、いつもわたしそのもの！……（III-1〜4）

罪人が感じとる測りしれない距離を消滅させようと、救い主は自らを〝普遍の口づけ〟と称する。この口づけのメタファーは、『雅歌』の次の一節にも見られる。

あなたが、わたしの母の乳房を吸った
本当の兄だと思う人なら
わたしをとがめたりはしないでしょう
外であなたにお会いして
口づけをするわたしを見ても。（VIII-1）

十字架の聖ヨハネは、『雅歌』を神秘主義の視点から解釈し、『精神の賛歌』の中でこの一節を引用して、口づけは、人間の魂と神の融合を象徴していると記している。ヴェルレーヌのテクストでは、この大文字で書かれた「口づけ」は、一方で至高の愛の象徴でありながら、実は背徳的な無数の口づけを含む。

イエスが「わたしはその瞼」と言うとき、この語が意味するのは、『詩篇』がうたう神の瞼（「御目は人の子らを見渡し、その瞼は人の子らを調べる」、11-4）とは別ものである。ここでは、瞼は神の光に目を閉ざし、淫蕩に我を忘れた者の盲目状態を暗示する。キリストの愛は、罪人に自己同化するまでに、強まっていく。

わたしは古い人を食い尽くす新しいアダム、
おまえのローマ、おまえのパリ、おまえのスパルタ、おまえのソドム、
おぞましい料理に食らいつく哀れな餓鬼のように。（V-2〜4）

激しい飢えと渇きの観念は、十字架の聖ヨハネにもあって、神との合一を探求する者の決して飽くことない望みを意味している。ヴェルレーヌはというと、キリストを汚物に食らいつく飢えたみじめな乞食に喩えて、はばからない。肉欲の罪を象徴する不浄物をむさぼり食う行為を、キリストにあてはめることで、彼は罪人への神の愛の激烈さを示唆しようとしたのであろう。その強烈さこそが、彼にとっては一つの神秘を表現しているのだ。しかし、ヴェルレーヌの思いは、愛の神学をはるかに踏み越えている。彼のうちでは、人の神との融合は、キリストの言葉をとおして、淫蕩の暗闇の中で実現

するのであり、主の行為は罪人の行為と無限の類似性をもっている。「おぞましい料理に食らいつく哀れな餓鬼のように」という比喩は、キリストによりもむしろ、罪人のイメージにぴったりくるのではなかろうか。

わたしの愛は永遠に、あらゆる狂った肉体を
焼き尽くす火……。
……それは、わたしが蒔いたあらゆる悪しき芽を、
巻き込んで消失させる洪水。（V-5〜8）

この四行連では、愛は、キリスト教の祭式、ことに洗礼の秘蹟に欠くことのできない、火と水という二つの象徴に結びつけられる。それは浄化の火、清めの水である。しかし、奇妙なことに、キリストは自らを「あらゆる悪しき芽」の蒔き手としている。破滅の状態から輝かしい救いへ、人のすべての行為と連帯するキリストの現存は、その全存在をおおいつくす。ヴェルレーヌの神は、人間のためにすべてを身に負うがゆえに、諸悪の源とさえなるのだ。

さらにキリストの言葉は続く。救い主の言葉の息せき切った調子には変化がみられ、人と神との融合の予感が生まれる。神による人の真の所有が成し遂げられようとする。しかし、この救いの直観は、罪の暗闇で夢見られたもう一つの融合の痕跡を、完全に消しはしない。

……わたしをおまえの肉とし、おまえの理性とする
この愛の神秘を敬虔に信じなさい。
……
ついに少しくおまえが、わたしに
似た者とならんことを。

ヘロデとピラトの治世のあいだ、
ユダとペテロの時を通じて、おまえ同様、
苦しみ、極悪人の死を死ぬために生きたわたしに！（VII2-1, 2, 11-14）

ヴェルレーヌにおける神との融合は、何を意味するのだろうか。ここには、神秘主義の観念と言語が、実際に存在しているのだろうか。

井筒俊彦氏によれば、神と人を隔てる無限の距離を消滅させるプロセスには、二つのかたちがある。一つは、「人間神化、人間が神になる」ことであり、もう一つは、「人間的〝我〟と神的〝汝〟の関係を情熱的な恋愛という形で象徴的に体験する」ことである。[41] 十字架の聖ヨハネはこの第二のタイプに分類されるが、氏も述べるとおり、この神秘主義体験を語るコトバは、「著しい象徴性」を帯びる。聖ヨハネの『精神の賛歌』の一節を引いてみよう。

ほら、花嫁はあんなにも待ち望んだ

美しい庭に入った。
そして彼女は思いどおり
恋人の腕に、とても優しく
首を傾ける。

彼のコトバを、単なる恋愛の言語から区別するものは、井筒氏によれば、まず第一に語の「二層的多義性」である。それは「理性の領域」と「理性の向こう側の領域」という二つの意味次元からなる「垂直的多義性」である。『精神の賛歌』においては、「手」、「胸」、「首」、「腕」など、身体の部位をさす語、本能と関係する「飢え」や「渇き」、さらに性行為に関わる「口づけ」、「寝床」などは通常の言語使用ではありえない、別のシニフィエを有している。例えば先の引用では、著者自身がつけた説明によれば、「首」は魂の力強さを、「腕」は神の腕であり、その力と優しさを意味する。彼は、言語化不能な内容を何とか説明しようと試みる。

しかしながら、神秘主義体験の言語化は、第二に、シニフィアンに対するシニフィエの圧倒的優越性に特徴づけられる。魂の力強さを意味した「首」は、同時に魂の弱さの意味にもなる。正反対の意味をもつ強さと弱さという二つの語は、神秘主義の言語においては、違いそのものが無意味になるところまで達する。意味はそこまで深まっていく。

聖ヨハネの神秘主義的表現は、次のような連にもよく表われている。

わたしにとって、神は
夜明けに似た、静かな夜、
沈黙のメロディー、
音高い静寂、
愛を燃え上がらせ、力を与える夕餉。

この類のテクストは、通常の言語ではありえない意味を表現していると、考えてよかろう。

「キリストへのソネ」=「フィナル」は、人と神との相互の呼びかけからなり、〝我〟と〝汝〟のあいだで、愛の言語が交わされる。この詩は、ヴェルレーヌのある種の神秘的体験から生まれたものだ。ただ、ヴェルレーヌにおける、脇腹、心臓、腕、手、胸といった語には、十字架の聖ヨハネのテクストに見られるような意味の多層性は存在しない。それは〝神の肉体〟を指し示すが、実はキリストの肉体は、常に一方で人間の身体そのものでもある。ヴェルレーヌ流の神秘主義はまさしく、その激しい愛のゆえに「悪徳の喜び」の共謀者とさえなりかねないキリスト像のうちに存する。

改宗から二十年後に書かれた『内なる典礼』の最後の詩もまた、「フィナル」と題されている。その中に、次の二行がある。

わたしの異常な救いがたさを祝福してくれたイエス、

わたしのために祝福し、苦しみ、死なれた……。

もし、ここで救われがたさが〃異常〃とすれば、これに向けられた祝福も同様に常軌を逸したものである。この引用は、二十年前に書かれた「フィナル」の調子を髣髴とさせ、『独房での日々』におけるヴェルレーヌの宗教感性を、改めて確認させてくれる。

レオン・ブロワは、『叡知』がカトリック信者たちのあいだに引き起こした嫌悪の情について触れている。彼は「最後のカトリック詩人」ヴェルレーヌがこうむった、黙殺を告発する。

『叡知』と名づけられた詩集は、一八八一年にカトリック総合出版から、どうも自費出版らしいが、世に出た。この本が社のカタログに載ったことは一度もない。宗教関係の文献目録で、ただの一度も触れられたことがない。一部でも売ろうという、ちょっとした商業的努力さえまったくなされなかった。(「癩病人」、『猛獣使いと豚飼い』)

元囚人、同性愛者で堕落した「呪われた詩人」に対する、当時のブルジョワジーを中心としたカトリック社会の偏見は根強かった。『猛獣使いと豚飼い』が主張するところによれば、彼らはヴェルレーヌの生も芸術も理解できなかったのだ。カトリック者たちに、「中世以降に開花した、唯一の神秘主義の詩句」をもたらしたのに、彼らから完全に無視され、追放されたのだと、ユイスマンスは言う。しかし、淫蕩の夜々においてまで、罪人と抱擁の汗を共有するこのキリスト、罪人が唯一可能な奉献として差し出す汚物を、むさぼり食うこの完全な恋人のイメージはあまりにも強烈で、ある種の〃精神的男色(ソドミー)〃を想起させる。ランボーとの同性愛の痕跡が、彼のキリスト像に反映してはいないだろうか。ヴェルレーヌの神は、詩の探求と実存レヴェルで彼があれほどに執着した、〃最も美しい堕天使〃の面影の変容ではなかったろうか。

おわりに

ニーチェは、イエスを「英雄」、「天才」としたルナンの考えにきわめて批判的であった。ルナンがイエスに認めた「アイロニーの偉大な師」としての特徴、ほとんど西洋化された繊細な精神は、ニーチェの目にはカムフラージュされたキリスト教〝擁護〟としてしか映らなかった。『反キリスト者』（一八八八）で彼は、イエスを表現するのに〝白痴〟という語を用いる。彼がイエスの内に見いだしたのは、「精神的なもののうちへと後退した子供らしさ」である。[1]

ニーチェは「デカダンス」という語をきわめて否定的な意味で使って、キリスト教の定義そのものとした。彼のいうデカダンスは、本書で見てきたような複雑で巧緻な世紀末の雰囲気を意味してはいない。それは権力への意志の衰退が引き起こす内的衰弱、さらに生理学的退化に対応している。しかし一方で、ニーチェは芸術にさまざまに誘発された世紀末の人でもある。『反キリスト者』で彼がイエスを「最も興味深いデカダン」（デカダンは原文でフランス語）と呼ぶとき、そこには世紀末の想像力とつながるある種、把握しがたく曖昧な様相が導入される。「ドストエフスキーのごとき人がこうした最も興味深いデカダンの身近で暮らさなかったのは、遺憾だ。私が考えているのは、崇高なもの、病的なもの、子供らしいもののそうした混淆から受ける感動的な刺戟をこそ感受しうる人のことである」。

ニーチェは一八八七年から翌年にかけてドストエフスキー、とりわけ『白痴』を愛読した。〝白痴〟という語は、ドストエフスキーの作品中では、まったく異なる含意をもっていることはいうまでもない。ドストエフスキーにとっては、キリストの姿は比較を絶したものであるから、それが登場人物に投影されるとき、人間の限界としてのみ表出されることになる。したがって、キリストの面影は、それを反映する人物像を通して、常に多かれ少なかれゆがんだものとなる。キリストの面影を映す人間たちは、彼らの内的美にもかかわらず、周囲の人々の規範から完全にずれているゆえに、〝滑稽〟に感じられる。この〝滑稽さ〟は、彼らの〝無垢さ〟、彼らの〝子供の心〟、彼らの苦しむことのできる力から来るのであって、世界はそれを理解しえない。

さらに、ムイシュキン公爵のイメージは、『カラマーゾフの兄弟』（一八七九）の「大審問官」の章に現れるイエスの姿とも重なり合う。十六世紀の年老いた異教・異端審問官は、地上に戻ってきたイエスに対峙するが、彼は権力機構としての教会とともに、おそらく現代文明をも象徴している。語り終えて老人はイエスの答えを待つ。「……とつぜん、囚人は無言のまま老人に近づいて、九十年の星霜をへた血の気のないくちびるに静かに接吻した。それが答えのすべてなのだ。老人はぎくりとなった[2]」。この像はムイシュキン公爵の姿とつながりながらも、ある意味では、すべての争いの超克を象徴する。

この大審問官の章に想を得て、だがそれに反発するかたちでローラン・タイヤードはアナーキスト・イエスのヴィジョンを生み出した。支配者の論理を語る大審問官に一言も答えぬイエスに向かい、彼はこう叫ぶ。

彼ら〔あなたの司祭たち〕は崩れ落ちる尖塔の下にあなたを捕らえる、
そして彼らの憎しみは、ルビー色の釘で血に染まったあなたの手に、なお茨の刺を突き立てた。

反逆者たち、苦しむ者、追放者たちへと立ち帰れ、
アナーキストよ!……[3]

多種多様な解釈に開かれた世紀末のキリストは、タイヤードの例が示すように、現代世界への自我の順応にするどく対立する。

ブロワ、さらにエローの場合もそうだ。だが彼らにおいてキリスト像は、世紀末の感受性に呼応して真の受肉を果たす。それは精神のみならず、肉体と血の総体として把握される。

ルナンにとってマグダラのマリアは「イデアリストたちの女王であり庇護者」である。なぜなら彼女は、見ずして信じたからだ。彼女の宣言によって開かれた巨大な展望のもと、ルナンは信仰のあらゆる理念的な移し換えを試みる。それに対し、エローは復活したイエスの傷口に触れることを望んだ、弟子トマスの指を称揚する。ここでは聖トマスは自分の感覚しか信じない不信の徒ではなく、人が神を理解できないこと、〝触れること〟によってしか神に近づきえないことを知る完璧な信仰者である。

世紀末を経て、信仰とは無関係に見える文学作品においても、キリストはある種の雰囲気と強烈さに彩られて現存する。例としてエミール・ヴェルハーレンの『フランドル地方すべて』(一九〇四―一一)を取り上げよう。

おお、連禱にちりばめられたこれら聖人たちの名、
向こうのすべての木々、
聖人たちの名の単調な語彙は、
記憶の中で親密に続いていく、
おお、これら請い求めるすべての腕よ、
これらの枝々は地平線につるされた、
何とも知れぬキリストに向かい、夢中にのびている。[4]

一種の自然主義的汎神論が、聖人、死者、木々や風が混じり合う幻想的な雰囲気の中で、キリスト像と融合する。風景は

教会や聖人の名を、村々や十字架像を一つ一つ繰り返していく。私たちは、ここでもデカダンスのキリストの一つに出会う。ここに現出しているのは、芸術家のキリスト、詩人のキリストであり、芸術により激化し、あるいは鎮められる人間的な苦悩を秘めたキリスト像である。

あとがき

本書は、一九九九年末にリヨン第二大学に提出した博士論文『世紀末のキリスト——フランス・デカダンスの精神性研究への寄与——』*Le Christ fin de siècle——contribution l'étude de la spiritualité décadente en France*——を基にして構成したものである。フランス語版は今年七月に出版された(*Le Christ fin de siècle*, Tusson, Du Lérot, 2002)。

この博士論文執筆にあたっては、リヨン第二大学教授ローディス・レタ氏の貴重な諸助言に負うところ大であったことをまず記しておきたい。レタ氏はエルネスト・ルナンの専門家であり、その著書『エルネスト・ルナンの作品における宗教と宗教的想像力——それらの形態と関連——』(一九九七)は、私にとってルナンの章を書く際の拠り所であったばかりでなく、論文全体をつうじての導きの糸であった。これは、キリスト教精神性理解の深みを教えてくれたきわめて刺激的な本で、各作家における「キリスト像」を考える際の方法論に関しても多くのヒントを得た。

一九九〇年に博士論文の計画段階にあたるD.E.A.課程に登録した際、ヴェルレーヌの『叡知』をテーマとした。二年後に「『叡知』におけるヴェルレーヌのキリスト」と題する論文がどうにかかたちになったが、これが本論のいわば出発点であり、ヴェルレーヌに関する章にその大部分が生かされている。

ところが、博士論文の段階になって、指導教官であるレタ氏から「ヴェルレーヌだけでは三百ページ書くのは難しい」と言われ、その教示にしたがって取り上げる作家の数をふやした。この作家も、あの作家もと、次から次に論ずべき対象がふえ、最初の三年は読書するだけで終わった。四年目にしてようやく筆を執ってみたものの、資料不足が実感され、さらに読み続けねばならなかった。結局、D.E.A.の登録から数えて、完成に九年かかってしまった。

しかしそのおかげで、ひどく狭いものだった私の視界を十九世紀全般にまがりなりにも広げることができたから、この点についてもレタ氏には深く感謝している。

『世紀末のキリスト』と題されているのにもかかわらず、ロマン主義のキリスト像にかなりのページが割かれていることを不可解に思われる読者もいるかもしれない。当初の予定ではロマン主義については、世紀末の精神性を対比的に強調するための導入部として論じるはずであった。しかしキリスト論の向こうに見えるロマン主義の地平は広大で、そのキリスト像はダイナミズムに富んでおり、興味をもって調べるうち、おのずと長い第一部となった。ロマン主義の思想家、作家たちを渉猟することで、十九世紀をつうじてのキリスト像の変遷を跡づけることができ、世紀末のキリスト像の特質を明確に浮かびあがらせることができたのではないかと思う。

エローはフランスでもほとんど知られていない思想家であるが、「蟻の目」、「乞食の帽子」、「聖トマスの指」、「写真とたそがれ」といったテーマは、キリスト教信仰の本質をさし示すとともに、きわめて十九世紀末的な終末のヴィジョンを映し出していて、エローの章を書きながら多くを学んだ。ブロワについては、事はそう簡単ではなかった。ベルナール・サラザン、ピエール・グロードといった研究者たちによって、ブロワ研究は様変わりした。彼らにとって、『貧しい女』の著者はもはやキリスト教の信仰に根ざした告発者ではない。エクリチュールの問題へと関心がシフトしたのみならず、グロードは、ブロワをニーチェ以来の神の死を宣言する作家の系譜に位置づけた。サラザンやグロードはルネ・ジラールや、ナチスによって処刑されたドイツの神学者ディートリヒ・ボンヘッファーなどをも援用して論を進めているので、彼らの考えを理解すべくこうした思想家の著作にも目をとおしてみたのだが、その結果、自分なりのやや違った理解を得た。本論のブロワ解釈は、したがって彼らとはだいぶ視点を異にするものとなった。

ユイスマンスの章は「見る」喜びを与えてくれた。探していた絵が載っている画集を見つけたときは、ことにうれしかった。グリューネヴァルトの『キリスト磔刑図』をこの目で見ようとコルマールに出向いたし、『シザムネスの皮剝ぎ』をベルギーでながめる機会もあった。グレューネヴァルトとは対局のコンセプトが示されているアリ・シュフェールの『キリストの誘惑』は、ルナンの章のために必要だったが、ルーヴル美術館所蔵なので、国立美術館複製サービスセンターに注文を出した。サイズ等の確認のために国際電話がかかってきたのにはちょっと驚いたが、これも入手してうれしかった絵の一枚である。

本研究は決して網羅的ではない。わずかにしか触れられなかったり、まったく取り上げられなかった作家も多い。今後の研究課題としたい。また対象となった作家の専門家の方々から見れば、言い足りない点、分析の甘い点などがあろう。ご教示をいただければ幸いである。

本書で引用した作品には日本語訳のないものも多く、自ら訳を試みた。訳出した後、正確を期するために、既訳をいくつか参照させていただいた。舌をまくような見事なものもあって、名訳というものがあるのだということをしみじみ感じた。

家庭内のことで恐縮であるが、私同様フランス文学の研究者であり同僚でもある夫から多くの協力を得た。論文執筆当時、私はそれで頭がいっぱいで、（夫が作った）食事を口にしながらも散歩しながらも、話題は論文内容のことばかりだった。夫は多方面に関心があり（本人は雑学と称しているが）、井筒俊彦や下村寅太郎についてなど、その他いろいろ教えてもらった。フランスで仕事をすべくホテルにコンピュータをもちこんだものの、購入したプラグとコンセントの形が合わず、プラグをナイフで削ってもらったことなどもあった。

最後になったが、出版を快諾くださり、さまざまに便宜を図ってくださった国書刊行会の礒崎純一氏、編集実務を担当していただいた樽本周馬氏、お二人に深謝するしだいである。

二〇〇二年十月八日

著者

著者略歴
江島泰子（えしま　やすこ）
1956年東京に生まれる。
奈良女子大学卒業。筑波大学大学院修士課程を経て、
リヨン第二大学博士課程修了。
現在奥羽大学文学部助教授。19世紀フランス文学専攻。

世紀末《せいきまつ》のキリスト

2002年11月25日初版第1刷発行

著　者　江島泰子

装　幀　岩瀬聡
装　画　マチアス・グリューネヴァルト『磔刑図』

発行者　佐藤今朝夫
発行所　株式会社国書刊行会
東京都板橋区志村1-13-15　郵便番号174-0056
電話　03-5970-7421（代表）
ファクシミリ　03-5970-7427
http://www.kokusho.co.jp

印刷・製本所　創栄図書印刷株式会社
ISBN4-336-04473-2

人名・書名索引

ア

アベラール　Pierre Abélard　61,62
アルブイ　Pierre Albouy　103
アンジェリコ　Fra Angelico　195

イ

イグナチウス・デ・ロヨラ　Ignace de Loyola　279
『霊操』 *Exercices spirituels*　279
井筒俊彦　283

ウ

ヴァレリー　Paul Valéry　253,262
ヴィアラネクス　Paul Viallaneix　19,62
ヴィーコ　Giambattista Vico　48-51,57
『新しい学』 *Science nouvelle*　48,51
ヴイオ　Louis Veuillot　118
ヴィヨン　François Villon　209,210,253
ヴェルギリウス　Virgile　62
ヴェルハーレン　ÉmileVerhaeren　24,176,222,240,288
『フランドル地方すべて』 *Toute la Flandre*　288
『修道士たち』 *Les moines*　222
ヴェルレーヌ　Paul Verlaine　11,72,112,143,210,250-267,270,273-285
『愛の詩集』 *Amour*　272
「愛の罪」 "Crimen amoris"　251
「悪魔に恋する女」 "Amoureuse du diable"　251,253
『一フランス人によるフランス探訪』 *Voyage en France par un Français*　267
「ヴァルクール」 "Walcourt"　260
『内なる典礼』 *Liturgies intimes*　273,284
『叡知』 *Sagesse*　250,251,256,258,263-266,270,272-275,285
「恩寵」 "La Grâce"　251,254
『かつてと昨今』 *Jadis et Naguère*　11
「苦しみの生」 "Via dolorosa"　250-252
『幸福』 *Bonheur*　270
『告白』 *Confessions*　255,265,270
「告解なしの死」 "L'Impénitence finale"　251,255
『言葉なき恋歌』 *Romances sans paroles*　72,250-252,256,258-260,263,275,277
「座りの悪いソネ」 "Sonnet boiteux"　275
「聖杯」 "Saint Graal"　272
「月の光」 "Clair de lune"　257
『土星人の歌』 *Poèmes saturniens*　250,256,277
『独房での日々』 *Cellulairement*　250-253,274,275,277,285
「パイプをくわえたドン・ジュアン」 "Don Juan pipé"　251,253,254
「フィナル」(『内なる典礼』)　"Final"　284
「フィナル（キリストへのソネ)」 "Final (Sonnets au Christ)"　250,251,263,264,274-278,281,284,285
『雅なる宴』 *Fêtes galantes*　251,257,258,265
「夕陽」 "Soleils couchants"　256,259
『我が牢獄』 *Mes prisons*　264-266
「忘れられたアリエッタ」 Ariettes oubliées　259,260,263
ヴォルテール　Voltaire　34,56,64,99,121,122,143

エ

『永遠の福音書入門』 *Introduction à l'Évangile éternel*　60,81
エメリヒ　Catherine Emmerich　237
『苦しみの御受難』 *La douloureuse Passion*　237
エリアーデ　Mircea Eliade　21
エル・グレコ　El Greco　219,237
エロー　Ernest Hello　10,110-112,118-148,150-154,168,180,192,268,288
『神の言葉』 *Paroles de Dieu*　110,122,123,128-132,141,145,146,151
『主の日』 *Le jour du Seigneur*　128,144
『世紀』 *Le Siècle*　126,133,142-144
『聖人たちの表情』 *Physionomies de saints*　122,129,142
『哲学と無神論』 *Philosophie et athéisme*　132,135,139
『天秤皿』 *Les Plateaux de la balance*　120-122,145,146
『人間』 *L'Homme*　119-121,123,124,126,134,140,150

『無から神へ』 *Du néant à Dieu* 119,126,131,134-136,139,140,147,148
『ルナン氏、ドイツ、19世紀無神論』 *M. Renan, l'Allemagne et l'athéisme au 19ᵉ siècle* 118-121,133

オ

オットー Rudolf Otto 36
『聖なるもの』 *Le Sacré* 36
オリエ Jean-Jacques Olier 278
『内的生活のための公教要理』 *Catéchisme chrétien pour la vie intérieure* 278,279

キ

ギュイヨ André Guyaux 225
キュエノ Claude Cuénot 280
『キリストにならいて』 *Imitation de Jésus-Christ* 63,278,280

ク

クーザン Victor Cousin 26
『1818年の講義』 *Cours de 1818* 26
グールモン Remy de Gourmont 110,192,222,223,229,247,248
「悪しき連禱」 "Oraisons mauvaises" 223
『仮面の書』 *Le livre des masques* 110,192
『神秘のラテン語』 *Le latin mystique* 222,229,247
クノー Yvette Quenot 277
グリューネヴァルト Matthias Grünewald 10,24,201,226,232,234,235,237,238,240-248
『聖アントワーヌの誘惑』 *La Tentation de saint Antoine* 232,234
『磔刑図』 *Cruciflxion* 201,226,236,240,241,243,244,247,248
『復活』 *Résurrection* 245,246
グルー Henri de Groux 153,154,156,163,164,173
『辱めを受けるキリスト』 *Le Christ outragé* 153,163,164
クローデル Paul Claudel 135
グロード Pierre Glaudes 156,182
グロジノフスキ Daniel Grojnowski 198

ケ

ゲーテ Wolfgang von Goethe 262

コ

ゴーム枢機卿 Mgr Gaume 111-113,264,265
『継続公教要理』 *Catéchisme de la persévérance* 112,113,264,265
『現代社会をむしばむもの』 *Le Vers rongeur de la société moderne* 111
『1848年のヨーロッパあるいは労働の組織化、共産主義とキリスト教』 *L'Europe de 1848 ou considérations sur l'organisation du travail, le communisme et le christianisme* 112
『情勢――現代におけるカトリック信者の苦痛、危険、義務と慰め』 *La situation : douleurs, dangers, devoirs, consolations des catholiques, dans les temps actuels* 112
コルバン Alain Corbin 213
コロー Jean-Baptiste Camille Corot 262
ゴンクール兄弟 Les Goncourt (Edmond et Jules) 11,43-45,155,159,161,202,206,211,221,222
『ジェルヴェゼ夫人』 *Madame Gervaisais* 43,221,226
『ジェルミニー・ラセルトゥ』 *Germinie Lacerteux* 211
『日記』 *Journal* 159,161

サ

サド侯爵 Marquis de Sade 224,226,228
『閨房哲学』 *Philosophie dans le boudoir* 224
サバティエ Paul Sabatier 163
『アッシジの聖フランチェスコの生涯』 *La vie de saint François d'Assise* 163
サラザン Bernard Sarrasin 182
サンソヴィノ Jacopo Sansovino 222
『プラートの聖母』 222
サンド George Sand 37,60,74-78,80,81,83-87,97,125,139,153,154
『ある旅人の手紙』 *Lettres d'un voyageur* 78
『書簡』 *Correspondance* 75
『スピリディオン』 *Spiridion* 74-83,85-87,153,154
『竪琴の七弦』 *Les sept cordes de la lyre* 75,77
『フランス巡歴の職人』 *Le Compagnon du Tour de France* 75,76,83,84,86

『ラ・カンティニィ嬢』 *Mademoiselle La Quintinie* 75
『レリア』 *Lélia* 75-78
サント＝ブーヴ Charles Augustin Sainte-Beuve 276
『ジョゼフ・ドロルムの生涯、詩および思想』 *Vie, poésies et pensées de Joseph Delorme* 276

シ

ジャザンスキー Max Jasinski 275-277
『フランス・ソネの歴史』 *Histoire du sonnet en France* 275,277
シャトーブリアン François René de Chateaubriand 44,45,167,198
『キリスト教精髄』 *Génie du christianisme* 167
『殉教者』 *Les Martyrs* 44
『墓の彼方の回想』 *Mémoires d'outre-tombe* 198
シュトラウス David Friedrich Strauss 18,19,38,66,69,131,135
『イエスの生涯』 *Vie de Jésus* 18,131
シュフェール Ary Scheffer 10,24,25,161,202
『キリストの誘惑』 *La Tentation du Christ* 10,24,25,161,202
『ファウスト』 *Faust* 202
『ミニョン』 *Mignon* 202
ショーペンハウアー Arthur Schopenhauer 109,129,181,219
ジンメル Georg. Simmel 185

ス

スタインメッツ Jean-Luc Steinmetz 247
スタンダール Stendhal 211
スルバラン Francisco de Zurbaran 230-233
『アッシジのフランチェスコ』 *François d'Assise* 231,232

セ

聖アウグスティヌス Saint Augustin 281
『聖グレゴリウスのミサ』 *La Messe de saint Grégoire* 237
聖テレジア（アビラの） Saint Thérèse d'Avila 41,230,268,281
聖ヨハネ（十字架の） Saint Jean de la Croix 281-283
『精神の賛歌』 *Cantique spirituel* 282,283
セーヴ Maurice Scève 275
『デリー、至高の徳の対象』 *Délie, objet de plus haute vertu* 275
セリエ Léan Cellier 104

ソ

ゾラ Émile Zola 92,129,153,155,158-160,192,202,204,208,211
『金銭』 *L'Argent* 160
『ごった煮』 *La Curée* 158,208
『ジェルミナル』 *Germinal* 159
『テレーズ・ラカン』 *Thérèse Raquin* 92
『ルーゴン・マッカール叢書』 *Les Rougon-Macquart* 202,212

タ

タイヤード Laurent Tailhade 156,288
ダフィット Gérard David 199,200
『シザムネスの皮剝ぎ』 *Écorchement du juge prévaricateur* 199,200
ダンセット Adrien Dansette 267
ダンテ Dante 39,144,163
『神曲』 *Divine Comédie* 39,163

チ

チマブーエ Cimabue 195

ツ

ツァイトブルーム Bartholomäus Zeitblom 237
『ヴェロニカの布』 *Voile de Véronique* 237

テ

ティソ James Tissot 237
ティツィアーノ Titien 193
テニールス David Teniers 193
デポルト Philippe Desportes 276
『霊的ソネ』 *Sonnets spirituels* 276
デュ・ベレー Joachim du Bellay 275,276
『オリーヴ』 *Olive* 275
『哀惜詩集』 *Regrets* 276
デュラック Charles-Marie Dulac 230,231,233

ト

ドガ Edgar Degas 205,206

『14才の小さな踊り子』 *Petite danseuse de quatorze ans* 206
ドストエフスキー Fiodor Mikhaïlovitch Dostoïevski 238,240,287
『カラマーゾフの兄弟』 *Les Frères Karamazov* 287
『白痴』 *Idiot* 238,287
トマス・アクイナス Thomas d'Aquin 131, 281
『神学大全』 *Somme théologique* 281
ドラクロワ Eugène Delacroix 206
ドン・ゲランジェ Dom Guéranger 220

ナ

ナダール Octave Nadal 256

ニ

ニーチェ Friedrich Nietzsche 68,287
『道徳の系譜』 *La généalogie de la morale* 68
『反キリスト者』 *L'Antéchrist* 68,287

ネ

ネルヴァル Gérard de Nerval 35,71
「オリーヴ園でのキリスト」 "Le Christ aux oliviers" 35
『幻想詩篇』 *Les Chimères* 35,71

ハ

パスカル Blaise de Pascal 63
バランシュ Pierre Balanche 97
バルザック Honoré de Balzac 9,85,121
『人間喜劇』 *La Comédie humaine* 9
バルト Roland Barthes 54,57,135,146
『明るい部屋』 *La chambre claire—note sur la photographie* 135
ハルトマン Eduard von Hartmann 129
バルベイ・ドールヴィイ Jules Barbey d'Aurevilly 138,153,154,167,224,226
『悪魔のような女たち』 *Les Diaboliques* 224,226

ヒ

ビアンキ Francesco Bianchi 200,223
『子供を抱いた聖母』 200
ピエロ Jean Pierrot 129
『デカダンスの想像力』 *L'imaginaire décadent* 129
ピサロ Camille Pissarro 204
『キャベツ畑の小径』 *Sente du chou* 204
ピショワ Claude Pichois 211
ヒュマロリ Marc Fumaroli 43
ヒュメ Stanislas Fumet 132,139
『エルネスト・エロー、光のドラマ』 *Ernest Hello—le drame de la lumiére* 132

フ

ブーシェ François Boucher 195
ブールジェ Paul Bourget 11,114,153,169, 170,202,210,211
『現代心理論集』 *Essais de psychologie contemporaine* 11,114,211
フォラン Jean-Louis Forain 195
プチ Jacques Petit 160,178,186
ブノワ＝ジョゼフ・ラーブル Benoît-Joseph Labre (saint) 142-144
プラトン Platon 85,86
フラマリオン Camille Flammarion 129
『大衆天文学』 *Astronomie populaire* 129
ブラン・ド・サンボネ Blanc de Saint-Bonnet 129,167
『苦悩』 *De la Douleur* 167
フランチェスコ（アッシジの） François d'Assise 26,38,39,49,62-65,142-144,163
『被造物たちの賛歌』 *Cantique des Créatures* 39,62,64,231
ブリュンティエール Ferdinand Brunetiére 152
『科学と宗教』 *La Science et la Religion* 152,153
ブルトマン Rudolf Bultmann 18,27,30,139
ブルモン Henri Bremond 277
『フランス宗教感情の文学史』 *Histoire littéraire du sentiment religieux en France* 277
ブレモン Émile Blémont 256,259
フロベール Gustave Flaubert 43,92,111, 113-115,125,131,159,202,216,217,221,269
『書簡』 *Correspondance* 114
『聖アントワーヌの誘惑』 *La Tentation de saint Antoine* 43,216,221
『ブヴァールとペキュシェ』 *Bouvard et Pécuchet* 111,113,130,269
『ボヴァリー夫人』 *Madame Bovary* 92, 217,269
『紋切り型表現辞典』 *Dictionnaire des idées*

reçues 125
ブロワ Léon Bloy 10,96,109-111,115,116,121-125,127,137-142,150-163,165-188,192,201,250,272,285,288
『ある解体請負人の言葉』 *Propos d'un entrepreneur de démolitions* 168,179
『薄気味わるい話』 *Histories désobligeantes* 152
「汚物溜のキリスト」 "Le Christ au dépotoir" 158
『恩知らずの乞食』 *Le Mendiant ingrat* 151,153,156,157,159,161,167,171-173,188
「芸術によせる情熱」 "L'enthousiasme en art" 168
『《出現》の象徴主義』 *Le Symbolisme de l'Apparition* 170,174,179
『絶望者』 *Le Désespéré* 111,140,150,168,171,172,175,176
『1916年のある孤独者の瞑想』 *Méditations d'un solitaire* 151,163
『地球の啓示者』 *Le Révélateur du Globe* 161
「破門者たちの三幅対」 "Un brelan d' excommuniés" 111,137,140,141,161
『貧者の血』 *Le Sang du pauvre* 162,166
『貧しい女』 *La Femme pauvre* 10,116,150,155,160,163,165-169,178
『未刊行日記』 *Le Journal inédit* 156-158,171
『猛獣使いと豚飼い』 *Belluaires et Porchers* 111,138,153,285
『紋切り型表現解釈』 *Exégèse des lieux communs* 127,160,177,179,182,184,186,187
『ユダヤ人による救い』 *Le Salut par les Juifs* 173,184
「癩病人」 "Le lépreux" 285

ヘ

ヘーゲル Georg Wilhelm Friedrich Hegel 21,118,119,124
ベガン Albert Béguin 151,174
ペトラルカ Francesco Pétrarque 275

ホ

ホイッスラー James Abbott McNeill Whistler 261
ポー Edgar Alain Poe 201,216,220
「赤い死の仮面」 "Masque de la mort rouge" 201
ボードレール Charles Baudelaire 10,11,92,120,127,128,196,198,203-205,207,208,210-212,214,217,219,221,225,266,277
『悪の華』 *Les Fleurs du Mal* 11,196,208,210,214,217,277
「計画」 "Le Projet" 212
「現代生活の画家」 "Le Peintre de la vie moderne" 198,204
「シテール島への旅」 "Un voyage à Cythère" 197
『1846年のサロン』 *Salon de 1846* 10
「白鳥」 "Le Cygne" 208
「パリの夢想」 "Le rêve parisien" 214
『パリの憂鬱』 *Le Spleen de Paris* 211,212
『火箭』 *Fusées* 196
「マドモワゼル・ビストゥリ」 "Mademoiselle Bistouri" 211
ボーマン Frank-Paul Bowman 21,27,39,99
『ロマン主義のキリスト』 *Le Christ romantique* 21,27
ボシュエ Jacques-Bénigne Bossuet 166,171,229,281
『瞑想』 *Méditations* 281
ホメロス Homère 44,51,141
ボリー Jean Borie 242
ホルバイン Hans Holbein 238,239
『墓の中のキリスト』 *Le Christ dans la tombe* 238-240
ボレル Jacques Borel 251,264
ポンマルタン Armand de Pontmartan 124
『土曜日』 *Samedi* 124

マ

マセイス Quentin Metsys 238-240,242,243
『埋葬』 *Ensevelissement* 239,240,242
マチュー P. Mathieu 258
マニー Olivier de Magny 276
マネ Édouard Manet 202,203
『フォリー・ベルジェールのバー』 *Bar des Folies-Bergère* 203
マラルメ Stéphane Mallarmé 256
マロ Clément Marot 275

ミ

ミシュレ Jules Michelet 9,10,19,26-28,30-

32,34,37,48-72,75,76,78,82,101,139,165,268
『人類の聖書』 *Bible de l'humanité* 10,65-72
『世界史入門』 *Introduction à l'histoire universelle* 51,52
『中世史』 *Histoire du Moyen Âge* 37
『フランス史』 *Histoire de France* 28,53,61-64,268
『フランス大革命史』 *Histoire de la Révolution française* 34,51,52,56,57,59,62,66,82
『魔女』 *La Sorcière* 50,69,70
『民衆』 *Le Peuple* 48-50,58,62,63,76
『歴史哲学の諸原理』 *Principes de la philosophie de l'histoire* 51
ミショー Guy Michaud 257
ミルネール Max Milner 201
「ユイスマンスと怪物性」 "Huysmans et la monstruosité" 201

メ

メストル Joseph de Maistre 111,132,134,136,267,270
『聖ペテルスブルグ夜話』 *Les Soirées de Saint-Pétersbourg* 132,134
『メダンの夕べ』 *Les soirées de Médan* 230
メムリンク Hans Memlinc 225

モ

モネ Claude Monet 202,204,256
『印象・日の出』 *Impression soleil levant* 202
モノー Gabriel Monod 50
モリー Alfred Maury 42
モリエール Molière 167
『ドン・ジュアン』 *Dom Juan* 167
モロー Gustave Moreau 214-217,221
『サロメ』 *Salomé* 214,215
『出現』 *L'Apparition* 214-216

ユ

ユイスマンス Joris-Karl Huymans 10,11,24,44,45,72,109,123,155,192-194,196-198,200-210,212-214,216,217,219,221-226,228-231,233-238,240,243,245,247,258,261,270,285
「赤の単彩画」 "Camaïeu rouge" 45,194,196,197
「アドリアン・ブローエル」 "Adrien Brouwer" 209
『ある人々』 *Certains* 200,206,224-226,261
「エナメル細工の女」 "L'émailleuse" 210
「王妃マルゴ」 "La reine Margot" 193
『彼方』 *Là-Bas* 228-230,236,238,240,243,248
「クロディーヌ」 "Claudine" 201
「薫製ニシン」 "Le hareng saur" 192,193
『現代芸術』 *L'Art moderne* 194,195,202-204,206,214,216
『さかしま』 *À Rebours* 72,109,134,194,196,197,200,201,214,217,219,226,228,236,247,258
「左岸」 "La rive gauche" 192,193,197
『三人のプリミティフ派画家たち』 *Trois Primitifs* 234,243,245,247
『修練者』 *L'Oblat* 200,231,233
『出発』 *En route* 230,233,238,270
「諸風景」 "Les paysages" 192,207
『スヒーダムの聖女リュドヴィナ（腐爛の華）』 *Sainte Lydwine de Schiedam* 192,201
『すべてについて』 *De tout* 200,231,240
「1880年の独立派展覧会」 "L'Exposition des Indépendants en 1880" 195
『大伽藍』 *La Cathédrale* 231,238,245,270
「ダミアン」 "Damiens" 195,196,200
「タンホイザー初演」 "L'ouverture de Tannhäuser" 210
『背嚢を負って』 *Sac au dos* 230
『パリ・スケッチ』 *Croquis parisiens* 192-195,203,207,208,210,217
「ビエーブル川」 "La Bievre" 208
「フランソワ・ヴィヨン師へ」 "À maître François Villon" 210
「冒頭のソネ」 "Sonnet liminaire" 192
『薬味箱』 *Le Drageoir aux épices* 45,192-194,197,200,201,209,210,236
「安ローソクの散文バラッド」 "Ballade en prose de la chandelle des six" 203
「リトルネッロ」 "Ritournelle" 192
「類似」 "Les similitudes" 210
『ルルドの群衆』 *Foules de Lourdes* 236
「練粉職人」 "Le geindre" 193
ユゴー Victor Hugo 9,10,32,37,88-90,92-105,109,120,121,123,146,168

『ウィリアム・シェークスピア』 *William Shakespeare* 89,98,99,103,105,120
『神』 *Dieu* 100,103
『観想詩集』 *Les Contemplations* 98,100,105,109
『九十三年』 *Quatrevingt-treize* 94,95,102
「苦しみ」 "Dolor" 100
『クロード・グー』 *Claude Goux* 92
『クロムウェル・序文』 *La Préface de Cromwell* 98,104,120
「乞食」 "Le Mendiant" 109
『サタンの終わり』 *La Fin de Satan* 95,98,100,102,103,105
『死刑囚最後の日』 *Le Dernier jour d'un condamné* 92
『懲罰詩集』 *Les Châtiments* 97,99,100,103
『諸世紀の伝説』 *La Légende des siècles* 99,102,146
『哲学的散文』 *Proses philosophiques* 88,92-95,97,100,103
『ノートルダム・ド・パリ』 *Notre-Dame de Paris* 98
「ポーリーヌ・ロラン」 "Pauline Roland" 97
「民衆にあてて」 "Au peuple" 100
「無限の岸辺で」 "Au bord de l'Infini" 105
「夜」 "Nox" 103
「夜の旅」 "Voyage de nuit" 98
『レ・ミゼラブル』 *Les Misérables* 10,88-96,98-102,104,105,121,168
ユング Carl-Gustav Jung 147
『ヨブへの答え』 *Réponse à Job* 147

ヨ

ヨアキム（フィオーレの） Joachim de Flore 37-39,60-62,81,85,86
ヨルダンス Jacob Jordaens 193

ラ

ラザール Bernard Lazare 174,175
『ヨブの寝藁』 *Le Fumier de Job* 174
ラセール Henri Lasserre 123,130
ラ・セペッド Jean de La Ceppède 277
『観想』 *Les Théorèmes sur le sacré mystère de nostre redemption* 277,278
ラファエリ Jean-François Raffaëlli 206-208
『ジュヌヴィリエの眺め』 *Vue de Gennevilliers* 207
ラファエロ Raffaello Santi 222
ラムネ Félicité de Lamennais 75,78,82,83,112
『一信者の言葉』 *Paroles d'un croyant* 75,78,82,83,112
ランベール Pierre Lambert 212
ランボー Arthur Rimbaud 250,251,253-255,260,273,285
『イリュミナシオン』 *Les Illuminations* 250
「錯乱 I」 "Délires I" 253
「ジェニー」 "Génie" 250,254
『地獄の一季節』 *Une Saison en enfer* 253

リ

リシャール Jean-Pierre Richard 251,257,259
リラダン Villiers de l'Isle-Adam 133,134,153,158,183
『残酷物語』 *Contes cruels* 183
『未来のイヴ』 *Ève future* 133

ル

ルーゴル Pierre Jourde-Roughol 200
ルーセ Jean Rousset 277,278
ルーベンス Pierre Paul Rubens 193,216
ルソー Jean-Jacques Rousseau 34,79,84
『エミール』 *Émile* 79
ルドン Odilon Redon 216,218,221
『ゴヤへのオマージュ』 *Hommage à Goya* 217
『聖アントワーヌの誘惑 第3集』 La *Tentation de saint Antoine* 218
「沼の花、人間の悲しげな顔」 "La fleur de malais, une triste figure humaine" 217,218
ルナン Ernest Renan 9,10,16-23,26-45,48-50,57,59,61,64,65,68,69,74,75,81,85,88,118-123,135,142,147,161,163,171,202,237,287,288
「アリ・シュフェール氏による『キリストの誘惑』」 "*La Tentation du Christ* par M. Ary Scheffer" 24,120
『イエス・キリストに関する心理学的試論』 *Essai psychologique sur Jésus-Christ* 19,42
「イエスの考証研究家たち」 "Les historiens

critiques de Jésus" 18,23,69
『イエスの生涯』 *Vie de Jésus* 10,16-18,20,23,24,28-37,39,40,48,65,69,74,75,85,88,118,122,237
『思い出』 *Souvenirs d'enfance et de jeunesse* 26,36
『科学の未来』 *L'Avenir de la science* 20-22,26,74
『キリスト教起源史』 *Histoire des origines du christianisme* 16,36,37
『使徒たち』 *Les Apôtres* 31,37,39,42
『宗教史研究』 *Études d'histoire religieuse* 18
『新・宗教史研究』 *Nouvelles études d'histoire religieuse* 42
『反キリスト者』 *L'Antéchrist* 10,37,42-44
「フィオーレのヨアキムと永遠の福音書」 "Joachim de Flore et l'Évangile éternel" 38
「フォイエルバッハ氏と新ヘーゲル学派」 "M. Feuerbach et la nouvelle école hégélienne" 119,121
「『ヨブ記』研究」 "Étude qui accompagne Le Livre de Job" 32,33
ル・ナン兄弟 Les Frères Le Nain 207
ルペルティエ Edmond Lepelletier 250,252,258
ルルー Pierre Leroux 75,78,79,81,85,86
『新百科全書』 *Encyclopédie nouvelle* 78,79
『人類について』 *De l'Humanité* 81,85,86

レ

レイノー Jean Raynaud 78
『新百科全書』 *Encyclopédie nouvelle* 78
レイモン Marcel Raymond 256
レタ Laudyce Rétat 29,37,44
レニエ Philippe Régnier 102
レンブラント Rembrandt (Harmenszoon van Rijn) 193,203,208,244,245
『エマオの旅人』 *Les Pèlerins d'Emmaüs* 244,245
『皮をはがれた牛』 *Bœuf écorché* 193

ロ

『ロアン時禱書』 *Les Heures de Rohan* 238,239
ロイケン Yan Luyken 198-200
『宗教的迫害』 *Persécutions religieuses* 198,199
ロジェ Philippe Roger 228
「ユイスマンス――サドとサディスムの間で――」 "Huysmans entre Sade et《sadisme》" 228
ロップス Félicien Rops 224-227
『カルワリオの丘』 *Le Calvaire* 225,227
『スフィンクス』 *Le Sphinx* 226,227
ロラン Jean Lorrain 224
『ムッシュ・ド・フォカ』 *Monsieur de Phocas* 224
ロリナ Maurice Rollinat 201
『神経症』 *Les Névroses* 201
ロンサール Pierre de Ronsard 275,276
『恋愛詩集』 *Les Amours* 275

ワ

ワットー Antoine Watteau 257

参考文献

Ⅰ．フランス19世紀の著作

BARBEY D'AUREVILLY Jules, *Les Diaboliques*, éd. J.-H. Bornecque et P. Berthier, Paris, Classiques Garnier, 1991.（『魔性の女たち』、秋山和夫訳、『世界幻想文学大系』第８巻、国書刊行会、1975年）

BAUDELAIRE Charles, *Œuvres complètes* (2 vol.), éd. Claude Pichois, Paris, Gallimard, "Bibliothèque de la Pléiade", 1975 et 1976.（『ボードレール全集』、阿部良雄訳、筑摩書房、1984年）

BLAN DE SAINT-BONNET, *De la Douleur*, Gregg International Published, 1972 (Réimpression de l'édition de Paris, Langlois, 1849).

BLOY Léon, *Œuvres* (15 vol.), Paris, Mercure de France, 1964-1975.
（『貧しい女』、水波純子訳、サンパウロ、1979年）
（『絶望者』、田辺貞之助訳、『フランス世紀末文学叢書』第10巻、国書刊行会、1984年）
（『薄気味わるい話』、田辺保訳、『バベルの図書館』第13巻、国書刊行会、1989年）

——— *Lettres à Pierre Termier*, Paris, Stock, 1927.

——— *Lettres à l'abbé Cornuau et au frère Dacien*, Paris, Le Divan, coll. "Saint-Germain des Prës", 1928.

——— *Correspondance Léon Bloy et Henri de Groux*, Paris, Grasset, 1947.

——— *Lettres à Philippe Raoux*, Paris, Desclée de Brouwer, 1937.

——— *Journal inédit I* (1897-1895), éd. M. Malicet et Pierre Glaudes, Lausanne, L'Âge d'Homme, 1996.

BOURGET Paul, *Essais de psychologie contemporaine*, éd. André Guyaux, Paris, Gallimard, coll. "Tel", 1993.（『現代心理論集』、平岡昇・伊藤なお訳、法政大学出版局、1987年）

CHATEAUBRIAND François René (de), *Génie du christianisme* (2 vol.), éd. Pierre Reboul, Paris, Garnier-Flammarion, 1966.

——— *Les Martyrs, Œuvres romanesques et voyages*, éd. Maurice Regard, Paris, Gallimard, "Bibliothèque de la Pléiade", 1969.

COUSIN Victor, *Cours de philosophie sur le fondement des idées absolues du vrai, du beau et du bien*, Paris, L. Hachette, 1836.

——— *Cours de l'histoire de la philosophie*, Paris, Didier, 1841 (nouvelle édition revue et corrigée).

FLAUBERT Gustave, *Madame Bovary*, Paris, Garnier Frères, 1971.（『ボヴァリー夫人』、伊吹武彦訳、『フローベール全集』第１巻、筑摩書房、1965年）

——— *La Tentation de saint Antoine*, Paris, Garnier Frères, 1968.（『聖アントワーヌの誘惑』、渡辺一夫・平井照敏訳、『フローベール全集』第４巻、筑摩書房、1965年）

——— «Hérodias», *Trois contes*, Paris, Garnier-Flammarion, 1986.（『三つの物語』、山田九朗訳、『フローベール全集』第４巻、1965年）

——— *Bouvard et Pécuchet*, Paris, Garnier-Flammarion, 1966.（『ブヴァールとペキュシェ』、新庄嘉章訳、『フローベール全集』第５巻、筑摩書房、1966年）

——— *Dictionnaire des idées reçues*, in *Bouvard et Pécuchet*, Paris, Garnier-Flammarion, 1966.（『紋切型辞典』、山田𣝣訳、『フローベール全集』第５巻、筑摩書房、1966年）

——— *Correspondance, Œuvres complètes*, Paris, Club de l'Honnête Homme, 1975, t. 12-16.（『書簡』、蓮實重彦他訳、『フローベール全集』第８、９、10巻、1967年）

GAUME (abbé de), *L'Europe en 1848 ou considérations sur l'organisation du travail, le communisme et le christianisme*, Paris, Gaume Frères, 1848.

GAUME (Mgr), *Catéchisme de persévérance*, Paris, Gaume Frères et J. Duprey, 1860 (8e édition),

t. III et IV.
—— *La situation : douleurs, dangers, devoirs, consolations des catholiques, dans les temps actuels*, Paris, Gaume Frères et J. Duprey, 1860.
GONCOURT, Edmond et Jules (de), *Journal* (3 vol.), Paris, Robert Laffont, coll. "Bouquins", 1989.（『ゴンクールの日記』、大西克和訳、角川書店、1959年）
—— *Germinie Lacerteux*, Paris, Garnier-Flammarion, 1990.
—— *Madame Gervaisais*, éd. Marc Fumaroli, Paris, Gallimard, coll. "Folio", 1982.
GOURMONT Remy (de), *Le Latin mystique*, Paris, Rocher, coll. Alphée, 1990.
—— *La culture des idées*, Paris, Mercure de France, 1964.
—— *Sixtine, roman de la vie cérébrale*, Paris, Union Générale d'Éditions, coll. "10/18", 1982.
—— *Le livre des masques*, Paris, Mercure de France, 1963.（『仮面の書』、及川茂訳、『フランス世紀末文学叢書』第15巻、国書刊行会、1984年）
GOURMONT Remy (de), etc., *La Poésie symboliste — Anthologie —*, éd. Bernard Delvailles, Paris, Seghers, coll. "P. S.", 1971.
HAVET Ernest, «L'Évangile et l'histoire», *Revue des Deux Mondes*, 1er août, 1863.
HELLO Ernest, *M. Renan, l'Allemagne et l'athéisme au XIXe siècle*, Paris, Charles Douniol, 1859.
—— *Le jour du Seigneur*, Paris, Victor Palmé, 1872.
—— *L'Homme*, Paris, Victor Palmé, 1872.
—— *Physionomies de saints*, Montréal, Variétés, 1945.
—— *Paroles de Dieu*, éd. François Angelier, Grenoble, Jérôme Millon, 1992.
—— *Contes extraordinaires*, Paris, Perrin & Cie, 1927 (5e édition).
—— *Les Plateaux de la balance*, Paris, Victor Palmé, 1880.
—— *Philosophie et Athéisme*, Paris, Poussielgue Frères, 1888.
—— *Du Néant à Dieu* — fragments recueillis — (2 vol.), éd. Jules-Philippe Heuzey, Paris, Perrin et Cie, 1930.
—— *Le Siècle*, Paris, Perrin et cie, 1928.
—— *Regards et Lumières*, Paris, Perrin, 1929.
HUGO Victor, *La préface de Cromwell, — Critique —, Œuvres complètes*, Paris, Robert Laffont, coll. "Bouquins", 1984.（『クロムウェル・序文』、西節夫訳、『ヴィクトル・ユゴー文学館』第10巻、潮出版、2000年）
—— *Les Châtiments, Œuvres poétiques* (2 vol.), éd. Pierre Albouy, Paris, Gallimard, "Bibliothèque de la Pléiade", 1967, t. II.
—— *Les Contemplations, Ibid.*, t. II.（『詩集』、辻昶・稲垣直樹・小潟昭夫訳、『ヴィクトル・ユゴー文学館』第１巻、潮出版、2000年）
—— *La Légende des Siècles*, éd. Jacques Truchet, Paris, Gallimard, "Bibliothèque de la Pléiade", 1950.
—— *Les Misérables*, éd. Yves Gohin, Gallimard, coll. "Folio", 1973.（『レ・ミゼラブル』、辻昶訳、『ヴィクトル・ユゴー文学館』第２-４巻、潮出版、2000年）
—— *William Shakespeare, O. C., — Critique —*, coll. "Bouquins", 1984.
—— *Proses philosophiques, Ibid.*
—— *Quatrevingt-Treize*, éd. Jean Boudout, Garnier Frères, 1963.（『九十三年』、辻昶訳、『ヴィクトル・ユゴー文学館』第６巻、潮出版、2000年）
—— *La Fin de Satan*, éd. Jacques Truchet, Gallimard, "Bibliothèque de la Pléiade", 1950.
—— *Dieu, Ibid.*
HUYSMANS J.-K., *Œuvres complètes* (9 vol.), Genève, Slatkine Reprints, 1972 (Réimpression des éditions de Paris, de 1928 à 1934).（『薬味箱』、『パリ・スケッチ』、『ある人々』、『すべてについて』は、田辺貞之助訳『幻想礼賛譜』、桃源社、1975年に抄訳）

(『さかしま』、澁澤龍彥訳、風光社、1992年)
(『彼方』、田辺貞之助訳、風光社、1984年)
(『出発』、田辺貞之助訳、風光社、1985年)
(『大伽藍』、出口裕弘訳、風光社、1985年)
(『腐爛の華』、田辺貞之助訳、『フランス世紀末文学叢書』第 4 巻、国書刊行会、1984年)
(『ルルドの群集』、田辺保訳、国書刊行会、1994年)
——— *En marge,* Paris, Marcelle Lesage, 1927.
——— *Lettres inédites à Émile Zola*, Genève, Droz, 1953.
——— *Lettres inédites à Arij Prins*, Genève, Droz, 1977.
——— «Voyage aux cathédrales rouges, Carnet de voyage (1903)», établi par P. Brunel et A. Guyaux, *Huysmans*, Cahiers de l'Herne, 1985.
LAMENNAIS Félicité (de), *Paroles d'un croyant*, Paris, Flammarion, 1973.
——— «De l'absolutisme et de la liberté», *Revue des Deux Mondes*, août 1834.
LAZARE Bernard, *Le Fumier de Job*, Paris, Circé/ Poche, 1996.
LEROUX Pierre et REYNAUD Jean, *Encyclopédie nouvelle* (8 vol.), Genève, Slatkine Reprints, 1991.
LEROUX Pierre, *De l'humanité*, Paris, Fayard, 1985.
LORRAIN Jean, *Monsieur de Phocas*, Paris, Table ronde, 1992.
MAISTRE Joseph (de), *Les Soirées de Saint-Pétersbourg* (2 vol.), Paris, Maisnie, 1980.
——— *Considérations sur la France*, Genève, Slatkine, 1980.
MAURY Alfred, «Des hallucinations du mysticisme chrétien», *Revue des Deux Mondes*, 1er nov., 1854.
MICHELET Jules, *Œuvres complètes*, Paris, Flammarion, depuis 1971.
(『世界史入門』、大野一道訳、藤原書店、1993年)
(『海』、加賀野井秀一訳、藤原書店、1994年)
(『女』、大野一道訳、藤原書店、1991年)
(『ジャンヌ・ダルク』、森井真・田辺保訳、中央公論社、1983年)
(『山』、大野一道訳、藤原書店、1997年)
——— *Le Peuple*, Paris, Flammarion, coll. "Champs", 1974.
——— *Histoire de la Révolution française* (2 vol.), Paris, Gallimard, "Bibliothèque de la Pléiade", 1952. (『ミシュレ』、『世界の名著』37、中央公論社、1988年)
——— *L'Étudiant, cours de 1847-1848*, Paris, Calmann Lévy, 1877. (『学生よ——1948年革命前夜の講義録』、大野一道訳、藤原書店、1995年)
——— *La Sorcière,* Paris, Garnier-Flammarion, 1966. (『魔女』、篠田浩一郎訳、岩波文庫、1983年)
——— *Bible de l'humanité*, Paris, F. Chamerot, 1864. (『人類の聖書』、大野一道訳、藤原書店、2001年)
——— *Journal* (1861-1867), t. III, éd. Claude Digeon, Paris, Gallimard, 1976.
NERVAL Gérard (de), *Les Chimères, Œuvres*, Garnier Frères, 1966. (『幻想詩篇』、『ネルヴァル全集』第 5 巻、田村毅訳、筑摩書房、1997年)
——— *Aurélia, Ibid*. (『オーレリア』、『ネルヴァル全集』第 3 巻、佐藤正彰訳、筑摩書房、1976年)
RENAN Ernest, *RENAN, Histoire et parole — œuvres diverses —*, éd. Laudyce Rétat, Robert Laffont, coll. "Bouquins", 1984.
——— *Essai psychologique sur Jésus-Christ*, Paris, La Connaissance, coll. "Les Textes", 1921.
——— *L'Avenir de la science, Œuvres compltètes* (10 vol.), éd. Henriette Psichari, Paris, Calmann-Lévy, t. III.
——— *Études d'histoire religieuse*, éd. Henriette Psichari, Gallimard, coll. "Tel", 1992.
——— *Étude* ajoutée au *Livre de Job*, Paris, Arléa, 1991.

——— «L'Avenir religieux de la société moderne», *Revue des Deux Mondes,* 25 oct. 1860.
——— *Histoire des origines du christianisme*, éd. Laudyce Rétat, Paris, Robert Laffont, coll. "Bouquins", 1995.
(『イエス伝』、津田枚穣訳、岩波文庫、1998年)
(『イエスの生涯(普及版)』、忽那錦吾・上村くにこ訳、人文書院、2000年)
——— *La Réforme intellectuelle et morale*, éd. Henri Mazel, Paris, Complexe, 1990.
——— *Souvenirs d'enfance et de jeunesse, O. C.*, t. II. (『思い出』、杉捷夫訳、岩波文庫、1994年)
——— *Feuilles détachées, O. C.*, t. II.
——— *Du judaïsme au christianisme*, Paris, Desclée de Brouwer, 1995.
——— *Correspondance 1845-1892, O. C.*, t. X.
RIMBAUD Arthur, *Œuvres complètes*, éd. Antoine Adam, Paris, Gallimard, "Bibliothèque de la Pléiade", 1972. (『ランボー全詩集』、平井啓之・湯浅博雄・中地義和訳、青土社、1994年)
——— *Une Saison en enfer*, éd. critique par Pierre Brunel, Paris, José Corti, 1987.
ROLLINAT Maurice, *Les Névroses*, *Œuvres*, Paris, Lettres modernes, 1972.
SAND George, *Lélia*, Paris, Classiques Garnier, 1960.
——— *Lettres d'un voyageur*, Paris, Michel Lévy Frères, 1857 (nouvelle édition).
——— «Spiridion», *Revue des Deux Mondes*, le 15 jan. 1839.
——— *Spiridion*, Paris, Michel Lévy Frères, 1867 (nouvelle édition).
——— *Un hiver à Majorque*, Paris, Michel Lévy Frères, 1867 (nouvelle édition). (『マヨルカの冬』、小坂裕子訳、藤原書店、1994年)
——— *Les sept cordes de la lyre, Œuvres complètes*, Genève, Slatkine Reprints, 1980 (Réimpression des éditions de Paris, 1863-1926).
——— *Le Compagnon du Tour de France*, Grenoble, Presses universitaires de Grenoble, 1988.
——— *Correspondance* (22 vol.), éd. Georges Lubin, Paris, Classiques Garnier, 1964-1986. (『往復書簡サンド=フロベール』、持田明子編訳、藤原書店、1998年に一部訳出)
——— *GEORGE SAND Politique et polémiques* (1843-1850), Imprimerie nationale, 1997. (『サンド——政治と論争』、持田明子訳、藤原書店、2000年)
TAILHADE Laurent, *Poèmes aristophanesques*, Paris, Mercure de France, 1915.
VERHAEREN Émile, *Les Moines, Œuvres complètes* (3 vol.), Genève, Slatkine Reprints, 1977, t. I.
——— *Toute la Flandre, Choix de poésies*, Petites Bibliothèques Payot.
VERLAINE Paul, *Œuvres poétiques complètes*, éd. Jacques Borel, Paris, Gallimard, "Bibliothèque de la Pléiade", 1962. (『ヴェルレーヌ詩集』、野村喜和夫訳、思潮社、1995年)
——— *Œuvres en prose complètes*, éd. Jacques Borel, Paris, Gallimard, "Bibliothèque de la Pléiade", 1972.
——— *Cellulairement*, éd. Jean-Luc Steinmetz, Le Castor Astral, coll. "Les inattendus", 1992.
——— *Sagesse* (Fac-similé du manuscrit original remis en 1880 à la Société de Librairie catholique), Genève-Paris, Slatkine, 1983 (Réimpression de l'édition de Paris, 1913).
——— *Nos murailles littéraires*, éd. Michaël Pakenham, Paris, L'Échoppe, 1997.
——— *Correspondance* (3 vol.), Genève-Paris, Slatkine Reprints, 1983 (Réimpression de l'édition de Paris, 1922-1929).
——— *Lettres inédites à Charles Maurice*, éd. Georges Zayed, Paris, Nizet, 1969 (2e édition).
——— *Lettres inédites à divers correspondants*, éd. Georges Zayed, Genève, Droz, 1976.
VICAIRE Gabriel et BEAUCLAIR Henri, *Les Déliquescences, poèmes décadents d'Adoré Floupette*, éd. N. Richard, Paris, A. G. Nizet, 1984.
VILLIERS DE L'ISLE-ADAM, *Contes cruels*, Paris, Garnier Frères, 1980. (『残酷物語』、『ヴィリエ・ド・リラダン全集』第1巻、齋藤磯雄訳、東京創元社、1977年)
Tribulat Bonhomet, Œuvres complètes, Paris, Gallimard, "Bibliothèque de la Pléiade, 1986,

t. II, (『トリビュラ・ボノメ』、『ヴィリエ・ド・リラダン全集』第1巻、齋藤磯雄訳、東京創元社、1977年)
ZOLA Émile, *Thérèse Raquin*, Fasquelle, “Livre de poche”, 1997. (『テレーズ・ラカン』全2巻、小林正訳、岩波文庫、1966-68年)
——— *La curée, Les Rougon-Macquart* (6 vol.), Paris, Seuil, 1969, t. I.
——— *L'Argent, Ibid.*, t. VI.
——— *Germinal, Les Rougon-Macquart* (5 vol.), Paris, Gallimard, “Bibliothèque de la Pléiade”, 1964. (『ジェルミナール』全3巻、安士正夫訳、岩波文庫、1994年)

II. その他の著作

ALACOQUE Marguerite-Marie (sainte), *Vie de sainte Marguerite-Marie Alacoque écrite par elle-même*, Paris, J. de Gigord, 1945.
BOSSUET Jacques Bénigne, *Sermon sur la mort et autres sermons*, Paris, Garnier-Flammarion, 1996.
BULTMANN Rudolf, *Jésus, mythologie et démythologisation*, Paris, Seuil, 1968. (『イエス』、川端純一郎・八木誠一共訳、未来社、1963年。『イエスと神話』、山岡喜久男・小黒薫訳、新教出版社、1960年)
CLAUDEL Paul, *Commentaires et exégèses, Œuvres complètes*, Paris Gallimard, 1978.
ダンテ、『神曲』、平川祐弘訳、河出書房新社、1992年。
ドストエフスキイ（ヒョードル)、『白痴』、米川正夫訳、『ドストエフスキイ全集』第7巻、河出書房新社、1969年。
———『カラマーゾフの兄弟』、米川正夫訳、『ドストエフスキイ全集』第12、13巻、河出書房新社、1969年。
エリアーデ（ミルチャ)、『聖と俗』、風間敏夫訳、法政大学出版局、1988年。
FOLIGNO Angèle (de) (bienheureuse), *Le livre des visions et instructions*, trad. d'Ernest Hello, Seuil, coll. “Points”, 1991.
FRANÇOIS D'ASSISE (saint), *Les Fioretti*, trad. d'Omer Englebert, Denoël, 1945.
GREEN Julien, *Frère François*, Paris, Seuil, coll. “Points”, 1983. (『アッシジの聖フランチェスコ』、原田武訳、人文書院、1984年)
ヘーゲル G. W. F. 『歴史哲学講義』全2巻、長谷川宏訳、岩波文庫、1994年。
L'Imitation de Jésus-Christ, trad. de Félicité de Lamennais, Paris, Seuil, coll. “Points”, 1957. (『キリストにならいて』、大沢章・呉茂一訳、岩波文庫、1960年)
JEAN DE LA CROIX (saint), *Le Cantique spirituel, Œuvres complètes*, trad. de Mère Marie du Saint-Sacrement, éd. Dominique Poirot, Paris, Cerf, 1990.
ユング（カール＝グスタフ)、『心理学と錬金術』全2巻、池田紘一・鎌田道生訳、人文書院、1976年。
———『ヨブへの答え』、林道義訳、みすず書房、1993年。
———『アイオーン』、野田倬訳、『ユング・コレクション』第4巻、人文書院、1990年。
LA CEPPÈDE Jean (de), *Les Théorèmes sur le sacré mystère de nostre redemption* (2 vol.), éd. Yvette Quenot, Paris, Nizet, 1988.
LOISY Alfred, *Jésus et la tradition évangélique*, Paris, Émile Nourry, 1910.
NIETZSCHE Friedrich, *Œuvres* (2vol), Paris, Robert Laffont, coll. «Bouquins», 1998.
(『反キリスト者』、原佑訳、『ニーチェ全集』第14巻、ちくま学芸文庫版、筑摩書房、1993年)
(『道徳の系譜』、信太正三訳、『ニーチェ全集』第11巻、ちくま学芸文庫版、筑摩書房、1993年)
OLIER Jean-Jacques, *La sainteté chrétienne*, éd. Gilles Chaillot, Paris, Cerf, coll. “Foi vivante”, 1992.
オットー（ルドルフ)、『聖なるもの』、山谷省吾訳、岩波文庫、1968年。

PASCAL Braise (de), *Pensées, Œuvres complètes*, Paris, Gallimard, "Bibliothèque de la Pléiade", 1954.（『パンセ』全２巻、由木康訳、白水社、1990年）
PIE IX, *Lettres apostoliques de Pie IX, Grégoire XVI, Pie VII, encycliques, brefs, etc.*, Paris, Maison de la bonne presse.
シュトラウス D.F.、『イエスの生涯』全２巻、岩波哲男訳、教文館、1996年。
VALÉRY Paul, *Variété, Œuvres*, Paris, Gallimard, "Bibliothèque de la Pléiade", 1957, t. I.（『作家論』、『ヴァレリー全集』第８巻、筑摩書房、1978年）
——— *Pièces sur l'art, Œuvres*, Paris, Gallimard, "Bibliothèque de la Pléiade", 1960, t. II.（『芸術論集』、吉川逸治訳、『ヴァレリー全集』第10巻、筑摩書房、1978年）
——— *Vues*, Paris, La Table ronde, 1948.
——— *Le symbolisme*, dans LEFÈVRE Frédéric, *Entretien avec Paul Valéry*, Paris, Flammarion, 1929.
VICO Giambattista, *La science nouvelle*, trad. de Christina Trivulzio, Paris, Gallimard, coll. "Tel", 1993.（『ヴィーコ』、『世界の名著』33、清水幾太郎編、中央公論社、1995年に抄訳）
VOLTAIRE, *Dictionnaire philosophique*, éd. R. Naves et J. Benda, Paris, Classiques Garnier, 1967.（『哲学辞典』、高橋安光訳、法政大学出版局、1988年）

III. 研究書

（１）一般著作

ANITCHKOF Eugène, J*oachim de Flore et les milieux courtois*, Genève, Slatkine Reprints, 1974 (Réimpression de l'édition de Rome, 1931).
BARTHES Roland, *Essais critiques*, Paris, Seuil, coll. "Points", 1964.
『新＝批評的エッセー：構造からテクストへ』、花輪光訳、みすず書房、1977年。
『言語のざわめき』、花輪光訳、みすず書房、1987年。
——— *La chambre claire — Note sur la photographie*, Paris, Seuil, coll. "Cahiers du cinéma", 1980.（『明るい部屋―写真についての覚書』、花輪光訳、みすず書房、1997年）
BECKER Colette, *Lire le Réalisme et le Naturalisme*, Paris, DUNOD, 1998.
BÉGUIN Albert, *L'âme romantique et le rêve*, Paris, José Corti, 1939.（『ロマン的魂と夢』、小浜俊郎・後藤信幸訳、『アルベール・ベガン著作集』第１巻、国文社、1972年）
——— *Poésie de la présence*, Neuchâtel, la Baconnière, 1957.（『現存の詩』、小浜俊郎他訳、『アルベール・ベガン著作集』第２巻、国文社、1975年）
BÉNICHOU Paul, *Le temps des prophètes — Doctrine de l'âge romantique*, Paris, Gallimard, 1977.
BENOIST Jacques, *Le Sacré-Cœur de Montmartre de 1870 à nos jours* (2 vol.), Paris, Ouvrières, 1992.
BÉRENCE Fred, *Grandeur spirituelle du XIXe siècle français*, Paris, La Colombe, 1959.
BOWMAN Frank Paul, *Le Christ romantique*, Genève, Droz, 1973.
BREMOND Henri, *Prière et Poésie*, Paris, Grasset, 1926.
CAZIER Pierre, *Le cri de Job, approche biblique, mythologique et littéraire du problème de la souffrance du juste*, Artois Presses Université, coll. "Études Littéraires et Linguistiques", 1996.
COLIN René-Pierre, *Schopenhauer en France, Un mythe naturaliste*, Presses Universitaires de Lyon, 1979.
CORBIN Alain, *Le miasme et la jonquille — L'odorat et l'imaginaire social 18e-19e siècles —*, Paris, Aubier, coll. "historique", 1982.（『においの歴史：嗅覚と社会的想像力』、山田登世子・鹿島茂訳、藤原書店、1990年）

CRESSOT M. et JAMES L., *Le style et ses techniques*, Paris, P. U. F., 1947.
DANSETTE Adrien, *Histoire religieuse de la France contemporaine*, Paris, Flammarion, 1965.
DELOFFRE Frédéric, *Le vers français*, Paris, SEDES, 1973 (4e édition).
DESCOULEURS Bernard et GAUD Christiane, *Marguerite-Marie Alacoque*, Paris, Cerf, 1996.
DEVILLE Raymond, *L'école française de spiritualité*, Paris, Desclée, "Bibliothèque d'Histoire du christianisme", 1987.
Dictionnaire de poétique et de rhétorique, MORIER Henri, Paris, P. U. F., 1989 (4e édition revue et augmentée).
Dictionnaire de Spiritualité, Viller, Cavallera, de Guibert, Paris, Beauchesne, 1967.
EIGELDINGER Marc, *Suite pour Odilon Redon*, Neuchâtel, la Baconnière, 1983.
ELWERT W. Théodore, *Traité de versification française — des origines à nos jours —*, Paris, Klincksieck, 1965.
GENDRE André, *Évolution du sonnet français*, Paris, P. U. F., 1996.
GLAUDES Pierre, *Contre-Textes — Essais de psychanalyse littéraire*, Toulouse, Ombres, 1990.
——— *Joseph de Maistre et les figures de l'histoire*, "Cahiers romantiques" n°2, Saint-Genouph, Nizet, 1997.
GRAMMONT Maurice, *Petit traité de versification française*, Paris, Armand Colin, coll. "U", 1965.
GROJNOWSKI Daniel et SARRAZIN Bernard, *L'esprit fumiste et les rires fin de siècle*, Paris, José Corti, 1990.
井筒俊彦、『意味の深みへ』、岩波書店、1985年。
今村仁司、『貨幣とは何か』、筑摩書房、1994年。
JASINSKI Max, *Histoire du sonnet en France*, Genève, Slatkine Reprints, 1970 (Réimpression de l'édition de Douai, 1903).
JOSSUA Jean-Pierre, *Pour une histoire religieuse de l'expérience littéraire*, Paris, Beauchesne, 1985.
JOUVE Séverine, *Les Décadents, Bréviaire fin de siècle*, Paris, Plon, 1989.
加納晃、『フランス近代ソネット考』、中央大学出版部、1991年。
北山晴一、『美食の社会史』、朝日新聞社、1991年。
KRISTEVA Julia, *Le Soleil noir : dépression et mélancolie*, Paris, Gallimard, 1987. (『黒い太陽——抑鬱とメランコリー』、西川直子訳、せりか書房、1994年)
ランドン(ヘレン)、『ホルバイン』、保井亜弓訳、西村書店、1997年。
LAROCHE Jean-Paul, *"Si tu es sage, tu auras une image" — Imagerie populaire, religieuse et profane du fonds Michel Chomarat de la Bibliothèque de Lyon*, Mémoire active, 1998.
LEBRUN François, *Les grandes dates du christianisme*, Paris, Larousse, 1989.
LE GUILLOU Louis, *Introduction* à LAMENNAIS Félicité (de), *Paroles d'un croyant*, Paris, Flammarion, 1973.
真木悠介、『時間の比較社会学』、岩波書店、1981年。
MARGERIE Bertrand (de), *Histoire doctrinale du culte au cœur de Jésus*, t. I, Paris, Mame, 1992 ; Tome II, Paris, Saint-Paul, 1995.
MICHAUD Guy, *Le message poétique du Symbolisme*, Paris, Nizet, 1987.
PIERROT Jean, *L'imaginaire décadent*, Paris, P. U. F., 1977. (『デカダンスの想像力』、渡辺義愛訳、白水社、1987年)
POULET Georges, *La Poésie éclatée*, Paris, P. U. F., 1980. (『炸裂する詩』、池田正年・川那部保明訳、朝日出版社、1981年)
QUENOT Yvette, *Les lectures de La Ceppède*, Genève, Droz, 1986.
RAITT A.W., *Villiers de L'Isle-Adam et le mouvement symboliste*, Paris, José Corti, 1986.
RAYMOND Marcel, *Vérité et Poésie*, Neuchâtel, la Baconnière, 1964.

RENARD Jean-Claude, *Notes sur la poésie*, Paris, Seuil, 1970.
RICHARD Jean-Pierre, *Poésie et profondeur*, Paris, Seuil, coll. "Points", 1955.（『詩と深さ』、有田忠郎訳、思潮社、1995年）
RICHARD Noêl, *Profils symbolistes*, Paris, A.-G. Nizet, 1978.
RIFFATERRE Michael, *Sémiotique de la poésie*, trad. de Jean-Jacques Thomas, Paris, Seuil, coll. "Poétique", 1983.（『詩の記号論』、斎藤兆史訳、勁草書房、2000 年）
ROUSSEL Jean, *Lamennais*, Paris, Éditions universitaires, 1957.
ROUSSET Jean, *Préface* aux *Théorèmes sur le sacré mystère de nostre redemption*, Paris, Droz, 1966.
RUCHON François, *Essai sur la vie et l'œuvre de Jean de La Ceppède*, Paris, Droz, 1953.
SABATIER Robert, *La poésie du seizième siècle*, Paris, Albin Michel, 1975.
SARRAZIN Bernard, *La Bible parodiée*, Paris, Cerf, 1993.
SCHENK, H. G., *The Mind of the European Romantics*, London, Constable, 1966.
SCOTTE David H. T., *Sonnet Theory and Practice in Nineteenth-century France : Sonnets on the Sonnet*, Hull, Université of Hull, 1977.
下村寅太郎、『アッシジのフランシス研究』、『下村寅太郎著作集』第 3 巻、みすず書房、1990年。
THIBAUDET Albert, *Histoire de la littérature française de 1789 à nos jours*, Paris, Stock, 1936.
VORREUX Damien, *François d'Assise dans les lettres françaises*, Paris, Desclée de Brouwer, 1988.
ZAGONA Helen Grace, *The Legend of Salome and the Principle of Art for Art's Sake*, Genève, Droz, 1960.
ZEBER Jean-Paul, *Genèse de l'œuvre poétique*, Paris, Gallimard, 1960.

（2）19世紀の作家関連

ADAM Antoine, *Verlaine*, Paris, Hatier, coll. "Connaissances des Lettres", 1965.
ALBOUY Pierre, *La Création mythologique chez Victor Hugo*, Paris, José Corti, 1985 (2e édition).
ANGWERD Michel (père), *L'œuvre d'Ernest Hello*, thèse présentée à la Faculté des Lettres de l'Université de Fribourg (Suisse), Sarnen, Louis Ehrli & Cie, 1947.
AREF Mahmoud, *La Pensée sociale et humaine de Victor Hugo dans son œuvre romanesque*, Genève, Slatkine, 1979.
BALDICK, Robert, *La vie de J.-K. Huysmans*, trad. de Marcel Thomas, Paris, Denoël, 1958.（『ユイスマンス伝』、岡谷公二訳、学研、1996年）
BANDELIER Danielle, *Se dire et se taire (étude sur A. Rimbaud)*, Neuchâtel, la Baconnière, 1988.
BARBEAU Raymond, *Un prophète luciférien Léon Bloy*, Paris, Aubier-Montaigne, 1957.
BARDÈCHE Maurice, *Léon Bloy*, Paris, La Table Ronde, 1989.
BARTHES Roland, *Michelet*, Paris, Seuil, coll. "Points", 1988.（『ミシュレ』、藤原治訳、みすず書房、1974年）
BÉGUIN Albert, *Léon Bloy — L'impatient —*, Paris, Egroff, 1944.
——— *Léon Bloy — mystique de la douleur —*, Paris, Labergerie, 1948.
BELVAL Maurice M., *Étapes de la pensée mystique de J.-K. Huysmans*, Paris, G.-P. Maisonneuve & Larose, 1968.
BLIN Georges, *Le Sadisme de Baudelaire*, Paris, Corti, 1948.（『ボードレールのサディスム』、及川馥訳、牧神社、1973年）
BOLLERY Joseph, *Léon Bloy* (3 vol.), Paris, Albin Michel, 1947-1954.

——— *Genèse et composition de «La Femme pauvre» de Léon Bloy*, Paris, Lettres modernes, 1969.
BONNEFOY Yves, *Rimbaud par lui-même*, Paris, Seuil, 1961.
BORIE Jean, *Huysmans, le Diable, le célibataire et Dieu*, Paris, Grasset, 1991.
BORNECQUE Jacques-Henry, *Lumières sur les «Fêtes galantes» de Paul Verlaine*, Paris, Nizet, 1969.
——— *«Les Poèmes saturniens» de Paul Verlaine*, Paris, Nizet, 1977.
BOURGEOIS René, *Introduction* à George Sand, *Le Compagnon du Tour de France*, Grenoble, Presses universitaires de Grenoble, 1988.
BOURGUIGNON J. et HOUIN Ch., *Vie d'Arthur Rimbaud*, Paris, Payot, 1991.
BUISINE, Alain, *Paul Verlaine — Histoire d'un corps —*, Paris, Tallandier, 1995.
BUVIK Per, *La Luxure et la Pureté — Essai sur l'œuvre de Joris-Karl Huysmans —*, Oslo, Solum Forlag, 1989.
CELLIER Léon, *Épopée romantique*, Paris, P. U. F., 1954.
CHAUSSIVERT J.-S., *L'art verlainien dans «La Bonne chanson»*, Paris, A.-G. Nizet, 1973.
COGNY Pierre, *J.-K. Huysmans. À la recherche de l'unité*, Paris, Nizet, 1953.
——— *J.-K. Huysmans — de l'écriture à l'Écriture —* , Paris, Téqui, coll. "L'auteur et son message", 1987.
COQUIOT Gustave, *Le vrai Huysmans*, Paris, Charles Bosse, 1912.
CORNULIER Benoît (de), *Théorie du vers — Rimbaud, Verlaine, Mallarmé —*, Paris, Seuil, coll. "Travaux linguistiques", 1982.
CORNUZ Jean-Louis, *Jules Michelet. Un aspect de la pensée religieuse au XIXe siècle*, Genève, Droz, 1955.
CUÉNOT Claude, *Le style de Paul Verlaine*, Paris, C. D. U. et SEDES réunis, 1963.
CURINIER Gilberte, *L'imagination de la féminité dans l'œuvre de Huysmans*, thèse dactylographiée, Université de Lyon II, 1986.
DAVIES Margaret, *«Une Saison en enfer» d'Arthur Rimbaud*, "Archives des lettres modernes", Paris, Minard, 1975.
D'EAUBONNE Françoise, *Verlaine et Rimbaud ou la fausse évasion*, Paris, Albin Michel, 1960.
DEROCHE Frank, *L'objet, l'objet absent, l'objet d'art dans l'esthétique «fin de siècle» (thèse sur Huysmans)*, Atelier national, 1996.
ÉTIEMBLE et GAUCLÉRE, *Rimbaud*, Paris, Gallimard, 1950.
DERRÉ Jean-René, *Lamennais et ses amis et le mouvement des idées à l'époque romantique (1824-1834)*, Paris, Klincksieck, 1962.
DOTOLI Giovanni, *Autobiographie de la douleur — Léon Bloy écrivain et critique —*, Paris, Klincksieck, 1998.
FEBVRE Lucien, *Michelet et la Renaissance*, Paris, Flammarion, 1992. (『ミシュレとルネサンス』、石川美子訳、藤原書店、1996年)
FUMAROLI Marc, *Préface* à HUYSMANS Joris-Karl, *À Rebours*, Gallimard, coll. "Folio", 1977.
FUMET Stanislas Fumet, *Ernest Hello — Le drame de la lumière* (nouvelle édition revue et corrigée), Paris, Egroff, 1945.
GOBRY Ivan, *Verlaine et son destin*, Paris, Pierre Téqui, 1997.
GOHIN Yves, *Préface* à HUGO Victor, *Les Misérables*, Paris, Gallimard, coll. "Folio", 1973.
GROJNOWSKI Daniel, *Le sujet d'«À Rebours»*, Paris, Septentrion, coll. "Objet", 1996.
GUÉHENNO Jean, *L'Évangile éternel (étude sur Michelet)*, Paris, Bernard Grasset, coll. "Les Cahiers verts", 1927.
HUBERT Juin, *Léon Bloy*, Paris, Obsidiane, 1990.
JOURDE Pierre, *Huysmans : «À Rebours», l'Identité impossible*, Genève, Slatkine, 1991.
KÉCHICHIAN Patrick, *Les usages de l'éternité — essai sur Ernest Hello —*, Paris, Seuil, coll.

"Fiction & Cie", 1993.
LAFORGUE Pierre, *Victor Hugo et «La Légende des Siècles»*, Orléans, Paradigme, 1997.
LANGLOIS Gilles, *Un mendiant de la souffrance — Léon Bloy —*, Ottawa, Éditions de l'université Ottawa, 1948.
LASSERRE Henri, *Introduction* à HELLO Ernest, *L'Homme*, Paris, Victor Palmé, 1872.
LEFÈVRE Frédéric, *Entretiens sur J.-K. Huysmans*, Paris, Horizons de France, 1931.
LIMAT-LETELLIER Nathalie, *Le Désir d'emprise dans «À Rebours» de J.-K. Huysmans*, Paris, Lettres modernes, 1990.
LIVI François, *J.-K Huysmans «À Rebours» et l'esprit décadent*, Paris, A.-G. Nizet, 1991 (3e édition).
MAINGON Charles, *L'Univers artistique de J.-K. Huysmans*, Paris, A.-G. Nizet, 1977.
MALLET Francine, *George Sand*, Paris, Grasset, 1976.
MARGARET Davies, *«Une Saison en enfer» d'Arthur Rimbaud*, Paris, Mignard, 1975.
MARTINEAU René, *Un vivant et Deux morts, Léon Bloy, Ernest Hello, Villiers de L'Isle-Adam*, Paris, Bibliothèque des Lettres françaises, 1914 (nouvelle édition).
MESSIAEN Pierre, *Sentiment chrétien et poésie française — Baudelaire, Verlaine, Rimbaud —*, Paris, Marcel Daubin, 1947.
METTRA Claude, *Préface* à MICHELET Jules, *L'Agonie du christianisme*, Bruxelles, Éditions Complexe, 1990.
MILLEPIERRES François, *La vie d'Ernest Renan*, Paris, Michel Rivière et Cie, 1961.
MONOD Gabriel, *La vie et la pensée de Jules Michelet*, Slatkine Reprints, 1975 (réimpression de l'édition Honoré Champion, 1923).
——— *Jules Michelet, études sur sa vie et ses œuvres*, Paris, Hachette & Cie, 1905.
——— *Les maîtres de l'histoire — Renan, Taine, Michelet —*, Paris, Calmann Lévy, 1894.
MORET Marc Marcel, *Le sentiment religieux chez George Sand*, Paris, Michel Vigné, 1936.
MORICE Louis, *Verlaine, le drame religieux*, Paris, Beauchesne, 1946.
MOUROT Jean, *Verlaine*, Nancy, Presses universitaires de Nancy, coll. "Phares", 1988.
MURPHY Steve, *Le Premier Rimbaud ou l'apprentissage de la subversion*, Lyon, Presses universitaires de Lyon, 1991.
NADAL Octave, *Paul Verlaine*, Paris, Mercure de France, 1961.
NAKAJI Yoshikazu, *Combat spirituel ou immense dérision ? Essai d'analyse textuelle d'«Une saison en enfer»*, Paris, José Corti, 1987.
PETIT Jacques, *Léon Bloy*, Paris, Desclée de Brouwer, 1966.
PEYRE Henri, *Rimbaud vu par Verlaine*, Paris, A.-G. Nizet, 1975.
PHALÈSE Hubert (de) (nom collectif), *Comptes «À Rebours», — l'œuvre de Huysmans à travers les nouvelles techniques —*, Paris, Nizet, 1991.
——— *Dictionnaire des «Misérables»*, Nizet, 1994.
POMMIER Jean, *Les écrivains français devant la révolution de 1848 — Lamartine, Hugo, Lamennais, George Sand, Michelet, Béranger —*, Paris, P. U. F., 1948.
——— *George Sand et le rêve monastique, «Spiridion»*, Paris, A.-G. Nizet, 1966.
PSICHARI Henriette, *Renan d'après lui-même*, Paris, Plon, 1937.
REMAUD Olivier, *Michelet — La magistrature de l'histoire*, Paris, Michalon, 1998.
Renan : Catalogue de l'exposition Ernest Renan, Paris, Bibliothèque nationale, 1974.
RÉTAT Claude, *X ou le divin dans la poésie de V. Hugo à partir de l'exil*, Paris, CNRS, 1998.
RÉTAT Laudyce, *Religion et imagination religieuse : leurs formes et leurs rapports dans l'œuvre d'Ernest Renan*, Paris, Klincksieck, 1977.
——— *Introduction générale* à *Renan : Histoire et parole*, Paris, Robert Laffont, coll. "Bouquins", 1984.

——— *Introduction* à RENAN Ernest, *Légendes patriarcales des Juifs et des Arabes*, Paris, Hermann, 1989.
——— *Introduction* à RENAN Ernest, *La Réforme intellectuelle et morale*, Paris, Complexe, 1990.
——— *Introduction générale* à RENAN Ernest, *Histoire des origines du christianisme*, Paris, Robert Laffont, coll. "Bouquins", 1995.
——— *Présentation* à RENAN Ernest, *Du judaïsme au christianisme*, Paris, Desclée de Brouwer, 1995.
RICHARD Jean, *"L'Alchimie du verbe" de Rimbaud ou les jeux de Jean-Arthur. Essai sur l'imagination du langage*, Paris, Didier, 1972.
ROBICHEZ Jacques, *Verlaine entre Rimbaud et Dieu*, Paris, C. D. U. et SEDES réunis, 1982.
ROMAN M. et BELLOSTA M.-Ch., *«Les Misérables», roman pensif*, Paris, BELIN, 1995.
ROOS Jacques, *Les Idées philosophiques de Victor Hugo*, Paris, Nizet, 1958.
坂本千代、『ジョルジュ・サンド』、清水書院、『人と思想』141、1997年。
SAURAT Denis, *La Religion de Victor Hugo*, Paris, Hachette, 1929.
SAYRE R. et LÖWY M., *L'insurrection des «Misérables» — romantisme et révolution en juin 1832*, Paris, Lettres Modernes, 1992.
SEEBACHER Jacques, *Victor Hugo ou le calcul des profondeurs*, Paris, P. U. F., 1993.
SOULIÉ-LAPEYRE Paule, *Le vague et l'aigu dans la perception verlainienne*, thèse pour le Doctorat de troisième cycle, Publications de la Faculté des Lettres et Sciences de Nice, 1975.
STEINMETZ Jean-Luc, *Préface* à VERLAINE Paul, *Cellulairement*, Le Castor Astral, coll. "Les inattendus", 1992.
TISSE André, *Rimbaud devant Dieu*, Paris, José Corti, 1975.
VANNIER Gilles, *Paul Verlaine ou l'enfance de l'art*, Seyssel, Champ Vallon, 1993.
Verlaine, Documents iconographiques, éd. François Ruchon, Vésenaz-Genève, Pierre Cailler, 1947.
Verlaine, Concordances, Index et Relevés statistiques (œuvres poétiques I), Paris, Larousse, 1973.
Verlaine : Table de concordances rythmique et syntaxique des Poésies, Genève, Slatkine, 1985.
VIALLANEIX Paul, *La Voie royale — essai sur l'idée de peuple dans l'œuvre de Michelet*, Paris, Flammarion, 1971.
——— *Préface* à MICHELET Jules, *Peuple*, Paris, Flammarion, coll. "Champs", 1974.
——— *Préface* à MICHELET Jules, *Jeanne d'Arc*, Gallimard, coll. "Folio", 1974.
——— *Michelet, les travaux et les jours 1798-1874*, Paris, Gallimard, 1998.
VIER Jacques, *Léon Bloy ou le pont sur l'abîme*, Paris, Téqui, coll. "L'auteur et son message", 1986.
VILCOT J.-P., *Huysmans et l'intimité protégée*, Paris, Lettres modernes, 1988.
VIRCONDELET Alain, *J.-K. Huysmans*, Paris, Plon, coll. "Biographique", 1990.
——— *Préface* à HUYSMANS Joris-Karl, *Sainte Lydwine de Schiedam*, Paris, Maren Sell, 1989.
WALDNER Pierre, *Introduction* à HUYSMANS J.-K., *À Rebours*, Paris, Garnier-Flammarion, 1978.
ZAYED Fernande, *Huysmans, peintre de son époque*, Paris, Nizet, 1973.
ZAYED Georges, *La formation littéraire de Verlaine*, Paris, Nizet, 1970 (nouvelle édition augmentée).
ZIMMERMANN Eléonore-M., *Magies de Verlaine. Études de l'évolution poétique de Paul Verlaine*, Paris, Corti, 1967.

(3) 論文

ALBOUY Pierre, «La Préface philosophique des Misérables», *Mythographies*, Corti, 1976.

——— «Des hommes, des bêtes et des anges», *Europe*, fév.-mars 1962.

AMER Henry, «Huysmans et la peinture», *Cahiers Tour Saint-Jacques*, n° 8, 1963.

BERG Christian, «L'amoureuse douleur», *Huysmans*, Cahiers de l'Herne, 1985.

——— «Huysmans et l'Antiphysis», *Revue des Sciences Humaines*, n° 170-171, avril-sep. 1978.

BERNADET Alnaud, «Une poétique duelle. Vers les prosodies de *Sagesse*», *Spiritualité verlainienne*, Actes du colloque international de Mets, 1996, Klincksieck, 1997.

BERTHIER Philippe, «Huysmans et Barbey d'Aurevilly : l'étalon catholique», *Huysmans*, Cahiers de l'Herne, 1985.

BESNARD-COURSODON Michline, «*À Rebours*, Le corps parlé», *Revue des Sciences Humaines*, n° 170-171, avril-sep. 1978.

BOUILLIER Henry, «Huysmans et les transpositions d'art», *Huysmans — une esthétique de la décadence —*, Acte du colloque de Bâle, Mulhouse et Colmar, les 5, 6 et 7 nov. 1984.

BRUNEL Pierre et GUYAUX André, «Deux carnets inédits de Huysmans — Contribution à une étude de la genèse de *Trois Primitifs*», *Revue d'Histoire Littéraire de la France*, sep.-oct., 1980.

BRUNEL Pierre, «La légende des fins de siècle», *Huysmans*, Cahiers de l'Herne, 1985.

——— «À propos d'*À Rebours* : décadentisme et christianisme», *Joris-Karl Huysmans, À Rebours*, Paris, SEDES, 1990.

——— «Un premier livre, *Le Drageoir à épices* (1874)», *Huysmans*, Cahiers de l'Herne, 1985.

BUVIK Per, «L'amour et le manger. Autour de *Sainte Lydwine de Schiedam*», *Huysmans entre Grâce et Péché*, Paris, Beauchesne, 1995.

CÉARD Jean, «Huysmans historien de la latinité de la décadence», *Huysmans*, Cahiers de l'Herne, 1985.

COHEN Jean, «Poésie et redondance», *Poétique*, n° 31, 1976.

COLIN René-Pierre, «Des Esseintes ou le corps du livre», *Corps Création*, Presses universitaires de Lyon, 1980.

COURT-PEREZ Françoise, «*À Rebours*, figures de l'antinomie», *Joris-Karl Huysmans, "À Rebours», «une goutte succulente»*, Paris, SEDES, 1990.

CUÉNOT Claude, «Technique et valeur expressives, chez Paul Verlaine, des vers autres que l'alexandrin», *Le Français moderne*, n° 29, mars 1961.

DANESHVAR-MALEVERGNE Negin, «Espaces de dégénérescence et pathologie de la modernité dans l'œuvre de Joris-Karl Huysmans», *Huysmans, entre Grâce et Péché*.

DEFFOUX Léon, «Un "croquis parisien": *Pantin*», *Bulletin de la Société J.-K. Huysmans*, mai 1934.

DELABROY Jean, «CŒCUM — préalable à la philosophie de l'histoire dans *Les Misérables*», *Lire "Les Misérables"*, Paris, José Corti, 1985.

——— «"L'accent de l'histoire", *Hugo, "Les Misérables"*», Paris, Klincksieck, coll. "Parcours critique", 1995.

DUFAY Pierre, «Une source ignorée d'*À Rebours*», *Bulletin de la société J.-K. Huysmans*, n° 11, déc. 1934.

DUPONT Jacques, «Huysmans, le corps dépeint», *Revue d'Histoire Littéraire de la France*, nov.-déc. 1980.

EIGELDINGER Marc, «Huysmans interprète de Gustave Moreau», *Huysmans — une esthétique de la décadence —*.

FALICKA Kristyna, «Les lieux communs chez Bloy : figure et sens», *Léon Bloy au tournant du*

siècle, Presses universitaires de Mirail, 1992.
FONAGY I., «À propos de la transparence verlainienne», *Langages*, n° 31, 1973.
FOYARD Jean, «Le système de la description de l'œuvre d'art dans *L'Art moderne*», *Huysmans —une esthétique de la décadence —*.
GAILLARD Françoise, «Modernité de Huysmans», *Huysmans — une esthétique de la décadence —*.
——— «De l'antiphysis à la pseudo-physis : l'exemple d'*À Rebours*», *Romantisme*, n° 30, 1980.
GLAUDES Pierre, «L'impatience et le Sphinx», *Léon Bloy*, Cahiers de l'Herne, 1988.
——— «Bloy, Carlyle et l'histoire», *Léon Bloy au tournant du siècle*.
——— «*Histoires désobligeâtes*, histoires drôles ?», *Léon Bloy 2, le rire de Léon Bloy*, Paris, Lettres modernes, 1994.
GOHIN Yves, «Le patriotisme de Victor Hugo», *Victor Hugo et l'Europe de la pensée*, Paris, A.-G. Nizet, 1995.
GOITEIN Rachel, «Léon Bloy et Bernard Lazare», *Léon Bloy au tournant du siècle*.
GUILLERM Jean-Pierre, «L'expérience de la peinture selon quelques textes décadents», *Revue des Sciences Humaines*, n° 153, janv.-mars 1974.
GUIRAL Pierre, «Les écrivains français et la notion de décadence de 1870 à 1917», *Romantisme*, n° 42, 1983.
GUYAUX André, «Huysmans et "le seul poète catholique"», *Spiritualité verlainienne*.
——— «Huysmans et Félicien Rops, et la théologie de l'antithèse», *Huysmans — une esthétique de la décadence —*.
HECK Christian, «Grünewald et le culte des Primitifs septentrionaux chez Huysmans», *Huysmans — une esthétique de la décadence —*.
HECQUET Michèle, «Contrats et symboles. Essai sur l'idéalisme de George Sand», *George Sand : une œuvre multiforme*, Amsterdam, CRIN, 1991.
JOURDE Pierre, «Huysmans et le mime anglais : la mécanique et la grâce», *Huysmans, entre Grâce et Péché*.
JOURDE-ROUGHOL Pierre, «*À Rebours* : le corps en pièce», *Joris-Karl Huysmans :«À Rebours» — "une goutte succulente"*.
JOUVIN Henri, «Huysmans, critique d'art», *Cahiers J.-K. Huysmans*, mai, 1947.
JURT Joseph, «Huysmans entre le champ littéraire et le champ artistique», *Huysmans — une esthétique de la décadence —*.
LAFORGUE P., «Mythe, Révolution et Histoire. La reprise des *Misérables* en 1860», *La Pensée*, n° 245, 1985.
LAMBERT Pierre, «En marge d'*À Rebours* — un précurseur de des Esseintes ou l'orgue à bouche au XVIIIe siècle», *Bulletin de la société J.-K. Huysmans*, n° 2, 1929, Slatkine Reprints, 1975.
LAURENT Emmanuelle,«*Mes prisons* : récit d'une conversion», *Spiritualité verlainienne*.
LESCUYER Thierry, «Huysmans et Zola : Lourdes en question», *Huysmans*, Cahiers de l'Herne.
LETHÈVE Jacques, «La névrose de des Esseintes», *Cahiers Tour Saint-Jacques*, n° 8, 1963.
——— «Goûts et dégoûts de des Esseintes — les hésitations de Huysmans d'après le manuscrit d'*À Rebours* —», *Huysmans*, Cahiers de L'Herne, 1985.
LEUILLIOT Bernard, «Philosophie(s): commencement d'un livre», *Lire "Les Misérables"*.
——— «Les barricades mystérieuses», *Europe*, n° 671, mars 1985.
LILTI A.-M., «Essai d'analyse structurale d'*Une Saison en enfer* d'Arthur Rimbaud», *Langages*, n° 31, sept. 1973.
MALHO R., «Esquisse d'une théologie des *Misérables*», *Romantisme*, n° 9, 1975.
MATHIEU P., «Essai sur la métrique de Verlaine», *Revue d'Histoire Littéraire de la France*, n° 38, 1931.

——— «Essai sur la métrique de Verlaine II», *Revue d'Histoire Littéraire de la France*, n° 39, 1932.
MICHEL Alain, «Tradition antique et philosophies de la décadence dans la littérature française autour de 1880», *Romantisme*, n° 42, 1983.
MILNER Max, «Huysmans et la monstruosité», *Huysmans — une esthétique de la décadence —*.
MITZMANN Arthur, «Sand — Leroux — Michelet. Le triangle d'or du romantisme social», *George Sand : une œuvre multiforme*.
MOREAU Pierre, «Romantisme français et syncrétisme religieux», *Âmes et thèmes romantiques*, Paris, José Corti, 1965.
MOREAU Thérèse, «Les métamorphoses de la Sorcière», *Europe*, n° 829, mai 1998.
NADAL Octave, «L'impressionnisme verlainien», *Mercure de France*, mai 1952.
POLET Jean-Claude, «Ernest Hello, un inspirateur de Léon Bloy», *Léon Bloy I*, Paris, Lettres modernes, 1989.
POMMIER Jean, «Un itinéraire spirituel du séminaire à la "Prière sur l'Acropole"», *Cahiers renaniens*, n° 4, Paris, A.-G. Nizet, 1972.
——— «Regards sur la littérature évangélique», *Cahiers renaniens*, n° 7, Paris, A.-G. Nizet, 1973.
RÉGNIER Philippe, «De l'art d'exploiter un évèque, à propos du fonctionnement et des contenus idéologiques du personnage de Monseigneur Myriel», *Victor Hugo "Les Misérables"*, Société des études romantiques, Paris, SEDES, 1994.
RÉTAT Laudyce, «L'Évangile éternel et la philosophie de l'histoire au XIXe siècle — George Sand, Michelet, Renan —», *Romantisme et religion*, Paris, P. U. F., 1980.
——— «Renan, Voltaire et l'intelligence de la Bible», *Le Siècle de Voltaire, Hommage à René Pomeau*, Oxford, The Voltaire Foundation, 1987.
RICHER Jean, «Repères et documents verlainiens avec des lettres inédites», *Mercure de France*, 1er juin 1954.
ROGER Philippe, «Huysmans entre Sade et "sadisme"», *Huysmans — une esthétique de la décadence —*.
ROSA Guy, «Histoire sociale et roman de la misère», *Hugo, "Les Misérables"*, Paris, Klincksieck, coll. "Parcours critique", 1995.
ROYER Joseph, «La Relation du relatif», *Léon Bloy 3, Journal intime, Journal littéraire l'année 1892*, Paris, Lettres modernes, 1995.
RUWET Nicolas, «Musique et vision chez Verlaine», *Langue française*, n° 49, 1981.
——— «Linguistique et poétique — une brève introduction —», *Le Français moderne*, n° 49, 1981.
SARRAZIN Bernard, «Rire et mort de Dieu : le jeu théologique de Léon Bloy», *Léon Bloy au tournant du siècle*.
——— «L'anti-Renan ou la Contre-Réforme d'Ernest Hello», *Images de la Réforme au XIXe siècle*, Acte du colloque de Clermont-Ferrand (9-10 nov. 1990).
——— «Le rire noir de l'exégète des lieux communs», *Léon Bloy*, Cahiers de l'Herne, 1988.
——— «Une Année de pratique liturgique ou les mémoires d'un chasseur de signes», *Léon Bloy 3, Journal intime, Journal littéraire l'année 1892*.
SEEBACHER Jacques, «*Évêques et conventionnels ou la critique en présence d'une lumière inconnue», Europe*, fév.-mars 1962.
STEINMETZ Jean-Luc, «Sang Sens», *Revue des Sciences Humaines*, n° 171-172, avril-sep., 1978.
——— «L'art et son au-delà», *Huysmans — une esthétique de la décadence —*.
TRUCHET J., «Études sur la structure de *La Fin de Satan*», *Information littéraire*, mars-avril, 1952.
UBERSFELD Anne, «*Les Misérables,* poème d'amour», *"Les Misérables" — Nommer l'innommable —*, Orléans, Paradigme, 1994.
UNDERWOOD V.-P., «Le *Cellulairement* de Paul Verlaine», *Revue d'Histoire Littéraire de la*

France, juillet-sep. 1938.
——— «Le cahier personnel de Verlaine», *Revue des Sciences Humaines*, avril-juin, 1955.
VERNIER France, «Ni personnages, ni Peuple : quel est le héros des *Misérables* ?», *Victor Hugo, "Les Misérables", "La preuve par les abîmes"*, Actes du colloque d'agrégation du 3 déc. 1994, SEDES, 1994.
VIALLANEIX Paul, «*Sagesse* de Verlaine», *Europe*, sept.-oct., 1974.
——— «Au temps des mages : Michelet et Renan», *Études renaniennes*, N° 22, 1er trimestre 1975.
——— «Michelet et l'avènement de la République», *Europe*, n° 829, mai 1998.
——— «De la musique avant toute chose», *La petite musique de Verlaine — "Romances sans paroles" et "Sagesse" —*, Paris, CDU & SEDES réunis, 1992.
VIRCONDELET Alain, «Un "bric-à-brac" fondateur : *Le Drageoir aux épices», Huysmans, entre Grâce et Péché.*
WALCH Jean, «Romantisme et positivisme : une rupture épistémologique dans l'historiographie», *Romantisme*, n° 21-22, 1978.
ZIMMERMANN Éléonore-M., «Notes sur l'architecture des *Romances sans paroles* et de *Cellulairement*», *Revue des Sciences Humaines*, avril-juin 1965.

註

はじめに

（1） 本書において、ロマン主義のキリスト像をテーマとした第一部は、活躍の時期を考慮すれば、その他の作家たちの後に置かれるべきルナンの章から始まる。ルナンのイエスは、ロマン主義と世紀末という二つの時代の転換点に属すると考えられるからである。
（2） P. Verlaine, «Charles Baudelaire»（「シャルル・ボードレール」）, *Œuvres en prose complètes*, Gallimard, «Bibliothèque de la Pléiade», 1972, p. 600.
（3） P. Bourget, *Essais de psychologie contemporaine*（『現代心理論集』）, Gallimard, coll. "Tel", 1993, p. 14.

第一部　永遠の福音書の夢想——ロマン主義のキリスト

第一章　イデアリスト・イエス——エルネスト・ルナン

（1） *Vie de Jésus, Histoire des origines du christianisme*（『イエスの生涯』、『キリスト教起源史』）, éd. L. Rétat, Paris, Robert Laffont, coll. "Bouquins", 1995, t. I. ルナンに関する本章は、L. Rétat : *Religion et imagination religieuse : leurs formes et leurs rapports dans l'œuvre d'Ernest Renan*（Klincksieck, 1977）に負うところ大であった。L. レタの引用は大部分この著書からであるが、別の出典によるときは註を付した。
ルナンのイエス解釈は一定普遍ではない。本書で述べるように、『キリスト教起源史』の第一巻『イエスの生涯』（1863）と最終巻（1882）のあいだで、イエスのとらえ方はかなりの改変をこうむり、彼の思想におけるイエスの重要度も変化した。世紀末のキリスト像をテーマとした本書では、『イエスの生涯』が同時代の思想形成に与えた多大な影響を考え、『イエスの生涯』とその思想に密接に結びついているルナンのその他の著作を中心に、彼のイエス解釈を分析した。
（2） 奇跡が成立する三つの条件とは、全員が信じていていること、何人かの人々のちょっとした幇助、奇跡を起こした人自身の無言の承認、である。
（3） 奇跡を"汚点"とする考えは早くからルナンにあり、そのことは、サン・シュルピス神学校時代に書かれた『イエス・キリストに関する心理学的試論』からもうかがえる。彼の遺憾の念は、奇跡を語ることで救世主の栄光を称えることができると信じ込んだ福音書作家たちに向けられる。「そうだ、ときとして彼ら〔福音書作家たち〕は、彼らがユダヤ人であったように、あなた〔イエス〕をもユダヤ人となした。彼らはあなたを奇跡で飾りたてようとした……」（*Essai psychologique sur Jésus-Christ,* Paris, La Connaissance, 1921, p. 89）。
（4） ルナンはベタニヤでのエピソードを、アッシジの聖フランチェスコの聖痕と関連づけている。彼の仮説によれば、中世の聖人の身体に現れたとされる聖痕は、彼の死の枕べにいた修道士エリアのでっちあげであり、教団のその他のメンバーもそれに加担した。«François d'Assise», *Nouvelles études d'histoire religieuse*（「アッシジのフランチェスコ」、『新宗教史研究』）（*Études d'histoire religieuse,* Gallimard, coll. "Tel", 1992, p. 536）.
（5） R. Bultmann, *Jésus, mythologie et démythologisation*, Seuil, 1968, p. 229.
（6） D. F. シュトラウス『イエスの生涯』、岩波哲男訳、教文館、1996年。
（7） «Les historiens critiques de Jésus», *Études d'histoire religieuse*（「イエスの考証研究家たち」、『宗教史研究』）, p. 134.
（8） «L'histoire du peuple d'Israël», *Études d'histoire religieuse*（「イスラエル民族の歴史」、『宗教史研究』）, p. 79.

(9) Paul Viallaneix : «Au temps des mages : Michelet et Renan», *Études renaniennes*, n°22, 1975, p. 3.

(10) H. Psichari (*Renan d'après lui-même*, Plon, 1937, p. 269) による引用。なお、アンリエット・プシカリはルナンの孫である。

(11) E. Renan, *L'Avenir de la science* (『科学の未来』), *Œuvres complètes*, éd. H. Psichari, Calmann-Lévy, t. III, p. 741. 『科学の未来』の出版は1890年であるが、執筆されたのは1848年である。

(12) L. Rétat, *op. cit*, p. 131.

(13) 「心理学」(psychologie)という語は、ドイツの哲学者クリスチャン・ウォルフ (1679—1754) によってまず使用された。L. レタによれば、青年ルナンはその語を主として、ヴィクトル・クーザンの著を介して知ることとなる。しかしながら、クーザンはプラトンにはしばしば言及するものの、イエスの名に触れることを避けた。それに対しルナンは、心理学という手段に依拠して、キリスト教創始者に関する分析を試みようと企てた (L. Rétat, *op. cit.*, pp. 73-74)。

(14) 『一八一八年の講義』で、クーザンは「省察によるもの」(réflexe…省察と熟慮の性格を有し、“réfléchi” の同義語) と「自発によるもの」(spontané)の区別を説いている。彼によれば、知的生活は、自発的動きと省察的な動きという二つの側面を有している。純粋な活動である自発性が知性の第一の形態であるのに対し、意図的な活動である省察は、第二の形態である。肝心なのは後者が前者に起因することである。知性におけるように感性においても、自発によるものと省察によるものは異なるが、その間には連続性がある。真理が省察によって明らかにされるのと同じく、その理解が直観によってなされることもありうる。クーザンはこの自発の状態を、無自覚のうちに“自然の”の傾向によって導かれる子供の状態に比較しているが、この子供は、省察によって動く大人と同じ目的に達しうる。彼はすでに有限の形態を通じて無限を指向しているのである (V. Cousin : *Cours de philosophie sur le fondement des idées absolues du vrai, du beau et du bien*, L. Hachette, 1836, pp. 69, 75-77, 121)。人類の歴史においては、「省察の時代」の前に「自発性の時代」が存在する。「心理学」の領域を省察の時代に限定しようとするクーザンに対し、ルナンはその可能性を自発性の時代にも広げようと意図した。だだしルナンにとって、人類における自発性は省察に凌駕されて消滅したわけではなく、それは常に人類のあり方のひとつであって、歴史に関与し続ける。

(15) F.-P. Bowman, *Le Christ romantique,* Droz, 1973, p. 166.

(16) ミルチャ・エリアーデ『聖と俗』、風間敏夫訳、法政大学出版会、1988年、99-104ページ。

(17) «Joachim de Flore et l'Évangile éternel», *Nouvelles études d'histoire religieuse* (「フィオーレのヨアキムと永遠の福音書」、『新宗教史研究』), p. 456.

(18) H. Psichari (*op. cit.*, p. 76) による引用。

(19) E. Renan, *L'Antéchrist, Histoire des origines du christianisme* (『反キリスト者』、『キリスト教起源史』), vol 4 , p. 251.

(20) «L'avenir religieux de la société moderne» (「近代社会の宗教的未来について」), *Revue des Deux Mondes*, le 25 oct., 1860, p. 785.

(21) «*La Tentation du Christ*, par M. Ary Scheffer», *Études d'histoire religieuse* (「アリ・シュフェール氏による『キリストの誘惑』」、『宗教史研究』), p. 299. アリ・シュフェールはルナンの妻コルネリーの叔父にあたる。

(22) 本書51-53ページ。

(23) R. Bultmann, *op.cit*, p. 35.

(24) F. Millepierres, *La vie d'Ernest Renan*, Marcel Rivière et Cie, 1961, p. 225.

(25) H. Psichari (*op. cit.*, pp. 201, 203) による引用。

(26) これは仏教の華厳哲学における理事無碍法界の世界観とも、ある意味でつながってくる思想であろう。

(27) L. Rétat, *op. cit,* p. 183.

(28) 『キリスト教起源史』最終巻『マルクス・アウレリウス』(1882) では、イエスは「偉大なユダ

ヤ人」、「偉大なる預言者」と定義されている。

(29) R. Bultmann, *op.cit*, p. 99.

(30) エビオニーム（ébionim）はヘブライ語で、福音書の中の貧者たちをさす。

(31) *Les Apôtres, Histoire des origines du christianisme*（『使徒たち』、『キリスト教起源史』), vol 2, p. 490.

(32) 本書54、92-93ページ参照。

(33) 註14）参照。

(34) 1860年のシリアでの学術調査に同行した姉アンリエットは、翌年マラリアで死去し、その地に葬られた。『イエスの生涯』の冒頭には亡き姉にあてた献辞があるが、そこにアドニスの名への言及がある。

(35) ルドルフ・オットー『聖なるもの』（山谷省吾訳、岩波文庫、1968年）第21章「原始キリスト教における預覚」（243-244ページ）を参照。

(36) L. Rétat, «L'Évangile éternel et la philosophie de l'histoire au XIXe siècle, —George Sand, Michelet, Renan» *Romantisme et religion*, P.U.F., 1980, p. 118.

(37) ダンテ『神曲』、寿岳文章訳、集英社、世界文学全集　第2巻、1980年、532ページ。

(38) *Les Évangiles, Histoire des origines du christianisme*（『福音書』『キリスト教起源史』), vol 5, p. 380.

(39) «M. Feuerbach et la nouvelle école hégélienne», *Études d'histoire religieuse*（「フォイエルバッハ氏と新ヘーゲル学派」、『宗教史研究』), pp. 289, 290, 293, 294.

(40) *L'Antéchrist*, p. 99. ルナンは次のようにも記している。「第一に当時の人々の想像のなかで、キリスト教徒たちは執拗に苦しみを求める人々と映った。以来、死への願望は彼らの印となった。殉教への殺到を防ぐには、異端の疑いとか教会からの追放といった、最も恐ろしい脅迫によって人々を引き留める必要があったようだ」。

(41) «L'Amour et la Religion», *Feuilles détachées, Œuvres complètes,* t. II（「愛と宗教」、『雑纂』), p. 989.

(42) Alfred Maury, «Des hallucinations du mysticisme chrétien», *Revue des Deux Mondes*, 1er nov., 1854, pp. 458-461.

(43) «Une idylle monacale au XIIIe siècle — Christine de Stommeln —», *Nouvelle études d'histoire religieuse*（「13世紀の修道的純愛」、『新宗教史研究』), p. 563.

(44) G. Flaubert, *La Tentation de saint Antoine,* Garnier Frères, 1968, pp. 114-115.

(45) Les Goncourt, *Madame Gervaisais*, Gallimard, coll. "Folio", p. 176.

(46) マルク・ヒュマロリの表現はフォリオ版の前書きより引用。

(47) L. Rétat, *Introduction à l'Histoire des origines du christianisme*, p. LIX.

(48) F. R. de Chateaubriand, *Les Martyrs, Œuvres romanesques et voyages,* Gallimard,《Bibliothèque de la Pléiade》, 1969, p. 497.

第二章　正義の原理としての「永遠のキリスト」、そして“女性の世界”の表現であるイエス――ジュール・ミシュレ

(1) *Préface de 1869* à *l'Histoire de France*（「『フランス史』1869年の前書き」), *Œuvres complètes*, éd. P. Viallaneix, Flammarion, t. IV. *Histoire romaine*, Avant-Propos, *O. C.*, t. II, p. 14.

(2) P. Viallaneix, *La voie royale — essai sur l'idée de peuple dans l'œuvre de Michelet —*, Flammarion, 1971, pp. 215, 222.

(3) *Histoire romaine*（『ローマ史』), Avant-propos, *O. C.*, t. II, p. 341.

(4) *Le Peuple*（『民衆』), éd. P. Viallaneix, Flammarion, coll. "Champs", 1974, p. 219「祖国や都市は、自然に対立するどころか、そこに住まう民衆がその本性を実現するための、唯一にして強

力な手段となる。民衆はそこで生の出発点と発展の自由を得る」。
(5) *La Sorcière*(『魔女』), éd. P. Viallaneix, Garnier-Flammarion, 1966, pp. 61-62.
(6) 前章註(14)参照。
(7) *Discours sur l'unité de la science*(『科学の統一性に関する論考』), *O. C.*, t. I, p. 254.
(8) G. Monod, *La vie et la pensée de Jules Michelet*, Slatkine Reprints, 1975 (réimpression de l'édition Honoré Champion, 1923), pp. 91-92, 97.
(9) *Principes de la philosophie de l'histoire*(『歴史哲学の諸原理』), *O. C.*, t. I, p. 460. この著はヴィーコの『新しい学』の、ミシュレによるかなり自由な翻訳である。「新しい学の諸原理を確立するために、普遍的に言われてきたことを総括しよう。これらの諸原理は、神の摂理への信頼、結婚制度による情熱の抑制、死によって確立される魂の不滅の教義である。その根拠は、人類全般あるいは大半が正しいと感じることが、社会生活の規範とならなければならないという原則にある。すべての為政者の世俗的な叡知と、最も高名な哲学者たちの深遠な叡知は一致して、これらの諸原理とその根拠を認めたのであるから、そこに人間理性の限界が見いだされねばならない。そこから離れる者はだれでも、人類全体から離れることを覚悟せねばならない」。
(10) *Histoire de la Révolution française*(『フランス大革命史』), Gallimard, «Bibliothèque de la Pléiade», 1952, t. I, p. 285.
(11) *Histoire de France*, *O. C.*, t. V, p. 236. 1300年に没した修道士で年代記史家であるギヨーム・ド・ナンジーの後継者が綴った記録をもとに、ミシュレはジャックリーの乱の延長で、英国兵士たちと戦った農民たちの物語に触れる。彼らの中にひときわ大きな怪力の男がいた。ジャックは貴族たちが農民につけたあだ名であり、一人の個人をさすわけではないが、この単純素朴で力強い、無名の人物の中に、ミシュレは中世フランス農民の典型を見ているのである。
(12) *Introduction à l'histoire universelle*(『世界史入門』), *O. C.*, t. II, p. 223.
(13) G. Monod (*op. cit.*, t. II, p. 189) による引用。
(14) 1842年のノートより。G. Monod (*op. cit.*, t. II, p. 97) による引用。
(15) *Préface de 1847 à l'Histoire de la Révolution française*, I. p. 2. 1841年にはまだ、ミシュレはナポレオンの中に、フランスの統合の偉大な確立者を見ていた。しかし、1845年6月のノートは、明らかにナポレオンに対する警戒を示しているという。G. モノーによれば、1845年以降、ミシュレはあらゆる個人によるメシアニスムを拒否するにいたる。
(16) G. Monod (*op. cit.*, t. II, p. 97) による引用。
(17) 「この意志が肉体に、この魂が現世の衣に、この神が人のうちに存在するという事実により、受難は積極的で意志に満ちたものであったが、そこには恐れと疑いの瞬間があった。それこそが悲劇であり、ドラマの極みであり、神殿の幕を裂き、大地を暗闇で覆うのだ。それこそが、福音書を手にするわたしを震撼させるのであり、今日なおわたしの涙をさそうのだ。神が神を疑うとは！　聖なる犠牲者が、"我が父、我が父、それではわたしをお見捨てになったのですか"と叫ぶとは」(*Histoire de France*, t. I, p. 701)。この一節は、「托鉢修道会と大学の争い。聖トマス。聖ルイの懐疑。――中世における芸術の原理としての受難――」と題された、『フランス史』初版 (1833) の第四部八章にある。1861年の版ではこの章全体が「注釈」に格下げされた上、内容も大幅な改変をこうむった。引用の一節は61年の版では削除されている。
(18) R. Barthes, *Michelet*, Seuil, coll. "Points", p. 25.
(19) 『フランス史』本文ではジャンヌの最後の叫びは「イエス！」であるが、『1869年の前書き』のジャンヌに関連するくだりでは、彼女のイエスへの呼びかけは、「わたしの声たち！」という表現に置き換わっている。
(20) G. Monod (*op. cit.*, t. II, p. 97) による引用。
(21) P. Viallaneix, «Au temps des mages : Michelet et Renan», *Études renaniennes*, n° 22, 1975, p. 4.
(22) R. バルトは「正義による恩寵の受胎」という表現で、この一節を説明している。
(23) E. Renan, «Joachim de Flore et l'Évanglile éternel», *Nouvelles études d'histoire religieuse*. ルナンの永遠の福音書解釈については、前章37-39ページ参照。なお、ルナンが述べているよう

に、『永遠の福音書入門』の著者は、パルマのヨハネスではなく、フランチェスコ会聖霊派の一人であったボルゴ・サン・ドンニーノのゲラルドゥスである。

(24) *Histoire de France au seizième siècle* (*Renaissance*) (『16世紀（ルネサンス）フランス史』), Introduction, *O. C.*, t. VII, p. 74.

(25) 哲学者、神学者であるピエール・アベラール（1079—1142）は、エロイーズとの悲恋でもよく知られている。ミシュレはアベラール評価に関して、当初彼のエロイーズに対する冷淡さ、二人に関する伝説に影響されたとも述べている。

(26) ヴァルドー派は、福音書の貧しさに帰ることを説いたピエール・ヴァルドー（1140—1217）に由来し、聖人崇拝、贖宥、煉獄を否定した。異端として、多くの迫害を受けた。15世紀に、ヴァルドー派の教義は、チェコの宗教改革者ヤン・フスの派と、フス派から分裂したモラビア兄弟団の影響を受け、宗教改革の一端を担うこととなった。

(27) L. Rétat , «L'Évangile éternel et la philosophie de l'histoire au XIXe siècle», *Romantisme et religion*, P. U. F., 1980, p. 122.

(28) 「自然に対する優しさによってインド人であり、人への愛によってキリスト教徒であるヴェルギリウス、この素朴な人は、彼の巨大な心のうちに、麗しい普遍的な都を築き上げ、命あるものを何ひとつそこから除外しなかった……」(pp. 177-178)。

(29) J. Guéhenno, *L'Évangile éternel — études sur Michelet —*, Bernard Grasset, 1927, p. 40.

(30) ヴォルテールのフランチェスコ解釈に関しては、D. Vorreux, *François d'Assise dans les lettres françaises*, Desclée de Brouwer, 1988, pp. 198-199 参照。

(31) L. Rétat, *op. cit.*, p. 123.

(32) *Journal* (『日記』), Gallimard, 1976, t. III, p. 123.

(33) *Bible de l'humanité* (『人類の聖書』), F. Chamerot, 1864, p. 167.

(34) 「わたしの聖書／同時代人たちは／憤りをもって、非常によく感じたはずだ。／イエスの倫理に関して／ここで初めて／攻撃が深くまで達していることを」(「宗教史ノート」の一節。L. Rétat, *Introduction générale* à Renan, *Histoire des origines du christianisme* の中での引用)。

(35) Brissot de Walwille（1754—93）は、黒人奴隷を解放し、彼らに権利の平等を保証することを主張した政治家であり、ジロンド派の首領のひとりとして、恐怖政治の時期にギロチンで処刑された（cf : F.-P. Bowman, *op. cit.*, p. 22）。

(36) 「海が生み出す子供たちは、大部分がゼラチン状態の胎児のようで、粘液性の物質を吸収し、作り出す。それに満たされた水は、無限の子宮の豊饒な優しさを得、そこには新たに子供たちが、なま暖かい乳の中へのように、泳ぎ出てくる」(*La Mer*, Gallimard, coll. "Folio", 1983, p. 117)。また『民衆』には、子供について、「それまで彼らは直観の大きな貯蔵庫によって、生きていた。乳の海を泳いでいたのだ」(p. 167）という一節がある。『人類の聖書』では、シリアの理想である「魚なる女」について、「確かに、下等な愛と受胎の無限がどこかに示されるとすれば、それはまちがいなく魚においてである。それは海を満たしてしまうだろう。文字どおり、海を溺れさせ、ある時期には、海を真っ白にし、脂ぎって、どろどろし、燐光を発するもう一つの乳の海で、輝かせるであろう」(p. 311）と、述べられている。

(37) J. Guéhenno, *op. cit.*, p. 189.

(38) ニーチェ『道徳の系譜』、信太正三訳、『ニーチェ全集』第11巻、ちくま学芸文庫版、筑摩書房、1993年、388-389ページ参照（なおニーチェの引用に関しては、フランス語版より訳した)。

(39) ニーチェ『反キリスト者』、原佑訳、『ニーチェ全集』第14巻、ちくま学芸文庫版、筑摩書房、1993年、250ページ参照。しかしながら、『反キリスト者』におけるニーチェのイエス解釈には、いくぶん曖昧な側面がある。この点に関しては、本書の「おわりに」を参照されたい。

(40) ただし『ヤコブによる原始福音書』の成立は、正典四福音書成立より後である。

(41) *La Sorcière*, p. 37.

(42) ネルヴァルは、神の母というキリスト教神話に、「世の希望である子供の天上的"母"」への普遍的崇拝を見ている（*Les Fillles du feu*,『火の娘たち』)。P.Moreau, «Romantisme français et syncrétisme religieux», *Âmes et thèmes romantiques*, José Corti, 1965, pp. 158-159 参照。

(43) 本書260,263ページ。
(44) *Histoire de la Révolution française*, t. I, pp. 1149-1154.

第三章　キリスト像の世俗化——サンドとユゴー

1　革命の神的エネルギーとしてのキリスト——ジョルジュ・サンド

(1) *Spiridion*(『スピリディオン』), Michel Lévy Frères, 1869. 1842年刊の『スピリディオン』は、18世紀末、ベネディクト派に属するイタリアの一修道院を舞台としている。主人公は、修練士としてやって来た年若いアンジェロ。信仰者として真摯に生きようとする自分が疎まれていることに間もなく気づきはじめた彼は、ある日、他の僧侶たちとは一線を画して生活する博学のアレクシ神父と知り合う。さらに、アンジェロは、見事な金髪の、若い修道僧の幻影を見、その声を聞くようになる。その幻影は、17世紀に修道院を創設した初代院長スピリディオンであり、アレクシがその訪れを熱望していたのもこの人物であった。万巻の書を読み、思索したスピリディオンがたどり着いた真理は、草稿としてまとめられ、彼の遺体の胸に置かれたまま、墓に埋葬されている。やがて、フランス革命が勃発し、フランス兵たちがこの修道院にも乱入する。
(2) E. Renan, *Correspondance*(『書簡』), *Œuvres complètes*, t. X.『スピリディオン』がルナンに与えた影響に関しては、J. Pommier, *George Sand et le rêve monastique — Spiridion —*, Nizet, 1966, p. 70 参照。
(3) E. Renan, «George Sand», *Feuilles détachées*(「ジョルジュ・サンド」、『雑纂』), *O. C.*, t. II, pp. 1107-1108.
(4) G. Sand, *Correspondance*(『書簡』), Garnier Frères, 1983, t. XVII, p. 480.
(5) M.-M. Moret, *Le sentiment religieux chez George Sand*, Marcel Vigné, 1936, pp. 8-9.
(6) Pierre Leroux (1797-1871) は、進歩思想に基づいた宗教哲学、“人類の宗教”を説き、社会組織の基盤が“平等”にあるとした。二月革命後に勃発した1848年6月の民衆暴動に際しては暴徒を擁護し、さらに1851年のナポレオンのクーデターを非難した。その後、ユゴーなどと共に亡命生活を余儀なくされる。
(7) *Lélia de 1839*(『レリア—1839年版—』), *in Lélia*, Garnier Frères, 1960, pp. 471, 535.「未来の宗教は、形而上学的本質において(キリスト教がプラトン哲学に対してそうであるのと同じように)、キリスト教に合致しているであろう。しかし、だからといって、キリスト教そのものではない。過去と未来という鎖の両端において、人類全体は、キリスト教を包含するがキリスト教ではない宗教に結びつくと、私は考える」と、ルルーは『新百科全書』で述べている (article “Christianisme”, *Encyclopédie nouvelle*, vol. VIII, Slatkine Reprints, 1991)。
(8) *Compagnon du Tour de France*(『フランス巡歴の職人』), Presses universitaires de Grenoble, 1988, p. 369.
(9) *Lettres d'un voyageur*(『ある旅人の手紙』), Michel Lévy Frères, 1857, pp. 262-263.
(10) *Sept cordes de la lyre*(『竪琴の七弦』), *Œuvres complètes*, Slatkine Reprints, 1980, t. XXXI, p. 130.
(11) F.-P. Bowman, *Le Christ romantique*, Droz, 1973, p. 141.
(12) P. Leroux, *De l'Humanité*(『人類について』), Fayard, 1985.「あらゆる形而上学、あらゆる哲学、あらゆる宗教(これらは皆同じである)は根源的「存在」としての神に関する知を、唯一必要としている。この知なしには、形而上学も、哲学も、宗教も存在しない」(article “Christianisme”, *Encyclopédie nouvelle*)。
(13) ミシュレの章の註(23)参照。
(14) E. Anitchkof, *Joachim de Flore et les milieux courtois*, Slatkine Reprints, 1974 (Réimpression de l'édition de Rome, 1931), p. 213.
(15) Jacques Bénigne Bossuet (1627-1704) はカトリックの正統信仰を擁護し、非カトリック教徒

の改宗推進に熱心に取り組んだ。父祖の宗教であるユダヤ教を捨て、プロテスタントとなったスピリディオンはボシュエによって、ルター派の信仰を捨て、カトリックに改宗したという設定である。『聖金曜日の説教』の「教会における貧者のたぐいまれな尊厳」の主張など、ボシュエは宗教心の厳格な維持を説いた。おそらくそれがスピリディオンをボシュエと結びつける接点であろう。

(16) F.-P. Bowman, *op. cit.*, pp. 15, 38, 68, 78.

(17) F. de Lamennais, *Paroles d'un croyant* (『一信者の言葉』), Flammarion, 1973, p. 101.「神の前での人間平等の原理は、これの発展、あるいは適用であるもう一つの原理を必然的に生み出す。すなわち、人間相互の平等、社会的平等である」と、『両世界評論』誌に掲載された論文「絶対主義と自由について」で、ラムネは述べている（«De l'absolutisme et de la liberté», *Revue des Deux Mondes*, août, 1834)。

(18) *Correspondance*, t. IV, pp. 14, 63. 福音書家マタイに関する考えは、ルルーから借り受けたものであろう。

(19) René Bourgeois, *Introduction* au *Compagnon du Tour de France*, Presses universitaires de Grenoble, 1988, p. 6.

(20) «Le dogme de la France» (「フランスの教義」), *La Vraie République*, le 12 mai 1848, in *George Sand Politique et polémiques*, Imprimerie nationale, coll. "Acteurs de l'Histoire", 1997, p. 459.

(21) «La religion de la France»(「フランスの宗教」), *La Vraie République*, le 11 mai 1848, p. 456.

(22) L. Rétat, «L'Évangile éternel et la philosophie de l'histoire au XIXe siècle», *Romantisme et religion*, P. U. F., 1980, pp. 120-121.

(23) パストゥローは1250年に、エジプトで虜因の身となったルイ九世（聖ルイ）を解放するため組織された農民十字軍。農民たちによる自発的な運動であったが、やがて彼らは暴徒化し、翌年には権力によって全滅された。ヴァルドー派に関しては前章の註（26）参照。

(24) L. Rétat, *Religion et imagination religieuse : leurs formes et leurs rapports dans l'œuvre d' Ernest Renan*, Klincksieck, 1977, p. 156.

2　サタンとキリストの類似――ヴィクトル・ユゴー

(1) 『レ・ミゼラブル』に添えられる予定だった「哲学的前書き」で、「この本は、宗教的書物である」とユゴーは定義している（«Philosophie», *Proses philosophiques de 1860-1865, Critique, Œuvres complètes*, Robert Laffont, coll. "Bouquins", 1985, p. 467)。ピエール・アルブイによれば、「哲学的前書き」からは、「第二帝政期初期に発展した、実証主義、科学主義の教義に対抗しようとするユゴーの意図」が推察できるという（P. Albouy, «La Préface philosophique des *Misérables*», *Mythographies*, Corti, 1976, p. 122)。

(2) この二つの著作はともに、1864年に教会の禁書リストに入った。

(3) J.-P. Jossua, «L'expression liminaire du religieux dans *Les Misérables* de Victor Hugo», *Pour une histoire religieuse de l'expérience littéraire*, Beauchesne, 1990, t. II, pp. 125-126.

(4) L. Cellier, *L'Épopée romantique*, P. U. F., 1954, p. 45.

(5) 「変容」という語の使用については、Yves Gohin, «Le patriotisme de Victor Hugo», *Victor Hugo et l'Europe de la pensée*, A.-G. Nizet, 1995, p. 118 を参照されたい。

(6) *William Shakespeare* (『ウィリアム・シェークスピア』), *O. C.*, — Critique —, p. 275.

(7) B. Leuillot, «Philosophie(s): commencement d'un livre», *Lire "Les Misérables*, José Corti, 1985, p. 66. M. Alef, *La pensée sociale et humaine de Victor Hugo dans son œuvre romanesque*, Champion, 1979, p. 183.

(8) J. Delabroy, «CŒCUM — préalable à la philosophie de l'histoire dans *Les Misérables* —», *Lire "Les Misérables"*, p. 113.

(9) ミリエル（Myriel）という名自体、光（lumière）のアナグラムであるとする説もある（Ph. Régner, «De l'art d'exploiter un évêque à propos du fonctionnement et des contenus idéologiques du personnage de Monseigneur Myriel», *Victor Hugo, "Les Misérables", La preuve par les abîmes*, Sociétés des études romantiques, SEDES, 1994, p. 22)。

(10) Ch. Baudelaire, «Les Misérables de Victor Hugo», *Critique littéraire*（「ヴィクトル・ユゴーの『レ・ミゼラブル』」、『文芸批評』）, *O. C.*, «Bibliothèque de la Pléiade», t. II, p. 220.

(11) *Quatrevingt-Treize*（『九十三年』）, Garnier Frères, 1963, p. 444.

(12) L. Cellier, *op. cit.*, p. 28.

(13) *La Fin de Satan*（『サタンの終わり』）, Gallimard, «Bibliothèque de la Pléiade», 1950, p. 833.

(14) «Dolor», *Contemplations*（「苦しみ」、『観想詩集』）, *Œuvres poétiques*, Gallimard, «Bibliothèque de la Pléiade», 1967, t. II, p. 774.

(15) P. Albouy, *La création mythologique chez Victor Hugo*, José Corti, 1985（réédition de 1963）, pp. 265, 289.

(16) 『「レ・ミゼラブル」における蜂起』（Michael Löwy et Robert Sayre, *L'insurrection des «Misérables»*, Minard, 1992）によれば、1832年の出来事は大革命以来初めての共和主義革命であり、労働者や貧窮者（ミゼラブル）によって支えられた蜂起であった。ユゴーにとって、32年の蜂起参加者たちは、理念的で無私な献身を表象しているという。シャンヴルリー通りのバリケードはサン・メリー通りのそれを模しており、アンジョルラスは、ジャンヌと呼ばれた人物がモデルであるとされる。

(17) Pierre Ballanche（1776—1847）は、神秘主義的宗教感情とヴィーコ的な歴史哲学を融合した思想を、『社会再生』などの著作に表現している。

(18) J. Roos, *Les idées philosophiques de Victor Hugo*, Nizet, 1958, p. 124.

(19) *La Préface de Cromwell*（『クロムウェル・序文』）, *O. C.*, — Critique —, p. 7.

(20) 「ニムロドは地上で最初の勇士となった。彼は、主の御前に勇敢な狩人であり……」（創世記10-8〜12）。ニムロドはイスラエルの伝説的人物で、バビロニアの狩りと戦争の神とも関連づけられる。

(21) *La Légende des siècles*（『諸世紀の伝説』）, Gallimard, «Bibliothèque de la Pléiade», 1950, pp. 38-39.

「ところで、祭司たちは、書物に書かれてあるとおり、
キリストがこの男を復活させたと知り、
すべての者が墓が開くのを見たと知り、
"彼を殺す時が来た"と言い合った。」

(22) トゥールーズの商人で、プロテスタントのジャン・カラスは、カトリックに改宗しようとした息子を殺したとして、1762年死刑に処された。宗教的ファナティスムによるでっち上げを確信したヴォルテールは、遺族を援助する一方、一大キャンペーンを繰り広げ、三年後にカラスの名誉回復に成功した。

(23) *Dieu*（『神』）, Gallimard, «Bibliothèque de la Pléiade», 1950. この神秘主義的で問題を含んだ"X"の解明に関しては、次の著作を参照されたい。C. Rétat, *X ou le divin dans la pensée de Victor Hugo à partir de l'exil*, CNRS, 1999.

(24) J. Truchet, «Études sur la structure de *La Fin de Satan*», *Information littéraire*, mars-avril, 1952, p. 55.

(25) J. Seebacher, «Évêques et conventionnels ou la Critique en présence d'une lumière inconnue», *Europe*, fév.-mars, 1962, p. 24.

(26) R. Molho, «Esquisse d'une théologie des *Misérables*», *Romantisme*, n°9, 1975, p. 108.

(27) アンジョルラス（Engolras）という名は、天使を意味するアンジュ（ange）と発音上類似している。また『サタンの終わり』における「自由の天使」の役割は、『レ・ミゼラブル』では、コゼットによって担われているとする解釈もある。

(28) L. Beuillot, *op. cit.*, p. 73.

(29) Ph. Régner, *op. cit*., p. 19.
(30) P. Albouy, *op. cit*., p. 293.
(31) L. Cellier, *op. cit*., pp. 242, 272.

第二部　貧者キリスト――世紀末神秘主義のキリスト

19世紀教会史に関するいくつかの考察

(1) R. de Gourmont, «Hello ou le croyant», *Le livre des masques*（「エローあるいは信者」、『仮面の書』), Mercure de France, 1963, p. 305.
(2) G. Flaubert, *Bouvard et Pécuchet*, Garnier-Flammarion, 1966, p. 286. ポール・ブールジェは『現代心理論集』において、フロベールは科学的薫陶を強く受け、ヨーロッパ文明の終焉という観念をもった「心理洞察家」であると語っている。同時に彼は「緻密な学者」であって、その知識はあらゆる分野に及んでいたことも、ブールジェは指摘する。フロベールの書簡は、当時の事件や諸思想に関し、彼の意見を明らかにしてくれる。教会の考えにまっこうから反対であった彼は、しばしば宗教について調べ、言及する。したがって、フロベールの書簡および『ブヴァールとペキュシェ』は、19世紀カトリック教会が外側からどのようにとらえられていたかを知るための好個の資料といえよう。
(3) Mgr Gaume, *Situation : douleurs, dangers, devoirs, consolations des catholiques, dans les temps modernes*, Gaume Frères et J. Duprey, 1860, p. 152.
(4) A. Dancette, *Histoire religieuse de la France contemporaine*, Flammarion, 1965, pp. 102-108. 19世紀教会史の分析に関しては、多くをこの著作から得た。
(5) F.-P. Bowman, *Le Christ romantique*, Droz, 1973, pp. 30, 85.
(6) Abbé Gaume, *L'Europe en 1848 ou considération sur l'organisation du travail, le communisme et le christianisme*, Gaume Frères, 1848, p. 10.
(7) *Lettres apostoliques de Pie IX, Grégoire XVI, Pie VII*, Paris, Maison de la bonne presse, p. 9.
(8) Mgr Gaume, *Catéchisme de persévérance*, Gaume Frères et J. Duprey, 1860 (8e éd.), t. III, p. 215.
(9) G. Flaubert, *Correspondance*（『書簡』), *Œuvres complètes* (16vol.), Club de l'Honnête Homme, 1971-1975, t. XVI, p. 123.
(10) 聖心信仰に関しては、第3部第2章のポール・ヴェルレーヌを扱ったページで詳しく分析した(268-272ページ)。
(11) 一方、ピオ13世の方針は、教皇権至上主義者たちの賛同を得ていた。その一人であり、『ユニヴェール』誌の編集長であったルイ・ヴイオ (1813-83)は下級司祭たちに広く支持されており、その影響力は大きかった。彼の排他的精神と芸術への無理解は、読者たちの考えを偏狭にした感がある。彼の死に際して書かれた論文で、レオン・ブロワもそのことを嘆いている («Les obsèques de Caliban», *Propos d'un entrepreneur de démolition, Œuvres*, t. II)。

第一章　貧者から「貧者」へ――エルネスト・エロー

(1) *M. Renan, l'Allemagne et l'Athéisme au XIXe siècle*（『ルナン氏、ドイツ、十九世紀無神論』), Librairie Charles Douniol, 1859, p. 84.
(2) P. Kéchichian, *Les usages de l'éternité — essai sur Ernest Hello —*, Seuil, coll. "Fiction et Cie", 1993, p. 123 から引用。
(3) 「エローがとりわけルナンを批判する点は、彼が理解できない点、すなわち、才知に富んだ表

現、確信に基づいた考え方、彼と根本的に違う信条である」とベルナール・サラザンは述べている（Bernard Sarrazin, «L'anti-Renan ou la Contre-Réforme d'Ernest Hello», *Images de la Réforme au XIXe siècle*, Acte du colloque de Clermont-Ferrand, 9-10 nov. 1990, p. 160)。

（4） エローはこの引用を、1859年出版の『倫理と考証試論』（*Essai de moral et de critique*）から取っている。「論理学はニュアンスを解しない。ところで、倫理的な真実は、すべてニュアンスの中に存する」。

（5） *L'Homme*（『人間』), Victor Parmé, 1872, pp. 142-143.

（6） 本書23ページ参照。

（7） *Du néant à Dieu*（『無から神へ』）〈2vol.〉, Perrin, 1930, t. I., pp. 9, 29. これは、エローの断片的草稿をまとめた、死後出版の書である。

（8） *Philosophie et Athéisme*（『哲学と無神論』), Librairie Poussiergue Frères, 1888, p. 140. 死後出版。『ルナン氏、ドイツ、十九世紀無神論』は、この中に再録された。

（9） Ch. Baudelaire, *Fusées*（『火箭』), *Œuvres complètes*, Gallimard, «Bibliothèque de la Pléiade», 1975, t. I, p. 663.

(10) *Les Plateaux de la balance*（『天秤皿』), Société générale de Librairie catholique, 1880, p. 184.

(11) L. Bloy, «*Récits villageois et margurites en fleurs* par Jean Lander»（「ジャン・ランデールによる『村のお話、花開いたマーガレット』」）〈Inédits〉, *Œuvres*, t. XV, p. 102.

(12) エローのこのような神認識は、20世紀になってルドルフ・オットーが提示した「絶対他者」の定義を参照することで明瞭になる。「真に“神秘的な”対象を把握し理解し得ないのは、ただそれについての私の認識が越ゆべからざる制限を蒙っているためばかりではなく、私はこの場合、その種類も本質も私と比較にならないもの、したがってその前に私はただ驚きの余り後退せざるを得ない“絶対他者”に出会うからである」（ルドルフ・オットー『聖なるもの』、山谷省吾訳、岩波文庫、1995年）。

(13) 『さかしま』の著者ユイスマンスは、やや皮肉な調子で、その点について以下のように述べている。「彼の著書、『神の言葉』の中で、エローは聖典を敷衍し、ほぼ明らかな意味をわざと複雑にした」。

(14) *Le Siècle*（『世紀』), Perrin et Cie, 1928, pp. 191-192.

(15) L. Bloy, «Un brelan d'excommuniés», *Belluaires et Porchers*（「破門者たちの三幅対」、『猛獣使いと豚飼い』), *Œuvres*, t. II, p. 270.

(16) L. Bloy, *Le Révélateur du globe*（『地球の啓示者』), *Œuvres*, t. I, p. 185.

(17) この「冷たさ」と「暖かさ」の対立は、彼の作品で恒常的に現れる、ほとんど強迫観念的テーマである。『人間』でも、「敵とは、冷やかさのことだ」と述べられている。

(18) G. Flaubert, *Dictionnaire des idées reçues*（『紋切り型表現辞典』), in *Bouvard et Pécuchet*, Garnier-Flammarion, 1966, p. 355.

(19) この影響関係については、Jean-Claude Polet, «Ernest Hello, un inspirateur de Léon Bloy», *Léon Bloy I, Revue des Lettres modernes*, 1989, p. 133 を参照。

(20) *Le jour du Seigneur*（『主の日』), Victor Palmé, 1872.

(21) Ch. Baudelaire, *Fusées*（『火箭』), *O. C.*, t. I, pp. 665-666.

(22) J. Pierrot, *L'imaginaire décadent*, P. U. F., 1977 を参照。

(23) J. Bollery（*Léon Bloy*, Albin Michel, 1947, t. I, p. 268）による引用。

(24) Jean-Marie Vianney（1786—1859）は、1818年、リヨンからほど遠からぬアルス村に司祭として赴任した。ヴィアネ神父のまわりでは改宗や奇跡的治癒が相次いだという。彼の生前すでにアルスは巡礼地になっており、1925年に列聖された。

(25) 『民数記』（27-23～25）で、バラムの乗ったロバは、主人を守り、神の代弁者となる。

(26) S. Fumet, *Ernest Hello — le drame de la lumière —*, Egroff, 1945, p. 80.

(27) J. de Maistre, *Les soirées de Saint-Pétersbourg*（『サン＝ペテルスブルク夜話』), La Maisnie, 1980, t. II, p. 178.

(28)　科学の諸発見が信仰にとってもつ価値について、エローはゴーム枢機卿とは、まったく異なった立場に立っている。

(29)　R. Barthes, *La chambre claire —Note sur la photographie —*,（『明るい部屋』）Gallimard Seuil, coll. "Cahiers du cinéma", 1980, p. 129.

(30)　Alfred Loisy（1857―1940）は、1879年に叙階され司祭となる。コレージュ・ド・フランスでルナンのヘブライ語の講義を受けるなどして学んだロワジは、文献学と歴史考証の方法を取り入れ、1902年に『福音書と教会』を著した。彼は福音書に歴史的資料としての価値を認めず、初代教会の信仰を示す宗教教育的資料と位置づけた。この「近代主義」は法皇庁によって弾劾され、ロワジは1908年に教会から破門された。後、コレージュ・ド・フランス教授を長く務めた。

(31)　P. Claudel, «La photographie du Christ», *Commentaires et Exégèses*（「キリストの写真」、『解説と解釈』）, *Œuvres complètes*, Gallimard, t. XXVIII, p. 292.

(32)　Père M. Angwerd (*L'Œuvre d'Ernest Hello*, thèse présentée à la faculté des Lettres de l'université de Fribourg, Sarnen, Louis Ehri et Cie, 1947, pp. 71, 241）による引用。

(33)　同上、p. 76。

(34)　S. Fumet, *op. cit.*, pp. 245-246.

(35)　P. Kéchichian, *op. cit.*, p. 38 を参照。

(36)　R. Bultmann, *Jésus, mythologie et démythologisation*, Seuil, 1968, pp. 241-242.

(37)　「すでに知り合いの、あるいは見知らぬ読者の皆さん、私が単純さを得られるよう、ぜひ祈っていただきたい」(『世紀』)。

(38)　P. Verlaine, «Saint Benoît-Joseph Labre», *Amour*（「聖ブノワ゠ジョゼフ・ラーブル」、『愛の詩集』）, *Œuvres poétiques complètes*, Gallimard, «Bibliothèque de la Pléiade», 1962, p. 438.

(39)　R. Barthes, *Michelet*, p. 142.

(40)　本書99-100ページ参照。

(41)　C゠G. ユング『ヨブへの答え』、林道義訳、みすず書房、1993年、73ページ。

第二章　ブルジョワに対峙する「貧者」――レオン・ブロワ

(1)　M. Bardèche, *Léon Bloy*, La Table Ronde, 1989, p. 106.

(2)　J. Bollery (*Léon Bloy*, Albin Michel, 1947, t. I, pp. 428-429）による引用。

(3)　A. Béguin, *Léon Bloy — mystique de la Douleur —*, Labergerie, 1948, p. 41.

(4)　*Méditations d'un solitaire en 1916, Œuvres*, Mercure de France, t. IX（ブロワの作品に関しては、1964年から1975年にかけて刊行されたメルキュール・ド・フランス版による）。

　マルヌの戦いは、第一次世界大戦の趨勢を決めた重要な一戦（1914年9月）で、英仏軍が、セーヌ川の支流マルヌ川で、ドイツ軍の侵攻を阻止した。

(5)　本書136ページ参照。

(6)　«Tant ce que tu voudras !», *Histoires désobligeantes*（「あんたの欲しいことはなんでも」、『薄気味わるい話』）, t. VI を参照。

(7)　J. Bollery, (*op. cit.*, t. I, p. 422）による引用。

(8)　«Ferdinand Brunetière», *Les dernières colonnes de l'Église*（「フェルディナン・ブリュンティエール」、『教会の最後の大黒柱たち』）, t. IV, p. 249.

(9)　*Le Mendiant ingrat, Journal de Léon Bloy*, t. XI, p. 111. ヨハネ福音書（5-7~9）で、ベトザタはエルサレムの傍らにある池。「(……）そこに38年も病気で苦しんでいる人がいた。イエスは、その人が横たわっているのを見、"よくなりたいか"と言われた。病人は答えた。"主よ、水が動くとき、私を池に入れてくれる人がいないのです。私が行くうちに、ほかの人が先に降りて行くのです。"イエスは言われた。"起き上がりなさい。床を担いで歩きなさい。"すると、その人はすぐ良くなって、床を担いで歩き出した」。ブロワはテクストに注をつけ、エローが軽度ながら"せむし"であったと記している。

(10) J. Bollery (*op. cit.*, t. VI, p. 200) による引用。しかし、1890年に二人は仲たがいする。ドレフュス事件後、ゾラの共鳴者となったド・グルーの“変節”が原因のひとつであった。
(11) *Quatre ans de captivité à Cochon-sur-Marne* (『コション・シュール・マルヌにおける四年の虜因』), t. XII, p. 106.
(12) ブロワの伝記に関する記述は主として、J. Bollery, *op. cit.* と M. Bardèche, *op. cit.*, に依った。
(13) P. Glaudes, *Introduction* au *Journal inédit de Léon Bloy I*, L'Age d'Homme, 1996, p. XIX.
(14) 無政府主義思想を表明する作品を発表していたローラン・タイヤード (1854—1919) は、1894年4月、無政府主義テロに巻き込まれて負傷する。世間の揶揄と糾弾を受けるタイヤードを弁護する記事を、ブロワは書く。その記事がもとで申し込まれた決闘を拒否したところ、ジル・ブラース社の一人が代わってその場にのぞみ負傷した。
(15) この年、ブロワ一家は合計で6001フランの収入を得ている。
(16) 北山晴一『美食の社会史』、朝日新聞社、1991年、90-106ページ。
(17) «Le Christ au dépotoir», *Le Pal*, t. IV, p. 82 (1885年4月2日の記事)。後に『絶望者』の一節として、使用された。
(18) 「しかし、1830年のブルジョワの父祖たちは、我々よりはるかにましだった！　彼らは何かに情熱を燃やしていた。フォア将軍とベランジェを信奉していた。彼らは自由の神殿で声を荒げ、ヴィクトル・ユゴーに殺到した。彼らは七月の柱をあがめ、社会的悲惨の廃絶を熱狂的な叫びとともに訴えた。それはお話にならないほどばかばかしく、愚かであり、犯罪でさえあった。しかし、そこにはなお人間の魂が存在した。それは生命の運動であった。まだ若さがあり、希望の薔薇の冠をかぶり、すばらしい未来を予言することが可能だった」(«L'enthousiasme en art», *Propos d'un entrepreneur de démolition* 〈「芸術によせる情熱」、『ある解体請負人の言葉』〉), t. II, p. 24)。
(19) E. et J. Goncourt, *Le Journal — mémoire de la vie littéraire —*, Robert Laffont, coll. “Bouquins”, 1989.
(20) E. Zola, *Germinal*, *Les Rougon-Macquart*, Gallimard, «Bibliothèque de la Pléiade», 1964, t. III, p. 1210.
(21) *La Femme pauvre*, t. VII, p. 105.
(22) J. Petit, *Léon Bloy*, Desclée de Brouwer, 1966, p. 36 からの引用 (友人ルイ・モンシャル宛の手紙)。
(23) *Le Révélateur du Globe, Œuvres*, t. I, p. 37.
(24) *Le Symbolisme de l'Apparition* (『《出現》の象徴主義』), t. X, p. 72.
(25) *Le Sang du pauvre* (『貧者の血』), t. X, p. 92.
(26) *Le Désespéré* (『絶望者』), t. III, p. 309.
(27) 下村寅太郎『アッシジのフランシス研究』、『下村寅太郎著作集』第3巻、みすず書房、1990年。
(28) Bossuet, *Sermon sur la mort et autres sermons*, Garnier-Flammarion, 1996, p. 184
(29) Molière, *Don Juan*, Gallimard, «Bibliothèque de la Pléiade», 1971, pp. 59-60 (Acte III, scène II).
(30) Blanc de Saint-Bonnet, *De la douleur*, Langlois, 1849, pp. 216-218.
(31) A. Béguin, *Léon Bloy l'impatient*, Egroff, 1944, p. 240.
(32) ピエール・グロードは、クロチルドの精神生活の最終段階に、歓喜と失望に引き割かれた神秘主義的融合の特徴を指摘する。さらにフロイトの理論にしたがって、これを子宮への回帰願望と解釈している («L'impatience et le Sphinx», *Léon Bloy*, Cahiers de l'Herne, n°55, 1988, p. 216)。レオポルドの死後のクロチルド描写が、神秘主義的融合を乗り越えるかたちで、貧者キリストのまねびを意識して書かれていることは明らかである。
(33) 逮捕を予感しつつイエスが弟子たちに眠らずに祈るよう命じた、オリーヴ山での出来事をさしている (マタイ 26-36〜46, マルコ 14-32〜42, ルカ 22-39〜46)。
(34) 「パラクレートスはまさに《敵》であり、《闇の王》と呼ばれたリュシフェルとまさに同一であ

るから、―法悦の状態においてさえ―両者を分かつのは、ほぼ不可能である」(『ユダヤ人による救い』)。なお、パラクレートスは、ヨハネ福音書で用いられている聖霊の呼称である。

(35) ベルナール・ラザールの『ユダヤ人の救い』に関する1892年10月16日の記事は、「一人の親ユダヤ主義者」(«Un philosémite») と題されていた。この中でラザールはブロワが永遠の相からユダヤ人論を展開したことを評価している。彼はのちに、『ドレフュス事件の真相』(1897) と題したパンフレットを著し、ドレフュス事件の再審に貢献した。引用は、*Le Fumier de Job*, Circé/Poche, 1996, p. 74 より。

(36) 神秘主義の言語に関しては、ヴェルレーヌの章 (本書282-284ページ) を参照。

(37) J. Bollery (*op. cit.*, t. IV, p. 232) による引用。

(38) *Exégèse des lieux communs*, t. VIII, p. 20.『紋切り型表現解釈』は第一部と第二部に分かれている。したがって引用は、第一部を1、第二部を2とし、1-XII といったように示す。

(39) René Tardif de Moidrey 神父はブロワの告解師さらに友人であった。ブロワは彼によって、神の言葉の解釈学へと導かれ、『《出現》の象徴主義』を著すにいたる。

(40) J. Petit, *op. cit.*, p. 50.

(41) *Lettres de Léon Bloy à Philippe Raoux* (『フィリップ・ラウー宛のレオン・ブロワの手紙』), Desclée de Brouzer, 1937, p. 156.

(42) 「宇宙化」(Kosmisierung) はミルチャ・エリアーデの語 (『聖と俗』、風間敏夫訳、法政大学出版局、1988年)。

(43) B. Sarrazin, «Le rire noir de l'exgégète des lieux communs», *Léon Bloy*, Cahiers de l'Herne, n°55, p. 60.

(44) P. Glaudes, *L'œuvre romanesque de Léon Bloy*, thèse présentée à l'université Toulouse-Mirail, 1986, p. 228.

(45) 引用のヨハネ福音書の一節は、最後の晩餐におけるイエスの言葉を伝えている。神と人、人と人の間の融合を宣言するこの言葉に、ルナンはイエスという存在の根源的な意味を見ていた。ところで、ブロワのうちでは、ブルジョワへの揶揄が聖性の意識を巻き込んで、サディスティックな極限にいたっている。ブロワのブルジョワ批判は、そのために聖書のカリカチュライズの言説と表面的に似通ってくる。

(46) ブロワが選んだ金銭に関するその他の表現は、「金ににおいなし (→不浄な金も金は金)」(1-CXVIII)、「金がある」(2-CV)、「金には唾しない (→金に目がない)」(2-CVII)、「金を貯める」(2-CVIII)、「彼は金の色を知らない (→彼はけちだ)」(2-CXI) である。

(47) 今村仁司、『貨幣とは何か』、筑摩書房、1994年。

(48) «La langue de Dieu», *Belluaires et Porchers* (「神の言語」、『猛獣使いと豚飼い』), t. II, p. 308.

(49) 「この解釈を始めるにあたり、私が宣言したいのは次の点だ。ブルジョワはまったく知らないうちに、世界を揺り動かすような、あまりに並外れた言葉を絶えず吐いている。しかしながら、神もご存じのように、これは彼の意図するところではない。だが、事実はかくのごときなので、それを示そうと私はこの解釈を企てたのだ」(p. 86)。

第三部　“改宗”と芸術の彼方

第一章　「神の屍骸」――J.-K. ユイスマンス

(1) *Le Drageoir aux épices* (『薬味箱』), *Œuvres complètes*, éd. de Paris de 1928-1934, Slatkine Reprints, 1972, t. I, p. 8 (なお、第一版のタイトルは、*Le Drageoir à épices* であった). ユイスマンス作品の引用はこの版による。

(2) Ch. Maingon, *L'univers artistique de J.-K. Huysmans*, A. G. Nizet, 1977, p. 8.

(3) *Croquis parisiens* (『パリ・スケッチ』), *O. C.*, t. VIII p. 73. 道化 (ピエロ) 像はユイスマンス

にとって、真に強迫観念的である。デ・ゼッサントの夢がその好例であろう（*À Rebours, op. cit.*, t. VII, p. 146）。ヴェルレーヌにも同様の強迫観念が存在する。

（4）　この強烈な感覚をもった色彩画家にとって、究極の色彩は赤と黄色で構成される。黄色の絶頂が黄金色である。「類似」（『パリ・スケッチ』）の夢幻のヴィジョンにおいて、嗅覚を強烈に刺激する香りと合体したこれらの色彩は、女たちの行列を飾りたてる。「レーキの血のような洋紅色から、ジャーマンアイリスの赤だいだいまで、鉛丹や辰砂の栄光に満ちたまばゆさにまでいたる、さまざまな赤の熱狂。クロームのあせた黄色から、ガンボージの藤黄、マースイエロー、黄金のオークル色、カドミウムのやまぶき色にまでいたる、さまざまな黄色の豪奢、きらめき、輝き。緋色のわきたつ肉体、赤褐色で金粉のちりばめられたみだれ髪、獰猛な唇、燃え上がるまなざし、赤と黄色の業火、色彩と香りの爆発が進んでいった」。

（5）　パリ国立図書館所蔵のダミアンを描いた作者不詳の版画では、刑を直前に控えた彼は判事たちの前に、ベッドのようなものに乗せられて横たわり、ワイシャツは膝の上にたぐり寄せられて、縛られている。ユイスマンスが念頭に置いているのは、おそらくこの版画であろう。

（6）　G. Blin, *Le Sadisme de Baudelaire*, José Corti, 1948, p. 21.

（7）　D. Grojnowski, *Le Sujet d'"À Rebours"*, Presses universitaires de Septentrion, 1996, pp. 21-22.

（8）　P. Jourde-Roughol, «*À Rebours* : le corps en pièces», *Joris-Karl Huysmans : À Rebours — «une goutte succulente»*, SEDES, 1990, p. 210.

（9）　「ユイスマンスにおいては、芸術という名に値するものすべては、結局のところ官能化されている。芸術は性的に把握された心的体験を反映し、その加工として表われるか、またはそれに取って代わる」（Per Buvik, *La Luxure et la Pureté — Essai sur l'œuvre de Joris-Karl Huysmans —*, Didier Erudition, 1989, p. 221）。

（10）　3世紀の殉教者、聖カンタンへの信心は中世に盛んで、その墓は有名な巡礼地であった。聖ベニニュスは、ブルゴーニュ地方の殉教者で、5世紀にすでに彼への信心が民衆の間に広まっていたという。

（11）　«Le Monstre», *Certains*（「怪物」、『ある人々』）, *O. C.*, t. X, pp. 130, 134.

（12）　M. Milner, «Huysmans et la monstruosité», *Huysmans — une esthétique de la décadence —*, Acte du colloque de Bâle, 1984, pp. 58-59.

（13）　R. Baldick, *La vie de J.-K. Huysmans*, Denoël, 1958, p. 64.

（14）　Ch. Maingon, *op. cit.*, p. 32.

（15）　ブールジェ宛のこの手紙は、*Huysmans*, L'Herne, 1985 に掲載された。ところで、計画された前書きでは、ユイスマンスは「文字どおりの印象主義絵画」と「ほとんど、あるいはまったくそうでない絵画」を区別している。彼はピサロ、モネ、シスレー、モリゾ、ギヨマン、ゴーギャンを本来の意味での“印象主義者”とし、ドガ、カサット、ラファエリ、カーユボットを“独立派”として分類している。もちろん“独立派”という呼称が、前書き執筆の段階では、派の区別なく新たな絵画創造をめざす画家全員を包含することを了解した上でのことだ。ルノワールは「印象手法」に関して柔軟な態度であるので、分類しがたく、ドガのあとに続くフォランは、“独立派”とされる。

（16）　1882年の独立派展覧会に出品されたモネの作品は、『セーヌ川の日没』など35点である。

（17）　Ch. Baudelaire, «La modernité», *Le Peintre de la vie moderne, O. C.*, t. II, p. 659.

（18）　Ch. Baudelaire, «De l'héroïsme de la vie moderne», *Salon de 1846*, p. 496.

（19）　アンナ・ムニエのペンネームで、ユイスマンスが『今日の人々』（Vanier, 1885）に寄せた論文で、彼は美術批評家としての自らの才を次のように語っている。「彼がサロンに関して書いた記事は、『現代芸術』にまとめられている。これは印象主義者たちについて、本気で取り上げた最初の書であり、ドガに関しては彼が将来得るであろう高い評価を先取りしている。またラファエリを最初に世に知らしめたのも、ユイスマンス氏である（……）」（*Huysmans*, L'Herne, pp. 28-29）。

（20）　M. Delafond et C. Genet-Bondeville, *Jean-François Raffaëlli*, La Bibliothèque des Arts,

1999, p. 33.

(21) 17世紀の画家、アントワーヌ、ルイ、マチューの三兄弟。ユイスマンスは、現代では主としてルイの作品とされている農民を描いた絵を念頭に置いているのであろう。

(22) Per Buvik, *op. cit*., p. 46.

(23) Ch. Baudelaire, «Madame Bovary par Gustave Flaubert», *Critique littéraire*（「ギュスターヴ・フロベールの『ボヴァリー夫人』」、『文芸批評』）, *O. C*., t. II, p. 83.

(24) Jean - Martin Charcot（1825-93）は、神経病学者で82年より、サルペトリエール病院の神経科教授となる。『サルペトリエール神経系疾患講義集』（1872）などで知られ、ヒステリーについても研究業績を残す。

(25) C. Becker, *Lire le Réalisme et le Naturalisme*, Dunod, 1988, p. 95 からの引用。

(26) D. Grojnowski, *op. cit*. p. 96.

(27) P. Lambert, «En marge d'*À Rebours* — Un précurseur de des Esseintes ou l'orgue à bouche au XVIIIe siècle», *Bulletin de la société J.-K. Huysmans*, n°2, 1929, pp. 36-38（Slatkine Reprints, 1975）.

(28) A. Corbin, *Le miasme et la jonquille — L'odorat et l'imaginaire social, 18e et 19e siècles* —, Aubier Montagne, 1982, p. 216.

(29) 「現代生活の偉大な画家であるドガの描く踊り子たちの絵も所有していたが、デ・ゼッサントはこれもまた放棄した。今はドガの絵のように、極度に洗練されていながら、しかも我々の風習から遠く、我々の時代からかけ離れた、古代の堕落にひたったような絵を望んでいたのだ」（J. Lethève, «Goûts et dégoûts de des Esseintes — Les hésitations de Huysmans d'après le manuscrit d'*À Rebours* —», *Huysmans,* L'Herne, p. 150 からの引用。

(30) M. Eigeldinger, «Huysmans interprète de Gustave Moreau», *Huysmans — une esthétique de la décadence* —, pp. 209, 211.

(31) F. Livi, *J.-K.Huysmans «À Rebours» et l'esprit décadent*, A. G. Nizet, 1991, pp. 21, 155.

(32) 夢幻劇の作り手である私は
自分の意図するままに
石のトンネルの下、
鎮められた大海を通した。（「パリの夢想」、『悪の華』）

(33) *Lettres inédits à Emile Zola*（『エミール・ゾラへの未刊行書簡』）, Droz, 1653, p. 103.

(34) *Dictionnaire de spiritualité*, Viller, Cavellera, de Guibert, Beauchesne, 1967, t. VI（「ドン・グランジェ」の項参照）。

(35) ジャン・ピエロは『デカダンスの想像力』で、ヴィクトル・シャルボネルが『悪の華』に「エピクロス的な官能と禁欲的キリスト教、肉体の悦楽と神秘主義的信心、放蕩と祈りの接合」を認めていることに注目している（J. Pierrot, *L'imaginaire décadent*, P. U. F., 1997, p. 112）

(36) 「本当のところ、僕は写実の芸術に対するのと同様、夢想の芸術にも共鳴しています。絵画において僕はラファエリを売り込みましたが、彼の対極にあるオディロン・ルドンのためにも同様に尽力したのです」と、ユイスマンスはアレイ・プリンスに書き送っている。アレイ・プリンスとの文通は、A. ヴィルコンドレによれば、もっとも率直で親密なものである（A. Vircondelet, *Joris-Karl Huysmans*, Plon, 1990, p. 156）。

(37) *En marge*, Marcelle Lesage, 1927, p. 65. 1899年から1901年にかけての修練者としての体験をもとに書かれた『修練者』の中でも、宗教者以外に広がる神秘主義的動向についての言及がある（*L'Oblat, O. C*., t. XVII, p. 228）。

(38) R. de Gourmont, *Latin mystique*, Le Rocher, 1990.

(39) É. Verhaeren, *Les Moines, Œuvres complètes*, Slatkine Reprints, 1977, t. I.

(40) R. de Gourmont, «Oraisons mauvaises»（*Divertissements*）, *La Poésie symboliste*, Seghers, 1971, p. 173.

(41) J. Lorrain, *Monsieur de Phocas*, La Table Ronde, 1992, pp. 30-31.

(42) Barbey d'Aurevilly, «À un dîner d'athées», *Les Diaboliques*, Garnier Frères, 1991, pp. 293-

294.

(43) A. Guyaux, «Huysmans et Félicien Rops», *Huysmans — une esthétique de la décadence —*, p. 214.

(44) ギュスターヴ・コキオの伝えるところによると、後年ユイスマンスは、ロップスの作品における宗教的な意味での“悪魔主義的”価値を否定するにいたったという (G. Coquiot, *Le vrai J.-K. Huysmans,* Librairie Charles Bosse, 1912, pp. 77-78)。

(45) Ph. Roger, «Huysmans entre Sade et “sadisme”», *Huysmans — une esthétique de la décadence —*, p. 75.

(46) F. Deroche, *L'objet, l'objet absent, l'objet d'art dans l'esthétique “fin de siècle”*, Atelier national, 1997, p. 113.

(47) *En route* (『出発』), *O. C.*, t. XIII p. 141-142.

(48) «Charles-Marie Durac», *De tout* (「シャルル＝マリー・デュラック」、『すべてについて』), *O. C.*, t. XVI, pp. 132, 134. *La Cathédrale* (『大伽藍』), *O. C.*, t. XIV, p. 158.

(49) グレゴリオ聖歌を記譜するための音符を意味する。

(50) *Sainte Lydwine de Schiedam* (『腐爛の華—スヒーダムの聖女リドヴィナ—』), *O. C.*, t. XV.

(51) ユイスマンスがカッセルで見、『彼方』において描写された『磔刑図』は、彼の生存中すでにカールスルーエに移された。

(52) *Trois Primitifs* (『三人のプリミティフ派画家たち』), *O. C.*, t. XI, pp. 300-301.「カールスルーエの絵で、十字架が立てられた血に似た土の色が示すように、この大地の色は決して見せかけではない。グリューネヴァルトは、豊富な鉄の酸化物のせいで大地が赤色をしたチューリンゲン地方で、作品を制作していた。私自身、雨に浸されて、畜殺場の泥、血の海に似たこの大地を実際に目にした」。

(53) *Les Foules de Lourdes* (『ルルドの群集』), *O. C.*, t. XVIII, pp. 85, 150.

(54) Anna Katharina Emmerich (1774—1824) は、ドイツ圏の神秘主義者で、19世紀で最も有名な聖痕者のひとりである。彼女の受難に関する口述筆記は、教会の承認を得なかった。

(55) J. Kristeva, «Le Christ mort de Holbein», *Le Soleil noir : dépression et mélancolie,* Gallimard, 1987 を参照。

(56) 『北方ルネッサンスII』、『名画への旅』第10巻、講談社、1992年、44-46ページ。

(57) C. Heck, «Grünewald et le culte des Primitifs septentrionaux chez Huysmans», *Huysmans — une esthétique de la décadence —*, pp. 271, 273.

(58) J. Borie, *Huysmans — le Diable, le célibataire et Dieu —,* Grasset, 1991, pp. 152-153.

(59) ルーヴル美術館所蔵のアングルの『マダム・リヴィエール』に関して、ユイスマンスは次のような数行を記しており、先ほどの引用と比較すると興味深い。「……この女性は呼吸し、その目は不安をいだかせる。彼女は、凍りついた生を生きており、いわば復活して間もなく、いまだ冷たさの残る人のようだ。アングルが彼自らの描く肖像画を生き生きとさせ、それらにこの神秘を吹き込むのは、まなざしの魔法によってだ。現代的画家の一人、ルドン氏もまた、まなこの巧緻な変形によって、この神秘をしばしば実現する」。

(60) J.-L. Steinmetz, «L'art et son au-delà», *Huysmans — une esthétique de la décadence —*, p. 298.

第二章　キリスト－恋人なる神——ポール・ヴェルレーヌ

(1) L. Bloy, «Le lépreux», *Belluaires et Porchers* (「癩病人」、『猛獣使いと豚飼い』), *Œuvres,* Mercure de France, 1946, t. II, p. 280.

(2) J.-P. Richard, «Fadeur de Verlaine», *Poésie et profondeur*, Seuil, 1955, p. 185.

(3) *Introduction* à *Sagesse*, «Bibliothèque de la Pléiade», p. 222.

(4) 1893年の『叡知』第3版の一部がケスラー伯爵に献呈され、そこには、ヴェルレーヌ自身が書

き込んだ注意書きが付されている。「苦しみの生」は『叡知』では「悲惨の床から」と題されており、ケスラー本に記された制作年は、1879年となっている。本書では『独房での日々』の草稿の日付、1874年6－7月をとる。*Cellulairement*, éd. J.-L. Steinmetz, Le Castor/Astral, 1992を参照。

(5) P. Verlaine, *Poésie*, Garnier Frères, 1969. A. ギュイヨによる注。

(6) P. Valéry, «Villon et Verlaine», *Variété*（「ヴィヨンとヴェルレーヌ」、『ヴァリエテ』), Gallimard, «Bibliothèque de la Pléiade», 1957, t. I, p. 269.

(7) A. アダンは、「狂った乙女」も「地獄の夫」もランボーの魂の二つのあり方と見ている。中地義和氏によれば（*Combat spirituel ou immense dérision ?*, José Corti, 1987)、この二存在のドラマは「“私”が自らとかわす対話にあらわれる」内面の葛藤として把握できる。ここではイヴ・ボンヌフォア（*Rimbaud par lui-même*, Seuil, 1961）と共に、伝記的背景によって「狂った乙女」をヴェルレーヌと想定する。

(8) *Confessions*（『告白』), *Œuvres en prose complètes*, Gallimard, «Bibliothèque de la Pléiade», 1972, p. 548.

(9) M. Raymond, «Verlaine, les figures de la poèsie», *Vérité et poésie*, Neuchâtel, la Bacconière, 1964, p. 179.

(10) O. Nadal, «L'impressionnisme verlainien», *Mercure de France*, mai 1952, p. 60.

(11) I. Fonagy, «À propos de la transparence verlainienne», *Langage*, n°31, 1973, p. 97.

(12) J.-P. Richard, *op. cit.* Seuil, 1955, p. 166.

(13) G. Michaud, *Message poétique du Symbolisme*, Nizet, 1947, pp. 120, 150.

(14) J.-P. Richard, *op. cit.*, p. 176.『言葉なき恋歌』の「ヴァルクール」に関して、ニコラ・リュヴェも同様に主体の不確定性を指摘する（N. Ruwet, «Musique et vision chez Verlaine», *Langue française*, n°49, 1981, p. 98)。

(15) P. Mathieu, «Essai sur la métrique de Verlaine(II)», *Revue d'Histoire littéraire de la France*, 1932, n°39, pp. 551-552.

(16) F.-V. Mérat（1780—1851）はフランスの植物学者。

(17) この詩の分析は、リヨン第二大学におけるダザール氏のフランス文体論講義（1983—84）を参照した。

(18) P.Valéry, «Autour de Corot», *Pièces sur l'art*（「コローをめぐって」、『芸術論集』), *Œuvres*, Gallimard, «Bibliothèque de la Pléiade», 1960, t. II, pp. 1318-1319.

(19) P. Valéry, «Discours en honneur de Gœthe», *Variété*（「ゲーテ頌」、『ヴァリエテ』), t. I, p. 542.

(20) 「ベルト・モリゾについて」（『芸術論集』）でヴァレリーが述べているところでは、印象主義の意図と創作方法は、彼の師であるマラルメが夢見た絶対詩とは正反対の方向へ向かう。印象主義者の「視覚の思弁的生」、言い換えれば「色彩と形状に捧げられた生」は、その創造の試みを通じて、感覚の「一種の神秘主義」に到達する。

(21) ヴェルレーヌがモンスの監獄からルペルティエに送った詩「1874年のための暦」(«Mon almanach pour 1874»）に含まれる詩句は、ヴェルレーヌ的主体の特異性を、同様に表現している。

秋

頭の中で、さまざまのことが歌う。

それなのに記憶は不在。(«Vendanges», *Jadis et Naguère*)

(22) E. ローランによれば、1893年に書かれた『我が牢獄』は、20年前にあれほど苦しんで信仰を再び得たのに、それが絶えず弱まる危機にさらされるヴェルレーヌの挫折感を色濃く反映している（E. Laurant, «*Mes prisons* : récit d'une conversion», *Spiritualité verlainienne*, Actes du colloque international de Mets (nov. 1996), Klincksieck, 1997, p. 42)。確かに先に見たように『我が牢獄』でのゴーム枢機卿に関する彼の意見には否定的ニュアンスが看取されるが、1880年

に書かれた『一フランス人によるフランス探訪』の時期では調子はまったく異なっている。

(23) J. Borel, *Introduction* à *Sagesse*, édition de la Pléiade, pp. 219-227.

(24) Mgr Gaume, *Catéchisme de persévérance*, Gaume Frères et J. Duprey, 1860 (8e édition), t. IV, p. 111.

(25) 聖心信仰の分析に関しては、ジャック・ブノワの詳細な研究書（J. Benoist, *Le Sacré-Cœur de Montmartre de 1870 à nos jours*, Éditions ouvirères, 1992）を主として参照した。

(26) *Vie de sainte Margurite-Marie Alacoque écrite par elle-même*, Éditeur J. de Girord, 1945, pp. 86-88, 107.

(27) *Le voyage en France par un Français*, p. 1000.

(28) J. ボレルが『叡知』に付した序文を参照（プレイヤード版）。

(29) M. Jasinski, *Histoire du sonnet en France*, Slatkine Reprints, 1970 (Réimpression de l'édition Douai, 1903). ソネの歴史の分析は主としてこの書に依った。

(30) A. Gendre, *Évolution du sonnet en France*, P. U. F., 1996, p. 204.

(31) M. Raymond, *op. cit.*, p. 183.

(32) David H. T. Scott, *Sonnet Theory and Practice in Nineteenth-century France : Sonnets on the sonnet*, University of Hull, 1977, p. 17.

(33) ジャザンスキーによる引用（M. Jasinski, *op. cit.*, p. 208)。

(34) Y. Quenot, *Les lectures de La Ceppède*, Droz, 1986, pp. 220-221.

(35) J. Rousset, *Préface* aux *Théorèmes sur le sacré mystère de nostre rédemption*（『観想』）, Droz, 1966.

(36) J. de La Ceppède, *Théorèmes sur le sacré mystère de nostre rédemption*, Nizet, 1988.

(37) J.-J. Olier, *La sainteté chrétienne*, Le Cerf, 1992, p. 51.

(38) C. Cuénot, *Le style de Paul Verlaine*, C. D. U. et SEDES réunis, 1963, pp. 92-93, 186, 198, 200.

(39) J. de la Croix, *Cantique spirituel A, Œuvres complètes*, Le Cerf, 1990, p. 406.

(40) A. Adam, *Verlaine*, Hatier, 1965.「聖アウグスティヌス、この崇高な“同類”に関して、当時私はその取るにたらない亜流であった。少なくもそう自ら思っていた」と『我が牢獄』に記している。この教父の読書も監獄内でのことだった。『告白』（1895年出版）というタイトルは、聖アウグスティヌスを意識したものであろう。

(41) 井筒俊彦『意味の深みへ』、岩波書店、1985年、214-220ページ。

おわりに

(1) ニーチェ『反キリスト者』、原佑訳、『ニーチェ全集』第14巻、ちくま学芸文庫版、筑摩書房、1995年、221ページ。

(2) ドストエフスキー『カラマーゾフの兄弟』（上）、米川正夫訳、『ドストエフスキー全集』第12巻、河出書房新社、1969年、311ページ。

(3) L. Tailhade, «Résurrection», *Poèmes Aristophanesques*, Mercure de France, 1915.

(4) É. Verhaeren, «Novembre», *Toute la Flandre, Choix de poésies*, Petite Bibliothèque Payot.